第三二册　大乘經　五大部（一）

金光明最勝王經

唐三藏法師義淨奉 制譯

清刻龍藏佛說法變相圖

唐龍興三藏聖教序

唐中宗皇帝製

蓋聞蒼蒼者天列星辰而著象茫茫者地奠川嶽以成形仰觀天文既如彼也俯循地理又若斯焉夫以妙旨幽微名言之路攸絕眞如湛寂性相之義都捐然則發啓心聾資法雷之激響獎導迷衆俟覺首以司方故知假名不壞於常名樂說乃詮於無說至若象外之象猶稱三界之尊天中之天爰著六通之聖法王見利孕育於七十二君梵帝乘時牢籠於萬八千歲周星闕彩言符降誕之徵漢日流祥載叶通神之夢故能威揚沙劫化被塵區玉毫舒耀而除昏金口弘宣而遣滯破煩惱之賊詎藉干戈壞生死之軍惟憑慧力闢圓明之界廣納於無邊開常樂之門普該

於有識縱使浮天欲浪境風息而俄澄漲日情塵法雨霑而便廓歸依者銷殃而致福回向者去危而獲安可謂巍巍乎其有成功蕩蕩乎而無能名者矣但四生蠢蠢未悟無常六趣悠悠俱纏有結詎知空華不實水月非堅馳逐於五陰之中播遷於三界之域納諸品彙終俟法門自白馬西來玄言東被世尊則隨類敷演衆生乃逐性開迷馬鳴擅美於瓊編龍樹騰芳於寶偈於是遥通震旦遠布閻浮半滿之教區分大小之乘並驚澄安後德接武於勝場琳遠高人騁蹤於法宇遂使微言著範歷千古而揚英聲至賾流規周十方而騰茂實頃屬後周膺運大扇魔風遂使天下招提咸從毀廢寰中法侶並混編甿嗟乎閴寂禪居空留宴坐之處荒涼慧苑無復經行之蹤爰洎開皇重將修建旋逢大業又遇分崩鬼哭神吟山鳴海沸既遭塗炭寧有伽藍正法消淪邪見增長於是人迷覺路還迴於苦集之區俗蔽眞宗羈絆於蓋纏之内我大唐之有天下也上凌巢燧俯視羲軒三聖重光萬邦一統威加有截澤被無垠掩坤絡以還淳亘乾維而獻款冊懸佛日重補梵天龍宮將八柱齊安鷲嶺共五峯爭峻大弘釋教諒屬皇朝者焉大福先寺翻經三藏法師義淨者范陽人也俗姓張氏五代相韓之後三台仕晋之前朱紫分輝貂蟬合彩高祖爲東齊郡守仁風逐扇甘雨隨車化闡六條政行十部爰祖及父俱猒俗榮放曠一丘逍遥三徑含和體素養性恬神擿芝秀於東山挹清流於南澗可謂尋幽丹嶠棲偃白雲皐

鶴於是呑聲場駒以之縶影法師幼挺明晤夙彰聰敏纔踰辯李之歲心樂出家甫過遊洛之年志尋西國業該經史學洞古今總三藏之玄樞明一乘之奥義旣而閑居習靜息慮安禪托彼山林遠玆塵累三十有七方遂雅懷以咸亨二年行至廣府發蹤結契數乃十人鼓棹昇航唯存一已巡南溟以遐逝指西域以長驅歷巖岫之千重凌波濤之萬里漸届天竺次至王城佛説法華靈峯尚在如來成道聖躅仍留吠舍城中獻蓋之跡不泯給孤園内布金之地猶存三道寶階居然目覩八大靈塔遍矣親觀所經三十餘國凡歷二十餘載菩提樹下屢攀折以淹留阿耨池邊幾濯纓而濼鑑法師慈悲作室忍辱爲衣長齋則一食自資長坐則六時無倦又古來翻譯之者莫不先出梵文後資漢譯撫詞方憑於學者詮義别禀於僧徒今玆法師不如是矣旣閑五天竺語又詳二諦幽宗譯義綴文咸由於已出指詞定理匪假於傍求超漢代之摩騰跨秦年之羅什所將梵本經僅四百部合五十萬頌金剛座眞容一鋪舍利三百粒以證聖元年夏五月方届都焉則天大聖皇帝出震膺期乘乾握紀紹隆爲務弘濟爲心爰命百寮兼整四衆虹旛掛日鳳吹遏雲香散六銖華飄五色鏘鏘濟濟煒煒煌煌迎于上東之門置于授記之寺共于闐三藏及大福先寺寺主沙門復禮西崇福寺主法藏等翻華嚴經後至大福先寺與天竺三藏寶思末多及授記寺主慧表沙門勝莊慈訓等譯根本部律其大德等莫不四禪凝慮六

度冥懷懸法鏡於心臺朗戒珠於性海詞林挺秀將覺樹而聯芳慧炬揚輝澄桂輪而合影渾金璞玉諒屬其人誠梵宇之棟梁寔法門之龍象已翻諸雜經律二百餘卷繕寫云畢尋並進内其餘戒律諸論方俟後詮五篇之教具明八法之因備曉鵝珠尚護蟲命無傷浮囊必取於不虧油鉢終期於靡覆崇聖教之綱紀啓含生之耳目伏願上資先聖長隆七廟之基下逮微躬恒佐九天之命遷懷生於壽域致薄俗於淳源歲稔時和遠安邇肅顧以萬機務總四海事殷爰憑乙夜之餘式賛彌天之德課虚扣寂聊題序云

金光明最勝王經卷第一

唐三藏法師義淨奉　制譯

序品第一

如是我聞一時薄伽梵在王舍城鷲峯山頂於最清淨甚深法界諸佛之境如來所居與大苾芻衆九萬八千人皆是阿羅漢能善調伏如大象王諸漏已除無復煩惱心善解脫慧善解脫所作已畢捨諸重擔逮得己利盡諸有結得大自在住清淨戒善巧方便智慧莊嚴證八解脫已到彼岸其名曰具壽阿若憍陳如具壽阿說侍多具壽婆濕波具壽摩訶那具壽婆帝利迦大迦葉波優樓頻螺迦葉伽耶迦葉那提迦葉舍利子大目乾連唯阿難陀住於學地如是等諸大聲聞各於晡時從定而起往詣佛所頂禮佛足右繞三帀退坐一面復有菩薩摩訶薩百千萬億人俱有大威德如大龍王名稱普聞衆所知識施戒清淨常樂奉持忍行精勤經無量劫超諸靜慮繫念現前開闡慧門善修方便自在遊戲微妙神通逮得總持辯才無盡斷諸煩惱累染皆亡不久當成一切種智降魔軍衆而擊法鼓制諸外道令起淨心轉妙法輪度人天衆十方佛土悉已莊嚴六趣有情無不蒙益成就大智具足大忍住大慈悲心有大堅固力歷事諸佛不般涅槃發弘誓心盡未來際廣於佛所深種淨因於三世法悟無生忍逾於二乘所行境界以大善巧化世間於大師教能敷演祕密之法甚深空性皆已了知無復疑惑其名曰無障礙轉法輪菩薩常發心轉法輪菩薩常精進菩薩不休息菩薩慈

氏菩薩妙吉祥菩薩觀自在菩薩總持自在王菩薩大辯莊嚴王菩薩妙高山王菩薩大海深王菩薩寶幢菩薩大寶幢菩薩地藏菩薩虛空藏菩薩寶手自在菩薩金剛手菩薩歡喜力菩薩大法力菩薩大莊嚴光菩薩大金光莊嚴菩薩淨戒菩薩常定菩薩極清淨慧菩薩堅固精進菩薩心如虛空菩薩不斷大願菩薩施藥菩薩療諸煩惱病菩薩醫王菩薩歡喜高王菩薩得上授記菩薩大雲淨光菩薩大雲持法菩薩大雲名稱喜樂菩薩大雲現無邊稱菩薩大雲師子吼菩薩大雲牛王吼菩薩大雲吉祥菩薩大雲寶德菩薩大雲日藏菩薩大雲月藏菩薩大雲星光菩薩大雲火光菩薩大雲電光菩薩大雲雷音菩薩大雲慧雨充遍菩薩大雲清淨雨王菩

薩大雲華樹王菩薩大雲青蓮華香菩薩大雲寶栴檀香清涼身菩薩大雲除闇菩薩大雲破翳菩薩如是等無量大菩薩衆各於晡時從定而起往詣佛所頂禮佛足右繞三帀退坐一面復有棃車毗童子五億八千其名曰師子光童子師子慧童子法授童子因陀羅授童子大光童子大猛童子佛護童子法護童子僧護童子金剛護童子虛空護童子虛空吼童子寶藏童子吉祥妙藏童子如是等人而爲上首悉皆安住無上菩提於大乘中深信歡喜各於晡時往詣佛所頂禮佛足右繞三帀退坐一面復有四萬二千天子其名曰喜見天子喜悅天子日光天子月髻天子明慧天子虛空淨慧天子除煩惱天子吉祥天子如是等天子而爲上首皆發弘願護

持大乘紹隆正法能使不絕各於晡時往詣佛所頂禮佛足右繞三帀退坐一面復有二萬八千龍王蓮華龍王瞖羅葉龍王大力龍王大吼龍王小波龍王持駃水龍王金面龍王如意龍王如是等龍王而爲上首於大乘法常樂受持發深信心稱揚擁護各於晡時往詣佛所頂禮佛足右繞三帀退坐一面復有三萬六千諸藥叉衆毗沙門天王而爲上首其名曰菴婆藥叉持菴婆藥叉蓮華光藏藥叉蓮華面藥叉顰眉藥叉現大怖藥叉動地藥叉吞食藥叉是等藥叉悉皆愛樂如來正法深心護持不生疲懈各於晡時往詣佛所頂禮佛足右繞三帀退坐一面復有四萬九千揭路荼王香象勢力王而爲上首及餘健闥婆阿蘇羅緊那羅莫呼洛伽等山林河海一切神仙并諸大國所有王衆中宮后妃淨信男女人天大衆悉皆雲集咸願擁護無上大乘讀誦受持書寫流布各於晡時往詣佛所頂禮佛足右繞三帀退坐一面如是等聲聞菩薩人天大衆龍神八部既雲集已各各至心合掌恭敬瞻仰尊容目未曾捨願樂欲聞殊勝妙法爾時薄伽梵於日晡時從定而起觀察大衆而說頌曰

金光明妙法　最勝諸經王　甚深難得聞
諸佛之境界　我當爲大衆　宣說如是經
并四方四佛　威神共加護　東方阿閦尊
南方寶相佛　西方無量壽　北方天鼓音
我復演妙法　吉祥懺中勝　能滅一切罪
淨除諸惡業　及消衆苦患　常與無量樂
一切智根本　諸功德莊嚴　衆生身不具

壽命將損減　諸惡相現前　天神皆捨離
親友懷瞋恨　眷屬悉分離　彼此共乖違
珍財皆散失　惡星爲變怪　或被邪蠱侵
若復多憂愁　衆苦之所逼　睡眠見惡夢
因此生煩惱　是人當澡浴　應著鮮潔衣
於此妙經王　甚深佛所讚　專注心無亂
讀誦聽受持　由此經威力　能離諸災橫
及餘衆苦難　無不皆除滅　護世四王衆
及大臣眷屬　無量諸藥叉　一心皆擁衛
大辯才天女　尼連河水神　訶利底母神
堅牢地神衆　梵王帝釋主　龍王緊那羅
及金翅鳥王　阿蘇羅天衆　如是天神等
并將其眷屬　皆來護是人　晝夜常不離
我當說是經　甚深佛行處　諸佛祕密教
千萬劫難逢　若有聞是經　能爲他演說
若心生隨喜　或設於供養　如是諸人等
當於無量劫　常爲諸天人　龍神所恭敬
此福聚無量　數過於恒沙　讀誦是經者
當獲斯功德　亦爲十方尊　深行諸菩薩
擁護持經者　令離諸苦難　供養是經者
如前澡浴身　飲食及香華　恒起慈悲意
若欲聽是經　令心淨無垢　常生歡喜念
能長諸功德　若以尊重心　聽聞是經者
若生於人趣　遠離諸苦難　彼人善根熟
諸佛之所讚　方得聞是經　及以懺悔法

如來壽量品第二

爾時王舍大城有一菩薩摩訶薩名曰妙幢已於過去無量俱胝那庾多百千佛所承事供養植諸善根是時妙幢菩薩獨於靜處作是思惟以何因緣釋迦牟尼如來壽命短促

唯八十年復作是念如佛所說有二因緣得壽命長云何爲二一者不害生命二者施他飲食然釋迦牟尼如來曾於無量百千萬億無數大劫不害生命行十善道常以飲食惠施一切饑餓衆生乃至已身血肉骨髓亦持施與令得飽滿況餘飲食時彼菩薩於世尊所作是念時以佛威力其室忽然廣博嚴淨帝青瑠璃種種衆寶雜彩間飾如佛淨土有妙香氣過諸天香芬馥充滿於其四面各有上妙師子之座四寶所成以天寶衣而敷其上復於此座有妙蓮華種種珍寶以爲嚴飾量等如來自然顯現於蓮華上有四如來東方不動南方寶相西無量壽北天鼓音是四如來各於其座加趺而坐放大光明周徧照曜王舍大城及此三千大千世界乃至十方恒河沙等諸佛國土雨諸天華奏諸天樂爾時於此贍部洲中及三千大千世界所有衆生以佛威力受勝妙樂無有乏少若身不具皆蒙具足盲者能視聾者得聞瘂者能言愚者得智若心亂者得本心若無衣者得衣服被惡賤者人所敬有垢穢者身清潔於此世間所有利益未曾有事悉皆顯現爾時妙幢菩薩見四如來及希有事歡喜踊躍合掌一心瞻仰諸佛殊勝之相亦復思惟釋迦牟尼如來無量功德唯於壽命生疑惑心云何如來功德無量壽命短促唯八十年爾時四佛告妙幢菩薩言善男子汝今不應思忖如來壽命長短何以故善男子我等不見諸天世間梵魔沙門婆羅門等人及非人有能筭知佛之壽量知其齊限唯除無上正徧知者時

四如來欲說釋迦牟尼佛所有壽量以佛威力欲色界天諸龍鬼神健闥婆阿蘇羅揭路茶緊那羅莫呼洛伽及無量百千億那庾多菩薩摩訶薩悉來集會入妙幢菩薩淨妙室中爾時四佛於大衆中欲顯釋迦牟尼如來所有壽量而說頌曰

一切諸海水　可知其滴數　無有能數知
釋迦之壽量　析諸妙高山　如芥可知數
無有能數知　釋迦之壽量　一切大地土
可知其塵數　無有能筭知　釋迦之壽量
假使量虛空　可得盡邊際　無有能數知
釋迦之壽量　若人住億劫　盡力常筭數
亦復不能知　世尊之壽量　不害衆生命
及施於飲食　由斯二種因　得壽命長遠
是故大覺尊　壽命難知數　如劫無邊際
壽量亦如是　妙幢汝當知　不應起疑惑
最勝壽無量　莫能知數者

爾時妙幢菩薩聞四如來說釋迦牟尼佛壽量無限白言世尊云何如來示現如是短促壽量時四世尊告妙幢菩薩言善男子彼釋迦牟尼佛於五濁世出現之時人壽百年稟性下劣善根微薄復無信解此諸衆生多有我見人見衆生壽者養育邪見我我所見斷常見等爲欲利益此諸異生及諸外道如是等類令生正解速得成就無上菩提是故釋迦牟尼如來示現如是短促壽命善男子然彼如來欲令衆生見涅槃已生難遭想憂苦等想於佛世尊所說經教速當受持讀誦通利爲人解說不生謗毀是故如來現斯短壽何以故彼諸衆生若見如來不般涅槃不生

恭敬難遭之想如來所説甚深經典亦不受持讀誦通利爲人宣説所以者何以常見佛不尊重故善男子譬如有人見其父母多有財産珍寶豐盈便於財物不生希有難遭之想所以者何於父財物生常想故善男子彼諸衆生亦復如是若見如來不入涅槃不生希有難遭之想所以者何由常見故善男子譬如有人父母貧窮資財乏少然彼貧人或詣王家或大臣舍見其倉庫種種珍財悉皆盈滿生希有心難遭之想時彼貧人爲欲求財廣設方便策勤無怠所以者何爲捨貧窮受安樂故善男子彼諸衆生亦復如是若見如來入於涅槃生難遭想乃至憂苦等想復作是念於無量劫諸佛如來出現於世如烏曇跋華時乃一現彼諸衆生發希有心起難遭想若遇如來心生敬信聞説正法生實語想所有經典悉皆受持不生毀謗善男子以是因緣彼佛世尊不久住世速入涅槃善男子是諸如來以如是等善巧方便成就衆生

爾時四佛説是語已忽然不現爾時妙幢菩薩摩訶薩與無量百千菩薩及無量億那庾多百千衆生俱共往詣鷲峯山中釋迦牟尼如來正徧知所頂禮佛足在一面立時妙幢菩薩以如上事具白世尊時四如來亦詣鷲峯至釋迦牟尼佛所各隨本方就座而坐告侍者菩薩言善男子汝今可詣釋迦牟尼佛所爲我致問少病少惱起居輕利安樂行不復作是言善哉善哉釋迦牟尼如來今可演説金光明經甚深法要爲欲饒益一切衆生除去饑饉令得安樂我當隨喜時彼侍者各

詣釋迦牟尼佛所頂禮雙足却住一面俱白佛言彼天人師致問無量少病少惱起居輕利安樂行不復作是言善哉善哉釋迦牟尼如來今可演說金光明經甚深法要爲欲利益一切衆生除去饑饉令得安樂爾時釋迦牟尼如來應正等覺告彼侍者諸菩薩言善哉善哉彼四如來乃能爲諸衆生饒益安樂勸請於我宣揚正法爾時世尊而說頌曰

我常在鷲山　宣說此經寶　成就衆生故
示現般涅槃　凡夫起邪見　不信我所說
爲成就彼故　示現般涅槃

時大會中有婆羅門姓憍陳如名曰法師授記與無量百千婆羅門衆供養佛已聞世尊說入般涅槃涕淚交流前禮佛足白言世尊若實如來於諸衆生有大慈悲憐愍利益令得安樂猶如父母餘無等者能與世間作歸依處如淨滿月以大智慧能爲照明如日初出普觀衆生愛無偏黨如羅怙羅惟願世尊施我一願爾時世尊默然而止佛威力故於此衆中有梨車毗童子名一切衆生喜見語婆羅門憍陳如言大婆羅門汝今從佛欲乞何願我能與汝婆羅門言童子我欲供養無上世尊今從如來求請舍利如芥子許何以故我曾聞說若善男子善女人得佛舍利如芥子許恭敬供養是人當生三十三天而爲帝釋是時童子語婆羅門曰若欲願生三十三天受勝報者應當至心聽是金光明最勝王經於諸經中最爲殊勝難解難入聲聞獨覺所不能知此經能生無量無邊福德果報乃至成辦無上菩提我今爲汝略說其事婆

羅門言善哉童子此金光明甚深最上難解難入聲聞獨覺尚不能知何況我等邊鄙之人智慧微淺而能解了是故我今求佛舍利如芥子許持還本處置寶函中恭敬供養命終之後得爲帝釋常受安樂云何汝今不能爲我從明行足求斯一願作是語已爾時童子即爲婆羅門而說頌曰

恒河駛流水　可生白蓮華　黃鳥作白形
黑烏變爲赤　假使贍部樹　可生多羅果
朅樹羅枝中　能出菴羅葉　斯等希有物
或容可轉變　世尊之舍利　畢竟不可得
假使用龜毛　織成上妙服　寒時可披著
方求佛舍利　假使蚊蚋足　可使成樓觀
堅固不搖動　方求佛舍利　假使水蛭蟲
口中生白齒　長大利如鋒　方求佛舍利
假使持兎角　用成於梯磴　可升上天宮
方求佛舍利　鼠緣此梯上　除去阿蘇羅
能障空中月　方求佛舍利　若蠅飲酒醉
周行村邑中　廣造於舍宅　方求佛舍利
若使驢脣色　赤如頻婆果　善作於歌舞
方求佛舍利　烏與鵂鶹鳥　同共一處遊
彼此相順從　方求佛舍利　假使波羅葉
可成於傘蓋　能遮於大雨　方求佛舍利
假使大船舶　盛滿諸財寶　能令陸地行
方求佛舍利　假使鷦鷯鳥　以觜銜香山
隨處任遊行　方求佛舍利

爾時法師授記婆羅門聞此頌已亦以伽他答一切衆生喜見童子曰

善哉大童子　此衆中吉祥　善巧方便心
得佛無上記　如來大威德　能救護世間

仁可至心聽　我今次第說　諸佛境難思
世間無與等　法身性常住　修行無差別
諸佛體皆同　所說法亦爾　諸佛無作者
亦復本無生　世尊金剛體　權現於化身
是故佛舍利　無如芥子許　佛非血肉身
云何有舍利　方便留身骨　爲益諸衆生
法身是正覺　法界即如來　此是佛眞身
亦說如是法
爾時會中三萬二千天子聞說如來壽命長遠皆發阿耨多羅三藐三菩提心歡喜踊躍得未曾有異口同音而說頌曰
佛不般涅槃　正法亦不滅　爲利衆生故
示現有滅盡　世尊不思議　妙體無異相
爲利衆生故　現種種莊嚴
爾時妙幢菩薩親於佛前及四如來幷二大士諸天子所聞說釋迦牟尼如來壽量事已復從座起合掌恭敬白佛言世尊若實如是諸佛如來不般涅槃無舍利者云何經中說有涅槃及佛舍利令諸人天恭敬供養過去諸佛現有身骨流布於世人天供養得福無邊今復言無致生疑惑惟願世尊哀愍我等廣爲分別爾時佛告妙幢菩薩及諸大衆汝等當知云般涅槃有舍利者是密意說如是之義當一心聽善男子菩薩摩訶薩如是應知有其十法能解如來應正等覺眞實理趣說有究竟大般涅槃云何爲十一者諸佛如來究竟斷盡諸煩惱障所知障故名爲涅槃二者諸佛如來善能解了有情無性及法無性故名爲涅槃三者能轉身依及法依故名爲涅槃四者於諸有情任運休息化因緣故

名爲涅槃五者證得眞實無差別相平等法身故名爲涅槃六者了知生死及以涅槃無二性故名爲涅槃七者於一切法了其根本證清淨故名爲涅槃八者於一切法無生無滅善修行故名爲涅槃九者眞如法界實際平等得正智故名爲涅槃十者於諸法性及涅槃性得無差別故名爲涅槃是謂十法說有涅槃復次善男子菩薩摩訶薩如是應知復有十法能解如來應正等覺眞實理趣說有究竟大般涅槃云何爲十一者一切煩惱以樂欲爲本從樂欲生諸佛世尊斷樂欲故名爲涅槃二者以諸如來斷諸樂欲不取一法以不取故無去無來無所取故名爲涅槃三者以無去來及無所取是則法身不生不滅無生滅故名爲涅槃四者此無生滅非言

所宣言語斷故名爲涅槃五者無有我人唯法生滅得轉依故名爲涅槃六者煩惱隨惑皆是客塵法性是主無來無去佛了知故名爲涅槃七者眞如是實餘皆虛妄實性體者即是眞如眞如性者即是如來名爲涅槃八者實際之性無有戲論唯獨如來證實際法戲論永斷名爲涅槃九者無生是實生是虛妄愚癡之人漂溺生死如來體實無有虛妄名爲涅槃十者不實之法是從緣生眞實之法不從緣起如來法身體是眞實名爲涅槃善男子是謂十法說有涅槃復次善男子菩薩摩訶薩如是應知復有十法能解如來應正等覺眞實理趣說有究竟大般涅槃云何爲十一者如來善知施及施果無我我所此施及果不正分別永除滅故名爲涅槃二者

如來善知戒及戒果無我我所此戒及果不正分別永除滅故名爲涅槃三者如來善知忍及忍果無我我所此忍及果不正分別永除滅故名爲涅槃四者如來善知勤及勤果無我我所此勤及果不正分別永除滅故名爲涅槃五者如來善知定及定果無我我所此定及果不正分別永除滅故名爲涅槃六者如來善知慧及慧果無我我所此慧及果不正分別永除滅故名爲涅槃七者諸佛如來善能了知一切有情非有情一切諸法皆無性不正分別永除滅故名爲涅槃八者若自愛者便起追求由追求故受衆苦惱諸佛如來除自愛故永絕追求無追求故名爲涅槃九者有爲之法皆有數量無爲法者數量皆除佛離有爲證無爲法無數量故名爲涅槃十者如來了知有情及法體性皆空離空非有空性即是眞法身故名爲涅槃善男子是謂十法說有涅槃復次善男子豈唯如來不般涅槃是爲希有復有十種希有之法是如來行云何爲十一者生死過失涅槃寂靜由於生死及以涅槃證平等故不處流轉不住涅槃於諸有情不生猒背是如來行二者佛於衆生不作是念此諸愚夫行顛倒見爲諸煩惱之所纏迫我今開悟令得解脫然由往昔慈善根力於彼有情隨其根性意樂勝解不起分別任運濟度示教利喜盡未來際無有窮盡是如來行三者佛無是念我今演說十二分教利益有情然由往昔慈善根力於彼有情廣說乃至盡未來際無有窮盡是如來行四者佛無是念我今往彼城邑聚落

王及大臣婆羅門刹帝利薜舍戍達羅等舍從其乞食然由往昔身語意行慣習力故任運詣彼爲利益事而行乞食是如來行五者如來之身無有饑渴亦無便利羸憊之相雖行乞取而無所食亦無分別然爲任運利益有情示有食相是如來行六者佛無是念此諸衆生有上中下隨彼機性而爲說法然佛世尊無有分別隨其器量善應機緣爲彼說法是如來行七者佛無是念此類有情不恭敬我常於我所出訶罵言不能與彼共爲言論彼類有情恭敬於我常於我所共相讚歎我當與彼共爲言說然而如來起慈悲心平等無二是如來行八者諸佛如來無有愛憎憍慢貪惜及諸煩惱然而如來常樂寂靜讚歎少欲離諸諠鬧是如來行九者如來無有一法不知不善通達於一切處境智現前無有分別然而如來見彼有情所作事業隨彼意轉方便誘引令得出離是如來行十者如來若見一分有情得富盛時不生歡喜見其衰損不起憂慼然而如來見彼有情修習正行無礙大慈自然救攝若見有情修習邪行無礙大悲自然救攝是如來行善男子如是當知如來應正等覺說有如是無邊正行汝等當知是謂涅槃眞實之相或時見有般涅槃者是權方便及留舍利令諸有情恭敬供養皆是如來慈善根力若供養者於未來世遠離八難逢值諸佛遇善知識不失善心福報無邊速當出離不爲生死之所纏縛如是妙行汝等勤修勿爲放逸爾時妙幢菩薩聞佛親說不般涅槃及甚深行合掌恭敬白言

我今始知如來大師不般涅槃及留舍利普益衆生身心踊悅歎未曾有說是如來壽量品時無量無數無邊衆生皆發無等等阿耨多羅三藐三菩提心時四如來忽然不現妙幢菩薩禮佛足已從座而起還其本處

金光明最勝王經卷第一

音釋

序

彙于貴切類也　擅時戰切專也　鶩亡遇切馳也　駢蒲眠切並駕也　賾士革切深也　甿莫耕切民也　闃苦鶪切寂靜也　邅張連切難行不進也　羈絆羈居宜切絆博慢切羈絆縶系也　巢燧巢鉏交切有巢氏燧徐醉切燧人氏　貂蟬貂丁聊切蟬時連切貂蟬侍中冠之飾也　嶠渠廟切山銳而高也　縶陟立切絆也　吠舍梵語也具云吠舍離亦云毗舍離此云廣嚴吠扶廢切　邈墨角切遠也渺也　濯纓濯直角切浣也纓伊盈切冠系也　濼子皓切洗滌也　搉胡桂切掛也　吹尺偽切凡吹笛箭而成音皆謂之吹　煒于鬼切光盛也

經

餔博孤切申時也　瞖烏兮切　駛踈士切　蠙毗賓切　羅怙羅梵語也亦云羅睺羅此云覆障怙侯古切　蚊蚋蚊音文咬人飛蟲也蚋儒稅切醯雞也　蛭職日切水蟲也　鵂鶹鵂許尤切鶹力求切梟屬也　鷦鷯鷦即消切鷯力昭切小鳥也　羸憊羸力爲切弱也憊蒲拜切疲極也

金光明最勝王經卷第二

唐三藏法師義淨奉　制譯

分別三身品第三

爾時虛空藏菩薩摩訶薩在大衆中從座而起偏袒右肩右膝著地合掌恭敬頂禮佛足以上微妙金寶之華寶幢幡蓋而爲供養白佛言世尊云何菩薩摩訶薩於諸如來甚深秘密如法修行佛言善男子諦聽諦聽善思念之吾當爲汝分別解說善男子一切如來有三種身云何爲三一者化身二者應身三者法身如是三身具足攝受阿耨多羅三藐三菩提若正了知速出生死云何菩薩了知化身善男子如來昔在修行地中爲一切衆生修種種法如是修習至修行滿修行力故得大自在自在力故隨衆生意隨衆生行隨衆生界悉皆了別不待時不過時處相應時相應行相應說法相應現種種身是名化身善男子云何菩薩了知應身謂諸如來爲諸菩薩得通達故說於眞諦爲令解了生死涅槃是一味故爲除身見衆生怖畏歡喜故爲無邊佛法而作本故如實相應如如如如智本願力故是身得現具三十二相八十種好項背圓光是名應身善男子云何菩薩摩訶薩了知法身爲除諸煩惱等障爲具諸善法故唯有如如如如智是名法身前二種身是假名有此第三身是眞實有爲前二身而作根本何以故離法如如離無分別智一切諸佛無有別法一切諸佛智慧具足一切煩惱究竟滅盡得清淨佛地是故法如如如如智攝一切佛法復次善男子一切諸佛利益自

他至於究竟自利益者是法如如利益他者是如如智能於自他利益之事而得自在成就種種無邊用故是故分別一切佛法有無量無邊種種差別善男子譬如依止妄想思惟說種種煩惱說種種業用種種果報如是依法如如依如如智說種種佛法說種種獨覺法說種種聲聞法依法如如依如如智一切佛法自在成就是爲第一不可思議譬如畫空作莊嚴具是難思議如是依法如如依如如智成就佛法亦難思議善男子云何法如如如如智二無分別而得自在事業成就善男子譬如如來入於涅槃願自在故種種事業皆得成就法如如如如智自在事成亦復如是復次菩薩摩訶薩入無心定依前願力從禪定起作衆事業如是二法無有分別自在事成善男子譬如日月無有分別亦如水鏡無有分別光明亦無分別三種和合得有影生如是法如如如如智亦無分別以願自在故衆生有感現應化身如日月影和合出現復次善男子譬如無量無邊水鏡依於光故空影得現種種異相空者即是無相善男子如是受化諸弟子等是法身影以願力故於二種身現種種相於法身地無有異相善男子依此二身一切諸佛說有餘涅槃依此法身說無餘涅槃何以故一切餘法究竟盡故依此三身一切諸佛說無住處涅槃爲二身故不住涅槃離於法身無有別佛何故二身不住涅槃二身假名不實念念生滅不定住故數數出現以不定故法身不爾是故二身不住涅槃法身不二是故不住涅槃故

依三身說無住涅槃善男子一切凡夫爲三相故有縛有障遠離三身不至三身何者爲三一者徧計所執相二者依他起相三者成就相如是諸相不能解故不能滅故不能淨故是故不得至於三身如是三相能解能滅能淨故是故諸佛具足三身善男子諸凡夫人未能除遣此三心故遠離三身不能得至何者爲三一者起事心二者依根本心三者根本心依諸伏道起事心盡依法斷道依根本心盡依最勝道根本心盡起事心滅故得現化身依根本心滅故得顯應身根本心滅故得至法身是故一切如來具足三身善男子一切諸佛於第一身與諸佛同事於第二身與諸佛同意於第三身與諸佛同體善男子是初佛身隨衆生意有多種故現種種相是故說多第二佛身弟子一意故現一相是故說一第三佛身過一切種相非執相境界是故說名不一不二善男子是第一身依於應身得顯現故是第二身依於法身得顯現故是法身者是眞實有無依處故善男子如是三身以有義故而說於常以有義故說於無常化身者恒轉法輪處處隨緣方便相續不斷絶故是故說常非是本故具足大用不顯現故說爲無常應身者從無始來相續不斷一切諸佛不共之法能攝持故衆生無盡用亦無盡是故說常非是本故以具足用不顯現故說爲無常法身者非是行法無有異相是根本故猶如虛空是故說常善男子離無分別智更無勝智離法如如無勝境界是法如如是慧如如是二種如如如如不一不

異是故法身慧清淨故滅清淨故是二清淨是故法身具足清淨復次善男子分別三身有四種異有化身非應身有應身非化身有化身亦應身有非化身亦非應身何者化身非應身謂諸如來般涅槃後以願自在故隨緣利益是名化身何者應身非化身是地前身何者化身亦應身謂住有餘涅槃之身何者非化身非應身謂是法身善男子是法身者二無所有所顯現故何者名爲二無所有於此法身相及相處二皆是無非有非無非一非異非數非非數非明非暗如是如如智不見相及相處不見非有非無不見非一非異不見非數非非數不見非明非暗是故當知境界清淨智慧清淨不可分別無有中間爲滅道本故於此法身能顯如來種種事業

善男子是身因緣境界處所果依於本難思議故若了此義是身即是大乘是如來性是如來藏依於此身得發初心修行地心而得顯現不退地心亦皆得現一生補處心金剛之心如來之心而悉顯現無量無邊如來妙法皆悉顯現依此法身不可思議摩訶三昧而得顯現依此法身得現一切大智是故二身依於三昧依於智慧而得顯現如此法身依於自體說常說我依大三昧故說於樂依於大智故說清淨是故如來常住自在安樂清淨依大三昧一切禪定首楞嚴等一切念處大法念等大慈大悲一切陀羅尼一切神通一切自在一切法平等攝受如是佛法悉皆出現依此大智十力四無所畏四無礙辯一百八十不共之法一切希有不可思議法

悉皆顯現譬如依如意寶珠無量無邊種種珍寶悉皆得現如是依大三昧寶依大智慧寶能出種種無量無邊諸佛妙法善男子如是法身三昧智慧過一切相不著於相不可分別非常非斷是名中道雖有分別體無分別雖有三數而無三體不增不減猶如夢幻亦無所執亦無能執法體如如是解脫處過死生境越生死暗一切衆生不能修行所不能至一切諸佛菩薩之所住處善男子譬如有人願欲得金處處求覓遂得金礦既得礦已即便碎之擇取精者爐中銷鍊得清淨金隨意迴轉作諸鐶釧種種嚴具雖有諸用金性不改復次善男子若善男子善女人求勝解脫修行世善得見如來及弟子衆得親近已白佛言世尊何者爲善何者不善何者正修得清淨行諸佛如來及弟子衆見彼問時如是思惟是善男子善女人欲求清淨欲聽正法即便爲說令其開悟彼既聞已正念憶持發心修行得精進力除懶惰障滅一切罪於諸學處離不尊重息掉悔心入於初地依初地心除利有情障得入二地於此地中除不逼惱障入於三地於此地中除心輭淨障入於四地於此地中除善方便障入於五地於此地中除見眞俗障入於六地於此地中除見行相障入於七地於此地中除不見滅相障入於八地於此地中除不見生相障入於九地於此地中除六通障入於十地於此地中除所知障除根本心入如來地如來地者由三淨故名極清淨云何爲三一者煩惱淨二者苦淨三者相淨譬如眞金鎔銷治鍊

既燒打已無復塵垢爲顯金性本清淨故金體清淨非謂無金譬如濁水澄渟清淨無復滓穢爲顯水性本清淨故非謂無水如是法身與煩惱雜苦集除已無復餘習爲顯佛性本清淨故非謂無體譬如虛空煙雲塵霧之所障蔽若除屏已是空界淨非謂無空如是法身一切衆苦悉皆盡故說爲清淨非謂無體譬如有人於睡夢中見大河水漂泛其身運手動足截流而渡得至彼岸由彼身心不懈退故從夢覺已不見有水彼此岸別非謂無心生死妄想既滅盡已是覺清淨非謂無覺如是法界一切妄想不復生故說爲清淨非是諸佛無其實體復次善男子是法身者惑障清淨能現應身業障清淨能現化身智障清淨能現法身譬如依空出電依電出光如是依法身故能現應身依應身故能現化身由性淨故能現法身智慧清淨能現應身三昧清淨能現化身此三清淨是法如如不異如如一味如如解脫如如究竟如如是故諸佛體無有異善男子若有善男子善女人說於如來是我大師若作如是決定信者此人即應深心解了如來之身無有別異善男子以是義故於諸境界不正思惟悉皆除斷即知彼法無有二相亦無分別聖所修行如如於彼無有二相正修行故如是如是一切諸障悉皆除滅如如一切障滅如是如是法如如如如智得最清淨如如法界正智清淨如是如是一切自在具足攝受皆得成就一切諸障悉皆除滅一切諸障得清淨故是名眞如正智眞實之相如是見者是名聖見是

則名爲眞實見佛何以故如實得見法眞如故是故諸佛悉能普見一切如來何以故聲聞獨覺已出三界求眞實境不能知見如是聖人所不知見一切凡夫皆生疑惑顛倒分別不能得度如兔浮海必不能過所以者何力微劣故凡夫之人亦復如是不能通達法如如故然諸如來無分別心於一切法得大自在具足清淨深智慧故是自境界不共他故是故諸佛如來於無量無邊阿僧祇劫不惜身命難行苦行方得此身最上無比不可思議過言說境是妙寂靜離諸怖畏善男子如是知見法眞如者無生老死壽命無限無有睡眠亦無饑渴心常在定無有散動若於如來起諍論心是則不能見於如來諸佛所說皆能利益有聽聞者無不解脫諸惡禽獸惡人惡鬼不相逢值由聞法故果報無盡然諸如來無無記事一切境界無欲知心生死涅槃無有異想如來所記無不決定諸佛如來四威儀中無非智攝一切諸法無有不爲慈悲所攝無有不爲利益安樂諸衆生者善男子若有善男子善女人於此金光明經聽聞信解不墮地獄餓鬼傍生阿蘇羅道常處人天不生下賤恒得親近諸佛如來聽受正法常生諸佛清淨國土所以者何由得聞此甚深法故是善男子善女人則爲如來已知已記當得不退阿耨多羅三藐三菩提若善男子善女人於此甚深微妙之法一經耳者當知是人不謗如來不毀正法不輕聖衆一切衆生未種善根令得種故已種善根令增長成熟故一切世界所有衆生皆勸修行六

波羅蜜多爾時虛空藏菩薩梵釋四王諸天衆等即從座起偏袒右肩合掌恭敬頂禮佛足白佛言世尊若所在處講說如是金光明王微妙經典於其國土有四種利益何者爲四一者國王軍衆强盛無諸怨敵離於疾病壽命延長吉祥安樂正法興顯二者中宮妃后王子諸臣和悅無諍離於諂佞王所愛重三者沙門婆羅門及諸國人修行正法無病安樂無枉死者於諸福田悉皆修立四者於三時中四大調適常爲諸天增加守護慈悲平等無傷害心令諸衆生歸敬三寶皆願修習菩提之行是爲四種利益之事世尊我等亦常爲弘經故隨逐如是持經之人所在住處爲作利益佛言善哉善哉善男子如是如是汝等應當勤心流布此妙經王則令正法久住於世

夢見懺悔品第四

爾時妙幢菩薩親於佛前聞妙法已歡喜踊躍一心思惟還至本處於夜夢中見大金鼓光明晃曜猶如日輪於此光中得見十方無量諸佛於寶樹下坐瑠璃座無量百千大衆圍繞而爲說法見一婆羅門桴擊金鼓出大音聲聲中演說微妙伽他明懺悔法妙幢聞已皆悉憶持繫念而住至天曉已與無量百千大衆圍繞持諸供具出王舍城詣鷲峯山至世尊所禮佛足已布設香華右繞三帀退坐一面合掌恭敬瞻仰尊顏白佛言世尊我於夢中見婆羅門以手執桴擊妙金鼓出大音聲聲中演說微妙伽他明懺悔法我皆憶持唯願世尊降大慈悲聽我所說即於佛前

而說頌曰
我於昨夜中　夢見大金鼓　其形極姝妙
周遍有金光　猶如盛日輪　光明皆普曜
充滿十方界　咸見於諸佛　在於寶樹下
各處瑠璃座　無量百千衆　恭敬而圍繞
有一婆羅門　以杖擊金鼓　於其鼓聲內
說此妙伽他
金光明鼓出妙聲　遍至三千大千界
能滅三塗極重罪　及以人中諸苦厄
由此金鼓聲威力　永滅一切煩惱障
斷除怖畏令安隱　譬如自在牟尼尊
佛於生死大海中　積行修成一切智
能令衆生覺品具　究竟咸歸功德海
由此金鼓出妙聲　普令聞者獲梵響
證得無上菩提果　常轉清淨妙法輪
住壽不可思議劫　隨機說法利群生
能斷煩惱衆苦流　貪瞋癡等皆除滅
若有衆生處惡趣　大火猛焰周遍身
若得聞是妙鼓音　即能離苦歸依佛
皆得成就宿命智　能憶過去百千生
悉皆正念牟尼尊　得聞如來甚深教
由聞金鼓勝妙音　常得親近於諸佛
悉能捨離諸惡業　純修清淨諸善品
一切天人有情類　殷重至誠祈願者
得聞金鼓妙音聲　能令所求皆滿足
衆生墮在無間獄　猛火炎熾苦焚身
無有救護處輪迴　聞者能令苦除滅
人天餓鬼傍生中　所有現受諸苦難
得聞金鼓發妙響　皆蒙離苦得解脫
現在十方界　常住兩足尊　願以大悲心

哀愍憶念我　衆生無歸依　亦無有救護
爲如是等類　能作大歸依　我先所作罪
極重諸惡業　今對十力前　至心皆懺悔
我不信諸佛　亦不敬尊親　不務修衆善
常造諸惡業　或自恃尊高　種姓及財位
盛年行放逸　常造諸惡業　心恒起邪念
口陳於惡言　不見於過罪　常造諸惡業
恒作愚夫行　無明暗覆心　隨順不善友
常造諸惡業　或因諸戲樂　或復懷憂惱
爲貪瞋所纏　故我造諸惡　親近不善人
及由慳嫉意　貧窮行諂誑　故我造諸惡
雖不樂衆過　由有怖畏故　及不得自在
故我造諸惡　或爲躁動心　或因瞋恚恨
及以饑渴惱　故我造諸惡　由飲食衣服
及貪愛女人　煩惱火所燒　故我造諸惡

於佛法僧衆　不生恭敬心　作如是衆罪
我今悉懺悔　於獨覺菩薩　亦無恭敬心
作如是衆罪　我今悉懺悔　無知謗正法
不孝於父母　作如是衆罪　我今悉懺悔
由愚癡憍慢　及以貪瞋力　作如是衆罪
我今悉懺悔　我於十方界　供養無數佛
當願拔衆生　令離諸苦難　願一切有情
皆令住十地　福智圓滿已　成佛導群迷
我爲諸衆生　苦行百千劫　以大智慧力
皆令出苦海　我爲諸含識　演說甚深經
最勝金光明　能除諸惡業　若人百千劫
造諸極重罪　暫時能發露　衆惡盡消除
依此金光明　作如是懺悔　由斯能速盡
一切諸苦業　勝定百千種　不思議總持
根力覺道支　修習常無倦　我當至十地

具足珍寶處　圓滿佛功德　濟度生死流
我於諸佛海　甚深功德藏　妙智難思議
皆令得具足　唯願十方佛　觀察護念我
皆以大悲心　哀受我懺悔　我於多劫中
所造諸惡業　由斯生苦惱　哀愍願消除
我造諸惡業　常生憂怖心　於四威儀中
曾無歡樂想　諸佛具大悲　能除衆生怖
願受我懺悔　令得離憂苦　我有煩惱障
及以諸報業　願以大悲水　洗濯令清淨
我先作諸罪　及現造惡業　至心皆發露
咸願得蠲除　未來諸惡業　防護令不起
設令有違者　終不敢覆藏　身三語四種
意業復有三　繫縛諸有情　無始恒相續
由斯三種行　造作十惡業　如是衆多罪
我今皆懺悔　我造諸惡業　苦報當自受
今於諸佛前　至誠皆懺悔　於此贍部洲
及他方世界　所有諸善業　今我皆隨喜
願離十惡業　修行十善道　安住十地中
常見十方佛　我以身語意　所修福智業
願以此善根　速成無上慧
我今親對十力前　發露衆多苦難事
凡愚迷惑三有難　恒造極重惡業難
我所積集欲邪難　常起貪愛流轉難
於此世間耽著難　一切愚夫煩惱難
狂心散動顛倒難　及以親近惡友難
於生死中貪染難　瞋癡暗鈍造罪難
生八無暇惡處難　未曾積集功德難
我今皆於最勝前　懺悔無邊罪惡業
我今歸依諸善逝　我禮德海無上尊
如大金山照十方　唯願慈悲哀攝受

身色金光淨無垢　目如清淨紺瑠璃
吉祥威德名稱尊　大悲慧日除衆闇
佛日光明常普遍　善淨無垢離諸塵
牟尼月照極清涼　能除衆生煩惱熱
三十二相徧莊嚴　八十隨好皆圓滿
福德難思無與等　如日流光照世間
色如瑠璃淨無垢　猶如滿月處虛空
妙玻瓈網映金軀　種種光明以嚴飾
於生死苦暴流内　老病憂愁水所漂
如是苦海難堪忍　佛日舒光令永竭
我今稽首一切智　三千世界希有尊
光明晃耀紫金身　種種妙好皆嚴飾
如大海水量難知　大地微塵不可數
如妙高山叵稱量　亦如虛空無有際
諸佛功德亦如是　一切有情不能知
於無量劫諦思惟　無有能知德海岸
盡此大地諸山嶽　析如微塵能算知
毛端渧海尚可量　佛之功德無能數
一切有情皆共讚　世尊名稱諸功德
清淨相好妙莊嚴　不可稱量知分齊
我之所有衆善業　願得速成無上尊
廣說正法利群生　悉令解脫於衆苦
降伏大力魔軍衆　當轉無上正法輪
久住劫數難思議　充足衆生甘露味
猶如過去諸最勝　六波羅蜜皆圓滿
滅諸貪欲及瞋癡　降伏煩惱除衆苦
願我常得宿命智　能憶過去百千生
亦常憶念牟尼尊　得聞諸佛甚深法
願我以斯諸善業　奉事無邊最勝尊
遠離一切不善因　恒得修行真妙法

一切世界諸衆生　悉皆離苦得安樂
所有諸根不具足　令彼身相皆圓滿
若有衆生遭病苦　身形羸瘦無所依
咸令病苦得消除　諸根色力皆充滿
若犯王法當刑戮　衆苦逼迫生憂惱
彼受如斯極苦時　無有歸依能救護
若受鞭杖枷鎖繫　種種苦具切其身
無量百千憂惱時　逼迫身心無暫樂
皆令得免於繫縛　及以鞭杖苦楚事
將臨刑者得命全　衆苦皆令永除盡
若有衆生饑渴逼　令得種種殊勝味
盲者得視聾者聞　跛者能行瘂能語
貧窮衆生獲寶藏　倉庫盈溢無所乏
皆令得受上妙樂　無一衆生受苦惱
一切人天皆樂見　容儀温雅甚端嚴
悉皆現受無量樂　受用豐饒福德具
隨彼衆生念妓樂　衆妙音聲皆現前
念水即現清涼池　金色蓮華泛其上
隨彼衆生心所念　飲食衣服及牀敷
金銀珍寶妙瑠璃　瓔珞莊嚴皆具足
勿令衆生聞惡響　亦復不見有相違
所受容貌悉端嚴　各各慈心相愛樂
世間資生諸樂具　隨心念時皆滿足
所得珍財無悋惜　分布施與諸衆生
燒香末香及塗香　衆妙雜華非一色
每日三時從樹墮　隨心受用生歡喜
普願衆生咸供養　十方一切最勝尊
三乘清淨妙法門　菩薩獨覺聲聞衆
常願勿處於卑賤　不墮無暇八難中
生在有暇人中尊　恒得親承十方佛

願得常生冨貴家　財寶倉庫皆盈滿
顔貌名稱無與等　壽命延長經劫數
悉願女人變爲男　勇健聰明多智慧
一切常行菩薩道　勤修六度到彼岸
常見十方無量佛　寶王樹下而安處
處妙瑠璃師子座　恒得親承轉法輪
若於過去及現在　輪迴三有造諸業
能招可猒不善趣　願得消滅永無餘
一切衆生於有海　生死羂網堅牢縛
願以智劒爲斷除　離苦速證菩提處
衆生於此贍部内　或於他方世界中
所作種種勝福因　我今皆悉生隨喜
以此隨喜福德事　及身語意造衆善
願此勝業常增長　速證無上大菩提
所有禮讚佛功德　深心清淨無瑕穢
回向發願福無邊　當超惡趣六十劫
若有男子及女人　婆羅門等諸勝族
合掌一心讚歎佛　生生常憶宿世事
諸根清淨身圓滿　殊勝功德皆成就
願於未來所生處　常得人天共瞻仰
非於一佛十佛所　修諸善根今得聞
百千佛所種善根　方得聞斯懺悔法

爾時世尊聞此說已讚妙幢菩薩言善哉善哉善男子如汝所夢金鼓出聲讚歎如來眞實功德幷懺悔法若有聞者獲福甚多廣利有情滅除罪障汝今應知此之勝業皆是過去讚歎發願宿習因緣及由諸佛威力加護此之因緣當爲汝說時諸大衆聞是法已咸皆歡喜信受奉行

金光明最勝王經卷第二

音釋

礦古猛切銅鐵朴石也鏍釧鏍胡關切指鐶也釧樞絹切臂鐶也鎔銷鎔餘封切冶也銷思邀切爍也諂佞諂丑琰切諛也佞佞乃定切捷給也桴芳無切擊鼓杖也

金光明最勝王經卷第三

唐三藏法師義淨奉 制譯

滅業障品第五

爾時世尊住正分別入於甚深微妙靜慮從身毛孔放大光明無量百千種種諸色諸佛刹土悉現光中十方恒河沙校量譬喻所不能及五濁惡世爲光所照是諸衆生作十惡業五無間罪誹謗三寶不孝尊親輕慢師長婆羅門衆應墮地獄餓鬼傍生彼各蒙光至所住處是諸有情見斯光已因光力故皆得安樂端正姝妙色相具足福智莊嚴得見諸佛是時帝釋一切天衆及恒河女神幷諸大衆蒙光希有皆至佛所右繞三帀退坐一面爾時天帝釋承佛威力即從座起偏袒右肩右膝著地合掌向佛而白佛言世尊云何善男子善女人願求阿耨多羅三藐三菩提修行大乘攝受一切邪倒有情曾所造作業障罪者云何懺悔當得除滅佛告天帝釋善哉善哉善男子汝今修行欲爲無量無邊衆生令得清淨解脫安樂哀愍世間福利一切若有衆生由業障故造諸罪者應當策勵晝夜六時偏袒右肩右膝著地合掌恭敬一心專念口自說言歸命頂禮現在十方一切諸佛已得阿耨多羅三藐三菩提者轉妙法輪持照法輪雨大法雨擊大法鼓吹大法螺建大法幢秉大法炬爲欲利益安樂諸衆生故常行法施誘進群迷令得大果證常樂故如是等諸佛世尊以身語意稽首歸誠至心禮敬彼諸世尊以眞實慧以眞實眼眞實證明眞實平等悉知悉見一切衆生善惡之業我從

無始生死以來隨惡流轉共諸衆生造業障罪爲貪瞋癡之所纏縛未識佛時未識法時未識僧時未識善惡由身語意造無間罪惡心出佛身血誹謗正法破和合僧殺阿羅漢殺害父母身三語四意三種行造十惡業自作教他見作隨喜於諸善人橫生毀謗斗秤欺誑以僞爲眞不淨飲食施與一切於六道中所有父母更相惱害或盜窣堵波物四方僧物現前僧物自在而用世尊法律不樂奉行師長教示不相隨順見行聲聞獨覺大乘行者喜生罵辱令諸行人心生悔惱見有勝己便懷嫉妬法施財施常生慳惜無明所覆邪見惑心不修善因令惡增長於諸佛所而起誹謗法說非法非法說法如是衆罪佛以眞實慧眞實眼眞實證明眞實平等悉知悉見我今歸命對諸佛前皆悉發露不敢覆藏未作之罪更不復作已作之罪今皆懺悔所作業障應墮惡道地獄傍生餓鬼之中阿蘇羅衆及八難處願我此生所有業障皆得消滅所有惡報未來不受亦如過去諸大菩薩修菩提行所有業障悉已懺悔我之業障今亦懺悔皆悉發露不敢覆藏已作之罪願得除滅未來之惡更不敢造亦如未來諸大菩薩修菩提行所有業障悉皆懺悔我之業障今亦懺悔咸悉發露不敢覆藏所作之罪願得除滅未來之惡更不敢造亦如現在十方世界諸大菩薩修菩提行所有業障悉亦懺悔我之業障今亦懺悔皆悉發露不敢覆藏已作之罪願得除滅未來之惡更不敢造善男子以是因緣若有造罪一剎那中不得覆

藏何況一日一夜乃至多時若有犯罪欲求清淨心懷愧恥信於未來必有惡報生大恐怖應如是懺如人被火燒頭燒衣救令速滅火若未滅心不得安若人犯罪亦復如是即應懺悔令速除滅若有願生富樂之家多饒財寶復欲發意修習大乘亦應懺悔滅除業障欲生豪貴婆羅門種刹帝利家及轉輪王七寶具足亦應懺悔滅除業障善男子若有欲生四天王衆三十三天夜摩天覩史多天樂變化天他化自在天亦應懺悔滅除業障若欲生梵衆梵輔大梵天少光無量光極光淨天少淨無量淨遍淨天無雲福生廣果無煩無熱善現天善見色究竟天亦應懺悔滅除業障若欲求預流果一來果不還果阿羅漢果亦應懺悔滅除業障若欲願求三明六通聲聞獨覺自在菩提至究竟地求一切智智淨智不思議智不動智三藐三菩提正遍智者亦應懺悔滅除業障何以故善男子一切諸法從因緣生如來所說異相生異相滅因緣異故如是過去諸法皆已滅盡所有業障無復遺餘是諸行法未得現生而今得生未來業障更不復起何以故善男子一切法空如來所說無有我人衆生壽者亦無生滅亦無行法善男子一切諸法皆依於本亦不可說何以故過一切相故若有善男子善女人如是入於微妙眞理生信敬心是名無衆生而有於本以是義故說於懺悔滅除業障善男子若人成就四法能除業障永得清淨云何爲四一者不起邪心正念成就二者於甚深理不生誹謗三者於初行菩薩起一切

智心四者於諸衆生起慈無量是謂爲四爾時世尊而説頌曰

專心護三業　不誹謗深法　作一切智想
慈心淨業障

善男子有四業障難可滅除云何爲四一者於菩薩律儀犯極重惡二者於大乘經心生誹謗三者於自善根不能增長四者貪著三有無出離心復有四種對治業障云何爲四一者於十方世界一切如來至心親近説一切罪二者爲一切衆生勸請諸佛説深妙法三者隨喜一切衆生所有功德四者所有一切功德善根悉皆回向阿耨多羅三藐三菩提爾時天帝釋白佛言世尊世間所有男子女人於大乘行有能行者有不行者云何能得隨喜一切衆生功德善根佛言善男子若有衆生雖於大乘未能修習然於晝夜六時偏袒右肩右膝著地合掌恭敬一心專念作隨喜時得福無量應作是言十方世界一切衆生現在修行施戒心慧我今皆悉深生隨喜由作如是隨喜福故必當獲得尊重殊勝無上無等最妙之果如是過去未來一切衆生所有善根皆悉隨喜又於現在初行菩薩發菩提心所有功德過百大劫行菩薩行有大功德獲無生忍至不退轉一生補處如是一切功德之蘊皆悉至心隨喜讚歎過去未來一切菩薩所有功德隨喜讚歎亦復如是復於現在十方世界一切諸佛應正遍知證妙菩提爲度無邊諸衆生故轉無上法輪行無礙法施擊法鼓吹法螺建法幢雨法雨哀愍勸化一切衆生咸令信受皆蒙法施悉得

充足無盡安樂又復所有菩薩聲聞獨覺功德積集善根若有衆生未具如是諸功德者悉令具足我皆隨喜如是過去未來諸佛菩薩聲聞獨覺所有功德亦皆至心隨喜讚歎善男子如是隨喜當得無量功德之聚如恒河沙三千大千世界所有衆生皆斷煩惱成阿羅漢若有善男子善女人盡其形壽常以上妙衣服飲食卧具醫藥而爲供養如是功德不及如前隨喜功德千分之一何以故供養功德有數有量不攝一切諸功德故隨喜功德無量無數能攝三世一切功德是故若人欲求增長勝善根者應修如是隨喜功德若有女人願轉女身爲男子者亦應修集隨喜功德必得隨心現成男子爾時天帝釋白佛言世尊已知隨喜功德勸請功德唯願爲說欲令未來一切菩薩當轉法輪現在菩薩正修行故佛告帝釋若有善男子善女人願求阿耨多羅三藐三菩提者應當修行聲聞獨覺大乘之道是人當於晝夜六時如前威儀一心專念作如是言我今歸依十方一切諸佛世尊已得阿耨多羅三藐三菩提未轉無上法輪欲捨報身入涅槃者我皆至誠頂禮勸請轉大法輪雨大法雨然大法燈照明理趣施無礙法莫般涅槃久住於世度脱安樂一切衆生如前所說乃至無盡安樂我今以此勸請功德回向阿耨多羅三藐三菩提如過去未來現在諸大菩薩勸請功德回向菩提我亦如是勸請功德回向無上正等菩提善男子假使有人以三千大千世界滿中七寶供養如來若復有人勸請如來轉大法

輪所得功德其福勝彼何以故彼是財施此是法施善男子且置三千大千世界七寶布施若人以滿恒河沙數大千世界七寶供養一切諸佛勸請功德亦勝於彼由其法施有五勝利云何爲五一者法施兼利自他財施不爾二者法施能令衆生出於三界財施之福不出欲界三者法施能淨法身財施但唯增長於色四者法施無窮財施有盡五者法施能斷無明財施唯伏貪愛是故善男子勸請功德無量無邊難可譬喻如我昔行菩薩道時勸請諸佛轉大法輪由彼善根是故今日一切帝釋諸梵王等勸請於我轉大法輪善男子請轉法輪爲欲度脱安樂諸衆生故我於往昔爲菩提行勸請如來久住於世莫般涅槃依此善根我得十力四無所畏四無礙辯大慈大悲證得無數不共之法我當入於無餘涅槃我之正法久住於世我法身者清淨無比種種妙相無量智慧無量自在無量功德難可思議一切衆生皆蒙利益百千萬劫說不能盡法身攝藏一切諸法一切諸法不攝法身法身常住不墮常見雖復斷滅亦非斷見能破衆生種種異見能生衆生種種真見能解一切衆生之縛無縛可解能植衆生諸善根本未成熟者令成熟已成熟者令解脱無作無動遠離憒閙寂靜無爲自在安樂過於三世能現三世出於聲聞獨覺之境諸大菩薩之所修行一切如來體無有異此等皆由勸請功德善根力故如是法身我今已得是故若有欲得阿耨多羅三藐三菩提者於諸經中一句一頌爲人解說功德善

根尚無限量何況勸請如來轉大法輪久住於世莫般涅槃時天帝釋復白佛言世尊若善男子善女人爲求阿耨多羅三藐三菩提故修三乘道所有善根云何回向一切智智佛告天帝善男子若有衆生欲求菩提修三乘道所有善根願回向者當於晝夜六時慇重至心作如是說我從無始生死以來於三寶所修行成就所有善根乃至施與傍生一摶之食或以善言和解諍訟或受三歸及諸學處或復懺悔勸請隨喜所有善根我今作意悉皆攝取回施一切衆生無悔悋心是解脫分善根所攝如佛世尊之所知見不可稱量無礙清淨如是所有功德善根悉以回施一切衆生不住相心不捨相心我亦如是功德善根悉以回施一切衆生願皆獲得如意之手擣空出寶滿衆生願富樂無盡智慧無窮妙法辯才悉皆無滯共諸衆生同證阿耨多羅三藐三菩提得一切智因此善根更復出生無量善法亦皆回向無上菩提又如過去諸大菩薩修行之時功德善根悉皆回向一切種智現在未來亦復如是然我所有功德善根亦皆回向阿耨多羅三藐三菩提是諸善根願共一切衆生俱成正覺如餘諸佛坐於道場菩提樹下不可思議無礙清淨住於無盡法藏陀羅尼首楞嚴定破魔波旬無量兵衆應見覺知應可通達如是一切一刹那中悉皆照了於後夜中獲甘露法證甘露義我及衆生願皆同證如是妙覺猶如無量壽佛勝光佛妙光佛阿閦佛功德善光佛師子光明佛日光明佛網光明佛寶相佛寶燄

佛餤明佛餤盛光明佛吉祥上王佛微妙聲佛妙莊嚴佛法幢佛上勝身佛可愛色身佛光明遍照佛梵淨王佛上性佛如是等如來應正徧知過去未來及以現在示現應化得阿耨多羅三藐三菩提轉無上法輪爲度衆生我亦如是廣說如上善男子若有淨信男子女人於此金光明最勝王經滅業障品受持讀誦憶念不忘爲他廣說得無量無邊大功德聚譬如三千大千世界所有衆生一時皆得成就人身得人身已成獨覺道若有男子女人盡其形壽恭敬尊重四事供養一一獨覺各施七寶如須彌山此諸獨覺入涅槃後皆以珍寶起塔供養其塔高廣十二踰繕那以諸華香寶幢旙蓋常爲供養善男子於意云何是人所獲功德寧爲多不天帝釋言甚多世尊善男子若復有人於此金光明微妙經典衆經之王滅業障品受持讀誦憶念不忘爲他廣說所獲功德於前所說供養功德百分不及一百千萬億分乃至校量譬喻所不能及何以故是善男子善女人住正行中勸請十方一切諸佛轉無上法輪皆爲諸佛歡喜讚歎善男子如我所說一切施中法施爲勝是故善男子於三寶所設諸供養不可爲比勸受三歸持一切戒無有毀犯三業不空不可爲比一切世界一切衆生隨力隨能隨所願樂於三乘中勸發菩提心不可爲比於三世中一切世界所有衆生皆得無礙速令成就無量功德不可爲比三世剎土一切衆生令無障礙得三菩提不可爲比三世剎土一切衆生勸令速出四惡道苦不可爲

比三世剎土一切衆生勸令除滅極重惡業不可爲比一切苦惱勸令解脫不可爲比一切怖畏苦惱逼切皆令得解不可爲比三世佛前一切衆生所有功德勸令隨喜發菩提願不可爲比勸除惡行罵辱之業一切功德皆願成就所在生中勸請供養尊重讚歎一切三寶勸請衆生淨修福行成滿菩提不可爲比是故當知勸請一切世界三世三寶勸請滿足六波羅蜜勸請轉於無上法輪勸請住世經無量劫演說無量甚深妙法功德甚深無能比者爾時天帝釋及恒河女神無量梵王四大天衆從座而起偏袒右肩右膝著地合掌頂禮白佛言世尊我等皆得聞是金光明最勝王經今悉受持讀誦通利爲他廣說依此法住何以故世尊我等欲求阿耨多羅三藐三菩提隨順此義種種勝相如法行故爾時梵王及天帝釋等於說法處皆以種種曼陀羅華而散佛上三千大千世界地皆大動一切天鼓及諸音樂不鼓自鳴放金色光遍滿世界出妙音聲時天帝釋白佛言世尊此等皆是金光明經威神之力慈悲普救種種利益種種增長菩薩善根滅諸業障佛言如是如是如汝所說何以故善男子我念往昔過無量百千阿僧祇劫有佛名寶王大光照如來應正徧知出現於世住世六百八十億劫爾時寶王大光照如來爲欲度脫人天釋梵沙門婆羅門一切衆生令安樂故當出現時初會說法度百千億億萬衆皆得阿羅漢果諸漏已盡三明六通自在無礙於第二會復度九十千億億萬衆皆得阿羅漢果

諸漏已盡三明六通自在無礙於第三會復度九十八千億億萬衆皆得阿羅漢果圓滿如上善男子我於爾時作女人身名福寶光明於第三會親近世尊受持讀誦是金光明經爲他廣説求阿耨多羅三藐三菩提故時彼世尊爲我授記此福寶光明女於未來世當得作佛號釋迦牟尼如來應正徧知明行足善逝世間解無上士調御丈夫天人師佛世尊捨女身後從是以來越四惡道生人天中受上妙樂八十四百千生作轉輪王至于今日得成正覺名稱普聞遍滿世界時會大衆忽然皆見寶王大光照如來轉無上法輪説微妙法善男子去此索訶世界東方過百千恒河沙數佛土有世界名寶莊嚴其寶王大光照如來今現在彼未般涅槃説微妙法廣化群生汝等見者即是彼佛善男子若有善男子善女人聞是寶王大光照如來名號者於菩薩地得不退轉至大涅槃若有女人聞是佛名者臨命終時得見彼佛來至其所既見佛已究竟不復更受女身善男子是金光明微妙經典種種利益種種增長菩薩善根滅諸業障善男子若有苾芻苾芻尼鄔波索迦鄔波斯迦隨在何處爲人講説是金光明微妙經典於其國土皆獲四種福利善根云何爲四一者國王無病離諸災厄二者壽命長遠無有障礙三者無諸怨敵兵衆勇健四者安隱豐樂正法流通何以故如是人王常爲釋梵四王藥叉之衆共守護故爾時世尊告天衆曰善男子是事實不是時無量釋梵四王及藥叉衆俱時同聲答世尊言如是

如是若有國土講宣讀誦此妙經王是諸國王我等四王常來擁護行住共俱其王若有一切災障及諸怨敵我等四王皆使消殄憂愁疾疫亦令除差增益壽命感應禎祥所願遂心恒生歡喜我等亦能令其國中所有軍兵悉皆勇健佛言善哉善哉善男子如汝所說汝當修行何以故是諸國主如法行時一切人民隨王修習如法行者汝等皆蒙色力勝利宮殿光明眷屬强盛時釋梵等白佛言如是世尊佛言若有講誦此妙經典流通之處於其國中大臣輔相有四種益云何爲四一者更相親穆尊重愛念二者常爲人王心所愛重亦爲沙門婆羅門大國小國之所遵敬三者輕財重法不求世利嘉名普暨衆所欽仰四者壽命延長安隱快樂是名四益若有國土宣說是經沙門婆羅門得四種勝利云何爲四一者衣服飲食卧具醫藥無所乏少二者皆得安心思惟讀誦三者依於山林得安樂住四者隨心所願皆得滿足是名四種勝利若有國土宣說是經一切人民皆得豐樂無諸疾疫商估往還多獲寶貨具足勝福是名種種功德利益爾時梵釋四天王及諸大衆白佛言世尊如是經典甚深之義若現在者當知如來三十七種助菩提法住世未滅若是經典滅盡之時正法亦滅佛言如是如是善男子是故汝等於此金光明經一句一頌一品一部皆當一心正讀誦正聞持正思惟正修習爲諸衆生廣宣流布長夜安樂福利無邊時諸大衆聞佛說已咸蒙勝益歡喜受持

金光明最勝王經卷第三

音釋

策勵 策楚革切使進也 勵力制切勉也 愧恥 愧詭僞切慙也 恥丑理切辱也 憒閙 憒古對切心亂也 閙奴教切不靜也 摶 度官切揑聚也 踰繕那 梵語也亦云由旬此云限量如此方一驛地 繕時戰切 殄 徒典切滅也

金光明最勝王經卷第四

唐三藏法師義淨奉　制譯

淨地陀羅尼品第六

爾時師子相無礙光燄菩薩與無量億衆從座而起偏袒右肩右膝著地合掌恭敬頂禮佛足以種種華香寶幢旛蓋而供養已白佛言世尊以幾因緣得菩提心何者是菩提心世尊即於菩提現在心不可得未來心不可得過去心不可得離於菩提菩提心亦不可得菩提者不可言說心亦無色無相無有事業非可造作衆生亦不可得亦不可知世尊云何諸法甚深之義而可得知佛言善男子如是如是菩提微妙事業造作皆不可得若離菩提菩提心亦不可得菩提者不可說心亦不可說無色相無事業一切衆生亦不可得何以故菩提及心同眞如故能證所證皆平等故非無諸法而可了知善男子菩薩摩訶薩如是知者乃得名爲通達諸法善說菩提及菩提心菩提心者非過去非未來非現在心亦如是衆生亦如是於中二相實不可得何以故以一切法皆無生故菩提不可得菩提名亦不可得衆生衆生名不可得聲聞聲聞名不可得獨覺獨覺名不可得菩薩菩薩名不可得佛佛名不可得行非行不可得行非行名不可得以不可得故於一切寂靜法中而得安住此依一切功德善根而得生起善男子譬如寶須彌山王饒益一切此菩提心利衆生故是名第一布施波羅蜜因善男子譬如大地持衆物故是名第二持戒波羅蜜因譬如師子有大威力獨步無畏離驚

恐故是名第三忍辱波羅蜜因譬如風輪那羅延力勇壯速疾心不退故是名第四勤策波羅蜜因譬如七寶樓觀有四階道清涼之風來吹四門受安隱樂靜慮法藏求滿足故是名第五靜慮波羅蜜因譬如日輪光耀熾盛此心速能破滅生死無明闇故是名第六智慧波羅蜜因譬如商主能令一切心願滿足此心能度生死險道獲功德寶故是名第七方便勝智波羅蜜因譬如淨月圓滿無翳此心能於一切境界清淨具足故是名第八願波羅蜜因譬如轉輪聖王主兵寶臣隨意自在此心善能莊嚴淨佛國土無量功德廣利群生故是名第九力波羅蜜因譬如虛空及轉輪聖王此心能於一切境界無有障礙於一切處皆得自在至灌頂位故是名第十智波羅蜜因善男子是名菩薩摩訶薩十種菩提心因如是十因汝當修學善男子依五種法菩薩摩訶薩成就布施波羅蜜云何爲五一者信根二者慈悲三者無求欲心四者攝受一切衆生五者願求一切智智善男子是名菩薩摩訶薩成就布施波羅蜜善男子復依五法菩薩摩訶薩成就持戒波羅蜜云何爲五一者三業清淨二者不爲一切衆生作煩惱因緣三者閉諸惡道開善趣門四者過於聲聞獨覺之地五者一切功德皆悉滿足善男子是名菩薩摩訶薩成就持戒波羅蜜善男子復依五法菩薩摩訶薩成就忍辱波羅蜜云何爲五一者能伏貪瞋煩惱二者不惜身命不求安樂止息之想三者思惟往業遭苦能忍四者發慈悲心成就衆生諸善

根故五者爲得甚深無生法忍善男子是名菩薩摩訶薩成就忍辱波羅蜜善男子復依五法菩薩摩訶薩成就勤策波羅蜜云何爲五一者與諸煩惱不樂共住二者福德未具不受安樂三者於諸難行苦行之事不生猒心四者以大慈悲攝受利益方便成熟一切衆生五者願求不退轉地善男子是名菩薩摩訶薩成就勤策波羅蜜善男子復依五法菩薩摩訶薩成就靜慮波羅蜜云何爲五一者於諸善法攝令不散故二者常願解脫不著二邊故三者願得神通成就衆生諸善根故四者爲淨法界蠲除心垢故五者爲斷衆生煩惱根本故善男子是名菩薩摩訶薩成就靜慮波羅蜜善男子復依五法菩薩摩訶薩成就智慧波羅蜜云何爲五一者常於一切諸佛菩薩及明智者供養親近不生猒背二者諸佛如來說甚深法心常樂聞無有猒足三者眞俗勝智樂善分別四者見修煩惱咸速斷除五者世間技術五明之法皆悉通達善男子是名菩薩摩訶薩成就智慧波羅蜜善男子復依五法菩薩摩訶薩成就方便波羅蜜云何爲五一者於一切衆生意樂煩惱心行差別悉皆通達二者無量諸法對治之門心皆曉了三者大慈悲定出入自在四者於諸波羅蜜多皆願修行成熟滿足五者一切佛法皆願了達攝受無遺善男子是名菩薩摩訶薩成就方便勝智波羅蜜善男子復依五法菩薩摩訶薩成就願波羅蜜云何爲五一者於一切法從本以來不生不滅非有非無心得安住二者觀一切法最妙理趣

離垢清淨心得安住三者過一切相心本眞如無作無行不異不動心得安住四者爲欲利益諸衆生事於俗諦中心得安住五者於奢摩他毗鉢舍那同時運行心得安住善男子是名菩薩摩訶薩成就願波羅蜜善男子復依五法菩薩摩訶薩成就力波羅蜜云何爲五一者以正智力能了一切衆生心行善惡二者能令一切衆生入於甚深微妙之法三者一切衆生輪迴生死隨其緣業如實了知四者於諸衆生三種根性以正智力能分別知五者於諸衆生如理爲說令種善根成熟度脫皆是智力故善男子是名菩薩摩訶薩成就力波羅蜜善男子復依五法菩薩摩訶薩成就智波羅蜜云何爲五一者能於諸法分別善惡二者於黑白法遠離攝受三者能於生死涅槃不猒不喜四者具福智行至究竟處五者受勝灌頂能得諸佛不共法等及一切智智善男子是名菩薩摩訶薩成就智波羅蜜善男子何者是波羅蜜義所謂修習勝利是波羅蜜義滿足無量大甚深智是波羅蜜義行非行法心不執著是波羅蜜義生死過失涅槃功德正覺正觀是波羅蜜義愚人智人皆悉攝受是波羅蜜義能現種種珍妙法寶是波羅蜜義無礙解脫智慧滿足是波羅蜜義法界衆生界正分別知是波羅蜜義施等及智能令至不退轉是波羅蜜義無生法忍能令滿足是波羅蜜義一切衆生功德善根能令成熟是波羅蜜義能於菩提成佛十力四無所畏不共法等皆悉成就是波羅蜜義生死涅槃了無二相是波羅蜜義

濟度一切是波羅蜜義一切外道來相詰難善能解釋令其降伏是波羅蜜義能轉十二妙行法輪是波羅蜜義無所著無所見無患累是波羅蜜義善男子初地菩薩是相先現三千大千世界無量無邊種種寶藏無不盈滿菩薩悉見善男子二地菩薩是相先現三千大千世界地平如掌無量無邊種種妙色清淨珍寶莊嚴之具菩薩悉見善男子三地菩薩是相先現自身勇健甲仗莊嚴一切怨賊皆能摧伏菩薩悉見善男子四地菩薩是相先現四方風輪種種妙華悉皆散灑充布地上菩薩悉見善男子五地菩薩是相先現有妙寶女衆寶瓔珞周徧嚴身首冠名華以爲其飾菩薩悉見善男子六地菩薩是相先現七寶華池有四階道金砂徧布清淨無穢八功德水皆悉盈滿嗢鉢羅華拘物頭華芬陀利華隨處莊嚴於華池所遊戲快樂清涼無比菩薩悉見善男子七地菩薩是相先現於菩薩前有諸衆生應墮地獄以菩薩力便得不墮無有損傷亦無恐怖菩薩悉見善男子八地菩薩是相先現於身兩邊有師子王以爲衛護一切衆獸悉皆怖畏菩薩悉見善男子九地菩薩是相先現轉輪聖王無量億衆圍繞供養頂上白蓋無量衆寶之所莊嚴菩薩悉見善男子十地菩薩是相先現如來之身金色晃耀無量淨光悉皆圓滿有無量億梵王圍繞恭敬供養轉於無上微妙法輪菩薩悉見善男子云何初地名爲歡喜謂初證得出世之心昔所未得而今始得於大事用如其所願悉皆成就生極喜樂是故最初

名爲歡喜諸微細垢犯戒過失皆得清淨是故二地名爲無垢無量智慧三昧光明不可傾動無能摧伏聞持陀羅尼以爲根本是故三地名爲明地以智慧火燒諸煩惱增長光明修行覺品是故四地名爲焰地修行方便勝智自在極難得故見修煩惱難伏能伏是故五地名爲難勝行法相續了了顯現無相思惟皆悉現前是故六地名爲現前無漏無間無相思惟解脫三昧遠修行故是地清淨無有障礙是故七地名爲遠行無相思惟修得自在諸煩惱行不能令動是故八地名爲不動說一切法種種差別皆得自在無患無累增長智慧自在無礙是故九地名爲善慧法身如虛空智慧如大雲皆能徧滿覆一切故是故第十名爲法雲善男子執著有相我

法無明怖畏生死惡趣無明此二無明障於初地微細學處護犯無明發起種種業行無明此二無明障於二地未得令得愛著無明能障殊勝總持無明此二無明障於三地味著等至喜悅無明微妙淨法愛樂無明此二無明障於四地欲背生死無明希趣涅槃無明此二無明障於五地觀行流轉無明麤相現前無明此二無明障於六地微細諸相現行無明作意欣樂無相無明此二無明障於七地於無相觀功用無明執相自在無明此二無明障於八地於所說義及名句文此二無量未得善巧無明於詞辯才不隨意無明此二無明障於九地於大神通未得自在變現無明微細祕密未能悟解事業無明此二無明障於十地於一切境微細所知障礙無

明極細煩惱麤重無明此二無明障於佛地善男子菩薩摩訶薩於初地中行施波羅蜜於第二地行戒波羅蜜於第三地行忍波羅蜜於第四地行勤波羅蜜於第五地行定波羅蜜於第六地行慧波羅蜜於第七地行方便勝智波羅蜜於第八地行願波羅蜜於第九地行力波羅蜜於第十地行智波羅蜜善男子菩薩摩訶薩最初發心攝受能生妙寶三摩地第二發心攝受能生可愛樂三摩地第三發心攝受能生難動三摩地第四發心攝受能生不退轉三摩地第五發心攝受能生寶華三摩地第六發心攝受能生日圓光燄三摩地第七發心攝受能生一切願如意成就三摩地第八發心攝受能生現前證住三摩地第九發心攝受能生智藏三摩地第十發心攝受能生勇進三摩地善男子是名菩薩摩訶薩十種發心善男子菩薩摩訶薩於此初地得陀羅尼名依功德力爾時世尊即說呪曰

怛姪他　晡律你曼奴喇剃　獨虎獨虎獨虎　耶跋蘇利瑜　阿婆婆薩底　耶跋旃達囉　調怛底　多跋達洛叉漫　憚荼鉢唎訶嚂　矩嚕莎(引)訶(引)

善男子此陀羅尼是過一恒河沙數諸佛所說為護初地菩薩故若有誦持此陀羅尼呪者得脫一切怖畏所謂虎狼師子惡獸之類一切惡鬼人非人等怨賊災橫及諸苦惱解脫五障不忘念初地

善男子菩薩摩訶薩於第二地得陀羅尼名善安樂住

怛姪他 唱篤里質里質里 唱篤羅篤羅
引喃繕覩繕覩 唱篤里虎嚕虎嚕 莎訶
善男子此陀羅尼是過二恒河沙數諸佛所
說爲護二地菩薩故若有誦持此陀羅尼呪
者脫諸怖畏惡獸惡鬼人非人等怨賊災横
及諸苦惱解脫五障不忘念二地
善男子菩薩摩訶薩於第三地得陀羅尼名
難勝力
怛姪他 憚宅枳般宅枳 羯喇撴 高喇
撴 雞由哩憚撴里 莎訶
善男子此陀羅尼是過三恒河沙數諸佛所
說爲護三地菩薩故若有誦持此陀羅尼呪
者脫諸怖畏惡獸惡鬼人非人等怨賊災横
及諸苦惱解脫五障不忘念三地
善男子菩薩摩訶薩於第四地得陀羅尼名
大利益
怛姪他 室唎室唎 陀弭你陀弭你 陀
哩陀哩你 室利室唎你 毗舍羅波始波
始娜 畔陀弭帝莎訶
善男子此陀羅尼是過四恒河沙數諸佛所
說爲護四地菩薩故若有誦持此陀羅尼呪
者脫諸怖畏惡獸惡鬼人非人等怨賊災横
及諸苦惱解脫五障不忘念四地
善男子菩薩摩訶薩於第五地得陀羅尼名
種種功德莊嚴
怛姪他 訶哩訶哩你 遮哩遮哩你羯喇
摩引 你僧羯喇摩引 你三婆山你瞻跋
你悉耽婆你謨漢你 碎閻步陛莎訶
善男子此陀羅尼是過五恒河沙數諸佛所
說爲護五地菩薩故若有誦持此陀

羅尼呪者脱諸怖畏惡獸惡鬼人非人等怨
賊災横及諸苦惱解脱五障不忘念五地
善男子菩薩摩訶薩於第六地得陀羅尼名
圓滿智
怛姪他　毗徙哩毗徙哩　摩哩你迦里迦
里　毗度漢底　嚕嚕嚕嚕　主嚕主嚕
杜嚕婆杜嚕婆　捨捨設者婆哩灑　莎入
悉底薩婆薩埵喃　悉甸覩　曼怛囉鉢陀
你莎訶
善男子此陀羅尼是過六恒河沙數諸佛所
説爲護六地菩薩摩訶薩故若有誦持此陀
羅尼呪者脱諸怖畏惡獸惡鬼人非人等怨
賊災横及諸苦惱解脱五障不忘念六地
善男子菩薩摩訶薩於第七地得陀羅尼名
法勝行
怛姪他　勺訶上　勺訶引嚕　勺訶勺訶
勺訶嚕　鞞陸枳鞞陸枳　阿蜜栗多唬漢
你　勅里山你　鞞嚕勅枳婆嚕伐底　鞞
提呬枳　頻陀鞞哩你　阿蜜哩底枳　薄
虎主愈　薄虎主愈莎訶
善男子此陀羅尼是過七恒河沙數諸佛所
説爲護七地菩薩故若有誦持此陀羅尼呪
者脱諸怖畏惡獸惡鬼人非人等怨賊災横
及諸苦惱解脱五障不忘念七地
善男子菩薩摩訶薩於第八地得陀羅尼名
無盡藏
怛姪他　室唎室唎室唎你　蜜底蜜底
羯哩羯哩　醯嚕醯嚕　主嚕主嚕　畔陀
弭莎訶
善男子此陀羅尼是過八恒河沙數諸佛所

說爲護八地菩薩故若有誦持此陀羅尼呪
者脫諸怖畏惡獸惡鬼人非人等怨賊災橫
及諸苦惱解脫五障不忘念八地
善男子菩薩摩訶薩於第九地得陀羅尼名
無量門
怛姪他　訶哩旃茶哩枳　俱藍婆喇體
覩刺死　拔吒拔吒死　室唎室唎　迦室
哩迦　必室唎　莎悉底　薩婆薩埵喃莎
訶
善男子此陀羅尼是過九恒河沙數諸佛所
說爲護九地菩薩故若有誦持此陀羅尼呪
者脫諸怖畏惡獸惡鬼人非人等怨賊災橫
及諸苦惱解脫五障不忘念九地
善男子菩薩摩訶薩於第十地得陀羅尼名
破金剛山

怛姪他　悉提去　蘇悉提去　謨折你木
察你　毗木底菴末麗　毗末麗涅末麗
忙揭麗　呬喇若　揭鞞　曷喇怛娜揭鞞
三曼多跋姪囇　薩婆頞他娑憚你　摩
捺斯莫訶摩捺斯　頞步底　頞窒步底
阿喇誓毗喇誓　頞主底菴蜜栗底　阿喇
誓　毗喇誓　跋嚂謎　跋羅甜　麼莎
囇晡喇你晡喇娜　曼奴喇剃莎訶
善男子此陀羅尼灌頂吉祥句是過十恒河
沙數諸佛所說爲護十地菩薩故若有誦持
此陀羅尼呪者脫諸怖畏惡獸惡鬼人非人
等怨賊災橫一切毒害皆悉除滅解脫五障
不忘念十地
爾時師子相無礙光燄菩薩聞佛說此不可
思議陀羅尼已即從座起偏袒右肩右膝著

地合掌恭敬頂禮佛足以頌讚佛

敬禮無譬喻　甚深無相法　衆生失正知
唯佛能濟度　如來明慧眼　不見一法相
復以正法眼　普照不思議　不生於一法
亦不滅一法　由斯平等見　得至無上處
不壞於生死　亦不住涅槃　不著於二邊
是故證圓寂　於淨不淨品　世尊知一味
由不分別故　獲得最清淨　世尊無邊身
不說於一字　令諸弟子衆　法雨皆充滿
佛觀衆生相　一切種皆無　然於苦惱者
常興於救護　苦樂常無常　有我無我等
不一亦不異　不生亦不滅　如是衆多義
隨說有差別　譬如空谷響　唯佛能了知
法界無分別　是故無異乘　爲度衆生故
分別說有三

爾時大自在梵天王亦從座起偏袒右肩右膝著地合掌恭敬頂禮佛足而白佛言世尊此金光明最勝王經希有難量初中後善文義究竟皆能成就一切佛法若受持者是人則爲報諸佛恩佛言善男子如是如是如汝所說善男子若得聽聞是經典者皆不退於阿耨多羅三藐三菩提何以故善男子是能成熟不退地菩薩殊勝善根是第一法印是衆經王故應聽聞受持讀誦何以故善男子若一切衆生未種善根未成熟善根未親近諸佛者不能聽聞是微妙法若善男子善女人能聽受者一切罪障皆悉除滅得最清淨常得見佛不離諸佛及善知識勝行之人恒聞妙法住不退地獲得如是勝陀羅尼門所謂無盡無減海印出妙功德陀羅尼無盡無

滅通達衆生意行言語陀羅尼無盡無減日圓無垢相光陀羅尼無盡無減滿月相光陀羅尼無盡無減能伏諸惑演功德流陀羅尼無盡無減破金剛山陀羅尼無盡無減説不可説義因緣藏陀羅尼無盡無減通達實語法則音聲陀羅尼無盡無減虛空無垢心行印陀羅尼無盡無減無邊佛身皆能顯現陀羅尼無盡無減善男子如是等無盡無減諸陀羅尼門得成就故是菩薩摩訶薩能於十方一切佛土化作佛身演説無上種種正法於法真如不動不住不來不去善能成熟一切衆生善根亦不見一衆生可成熟者雖説種種諸法於言詞中不動不住不去不來能於生滅證無生滅以何因緣説諸行法無有去來由一切法體無異故説是法時三萬億菩薩摩訶薩得無生法忍無量諸菩薩不退菩提心無量無邊苾芻苾芻尼得法眼淨無量衆生發菩薩心爾時世尊而説頌曰

勝法能逆生死流　甚深微妙難得見
有情盲冥貪欲覆　由不見故受衆苦

爾時大衆俱從座起頂禮佛足而白佛言世尊若所在處講宣讀誦此金光明最勝王經我等大衆皆悉往彼爲作聽衆是説法師令得利益安樂無障身意泰然我等皆當盡心供養亦令聽衆安隱快樂所住國土無諸怨賊恐怖厄難饑饉之苦人民熾盛此説法處道場之地一切諸天人非人等一切衆生不應履踐及以汙穢何以故説法之處即是制底當以香華繒綵幡蓋而爲供養我等常爲守護令離衰損佛告大衆善男子汝等應當

精勤修習此妙經典是則正法久住於世

金光明最勝王經卷第四

音釋

翳（於計切障也）灑（所蟹切汛也）篅（市緣切）㨖（知義切）饑饉（饑居宜切穀不熟也饉渠吝切菜不熟也）

金光明最勝王經卷第五

唐三藏法師義淨奉　制譯

蓮華喻讚品第七

爾時佛告菩提樹神善女天汝今應知妙憧夜夢見妙金鼓出大音聲讚佛功德并懺悔法此之因緣我爲汝等廣說其事應當諦聽善思念之過去有王名金龍主常以蓮華喻讚稱歎十方三世諸佛即爲大衆說其讚曰

過去未來現在佛　安住十方世界中
我今至誠稽首禮　一心讚歎諸最勝
無上清淨牟尼尊　身光照耀如金色
一切聲中最爲上　如大梵響震雷音
髮彩喻若黑蜂王　宛轉旋文紺青色
齒白齊密如珂雪　平正顯現有光明
目淨無垢妙端嚴　猶如廣大青蓮葉
舌相廣長極柔輭　譬如紅蓮出水中
眉間常有白毫光　右旋宛轉玻瓈色
眉細纖長類初月　其色光耀比蜂王
鼻高脩直如金鋌　淨妙光潤相無虧
一切世間殊妙香　聞時悉知其所在
世尊最勝身金色　一一毛端相不殊
紺青柔輭右旋文　微妙光彩難爲喻
初誕身有妙光明　普照一切十方界
能滅三有衆生苦　令彼悉蒙安隱樂
地獄傍生鬼道中　阿蘇羅天及人趣
令彼除滅於衆苦　常受自然安隱樂
身色光明常普照　譬如鎔金妙無比
面貌圓明如滿月　脣色赤好喻頻婆
行步威儀類師子　身光朗耀同初日
臂肘纖長立過膝　狀等垂下娑羅枝

圓光一尋照無邊　赫奕猶如百千日
悉能遍至諸佛刹　隨緣所在覺群迷
淨光明網無倫比　流輝遍滿百千界
普照十方無障礙　一切冥暗悉皆除
善逝慈光能與樂　妙色映徹等金山
流光悉至百千土　衆生遇者皆出離
佛身成就無量福　一切功德共莊嚴
超過三界獨稱尊　世間殊勝無與等
所有過去一切佛　數同大地諸微塵
未來現在十方尊　亦如大地微塵衆
我以至誠身語意　稽首歸依三世佛
讚歎無邊功德海　種種香華皆供養
設我口中有千舌　經無量劫讚如來
世尊功德不思議　最勝甚深難可說
假令我舌有百千　讚歎一佛一功德
於中少分尚難知　況諸佛德無邊際
假使大地及諸天　乃至有頂爲海水
可以毛端滴知數　佛一功德甚難量
我以至誠身語意　禮讚諸佛德無邊
所有勝福果難思　回施衆生速成佛
彼王讚歎如來已　倍復深心發弘願
願我當於未來世　生在無量無數劫
夢中常見大金鼓　得聞顯說懺悔音
讚佛功德喻蓮華　願證無生成正覺
諸佛出世時一現　於百千劫甚難逢
夜夢常聞妙鼓音　晝則隨應而懺悔
我當圓滿修六度　拔濟衆生出苦海
然後得成無上覺　佛土清淨不思議
以妙金鼓奉如來　幷讚諸佛實功德
因斯當見釋迦佛　記我當紹人中尊

金龍金光是我子　過去曾爲善知識
世世願生於我家　共受無上菩提記
若有衆生無救護　長夜輪迴受衆苦
我於來世作歸依　令彼常得安隱樂
三有衆苦願除滅　悉得隨心安樂處
於未來世修菩提　皆如過去成佛者
願此金光懺悔福　永竭苦海罪消除
業障煩惱悉皆亡　令我速招清淨果
福智大海量無邊　清淨離垢深無底
願我獲斯功德海　速成無上大菩提
以此金光懺悔力　當獲福德淨光明
既得清淨妙光明　常以智光照一切
願我身光等諸佛　福德智慧亦復然
一切世界獨稱尊　威力自在無倫匹
有漏苦海願超越　無爲樂海願常遊
現在福海願恒盈　當來智海願圓滿
願我刹土超三界　殊勝功德量無邊
諸有緣者悉同生　皆得速成清淨智
妙幢汝當知　國王金龍主　曾發如是願
彼即是汝身　往時有二子　金龍及金光
即銀相銀光　當受我所記　大衆聞是説
皆發菩提心　願現在未來　常依此懺悔

金勝陀羅尼品第八

爾時世尊復於衆中告善住菩薩摩訶薩善男子有陀羅尼名曰金勝若有善男子善女人欲求親見過去未來現在諸佛恭敬供養者應當受持此陀羅尼何以故此陀羅尼乃是過現未來諸佛之母是故當知持此陀羅尼者具大福德已於過去無量佛所植諸善本今得受持於戒清淨不毀不缺無有障礙

決定能入甚深法門世尊即爲說持呪法先稱諸佛及菩薩名至心禮敬然後誦呪

南謨十方一切諸佛南謨諸大菩薩摩訶薩南謨聲聞緣覺一切賢聖南謨釋迦牟尼佛南謨東方不動佛南謨南方寶幢佛南謨西方阿彌陀佛南謨北方天鼓音王佛南謨上方廣衆德佛南謨下方明德佛南謨寶藏佛南謨普光佛南謨普明佛南謨香積王佛南謨蓮華勝佛南謨平等見佛南謨寶髻佛南謨寶上佛南謨寶光佛南謨無垢光明佛南謨辯才莊嚴思惟佛南謨淨月光稱相王佛南謨華嚴光佛南謨光明王佛南謨善光無垢稱王佛南謨觀察無畏自在佛南謨無畏名稱佛南謨最勝王佛南謨寶相佛南謨觀自在菩薩摩訶薩南謨地藏菩薩摩訶薩南謨虛空藏菩薩摩訶薩南謨妙吉祥菩薩摩訶薩南謨金剛手菩薩摩訶薩南謨普賢菩薩摩訶薩南謨無盡意菩薩摩訶薩南謨大勢至菩薩摩訶薩南謨慈氏菩薩摩訶薩南謨善思菩薩摩訶薩

陀羅尼曰

南謨曷喇怛娜怛喇夜也　怛姪他　君睇　君睇　矩折麗矩折囇　壹窒哩蜜窒哩

莎訶

佛告善住菩薩此陀羅尼是三世佛母若有善男子善女人持此呪者能生無量無邊福德之聚即是供養恭敬尊重讚歎無數諸佛如是諸佛皆與此人授阿耨多羅三藐三菩提記善住若有人能持此呪者隨其所欲衣食財寶多聞聰慧無病長壽獲福甚多隨所

願求無不遂意善住持是呪者乃至未證無上菩提常與金城山菩薩慈氏菩薩大海菩薩觀自在菩薩妙吉祥菩薩大冰伽羅菩薩等而共居止爲諸菩薩之所攝護善住當知持此呪時作如是法先應誦持滿一萬八遍爲前方便次於暗室莊嚴道場黑月一日清淨洗浴著鮮潔衣燒香散華種種供養并諸飲食入道場中先當稱禮如前所說諸佛菩薩至心慇重悔先罪已右膝著地可誦前呪滿一千八遍端坐思惟念其所願日未出時於道場中食淨黑食日唯一食至十五日方出道場能令此人福德威力不可思議隨所願求無不圓滿若不遂意重入道場既稱心已常持莫忘

重顯空性品第九

爾時世尊說此呪已爲欲利益菩薩摩訶薩人天大衆令得悟解甚深眞實第一義故重明空性而說頌曰

我已於餘甚深經　廣說眞空微妙法
今復於此經王内　略說空法不思議
於諸廣大甚深法　有情無智不能解
故我於斯重敷演　令於空法得開悟
大悲哀愍有情故　以善方便勝因緣
我今於此大衆中　演說令彼明空義
當知此身如空聚　六賊依止不相知
六塵諸賊別依根　各不相知亦如是
眼根常觀於色處　耳根聽聲不斷絶
鼻根恒齅於香境　舌根鎮嘗於美味
身根受於輕軟觸　意根了法不知猒
此等六根隨事起　各於自境生分別

識如幻化非眞實　依止根處妄貪求
如人奔走空聚中　六識依根亦如是
心徧馳求隨處轉　託根緣境了諸事
常愛色聲香味觸　於法尋思無暫停
隨緣遍行於六根　如鳥飛空無障礙
藉此諸根作依處　方能了別於外境
此身無知無作者　體不堅固託緣成
皆從虛妄分別生　譬如機關由業轉
地水火風共成身　隨彼因緣招異果
同在一處相違害　如四毒蛇居一篋
此四大蛇性各異　雖居一處有昇沉
或上或下遍於身　斯等終歸於滅法
於此四種毒蛇中　地水二蛇多沉下
風火二蛇性輕舉　由此乖違衆病生
心識依止於此身　造作種種善惡業
當往人天三惡趣　隨其業力受身形
遭諸疾病身死後　大小便利悉盈流
膿爛蟲蛆不可樂　棄在屍林如朽木
汝等當觀法如是　云何執有我衆生
一切諸法盡無常　悉從無明緣力起
彼諸大種咸虛妄　本非實有體無生
故說大種性皆空　知此浮虛非實有
無明自性本是無　藉衆緣力和合有
於一切時失正慧　故我說彼爲無明
行識爲緣有名色　六處及觸受隨生
愛取有緣生老死　憂悲苦惱恒隨逐
衆苦惡業常纏迫　生死輪迴無息時
本來非有體是空　由不如理生分別
我斷一切諸煩惱　常以正智現前行
了五蘊宅悉皆空　求證菩提眞實處

我開甘露大城門　示現甘露微妙器
既得甘露眞實味　常以甘露施群生
我擊最勝大法鼓　我吹最勝大法螺
我然最勝大明燈　我降最勝大法雨
降伏煩惱諸怨結　建立無上大法幢
於生死海濟群迷　我當關閉三惡趣
煩惱熾火燒衆生　無有救護無依止
清涼甘露充足彼　身心熱惱普皆除
由是我於無量劫　恭敬供養諸如來
堅持禁戒趣菩提　求證法身安樂處
施他眼耳及手足　妻子僮僕心無悋
財寶七珍莊嚴具　隨來求者咸供給
忍等諸度皆徧修　十地圓滿成正覺
故我得稱一切智　無有衆生度量者
假使三千大千界　盡此土地生長物
所有叢林諸樹木　稻麻竹葦及枝條
此等諸物皆伐取　並悉細末作微塵
隨處積集量難知　乃至充滿虚空界
一切十方諸刹土　所有三千大千界
地土皆悉末爲塵　此微塵量不可數
假使一切衆生智　以此智慧與一人
如是智者量無邊　容可知彼微塵數
牟尼世尊一念智　令彼智人共度量
於多俱胝劫數中　不能算知其少分

時諸大衆聞佛說此甚深空性有無量衆生悉能了達四大五蘊體性俱空六根六境妄生繫縛願捨輪廻正修出離深心慶喜如說奉持

依空滿願品第十

爾時如意寶光耀天女於大衆中聞說深法

歡喜踊躍從座而起偏袒右肩右膝著地合掌恭敬白佛言世尊唯願爲說於甚深理修行之法而說頌言

我問照世界　兩足最勝尊　菩薩正行法
唯願慈聽許　佛言善女天　若有疑惑者
隨汝意所問　吾當分別說

是時天女請世尊曰

云何諸菩薩　行菩提正行　離生死涅槃
饒益自他故

佛告善女天依於法界行菩提法修平等行云何依於法界行菩提法修平等行謂於五蘊能現法界法界即是五蘊五蘊不可說非五蘊亦不可說何以故若法界是五蘊即是斷見若離五蘊即是常見離於二相不著二邊不可見過所見無名無相是則名爲說於法界善女天云何五蘊能現法界如是五蘊不從因緣生何以故若從因緣生者爲已生故生爲未生故生若已生生者何用因緣若未生生者不可得生何以故未生諸法即是非有無名無相非校量譬喻之所能及非是因緣之所生故善女天譬如鼓聲依木依皮及桴手等故得出聲如是鼓聲過去亦空未來亦空現在亦空何以故是鼓音聲不從木生不從皮生及桴手生不於三世生是則不生若不可生則不可滅若不可滅無所從來若無所從來亦無所去若無所去則非常非斷若非常非斷則不一不異何以故此若是一則不異法界若如是者凡夫之人應見眞諦得於無上安樂涅槃既不如是故知不一若言異者一切諸佛菩薩行相即是執著未

得解脫煩惱繫縛即不證阿耨多羅三藐三菩提何以故一切聖人於行非行同眞實性是故不異故知五蘊非有非無不從因緣生非無因緣生是聖所知非餘境故亦非言說之所能及無名無相無因無緣亦無譬喻始終寂靜本來自空是故五蘊能現法界善女天若善男子善女人欲求阿耨多羅三藐三菩提異眞異俗難可思量於凡聖境體非一異不捨於俗不離於眞依於法界行菩提行爾時世尊作是語已時善女天踊躍歡喜即從座起偏袒右肩右膝著地合掌恭敬一心頂禮而白佛言世尊如上所說菩提正行我今當學是時索訶世界主大梵天王於大衆中問如意寶光耀善女天曰此菩提行難可修行汝今云何於菩提行而得自在爾時善女天答梵王曰大梵王如佛所說實是甚深一切異生不解其義是聖境界微妙難知若使我今依於此法得安樂住是實語者願令一切五濁惡世無量無數無邊衆生皆得金色三十二相非男非女坐寶蓮華受無量樂雨天妙華諸天音樂不鼓自鳴一切供養皆悉具足時善女天說是語已一切五濁惡世所有衆生皆悉金色具大人相非男非女坐寶蓮華受無量樂猶如他化自在天宮無諸惡道寶樹行列七寶蓮華徧滿世界又雨七寶上妙天華作天妓樂如意寶光耀善女天即轉女身作梵天身時大梵王問如意寶光耀菩薩言仁者如何行菩提行答言梵王若水中月行菩提行我亦行菩提行若夢中行菩提行我亦行菩提行若陽燄行菩提行我

亦行菩提行若谷響行菩提行我亦行菩提行時大梵王聞此說已白菩薩言仁依何義而說此語答言梵王無有一法是實相者但由因緣而得成故梵王言若如是者諸凡夫人皆悉應得阿耨多羅三藐三菩提答言仁以何意而作是說愚癡人異智慧人異菩提異非菩提異解脫異非解脫異梵王如是諸法平等無異於此法異眞如不異無有中間而可執著無增無減梵王譬如幻師及幻弟子善解幻術於四衢道取諸沙土草木葉等聚在一處作諸幻術使人覩見象衆馬衆車兵等衆七寶之聚種種倉庫若有衆生愚癡無智不能思惟不知幻本若見若聞作是思惟我所見聞象馬等衆此是實有餘皆虛妄於後更不審察思惟有智之人則不如是了於幻本若見若聞作如是念如我所見象馬等衆非是眞實唯有幻事惑人眼目妄謂象等及諸倉庫有名無實如我見聞不執爲實後時思惟知其虛妄是故智者了一切法皆無實體但隨世俗如見如聞表宣其事思惟諦理則不如是復由假說顯實義故梵王愚癡異生未得出世聖慧之眼未知一切諸法眞如不可說故是諸凡愚若見若聞行非行法如是思惟便生執著謂以爲實於第一義不能了知諸法眞如是不可說是諸聖人若見若聞行非行法隨其力能不生執著以爲實有了知一切無實行法無實非行法但妄思量行非行相唯有名字無有實體是諸聖人隨世俗說爲欲令他知眞實義如是梵王是諸聖人以聖智見了法眞如不可說故行

非行法亦復如是令他證知故説種種世俗名言時大梵王問如意寶光耀菩薩言有幾衆生能解如是甚深正法答言梵王有衆幻人心心數法能解如是甚深正法梵王曰此幻化人體是非有此之心數從何而生答曰若知法界不有不無如是衆生能解深義爾時梵王白佛言世尊是如意寶光耀菩薩不可思議通達如是甚深之義佛言如是如是梵王如汝所言此如意寶光耀已教汝等發心修學無生忍法是時大梵天王與諸梵衆從座而起偏袒右肩合掌恭敬頂禮如意寶光耀菩薩足作如是言希有希有我等今日幸遇大士得聞正法爾時世尊告梵王言是如意寶光耀於未來世當得作佛號寶燄吉祥藏如來應正遍知明行圓滿善逝世間解無上士調御丈夫天人師佛世尊説是品時有三千億菩薩於阿耨多羅三藐三菩提得不退轉八千億天子無量無數國王臣民遠塵離垢得法眼淨爾時會中有五十億苾芻行菩薩行欲退菩提心聞如意寶光耀菩薩説是法時皆得堅固不可思議滿足上願更復發起菩提之心各自脱衣供養菩薩重發無上勝進之心作如是願願令我等功德善根悉皆不退回向阿耨多羅三藐三菩提梵王是諸苾芻依此功德如説修行過九十大劫當得解悟出離生死爾時世尊即爲授記汝諸苾芻過三十阿僧祇劫當得作佛劫名難勝光王國名無垢光同時皆得阿耨多羅三藐三菩提皆同一號名願莊嚴間飾王十號具足梵王是金光明微妙經典若正聞持

有大威力假使有人於百千大劫行六波羅蜜無有方便若有善男子善女人書寫如是金光明經半月半月專心讀誦是功德聚於前功德百分不及一乃至算數譬喻所不能及梵王是故我今令汝修學憶念受持爲他廣說何以故我於往昔行菩薩道時猶如勇士入於戰陣不惜身命流通如是微妙經王受持讀誦爲他解說梵王譬如轉輪聖王若王在世七寶不滅王若命終所有七寶自然滅盡梵王是金光明微妙經王若現在世無上法寶悉皆不滅若無是經隨處隱沒是故應當於此經王專心聽聞受持讀誦爲他解說勸令書寫行精進波羅蜜不惜身命不憚疲勞功德中勝我諸弟子應當如是精勤修學爾時大梵天王與無量梵衆帝釋四王及諸藥叉俱從座起偏袒右肩右膝著地合掌恭敬而白佛言世尊我等皆願守護流通是金光明微妙經典及說法師若有諸難我當除遣令具衆善色力充足辯才無礙身意泰然時會聽者皆受安樂所在國土若有饑饉怨賊非人爲惱害者我等天衆皆爲擁護使其人民安隱豐樂無諸枉橫皆是我等天衆之力若有供養是經典者我等亦當恭敬供養如佛不異爾時佛告大梵天王及諸梵衆乃至四王諸藥叉等善哉善哉汝等得聞甚深妙法復能於此微妙經王發心擁護及持經者當獲無邊殊勝之福速成無上正等菩提時梵王等聞佛語已歡喜頂受

四天王觀察人天品第十一

爾時多聞天王持國天王增長天王廣目天

王俱從座起偏袒右肩右膝著地合掌向佛禮佛足已白言世尊是金光明最勝王經一切諸佛常念觀察一切菩薩之所恭敬一切天龍常所供養及諸天衆常生歡喜一切護世稱揚讃歎聲聞獨覺皆共受持悉能明照諸天宮殿能與一切衆生殊勝安樂止息地獄餓鬼傍生諸趣苦惱一切怖畏悉能除殄所有怨敵尋即退散饑饉惡時皆令豐稔疾疫病苦皆令蠲愈一切災變百千苦惱咸悉消滅世尊是金光明最勝王經能爲如是安隱利樂饒益我等惟願世尊於大衆中廣爲宣說我等四王并諸眷屬聞此甘露無上法味氣力充實增益威光精進勇猛神通倍勝世尊我等四王修行正法常說正法以法化世我等令彼天龍藥叉健闥婆阿蘇羅揭路荼俱槃荼緊那羅莫呼羅伽及諸人王常以王法而化於世遮去諸惡所有鬼神吸人精氣無慈悲者悉令遠去世尊我等四王與二十八部藥叉大將并與無量百千藥叉以淨天眼過於世人觀察擁護此贍部洲世尊以此因緣我等諸王名護世者又復於此洲中若有國王被他怨賊常來侵擾及多饑饉疾疫流行無量百千災厄之事世尊我等四王於此金光明最勝王經恭敬供養若有苾芻法師受持讀誦我等四王共往覺悟勸請其人時彼法師由我神通覺悟力故往彼國界廣宣流布是金光明微妙經典由經力故令彼無量百千衰惱災厄之事悉皆除遣世尊若諸人王於其國內有持是經苾芻法師至彼國時當知此經亦至其國世尊時彼國王

應往法師處聽其所說聞已歡喜於彼法師恭敬供養深心擁護令無憂惱演說此經利益一切世尊以是緣故我等四王皆共一心護是人王及國人民令離災患常得安隱世尊若有苾芻苾芻尼鄔波索迦鄔波斯迦持是經者時彼人王隨其所須供給供養令無乏少我等四王令彼國主及以國人悉皆安隱遠離災患世尊若有受持讀誦是經典者人王於此供養恭敬尊重讚歎我等當令彼王於諸王中恭敬尊重最爲第一諸餘國王共所稱歎大衆聞已歡喜受持

金光明最勝王經卷第五

音釋

赫奕 赫呼格切奕羊益切高明顯盛也 倫匹 倫力迍切等也比也 齅 許救切鼻檻氣也 齈爛 齈奴冬切爛盧旰切糜潰也 僮僕 僮徒紅切僕蒲木切僮僕謂給使侍從者 踊躍 踊余隴切躍以灼切踊躍舉身歡喜也

金光明最勝王經卷第六

唐三藏法師義淨奉　制譯

四天王護國品第十二

爾時世尊聞四天王恭敬供養金光明經及能擁護諸持經者讚言善哉善哉汝等四王已於過去無量百千萬億佛所恭敬供養尊重讚歎植諸善根修行正法常說正法以法化世汝等長夜於諸衆生常思利益起大慈心願與安樂以是因緣能令汝等現受勝報若有人王恭敬供養此金光明最勝經典汝等應當勤加守護令得安隱汝諸四王及餘眷屬無量無數百千藥叉護是經者即是護持去來現在諸佛正法汝等四王及餘天衆并諸藥叉與阿蘇羅共鬪戰時常得勝利汝等若能護持是經由經力故能除衆苦怨賊饑饉及諸疾疫是故汝等若見四衆受持讀誦此經王者亦應勤心共加守護爲除衰惱施與安樂爾時四天王即從座起偏袒右肩右膝著地合掌恭敬白佛言世尊此金光明最勝經王於未來世若有國土城邑聚落山林曠野隨所至處流布之時若彼國王於此經典至心聽受稱歎供養并復供給受持是經四部之衆深心擁護令離衰惱以是因緣我護彼王及諸人衆皆令安隱遠離憂苦增益壽命威德具足世尊若彼國王見於四衆受持經者恭敬守護猶如父母一切所須悉皆供給我等四王常爲守護令諸有情無不尊敬是故我等并與無量藥叉諸神隨此經王所流布處潛身擁護令無留難亦當護念聽是經人諸國王等除其衰患悉令安隱他

方怨賊皆使退散若有人王聽是經時隣國怨敵興如是念當具四兵壞彼國土世尊以是經王威神力故是時隣敵更有異怨而來侵擾於其境界多諸災變疫病流行時王見已即嚴四兵發向彼國欲爲討伐我等爾時當與眷屬無量無邊藥叉諸神各自隱形爲作護助令彼怨敵自然降伏尚不敢來至其國界豈復得有兵戈相伐爾時佛告四天王善哉善哉汝等四王乃能擁護如是經典我於過去百千俱胝那庾多劫修諸苦行得阿耨多羅三藐三菩提證一切智今說是法若有人王受持是經恭敬供養者爲消衰患令其安隱亦復擁護城邑聚落乃至怨賊悉令退散亦令一切贍部洲內所有諸王永無衰惱鬬諍之事四王當知此贍部洲八萬四千城邑聚落八萬四千諸人王等各於其國受諸快樂皆得自在所有財寶豐足受用不相侵奪隨彼宿因而受其報不起惡念貪求他國咸生少欲利樂之心無有鬬戰繫縛等苦其土人民自然受樂上下和穆猶如水乳情相愛重歡喜遊戲慈悲謙讓增長善根以是因緣此贍部洲安隱豐樂人民熾盛大地沃壤寒暑調和時不乖序日月星宿常度無虧風雨隨時離諸災橫資產財寶皆悉豐盈心無慳鄙常行惠施具十善業若人命終多生天上增益天衆大王若未來世有諸人王聽受是經恭敬供養并受持經四部之衆尊重稱讚復欲安樂饒益汝等及諸眷屬無量百千諸藥叉衆是故彼王常當聽受是妙經王由得聞此正法之水甘露上味增益汝等身

心勢力精進勇猛福德威光悉令充滿是諸人王若能至心聽受是經則爲廣大希有供養供養於我釋迦牟尼應正等覺若供養我則是供養過去未來現在百千俱胝那庾多佛若能供養三世諸佛則得無量不可思議功德之聚以是因緣汝等應當擁護彼王后妃眷屬令無衰惱及宮宅神常受安樂功德難思是諸國土所有人民亦受種種五欲之樂一切惡事皆令消殄爾時四天王白佛言世尊於未來世若有人王樂聽如是金光明經爲欲擁護自身后妃王子乃至内宮諸婇女等城邑宮殿皆得第一不可思議最上歡喜寂靜安樂於現世中王位尊高自在昌盛常得增長復欲攝受無量無邊難思福聚於自國土令無怨敵及諸憂惱災厄事者世尊如是人王不應放逸令心散亂當生恭敬至誠慇重聽受如是最勝經王欲聽之時先當莊嚴最上宮室王所愛重顯敞之處香水灑地散衆名華安置師子殊勝法座以諸珍寶而爲校飾張施種種寶蓋幢旛燒無價香奏諸音樂其王爾時當淨澡浴以香塗身著新淨衣及諸瓔珞坐小卑座不生高舉捨自在位離諸憍慢端心正念聽是經王於法師所起大師想復於宮内后妃王子婇女眷屬生慈愍心喜悦相視和顏輭語於自身心大喜充遍作如是念我今獲得難思殊勝廣大利益於此經王盛興供養旣敷設已見法師至當起虔敬渴仰之心爾時佛告四天王不應如是不迎法師時彼人王應著純淨鮮潔之衣種種瓔珞以爲嚴飾自持白蓋及以香華

備整軍儀盛陳音樂步出城闕迎彼法師運想虔恭爲吉祥事四王以何因緣令彼人王親作如是恭敬供養由彼人王舉足下足步步即是恭敬供養承事尊重百千萬億那庾多諸佛世尊復得超越如是劫數生死之苦復於來世如是劫數當受輪王殊勝尊位隨其步步亦於現世福德增長自在爲王感應難思衆所欽重當於無量百千億劫人天受用七寶宮殿所在生處常得爲王增益壽命言詞辯了人天信受無所畏懼有大名稱咸共瞻仰天上人中受勝妙樂獲大力勢有大威德身相奇妙端嚴無比值天人師遇善知識成就具足無量福聚四王當知彼諸人王見如是等種種無量功德利益故應自往奉迎法師若一踰繕那乃至百千踰繕那於説法師應生佛想還至城已作如是念今日釋迦牟尼如來應正等覺入我宮中受我供養爲我說法我聞法已即於阿耨多羅三藐三菩提不復退轉即是值遇百千萬億那庾多諸佛世尊我於今日即是種種廣大殊勝上妙樂具供養過去未來現在諸佛我於今日即是永拔琰摩王界地獄餓鬼傍生之苦便爲已種無量百千萬億轉輪聖王釋梵天主善根種子當令無量百千萬億衆生出生死苦得涅槃樂積集無量無邊不可思議福德之聚後宮眷屬及諸人民皆蒙安隱國土清泰無諸災厄毒害惡人他方怨敵不來侵擾遠離憂患四王當知時彼人王應作如是尊重正法亦於受持是妙經典苾芻苾芻尼鄔波索迦鄔波斯迦供養恭敬尊重讚歎所獲

善根先以勝福施與汝等及諸眷屬彼之人王有大福德善業因緣於現世中得大自在增益威光吉祥妙相皆悉莊嚴一切怨敵能以正法而摧伏之爾時四天王白佛言世尊若有人王能作如是恭敬正法聽此經王并於四衆持經之人恭敬供養尊重讚歎時彼人王欲爲我等生歡喜故當在一邊近於法座香水灑地散衆名華安置處所設四王座我與彼王共聽正法其王所有自利善根亦以福分施及我等世尊時彼人王請說法者昇座之時便爲我等燒衆名香供養是經世尊時彼香煙於一念頃上昇虛空即至我等諸天宮殿於虛空中變成香蓋我等天衆聞彼妙香香有金光照曜我等所居宮殿乃至梵宮及以帝釋大辯才天大吉祥天堅牢地神正了知大將二十八部諸藥叉神大自在天金剛密主寶賢大將訶利底母五百眷屬無熱惱池龍王大海龍王所居之處世尊如是等衆於自宮殿見彼香煙一剎那頃變成香蓋聞香芬馥覩色光明遍至一切諸天神宮佛告四天王是香光明非但至此宮殿變成香蓋放大光明由彼人王手執香鑪燒衆名香供養經時其香煙氣於一念頃遍至三千大千世界百億日月百億妙高山王百億四洲於此三千大千世界一切天龍藥叉健闥婆阿蘇羅揭路荼緊那羅莫呼洛伽宮殿之所於虛空中充滿而住種種香烟變成雲蓋其蓋金色普照天宮如是三千大千世界所有種種香雲香蓋皆是金光明最勝王經威神之力是諸人王手持香鑪供養經時種

種香氣非但遍此三千大千世界於一念頃亦遍十方無量無邊恒河沙等百千萬億諸佛國土於諸佛上虛空之中變成香蓋金色普照亦復如是時彼諸佛聞此妙香覩斯雲蓋及以金色於十方界恒河沙等諸佛世尊現神變已彼諸世尊悉共觀察異口同音讚法師曰善哉善哉汝大丈夫能廣流布如是甚深微妙經典則爲成就無量無邊不可思議福德之聚若有聽聞如是經者所獲功德其量甚多何況書寫受持讀誦爲他敷演如說修行何以故善男子若有衆生聞此金光明最勝王經者即於阿耨多羅三藐三菩提不復退轉爾時十方有百千俱胝那庾多無量無數恒河沙等諸佛刹土彼諸刹土一切如來異口同音於法座上讚彼法師言善哉善哉善男子汝於來世以精勤力當修無量百千苦行具足資糧超諸聖衆出過三界爲最勝尊當坐菩提樹王之下殊勝莊嚴能救三千大千世界有緣衆生善能摧伏可畏形儀諸魔軍衆覺了諸法最勝清淨甚深無上正等菩提善男子汝當坐於金剛之座轉於無上諸佛所讚十二妙行甚深法輪能擊無上最大法鼓能吹無上極妙法螺能建無上殊勝法幢能然無上極明法炬能降無上甘露法雨能斷無量煩惱怨結能令無量百千萬億那庾多有情度於無涯可畏大海解脫生死無際輪迴值遇無量百千萬億那庾多佛爾時四天王復白佛言世尊是金光明最勝王經能於未來現在成就如是無量功德是故人王若得聞是微妙經典即是已於百

千萬億無量佛所種諸善根於彼人王我當護念復見無量福德利故我等四王及餘眷屬無量百千萬億諸神於自宮殿見是種種香烟雲蓋神變之時我當隱蔽不現其身爲聽法故當至是王清淨嚴飾所止宮殿講法之處如是乃至梵宮帝釋大辯才天大吉祥天堅牢地神正了知大將二十八部諸藥叉神大自在天金剛密主寶賢大將訶利底母五百眷屬無熱惱池龍王大海龍王無量百千萬億那庾多諸天藥叉如是等衆爲聽法故皆不現身至彼人王殊勝宮殿莊嚴高座說法之所世尊我等四王及餘眷屬藥叉諸神皆當一心共彼人王爲善知識因是無上大法施主以甘露味充足於我是故我等擁護是王除其衰患令得安隱及其宮殿城邑國土諸惡災變悉令消滅爾時四天王俱共合掌白佛言世尊若有人王於其國土雖有此經未嘗流布心生捨離不樂聽聞亦不供養尊重讚歎見四部衆持經之人亦復不能尊重供養遂令我等及餘眷屬無量諸天不得聞此甚深妙法背甘露味失正法流無有威光及以勢力增長惡趣損減人天墜生死河乖涅槃路世尊我等四王幷諸眷屬及藥叉等見如斯事捨其國土無擁護心非但我等捨棄是王亦有無量守護國土諸大善神悉皆捨去旣捨離已其國當有種種災禍喪失國位一切人衆皆無善心唯有繫縛殺害瞋諍互相讒諂枉及無辜疾疫流行彗星數出兩日並現薄蝕無恒黑白二虹表不祥相星流地動井內發聲暴雨惡風不依時節常

遭饑饉苗實不成多有他方怨賊侵掠國内人民受諸苦惱土地無有可樂之處世尊我等四王及與無量百千天神幷護國土諸舊善神遠離去時生如是等無量百千災恠惡事世尊若有人王欲護國土常受快樂欲令衆生咸蒙安隱欲得摧伏一切外敵於自國境永得昌盛欲令正教流布世間苦惱惡法皆除滅者世尊是諸國王必當聽受是妙經王亦應恭敬供養讀誦受持經者我等及餘無量天衆以是聽法善根威力得服無上甘露法味增益我等所有眷屬幷餘天神皆得勝利何以故以是人王至心聽受是經典故世尊如大梵天於諸有情常爲宣說世出世論帝釋復說種種諸論五通神仙亦說諸論世尊梵天帝釋五通仙人雖有百千俱胝那庾多無量諸論然佛世尊慈悲哀愍爲人天衆說金光明微妙經典比前所說勝彼百千俱胝那庾多倍不可爲喻何以故由此能令諸贍部洲所有王等正法化世能與衆生安樂之事爲護自身及諸眷屬令無苦惱又無他方怨賊侵害所有諸惡悉皆遠去亦令國土災厄屏除化以正法無有諍訟是故人王各於國土當然法炬明照無邊增益天衆幷諸眷屬世尊我等四王無量天神藥叉之衆贍部洲内所有天神以是因緣得服無上甘露法味獲大威德勢力光明無不具足一切衆生皆得安隱復於來世無量百千不可思議那庾多劫常受快樂復得值遇無量諸佛種諸善根然後證得阿耨多羅三藐三菩提如是無量無邊勝利皆是如來應正等覺以

大慈悲過諸梵衆以大智慧逾於帝釋修諸苦行勝五通仙百千萬億那庾多倍不可稱計爲諸衆生演說如是微妙經典令贍部洲一切國主及諸人衆明了世間所有法式治國化人勸導之事由此經王流通力故普得安樂此等福利皆是釋迦大師於此經典廣爲流通慈悲力故世尊以是因緣諸人王等皆應受持供養恭敬尊重讚歎此妙經王何以故如是等不可思議殊勝功德利益一切是故名曰最勝經王爾時世尊復告四天王汝等四王及餘眷屬無量百千俱胝那庾多諸天大衆見彼人王若能至心聽是經典供養恭敬尊重讚歎者應當擁護除其衰患能令汝等亦受安樂若四部衆能廣流布是經王者於人天中廣作佛事普能利益無量衆生如是之人汝等四王常當擁護如是四衆勿使他緣共相侵擾令彼身心寂靜安樂於此經王廣宣流布令不斷絶利益有情盡未來際爾時多聞天王從座而起白佛言世尊我有如意寶珠陀羅尼法若有衆生樂受持者功德無量我常擁護令彼衆生離苦得樂能成福智二種資粮欲受持者先當誦此護身之呪即說呪曰

南謨薜室囉末拏也莫訶曷羅闍也（但是也上之字皆須引聲）　怛姪他囉囉囉囉　矩怒矩怒　區怒區怒　窶怒窶怒　颯縛颯縛　羯囉羯囉　莫訶毗羯喇麽　莫訶毗羯喇麽　莫訶曷囉社曷咯叉曷咯叉　覩漫（自稱己名）　薩婆薩埵難者　莎訶（此之二字皆長引聲）

世尊誦此呪者當以白線呪之七遍一遍一

結繫之肘後其事必成應取諸香所謂安息栴檀龍腦蘇合多揭羅薰陸皆須等分和合一處手執香鑪燒香供養清淨澡浴著鮮潔衣於一靜室可誦神呪

請我薜室羅末拏天王即說呪曰

南謨薜室囉末拏引也　南謨檀那䭾也　檀泥說囉引也　阿揭撦　阿鉢唎弭多　檀泥說囉　鉢囉麼　迦留尼迦　薩婆薩埵呬哆振哆　麼麼名己檀那　末奴鉢喇拽　撦碎闍摩揭撦　莎訶

此呪誦滿一七遍已次誦本呪欲誦呪時先當稱名敬禮三寶及薜室羅末拏大王能施財物令諸衆生所求願滿悉能成就與其安樂如是禮已次誦薜室囉末拏王如意末尼寶心神呪能施衆生隨意安樂爾時多聞天王即於佛前說如意末尼寶心呪曰

南謨曷喇怛娜　怛喇夜引也　南謨薜室囉末拏引也　莫訶囉闍引也　怛姪他　四弭四弭　蘇母蘇母　栴荼栴荼　折囉折囉　薩羅薩囉　羯羅羯囉　枳哩枳哩　矩嚕矩嚕　母嚕母嚕　主嚕主嚕　娑大也頞貪　我名某甲　䟦店頞他　達達覩莎訶　南謨薜室囉末拏也　莎訶　檀那䭾也　莎訶　曼奴喇他鉢唎脯喇迦引也　莎訶

受持呪時先誦千遍然後於淨室中瞿摩塗地作小壇場隨時飲食一心供養常然妙香令烟不絕誦前心呪晝夜繫心唯自耳聞勿令他解時有薜室囉末拏王子名禪膩師現童子形來至其所問言何故須喚我父即可

報言我爲供養三寶事須財物願當施與時禪膩師聞是語已即還父所白其父言今有善人發至誠心供養三寶少乏財物爲斯請召其父報曰汝可速去日日與彼一百迦利沙波拏此是根本梵音唯見貝齒而隨方不定或是貝齒或是金銀銅鐵等錢然摩揭陁現今通用一迦利沙波拏有一千六百貝齒總數可以準知若準物直隨處不定若人持呪得成就者獲物之時自知其數有本云每日與一百陳那羅即金錢也乃至盡形日日常得西方求者多有神驗除不志心也其持呪者見是相已知事得成當須獨處淨室燒香而卧可於牀邊置一香篋每至天曉觀其篋中獲所求物每得物時當日即須供養三寶香華飲食兼施貧乏皆令罄盡不得停留於諸有情起慈悲念勿生瞋誑諂害之心若起瞋者即失神驗常可護心勿令瞋恚又持此呪者於每日中憶我多聞天王及男女眷屬稱揚讚歎恒以十善共相資助令彼天等福力增明衆善普臻證菩提處彼諸天衆見是事已皆大歡喜共來擁衛持呪之人又持呪者壽命長遠經無量歲永離三塗常無災厄亦令獲得如意寶珠及以伏藏神通自在所願皆成若求官榮無不稱意亦解一切禽獸之語世尊若持呪時欲得見我自身現者可於月八日或十五日於白氎上畫佛形像當用木膠雜彩莊飾其畫像人爲受八戒於佛左邊作吉祥天女像於佛右邊作我多聞天像并畫男女眷屬之類安置坐處咸令如法布列華彩燒衆名香然燈續明晝夜無歇上妙飲食種種珍奇發殷重心隨時供養受持神呪不得輕心請召我時應誦此呪

南謨室唎健那引也　勃陀引也　南無薜

室羅末拏也 藥叉羅闍引下同也 莫訶羅闍 阿地羅闍也 南麽室唎耶囊 莫訶提弊引囊 怛姪他 怛羅怛羅 咄嚕咄嚕 末囉末羅 窣率吐窣率吐 漢娜漢娜 末尼羯諾迦 跋折囉薜瑠璃也 目底迦楞訖㗚多 設唎囉畚蒲引 薩婆薩埵四哆迦引摩 薜室囉末拏 室唎夜提鼻跋臘婆引也 毉四毉四 麽毗藍婆瞿㗚拏瞿㗚拏 袜麻八切 喇娑袜喇娑達馱四麽麽 阿目迦那末寫自稱已名 達哩設那迦末寫 達哩設南 麽麽末那 鉢喇曷羅大也 莎訶

世尊我若見此誦呪之人復見如是盛興供養即生慈愛歡喜之心我即變身作小兒形或作老人苾芻之像手持如意末尼寶珠幷持金囊入道場內身現恭敬口稱佛名語持呪者曰隨汝所求皆令如願或隱林藪或造寶珠或欲衆人愛寵或求金銀等物欲持諸呪皆令有驗或欲神通壽命長遠及勝妙樂無不稱心我今且說如是之事若更求餘皆隨所願悉得成就寶藏無盡功德無窮假使日月墜墮于地或可大地有時移轉我此實語終不虛然常得安隱隨心快樂世尊若有人能受持讀誦是經王者誦此呪時不假疲勞法速成就世尊我今爲彼貧窮困厄苦惱衆生說此神呪令獲大利皆得富樂自在無患乃至盡形我當擁護隨逐是人爲除災厄亦復令此持金光明最勝王經流通之者及持呪人於百步內光明照燭我之所有千藥叉神亦常侍衛隨欲驅使無不遂心我說實

語無有虛誑唯佛證知時多聞天王說此呪已佛言善哉大王汝能破裂一切衆生貧窮苦網令得富樂說是神呪復令此經廣行於世時四天王俱復座起偏袒一肩頂禮雙足右膝著地合掌恭敬以妙伽他讚佛功德

佛面猶如淨滿月　亦如千日放光明
目淨脩廣若青蓮　齒白齊密猶珂雪
佛德無邊如大海　無限妙寶積其中
智慧德水鎮恒盈　百千勝定咸充滿
足下輪相皆嚴飾　轂輞千輻悉齊平
手足縵網遍莊嚴　猶如鵝王相具足
佛身光耀等金山　清淨殊特無倫匹
亦如妙高功德滿　故我稽首佛山王
相好如空不可測　逾於千月放光明
皆如焰幻不思議　故我稽首心無著

爾時四天王讚歎佛已世尊亦以伽他而答之曰

此金光明最勝經　無上十力之所說
汝等四王常擁衛　應生勇猛不退心
此妙經寶極甚深　能與一切有情樂
由彼有情安樂故　常得流通贍部洲
於此大千世界中　所有一切有情類
餓鬼傍生及地獄　如是苦趣悉皆除
住此南洲諸國王　及餘一切有情類
由經威力常歡喜　皆蒙擁護得安寧
亦使此中諸有情　除衆病苦無賊盜
賴此國土弘經故　安隱豐樂無違惱
若人聽受此經王　欲求尊貴及財利
國土豐樂無違諍　隨心所願悉皆從
能令他方賊退散　於自國界常安隱

由此最勝經王力　離諸苦惱無憂怖
如寶樹王在宅內　能生一切諸樂具
最勝經王亦復然　能與人王勝功德
譬如澄潔清冷水　能除饑渴諸熱惱
最勝經王亦復然　令樂福者心滿足
如人室有妙寶篋　隨所受用悉從心
最勝經王亦復然　福德隨心無所乏
汝等天主及天衆　應當供養此經王
若能依教奉持經　智慧威神皆具足
現在十方一切佛　咸共護念此經王
見有讀誦及受持　稱歎善哉甚希有
若有人能聽此經　身心踊躍生歡喜
常有百千藥叉衆　隨所住處護斯人
於此世界諸天衆　其數無量不思議
悉共聽受此經王　歡喜護持無退轉
若人聽受此經王　威德勇猛常自在
增益一切人天衆　令離衰惱益光明

爾時四天王聞是頌已歡喜踊躍白佛言世尊我從昔來未曾得聞如是甚深微妙之音心生悲喜涕淚交流舉身戰動證不思議希有之事以天曼陀羅華摩訶曼陀羅華而散佛上作是殊勝供養佛已白佛言世尊我等四王各有五百藥叉眷屬常當處處擁護是經及說法師以智光明而爲助衞若於此經所有句義忘失之處我皆令彼憶念不忘幷與陀羅尼殊勝法門令得具足復欲令此最勝經王所在之處爲諸衆生廣宣流布不速隱沒爾時世尊於大衆中說是法時無量衆生皆得大智聰叡辯才攝受無量福德之聚離諸憂惱發喜樂心善明衆論登出離道不

復退轉速證菩提

金光明最勝王經卷第六

音釋

讒諂　讒鋤銜切以言毀人也諂丑琰切諛也　彗　徐醉切星名也　薄蝕　薄伯各切氣往迫也蝕乘力切虧也　藪　蘇后切

金光明最勝王經卷第七

唐三藏法師義淨奉　制譯

無染著陀羅尼品第十三

爾時世尊告具壽舍利子今有法門名無染著陀羅尼是諸菩薩所修行法過去菩薩之所受持是菩薩母說是語已具壽舍利子白佛言世尊陀羅尼者是何句義世尊陀羅尼者非方處非非方處作是語已佛告舍利子善哉善哉舍利子汝於大乘已能發趣信解大乘尊重大乘如汝所言陀羅尼者非方處非非方處非法非非法非過去非未來非現在非事非非事非緣非非緣非行非非行無有法生亦無法滅然為利益諸菩薩故作如是說於此陀羅尼功用正道理趣勢力安立即是諸佛功德諸佛禁戒諸佛所學諸佛秘意諸佛生處故名無染著陀羅尼最妙法門作是語已舍利子白佛言世尊唯願善逝為我說此陀羅尼法若諸菩薩能安住者於無上菩提不復退轉成就正願得無所依自性辯才獲希有事安住聖道皆由得此陀羅尼故佛告舍利子善哉善哉如是如是如汝所說若有菩薩得此陀羅尼者應知是人與佛無異若有供養尊重承事供給此菩薩者應知即是供養於佛舍利子若有餘人聞此陀羅尼受持讀誦生信解者亦應如是恭敬供養與佛無異以是因緣獲無上果爾時世尊即為演說陀羅尼曰

怛姪他　珊陀喇你　嗢多喇你　蘇三鉢囉底瑟恥哆　蘇那麼　蘇鉢喇底瑟恥哆鼻逝也跋羅　薩底也鉢喇底慎若　蘇阿

嚧訶　慎若那末底　嗢波彈伱　阿伐那
末伱　阿毗師彈伱　阿鞞毗耶訶羅　輸
婆伐底　蘇尼室唎多引　薄虎郡社引
阿毗婆馱引　莎訶
佛告舍利子此無染著陀羅尼句若有菩薩
能善安住能正受持者當知是人若於一劫
若百劫若千劫若百千劫所發正願無有窮
盡身亦不被刀杖毒藥水火猛獸之所損害
何以故舍利子此無染著陀羅尼是過去諸
佛母未來諸佛母現在諸佛母舍利子若復
有人以十阿僧企耶三千大千世界滿中七
寶奉施諸佛及以上妙衣服飲食種種供養
經無數劫若復有人於此陀羅尼乃至一句
能受持者所生之福倍多於彼何以故舍利
子此無染著陀羅尼甚深法門是諸佛母故
時具壽舍利子及諸大衆聞是法已皆大歡
喜咸願受持

如意寶珠品第十四

爾時世尊於大衆中告阿難陀曰汝等當知
有陀羅尼名如意寶珠遠離一切災厄亦能
遮止諸惡雷電過去如來應正等覺所共宣
說我於今時於此經中亦爲汝等大衆宣說
能於人天爲大利益哀愍世間擁護一切令
得安樂時諸大衆及阿難陀聞佛語已各各
至誠瞻仰世尊聽受神咒佛言汝等諦聽於
此東方有光明電王名阿揭多南方有光明
電王名設羝嚕西方有光明電王名主多光
北方有光明電王名蘇多末尼若有善男子
善女人得聞如是電王名字及知方處者此
人即便遠離一切怖畏之事及諸災橫悉皆

消殄若於住處書此四方電王名者於所住處無雷電怖亦無災厄及諸障惱非時枉死悉皆遠離爾時世尊即說呪曰

怛姪他　你弭你弭你弭　尼民達哩　窒哩盧迦盧羯你　窒哩輸攞波你　曷咯叉曷咯叉　我某甲及此住處一切恐怖所有苦惱雷電霹靂乃至枉死悉皆遠離莎訶

爾時觀自在菩薩摩訶薩在大衆中即從座起偏袒右肩合掌恭敬白佛言世尊我今亦於佛前略說如意寶珠神呪於諸人天爲大利益哀愍世間擁護一切令得安樂有大威力所求如願即說呪曰

怛姪他　喝帝毗喝帝你喝帝　鉢喇窒體雞　鉢喇底丁里切　蜜窒麗　戍提目羝毗末麗　鉢喇婆莎蘇活切囉麗　安荼入聲囉麗般荼麗　稅平聲帝　槃荼囉婆死你　曷麗羯荼引囉劫畢麗　冰揭羅惡綺　達地目企　曷咯叉曷咯叉　我某甲及此住處一切恐怖所有苦惱乃至枉死悉皆遠離願我莫見罪惡之事常蒙聖觀自在菩薩大悲威光之所護念　莎訶

爾時執金剛祕密主菩薩即從座起合掌恭敬白佛言世尊我今亦說陀羅尼呪名曰無勝於諸人天爲大利益哀愍世間擁護一切有大威力所求如願即說呪曰

怛姪他　毋你毋你　毋尼麗末底末底蘇末底莫訶末底　訶訶訶磨婆以那悉底帝引波跛　跋折攞波你　惡蚶火含切　姪嘌荼上莎訶

世尊我此神呪名曰無勝擁護若有男女一

心受持書寫讀誦憶念不忘我於晝夜常護是人於一切恐怖乃至枉死悉皆遠離爾時索訶世界主梵天王即從座起合掌恭敬白佛言世尊我亦有陀羅尼微妙法門於諸人天爲大利益哀愍世間擁護一切有大威力所求如願即說呪曰

怛姪他　醢里弭里地里莎訶　跋囉蚶魔布麗　跋囉蚶麼末尼跋囉蚶麼揭鞞　補澀跛僧悉怛囇　莎訶

世尊我此神呪名曰梵治悉能擁護持是呪者令離憂惱及諸罪業乃至枉死悉皆遠離爾時帝釋天主即從座起合掌恭敬白佛言世尊我亦有陀羅尼名跋折羅扇你是大明呪能除一切恐怖厄難乃至枉死悉皆遠離拔苦與樂利益人天即說呪曰

怛姪他　毗你婆喇你　畔枕磨彈滯　磨膩你擻擻你瞿哩　揵陀哩栴荼哩　摩登耆上卜羯死　薩羅跋喇鞞去呬娜末住荅麼嗢多喇你　莫呼剌你達剌你計斫羯羅婆枳　捨伐哩奢伐哩　莎訶

爾時多聞天王持國天王增長天王廣目天王俱從座起合掌恭敬白佛言世尊我今亦有神呪名施一切衆生無畏於諸苦惱常爲擁護令得安樂增益壽命無諸患苦乃至枉死悉皆遠離即說呪曰

怛姪他　補澀閉　蘇補澀閉　度麼鉢喇訶麗　阿離耶鉢喇設悉帝　扇帝涅目帝忙揭例窣覩帝　悉哆鼻帝　莎訶

爾時復有諸大龍王所謂末那斯龍王電光龍王無熱池龍王電舌龍王妙光龍王俱從

座起合掌恭敬白佛言世尊我亦有如意寶珠陀羅尼能遮惡雷除諸恐怖能於人天爲大利益哀愍世間擁護一切有大威力所求如願乃至枉死悉皆遠離一切毒藥皆令止息一切造作蠱道呪術不吉祥事悉令除滅我今以此神呪奉獻世尊唯願哀愍慈悲納受當令我等離此龍趣永捨慳貪何以故由此慳貪於生死中受諸苦惱我等願斷慳貪種子即說呪曰

怛姪他　阿折𠰒　阿末𠰒阿蜜㗚帝　惡叉𭇷阿幣𭇷　奔尼鉢唎耶法帝　薩婆波跛　鉢喇苫摩尼𭇷　莎訶　阿離𭇷般豆蘇波尼𭇷　莎訶

世尊若有善男子善女人口中說此陀羅尼明呪或書經卷受持讀誦恭敬供養者終無雷電霹靂及諸恐怖苦惱憂患乃至枉死皆悉遠離所有毒藥蠱魅猒禱害人虎狼師子毒蛇之類乃至蚊蝱悉不爲害爾時世尊普告大衆善哉善哉此等神呪皆有大力能隨衆生心所求事悉令圓滿爲大利益除不至心汝等勿疑時諸大衆聞佛語已歡喜信受

大辯才天女品第十五

爾時大辯才天女於大衆中即從座起頂禮佛足白佛言世尊若有法師說是金光明最勝王經者我當益其智慧具足莊嚴言說之辯若彼法師於此經中文字句義所有忘失皆令憶持能善開悟復與陀羅尼總持無礙又此金光明最勝王經爲彼有情已於百千佛所種諸善根當受持者於贍部洲廣行流布不速隱沒復令無量有情聞是經典皆得

不可思議捷利辯才無盡大慧善解衆論及
諸技術能出生死速趣無上正等菩提於現
世中增益壽命資身之具悉令圓滿世尊我
當爲彼持經法師及餘有情於此經典樂聽
聞者説其呪藥洗浴之法彼人所有惡星災
變與初生時星屬相違疫病之苦鬭諍戰陣
惡夢鬼神蠱毒猒魅呪術起屍如是諸惡爲
障難者悉令除滅諸有智者應作如是洗浴
之法當取香藥三十二味所謂
昌蒲(跋者)　牛黄(瞿盧折娜)　苜蓿香(塞畢力迦)
麝香(莫訶婆伽)　雄黄(末捺眵羅)　合昏樹(尸利灑)
白及(因達羅喝悉哆)　芎藭(闍莫迦)　苟杞根(苫弭)
松脂(室利薜瑟得迦)　桂皮(咄者)　香附子(目窣哆)
沉香(惡揭嚕)　栴檀(栴檀娜)　零凌香(多揭羅)
丁子(索瞿者)　鬱金(茶矩麼)　婆律膏(揭羅娑)
葦香(捺剌柁)　竹黄(鵝路戰娜)　細豆蔻(蘇泣迷羅)
甘松(弭苫哆)　藿香(鉢怛羅)　茅根香(嗢尸羅)
叱咭(薩洛計)　艾納(世黎也)　安息香(窶具攞)
芥子(薩利殺跛)　馬芹(葉婆你)　龍華鬚(那伽雞薩羅)
白膠(薩折羅婆)　青木(矩瑟侘)　皆等分
以布灑星日一處擣篩取其香末當以此呪
呪一百八遍呪曰
怛姪他　蘇訖栗帝　訖栗帝訖栗計　劫
摩怛里　繕怒羯囒滯　郝羯喇滯　因達
囉闍利膩　鑠羯囒滯　鉢設姪囇　阿伐
底羯細　計娜矩覩矩覩　脚迦鼻麗　劫
鼻囇劫鼻麗　劫毗羅末底(丁里切)　尸羅末
底刪底度囉末底里　波伐矩畔稚囇　室
囇室囇　薩底悉體羝　莎訶
若樂如法洗浴時　應作壇場方八肘

可於寂靜安隱處　念所求事不離心
應塗牛糞作其壇　於上普散諸華彩
當以淨潔金銀器　盛滿美味并乳蜜
於彼壇場四門所　四人守護法如常
令四童子好嚴身　各於一角持瓶水
於此常燒安息香　五音之樂聲不絕
旛蓋莊嚴懸繒綵　安在壇場之四邊
復於場內置明鏡　利刀兼箭各四枚
於壇中心埋大盆　應以漏版安其上
用前香秣以和湯　亦復安在於壇內
既作如斯布置已　然後誦呪結其壇

結界呪曰

怛姪他　頞喇計　娜也泥去　呬麗　弭麗祇麗企企麗　莎訶

如是結界已　方入於壇內　呪水三七遍
散灑於四方　次可呪香湯　滿一百八遍
四邊安幔障　然後洗浴身

呪水呪湯呪曰

怛姪他一　索揭智二　毗揭智三　毗揭荼伐底四　莎訶五

若洗浴訖其洗浴湯及壇場中供養飲食棄河池內餘皆收攝如是浴已方著淨衣既出壇場入淨室內呪師教其發弘誓願永斷衆惡常修諸善於諸有情興大悲心以是因緣當獲無量隨心福報復說頌曰

若有病苦諸衆生　種種方藥治不差
若依如是洗浴法　并復讀誦斯經典
常於日夜念不散　專想殷勤生信心
所有患苦盡消除　解脫貧窮足財寶
四方星辰及日月　威神擁護得延年

吉祥安隱福德增　災變厄難皆除遣
次誦護身呪三七遍呪曰
怛姪他　三謎　毗三謎　莎訶　索揭滞
毗揭滞　莎訶　毗揭荼亭耶切　伐底　莎
訶　娑揭囉　三步多也　莎訶　塞建陀
摩多也　莎訶　尼攞建侘也　莎訶
阿鉢羅市哆　毗梨耶也　莎訶　呬摩槃
哆　三步多也　莎訶　阿你蜜攞　薄怛
羅也　莎訶　南謨薄伽伐都　跋囉甜摩
寫　莎訶　南謨薩囉酸蘇活切底　莫訶提
鼻裔　莎訶　悉甸都漫此云成就我某甲曼怛囉
鉢柁　莎訶　怛喇覩仳姪哆　跋囉甜摩
奴衣貌　莎訶
爾時大辯才天女說洗浴法壇場呪已前禮佛足白佛言世尊若有苾芻苾芻尼鄔波索迦鄔波斯迦受持讀誦書寫流布是妙經王如說行者若在城邑聚落曠野山林僧尼住處我爲是人將諸眷屬作天妓樂來詣其所而爲擁護除諸病苦流星變怪疫疾鬪諍王法所拘惡夢惡神爲障礙者蠱道猒術悉皆除殄饒益是等持經之人苾芻等衆及諸聽者皆令速渡生死大海不退菩提爾時世尊聞是說已讚辯才天女言善哉善哉天女汝能安樂利益無量無邊有情說此神呪及以香水壇場法式果報難思汝當擁護最勝經王勿令隱沒常得流通爾時大辯才天女禮佛足已還復本座爾時法師授記憍陳如婆羅門承佛威力於大衆前讚請辯才天女曰

聰明勇進辯才天　人天供養悉應受
名聞世間遍充滿　能與一切衆生願

依高山頂勝住處　葺茅爲室在中居
恒結輭草以爲衣　在處常翹於一足
諸天大衆皆來集　咸同一心伸讚請
唯願智慧辯才天　以妙言辭施一切
爾時辯才天女即便受請爲說呪曰
怛姪他　慕囉麗只囉　阿伐帝　阿伐呾伐
底　馨遏隸名具隸　名具羅伐底　鴦具
師末唎只三末底　毗三末底惡近入唎莫
近唎　怛囉只　怛囉者伐底　質質哩室
里蜜里　末難地曇去聲　末唎只　八囉拏畢
唎畣　盧迦逝瑟跐丑世切　盧迦失麗瑟耶
盧迦畢唎畣　悉馱跋唎帝　毗麽目企輕利
切　輸只折唎　阿鉢唎底喝帝　阿鉢唎
底喝哆勃地　南毋只南毋只　莫訶提鼻
鉢喇底近入唎昏火恨切拏　南摩塞迦羅

我其甲勃地達哩奢呬　勃地阿鉢喇底
喝哆　婆上跋覩　市婆謎毗輸姪覩　舍
悉怛囉輸路迦　曼怛囉畢棏迦　迦婢耶
地數　怛姪他　莫訶鉢喇婆鼻　呬里蜜
里呬蜜里　毗折喇覩謎勃地　我其甲勃
地輸提　薄伽伐點提毗餤　薩羅酸蘇活切
點丁焰切　羯囉滯雞由麗　雞由羅末底
呬里蜜里呬里蜜里　阿婆訶耶弭　莫訶
提鼻　勃陀薩帝娜　達摩薩帝娜　僧伽
薩帝娜　因達囉薩帝娜　跋嘍拏薩帝娜
畣盧雞薩底婆地娜　羝釤引薩帝娜
薩底伐者泥娜　阿婆訶耶弭　莫訶提鼻
呬里蜜里呬里蜜里　毗折喇覩　我其
甲勃地　南謨薄伽伐底丁利切　莫訶提鼻
薩囉酸底　悉甸覩　曼怛囉鉢陀彌　莎

訶

爾時辯才天女說是呪已告婆羅門言善哉大士能爲衆生求妙辯才及諸珍寶神通智慧廣利一切速證菩提如是應知受持法式即說頌曰

先可誦此陀羅尼　令使純熟無謬失
歸敬三寶諸天衆　請求加護願隨心
禮敬諸佛及法寶　菩薩獨覺聲聞衆
次禮梵王幷帝釋　及護世者四天王
一切常修梵行人　悉可至誠殷重敬
可於寂靜蘭若處　大聲誦前呪讃法
應在佛像天龍前　隨其所有修供養
於彼一切衆生類　發起慈悲哀愍心
世尊妙相紫金身　繫想正念心無亂
世尊護念說教法　隨彼根機令習定
於其句義善思惟　復依空性而修習
應在世尊形像前　一心正念而安坐
即得妙智三摩地　幷獲最勝陀羅尼
如來金口演說法　妙響調伏諸人天
舌相隨緣現希有　廣長能覆三千界
如是諸佛妙音聲　至誠憶念心無畏
諸佛皆由發弘願　得此舌相不思議
宣說諸法皆非有　譬如虛空無所著
諸佛音聲及舌相　繫念思量願圓滿
若見供養辯才天　或見弟子隨師教
授此秘法令修學　尊重隨心皆得成
若人欲得最上智　應當一心持此法
增長福智諸功德　必定成就勿生疑
若求財者得多財　求名稱者獲名稱
求出離者得解脫　必定成就勿生疑

無量無邊諸功德　隨其內心之所願
若能如是依行者　必得成就勿生疑
當於淨處著淨衣　應作壇場隨大小
以四淨瓶盛美味　香華供養可隨時
懸諸繒綵并旛蓋　塗香抹香遍嚴飾
供養佛及辯才天　求見天身皆遂願
應三七日誦前呪　可對大辯天神前
若其不見此天神　應更用心經九日
於後夜中猶不見　更求清淨勝妙處
如法應畫辯才天　供養誦持心無捨
晝夜不生於懈怠　自利利他無窮盡
所獲果報施群生　於所求願皆成就
若不遂意經三月　六月九月或一年
殷勤求請心不移　天眼他心皆悉得

爾時憍陳如婆羅門聞是說已歡喜踊躍歎未曾有告諸大衆作如是言汝等人天一切大衆如是當知皆一心聽我今更欲依世諦法讚彼勝妙辯才天女即說頌曰

敬禮天女那羅延　於世界中得自在
我今讚歎彼尊者　皆如往昔仙人說
吉祥成就心安隱　聰明慚愧有名聞
爲母能生於世間　勇猛常行大精進
於軍陣處戰恒勝　長養調伏心慈忍
現爲閻羅之長姊　常著青色野蠶衣
好醜容儀皆具有　眼目能令見者怖
無量勝行超世間　歸信之人咸攝受
或在山巖深險處　或居坎窟及河邊
或在大樹諸叢林　天女多依此中住
假使山林野人輩　亦常供養於天女
以孔雀羽作幢旗　於一切時常護世

師子虎狼恒圍繞　牛羊雞等亦相依
振大鈴鐸出音聲　頻陀山衆皆聞響
或執三戟頭圓髻　左右恒持日月旗
黑月九日十一日　於此時中當供養
或現婆蘇大天妹　見有鬬戰心常愍
觀察一切有情中　天女最勝無過者
權現牧牛歡喜女　與天戰時常得勝
能久安住於世間　亦爲和忍及暴惡
大婆羅門四明法　幻化呪等悉皆通
於天仙中得自在　能爲種子及大地
諸天女等集會時　如大海潮必來應
於諸龍神藥叉衆　或爲上首能調伏
於諸女中最梵行　出言猶如世間主
於王位處如蓮華　若在河津喻橋栰
面貌猶如盛滿月　具足多聞作依處
辯才勝出若高峯　念者皆與爲洲渚
阿蘇羅等諸天衆　咸共稱讚其功德
乃至千眼帝釋主　以殷重心而觀察
衆生若有希求事　悉能令彼速得成
亦令聰辯具聞持　時大地中爲第一
於此十方世界中　如大燈明常普照
乃至神鬼諸禽獸　咸皆遂彼所求心
於諸女中若山峯　同昔仙人久住世
如少女天常離欲　實語猶如大世王
普見世間差別類　乃至欲界諸天宮
唯有天女獨稱尊　不見有情能勝者
若於戰陣恐怖處　或見墮在火坑中
河津險難賊盜時　悉能令彼除怖畏
或被王法所枷縛　或爲怨讎行殺害
若能專注心不移　決定解脫諸憂苦

於善惡人皆擁護　慈悲愍念常現前
是故我以至誠心　稽首歸依大天女

爾時婆羅門復以呪讚讚天女曰

敬禮敬禮世間尊　於諸母中最爲勝
三種世間咸供養　面貌容儀人樂觀
種種妙德以嚴身　目如修廣青蓮葉
福智光明名稱滿　譬如無價末尼珠
我今讚歎最勝者　悉能成辦所求心
眞實功德妙吉祥　譬如蓮華極清淨
身色端嚴皆樂見　衆相希有不思議
能放無垢智光明　於諸念中爲最勝
猶如師子獸中上　常以八臂自莊嚴
各持弓箭刀矟斧　長杵鐵輪并羂索
端正樂觀如滿月　言詞無滯出和音
若有衆生心願求　善士隨念令圓滿
帝釋諸天咸供養　皆共稱讚可歸依
衆德能生不思議　一切時中起恭敬

莎訶（此上呪頌是呪亦是讚若持呪時必須誦之）

若欲祈請辯才天　依此呪讚言詞句
晨朝清淨至誠誦　於所求事悉隨心

爾時佛告婆羅門善哉善哉汝能如是利益衆生施與安樂讚彼天女請求加護獲福無邊（此品呪法有畧有廣或開或合前後不同梵本既多但依一譯後勘者知之）

金光明最勝王經卷第七

音釋

蠱道（蠱公户切師巫以左道惑人也）霹靂（霹普擊切靂郎擊切雷之急激者）擣篩（擣都晧切舂也篩所宜切竹器也）葺（七入切覆蓋補治也）翹（渠堯切舉也）

金光明最勝王經卷第八

唐三藏法師義淨奉　制譯

大辯才天女品第十五之二

爾時憍陳如婆羅門說上讚歎及呪讚法讚辯才天女已告諸大衆仁等若欲請辯才天女哀愍加護於現世中得無礙辯聰明大智巧妙言辭博綜奇才論議文飾隨意成就無疑滯者應當如是至誠殷重而請召言南無佛陁也南謨達摩也南謨僧伽也南謨諸菩薩衆獨覺聲聞一切賢聖過去現在十方諸佛悉皆已習真實之語能隨順說當機實語無虛誑語已於無量俱胝大劫常說實語有實語者悉皆隨喜以不妄語故出廣長舌能覆於面覆贍部洲及四天下能覆一千二千三千世界普覆十方世界圓滿周遍不可思議能除一切煩惱炎熱敬禮敬禮一切諸佛如是舌相願我某甲皆得成就微妙辯才至心歸命

敬禮諸佛妙辯才　諸大菩薩妙辯才
獨覺聖者妙辯才　四向四果妙辯才
四聖諦語妙辯才　正行正見妙辯才
梵衆諸仙妙辯才　大天烏摩妙辯才
塞建陁天妙辯才　摩那斯王妙辯才
聰明夜天妙辯才　四大天王妙辯才
善住天子妙辯才　金剛密主妙辯才
吠率怒天妙辯才　毗摩天女妙辯才
侍數天神妙辯才　室唎天女妙辯才
室利末多妙辯才　醯哩言辭妙辯才
諸母大母妙辯才　訶哩底母妙辯才
諸藥叉神妙辯才　十方諸王妙辯才

所有勝業資助我　令得無窮妙辯才
敬禮無欺誑　敬禮解脫者　敬禮離欲人
敬禮捨纏蓋　敬禮心清淨　敬禮光明者
敬禮眞實語　敬禮無塵習　敬禮住勝義
敬禮大衆主　敬禮辯才天　令我辭無礙
願我所求事　皆悉速成就　無病常安隱
壽命得延長　善解諸明呪　勤修菩提道
廣饒益群生　求心願早遂　我說眞實語
我說無誑語　天女妙辯才　令我得成就
惟願天女來　令我語無滯　速入身口內
聰明足辯才　願令我舌根　當得如來辯
由彼語威力　調伏諸衆生　我所出語時
隨事皆成就　聞者生恭敬　所作不唐捐
若我求辯才　事不成就者　天女之實語
皆悉成虛妄　有作無間罪　佛語令調伏
及以阿羅漢　所有報恩語　舍利子目連
世尊衆第一　斯等眞實語　願我皆成就
我今皆召請　佛之聲聞衆　皆願速來至
成就我求心　所求眞實語　皆願無虛誑
上從色究竟　及以淨居天　大梵及梵輔
一切梵王衆　乃至徧三千　索訶世界主
幷及諸眷屬　我今皆請召　惟願降慈悲
哀愍同攝受　他化自在天　及以樂變化
覩史多天衆　慈氏當成佛　夜摩諸天衆
及三十三天　四天王衆天　一切諸天衆
地水火風神　依妙高山住　七海山神衆
所有諸眷屬　滿財及五頂　日月諸星辰
如是諸天衆　令世間安隱　斯等諸天神
不樂作罪業　敬禮鬼子母　及最小愛兒
龍天藥叉衆　乹闥阿蘇羅　及以緊那羅

莫呼洛伽等　我以世尊力　悉皆申請召
願降慈悲心　與我無礙辯　一切人天衆
能了他心者　皆願加神力　與我妙辯才
乃至盡虛空　周遍於法界　所有含生類
與我妙辯才

爾時辯才天女聞是請已告婆羅門言善哉大士若有男子女人能依如是呪及呪讚如前所說受持法式歸敬三寶虔心正念於所求事皆不唐捐兼復受持讀誦此金光明微妙經典所願求者無不果遂速得成就除不至心時婆羅門深心歡喜合掌頂受爾時佛告辯才天女善哉善哉善女天汝能流布是妙經王擁護所有受持經者及能利益一切衆生令得安樂說如是法施與辯才不可思議得福無量諸發心者速趣菩提

大吉祥天女品第十六

爾時大吉祥天女即從座起前禮佛足合掌恭敬白佛言世尊我若見有苾芻苾芻尼鄔波索迦鄔波斯迦受持讀誦爲人解說是金光明最勝王經者我當專心恭敬供養此等法師所謂飲食衣服卧具醫藥及餘一切所須資具皆令圓滿無有乏少若晝若夜於此經王所有句義觀察思量安樂而住令此經典於贍部洲廣行流布爲彼有情已於無量百千佛所種善根者常使得聞不速隱沒復於無量百千億劫當受人天種種勝樂常得豐稔永除饑饉一切有情恒受安樂亦復值遇諸佛世尊於未來世速證無上大菩提果永絕三塗輪迴苦難世尊我念過去有瑠璃金山寶華光照吉祥功德海如來應正等覺

十號具足我於彼所種諸善根由彼如來慈悲愍念威神力故令我今日隨所念處隨所視方隨所至國能令無量百千萬億衆生受諸快樂乃至所須衣服飲食資生之具金銀瑠璃硨磲碼碯珊瑚琥珀真珠等寶悉令充足若復有人至心讀誦是金光明最勝王經亦當日日燒衆名香及諸妙華爲我供養彼瑠璃金山寶華光照吉祥功德海如來應正等覺復當每日於三時中稱念我名別以香華及諸美食供養於我亦常聽受此妙經王得如是福而說頌曰

由能如是持經故　自身眷屬離諸衰
所須衣食無乏時　威光壽命難窮盡
能令地味常增長　諸天降雨隨時節
令諸天衆咸歡悅　及以園林穀果神
叢林果樹並滋榮　所有苗稼咸成就
欲求珍財皆滿願　隨所念者遂其心

佛告大吉祥天女善哉善哉汝能如是憶念昔因報恩供養利益安樂無邊衆生流布是經功德無盡

大吉祥天女增長財物品第十七

爾時大吉祥天女復白佛言世尊北方薜室羅末拏天王城名有財去城不遠有園名曰妙華福光中有勝殿七寶所成世尊我常住彼若復有人欲求五穀日日增多倉庫盈溢者應當發起敬信之心淨治一室瞿摩塗地應畫我像種種瓔珞周帀莊嚴當洗浴身著淨衣服塗以名香入淨室內發心爲我每日三時稱彼佛名及此經名號而申禮敬南謨瑠璃金山寶華光照吉祥功德海如來持諸

香華及以種種甘美飲食至心奉獻亦以香華及諸飲食供養我像復持飲食散擲餘方施諸神等實言邀請大吉祥天發所求願若如所言是不虛者於我所請勿令空爾于時吉祥天女知是事已便生愍念令其宅中財穀增長即當誦呪請召於我先稱佛名及菩薩名字一心敬禮

南謨一切十方三世諸佛南謨寶髻佛南謨無垢光明寶幢佛南謨金幢光佛南謨百金光藏佛南謨金蓋寶積佛南謨金華光幢佛南謨大燈光佛南謨大寶幢佛南謨東方不動佛南謨南方寶幢佛南謨西方無量壽佛南謨北方天鼓音佛南謨妙幢菩薩南謨金光菩薩南謨金藏菩薩南謨常啼菩薩南謨法上菩薩南謨善安菩薩

敬禮如是佛菩薩已次當誦呪請召我大吉祥天女由此呪力所求之事皆得成就即說呪曰

南謨室唎莫訶天女　怛姪他　鉢唎脯⿰口律拏折囇　三曼頞　達唎設泥（去聲下皆同）　莫訶毗訶囉揭帝　三曼哆毗曇末泥　莫訶迦里也　鉢喇底瑟侘鉢泥　薩婆頞他娑彈泥　蘇鉢喇底脯囇　痾耶娜達摩多　莫訶毗俱比帝　莫訶迷咄嚕　鄔波僧呬羝　莫訶頡唎使　蘇僧近（入）里　呬羝三曼多頞他　阿奴波剌泥　莎訶

世尊若人誦持如是神呪請召我時我聞請已即至其所令願得遂世尊是灌頂法句定成就句眞實之句無虛誑句是平等行於諸衆生是正善根若有受持讀誦呪者應七日

七夜受八支戒於晨朝時先嚼齒木淨澡漱已及於晡後香華供養一切諸佛自陳其罪當爲已身及諸含識回向發願令所希求速得成就淨治一室或在空閑阿蘭若處瞿摩爲壇燒栴檀香而爲供養置一勝座旛蓋莊嚴以諸名華布列壇内應當至心誦持前呪希望我至我於爾時即便護念觀察是人來入其室就座而坐受其供養從是以後當令彼人於睡夢中得見於我隨所求事以實告知若聚落空澤及僧住處隨所求者皆令圓滿金銀財寶牛羊穀麥飲食衣服皆得隨心受諸快樂既得如是勝妙果報當以上分供養三寶及施於我廣修法會設諸飲食布列香華既供養已所有供養貨之取直復爲供養於我我當終身常住於此擁護是人令無闕乏隨所希求悉皆稱意亦當時時給濟貧乏不應慳惜獨爲已身常讀是經供養不絶當以此福普施一切回向菩提願出生死速得解脱爾時世尊讚言善哉吉祥天女汝能如是流布此經不可思議自他俱益

堅牢地神品第十八

爾時堅牢地神即於衆中從座而起合掌恭敬而白佛言世尊是金光明最勝王經若現在世若未來世若在城邑聚落王宫樓觀及阿蘭若山澤空林有此經王流布之處世尊我當往詣其所供養恭敬擁護流通若有方處爲説法師敷置高座演説經者我以神力不現本身在於座所頂戴其足我得聞法深心歡喜得餐法味增益威光慶悦無量自身既得如是利益亦令大地深十六萬八千踰

繕那至金剛輪際令其地味悉皆增益乃至四海所有土地亦使肥濃田疇沃壤倍勝常日亦復令此贍部洲中江河池沼所有諸樹藥草叢林種種華果根莖枝葉及諸苗稼形相可愛衆所樂觀色香具足皆堪受用若諸有情受用如是勝飲食已長命色力諸根安隱增益光暉無諸痛惱心慧勇健無不堪能又此大地凡有所須百千事業悉皆周備世尊以是因緣諸贍部洲安隱豐樂人民熾盛無諸衰惱所有衆生皆受安樂既受如是身心快樂於此經王深加愛敬所在之處皆願受持供養恭敬尊重讚歎又復於彼說法大師法座之處悉皆往彼爲諸衆生勸請說是最勝經王何以故世尊由說此經我之自身并諸眷屬咸蒙利益光暉氣力勇猛威勢顏容端正倍勝於常世尊我堅牢地神蒙法味已令贍部洲縱廣七千踰繕那地皆悉沃壤乃至如前所有衆生皆受安樂是故世尊時彼衆生爲報我恩應作是念我當必定聽受是經恭敬供養尊重讚歎作是念已即從住處城邑聚落舍宅空地詣法會所頂禮法師聽受是經既聽受已各還本處心生慶喜共作是言我等今者得聞甚深無上妙法即是攝受不可思議功德之聚由經力故我等當值無量無邊百千俱胝那庾多佛承事供養永離三塗極苦之處復於來世百千生中常生天上及在人間受諸勝樂時彼諸人各還本處爲諸人衆說是經王若一喻一品一昔因緣一如來名一菩薩名一四句頌或復一句爲諸衆生說是經典乃至首題名字世尊

隨諸衆生所住之處其地悉皆沃壤肥濃過於餘處凡是土地所生之物悉得增長滋茂廣大令諸衆生受於快樂多饒珍財好生惠施心常堅固深信三寶作是語已爾時世尊告堅牢地神曰若有衆生聞是金光明最勝經王乃至一句命終之後當得往生三十三天及餘天處若有衆生爲欲供養是經王故莊嚴宅宇乃至張一傘蓋懸一繒旛由是因緣六天之上如念受生七寶妙宫隨意受用各各自然有七千天女共相娛樂日夜常受不可思議殊勝之樂作是語已爾時堅牢地神白佛言世尊以是因緣若有四衆昇於法座說是法時我當晝夜擁護是人自隱其身在於座所頂戴其足世尊如是經典爲彼衆生已於百千佛所種善根者於贍部洲流布不滅是諸衆生聽斯經者於未來世無量百千俱胝那庾多劫天上人中常受勝樂得遇諸佛速成阿耨多羅三藐三菩提不歷三塗生死之苦爾時堅牢地神白佛言世尊我有心呪能利人天安樂一切若有男子女人及諸四衆欲得親見我真身者應當至心持此陀羅尼隨其所願皆悉遂心所謂資財珍寶伏藏及求神通長年妙藥幷療衆病降伏怨敵制諸異論當於淨室安置道場洗浴身已著鮮潔衣踞草座上於有舍利尊像之前或有舍利制底之所燒香散華飲食供養於白月八日布灑星合即可誦此請召之呪

怛姪他　只里只里　主嚕主嚕　句嚕句嚕　拘柱拘柱　覩柱覩柱　縛訶上縛訶　伐捨伐捨　莎訶

世尊此之神呪若有四衆誦一百八徧請召於我我爲是人即來赴請又復世尊若有衆生欲得見我現身共語者亦復如前安置法式誦此神呪

怛姪他 頞折泥去 頡力刹泥室尸達哩訶訶呬呬 區嚕 伐囇 莎訶

世尊若人持此呪時應誦一百八徧并誦前呪我必現身隨其所願悉得成就終不虛然若欲誦此呪時先誦護身呪曰

怛姪他 你室里 末捨羯擻捺擻矩擻勑地上勑地囇 底擻婢擻矩句擻 佉婆上只哩 莎訶

世尊誦此呪時取五色線誦呪二十一徧作二十一結繫在左臂肘後即便護身無有所懼若有至心誦此呪者所求必遂我不妄語我以佛法僧寶而爲要契證知是實爾時世尊告地神曰善哉善哉汝能以是實語神呪護此經王及說法者以是因緣令汝獲得無量福報

僧愼爾耶藥叉大將品第十九

爾時僧愼爾耶藥叉大將幷與二十八部藥叉諸神於大衆中皆從座起偏袒右肩右膝著地合掌向佛白言世尊此金光明最勝經王若現在世及未來世所在宣揚流布之處若於城邑聚落山澤空林或王宮殿或僧住處世尊我僧愼爾耶藥叉大將幷與二十八部藥叉諸神俱詣其所各自隱形隨處擁護彼說法師令離衰惱常受安樂及聽法者若男若女童男童女於此經中乃至受持一四句頌或持一句或此經王首題名號及此經

中一如來名一善薩名發心稱念恭敬供養者我當救護攝受令無災横離苦得樂世尊何故我名正了知此之因緣是佛親證我知諸法我曉一切法隨所有一切法如所有一法諸法種類體性差别世尊如是諸法我能了知我有難思智光我有難思智炬我有難思智行我有難思智聚我於難思智境而能通達世尊如我於一切法正知正曉正覺能正觀察世尊以是因緣我藥叉大將名正了知以是義故我能令彼說法之師言辭辯了具足莊嚴亦令精氣從毛孔入身力充足威光勇健難思智光皆得成就得正憶念無有退屈增益彼身令無衰減諸根安樂常生歡喜以是因緣爲彼有情已於百千佛所植諸善根修福業者於贍部洲廣宣流布不速隱没彼諸有情聞是經已得不可思議大智光明及以無量福智之聚於未來世當受無量俱胝那庚多劫不可思量人天勝樂常與諸佛共相值遇速證無上正等菩提閻羅之界三塗極苦不復經過爾時正了知藥叉大將白佛言世尊我有陀羅尼今對佛前親自陳說爲欲饒益憐愍諸有情故即說呪曰

南謨佛陀引耶 南謨達摩引耶 南謨僧伽引耶 南謨跋囉蚶火含切摩耶 南謨因達囉耶 南謨折咄喃 莫喝囉闍喃 怛姪他 呬哩呬哩 弭哩弭哩瞿哩 莫訶瞿哩 健陀里 莫訶健陀里 達羅弭雉 莫訶達羅弭雉 單荼曲勸第去音 訶訶訶訶訶 呬呬呬呬呬 呼呼呼呼呼 漢魯曇謎瞿曇謎 者者者者 只只只只

主主主主　旃荼𡅏之涉切　鉢攞　尸揭囉上音
尸揭囉　嗢底瑟侘呬　薄伽梵僧慎爾
耶莎訶

若復有人於此明呪能受持者我當給與資生樂具飲食衣服華果珍異或求男女童男童女金銀珍寶諸瓔珞具我皆供給隨所願求令無闕乏此之明呪有大威力若誦呪時我當速至其所令無障礙隨意成就若持此呪時應知其法先畫一鋪僧慎爾耶藥叉形像高四五尺手執鉾鑹於此像前作四方壇安四滿瓶蜜水或沙糖水塗香末香燒香及諸華鬘又於壇前作地火鑪中安炭火以蘇摩芥子燒於鑪中口誦前呪一百八徧一徧一燒乃至我藥叉大將自來現身問呪人曰爾何所須意所求者即以事答我即隨言於所求事皆令滿足或須金銀及諸伏藏或欲神仙乘空而去或求天眼通或知他心事於一切有情隨意自在令斷煩惱速得解脱皆得成就爾時世尊告正了知藥叉大將曰善哉善哉汝能如是利益一切衆生説此神呪擁護正法福利無邊

王法正論品第二十

爾時此大地神女名曰堅牢於大衆中從座而起頂禮佛足合掌恭敬白佛言世尊於諸國中爲人王者若無正法不能治國安養衆生及以自身長居勝位惟願世尊慈悲哀愍當爲我説王法正論治國之要令諸人王得聞法已如説修行正化於世能令勝位永保安寧國内居人咸蒙利益爾時世尊於大衆中告堅牢地神曰汝當諦聽過去有王名力

尊幢其王有子名曰妙幢受灌頂位未久之頃爾時父王告妙幢言有王法正論名天主教法我於昔時受灌頂位而爲國主我之父王名智力尊幢爲我說是王法正論我依此論於二萬歲善治國土我不曾憶起一念心行於非法汝於今日亦應如是勿以非法而治於國云何名爲王法正論汝今善聽當爲汝說爾時力尊幢王即爲其子以妙伽他說正論曰

我說王法論　利安諸有情　爲斷世間疑　滅除衆過失
一切諸天王　及以人中王　當生歡喜心　合掌聽我說
往昔諸天衆　集在金剛山　四王從座起　請問於大梵
梵主最勝尊　天中大自在　願哀愍我等　爲斷諸疑惑
云何處人世　而得名爲天　復以何因緣　號名曰天子
云何生人間　獨得爲人主　云何在天上　復得作天王
如是護世間　問彼梵王已　爾時梵天主　即便爲彼說
護世汝當知　爲利有情故　問我治國法　我說應善聽
由先善業力　生天得作王　若在於人中　統領爲人主
諸天共加護　然後入母胎　既至母胎中　諸天復守護
雖生在人世　尊勝故名天　由諸天護持　亦得名天子
三十三天主　分力助人王　及一切諸天　亦資自在力
除滅諸非法　惡業令不生　教有情修善　使得生天上
人及蘇羅衆　并健闥婆等　羅刹旃荼羅　悉皆資半力
父母資半力　令捨惡修善　諸天共護持　示其諸善報
若造諸惡業　令於現世中　諸天不護持

示其諸惡報　國人造惡業　王捨不禁制
斯非順正理　治擯當如法　若見惡不遮
非法便滋長　遂令王國内　姧詐日增多
王見國中人　造惡不遮止　三十三天衆
咸生忿怒心　因此損國政　諂偽行世間
被他怨敵侵　破壞其國土　居家及資具
積財皆散失　種種諂誑生　更互相侵奪
由正法得王　而不行其法　國人皆破散
如象踏蓮池　惡風起無恒　暴雨非時下
妖星多變怪　日月蝕無光　五穀衆華果
苗實皆不成　國土遭饑饉　由王捨正法
若王捨正法　以惡法化人　諸天處本宮
見已生憂惱　彼諸天王衆　共作如是言
此王作非法　惡黨相親附　王位不久安
諸天皆忿恨　由彼懷忿故　其國當敗亡
以非法教人　流行於國内　鬪諍多姧偽
疾疫生衆苦　天主不護念　餘天咸捨棄
國土當滅亡　王身受苦厄　父母及妻子
兄弟并姊妹　俱遭愛别離　乃至身亡殁
變怪流星墮　二日俱時出　他方怨賊來
國人遭喪亂　國所重大臣　枉横而身死
所愛象馬等　亦復皆散失　處處有兵戈
人多非法死　惡鬼來入國　疾疫遍流行
國中最大臣　及以諸輔相　其心懷諂佞
並悉行非法　見行非法者　而生於愛敬
於行善法人　苦楚而治罰　由愛敬惡人
治罰善人故　星宿及風雨　皆不以時行
有三種過生　正法當隱没　衆生無光色
地肥皆下沉　由敬惡輕善　復有三種過
非時降霜雹　饑疫苦流行　穀稼諸果實

滋味皆損減　於其國土中　衆生多疾病
國中諸樹林　先生甘美果　由斯皆損減
苦澀無滋味　先有妙園林　可愛遊戲處
忽然皆枯悴　見者生憂惱　稻麥諸果實
美味漸消亡　食時心不喜　何能長諸大
衆生光色減　勢力盡衰微　食噉雖復多
不能令飽足　於其國界中　所有衆生類
少力無勇執　所作不堪能　國人多疾患
衆苦逼其身　鬼魅遍流行　隨處生羅刹
若王作非法　親近於惡人　令三種世間
因斯受衰損　如是無邊過　出在於國中
皆由見惡人　棄捨不治擯　由諸天加護
得作於國王　而不以正法　守護於國界
若人修善行　當得生天上　若造惡業者
死必墮三塗　若王見國人　縱其造過失

三十三天衆　皆生熱惱心　不順諸天教
及以父母言　此是非法人　非王非孝子
若於自國中　見行非法者　如法當治罰
不應生捨棄　是故諸天衆　皆護持此王
以滅諸惡法　能修善根故　王於此世中
必招於現報　由於善惡業　行捨勸衆生
爲示善惡報　故得作人王　諸天共護持
一切咸隨喜　由自利利他　治國以正法
見有諂佞者　應當如法治　假使失王位
及以害命緣　終不行惡法　見惡而捨棄
害中極重者　無過失國位　皆因諂佞人
爲此當治罰　若友諂誑人　當失於國位
由斯損王政　如象入華園　天主皆瞋恨
阿蘇羅亦然　以彼爲人王　不以法治國
是故應如法　治罰於惡人　以善化衆生

不順於非法　寧捨於身命　不隨非法友
於親及非親　平等觀一切　若爲正法王
國內無偏黨　法王有名稱　普聞三界中
三十三天衆　歡喜作是言　贍部洲法王
彼即是我子　以善化衆生　正法治於國
勸行於正法　當令生我宮　天及諸天子
及以蘇羅衆　因王正法化　常得心歡喜
天衆皆歡喜　共護於人王　衆星依位行
日月無乖度　和風常應節　甘雨順時行
苗實皆善成　人無饑饉者　一切諸天衆
充滿於自宮　是故汝人王　忘身弘正法
應尊重法寶　由斯衆安樂　常當親正法
功德自莊嚴　眷屬常歡喜　能遠離諸惡
以法化衆生　恒令得安隱　令彼一切人
修行於十善　率土常豐樂　國土得安寧
王以法化人　善調於惡行　當得好名稱
安樂諸衆生

爾時大地一切人王及諸大衆聞佛說此古昔人王治國要法得未曾有皆大歡喜信受奉行

金光明最勝王經卷第八

音釋

豐稔　豐敷弓切登也稔食枕切穀熟也　擲　直炙切投也　沃壤　沃烏酷切潤澤也壤如兩切土無塊也　要契　要於笑切約也契苦計切券也　鉾鑹　鉾莫浮切勾兵也鑹七亂切短矛也　霜雹　霜色莊切凝露也雹弼角切雨氷霰也

金光明最勝王經卷第九

唐三藏法師義淨奉　制譯

善生王品第二十一

爾時世尊爲諸大衆說王法正論已復告大衆汝等應聽我今爲汝說其往昔奉法因緣即於是時說伽他曰

我昔曾爲轉輪王　捨此大地幷大海
四洲珍寶皆充滿　持以供養諸如來
我於往昔無量劫　爲求清淨眞法身
所愛之物皆悉捨　乃至身命心無悋
又於過去難思劫　有正徧知名寶髻
於彼如來涅槃後　有王出世名善生
爲轉輪王化四洲　盡大海際咸歸伏
有城名曰妙音聲　時彼輪王於此住
夜夢聞說佛福智　見有法師名寶積
處座端嚴如日輪　演說金光微妙典
爾時彼王從夢覺　生大歡喜充徧身
至天曉已出王宮　往詣苾芻僧伽處
恭敬供養聖衆已　即便問彼諸大衆
頗有法師名寶積　功德成就化衆生
爾時寶積大法師　在一室中而住止
正念誦斯微妙典　端然不動身心樂
時有苾芻引導王　至彼寶積所居處
見在室中端身坐　光明妙相徧其身
白王此即是寶積　能持甚深佛行處
所謂微妙金光明　諸經中王最第一
時王即便禮寶積　恭敬合掌而致請
唯願滿月面端嚴　爲說金光微妙法
寶積法師受王請　許爲說此金光明
周徧三千世界中　諸天大衆咸歡喜

王於廣博清淨處　奇妙珍寶而嚴飾
上勝香水灑遊塵　種種雜華皆散布
即於勝處敷高座　懸繒旛蓋以莊嚴
種種粖香及塗香　香氣芬馥皆周徧
天龍修羅緊那羅　莫呼洛伽及藥叉
諸天悉雨曼陀華　咸來供養彼高座
復有千萬億諸天　樂聞正法俱來集
法師初從本座起　咸悉供養以天華
是時寶積大法師　淨洗浴已著鮮衣
詣彼大衆法座所　合掌虔心而禮敬
天主天衆及天女　悉皆共散曼陀華
百千天樂難思議　住在空中出妙響
爾時寶積大法師　即昇高座跏趺坐
念彼十方諸刹土　百千萬億大慈尊
徧及一切苦衆生　皆起平等慈悲念
爲彼請主善生故　演說微妙金光明
王既得聞如是法　合掌一心唱隨喜
聞法希有淚交流　身心大喜皆充徧
爾時國主善生王　爲欲供養此經故
手持如意末尼珠　發願咸爲諸衆生
今可於斯贍部洲　普雨七寶瓔珞具
所有匱乏資財者　皆得隨心受安樂
即便徧雨於七寶　悉皆充足四洲中
瓔珞嚴身隨所須　衣服飲食皆無乏
爾時國主善生王　見此四洲雨珍寶
咸持供養寶髻佛　所有遺教苾芻僧
應知過去善生王　即我釋迦牟尼是
爲於昔時捨大地　及諸珍寶滿四洲
昔時寶積大法師　爲彼善生說妙法
因彼開演經王故　東方現成不動佛

以我曾聽此經王　合掌一言稱隨喜
及施七寶諸功德　獲此最勝金剛身
金光百福相莊嚴　所有見者皆歡喜
一切有情無不愛　俱胝天衆亦同然
過去曾經九十九　俱胝億劫作輪王
亦於小國爲人王　復經無量百千劫
於無量劫爲帝釋　亦復曾爲大梵王
供養十力大慈尊　彼之數量難窮盡
我昔聞經隨喜善　所有福聚量難知
由斯福故證菩提　獲得法身眞妙智

爾時大衆聞是說已歎未曾有皆願奉持金光明經流通不絕

諸天藥叉護持品第二十二

爾時世尊告大吉祥天女曰若有淨信善男子善女人欲於過去未來現在諸佛以不可思議廣大微妙供養之具而爲奉獻及欲解了三世諸佛甚深行處是人應當決定至心隨是經王所在之處城邑聚落或山澤中廣爲衆生敷演流布其聽法者應除亂想攝耳用心世尊即爲彼天及諸大衆說伽他曰

若欲於諸佛　不思議供養　復了諸如來
甚深境界者　若見演說此　最勝金光明
應親詣彼方　至其所住處　此經難思議
能生諸功德　無邊大苦海　解脫諸有情
我觀此經王　初中後皆善　甚深不可測
譬喻無能比　假使恒河沙　大地塵海水
虛空諸山石　無能喻少分　欲入深法界
應先聽是經　法性之制底　甚深善安住
於斯制底內　見我牟尼尊　悅意妙音聲
演說斯經典　由此俱胝劫　數量難思議

生在人天中　常受勝妙樂　若聽是經者
應作如是心　我得不思議　無邊功德蘊
假使大火聚　滿百踰繕那　爲聽此經王
直過無辭苦　既至彼住處　得聞如是經
能滅於罪業　及除諸惡夢　惡星諸變怪
蠱道邪魅等　得聞是經時　諸惡皆捨離
應嚴勝高座　淨妙若蓮華　法師處其上
猶如大龍座　於斯安坐已　說此甚深經
書寫及誦持　并爲解其義　法師捨此座
往詣餘方所　於此高座中　神通非一相
或見法師像　猶在高座上　或時見世尊
及以諸菩薩　或作普賢像　或如妙吉祥
或見慈氏尊　身處於高座　或見希奇相
及以諸天像　暫得覩容儀　忽然還不現
成就諸吉祥　所作皆隨意　功德悉圓滿

世尊如是說　最勝有名稱　能滅諸煩惱
他國賊皆除　戰時常得勝　惡夢悉皆無
及消諸毒害　所作三業罪　經力能除滅
於此贍部洲　名稱咸充滿　所有諸怨結
悉皆相捨離　設有怨敵至　聞名便退散
不假動兵戈　兩陣生歡喜　梵王帝釋主
護世四天王　及金剛藥叉　正了知大將
無熱池龍王　及以娑揭羅　緊那羅樂神
蘇羅金翅王　大辯才天女　并大吉祥天
斯等上首天　各領諸天衆　常供養諸佛
法寶不思議　恒生歡喜心　於經起恭敬
斯等諸天衆　皆悉共思惟　徧觀修福者
共作如是說　應觀此有情　咸是大福德
善根精進力　當來生我天　爲聽甚深經
敬心來至心　供養法制底　尊重正法故

憐愍於衆生　而作大饒益　於此深經典
能爲法寶器　入此法門者　能入於法性
於此金光明　至心應聽受　是人曾供養
無量百千佛　由彼諸善根　得聞此經典
如是諸天王　天女大辯才　并彼吉祥天
及以四王衆　無數藥叉衆　勇猛有神通
各於其四方　常來相擁護　日月天帝釋
風水火諸神　吠率怒大肩　閻羅辯才等
一切諸護世　勇猛具威神　擁護持經者
晝夜常不離　大力藥叉王　那羅延自在
正了知爲首　二十八藥叉　餘藥叉百千
神通有大力　恒於恐怖處　常來護此人
金剛藥叉王　并五百眷屬　諸大菩薩衆
常來護此人　寶王藥叉主　及以滿賢王
曠野金毗羅　賔度羅黄色　此等藥叉王
各五百眷屬　見聽此經者　皆來共擁護
彩軍乾闥婆　葦王常戰勝　珠頸及青頸
并勃里沙王　大最勝大黑　蘇跋拏雞舍
半之迦半足　及以大婆伽　小渠并護法
及以獼猴王　針毛及日犬　寶髮皆來護
大渠諾拘羅　栴檀欲中勝　舍羅及雪山
及以婆多山　皆有大神通　雄猛具大力
見持此經者　皆來相擁護　阿那婆答多
及以娑揭羅　目真醫羅葉　難陀小難陀
於百千龍中　神通具威德　共護持經人
晝夜常不離　婆稚羅睺羅　毗摩質多羅
母旨苦跋羅　大肩及歡喜　及餘蘇羅王
并無數天衆　大力有勇健　皆來護是人
訶利底母神　五百藥叉衆　於彼人睡覺
常來相擁護　旃荼旃荼利　藥叉旃稚女

毘帝拘吒齒　吸衆生精氣　如是諸神等
大力有神通　常護持經者　晝夜恒不離
上首辯才天　無量諸天女　吉祥天爲首
并餘諸眷屬　此大地神女　果實園林神
樹神江河神　制底諸神等　如是諸大神
心生大歡喜　彼皆來擁護　讀誦此經人
見有持經者　增壽命色力　威光及福德
妙相以莊嚴　星宿現災變　困厄當此人
夢見惡徵祥　皆悉令除滅　此大地神女
堅固有威勢　由此經力故　法味常充足
地肥若流下　過百踰繕那　地神令味上
滋潤於大地　此地厚六十　八億踰繕那
乃至金剛際　地味皆令上　由聽此經王
獲大功德蘊　能使諸天衆　悉蒙其利益
復令諸天衆　威力有光明　歡喜常安樂
捨離於衰相　於此南洲内　林果苗稼神
由此經威力　心常得歡喜　苗實皆成就
處處有妙華　果實並滋繁　充滿於大地
所有諸果樹　及以衆園林　悉皆生妙華
香氣常芬馥　衆草諸樹木　咸出微妙華
及生甘美果　隨處皆充徧　於此贍部洲
無量諸龍女　心生大歡喜　皆共入池中
種植鉢頭摩　及以分陁利　青白二蓮華
池中皆遍滿　由此經威力　虛空淨無翳
雲霧皆除遣　冥闇悉光明　日出放千光
無垢燄清淨　由此經王力　流暉遶四天
此經威德力　資助於天子　皆用贍部金
而作於宮殿　日天子初出　見此洲歡喜
常以大光明　周遍皆照曜　於斯大地内
所有蓮華池　日光照及時　無不盡開發

於此贍部洲　田疇諸果藥　悉皆令善熟
充滿於大地　由此經威力　日月所照處
星辰不失度　風雨皆順時　徧此贍部洲
國土咸豐樂　隨有此經處　殊勝倍餘方
若此金光明　經典流布處　有能講誦者
悉得如上福

爾時大吉祥天女及諸天等聞佛所說皆大歡喜於此經王及受持者一心擁護令無憂惱常得安樂

授記品第二十三

爾時如來於大衆中廣說法已欲爲妙幢菩薩及其二子銀幢銀光授阿耨多羅三藐三菩提記時有十千天子最勝光明而爲上首俱從三十三天來至佛所頂禮佛足却坐一面聽佛說法爾時佛告妙幢菩薩言汝於來世過無量無數百千萬億那庾多劫已於金光明世界當成阿耨多羅三藐三菩提號金寶山王如來應正徧知明行足善逝世間解無上士調御丈夫天人師佛世尊出現於世時此如來般涅槃後所有教法亦皆滅盡時彼長子名曰銀幢即於此界次補佛處世界爾時轉名淨幢當得作佛名曰金幢光如來應正遍知明行足善逝世間解無上士調御丈夫天人師佛世尊時此如來般涅槃後所有教法亦皆滅盡次子銀光即補佛處還於此界當得作佛號曰金光明如來應正遍知明行足善逝世間解無上士調御丈夫天人師佛世尊是時十千天子聞三大士得授記已復聞如是最勝王經心生歡喜清淨無垢猶如虛空爾時如來知是十千天子善根成

熟即便與授大菩提記汝等天子於當來世過無量無數百千萬億那庾多劫於最勝因陀羅高幢世界得成阿耨多羅三藐三菩提同一種姓又同一名號曰面目清淨優鉢羅香山十號具足如是次第十千諸佛出現於世爾時菩提樹神白佛言世尊是十千天子從三十三天爲聽法故來詣佛所云何如來便與授記當得成佛世尊我未曾聞是諸天子具足修習六波羅蜜多難行苦行捨於手足頭目髓腦眷屬妻子象馬車乘奴婢僕使宮殿園林金銀瑠璃硨磲碼碯珊瑚琥珀璧玉珂貝飲食衣服卧具醫藥如餘無量百千菩薩以諸供具供養過去無數百千萬億那庾多佛如是菩薩各經無量無邊劫數然後方得受菩提記世尊是諸天子以何因緣修何勝行種何善根從彼天來暫時聞法便得授記惟願世尊爲我解說斷除疑網佛告地神善女天如汝所說皆從勝妙善根因緣勤苦修已方得授記此諸天子於妙天宮捨五欲樂故來聽是金光明經既聞法已於是經中心生殷重如淨瑠璃無諸瑕穢復得聞此三大菩薩授記之事亦由過去久修正行誓願因緣是故我今皆與授記於未來世當成阿耨多羅三藐三菩提時彼樹神聞佛說已歡喜信受

除病品第二十四

佛告菩提樹神善女天諦聽諦聽善思念之是十千天子本願因緣今爲汝說善女天過去無量不可思議阿僧企耶劫爾時有佛出現於世名曰寶髻如來應正徧知明行足善

逝世間解無上士調御丈夫天人師佛世尊善女天時彼世尊般涅槃後正法滅已於像法中有王名曰天自在光常以正法化於人民猶如父母是王國中有一長者名曰持水善解醫方妙通八術衆生病苦四大不調咸能救療善女天爾時持水長者唯有一子名曰流水顏容端正人所樂觀受性聰敏妙閑諸論書畫算印無不通達時王國內有無量百千諸衆生類皆遇疫疾衆苦所逼乃至無有歡喜之心善女天爾時長者子流水見是無量百千衆生受諸病苦起大悲心作如是念無量衆生爲諸極苦之所逼迫我父長者雖善醫方妙通八術能療衆病四大增損然已衰邁老耄虛羸要假扶策方能進步不復能往城邑聚落救諸病苦今有無量百千衆生皆遇重病無能救者我今當至大醫父所諮問治病醫方秘法若得解已當往城邑聚落之所救諸衆生種種疾病令於長夜得受安樂時長者子作是念已即詣父所稽首禮足合掌恭敬却住一面即以伽他請其父曰

慈父當哀愍　我欲救衆生　今請諸醫方
幸願爲我說　云何身衰邁　諸大有增損
復在何時中　能生諸疾病　云何噉飲食
得受於安樂　能使內身中　火勢不衰損
衆生有四病　風黃熱痰癊　及以總集病
云何而療治　何時風病起　何時熱病發
何時動痰癊　何時總集生

時彼長者聞子請已復以伽他而答之曰

我今依古仙　所有療病法　次第爲汝說
善聽救衆生　三月是春時　三月名爲夏

三月名秋分　三月謂冬時　此據一年中
三三而別說　二二爲一節　便成歲六時
初二是華時　三四名熱際　五六名雨際
七八謂秋時　九十是寒時　後二名冰雪
既知如是別　授藥勿令差　當隨此時中
調息於飲食　入腹令消散　衆病則不生
節氣若變改　四大有推移　此時無藥資
必生於病苦　醫人解四時　復知其六節
明閑身七界　食藥使無差　謂味界血肉
膏骨及髓腦　病入此中時　知其可療不
病有四種別　謂風熱痰癊　及以總集病
應知發動時　春中痰癊動　夏內風病生
秋時黃熱增　冬節三俱起　春食澁熱辛
夏膩熱鹹醋　秋時冷甜膩　冬酸澁膩甜
於此四時中　服藥及飲食　若依如是味

衆病無由生　食後病由癊　食消時由熱
消後起由風　準時須識病　既識病源已
隨病而設藥　假令患狀殊　先須療其本
風病服油膩　患熱利爲良　癊病應變吐
總集須三藥　風熱癊俱有　是名爲總集
雖知病起時　應觀其本性　如是觀知已
順時而授藥　飲食藥無差　斯名善醫者
復應知八術　總攝諸醫方　於此若明閑
可療衆生病　謂針刺傷破　身疾并鬼神
惡毒及孩童　延年增氣力　先觀彼形色
語言及性行　然後問其夢　知風熱癊殊
乾瘦少頭髮　其心無定住　多語夢飛行
斯人是風性　少年生白髮　多汗及多瞋
聰明夢見火　斯人是熱性　心定身平整
慮審頭津膩　夢見水白物　是癊性應知

總集性俱有　或一或具三　隨有一偏增
應知是其性　既知本性已　準病而授藥
驗其無死相　方名可救人　諸根倒取境
尊醫人起慢　親友生瞋恚　是死相應知
左眼白色變　舌黑鼻梁欹　耳輪與舊殊
下唇垂向下　訶梨勒一種　具足有六味
能除一切病　無忌藥中王　又三果三辛
諸藥中易得　沙糖蜜酥乳　此能療衆病
自餘諸藥物　隨病可增加　先起慈愍心
莫規於財利　我已爲汝說　療疾中要事
以此救衆生　當獲無邊果

善女天爾時長者子流水親問其父八術之要四大增損時節不同餌藥方法既善了知自忖堪能救療衆病即便遍至城邑聚落所在之處隨有百千萬億病苦衆生皆至其所善言慰喻作如是語我是醫人我是醫人善知方藥今爲汝等療治衆病悉令除愈善女天爾時衆人聞長者子善言慰喻許爲治病時有無量百千衆生遇極重病聞是語已身心踊躍得未曾有以此因緣所有病苦悉得蠲除氣力充實平復如本善女天爾時復有無量百千衆生病苦深重難療治者即共往詣長者子所重請醫療時長者子即以妙藥令服皆蒙除差善女天是長者子於此國內治百千萬億衆生病苦悉得除差

長者子流水品第二十五

爾時佛告菩提樹神善女天爾時長者子流水於往昔時在天自在光王國內療諸衆生所有病苦令得平復受安隱樂時諸衆生以病除故多修福業廣行惠施以自歡娛即共

往詣長者子所咸生尊敬作如是言善哉善
哉大長者子善能滋長福德之事增益我等
安隱壽命仁今實是大力醫王慈悲菩薩妙
閑醫藥善療衆生無量病苦如是稱歎周遍
城邑善女天時長者子妻名水肩藏有其二
子一名水滿二名水藏是時流水將其二子
漸次遊行城邑聚落過空澤中深險之處見
諸禽獸豺狼狐玃鵰鷲之屬食血肉者皆悉
奔飛一向而去時長者子作如是念此諸禽
獸何因緣故一向飛起我當隨後暫往觀之
即便隨去見有大池名曰野生其水將盡於
此池中多有衆魚流水見已生大悲心時有
樹神示現半身作如是語善哉善哉善男子
汝有實義名流水者可愍此魚應與其水有
二因緣名爲流水一能流水二能與水汝今
應當隨名而作是時流水問樹神言此魚頭
數爲有幾何樹神答曰數滿十千善女天時
長者子聞是數已倍益悲心時此大池爲日
所暴餘水無幾是十千魚將入死門旋身宛
轉見是長者心有所希隨逐瞻視目未曾捨
時長者子見是事已馳趣四方欲覓於水竟
不能得復望一邊見有大樹即便昇上折取
枝葉爲作蔭涼復更推求是池中水從何處
來尋覓不已見一大河名曰水生時此河邊
有諸漁人爲取魚故於河上流懸險之處決
棄其水不令下過於所決處卒難修補便作
是念此崖深峻設百千人時經三月亦未能
斷況我一人而堪濟辦時長者子速還本城
至大王所頭面禮足却住一面合掌恭敬作
如是言我爲大王國土人民治種種病悉令

安隱漸次遊行至其空澤見有一池名曰野生其水欲涸有十千魚爲日所暴將死不久唯願大王慈悲愍念與二十大象暫往負水濟彼魚命如我與諸病人壽命爾時大王即勑大臣速疾與此醫王大象時彼大臣奉王勑已白長者子善哉大士仁今自可至象廐中隨意選取二十大象利益衆生令得安樂是時流水及其二子將二十大象又從酒家多借皮囊往決水處以囊盛水象負至池瀉置池中水即彌滿還復如故善女天時長者子於池四邊周旋而視時彼衆魚亦復隨逐循岸而行時長者子復作是念衆魚何故隨我而行必爲饑火之所惱逼復欲從我求索於食我今當與爾時長者子流水告其子言汝取一象最大力者速至家中啓父長者家中所有可食之物乃至父母食噉之分及以妻子奴婢之分悉皆收取即可持來爾時二子受父教已乘最大象速往家中至祖父所說如上事收取家中可食之物置於象上疾還父所至彼池邊是時流水見其子來身心喜躍遂取飯食遍散池中魚得食已悉皆飽足便作是念我今施食令魚得命願於來世當施法食充濟無邊復更思惟我先曾於空閑林處見一苾芻讀大乘經說十二緣生甚深法要又經中說若有衆生臨命終時得聞寶髻如來名者即生天上我今當爲是十千魚演說甚深十二緣起亦當稱說寶髻佛名然贍部洲有二種人一者深信大乘二者不信毀呰亦當爲彼增長信心時長者子作如是念我入池中可爲衆魚說深妙法作是念

已即便入水唱言南謨過去寶髻如來應正遍知明行足善逝世間解無上士調御丈夫天人師佛世尊此佛往昔修菩薩行時作是誓願於十方界所有衆生臨命終時聞我名者命終之後得生三十三天爾時流水復爲池魚演說如是甚深妙法此有故彼有此生故彼生所謂無明緣行行緣識識緣名色名色緣六處六處緣觸觸緣受受緣愛愛緣取取緣有有緣生生緣老死憂悲苦惱此滅故彼滅所謂無明滅則行滅行滅則識滅識滅則名色滅名色滅則六處滅六處滅則觸滅觸滅則受滅受滅則愛滅愛滅則取滅取滅則有滅有滅則生滅生滅則老死滅老死滅則憂悲苦惱滅如是純極苦蘊悉皆除滅說是法已復爲說十二緣起相應陀羅尼曰

怛姪他　毗折你毗折你毗折你　僧塞枳你僧塞枳你僧塞枳你　毗爾你　毗爾你毗爾你　莎訶　怛姪他　那弭你那弭你那弭你　殺雉你　殺雉你　殺雉你　颯鉢哩設你　颯鉢哩設你　颯鉢哩設你莎訶　怛姪他　薜達你薜達你薜達你窒里瑟你你　窒里瑟你你　窒里瑟你你鄔波地你　鄔波地你　鄔波地你　莎訶　怛姪他　婆毗你　婆毗你　婆毗你闍底(丁里切下同)你　闍底你　闍底你　闍摩你你　闍摩你你　闍摩你你　莎訶

爾時世尊爲諸大衆說長者子昔緣之時諸人天衆歎未曾有時四大天王各於其處異口同音作如是說

善哉釋迦尊　說妙法明呪　生福除衆惡

十二支相應　我等亦說呪　擁護如是法
若有生違逆　不善隨順者　頭破作七分
猶如蘭香梢　我等於佛前　共說其呪曰
怛姪他　呬哩謎　揭睇健陀哩　旃荼里
地囇　騷伐囇　石呬伐囇　補囉布囇矩
末底　崎羅末底達地目契　寠嚕婆母嚕
婆　具茶母嚕健提　杜嚕杜嚕毗囇　翳
泥悉　泥沓徒洽切下同　嬈　達沓嬈鄔悉怛哩
烏率吒囉伐底　頞刺娑伐底　鉢杜摩
伐底　俱蘇摩伐底　莎訶
佛告善女天爾時長者子流水及其二子爲彼池魚施水施食并說法已俱共還家是長者子流水復於後時因有聚會設衆妓樂醉酒而卧時十千魚同時命過生三十三天起如是念我等以何善業因緣生此天中便相謂曰我等先於贍部洲內墮傍生中共受魚身長者子流水施我等水及以飯食復爲我等說甚深法十二緣起及陀羅尼復稱寶髻如來名號以是因緣能令我等得生此天是故我今咸應詣彼長者子所報恩供養爾時十千天子即於天沒至贍部洲大醫王所時長者子在高樓上安隱而睡時十千天子共以十千眞珠瓔珞置其頭邊復以十千置其足處復以十千置於右脅復以十千置左脅邊雨曼陀羅華摩訶曼陀羅華積至于膝光明普照種種天樂出妙音聲令贍部洲有睡眠者皆悉覺寤長者子流水亦從睡寤是時十千天子爲供養已即於空中飛騰而去於天自在光王國內處處皆雨天妙蓮華是諸天子復至本處空澤池中雨衆天華便於此

沒還天宮殿隨意自在受五欲樂天自在光王至天曉已問諸大臣昨夜何緣忽現如是希有瑞相放大光明大臣答言大王當知有諸天衆於長者子流水家中雨四十千眞珠瓔珞及天曼陀羅華積至于膝王告臣曰詣長者家喚取其子大臣受勑即至其家奉宣王命喚長者子時長者子即至王所王曰何緣昨夜示現如是希有瑞相長者子言如我思忖定應是彼池內衆魚如經所說命終之後得生三十三天彼來報恩故現如是希奇之相王曰何以得知流水答曰王可遣使幷我二子往彼池所驗其虛實彼十千魚爲死爲活王聞是語即便遣使及子向彼池邊見其池中多有曼陀羅華積成大聚諸魚並死見已馳還爲王廣說王聞是已心生歡喜歎未曾有爾時佛告菩提樹神善女天汝今當知昔時長者子流水者即我身是持水長者即妙幢是彼之二子長子水滿即銀幢是次子水藏即銀光是彼天自在光王者即汝菩提樹神是十千魚者即十千天子是因我往昔以水濟魚與食令飽爲說甚深十二緣起幷此相應陀羅尼呪又爲稱彼寶髻佛名因此善根得生天上今來我所歡喜聽法我皆當爲授於阿耨多羅三藐三菩提記說其名號善女天如我往昔於生死中輪迴諸有廣爲利益令無量衆生悉令次第成無上覺與其授記汝等皆應勤求出離勿爲放逸爾時大衆聞說是已悉皆悟解由大慈悲救護一切勤修苦行方能證獲無上菩提咸發深心信受歡喜

金光明最勝王經卷第九

音釋

芬馥芬音分馥方六切草木香氣也

疇直由切耕田治之由也

酸澀酸素官切澀所立切不滑美也

療力嶠切治病也

玃居縛切大猿也

鵰鷲鵰都聊切鷲疾救切鳥名也

金光明最勝王經卷第十

唐三藏法師義淨奉制譯

捨身品第二十六

爾時世尊已爲大衆說此十千天子往昔因緣復告菩提樹神及諸大衆我於過去行菩薩道非但施水及食濟彼魚命乃至亦捨所愛之身如是因緣可共觀察爾時如來應正等覺天上天下最勝最尊百千光明照十方界具一切智功德圓滿將諸苾芻及於大衆至般遮羅聚落詣一林中其地平正無諸荆棘名華輭草徧布其處佛告具壽阿難陀汝可於此樹下爲我敷座時阿難陀受教敷已白言世尊其座敷訖唯聖知時爾時世尊即於座上跏趺而坐端身正念告諸苾芻汝等樂欲見彼往昔苦行菩薩本舍利不諸苾芻言我等樂見世尊即以百福莊嚴相好之手而按其地于時大地六種震動即便開裂七寶制底忽然涌出衆寶羅網莊嚴其上大衆見已生希有心爾時世尊即從座起作禮右遶還就本座告阿難陀女可開此制底之户時阿難陀即開其户見七寶函奇珍間飾白言世尊有七寶函衆寶莊校佛言汝可開函時阿難陀奉教開已見有舍利白如珂雪拘物頭華即白佛言函有舍利色妙異常佛言阿難陀汝可持此大士骨來時阿難陀即取其骨奉授世尊世尊受已告諸苾芻汝等應觀苦行菩薩遺身舍利而說頌曰

菩薩勝德相應慧　勇猛精勤六度圓
常修不息爲菩提　大捨堅固心無倦

汝等苾芻咸應禮敬菩薩本身此之舍利乃

是無量戒定慧香之所熏馥最上福田極難逢遇時諸苾芻及諸大衆咸皆至心合掌恭敬頂禮舍利歎未曾有時阿難陀前禮佛足白言世尊如來大師出過一切爲諸有情之所恭敬何因緣故禮此身骨佛告阿難陀我因此骨速得無上正等菩提爲報往恩我今致禮復告阿難陀吾今爲汝及諸大衆斷除疑惑說是舍利往昔因緣汝等善思當一心聽阿難陀曰我等樂聞願爲開闡阿難陀過去世時有一國王名曰大車巨富多財庫藏盈滿軍兵武勇衆所欽伏常以正法施化黔黎人民熾盛無有怨敵國太夫人誕生三子顏容端正人所樂觀太子名曰摩訶波羅次子名曰摩訶提婆幼子名曰摩訶薩埵是時大王爲欲遊觀縱賞山林其三王子亦皆隨從爲求華果捨父周旋至大竹林於中憩息第一王子作如是言我於今日心甚驚惶於此林中將無猛獸損害於我第二王子復作是言我於自身初無悋惜恐於所愛有別離苦第三王子白二兄曰

此是神仙所居處　我無恐怖別離憂
身心充徧生歡喜　當獲殊勝諸功德

時諸王子各說本心所念之事次復前行見有一虎產生七子纔經七日諸子圍遶飢渴所逼身形羸瘦將死不久第一王子作如是言哀哉此虎產來七日七子圍遶無暇求食飢渴所逼必還噉子薩埵王子問言此虎每常所食何物第一王子答曰

虎豹豺師子　唯噉熱血肉　更無餘飲食
可濟此虎羸

第二王子聞此語已作如是言此虎羸瘦飢渴所逼餘命無幾我等何能爲求如是難得飲食誰復爲斯自捨身命濟其飢苦第一王子言一切難捨無過己身薩埵王子言我等今者於自己身各生愛戀復無智慧不能於他而興利益然有上士懷大悲心常爲利他忘身濟物復作是念我今此身於百千生虛棄爛壞曾無所益云何今日而不能捨以濟飢苦如捐洟唾時諸王子作是議已各起慈心悽傷愍念共觀羸虎目不暫移徘徊久之俱捨而去爾時薩埵王子便作是念我捨身命今正是時何以故

我從久來持此身　臭穢膿流不可愛
供給敷具并衣食　象馬車乘及珍財
變壞之法體無常　恒求難滿難保守
雖常供養懷怨害　終歸棄我不知恩

復次此身不堅於我無益可畏如賊不淨如糞我於今日當使此身修廣大業於生死海作大舟航棄捨輪迴令得出離復作是念若捨此身則捨無量癰疽惡疾百千怖畏是身唯有大小便利不堅如泡諸蟲所集血脉筋骨共相連持甚可厭患是故我今應當棄捨以求無上究竟涅槃永離憂患無常苦惱生死休息斷諸塵累以定慧力圓滿熏修百福莊嚴成一切智諸佛所讚微妙法身既證得已施諸衆生無量法樂是時王子與大勇猛發弘誓願以大悲念增益其心慮彼二兄情懷怖懼共爲留難不果所祈即便白言二兄前去我且於後爾時王子摩訶薩埵還入林中至其虎所脫去衣服置於竹上作是誓言

我爲法界諸衆生　志求無上菩提處
起大悲心不傾動　當捨凡夫所愛身
菩提無患無熱惱　諸有智者之所樂
三界苦海諸衆生　我今拔濟令安樂

是時王子作是言已於餓虎前委身而卧由此菩薩慈悲威勢虎無能爲菩薩見已即上高山投身于地復作是念虎今羸瘠不能食我即起求刀竟不能得即以乾竹刺頸出血漸近虎邊是時大地六種震動如風激水涌沒不安日無精明如羅睺障諸方暗蔽無復光暉天雨名華及妙香末繽紛亂墜徧滿林中爾時虛空有諸天衆見是事已生隨喜心歎未曾有咸共讚言善哉大士即說頌曰

大士救護運悲心　等視衆生如一子
勇猛歡喜情無悋　捨身濟苦福難思
定至眞常勝妙處　永離生死諸纏縛
不久當獲菩提果　寂靜安樂證無生

是時餓虎既見菩薩頸下血流即便舐血噉肉皆盡唯留餘骨爾時第一王子見地動已告其弟曰

大地山河皆震動　諸方暗蔽日無光
天華亂墜徧空中　定是我弟捨身相

第二王子聞兄語已說伽陀曰

我聞薩埵慈悲語　見彼餓虎身羸瘦
飢苦所纏恐食子　我今疑弟捨其身

時二王子生大愁苦啼泣悲歎即共相隨還至虎所見弟衣服在竹枝上骸骨及髮在處縱橫流血成泥霑汙其地見已悶絕不能自持投身骨上久乃得甦即起舉手哀號大哭俱時歎曰

我弟貌端嚴　父母偏愛念　云何俱共出
捨身而不歸　父母若問時　我等如何答
寧可同捐命　豈得自存身

時二王子悲泣懊惱漸捨而去時小王子所將侍從互相謂曰王子何在宜共推求爾時國太夫人寢高樓上便於夢中見不祥相被割兩乳牙齒墮落得三鴿鶵一爲鷹奪二被驚怖地動之時夫人遂覺心大愁惱作如是言

何故今時大地動　江河林樹皆搖震
日無精光如覆蔽　目瞤乳動異常時
如箭射心憂苦逼　遍身戰掉不安隱
我之所夢不祥徵　必有非常災變事

夫人兩乳忽然流出念此必有變怪之事時有侍女聞外人言求覓王子今猶未得心大驚怖即入宮中白夫人曰大家知不外聞諸人散覓王子徧求不得時彼夫人聞是說已生大憂惱悲淚盈目至大王所白言大王我聞外人作如是語失我最小所愛之子王聞語已驚惶失所悲哽而言苦哉今日失我愛子即便抆淚慰喻夫人告言賢首汝勿憂慼吾今共出求覓愛子王與大臣及諸人衆即共出城各各分散隨處求覓未久之頃有一大臣前白王曰聞王子在願勿憂愁其最小者今猶未見王聞是語悲歎而言苦哉苦哉失我愛子

初有子時歡喜少　後失子時憂苦多
若使我兒重壽命　縱我身亡不爲苦

夫人聞已憂惱纏懷如被箭中而嗟歎曰

我之三子并侍從　俱往林中共遊賞

最小愛子獨不還　定有乖離災厄事

次第二臣來至王所王問臣曰愛子何在第二大臣懊惱啼泣喉舌乾燥口不能言竟無所答夫人問曰

速報小子今何在　我身熱惱徧燒然
悶亂荒迷失本心　勿使我胷今破裂

時第二臣即以王子捨身之事具白王知王及夫人聞其事已不勝悲噎望捨身處驟駕前行詣竹林所至彼菩薩捨身之地見其骸骨隨處交橫俱時投地悶絶將死猶如猛風吹倒大樹心迷失緒都無所知時大臣等以水徧灑王及夫人良久乃甦舉手而哭咨嗟歎曰

禍哉愛子端嚴相　因何死苦先來逼
若我得在汝前亡　豈見如斯大苦事

爾時夫人迷悶稍止頭髮蓬亂兩手搥胷宛轉于地如魚處陸若牛失子悲泣而言

我子誰屠割　餘骨散于地　失我所愛子
憂悲不自勝　苦哉誰殺子　致斯憂惱事
我心非金剛　云何而不破　我夢中所見
兩乳皆被割　牙齒悉墮落　今遭大苦痛
又夢三鴿鷇　一被鷹擒去　今失所愛子
惡相表非虛

爾時大王及於夫人并二王子盡哀號哭瓔珞不御與諸人衆共收菩薩遺身舍利爲於供養置窣堵波中阿難陀汝等應知此即是彼菩薩舍利復告阿難陀我於昔時雖具煩惱貪瞋癡等能於地獄餓鬼旁生五趣之中隨緣救濟令得出離何況今時煩惱都盡無復餘習號天人師具一切智而不能爲一一

衆生經於多刧在地獄中及於餘處代受衆苦令出生死煩惱輪迴爾時世尊欲重宣此義而說頌言

我念過去世　無量無數劫　或時作國王
或復為王子　常行於大施　及捨所愛身
願出離生死　至妙菩提處　昔時有大國
國主名大車　王子名勇猛　常施心無悋
王子有二兄　號大渠大天　三人同出遊
漸至山林所　見虎飢所逼　便生如是心
此虎飢火燒　更無餘可食　大士覩如斯
恐其將食子　捨身無所顧　救子不令傷
大地及諸山　一時皆震動　江海皆騰躍
驚波水逆流　天地失光明　昏冥無所見
林野諸禽獸　飛奔喪所依　二兄怪不還
憂感生悲苦　即與諸侍從　林藪徧尋求
兄弟共籌議　復往深山處　四顧無所有
見虎處空林　其母并七子　口皆有血汙
殘骨并餘髮　縱橫在地中　復見有流血
散在竹林所　二兄既見已　心生大恐怖
悶絶俱躃地　荒迷不覺知　塵土坌其身
六情皆失念　王子諸侍從　啼泣心憂惱
以水灑令甦　舉手號咷哭　菩薩捨身時
慈母在宮內　五百諸婇女　共受於妙樂
夫人之兩乳　忽然自流出　徧體如針刺
苦痛不能安　欻生失子想　憂箭苦傷心
即白大王知　陳斯苦惱事　悲泣不堪忍
哀聲向王說　大王今當知　我生大苦惱
兩乳忽流出　禁止不應心　如針徧刺身
煩惋胷欲破　我先夢惡徵　必當失愛子
願王濟我命　知兒存與亡　夢見三鴿鶵

小者是愛子　忽被鷹奪去　悲愁難具陳
我今沒憂海　趣死將不久　恐子命不全
願爲速求覓　又聞外人語　小子求不得
我今意不安　願王哀愍我　夫人白王已
舉身而躃地　悲痛心悶絕　荒迷不覺知
婇女見夫人　悶絕在於地　舉聲皆大哭
憂惶失所依　王聞如是語　懷憂不自勝
因命諸羣臣　尋求所愛子　皆共出城外
隨處而追覓　涕泣問諸人　王子今何在
今者爲存亡　誰知所去處　云何今得見
解我憂惱心　諸人悉共傳　咸言王子死
聞者皆傷悼　悲歎苦難裁　爾時大車王
悲號從座起　即就夫人處　以水灑其身
夫人蒙水灑　久乃得醒悟　悲啼以問王
我兒今在不　王告夫人曰　我已使諸人
四向求王子　尚未有消息　王又告夫人
汝莫生煩惱　且當自安慰　可共出追尋
王即與夫人　嚴駕而前進　號慟聲悽感
憂心若火然　士庶百千萬　亦隨王出城
各欲求王子　悲號聲不絕　王求愛子故
目視於四方　見有一人來　被髮身塗血
徧體蒙塵土　悲哭逆前來　王見是惡相
倍復生憂惱　王便舉兩手　哀號不自裁
初有一大臣　忽忙至王所　進白大王曰
幸願勿悲哀　王之所愛子　今雖求未獲
不久當來至　以釋大王憂　王復更前行
見次大臣至　其臣詣王所　流淚白王言
二子今現存　被憂火所逼　其第三王子
已被無常吞　見餓虎初生　將欲食其子
彼薩埵王子　見此起悲心　願求無上道

當度一切衆　繫想妙菩提　廣大深如海
即上高山頂　投身餓虎前　虎羸不能食
以竹自傷頸　遂噉王子身　唯有餘骸骨
時王及夫人　聞已俱悶絶　心没於憂海
煩惱火燒然　臣以栴檀水　灑王及夫人
俱起大悲號　舉手搥胷臆　第三大臣來
白王如是語　我見二王子　悶絶在林中
臣以冷水灑　爾乃暫甦息　顧視於四方
如猛火周徧　暫起而還伏　悲號不自勝
舉手以哀言　稱歎弟希有　上聞如是說
倍增憂火煎　夫人大號咷　高聲作是語
我之小子偏鍾愛　已爲無常羅刹呑
餘有二子今現存　復被憂火所燒逼
我今速可至山下　安慰令其保餘命
即便馳駕望前路　一心詣彼捨身崖

路逢二子行啼泣　搥胷懊惱失容儀
父母見已抱憂悲　俱往山林捨身處
既至菩薩捨身地　共聚悲號生大苦
脱去瓔珞盡哀心　收取菩薩身餘骨
與諸人衆同供養　共造七寶窣堵波
以彼舍利置函中　整駕懷憂趣城邑
復告阿難陀　往時薩埵者　即我牟尼是
勿生於異念　王是父淨飯　后是母摩耶
太子謂慈氏　次曼殊室利　虎是大世主
五兒五苾芻　一是大目連　一是舍利子
我爲汝等說　往昔利他緣　如是菩薩行
成佛因當學　菩薩捨身時　發如是弘誓
願我身餘骨　來世益衆生　此是捨身處
七寶窣堵波　以經無量時　遂沉於厚地
由昔本願力　隨緣興濟度　爲利於人天

從地而涌出

爾時世尊説是往昔因緣之時無量阿僧企耶人天大衆皆大悲喜歎未曾有悉發阿耨多羅三藐三菩提心復告樹神我爲報恩故致禮敬佛攝神力其窣堵波還没于地

十方菩薩讃歎品第二十七

爾時釋迦牟尼如來説是經時於十方世界有無量百千萬億諸菩薩衆各從本土詣鷲峯山至世尊所五輪著地禮世尊已一心合掌異口同音而讃歎曰

佛身微妙眞金色　其光普照等金山
清淨柔軟若蓮華　無量妙彩而嚴飾
三十二相徧莊嚴　八十種好皆圓備
光明炳著無與等　離垢猶如淨滿月
其聲清徹甚微妙　如師子吼震雷音
八種微妙應羣機　超勝迦陵頻伽等
百福妙相以嚴容　光明具足淨無垢
智慧澄明如大海　功德廣大若虛空
圓光徧滿十方界　隨緣普濟諸有情
煩惱愛染集皆除　法炬恒然不休息
哀愍利益諸衆生　現在未來能與樂
常爲宣説第一義　令證涅槃眞寂靜
佛説甘露殊勝法　能與甘露微妙義
引入甘露涅槃城　令受甘露無爲樂
常於生死大海中　解脱一切衆生苦
令彼能住安隱路　恒與難思如意樂
如來德海甚深廣　非諸譬喻所能知
於衆常起大悲心　方便精勤恒不息
如來智海無邊際　一切人天共測量
假使千萬億劫中　不能得知其少分

我今略讚佛功德　於德海中唯一渧
迴斯福聚施羣生　皆願速證菩提果

爾時世尊告諸菩薩言善哉善哉汝等善能如是讚佛功德利益有情廣興佛事能滅諸罪生無量福

妙幢菩薩讚歎品第二十八

爾時妙幢菩薩即從座起偏袒右肩右膝著地合掌向佛而說讚曰

牟尼百福相圓滿　無量功德以嚴身
廣大清淨人樂觀　猶如千日光明照
焰彩無邊光熾盛　如妙寶聚相端嚴
如日初出映虛空　紅白分明間金色
亦如金山光普照　悉能周徧百千土
能滅衆生無量苦　皆與無邊勝妙樂
諸相具足悉嚴淨　衆生樂覩無厭足
頭髮柔軟紺青色　猶如黑蜂集妙華
大喜大捨淨莊嚴　大慈大悲皆具足
衆妙相好爲嚴飾　菩提分法之所成
如來能施衆福利　令彼常獲大安樂
種種妙德共莊嚴　光明普照千萬土
如來光明極圓滿　猶如赫日徧空中
佛如須彌功德具　示現能周於十方
如來金口妙端嚴　齒白齊密如珂雪
如來面貌無倫匹　眉間毫相常右旋
光潤鮮白等玻瓈　猶如滿月居空界

佛告妙幢菩薩汝能如是讚佛功德不可思議利益一切令未知者隨順修學

菩提樹神讚歎品第二十九

爾時菩提樹神亦以伽陀讚世尊曰

敬禮如來清淨慧　敬禮常求正法慧

敬禮能離非法慧　敬禮恒無分別慧
希有世尊無邊行　希有難見比優曇
希有如海鎮山王　希有善逝光無量
希有調御弘慈願　希有釋種明逾日
能說如是經中寶　哀愍利益諸羣生
牟尼寂靜諸根定　能入寂靜涅槃城
能住寂靜等持門　能知寂靜深境界
兩足中尊住空寂　聲聞弟子身亦空
一切法體性皆無　一切衆生悉空寂
我常憶念於諸佛　我常樂見諸世尊
我常發起殷重心　常得值遇如來日
我常頂禮於世尊　願常渴仰心不捨
悲泣流淚情無間　常得奉事不知猒
唯願世尊起悲心　和顏常得令我見
佛及聲聞衆清淨　願常普濟於人天
佛身本淨若虛空　亦如幻焰及水月
願說涅槃甘露法　能生一切功德聚
世尊所有淨境界　慈悲正行不思議
聲聞獨覺非所量　大仙菩薩不能測
唯願如來哀愍我　常令覩見大悲身
三業無倦奉慈尊　速出生死歸眞際

爾時世尊聞是讚已以梵音聲告樹神曰善哉善哉善女人汝能於我眞實無妄清淨法身自利利他宣揚妙相以此功德令汝速證最上菩提一切有情同所修習若得聞者皆入甘露無生法門

大辯才天女讚歎品第三十

爾時大辯才天女即從座起合掌恭敬以直言辭讚世尊曰

南謨釋迦牟尼如來應正等覺身眞金色咽

如螺貝面如滿月目類青蓮脣口赤好如玻瓈色鼻高脩直如截金鋌齒白齊密如拘物頭華身光普照如百千日光彩映徹如贍部金所有言辭皆無謬失示三解脫門開三菩提路心常清淨意樂亦然佛所住處及所行境亦常清淨離非威儀進止無謬六年苦行三轉法輪度苦衆生令歸彼岸身相圓滿如拘陀樹六度熏修三業無失具一切智自他利滿所有宣說常爲衆生言不虛設於釋種中爲大師子堅固勇猛具八解脫我今隨力稱讚如來少分功德猶如蚊子飲大海水願以此福廣及有情永離生死成無上道爾時世尊告大辯才天曰善哉善哉汝久修習具大辯才今復於我廣陳讚歎令汝速證無上法門相好圓明普利一切

付囑品第三十一

爾時世尊普告無量菩薩及諸人天一切大衆汝等當知我於無量無數大劫勤修苦行獲甚深法菩提正因已爲汝說汝等誰能發勇猛心恭敬守護我涅槃後於此法門廣宣流布能令正法久住世間爾時衆中有六十俱胝諸大菩薩六十俱胝諸天大衆異口同音作如是語世尊我等咸有欣樂之心於佛世尊無量大劫勤修苦行所獲甚深微妙之法菩提正因恭敬護持不惜身命佛涅槃後於此法門廣宣流布當令正法久住世間爾時諸大菩薩即於佛前說伽陀曰

世尊眞實語　安住於實法　由彼眞實故
護持於此經　大悲爲甲冑　安住於大慈
由彼慈悲力　護持於此經　福資粮圓滿

生起智資粮　由資粮滿故　護持於此經
降伏一切魔　破滅諸邪論　斷除惡見故
護持於此經　護世并釋梵　乃至阿蘇羅
龍神藥叉等　護持於此經　地上及虛空
久住於斯者　奉持佛教故　護持於此經
四梵住相應　四聖諦嚴飾　降伏四魔故
護持於此經　虛空成質礙　質礙成虛空
諸佛所護持　無能傾動者

爾時四大天王聞佛說此護持妙法各生隨喜護正法心一時同聲說伽陀曰

我今於此經　及男女眷屬　皆一心擁護
令得廣流通　若有持經者　能作菩提因
我常於四方　擁護而承事

爾時天帝釋合掌恭敬說伽陀曰

諸佛證此法　爲欲報恩故　饒益菩薩衆
出世演斯經　我於彼諸佛　報恩常供養
護持如是經　及以持經者

爾時覩史多天子合掌恭敬說伽陀曰

佛說如是經　若有能持者　當住菩提位
來生覩史天　世尊我慶悅　捨天殊勝報
住於贍部洲　宣揚是經典

爾時索訶世界主梵天王合掌恭敬說伽陀曰

諸靜慮無量　諸乘及解脫　皆從此經出
是故演斯經　若說是經處　我捨梵天樂
爲聽如是經　亦常爲擁護

爾時魔王子名曰商主合掌恭敬說伽陀曰

若有受持此　正義相應經　不隨魔所行
淨除魔惡業　我等於此經　亦當勤守護
發大精進意　隨處廣流通

爾時魔王合掌恭敬說伽陀曰

若有持此經　能伏諸煩惱　如是衆生類
擁護令安樂　若有說是經　諸魔不得便
由佛威神力　我當擁護彼

爾時妙吉祥天子亦於佛前說伽陀曰

諸佛妙菩提　於此經中說　若持此經者
是供養如來　我當持此經　爲俱胝天說
恭敬聽聞者　勸至菩提處

爾時慈氏菩薩合掌恭敬說伽陀曰

若見住菩提　與爲不請友　乃至捨身命
爲護此經王　我聞如是法　當往覩史天
由世尊加護　廣爲人天說

爾時上座大迦葉波合掌恭敬說伽陀曰

佛於聲聞乘　說我鮮智慧　我今隨自力
護持如是經　若有持此經　我當攝受彼
授其辭辯力　常隨讚善哉

爾時具壽阿難陀合掌向佛說伽陀曰

我親從佛聞　無量衆經典　未曾聞如是
深妙法中王　我今聞是經　親於佛前受
諸樂菩提者　當爲廣宣通

爾時世尊見諸菩薩人天大衆各各發心於此經典流通擁護勸進菩薩廣利衆生讚言善哉善哉汝等能於如是微妙經王虔誠流布乃至於我般涅槃後不令散滅即是無上菩提正因所獲功德於恒沙劫說不能盡若有苾芻苾芻尼鄔波索迦鄔波斯迦及餘善男子善女人等供養恭敬書寫流通爲人解說所獲功德亦復如是是故汝等應勤修習

爾時無量無邊恒沙大衆聞佛說已皆大歡喜信受奉行

金光明最勝王經卷第十

音釋

珂丘何切瑪瑙潔白如雪者　黔黎黔巨鹽切黎郎奚切黔黎黑髮之民也　憩去例切息也　洟唾洟延知切鼻液也唾湯卧切口液也　癰疽癰於容切疽七余切癰疽腫瘍也　瘠才亦切瘦也　舐神帋切舌餂也　甦素姑切更生也　瞤輸閏切目動也　掉徒弔切顫也　哽於杏切咽塞也　抆武粉切拭也　噎烏結切氣窒不通也　驟鋤救切疾也　號咷號胡刀切咷徒刀切號咷大哭也　欻許勿切忽也　惋烏貫切驚嘆也

金光明經

北涼三藏法師曇無讖譯

清刻龍藏佛說法變相圖

金光明經序

真定府十方洪濟禪院住持傳法慈覺大師宗頤述

夫靈心絕待泯萬物而獨存妙行難思隨諸緣而普現則實際理地雖不受於一毫而事相門中不捨於一法故如來出世說金光明經依清淨心建解脫行顯出塵之經卷永廓迷情示伏藏之寶王頓圓大用夫以信相爲起教之人則菩薩無滯空之行於堅牢有賛空之頌則法身非有相之求性相該通有無互建則一經之要義在於斯至於明諸佛法性之源探如來壽量之本金光普照發揚一切智門金鼓騰聲顯示無邊妙用則菩薩發行之源也懺除罪障本如夢之法門讚歎如來舉修行之妙果摩訶薩埵之飼虎能捨能行長者流水之濟魚有始有卒則菩薩依真

之行也譬之明月當天影沈衆水真金作器體應萬形主伴圓融一多自在能於一法受一切法則信如來之秘藏實爲三界之寶乘莊嚴性海之門趣向覺王之本是以十千天子聞而頓證於菩提一切衆生入者皆同於甘露則見聞隨喜讀誦受持於一念具了無上法門者豈小緣哉凡我同儔勉思佛意元豐四年三月十五日序

金光明經卷第一

北涼三藏法師曇無讖譯

序品第一

如是我聞一時佛住王舍大城耆闍崛山是時如來遊於無量甚深法性諸佛行處過諸菩薩所行清淨

是金光明　諸經之王　若有聞者　則能思惟
無上微妙　甚深之義　如是經典　常爲四方
四佛世尊　之所護持　東方阿閦　南方寶相
西無量壽　北微妙聲　我今當說　懺悔等法
所生功德　爲無有上　能壞諸苦　盡不善業
一切種智　而爲根本　無量功德　之所莊嚴
滅除諸苦　與無量樂　諸根不具　壽命損減
貧窮困苦　諸天捨離　親厚鬬訟　王法所加
各各忿諍　財物損耗　愁憂恐怖　惡星災異
衆邪蠱道　變怪相續　卧見惡夢　晝則愁惱
當淨洗浴　聽是經典　至心清淨　著淨潔衣
專聽諸佛　甚深行處　是經威德　能悉消除
如是諸惡　令其寂滅　護世四王　將諸官屬
幷及無量　夜叉之衆　悉來擁護　持是經者
大辯天神　尼連河神　鬼子母神　地神堅牢
大梵尊天　三十三天　大神龍王　緊那羅王
迦樓羅王　阿修羅王　與其眷屬　悉共至彼
擁護是人　晝夜不離　我今所說　諸佛世尊
甚深秘密　微妙行處　億百千劫　甚難得値
若得聞經　若爲他說　若心隨喜　若設供養
如是之人　於無量劫　常爲諸天　八部所敬
如是修行　生功德者　得不思議　無量福聚
亦爲十方　諸佛世尊　深行菩薩　之所護持
著淨衣服　以上妙香　慈心供養　常不遠離

身意清淨　無諸垢穢　歡喜悅豫　深樂是典
若得聽聞　當知善得　人身人道　及以正命
若聞懺悔　執持在心　是上善根　諸佛所讚

壽量品第二

爾時王舍城中有菩薩摩訶薩名曰信相已曾供養過去無量億那由他百千諸佛種諸善根是信相菩薩作是思惟何因何緣釋迦如來壽命短促方八十年復更念言如佛所說有二因緣壽命得長何等爲二一者不殺二者施食而我世尊於無量百千億那由他阿僧祇劫修不殺戒具足十善飲食惠施不可限量乃至已身骨髓肉血充足飽滿飢餓衆生況餘飲食大士如是至心念佛思是義時其室自然廣博嚴事天紺瑠璃種種衆寶雜廁間錯以成其地猶如如來所居淨土有妙香氣過諸天香煙雲垂布徧滿其室其室四面各有四寶上妙高座自然而出純以天衣而爲敷具是妙座上各有諸佛所受用華衆寶合成於蓮華上有四如來東方名阿閦南方名寶相西方名無量壽北方名微妙聲是四如來自然而坐師子座上放大光明照王舍城及此三千大千世界乃至十方恒河沙等諸佛世界雨諸天華作天伎樂爾時三千大千世界所有衆生以佛神力受天快樂諸根不具即得具足舉要言之一切世間所有利益未曾有事悉具出現爾時信相菩薩見是諸佛及希有事歡喜踊躍恭敬合掌向諸世尊至心念佛作是思惟釋迦如來無量功德唯壽命中心生疑惑云何如來壽命如是方八十年爾時四佛以正徧知告信相菩

薩善男子汝今不應思量如來壽命短促何以故善男子我等不見諸天世人魔衆梵衆沙門婆羅門人及非人有能思筭如來壽量知其齊限唯除如來時四如來將欲宣暢釋迦文佛所得壽命欲色界天諸龍鬼神乾闥婆阿修羅迦樓羅緊那羅摩睺羅伽及無量百千億那由他菩薩摩訶薩以佛神力悉來聚集信相菩薩摩訶薩室爾時四佛於大衆中略以偈喻說釋迦如來所得壽量而作頌曰

一切諸水　可知幾滴　無有能數　釋尊壽命
諸須彌山　可知斤兩　無有能量　釋尊壽命
一切大地　可知塵數　無有能筭　釋尊壽命
虛空分界　尚可盡邊　無有能計　釋尊壽命
不可計劫　億百千萬　佛壽如是　無量無邊
以是因緣　故說二緣　不害物命　施食無量
是故大士　壽不可計　無量無邊　亦無齊限
是故汝今　不應於佛　無量壽命　而生疑惑

爾時信相菩薩摩訶薩聞是四佛宣說如來壽命無量深心信解歡喜踊躍說是如來壽量品時無量無邊阿僧祇衆生發阿耨多羅三藐三菩提心時四如來忽然不現

懺悔品第三

爾時信相菩薩即於其夜夢見金鼓其狀姝大其明普照喻如日光復於光中得見十方無量無邊諸佛世尊衆寶樹下坐瑠璃座與無量百千眷屬圍繞而爲說法見有一人似婆羅門以枹擊鼓出大音聲其聲演說懺悔偈頌時信相菩薩從夢寤已至心憶念夢中所聞懺悔偈頌過夜至旦出王舍城爾時亦

有無量無邊百千衆生與菩薩俱往耆闍崛山至於佛所至佛所巳頂禮佛足右繞三帀却坐一面敬心合掌瞻仰尊顏目不暫捨以其夢中所見金鼓及懺悔偈向如來說

昨夜所夢　至心憶持　夢見金鼓　妙色晃耀
其光大盛　明踰於日　徧照十方　恒沙世界
又因此光　得見諸佛　衆寶樹下　坐瑠璃座
無量大衆　圍繞說法　見婆羅門　擊是金鼓
其鼓音中　說如是偈　是大金鼓　所出妙音
悉能滅除　三世諸苦　地獄餓鬼　畜生等苦
貧窮困厄　及諸有苦　是鼓所出　微妙之音
能除衆生　諸惱所逼　斷衆怖畏　令得無懼
猶如諸佛　得無所畏　諸佛聖人　所成功德
離於生死　到大智岸　如是衆生　所得功德
定及助道　猶如大海　是鼓所出　如是妙音
令衆生得　梵音深遠　證佛無上　菩提勝果
轉無上輪　微妙清淨　住壽無量　不思議劫
演說正法　利益衆生　能害煩惱　消除諸苦
貪瞋癡等　悉令寂滅　若有衆生　處在地獄
天火熾然　燒炙其身　若聞金鼓　微妙音聲
所出言教　即尋禮佛　亦令衆生　得知宿命
百生千生　千萬億生　令心正念　諸佛世尊
亦聞無上　微妙之言　是金鼓中　所出妙音
復令衆生　值遇諸佛　遠離一切　諸惡業等
善修無量　白淨之業　諸天世人　及餘衆生
隨其所思　諸所願求　如是金鼓　所出之音
皆悉能令　成就具足　若有衆生　墮大地獄
猛火炎熾　焚燒其身　無有救護　流轉諸難
當令是等　悉滅諸苦　若有衆生　諸苦所切
三惡道報　及以人中　如是金鼓　所出之音

悉能滅除　一切諸苦　無依無歸　無有救護
我爲是等　作歸依處　是諸世尊　今當證知
久已於我　生大悲心　在在處處　十方諸佛
現在世雄　兩足之尊　我本所作　惡不善業
今者懺悔　諸十力前　不識諸佛　及父母恩
不解善法　造作衆惡　自恃種姓　及諸財寶
盛年放逸　作諸惡行　心念不善　口作惡業
隨心所作　不見其過　凡夫愚行　無知闇覆
親近惡友　煩惱亂心　五欲因緣　心生忿恚
不知厭足　故作衆惡　親近非聖　因生慳嫉
貧窮因緣　姦諂作惡　繫屬於他　常有怖畏
不得自在　而造諸惡　貪欲恚癡　擾動其心
渴愛所逼　造作衆惡　依因衣食　及以女色
諸結惱熱　造作衆惡　身口意惡　所集三業
如是衆罪　今悉懺悔　或不恭敬　佛法聖衆
如是衆罪　今悉懺悔　或不恭敬　緣覺菩薩
如是衆罪　今悉懺悔　以無智故　誹謗正法
不知恭敬　父母尊長　如是衆罪　今悉懺悔
愚惑所覆　驕慢放逸　因貪恚癡　造作諸惡
如是衆罪　今悉懺悔　我今供養　無量無邊
三千大千　世界諸佛　我當拔濟　十方一切
無量衆生　所有諸苦　我當安止　不可思議
阿僧祇衆　令住十地　已得安止　住十地者
悉令具足　如來正覺　爲一衆生　億劫修行
使無量衆　令度苦海　我當爲是　諸衆生等
演説微妙　甚深悔法　所謂金光　滅除諸惡
千劫所作　極重惡業　若能至心　一懺悔者
如是衆罪　悉皆滅盡　我今已説　懺悔之法
是金光明　清淨微妙　速能滅除　一切業障
我當安止　住於十地　十種珍寶　以爲脚足

成佛無上　功德光明　令諸衆生　度三有海
諸佛所有　甚深法藏　不可思議　無量功德
一切種智　願悉具足　百千禪定　根力覺道
不可思議　諸陀羅尼　十力世尊　我當成就
諸佛世尊　有大慈悲　當證微誠　哀受我悔
若我百劫　所作衆惡　以是因縁　生大憂苦
貧窮困乏　愁熱驚懼　怖畏惡業　心常怯劣
在在處處　暫無歡樂　十方現在　大悲世尊
能除衆生　一切怖畏　願當受我　誠心懺悔
令我恐懼　悉得消除　我之所有　煩惱業垢
惟願現在　諸佛世尊　以大悲水　洗除令淨
過去諸惡　今悉懺悔　現所作罪　誠心發露
所未作者　更不敢作　已作之業　不敢覆藏
身業三種　口業有四　意三業行　今悉懺悔
身口所作　及以意思　十種惡業　一切懺悔
遠離十惡　修行十善　安止十住　逮十力尊
所造惡業　應受惡報　今於佛前　誠心懺悔
若此國土　及餘世界　所有善法　悉以迴向
我所修行　身口意善　願於來世　證無上道
若在諸有　六趣險難　愚癡無智　造作衆惡
今於佛前　皆悉懺悔　世間所有　生死險難
種種婬欲　愚煩惱難　如是諸難　我今懺悔
心輕躁難　近惡友難　三有險難　及三毒難
遇無難難　值好時難　修功德難　值佛亦難
如是諸難　今悉懺悔　諸佛世尊　我所依止
是故我今　敬禮佛海　金色晃耀　猶如須彌
是故我今　頂禮最勝　其色無上　如天真金
眼目清淨　如紺瑠璃　功德威神　名稱顯著
佛日大悲　滅一切闇　善淨無垢　離諸塵翳
無上佛日　大光普照　煩惱火熾　令心焦熱

唯佛能除 如月清涼 三十二相 八十種好
莊嚴其身 視之無厭 功德巍巍 明網顯耀
安住三界 如日照世 猶如瑠璃 淨無瑕穢
妙色廣大 種種各異 其色紅赤 如日初出
玻瓈白銀 校飾光網 如是種種 莊嚴佛日
三有之中 生死大海 潦水波蕩 惱亂我心
其味苦毒 最爲麤澀 如來網明 能令枯涸
妙身端嚴 相好殊特 金色光明 徧照一切
智慧大海 彌滿三界 是故我今 稽首敬禮
如大海水 其量難知 大地微塵 不可稱計
諸須彌山 難可度量 虛空邊際 亦不可得
諸佛亦爾 功德無量 一切有心 無能知者
於無量劫 極心思惟 不能得知 佛功德邊
大地諸山 尚可知量 毛滴海水 亦可知數
諸佛功德 無能知者 相好莊嚴 名稱讚歎

如是功德 令衆皆得 我以善業 諸因緣故
來世不久 成於佛道 講宣妙法 利益衆生
度脱一切 無量諸苦 摧伏諸魔 及其眷屬
轉於無上 清淨法輪 住壽無量 不思議劫
充足衆生 甘露法味 我當具足 六波羅蜜
猶如過佛 之所成就 斷諸煩惱 除一切苦
悉滅貪欲 及恚癡等 我當憶念 宿命之事
百生千生 百千億生 常當至心 正念諸佛
聞說微妙 無上之法 我因善業 常值諸佛
遠離諸惡 修諸善業 一切世界 所有衆生
無量苦惱 我當悉滅 若有衆生 諸根毀壞
不具足者 悉令具足 十方世界 所有病苦
羸瘦頓乏 無救護者 悉令解脱 如是諸苦
還得勢力 平復如本 若犯王法 臨當刑戮
無量怖畏 愁憂苦惱 如是之人 悉令解脱

若受鞭撻　繫縛枷鎖　種種苦事　逼切其身
無量百千　愁憂驚畏　種種恐懼　擾亂其心
如是無邊　諸苦惱等　願使一切　悉得解脫
若有衆生　飢渴所惱　令得種種　甘美飲食
盲者得視　聾者得聽　瘂者得言　裸者得衣
貧窮之者　即得寶藏　倉庫盈溢　無所乏少
一切皆受　安隱快樂　乃至無有　一人受苦
衆生相視　和顏悅色　形貌端嚴　人所喜見
心常思念　他人善事　飲食飽滿　功德具足
隨諸衆生　之所思念　皆願令得　種種伎樂
箜篌箏笛　琴瑟鼓吹　如是種種　微妙音聲
江河池沼　流泉諸水　金華徧布　及優鉢羅
隨諸衆生　之所思念　即得種種　衣服飲食
錢財珍寶　金銀瑠璃　真珠璧玉　雜廁瓔珞
願諸衆生　不聞惡聲　乃至無有　可惡見者
願諸衆生　色貌微妙　各各相於　共相愛念
世間所有　資生之具　隨其所念　悉令具足
願諸衆生　諸所求索　如其所須　應念即得
香華諸樹　常於三時　雨細末香　及塗身香
衆生受者　歡喜快樂　願諸衆生　常得供養
不可思議　十方諸佛　無上妙法　清淨無垢
及諸菩薩　聲聞大衆　願諸衆生　常得遠離
三惡八難　值無難處　覲覲諸佛　無上之王
願諸衆生　常生尊貴　多饒財寶　安隱豐樂
上妙色像　莊嚴其身　功德成就　有大名稱
願諸女人　皆成男子　具足智慧　精勤不懈
一切皆行　菩薩之道　勤心修習　六波羅蜜
常見十方　無量諸佛　坐寶樹下　瑠璃座上
安住禪定　自在快樂　演說正法　衆所樂聞
若我現在　及過去世　所作惡業　諸有險難

應得惡果　不適意者　願悉滅盡　令無有餘
若諸衆生　三有繫縛　生死羅網　彌密牢固
願以智刀　割斷破裂　除諸苦惱　早成菩提
若此閻浮　及餘他方　無量世界　所有衆生
所作種種　善妙功德　我今深心　隨其歡喜
我今以此　隨喜功德　及身口意　所作善業
願於來世　成無上道　得淨無垢　吉祥果報
若有敬禮　讚歎十力　信心清淨　無諸疑網
能作如是　所說懺悔　便得超越　六十劫罪
諸善男子　及善女人　諸王刹利　婆羅門等
若有恭敬　合掌向佛　稱歎如來　并讚此偈
在在生處　常識宿命　諸根具足　清淨端嚴
種種功德　悉皆成就　在在處處　常爲國王
輔相大臣　之所恭敬　非於一佛　五佛十佛
種諸功德　聞是懺悔　若於無量　百千萬億
諸佛如來　種諸善根　然後乃得　聞是懺悔

讚歎品第四

爾時佛告地神堅牢善女天過去有王名金龍尊常以讚歎讚歎去來現在諸佛

我今尊重　敬禮讚歎　去來現在　十方諸佛
諸佛清淨　微妙寂滅　色中上色　金光照耀
於諸聲中　佛聲最上　猶如大梵　深遠雷音
其髮紺黑　光螺餤起　蜂翠孔雀　色不得喻
其齒鮮白　猶如珂雪　顯發金顏　分齊分明
其目脩廣　清淨無垢　如青蓮華　映水開敷
舌相廣長　形色紅輝　光明照耀　如華初生
眉間毫相　白如珂月　右旋潤澤　如淨瑠璃
眉細脩揚　形如月初　其色黑耀　過於蜂王
鼻高圓直　如鑄金鋌　微妙柔輭　當于面門
如來勝相　次第最上　得味真正　無與等者

一一毛孔　一毛旋生　輭細紺青　猶孔雀項
即於生時　身放大光　普照十方　無量國土
滅盡三界　一切諸苦　令諸衆生　悉受快樂
地獄畜生　及以餓鬼　諸人天等　安隱無患
悉滅一切　無量惡趣　身色微妙　如融金聚
面貌清淨　如月盛滿　佛身明耀　如日初出
進止威儀　猶如師子　脩臂下垂　立過于膝
猶如風動　娑羅樹枝　圓光一尋　能照無量
猶如聚集　百千日月　佛身淨妙　無諸垢穢
其明普照　一切佛刹　佛光巍巍　明踰熾盛
悉能隱蔽　無量日月　佛日燈炬　照無量界
皆令衆生　尋光見佛　本所修習　百千行業
聚集功德　莊嚴佛身　臂傭纖圓　如象王鼻
手足柔輭　敬愛無厭　去來諸佛　數如微塵
現在諸佛　亦復如是　如是如來　我今悉禮

身口清淨　意亦如是　以好香華　供養奉獻
百千功德　讚詠歌歎　設以百舌　於千劫中
歎佛功德　不能得盡　如來所有　現世功德
種種深固　微妙第一　設復千舌　欲讚一佛
尚不能盡　功德少分　況欲歎美　諸佛功德
大地及天　以爲大海　乃至有頂　滿其中水
尚以一毛　知其滴數　無有能知　佛一功德
我今以禮　讚歎諸佛　身口意業　悉皆清淨
一切所修　無量善業　與諸衆生　證無上道
如是人王　讚歎佛已　復作如是　無量誓願
若我來世　無量無邊　阿僧祇劫　在在生處
常於夢中　見妙金鼓　得聞懺悔　深奧之聲
今所讚歎　面貌清淨　願我來世　亦得如是
諸佛功德　不可思議　於百千劫　甚難得值
願於當來　無量之世　夜則夢見　晝如實說

我當具足　修行六度　濟拔衆生　越於苦海
然後我身　成無上道　令我世界　無與等者
奉貢金鼓　讚佛因緣　以此果報　當來之世
值釋迦佛　得受記莂　幷令二子　金龍金光
常生我家　同共受記　若有衆生　無救護者
衆苦逼切　無所依止　我於當來　爲是等輩
作大救護　及依止處　能除衆苦　悉令滅盡
施與衆生　諸善安樂　我未來世　行菩提道
不計劫數　如盡本際　以此金光　懺悔因緣
使我惡海　及以業海　煩惱大海　悉竭無餘
我功德海　願悉成就　智慧大海　清淨具足
無量功德　助菩提道　猶如大海　珍寶具足
以此金光　懺悔力故　菩提功德　光明無礙
慧光無垢　照徹清淨　我當來世　身光普照
功德威神　光明燄盛　於三界中　最勝殊特
諸功德力　無所減少　當度衆生　越於苦海
幷復安置　功德大海　來世多劫　行菩提道
如昔諸佛　行菩提者　三世諸佛　淨妙國土
諸佛至尊　無量功德　令我來世　得此殊異
功德淨土　如佛世尊　信相當知　爾時國王
金龍尊者　則汝身是　爾時二子　金龍金光
今汝二子　銀相等是

空品第五

無量餘經　已廣說空　是故此中　略而解說
衆生根鈍　尠於智慧　不能廣知　無量空義
故此尊經　略而說之　異妙方便　種種因緣
爲鈍根故　起大悲心　我今演說　此妙經典
如我所解　知衆生意　是身虛僞　猶如空聚
六入村落　結賊所止　一切自住　各不相知
眼根受色　耳分別聲　鼻齅諸香　舌嗜於味

所有身根　貪受諸觸　意根分別　一切諸法
六情諸根　各各自緣　諸塵境界　不行他緣
心如幻化　馳騁六情　而常妄想　分別諸法
猶如世人　馳走空聚　六賊所害　愚不知避
心常依止　六根境界　各各自知　所伺之處
隨行色聲　香味觸法　心處六情　如鳥投網
其心在在　常處諸根　隨逐諸塵　無有暫捨
身空虛僞　不可長養　無有諍訟　亦無正主
從諸因緣　和合而有　無有堅實　妄想故起
業力機關　假僞空聚　地水火風　合集成立
隨時增減　共相殘害　猶如四蛇　同處一篋
四大蚖蛇　其性各異　二上二下　諸方亦二
如是蛇大　悉滅無餘　地水二蛇　其性沈下
風火二蛇　性輕上升　心識二性　躁動不停
隨業受報　人天諸趣　隨所作業　而墮諸有
水火風種　散滅壞時　大小不淨　盈流於外
體生諸蟲　無可愛樂　捐棄冢間　如朽敗木
善女當觀　諸法如是　何處有人　及以衆生
本性空寂　無明故有　如是　大　一一不實
本自不生　性無和合　以是因緣　我說諸大
從本不實　和合而有　無明體相　本自不有
妄想因緣　和合而有　無所有故　假名無明
是故我說　名曰無明　行識名色　六入觸受
愛取有生　老死憂惱　衆苦行業　不可思議
生死無際　輪轉不息　本無有生　亦無和合
不善思惟　心行所造　我斷一切　諸見纏等
以智慧刀　裂煩惱網　五陰舍宅　觀悉空寂
證無上道　微妙功德　開甘露門　示甘露器
入甘露城　處甘露室　令諸衆生　食甘露味
吹大法螺　擊大法鼓　然大法炬　雨勝法雨

我今摧伏　一切怨結　豎立第一　微妙法幢
度諸衆生　於生死海　永斷三惡　無量苦惱
煩惱熾然　燒諸衆生　無有救護　無所依止
我以甘露　清涼美味　充足是輩　令離焦熱
於無量劫　遵修諸行　供養恭敬　諸佛世尊
堅固修習　菩提之道　求於如來　眞實法身
捨諸所重　肢節手足　頭目髓腦　所愛妻子
錢財珍寶　眞珠瓔珞　金銀瑠璃　種種異物

金光明經卷第一

音釋

耆闍崛梵語也此云靈鷲闍石遮切崛渠勿切　阿閦梵語也此云無動閦初六切　鬬都豆切爭也　蠱道蠱公戶切惑也蠱道謂左道惑人也　髓息委切骨脂也　紺古暗切含也謂青而含赤也　暢丑亮切通也　姝昌朱切美也　枹芳無切擊鼓杖也　晃胡廣切光也　踰羊朱切越也　熾昌志切盛也　炙之石切炮炙也　諂丑琰切佞言也　恚於避切恨怒也　誹謗誹府尾切非議也謗補曠切訕毀也　怯乞業切畏懦也　躁則到切不安靜也　翳於計切鄣也　瑕穢瑕胡加切玷也穢於廢切汚也　潦郎到切積水也　涸下各切竭也　羸力追切瘦也　戮力竹切殺也　縛符約切束也　盲聾盲莫耕切聾盧紅切　瘂烏下切　裸郎果切赤體也　箜篌箜苦紅切篌胡鉤切箜篌樂器也　鼓吹吹尺偽切凡吹之成音者皆謂之吹　廁初吏切閒廁也　覲渠吝切見也　鑄朱戍切鎔鑄也　鋌待鼎切金朴也　傭丑凶切直也　纖息廉切細也　莂必列切記莂謂授當來成佛之記劫國名號之莂也　尠息淺切少也　齅許救切鼻擥氣也　馳騁馳直離切騁丑郢切馳騁奔走也　篋苦協切箱屬　豎臣庚切立也

金光明經卷第二

北涼三藏法師曇無讖譯

四天王品第六

爾時毗沙門天王提頭賴吒天王毗留勒叉天王毗留博叉天王俱從座起偏袒右肩右膝著地胡跪合掌白佛言世尊是金光明微妙經典衆經之王諸佛世尊之所護念莊嚴菩薩深妙功德常爲諸天之所恭敬能令天王心生歡喜亦爲護世之所讚歎此經能照諸天宮殿是經能與衆生快樂是經能令地獄餓鬼畜生諸河焦乾枯竭是經能除一切怖畏是經能却他方怨賊是經能除穀貴饑饉是經能愈一切疫病是經能滅惡星變異是經能去一切憂惱舉要言之是經能滅一切衆生無量無邊百千苦惱世尊是金光明微妙經典若在大衆廣宣說時我等四王及餘眷屬聞此甘露無上法味增益身力心進勇鋭具諸威德世尊我等四王能說正法修行正法爲世法王以法治世世尊我等四王及諸天龍鬼神乾闥婆阿修羅迦樓羅緊那羅摩睺羅伽以法治世遮諸惡鬼噉精氣者世尊我等四王二十八部諸鬼神等及無量百千鬼神以淨天眼過於人眼常觀擁護此閻浮提世尊是故我等名護世王若此國土有諸衰耗怨賊侵境饑饉疾疫種種艱難若有比丘受持是經我等四王當共勸請令是比丘以我等力故疾往彼所國邑郡縣廣宣流布是金光明微妙經典令如是等種種百千衰耗之事悉皆滅盡世尊如諸國王所有土境是持經者若至其國是王應當往是人

所聽受如是微妙經典聞已歡喜復當護念恭敬是人世尊我等四王復當勤心擁護是王及國人民爲除衰患令得安隱世尊若有比丘比丘尼優婆塞優婆夷受持是經若諸人王有能供給施其所安我等四王亦當令是王及國人民一切安隱具足無患世尊若有四衆受持讀誦是妙經典若諸人王有能供養恭敬尊重讚歎我等四王亦復當令如是人王於諸王中常得第一供養恭敬尊重讚歎亦令餘王欽尚羨慕稱讚其善爾時世尊讚歎護世四天王等善哉善哉汝等四王過去已曾供養恭敬尊重讚歎無量百千萬億諸佛於諸佛所種諸善根說於正法修行正法以法治世爲人天王汝等今日長夜利益於諸衆生行大慈心施與衆生一切樂具能遮諸惡勸與諸善以是義故若有人王能供養恭敬此金光明微妙經典汝等正應如是護念滅其苦惱與其安樂汝等四王及諸眷屬無量無邊百千鬼神若能護念如是經者即是護持去來現在諸佛正法汝等四王及餘天衆百千鬼神與阿修羅共戰鬭時汝等諸天常得勝利汝等若能護念此經悉能消伏一切諸苦所謂怨賊饑饉疾疫若四部衆有能受持讀誦此經汝等亦應勤心守護爲除衰惱施與安樂爾時四王復白佛言世尊是金光明微妙經典於未來世在所流布若國土城邑郡縣村落隨所至處若諸國王以天律治世復能恭敬至心聽受是妙經典幷復尊重供養供給持是經典四部之衆以是因緣我等時時得聞如是微妙經典聞已

即得增益身力心進勇銳具諸威德是故我等及無量鬼神常當隱形隨其妙典所流布處而作擁護令無留難亦當護念聽是經典諸國王等及其人民除其患難悉令安隱他方怨賊亦使退散若有人王聽是經時鄰國怨敵興如是念當具四兵壞彼國土世尊以是經典威神力故爾時鄰敵更有異怨爲作留難於其境界起諸衰惱災異疫病爾時怨敵起如是等諸惡事已備具四兵發向是國親往討伐我等爾時當與眷屬無量無邊百千鬼神隱蔽其形爲作護助令彼怨敵自然退散起諸怖懅種種留難彼國兵衆尚不能到況復當能有所破壞爾時佛讚四天王等善哉善哉汝等四王乃能擁護我百千億那由他劫所可修習阿耨多羅三藐三菩提及

諸人王受持是經恭敬供養者爲淨衰患令其安樂復能擁護宫殿舍宅城邑村落國土邊疆乃至怨賊悉令退散滅其衰惱令得安隱亦令一切閻浮提内所有諸王無諸凶衰鬭訟之事四王當知此閻浮提八萬四千城邑聚落八萬四千諸人王等各於其國娛樂快樂各各於國而得自在於自所有錢財珍寶各各自足不相侵奪如其宿世所修集業隨業受報不生惡心貪求他國各各自生利益之心生於慈心安樂之心不諍訟心不破壞心無繫縛心無楚撻心各於其土自生愛樂上下和穆猶如水乳心相愛念增諸善根以是因緣故此閻浮提安隱豐樂人民熾盛大地沃壤陰陽調和時不越序日月星宿不失常度風雨隨時無諸災横人民豐實自足

於財心無貪吝亦無嫉妬等行十善其人壽終多生天上天宮充滿增益天衆若未來世有諸人王聽是經典及供養恭敬受持是經四部之衆是王則爲安樂利益汝等四王及餘眷屬無量百千諸鬼神等何以故汝等四王若得時時聞是經典則爲已得正法之水服甘露味增益身力心進勇鋭具諸威德是諸人王若能至心聽受是經則爲已能供養於我若供養我則是供養過去未來現在諸佛若能供養過去未來現在諸佛則得無量不可思議功德之聚以是因緣是諸人王應得擁護及后妃婇女中宮眷屬諸王子等亦應得護衰惱消滅快樂熾盛宮殿堂宇安隱清淨無諸災變護宅之神增長威德亦受無量歡悅快樂是諸國土所有人民悉受種種五欲之樂一切惡事悉皆消滅爾時四天王白佛言世尊未來之世若有人王欲得護身及后妃婇女諸王子等宮殿屋宅得第一護身所王領最爲殊勝具不可思議王者功德欲得攝取無量福聚國土無有他方怨賊無諸憂惱及諸苦事世尊如是人王不應放逸散亂其心應生恭敬謙下之心應當莊嚴第一微妙最勝宮宅種種香汁持用灑地散種種華敷大法座師子之座兼以無量珍琦異物而爲校飾張施種種無數微妙幢旛寶蓋當淨洗浴以香塗身著好淨衣瓔珞自嚴坐小卑座不自高大除去自在離諸放逸謙下自卑除去驕慢正念聽受如是妙典於說法者生世尊想復於宮內后妃王子婇女眷屬生慈哀心和顏與語勸以種種供養之具供

養法師是王爾時既勸化已即生無量歡喜快樂心懷悅豫倍復自勵不生疲倦多作利益於說法者倍生恭敬爾時佛告四天大王爾時人王應著白淨鮮潔之衣種種瓔珞齊整莊嚴執持素帛微妙上蓋服飾容儀不失常則躬出奉迎說法之人何以故是王如是隨其舉足步步之中即是供養值遇百千億那由他諸佛世尊復得超越如是等劫生死之難復於來世爾所劫中常得封受轉輪王位隨其步步亦得如是現世功德不可思議自在之力常得最勝極妙七寶人天宮殿在在生處增益壽命言語辯了人所信用無所畏忌有大名稱常爲人天之所恭敬天上人中受上妙樂得大勢力具足威德身色微妙端嚴第一常值諸佛遇善知識成就具足無量福聚汝等四王如是人王見如是等種種無量功德利益是故此王應當躬出奉迎法師若一由旬至百千由旬於說法師應生佛想應作是念今日釋迦如來正智入於我宮受我供養爲我說法我聞是法即不退轉於阿耨多羅三藐三菩提已爲得值百千萬億那由他佛已爲供養過去未來現在諸佛已得畢竟離三惡道苦我今已種百千無量轉輪聖王釋梵之因已種無邊善根種子已令無量百千萬億諸衆生等度於生死已集無量無邊福聚後宮眷屬已得擁護宮宅諸衰悉已消滅國土無有怨賊棘刺他方怨敵不能侵陵汝等四王如是人王應作如是供養正法清淨聽受是妙經典及恭敬供養尊重讚歎持是經典四部之衆亦當迴此所得最

勝功德之分施與汝等及餘眷屬諸天鬼神聚集如是諸善功德現世常得無量無邊不可思議自在之利威德勢力成就具足能以正法摧伏諸惡爾時四王白佛言世尊若未來世有諸人王作如是等恭敬正法至心聽受是妙經典及恭敬供養尊重讚歎持是經典四部之衆嚴治舍宅香汁灑地專心正念聽說法時我等四王亦當在中共聽此法願諸人王爲自利故以已所得功德少分施與我等世尊是諸人王於說法者所坐之處爲我等故燒種種香供養是經是妙香氣於一念頃即至我等諸天宮殿其香即時變成香蓋其香微妙金色晃耀照我等宮釋宮梵宮大辯天神功德天神堅牢地神散脂鬼神最大将軍二十八部鬼神大将摩醯首羅金剛密迹摩尼跋陀鬼神大将鬼子母與五百鬼子周帀圍繞阿耨達龍王娑竭羅龍王如是等衆自於宮殿各各得聞是妙香氣及見香蓋光明普照是香蓋光明亦照一切諸天宮殿佛告四王是香蓋光明非但至汝四王宮殿何以故是諸人王手擎香鑪供養經時其香徧布於一念頃徧至三千大千世界百億日月百億大海百億須彌山百億大鐵圍山小鐵圍山及諸山王百億四天下百億四天王百億三十三天乃至百億非想非非想天於此三千大千世界百億三十三天一切龍鬼乾闥婆阿修羅迦樓羅緊那羅摩睺羅伽宮殿虛空悉滿種種香煙雲蓋其蓋金光亦照宮殿如是三千大千世界所有種種香煙雲蓋皆是此經威神力故是諸人王手擎香

鑪供養經時種種香氣不但徧此三千大千世界於一念頃亦徧十方無量無邊恒河沙等百千萬億諸佛世界於諸佛上虛空之中亦成香蓋金光普照亦復如是諸佛世尊聞是香氣見是香蓋及金色光於十方界恒河沙等諸佛世界作如是等神力變化已異口同音於說法者稱讚善哉善哉大士汝能廣宣流布如是甚深微妙經典則爲成就無量無邊不可思議功德之聚若有聞是甚深經典所得功德則爲不少況持讀誦爲他衆生開示分別演說其義何以故善男子此金光明微妙經典無量無邊億那由他諸菩薩等若得聞者即不退於阿耨多羅三藐三菩提爾時十方無量無邊恒河沙等諸佛世界現在諸佛異口同聲作如是言善男子汝於來世必定當得坐於道場菩提樹下於三界中最尊最勝出過一切衆生之上勤修力故受諸苦行善能莊嚴菩提道場能壞三千大千世界外道邪論摧伏諸魔怨賊異形覺了諸法第一寂滅清淨無垢甚深無上菩提之道善男子汝已能坐金剛座處轉於無上諸佛所讚十二種行甚深法輪能擊無上最大法鼓能吹無上極妙法螺能豎無上最勝法幢能然無上極明法炬能雨無上甘露法雨能斷無量煩惱怨結能令無量百千萬億那由他衆度於無涯可畏大海解脫生死無際輪轉值遇無量百千萬億那由他佛爾時四天王復白佛言世尊是金光明微妙經典能得未來現在種種無量功德是故人王若得聞是微妙經典則爲已於百千萬億無量佛所

種諸善根我以敬念是人王故復見無量福德利故我等四王及餘眷屬無量百千萬億鬼神於自宮殿見是種種香煙雲蓋瑞應之時我當隱蔽不現其身爲聽法故當至是王所止宮殿講法之處大梵天王釋提桓因大辯天神功德天神堅牢地神散脂鬼神大將軍等二十八部鬼神大將摩醯首羅金剛密迹摩尼跋陀鬼神大將鬼子母及五百鬼子周帀圍繞阿耨達龍王娑竭羅龍王無量百千萬億那由他鬼神諸天如是等衆爲聽法故悉自隱蔽不現其身至是人王所止宮殿講法之處世尊我等四王及餘眷屬無量鬼神悉當同心以是人王爲善知識同共一行善相應行能爲無上大法施主以甘露味充足我等我等應當擁護是王除其衰患令得安隱及其宮宅國土城邑諸惡災患悉令消滅世尊若有人王於此經典心生捨離不樂聽聞其心不欲恭敬供養尊重讚歎若四部衆有受持讀誦講說之者亦復不能恭敬供養尊重讚歎我等四王及餘眷屬無量鬼神即便不得聞此正法背甘露味失大法利無有勢力及以威德減損天衆增長惡趣世尊我等四王及無量鬼神捨其國土不但我等亦有無量守護國土諸舊善神皆悉捨去我等諸王及諸鬼神既捨離已其國當有種種災異一切人民失其善心唯有繫縛瞋恚鬭諍互相破壞多諸疾疫彗星現怪流星崩落五星諸宿違失常度兩日並現日月薄蝕白黑惡虹數數出現大地震動發大音聲暴風惡雨無日不有穀米勇貴饑饉凍餓多有他

方怨賊侵掠其國人民多受苦惱其地無有可愛樂處世尊我等四王及諸無量百千鬼神并守國土諸舊善神遠離去時生如是等無量惡事世尊若有人王欲得自護及王國土多受安樂欲令國土一切衆生悉皆成就具足快樂欲得摧伏一切外敵欲得擁護一切國土欲以正法正治國土欲得除滅衆生怖畏世尊是人王等應當必定聽是經典及恭敬供養讀誦受持是經典者我等四王及無量鬼神以是法食善根因緣得服甘露無上法味增長身力心進勇鋭增益諸天何以故以是人王至心聽受是經典故如諸梵天說出欲論釋提桓因種種善論五通之人神仙之論世尊梵天釋提桓因鬼神通人雖有百千億那由他無量勝論是金光明於中最勝所以者何如來說是金光明經爲衆生故爲令一切閻浮提内諸人王等以正法治爲與一切衆生安樂爲欲愛護一切衆生欲令衆生無諸苦惱無有他方怨賊棘刺所有諸惡背而不向欲令國土無有憂惱以正法教無有諍訟是故人王各於國土應然法炬熾然正法增益天衆我等四王及無量鬼神閻浮提内諸天善神以是因緣得服甘露法味充足得大威德進力具足閻浮提内安隱豐樂人民熾盛安樂其處復於來世無量百千不可思議那由他劫常受微妙第一快樂復得值遇無量諸佛種諸善根然後證成阿耨多羅三藐三菩提得如是等無量功德悉是如來正徧知說如來過於百千億那由他諸梵天等以大悲力故亦過無量百千億那由

他釋提桓因以苦行力故是故如來爲諸衆生演説如是金光明經若閻浮提一切衆生及諸人王世間出世間所作國事所造世論皆因此經欲令衆生得安樂故釋迦如來示現是經廣宣流布世尊以是因緣故是諸人王應當必定聽受供養恭敬尊重讚歎是經爾時佛復告四天王汝等四王及餘眷屬無量百千那由他鬼神是諸人王若能至心聽是經典供養恭敬尊重讚歎汝等四王正應擁護滅其衰患而與安樂若有人能廣宣流布如是妙典於人天中大作佛事能大利益無量衆生如是之人汝等四王必當擁護莫令他緣而得擾亂令心恬靜受於快樂續復當得廣宣是經爾時四天王即從座起偏袒右肩右膝著地長跪合掌於世尊前以偈讚曰

佛月清淨　滿足莊嚴　佛日暉曜　放千光明
如來面目　最上明淨　齒白無垢　如蓮華根
功德無量　猶如大海　智淵無邊　法水具足
百千三昧　無有缺減　足下平滿　千輻相現
足指網縵　猶如鵝王　光明晃曜　如寶山王
微妙清淨　如鍊真金　所有福德　不可思議
佛功德山　我今敬禮　佛真法身　猶如虛空
應物現形　如水中月　無有障礙　如燄如化
是故我今　稽首佛月

爾時世尊　以偈答曰

此金光明　諸經之王　甚深最勝　爲無有上
十力世尊　之所宣説　汝等四王　應當勤護
以是因緣　是深妙典　能與衆生　無量快樂
爲諸衆生　安樂利益　故久流布　於閻浮提

能滅三千 大千世界 所有惡趣 無量諸苦
閻浮提內 諸人王等 心生慈愍 正法治世
若能流布 此妙經典 則令其土 安隱豐熟
所有衆生 悉受快樂 若有人王 欲愛己身
及其國土 欲令豐盛 應當至心 淨潔洗浴
往法會所 聽受是經 是經能作 所有善事
摧伏一切 內外怨賊 復能除滅 無量怖畏
是諸經王 能與一切 無量衆生 安隱快樂
譬如寶樹 在人家中 悉能出生 一切珍寶
是妙經典 亦復如是 悉能出生 諸王功德
如清冷水 能除渴乏 是妙經典 亦復如是
能除諸王 功德渴乏 譬如珍寶 異物篋器
悉在于手 隨意所用 是金光明 亦復如是
隨意能與 諸王法寶 是金光明 微妙經典
常爲諸天 恭敬供養 亦爲護世 四大天王
威神勢力 之所護持 十方諸佛 常念是經
若有演說 稱讚善哉 亦有百千 無量鬼神
從十方來 擁護是人 若有得聞 是妙經典
心生歡喜 踊躍無量 閻浮提內 無量大衆
皆悉歡喜 集聽是經 聽是經故 具諸威德
增益天衆 精氣身力

爾時四王聞是偈已白佛言世尊我從昔來未曾得聞如是微妙寂滅之法我聞是已心生悲喜涕淚橫流舉身戰動肢體怡解復得無量不可思議具足妙樂以天曼陀羅華摩訶曼陀羅華供養奉散於如來上作如是等供養佛已復白佛言世尊我等四王各各自有五百鬼神常當隨逐是說法者而爲守護

大辯天品第七

爾時大辯天白佛言世尊是說法者我當益

其樂說辯才令其所說莊嚴次第善得大智若是經中有失文字句義違錯我能令是說法比丘次第還得能與總持令不忘失若有衆生於百千佛所種諸善根是說法者爲是等故於閻浮提廣宣流布是妙經典令不斷絕復令無量無邊衆生得聞是經當令是等悉得猛利不可思議大智慧聚不可稱量福德之報善解無量種種方便善能辯暢一切諸論善知世間種種技術能出生死得不退轉必定疾得阿耨多羅三藐三菩提

功德天品第八

爾時功德天白佛言世尊是說法者我當隨其所須之物衣服飲食卧具醫藥及餘資產供給是人無所乏少令心安住晝夜歡樂正念思惟是經章句分別深義若有衆生於百千佛所種諸善根是說法者爲是等故於閻浮提廣宣流布是妙經典令不斷絕是諸衆生聽是經已於未來世無量百千那由他劫常在天上人中受樂值遇諸佛速成阿耨多羅三藐三菩提三惡道苦悉畢無餘世尊我已於過去寶華功德海瑠璃金山照明如來應供正徧知明行足善逝世間解無上士調御丈夫天人師佛世尊所種諸善根是故我今隨所念方隨所視方隨所至方能令無量百千衆生受諸快樂若衣服飲食資生之具金銀七寶真珠瑠璃珊瑚琥珀璧玉珂貝悉無所乏若有人能稱金光明微妙經典爲我供養諸佛世尊三稱我名燒香供養供養佛已別以香華種種美味供施於我灑散諸方當知是人即能聚集資財寶物以是因緣增

長地味地神諸天悉皆歡喜所種穀米芽莖枝葉果實滋茂樹神歡喜出生無量種種諸物我時慈念諸衆生故多與資生所須之物世尊於此北方毗沙門天王有城名曰阿尼曼陀其城有園名功德華光於是園中有最勝園名曰金幢七寶極妙此即是我常止住處若有欲得財寶增長是人當於自所住處應淨掃灑洗浴其身著鮮白衣妙香塗身爲我至心三稱彼佛寶華瑠璃世尊名號禮拜供養燒香散華亦當三稱金光明經至誠發願別以香華種種美味供施於我散灑諸方爾時當說如是章句

波利富樓那遮利一三曼陀達舍尼羅佉二摩訶毗訶羅伽帝三三曼陀毗陀尼那伽帝四摩訶迦梨波帝五波婆禰薩婆哆呫六三曼陀修鉢梨富隸七阿夜那達摩帝八摩訶毗鼓畢帝九摩訶彌勒簸僧祇帝十醯帝簁三博祇悕帝十一三曼陀阿咃十二阿嵬婆羅尼十三

是灌頂章句必定吉祥真實不虛等行衆生及中善根應當受持讀誦通利七日七夜受持八戒朝暮淨心香華供養十方諸佛常爲已身及諸衆生迴向具足阿耨多羅三藐三菩提作是誓願令我所求皆得吉祥自於所居房舍屋宅淨潔掃除若自住處若阿蘭若處以香泥塗地燒微妙香敷淨好座以種種華香布散其地以待於我我於爾時如一念頃入其室宅即坐其座從此日夜令此居家若村邑若僧坊若露地無所乏少若錢若金銀若珍寶若牛羊若穀米一切所須即得具

足悉受快樂若能以已所作善根最勝之分迴與我者我當終身不遠其人於所住處至心護念隨其所求令得成就應當至心禮如是等諸佛世尊其名曰寶勝如來無垢熾寶光明王相如來金燄光明如來金百光明照藏如來金山寶蓋如來金華燄光相如來大炬如來寶相如來亦應敬禮信相菩薩金光明菩薩金藏菩薩常悲菩薩法上菩薩亦應敬禮東方阿閦如來南方寶相如來西方無量壽佛北方微妙聲佛

堅牢地神品第九

爾時地神堅牢白佛言世尊是金光明微妙經典若現在世若未來世在在處處若城邑聚落若山澤空處若王宮宅世尊隨是經典所流布處是地分中敷師子座令說法者坐其座上廣演宣說是妙經典我當在中常作宿衛隱蔽其身於法座下頂戴其足我聞法已得服甘露無上法味增益氣力而此大地深十六萬八千由旬從金剛際至海地上悉得衆味增長具足豐壤肥濃過於今日以是之故閻浮提內藥草樹木根莖枝葉華果滋茂美色香味皆悉具足衆生食已增長壽命色力辯安六情諸根具足通利威德顏貌端嚴殊特成就如是種種等已所作事業多得成辦有大勢力精勤勇猛是故世尊閻浮提內安隱豐樂人民熾盛一切衆生多受快樂應心適意隨其所樂是諸衆生得是威德大勢力已能供養是金光明經及恭敬供養持是經者四部之衆我於爾時當往其所爲諸衆生受快樂故請說法者廣令宣布如是妙

典何以故世尊是金光明若廣說時我及眷屬所得功德倍過於常增長身力心進勇鋭世尊我服甘露無上法味已閻浮提地縱廣七千由旬豐壤倍常世尊如此大地衆生所依悉能增長一切所須之物增長一切所須物已令諸衆生隨意所用受於快樂種種飲食衣服卧具宮殿屋宅樹木林苑河池井泉如是等物依因於地悉皆具足是故世尊是諸衆生爲知我恩應作是念我當必定聽受是經供養恭敬尊重讚歎作是念已即從住處若城邑聚落舍宅空地往法會所聽受是經既聽受已還其所止各應相慶作如是言我等今者聞此甚深無上妙法已爲攝取不可思議功德之聚值遇無量無邊諸佛三惡道報已得解脫於未來世常生天上人中受樂是諸衆生各於住處若爲他人演說是經若說一喻一品一緣若復稱歎一佛一菩薩一四句偈乃至一句及稱是經首題名字世尊隨是衆生所住之處其地具足豐壤肥濃過於餘地凡是因地所生之物悉得增長滋茂廣大令諸衆生受於快樂多饒財寶好行惠施心常堅固深信三寶爾時佛告地神堅牢若有衆生乃至聞是金光明經一句之義人中命終隨意往生三十三天地神若有衆生爲欲供養是經典故莊嚴屋宅乃至張懸一幡一蓋及以一衣欲界六天已有自然七寶宮殿是人命終即往生彼地神於諸七寶宮殿之中各各自然有七天女共相娛樂日夜常受不可思議微妙快樂爾時地神白佛言世尊以是因緣說法比丘坐法座時我常

晝夜衛護不離隱蔽其形在法座下頂戴其足世尊若有衆生於百千佛所種諸善根是說法者爲是等故於閻浮提廣宣流布是妙經典令不斷絶是諸衆生聽是經已未來之世無量百千那由他劫於天上人中常受快樂值遇諸佛疾成阿耨多羅三藐三菩提三惡道苦悉斷無餘

金光明經卷第二

音釋

銳 俞芮切利也　噉 徒感切食也　懅 其據切懼也　韁 居良切韁界也　沃壤 沃烏酷切壤汝兩切沃壤膏腴之土也　琦 渠羈切琦瑋也　摩醯首羅 梵語也此云大自在醯呼雞切　疫 俞壁切瘟疫也　彗 徐醉切妖星也　薄蝕 薄伯各切蝕實職切薄蝕侵虧也　掠 離灼切劫奪也　恬 徒兼切安也

靜也　缺 苦穴切虧也　輻 方六切　縵 莫官切　胑 至移切與肢同　怡 弋支切悅樂也　珂 苦何切螺屬　佉 丘伽切　禰 奴禮切　哆 都可切　呫 許𨗨切　皽 布箇切　簁 所綺切　悕 香衣切與希同　咃 音吒　[illegible] 奴侯切

金光明經卷第三

北凉三藏法師曇無讖譯

散脂鬼神品第十

爾時散脂鬼神大將及二十八部諸鬼神等即從座起偏袒右肩右膝著地白佛言世尊是金光明微妙經典若現在世及未來世在在處處若城邑聚落若山澤空處若王宮宅隨是經典所流布處我當與此二十八部大鬼神等往至彼所隱蔽其形隨逐擁護是說法者消滅諸惡令得安隱及聽法衆若男若女童男童女於是經中乃至得聞一如來名一菩薩名及此經典首題名字受持讀誦我當隨侍宿衛擁護悉滅其惡令得安隱及國邑城郭若王宮殿舍宅空處皆亦如是世尊何因緣故我名散脂鬼神大將唯然世尊自當證知世尊我知一切法一切緣法了一切法知法分齊如法安住一切法如性於一切法含受一切法世尊我現見不可思議智光不可思議智炬不可思議智行不可思議智聚不可思議智境世尊我於諸法正解正觀得正分別正解於緣正能覺了世尊以是義故名散脂大將世尊我散脂大將令說法者莊嚴言辭辯不斷絶衆味精氣從毛孔入充益身力心進勇銳成就不可思議智慧入正憶念如是等事悉令具足心無疲厭身受諸樂心得歡喜以是之故能爲衆生廣說是經若有衆生於百千佛所種諸善根說法之人爲是衆生閻浮提內廣宣流布是妙經典令不斷絶無量衆生聞是經已當得不可思議智聚攝取不可思議功德之聚於未來世無

量百千劫人天之中常受快樂於未來世值遇諸佛疾得證成阿耨多羅三藐三菩提一切衆苦三惡趣分永滅無餘南無寶華功德海瑠璃金山光照如來應供正徧知南無無量百千億那由他莊嚴其身釋迦如來應供正徧知熾然如是微妙法炬南無第一威德成就衆事大功德天南無不可思量智慧功德成就大辯天

正論品第十一

爾時佛告地神堅牢過去有王名力尊相其王有子名曰信相不久當受灌頂之位統領國土爾時父王告其太子信相世有正論善治國土我於昔時曾爲太子不久亦當紹父王位爾時父王持是正論亦爲我說我以是論於二萬歲善治國土未曾一念以非法行於自眷屬情無愛著何等名爲治世正論地神爾時力尊相王爲信相太子說是偈言

我今當說 諸王正論 爲利衆生 斷諸疑惑
一切人王 諸天天王 應當歡喜 合掌諦聽
諸王和合 集金剛山 護世四鎮 起問梵王
大師梵尊 天中自在 能除疑惑 當爲我斷
云何是人 得名爲天 云何人王 復名天子
生在人中 處王宮殿 正法治世 而名爲天
護世四王 問是事已 時梵尊師 即說偈言
汝今雖以 此義問我 我要當爲 一切衆生
敷揚宣暢 第一勝論 因集業故 生於人中
王領國土 故稱人王 處在胎中 諸天守護
或先守護 然後入胎 雖在人中 生爲人王
以天護故 復稱天子 三十三天 各以己德
分與是人 故稱天子 神力所加 故得自在

遠離惡法 遮令不起 安住善法 修令增廣
能令衆生 多生天上 半名人王 亦名執樂
羅刹魁膾 能遮諸惡 亦名父母 教誨修善
示現果報 諸天所護 善惡諸業 現在未來
現受果報 諸天所護 若有惡事 縱而不問
不治其罪 不以正教 捨遠善法 增長惡聚
故使國中 多諸姦鬪 三十三天 各生瞋恨
由其國王 縱惡不治 壞國正法 姦詐熾盛
他方怨敵 競來侵掠 自家所有 錢財珍寶
諸惡盜賊 共相劫奪 如法治世 不行是事
若行是者 其國殄滅 譬如狂象 蹋蓮華池
暴風卒起 屢降惡雨 惡星數出 日月無光
五穀果實 咸不滋茂 由王捨正 使國饑饉
天於宮殿 悉懷愁惱 由王暴虐 不修善事
是諸天王 各相謂言 是王行惡 與惡爲伴
以造惡故 速得天瞋 以天瞋故 不久國敗
非法兵仗 姦詐鬪訟 疾疫惡病 集其國土
諸天即便 捨離是王 令其國敗 生大愁苦
兄弟姊妹 眷屬妻子 孤迸流離 身亦滅亡
流星數墮 二日並現 他方惡賊 侵掠其土
人民飢餓 多諸疾疫 所重大臣 捨離薨亡
象馬車乘 一念喪滅 諸家財產 國土所有
互相劫奪 刀兵而死 五星諸宿 違失常度
諸惡疾疫 流徧其國 諸受寵祿 所任大臣
及諸羣僚 專行非法 如是行惡 徧受恩遇
修善法者 日日衰滅 於行惡者 而生恭敬
見修善者 心不顧錄 故使世間 三異並起
星宿失度 降暴風雨 破壞甘露 無上正法
衆生等類 及以地肥 恭敬弊惡 毀諸善人
故天降雹 飢餓疫死 穀米果實 滋味衰滅

多病衆生　充滿其國　甘美盛男　日日損減
苦澀惡味　隨時增長　本所遊戲　可愛之處
悉皆枯悴　無可樂者　衆生所食　精妙上味
漸漸損減　食無肌膚　顏貌醜陋　氣力衰微
凡所食噉　不知厭足　力精勇猛　悉滅無有
懶惰懈怠　充滿其國　多有病苦　逼切其身
惡星變動　羅剎亂行　若有人王　行於非法
增長惡伴　損人天道　於三有中　多受苦惱
起如是等　無量惡事　皆由人王　愛著眷屬
縱之造惡　捨而不治　若爲諸天　所護生者
如是人王　終不爲是　有行善者　得生天中
行不善者　墮在三塗　三十三天　皆生焦熱
由王縱惡　捨而不誨　違逆諸天　及父母敎
不能正治　則非孝子　起諸姦惡　壞國土者
不應縱捨　當正治罪　是故諸天　護持是王

以滅惡法　修習善故　現世正治　得增王位
應各爲說　善不善業　能示因果　故得爲王
諸天護持　鄰王佐助　爲自爲他　修正治國
有壞國者　應當正教　爲命及國　修行正法
不應行惡　惡不應縱　所有餘事　不能壞國
要因多姦　然後傾敗　若起多姦　壞於國土
譬如大象　壞蓮華池　怨恨諸天　故天生惱
起諸惡事　彌滿其國　是故應墮　正法治世
以善化國　不順非法　寧捨身命　不愛眷屬
於親非親　心常平等　視親非親　和合爲一
正行名稱　流布三界　正法治國　人多行善
常以善心　仰瞻國王　能令天衆　具足充滿
是故正治　名爲人王　一切諸天　愛護人王
猶如父母　擁護其子　故令日月　五星諸宿
隨其分齊　不失常度　風雨隨時　無諸災禍

令國豐實　安樂熾盛　增益人民　諸天之衆
以是因緣　諸人王等　寧捨身命　不應爲惡
不應捨離　正法珍寶　由正法寶　世人受樂
常當親近　修正法者　聚集功德　莊嚴其身
於自眷屬　當知止足　當遠惡人　修治正法
安止衆生　於諸善法　教敕防護　令離不善
是故國土　安隱豐樂　是王亦得　威德具足
隨諸人民　所行惡法　應當調伏　如法教詔
是王當得　好名善譽　善能攝護　安樂衆生

善集品第十二

爾時如來復爲地神說往昔因緣而作偈言

我昔曾爲　轉輪聖王　捨四大地　及以大海
又於是時　以四天下　滿中珍寶　奉上諸佛
凡所布施　皆捨所重　不見可愛　而不捨者
於過去世　無數劫中　求正法故　常捨身命
又過去世　不可議劫　有佛世尊　名曰寶勝
其佛世尊　般涅槃後　時有聖王　名曰善集
於四天下　而得自在　治正之勢　盡大海際
其王有城　名水音尊　於其城中　止住治化
夜聽夢中　聞佛功德　及見比丘　名曰寶冥
善能宣暢　如來正法　所謂金光　微妙經典
明如日中　悉能徧照　是轉輪王　夢是事已
即尋覺寤　心喜徧身　即出宮殿　至僧坊所
供養恭敬　諸大聖衆　問諸大德　是大衆中
頗有比丘　名曰寶冥　成就一切　諸功德不
爾時寶冥　在一窟中　安坐不動　思惟正念
讀誦如是　金光明經　時有比丘　即將是王
至其所止　到寶冥所　時此寶冥　故在窟中
形貌殊特　威德熾然　即示王言　是窟中者
即是所問　寶冥比丘　能持甚深　諸佛所行

名金光明 諸經之王 時善集王 即尋禮敬
寶冥比丘 作如是言 面如滿月 威德熾然
惟願爲我 敷演宣說 是金光明 諸經之王
時寶冥尊 即受王請 許爲宣說 是金光明
三千大千 世界諸天 知當說法 悉生歡喜
於淨微妙 鮮潔之處 種種珍寶 廁填其地
上妙香水 持用灑之 散諸好華 徧滿其處
王於是時 自敷法座 懸繒旛蓋 寶飾交絡
種種微妙 殊特末香 悉以奉散 大法高座
一切諸天 龍及鬼神 摩睺羅伽 緊那羅等
即雨天上 曼陀羅華 徧散法座 滿其處所
不可思議 百千萬億 那由他等 無量諸天
一時俱來 集說法所 是時寶冥 尋從窟出
諸天即時 以娑羅華 供養奉散 寶冥比丘
是時寶冥 淨洗身體 著淨妙衣 至法座所
合掌敬禮 是法高座 一切天王 及諸天人
雨曼陀羅 大曼陀羅 摩訶曼殊 衆寶妙華
無量百千 種種妓樂 於虛空中 不鼓自鳴
寶冥比丘 能說法者 尋上高座 結跏趺坐
即念十方 不可思議 無量千億 諸佛世尊
於諸衆生 興大悲心 及善集王 所得王領
盡一日月 所照之處 時說法者 即尋爲王
敷揚宣說 是妙經典 是時大王 爲聞法故
於比丘前 合掌而立 聞於正法 讚言善哉
其心悲悼 涕淚橫流 尋復踊悅 心意熈怡
爲欲供養 此經典故 爾時即提 如意珠王
爲諸衆生 發大誓願 願於今日 此閻浮提
悉雨無量 種種珍異 璝琦七寶 及妙瓔珞
以是因緣 悉令無量 一切衆生 皆受快樂
即於爾時 尋雨七寶 及諸寶飾 天冠珥璫

種種瓔珞 甘饌寶座 悉皆充滿 徧四天下
時王善集 即持如是 滿四天下 無量七寶
於寶勝佛 遺法之中 以用布施 供養三寶
爾時爲王 說法比丘 於今現在 阿閦佛是
時善集王 聽受法者 今則我身 釋迦文是
我於爾時 捨此大地 滿四天下 珍寶布施
得聞如是 金光明經 聞是經已 一稱善哉
以此善根 業因緣故 身得金色 百福莊嚴
常爲無量 百千萬億 衆生等類 之所樂見
既得見已 無有厭足 過去九十 九億千劫
常得作於 轉輪聖王 亦於無量 百千劫中
常得王領 諸小國土 不可思議 劫中常作
釋提桓因 及淨梵王 復得值遇 十力世尊
其數無量 不可稱計 所得功德 無量無邊
皆由聞經 及稱善哉 如我所願 成就菩提
正法之身 我今已得

鬼神品第十三

佛告功德天若有善男子善女人欲以不可思議妙供養具供養過去未來現在諸佛世尊及欲得知三世諸佛甚深行處是人應當必定至心隨有是經流布之處若城邑村落舍宅空處正念不亂至心聽是微妙經典爾時世尊欲重宣此義而說偈言

若欲供養 一切諸佛 欲知三世 諸佛行處
應當往彼 城邑聚落 有是經處 至心聽受
是妙經典 不可思議 功德大海 無量無邊
能令一切 衆生解脫 度無量苦 諸有大海
是經甚深 初中後善 不可得說 譬喻爲比
假使恒沙 大地微塵 大海諸水 一切諸山
如是等物 不得爲喻 若入是經 即入法性

如深法性 安住其中 即於是典 金光明中
而得見我 釋迦牟尼 不可思議 阿僧祇劫
生天人中 常受快樂 以能信解 聽是經故
如是無量 不可思議 功德福聚 悉已得之
隨所至處 若百由旬 滿中盛火 應從中過
若至聚落 阿蘭若處 到法會所 至心聽受
聽是經故 惡夢蠱道 五星諸宿 變異災禍
一切惡事 消滅無餘 於說法處 蓮華座上
說是經典 書寫讀誦 是說法者 若下法座
爾時大衆 猶見坐處 故有說者 或佛世尊
或見佛像 菩薩色像 普賢菩薩 文殊師利
彌勒大士 及諸形像 見如是等 種種事已
尋復滅盡 如前無異 成就如是 諸功德已
而爲諸佛 之所讚歎 威德相貌 無量無邊
有大名稱 能却怨家 他方盜賊 能令退散
勇捍多力 能破強敵 惡夢惱心 無量惡業
如是惡事 皆悉寂滅 若入軍陣 常能勝他
名聞流布 徧閻浮提 亦能摧伏 一切怨敵
遠離諸惡 修習諸善 入陣得勝 心常歡喜
大梵天王 三十三天 護世四王 金剛密迹
鬼神諸王 散脂大將 禪那英鬼 及緊那羅
阿耨達龍 娑竭羅王 阿脩羅王 迦樓羅王
大辯天神 及功德天 如是上首 諸天神等
常當供養 是聽法者 生不思議 法塔之想
衆生見者 恭敬歡喜 諸天王等 亦各思惟
而相謂言 令是衆生 無量威德 皆悉成就
若能來至 是法會所 如是之人 成上善根
若有聽是 甚深經典 故嚴出往 法會之處
心生不可 思議正信 供養恭敬 無上法塔
如是大悲 利益衆生 即是無量 深法寶器

能入甚深 無上法性 由以淨心 聽是經典
如是之人 悉已供養 過去無量 百千諸佛
以是善根 無量因緣 應當聽受 是金光明
如是衆生 常爲無量 諸天神王 之所愛護
大辯功德 護世四王 無量鬼神 及諸力士
晝夜精勤 擁護四方 令無災禍 永離諸苦
釋提桓因 及日月天 閻摩羅王 風水諸神
韋馱天神 及毗紐天 大辯天神 及自在天
火神等神 大力勇猛 常護世間 晝夜不離
大力鬼王 那羅延等 摩醯首羅 二十八部
諸鬼神等 散脂爲首 百千鬼神 神足大力
擁護是等 令不怖畏 金剛密迹 大鬼神王
及其眷屬 五百徒黨 一切皆是 大菩薩等
亦悉擁護 聽是經者 摩尼跋陀 大鬼神王
富那跋陀 及金毗羅 阿羅婆帝 賓頭盧伽
黄頭大神 一一諸神 各有五百 眷屬鬼神
亦常擁護 聽是經者 質多斯那 阿脩羅王
及乾闥婆 那羅羅闍 祁那娑婆 摩尼乾陀
及尼揵陀 主雨大神 大飲食神 摩訶伽吒
金色髮神 半祁鬼神 及半支羅 車鉢羅婆
有大威德 婆那利神 曇摩跋羅 摩竭羅婆
針髮鬼神 繡利蜜多 勒那翅奢 摩訶婆那
及軍陀遮 劒摩舍帝 復有大神 奢羅蜜帝
醯摩跋陀 薩多琦梨 多醯波醯 阿伽跋羅
支羅摩伽 央掘摩羅 如是等神 皆有無量
神足大力 常勤擁護 聽受如是 微妙經者
阿耨達龍 娑伽羅王 目真鄰王 伊羅鉢王
難陀龍王 跋難陀王 有如是等 百千龍王
以大神力 常來擁護 聽是經者 晝夜不離
波利羅睺 阿脩羅王 毗摩質多 及以茂脂

睒摩利子 波訶梨子 佉羅騫駄 及以揵陀
是等皆是 阿脩羅王 有大神力 常來擁護
聽是經者 晝夜不離 訶利帝南 鬼子母等
及五百神 常來擁護 聽是經者 若睡若寤
旃陀旃陀 利大鬼神 女等鳩羅 鳩羅檀提
噉人精氣 如是等神 皆有大力 常勤擁護
十方世界 受持經者 大辯天等 無量天女
功德天等 各與眷屬 地神堅牢 種植園林
果實大神 如是諸神 心生歡喜 悉來擁護
愛樂親近 是經典者 於諸衆生 增命色力
功德威貌 莊嚴倍常 五星諸宿 變異災怪
皆悉能滅 無有遺餘 夜卧惡夢 寤則憂悴
如是惡事 皆悉滅盡 地神大力 勢分甚深
是經力故 能變其味 如是大地 至金剛際
厚十六萬 八千由旬 其中氣味 無不徧有
悉令涌出 潤益衆生 是經力故 能令地味
悉出地上 厚百由旬 亦令諸天 大得精氣
充益身力 歡喜快樂 閻浮提内 所有諸神
心生歡喜 受樂無量 是經力故 諸天歡喜
百穀果實 皆悉滋茂 園苑叢林 其華開敷
香氣馚馥 充溢彌滿 百草樹木 生長端直
其體柔輭 無有斜戾 閻浮提内 所有龍女
其數無量 不可思議 心生歡喜 踊躍無量
在在處處 莊嚴華池 於其池中 生種種華
優鉢羅華 波頭摩華 拘物頭華 分陀利華
於自宮殿 除諸雲霧 令虚空中 無有塵翳
諸方清徹 淨潔明了 日王赫燄 放千光明
歡喜踊躍 照諸闇蔽 閻浮檀金 以爲宮殿
止住其中 威德無量 日之天子 及以月天
聞是經故 精氣充實 是日天子 出閻浮提

心生歡喜　放於無量　光明明網　徧照諸方
即於出時　放大光網　開敷種種　諸池蓮華
閻浮提内　無量果實　隨時成熟　飽諸衆生
是時日月　所照殊勝　星宿正行　不失度數
風雨隨時　豐實熾盛　多饒財寶　無所乏少
是金光明　微妙經典　隨所流布　講誦之處
其國土境　即得增益　如上所説　無量功德

授記品第十四

爾時如來將欲爲是信相菩薩及其二子銀相銀光授阿耨多羅三藐三菩提記是時即有十千天子威德熾王而爲上首俱從忉利來至佛所頂禮佛足却坐一面爾時佛告信相菩薩汝於來世過無量無邊百千萬億不可稱計那由他劫金照世界當成阿耨多羅三藐三菩提號金寶蓋山王如來應供正徧知明行足善逝世間解無上士調御丈夫天人師佛世尊乃至是佛般涅槃後正法像法皆滅盡已長子銀相當於是界次補佛處世界爾時轉名淨幢佛名閻浮檀金幢光照明如來應供正徧知明行足善逝世間解無上士調御丈夫天人師佛世尊乃至是佛般涅槃後正法像法悉滅盡已次子銀光復於是後次補佛處世界名字如本不異佛號曰金光照如來應供正徧知明行足善逝世間解無上士調御丈夫天人師佛世尊是十千天子聞三大士得受記莂復聞如是金光明經聞已歡喜生殷重心心無垢累如淨瑠璃清淨無礙猶如虛空爾時如來知是十千天子善根成熟即便與授菩提道記汝等天子於當來世過阿僧祇百千萬億那由他劫於是

世界當成阿耨多羅三藐三菩提同共一家一姓一名號曰青目優鉢羅華香山如來應供正徧知明行足善逝世間解無上士調御丈夫天人師佛世尊如是次第出現於世凡一萬佛爾時道場菩提樹神名等增益白佛言世尊是十千天子於忉利宮爲聽法故故來集此云何如來便與授記世尊我未曾聞是諸天子修行具足六波羅蜜亦未曾聞捨於手足頭目髓腦所愛妻子財寶穀帛金銀瑠璃硨磲瑪瑙真珠珊瑚珂貝璧玉甘饌飲食衣服卧具病瘦醫藥象馬車乘殿堂屋宅園林泉池奴婢僕使如餘無量百千菩薩以種種資生供養之具恭敬供養過去無量百千萬億那由他等諸佛世尊如是菩薩於未來世亦捨無量所重之物頭目髓腦所愛妻子財寶穀帛乃至僕使次第修行成就具足六波羅蜜成就是已備修苦行動經無量無邊劫數然後方得受菩提記世尊是天子等何因何緣修行何等勝妙善根從彼天來暫得聞法便得受記惟願世尊爲我解説斷我疑網爾時佛告樹神善女天皆有因緣有妙善根以隨相修何以故以是天子於所住處捨五欲樂故來聽是金光明經既聞法已於是經中淨心慇重如説修行復得聞此三大菩薩受於記莂亦以過去本昔發心誓願因緣是故我今皆與授記於未來世當成阿耨多羅三藐三菩提

除病品第十五

佛告道場菩提樹神善女天諦聽諦聽善持憶念我當爲汝演説往昔誓願因緣過去無

量不可思議阿僧祇劫爾時有佛出現於世名曰寶勝如來應供正徧知明行足善逝世間解無上士調御丈夫天人師佛世尊善女天爾時是佛般涅槃後正法滅已於像法中有王名曰天自在光修行正法如法治世人民和順孝養父母是王國中有一長者名曰持水善知醫方救諸病苦方便巧知四大增損善女天爾時持水長者家中後生一子名曰流水體貌殊勝端正第一形色微妙威德具足受性聰敏善解諸論種種技藝書疏筭計無不通達是時國內天降疫病有無量百千諸衆生等皆無免者爲諸苦惱之所逼切善女天爾時流水長者子見是無量百千衆生受諸苦惱故爲是衆生生大悲心作是思惟如是無量百千衆生受諸苦惱我父長者雖善醫方能救諸苦方便巧知四大增損年已衰邁老耄枯悴皮緩面皺羸瘦顫掉行來往反要因几杖困頓疲乏不能至彼城邑聚落而是無量百千衆生復遇重病無能救者我今當至大醫父所諮問治病醫方祕法諮稟知已當至城邑聚落村舍治諸衆生種種重病悉令得脫無量諸苦時長者子思惟是已即至父所頭面著地爲父作禮叉手却住以四大增損而問於父即說偈言

云何當知　四大諸根　衰損代謝　而得諸病
云何當知　飲食時節　若食食已　身火不滅
云何當知　治風及熱　水過肺病　及以等分
何時動風　何時動熱　何時動水　以害衆生
時父長者　即以偈頌　解說醫方　而答其子
三月是夏　三月是秋　三月是冬　三月是春

是十二月　三三而說　從如是數　一歲四時
若二二說　足滿六時　三三本攝　二二現時
隨是時節　消息飲食　是能益身　醫方所說
隨時歲中　諸根四大　代謝增損　令身得病
有善醫師　隨順四時　三月將養　調和六大
隨病飲食　及以湯藥　多風病者　夏則發動
其熱病者　秋則發動　等分病者　冬則發動
其肺病者　春則增劇　有風病者　夏則應服
肥膩醎酢　及以熱食　有熱病者　秋服冷甜
等分冬服　甜酢肥膩　肺病春服　肥膩辛熱
飽食然後　則發肺病　於食消時　則發熱病
食消已後　則發風病　如是四大　隨三時發
風病羸損　補以酥膩　熱病下藥　服訶梨勒
等病應服　三種妙藥　所謂甜辛　及以酥膩
肺病應服　隨能吐藥　若風熱病　肺病等分
違時而發　應當任師　籌量隨病　飲食湯藥

善女天爾時流水長者子問其父醫四大增損因是得了一切醫方時長者子知醫方已徧至國內城邑聚落在在處處隨有衆生病苦者所輭言慰喻作如是言我是醫師我是醫師善知方藥今當爲汝療治救濟悉令除愈善女天爾時衆生聞長者子輭言慰喻許爲治病心生歡喜踊躍無量時有百千無量衆生遇極重病直聞是言心歡喜故種種所患即得除差平復如本氣力充實善女天復有無量百千衆生病苦深重難除差者即共來至長者子所時長者子即以妙藥授之令服服已除差亦得平復善女天是長者子於是國內治諸衆生所有病苦悉得除差

金光明經卷第三

音釋

魁膾　魁苦回切膾古外切魁膾爲首宰殺者
殄　徒典切絶也
蹋　徒合切踐也
屨　良遇切數也
寤　五故切寐覺也
窟　苦骨切穴也
繒　疾陵切帛也
跏趺　跏古牙切趺甫無切跏趺屈足坐也
瓌　古回切偉也
珥璫　珥仁志切璫多郎切珥璫充耳之珠也
紐　女久切紐天名
繡　息救切
翅　矢利切
掘　瞿物切
睒　失冉切
鶱　去乾切
悴　秦醉切憂愁也
馝馚　馝毘必切馚符分切馝馚馨香也
戾　郎計切曲也
邁　莫拜切老也
耄　莫報切人年八十九十曰耄
皺　側救切皵也
顫掉　顫之膳切掉徒弔切顫掉四支推動也
諮　津私切訪問也
肺　放吠切金藏也
膩　女利切肥也
鹹酢　鹹胡監切鹽味也酢倉故切與醋同
甜　徒兼切甘也
除差　差楚戒切病瘳也

金光明經卷第四

北涼三藏法師曇無讖譯

流水長者子品第十六

佛告樹神爾時流水長者子於天自在光王國內治一切衆生無量苦患已令其身體平復如本受諸快樂以病除故多設福業修行布施尊重恭敬是長者子作如是言善哉長者能大增長福德之事能益衆生無量壽命汝今真是大醫之王善治衆生無量重病必是菩薩善解方藥善女天時長者子有妻名曰水空龍藏而生二子一名水空二名水藏時長者子將是二子次第遊行城邑聚落最後到一大空澤中見諸虎狼狐犬鳥獸多食肉血悉皆一向馳奔而去時長者子作是念言是諸禽獸何因緣故一向馳走我當隨後逐而觀之時長者子逐便隨逐見有一池其水枯涸於其池中多有諸魚時長者子見是魚已生大悲心時有樹神示現半身作如是言善哉善哉大善男子此魚可愍汝可與水是故號汝名爲流水復有二緣名爲流水一能流水二能與水汝今應當隨名定實時長者子問樹神言此魚頭數爲有幾所樹神答言其數具足足滿十千善女天爾時流水聞是數已倍復增益生大悲心善女天時此空池爲日所曝唯少水在是十千魚將入死門四向宛轉見是長者心生恃賴隨是長者所至方面隨逐瞻視目未曾捨是時長者馳趣四方推求索水了不能得便四顧望見有大樹尋取枝葉還到池上與作陰涼作陰涼已復更推求是池中水本從何來即出四向周

徧求覓莫知水處復更疾走遠至餘處見一大河名曰水生爾時復有諸餘惡人爲捕此魚故於上流懸險之處決棄其水不令下過然其決處懸險難補計當修治經九十日百千人功猶不能成況我一身時長者子速疾還反至大王所頭面禮拜却住一面合掌向王說其因緣作如是言我爲大王國土人民治種種病漸漸遊行至彼空澤見有一池其水枯涸有十千魚爲日所曝今日困厄將死不久惟願大王借二十大象令得負水濟彼魚命如我與諸病人壽命爾時大王即敕大臣速疾供給爾時大臣奉王告敕語是長者善哉大士汝今自可至象廐中隨意選取利益衆生令得快樂是時流水及其二子將二十大象從治城人借索皮囊疾至彼河上流

決處盛水象負馳疾奔還至空澤池從象背上下其囊水瀉置池中水遂彌滿還復如本時長者子於池四邊彷徉而行是魚爾時亦復隨逐巡岸而行時長者子復作是念是魚何緣隨我而行是魚必爲飢火所惱復欲從我求索飲食我今當與善女天爾時流水長者子告其子言汝取一象最大力者速至家中啓父長者家中所有可食之物乃至父母飲噉之分及以妻子奴婢之分一切聚集悉載象上急速來還爾時二子如父教敕乘最大象往至家中白其祖父說如上事爾時二子收取家中可食之物載象背上疾還父所至空澤池時長者子見其子還心生歡喜踊躍無量從子邊取飲食之物散著池中與魚食已即自思惟我今已能與此魚食令其飽

滿未來之世當施法食復更思惟曾聞過去空閑之處有一比丘讀誦大乘方等經典其經中說若有衆生臨命終時得聞寶勝如來名號即生天上我今當爲是十千魚解說甚深十二因緣亦當稱說寶勝佛名時閻浮提中有二種人一者深信大乘方等二者毀呰不生信樂時長者子作是思惟我今當入池水之中爲是諸魚說深妙法思惟是已即便入水作如是言南無過去寶勝如來應供正徧知明行足善逝世間解無上士調御丈夫天人師佛世尊寶勝如來本往昔時行菩薩道作是誓願若有衆生於十方界臨命終時聞我名者當令是輩即命終已尋得上生三十三天爾時流水復爲是魚解說如是甚深妙法所謂無明緣行行緣識識緣名色名色緣六入六入緣觸觸緣受受緣愛愛緣取取緣有有緣生生緣老死憂悲苦惱善女天爾時流水長者子及其二子說是法已即共還家是長者子復於後時賓客聚會醉酒而卧爾時其地卒大震動時十千魚同日命終既命終已生忉利天既生天已作是思惟我等以何善業因緣得生於此忉利天中復相謂言我等先於閻浮提内墮畜生中受於魚身流水長者子與我等水及以飲食復爲我等解說甚深十二因緣并稱寶勝如來名號以是因緣令我等輩得生此天是故我等今當往至長者子所報恩供養爾時十千天子從忉利天下閻浮提至流水長者子大醫王家時長者子在樓屋上露卧眠睡是十千天子以十千真珠天妙瓔珞置其頭邊復以十千

置其足邊復以十千置右脅邊復以十千置左脅邊雨曼陀羅華摩訶曼陀羅華積至于膝作種種天樂出妙音聲閻浮提中有睡眠者皆悉覺寤流水長者子亦從睡寤是十千天子於上空中飛騰遊行於天自在光王國内處處皆雨天妙蓮華是諸天子復至本處空澤池所復雨天華便從此没還忉利宮隨意自在受天五欲時閻浮提過是夜已天自在光王問諸大臣昨夜何縁示現如是淨妙瑞相有大光明大臣答言大王當知忉利諸天於流水長者子家雨四十千真珠瓔珞及不可計曼陀羅華王即告臣卿可往至彼長者家善言誘喻喚令使來大臣受敕即至其家宣王教令喚是長者是時長者尋至王所王問長者何緣示現如是瑞相長者子言我必定知是十千魚其命已終時大王言今可遣人審實是事爾時流水尋遣其子至彼池所看是諸魚死活定實爾時其子聞是語已向於彼池既至池已見其池中多有摩訶曼陀羅華積聚成積其中諸魚悉皆命終見已即還白其父言彼諸魚等悉已命終爾時流水知是事已復至王所作如是言是十千魚悉皆命終王聞是已心生歡喜爾時世尊告道場菩提樹神善女天欲知爾時流水長者子今我身是長子水空今羅睺羅是次子水藏今阿難是時十千魚者今十千天子是是故我今為其授阿耨多羅三藐三菩提記爾時樹神現半身者今汝身是

捨身品第十七

爾時道場菩提樹神復白佛言世尊我聞世

尊過去修行菩提道時具受無量百千苦行捐捨身命肉血骨髓惟願世尊少說往昔苦行因緣爲利衆生受諸快樂爾時世尊即現神足神足力故令此大地六種震動於大講堂衆會之中有七寶塔從地涌出衆寶羅網彌覆其上爾時大衆見是事已生希有心爾時世尊即從座起禮拜是塔恭敬圍繞還就本座爾時道場菩提樹神白佛言世尊如來世雄出現於世常爲一切之所恭敬於諸衆生最勝最尊何因緣故禮拜是塔佛言善女天我本修行菩薩道時我身舍利安止是塔因由是身令我早成阿耨多羅三藐三菩提爾時佛告尊者阿難汝可開塔取中舍利示此大衆是舍利者乃是無量六波羅蜜功德所熏爾時阿難聞佛教勅即往塔所禮拜供養開其塔户見其塔中有七寶函以手開函見其舍利色妙紅白而白佛言世尊是中舍利其色紅白佛告阿難汝可持來此是大士真身舍利阿難即舉寶函還至佛所持以上佛爾時佛告一切大衆汝等今可禮是舍利此舍利者是戒定慧之所熏修甚難可得最上福田爾時大衆聞是語已心懷歡喜即從座起合掌敬禮大士舍利爾時世尊欲爲大衆斷疑網故說是舍利往昔因緣阿難過去之世有王名曰摩訶羅陀修行善法善治國土無有怨敵時有三子端正微妙形色殊特威德第一第一太子名曰摩訶波那羅次子名曰摩訶提婆小子名曰摩訶薩埵是三王子於諸園林遊戲觀看次第漸到一大竹林憩駕止息第一王子作如是言我於今

日心甚怖懅於是林中將無衰損第二王子復作是言我於今日不自惜身但離所愛心憂愁耳第三王子復作是言我於今日獨無怖懅亦無愁惱山中空寂神仙所讚是處閑靜能令行人安隱受樂時諸王子說是語已轉復前行見有一虎適產七日而有七子圍繞周帀飢餓窮悴身體羸瘦命將欲絕第一王子見是虎已作如是言怪哉此虎產來七日七子圍繞不得求食若爲飢逼必還噉子第三王子言此虎經常所食何物第一王子言此虎唯食新熱肉血第三王子言君等誰能與此虎食第二王子言此虎飢餓身體羸瘦窮困頓乏餘命無幾不容餘處爲其求食設餘求者命必不濟誰能爲此不惜身命第一王子言一切難捨不過己身第二王子言我等今者以貪惜故於此身命不能放捨智慧薄少故於是事而生驚怖若諸大士欲利益他生大悲心爲衆生者捨此身命不足爲難時諸王子心大愁憂久住視之目未曾捨作是觀已尋便離去爾時第三王子作是念言我今捨身時已到矣何以故我從昔來多棄是身都無所爲亦常愛護處之屋宅又復供給衣服飲食臥具醫藥象馬車乘隨時將養令無所乏而不知恩反生怨害然復不免無常敗壞復次是身不堅無所利益可惡如賊猶若行廁我於今日當使此身作無上業於生死海中作大橋梁復次若捨此身則捨無量癰疽瘭疾百千怖畏是身唯有大小便利是身不堅如水上沫是身不淨多諸蟲戶是身可惡筋纏血塗皮骨髓腦共相連持如

是觀察甚可患厭是故我今應當捨離以求寂滅無上涅槃永離憂患無常變異生死休息無諸塵累無量禪定智慧功德具足成就微妙法身百福莊嚴諸佛所讚證成如是無上法身與諸衆生無量法樂是時王子勇猛堪任作是大願以上大悲熏修其心慮其二兄心懷怖懼或恐固遮爲作留難即便語言兄等今者可與眷屬還其所止爾時王子摩訶薩埵還至虎所脫身衣裳置竹枝上作是誓言我今爲利諸衆生故證於最勝無上道故大悲不動捨難捨故爲求菩提智所讚故欲度三有諸衆生故滅生死怖衆惱熱故是時王子作是誓已即自放身臥餓虎前是時王子以大悲力故虎無能爲王子復作如是念言虎今羸瘦身無勢力不能得我身血肉食即起求刀周徧求之了不能得即以乾竹刺頸出血於高山上投身虎前是時大地六種震動日無精光如羅睺羅阿脩羅王捉持障蔽又雨雜華種種妙香時虛空中有諸餘天見是事已心生歡喜歎未曾有讚言善哉善哉大士汝今真是行大悲者爲衆生故能捨難捨於諸學人第一勇健汝已爲得諸佛所讚常樂住處不久當證無惱無熱清淨涅槃是虎爾時見血流出汙王子身即便舐血噉食其肉唯留餘骨爾時第一王子見地大動爲第二王子而說偈言

震動大地　及以大海　日無精光　如有覆蔽
於上虛空　雨諸華香　必是我弟　捨所愛身

第二王子復說偈言

彼虎產來　已經七日　七子圍繞　窮無飲食

氣力羸損　命不云遠　小弟大悲　知其窮悴
懼不堪忍　還食其子　恐定捨身　以救彼命

時二王子心大愁怖涕泣悲歎容貌憔悴復共相將還至虎所見弟所著被服衣裳皆悉在一竹枝之上骸骨髮爪布散狼藉流血處處徧汙其地見已悶絕不自勝持投身骨上良久乃穌即起舉首號天而哭我弟幼稚才能過人特爲父母之所愛念奄忽捨身以飼餓虎我今還宮父母設問當云何答我寧在此併命一處不忍見是骸骨髮爪何心捨離還見父母妻子眷屬朋友知識時二王子悲號懊惱漸捨而去時小王子所將侍從各散諸方互相謂言今者我天爲何所在爾時王妃於睡眠中夢乳被割牙齒墮落得三鴿雛一爲鷹食爾時王妃大地動時即便驚寤心大愁怖而說偈言

今日何故　大地大水　一切皆動　物不安所
日無精光　如有覆蔽　我心憂苦　目睫瞤動
如我今者　所見瑞相　必有災異　不祥苦惱

於是王妃說是偈已時有青衣在外已聞王子消息心驚惶怖尋即入內啓白王妃作如是言向者在外聞諸侍從推覓王子不知所在王妃聞已生大憂惱涕泣滿目至大王所我於向者傳聞外人失我最小所愛之子大王聞已而復悶絕悲哽苦惱抆淚而言如何今日失我心中所愛重者爾時世尊欲重宣此義而說偈言

我於往昔　無量劫中　捨所重身　以求菩提
若爲國王　及作王子　常捨難捨　以求菩提
我念宿命　有大國王　其王名曰　摩訶羅陀

是王有子　能大布施　其子名曰　摩訶薩埵
復有二兄　長者名曰　大波那羅　次名大天
三人同遊　至一空山　見新産虎　飢窮無食
時勝大士　生大悲心　我今當捨　所重之身
此虎或爲　飢餓所逼　儻能還食　自所生子
即上高山　自投虎前　爲令虎子　得全性命
是時大地　及諸大山　皆悉震動　驚諸蟲獸
虎狼師子　四散馳走　世間皆闇　無有光明
是時二兄　故在竹林　心懷憂惱　愁苦涕泣
漸漸推求　遂至虎所　見虎虎子　血汙其口
又見骸骨　髮毛爪齒　處處迸血　狼藉在地
時二王子　見是事已　心更悶絶　自躃於地
以灰塵土　自塗坌身　忘失正念　生狂癡心
所將侍從　覩見是事　亦生悲慟　失聲號哭
互以冷水　共相噴灑　然後穌息　而復得起
是時王子　當捨身時　正值後宮　妃后婇女
眷屬五百　共相娛樂　王妃是時　兩乳汁出
一切肢節　痛如針刺　心生愁惱　似喪愛子
於是王妃　疾至王所　其聲微細　悲泣而言
大王今當　諦聽諦聽　憂愁盛火　今來燒我
我今二乳　俱時汁出　身體苦切　如被針刺
我見如是　不祥瑞相　恐更不復　見所愛子
今以身命　奉上大王　願速遣人　求覓我子
夢三鴿雛　在我懷抱　其最小者　可適我心
有鷹飛來　奪我而去　夢是事已　即生憂惱
我今愁怖　恐命不濟　願速遣人　推求我子
是時王妃　説是語已　即時悶絶　而復躃地
王聞是語　復生憂惱　以不得見　所愛子故
其王大臣　及諸眷屬　悉皆聚集　在王左右
哀哭悲號　聲動天地　爾時城内　所有人民

聞是聲已　驚愕而出　各相謂言　今是王子
爲活來耶　爲已死亡　如是大士　常出軟語
爲衆所愛　今難可見　已有諸人　入林推求
不久自當　得定消息　諸人爾時　慞惶如是
而復悲號　哀動神祇　爾時大王　即從座起
以水灑妃　良久乃穌　還得正念　微聲問王
我子今者　爲死活耶　爾時王妃　念其子故
倍復懊惱　心無暫捨　可惜我子　形色端正
如何一旦　捨我終亡　云何我身　不先薨没
而見如是　諸苦惱事　善子妙色　猶淨蓮華
誰壞汝身　使令分離　將非是我　昔日怨讎
挾本業緣　而殺汝耶　我子面目　淨如滿月
不圖一旦　遇斯禍對　寧使我身　破碎如塵
不令我子　喪失身命　我所見夢　已爲得報
直我無情　能堪是苦　如我所夢　牙齒墮落
二乳一時　汁自流出　必定是我　失所愛子
夢三鴿雛　鷹奪一去　三子之中　必定失一
爾時大王　即告其妃　我今當遣　大臣使者
周徧東西　推求覓子　汝今且可　莫大憂愁
大王如是　慰喻妃已　即便嚴駕　出其宫殿
心生愁惱　憂苦所切　雖在大衆　顔貌憔悴
即出其城　覓所愛子　爾時亦有　無量諸人
哀號動地　尋從王後　是時大王　既出城已
四向顧望　求覓其子　煩惋心亂　靡知所在
最後遥見　有一信來　頭蒙塵土　血汙其衣
灰糞塗身　悲號而至　爾時大王　摩訶羅陀
見是使已　倍生懊惱　舉首號叫　仰天而哭
先所遣臣　尋復來至　既至王所　作如是言
願王莫愁　諸子猶在　不久當至　令王得見
須臾之頃　復有臣來　見王愁苦　顔貌憔悴

身所著衣 垢膩塵汙 大王當知 一子已終
二子雖存 哀悴無頼 第三王子 見虎新産
飢窮七日 恐還食子 見是虎已 生大悲心
發大誓願 當度衆生 於未來世 證成菩提
即上高處 投身虎前 虎飢所逼 便起噉食
一切血肉 已爲都盡 唯有骸骨 狼藉在地
是時大王 聞臣語已 轉復悶絶 失念躃地
憂愁盛火 熾然其身 諸臣眷屬 亦復如是
以水灑王 良久乃穌 復起舉首 號天而哭
復有臣來 而白王言 向於林中 見二王子
愁憂苦毒 悲號涕泣 迷悶失志 自投於地
臣即求水 灑其身上 良久之頃 乃還穌息
望見四方 大火熾然 扶持暫起 尋復躃地
舉首悲哀 號天而哭 乍復讚歎 其弟功德
是時大王 以離愛子 其心迷悶 氣力惙然
憂惱涕泣 並復思惟 是最小子 我所愛重
無常大鬼 奄便呑食 其餘二子 今雖存在
而爲憂火 之所焚燒 或能爲是 喪失命根
我宜速往 至彼林中 迎載諸子 急還宮殿
其母在後 憂苦逼切 心肝分裂 或能失命
若見二子 慰喻其心 可使終保 餘年壽命
爾時大王 駕乘名象 與諸侍從 欲至彼林
即於中路 見其二子 號天扣地 稱弟名字
時王即前 抱持二子 悲號涕泣 隨路還宮
速令二子 覲見其母 佛告樹神 汝今當知
爾時王子 摩訶薩埵 捨身飼虎 今我身是
爾時大王 摩訶羅陀 於今父王 輸頭檀是
爾時王妃 今摩耶是 第一王子 今彌勒是
第二王子 今調達是 爾時虎者 今瞿夷是
時虎七子 今五比丘 及舍利弗 目揵連是

爾時大王摩訶羅陁及其妃后悲號涕泣悉皆脫身御服瓔珞與諸大衆往竹林中收其舍利即於此處起七寶塔是時王子摩訶薩埵臨捨命時作是誓願願我舍利於未來世過筭數劫常爲衆生而作佛事說是經時無量阿僧祇諸天及人發阿耨多羅三藐三菩提心樹神是名禮塔往昔因緣爾時佛神力故是七寶塔即沒不現

讚佛品第十八

爾時無量百千萬億諸菩薩衆從此世界至金寶蓋山王如來國土到彼土已五體投地爲佛作禮却住一面合掌向佛異口同音而讚歎曰

如來之身 金色微妙 其明照耀 如金山王
身淨柔輭 如金蓮華 無量妙相 以自莊嚴
隨形之好 光飾其體 淨潔無比 如紫金山
圓足無垢 如淨滿月 其音清徹 妙如梵聲
師子吼聲 大雷震聲 六種清淨 微妙音聲
迦陵頻伽 孔雀之聲 清淨無垢 威德具足
百福相好 莊嚴其身 光明遠照 無有齊限
智慧寂滅 無諸愛習 世尊成就 無量功德
譬如大海 須彌寶山 爲諸衆生 生憐愍心
於未來世 能與快樂 如來所說 第一深義
能令衆生 寂滅安隱 能與衆生 無量快樂
能演無上 甘露妙法 能開無上 甘露法門
能入一切 無患窟宅 能令衆生 悉得解脫
度於三有 無量苦海 安住正道 無諸憂苦
如來世尊 功德智慧 大慈悲力 精進方便
如是無量 不可稱計 我等今者 不能說喻
諸天世人 於無量劫 盡思度量 不能得知

如來所有　功德智慧　無量大海　一滴少分
我今略讚　如來功德　百千億分　不能宣一
若我功德　得聚集者　迴與衆生　證無上道

爾時信相菩薩即於此會從座而起偏袒右肩右膝著地合掌向佛而說讚言

世尊百福　相好微妙　功德千數　莊嚴其身
色淨遠照　視之無厭　如日千光　彌滿虛空
光明熾盛　無量無邊　猶如無數　珍寶大聚
其明五色　青紅赤白　瑠璃玻瓈　如融真金
光明赫奕　通徹諸山　悉能遠照　無量佛土
能滅衆生　無量苦惱　又與衆生　上妙快樂
諸根清淨　微妙第一　衆生見者　無有厭足
髮紺柔輭　猶孔雀項　如諸蜂王　集在蓮華
清淨大悲　功德莊嚴　無量三昧　及以大慈
如是功德　悉已聚集　相好妙色　嚴飾其身
種種功德　助成菩提　如來悉能　調伏衆生
令心柔輭　受諸快樂　種種深妙　功德莊嚴
亦爲十方　諸佛所讚　其光遠照　徧於諸方
猶如日明　充滿虛空　功德成就　如須彌山
在在示現　於諸世界　齒白齊密　猶如珂雪
其德如日　處空明顯　眉間毫相　右旋宛轉
光明流出　如瑠璃珠　其色微妙　如日處空

爾時道場菩提樹神復說讚曰

南無清淨　無上正覺　甚深妙法　隨順覺了
遠離一切　非法非道　獨拔而出　成佛正覺
知有非有　本性清淨　希有希有　如來功德
希有希有　如來大海　希有希有　如須彌山
希有希有　佛無邊行　希有希有　佛出於世
如優曇華　時一現耳　希有如來　無量大悲
釋迦牟尼　爲人中日　爲欲利益　諸衆生故

宣說如是 妙寶經典 善哉如來 諸根寂滅
而復遊入 善寂大城 無垢清淨 甚深三昧
入於諸佛 所行之處 一切聲聞 身皆空寂
兩足世尊 行處亦空 如是一切 無量諸法
推本性相 亦皆空寂 一切衆生 性相亦空
狂愚心故 不能覺知 我常念佛 樂見世尊
常作誓願 不離佛日 我常於地 長跪合掌
其心戀慕 欲見於佛 我常修行 最上大悲
哀泣雨淚 欲見於佛 我常渴仰 欲見於佛
爲是事故 憂火熾然 惟願世尊 賜我慈悲
清冷法水 以滅是火 世尊慈愍 悲心無量
願使我身 常得見佛 世尊常護 一切人天
是故我今 渴仰欲見 聲聞之身 猶如虛空
燄幻響化 如水中月 衆生之性 如夢所見
如來行處 淨如瑠璃 入於無上 甘露法處
能與衆生 無量快樂 如來行處 微妙甚深
一切衆生 無能知者 五通神仙 及諸聲聞
一切緣覺 亦不能知 我今不疑 佛所行處
惟願慈悲 爲我現身 爾時世尊 從三昧起
以微妙音 而讚歎言 善哉善哉 樹神善女
汝於今日 快說是言 一切衆生 若聞此法
皆入甘露 無生法門

金光明經卷第四

音釋

曝（步木切日乾也） 廄（居祐切象舍也） 瀉（司夜切去水也） 彷徉（彷步光切徉與章切彷徉徙倚貌） 敕（蓄力切誡也） 呰（將几切口毀也） 脅（虛業切腋下也） 積（子智切聚也） 憩（去例切息也） 癰疽（癰於容切疽七余切） 瘭（卑遙切疽也） 筋（舉欣切骨絡也） 舐（神帋切舌餂也） 骸（胡皆切骨也） 狼

藉 狼盧當切藉秦昔切狼藉雜亂貌
稚 直利切幼小也
飼 祥吏切餧也
鴿 葛合切
雛 崇芻切
鷹 於陵切
睫 即涉切目旁毛也
瞤 輪閏切目動也
抆 武粉切揩拭也
慟 徒弄切哀過動心也
噴 普悶切噀也
愕 逆各切驚遽貌
憧惶 憧止良切惶胡光切憧惶恐懼也
薨 呼弘切亡也
惋 烏貫切懊懣也
惙 陟劣切憂也
跪 渠委切
戀 龍眷切念也

等集眾德三昧經

西晉三藏法師竺法護譯

清刻龍藏佛說法變相圖

等集衆德三昧經卷上

西晉三藏法師竺法護譯

聞如是一時佛遊於維耶離大樹重閣精舍與大比丘衆俱比丘一萬皆學戒具足曉了聖達菩薩二萬悉不退轉逮諸總持辯才無礙悉得神通分別解暢定意所行心性進止而甚堅强懐來智慧善權方便度於彼岸其名曰意行菩薩吉意菩薩上意菩薩持意菩薩增意菩薩金剛意菩薩無限意菩薩法意菩薩慈氏菩薩溥首菩薩鉤鎖菩薩釋梵四天王及諸天子萬四千人亦皆來會爾時世尊與無央數百千之衆眷屬圍遶而爲說經欲放軀命自期三月當取滅度鉤鎖菩薩即從座起更整衣服偏袒右肩長跪叉手而白佛言甚哉如來欲捨壽命期於三月當般泥

洹世尊惟說諸菩薩護菩薩救攝菩薩所說菩薩所現菩薩所殖衆德之本不斷佛教將濟法眼恩惠聖衆不捨群生爲講說法超無爲道如來滅後法澤廣被菩薩大士不廢無上正眞之道常不離佛聽經供僧而立要志心意堅固遵法散誼其念所趣靡不覺達體解所歸多所殊越恒懷慚恥自淨無犯所慮慷慨威儀具足所建勇猛降制勞穢伏諸欲垢無所畏憚遊于衆會而不忌難衣毛不豎惟天中天云何菩薩大士進益衆德不乏智慧不違禪定所慕道心未嘗缺廢內性弘毅結友究竟至于滅度言行相副所遵佛法無有邪僞常護正戒所聞不惑攝淨三禁而常忍辱每行等心無有暴慢向於黎元善修精進心無懈猒諸所應行一切成辦一心行禪其意安詳曉了正受一切所湊志建智慧離于邪見六十二疑於諸訓典明練光達離所當救納而行四恩弘濟多護天上世間遠離所樂常念無常心如門閫住諸通慧意不存慕聲聞緣覺光闡法教降制魔怨及諸外道念宣法王所講風化崇順法誨不求天人如佛之教以法爲業不貪衣食無有愛欲廣度一切釋除恚恨愍哀群生消却愚癡於一切諸魔埃垢行權方便無邊之慧部分普勸佛告那羅延（此言鉤鎖）力士菩薩曰善哉善哉多所哀念多所安隱愍傷諸天世間人民乃問如來如斯之誼諦聽諦聽善思念之當爲仁說菩薩大士所行殊特無量之德鉤鎖白佛願樂欲聞鉤鎖菩薩及與衆會受教而聽佛言有三昧名等集衆德假使菩薩逮斯定者衆

德進益不乏智慧不違禪定所慕道心未曾關廢心性弘毅未甞離佛恒聞經法供養聖衆行于四恩彼如是已不捨群生於時世尊咨嗟等集衆德三昧宣揚其名默然無言是時維耶離大城中有大力士名維摩羅唓移此言離垢威心自念言吾爲力士於斯天下力勢强盛無有倫匹曾聞沙門瞿曇猛勢無量其力巍巍總要有十體諸骨解猶如鉤鎖而得自在吾欲往試觀銓其道於我孰愈念已尋出維耶離城往詣大樹重閣精舍欲覲世尊而見如來與無央數百千之衆眷屬圍遶而爲說經照臨大會猶如須彌超現大海瞻覩威容神耀光光心懷踊躍不能自勝稽首佛足却坐一面佛知力士心之所念欲爲療除憍慢貢高自用之穢便告賢者大目揵連吾憶往昔爲菩薩時兄弟賭射彎弓放箭箭所至處汝今攝取釋女瞿夷欲充所用目連對曰唯然世尊於時不見箭何所湊佛放右掌光光照三千大千世界於斯佛土鎮世鐵山大鐵圍山箭徹其中目連尋光乃見箭處佛告目連寧見箭乎對曰已見又而告曰往取箭來時目揵連自現神足一切衆會莫不見者如勇猛士屈伸臂頃斯須即到大鐵圍山欲拔我箭三千大千世界皆爲震動而箭不摇一切諸會天龍鬼神帝釋梵王靡不肅驚阿難整服長跪問佛地何故動普世惶悸佛告阿難憶吾往古賭射放箭箭徹鐵山使目連取盡其神力箭不可拔三千大千世界乃爲之動而不能得阿難啓曰惟垂尊援佛即許之援以道力則承聖旨攬拔得箭還用進

佛目連白佛云何世尊爲菩薩時賭射放箭箭徹鐵山用父母力神足力乎佛告之曰是父母力非神力也假用神力其箭當達無量無限諸佛世界目連又曰云何菩薩以父母力射箭乃入鐵圍大山道力功德而佐攝取何以爲喻佛告目連十凡象力則不如一正象之力十正象力不如一龍象力十龍象力不如一大象力十大象力不如一術事象力十術事象力不如一青象力十青象力不如一普妙象力百普妙象力不如一大巨象力百大巨象力不如一力士力百力士力不如一大力士力百大力士力不如一上力士力百上力士力不如半鉤鎖力士力百半鉤鎖力士力不如一具足力士力百具足力士力不如一大鉤鎖力士力百大鉤鎖力士力不如一法忍菩薩力百法忍菩薩力不如一究竟菩薩力百究竟菩薩力不如一一生補處菩薩功德之力適生墮地則行七步佛言目連他方世界現在諸佛建立佛土究竟菩薩之所遊處適生墮地行七步者其地下至六百八十萬由延盡斯下巳乃得水界各各分別其水滴如車軖上至梵天承佛威神愍哀衆生世界不損無所嬈害究竟菩薩威神勢力巍巍如是十究竟菩薩力不如如來至眞等正覺力是謂世尊父母之力其諸菩薩宿命德本所受之決亦非神足道力變化設使菩薩示現神變功德之力往詣道場坐佛樹下以神足之力一足指舉江河沙等世界先以目前用置殊異無量無限諸佛國土其於衆生無所嬈害是爲菩薩神德變化足一指

力如來神足變化之力復過於是無量無極不可思議假令如來普具示現神變威力汝等觀之則不能信何況外術衆邪異學又目揵連菩薩往詣佛樹下時攝四大種立爲一種已立一種在於世界無有增減於時弊魔行到道場與無數億百千官屬凶悖難當如來一切尋摧伏之何以爲一謂平等力有十力常加大慈哀諸衆生無所毀觸何等十力有處非處有限無限如審悉知過去來今如審悉知一心脫門定意正受如審悉知見諸人根種種別異如審悉知見他群生心意所念如審悉知若干種身無數形體如審悉知衆庶所行者好醜不同如審悉知道眼徹覩終始所趣此沒生彼彼沒生此名字種姓父母兄弟其身口意行惡誹謗聖賢邪見顛倒終墮惡趣其身口意行善不謗聖賢正見奉順終墜善處如審悉知道耳洞聽天人世間地獄餓鬼蜎飛蠕動蚑行喘息十方諸佛世界若此言聲亦無音響亦無所著如審悉知心觀五趣一切本際諸漏已盡無有塵垢終始悉斷神真聖達解名色原如審悉知是爲十力如來之力復過於此不可思議暢徹十方無去來今於是離垢威力士從佛世尊聞斯菩薩父母諸力歡喜踊躍怪未曾有善心生焉即從座起偏袒右肩長跪叉手白佛言今我聽受世尊所說爲菩薩時父母之力及十種力屏除貢高憍慢自大歸命三寶願發無上正真道意愍傷衆生使獲大安哀令我得十種諸力如天中天具足無異時會大衆聞斯力士誓願弘廣滿十千人發無上正真

道意同時舉聲而歌頌曰
僥令我等逮得道力亦如如來至眞正覺
於是鉤鎖菩薩白世尊曰今者大聖何故稱歎等集衆德三昧而便默然惟願如來分別講演等集衆德定意宣暢菩薩大士諸行使發意者逮得斯定佛告力士菩薩初發意者欲至無上正眞之道當受尊定所以者何若初發意受持尊定尋具普入一切衆德譬如力士川流泉源江河大流悉歸于海所殖功德布施持戒所習平等思惟道慧有漏無漏俗業度世天上人中所立福祚皆來歸湊於初發意菩薩之行是故族姓子族姓女欲攝衆福當發無上正眞道意譬如須彌大山鐵圍山雪山黒山諸藥草木及餘叢林州域大邦郡國縣邑并四天下日月運照包在三千大千世界如是力士其凡庶履跡無著緣覺衆祐菩薩如來聖大之德其初發意爲菩薩者悉得通入於此福祚以是之故當作斯觀若發無上正眞道意則悉該攬於諸德矣佛告力士譬如四域群生之類轉輪聖王居爲尊上功祚殊勝使四天下衆庶人民福如轉輪聖王之德等無差異合集斯福巍巍之德爲一聖王使三千大千世界衆生之德各各皆如轉輪聖王一一聖王使倍三千大千世界衆生之數總集諸福爲一人德使江河沙等諸佛世界所有人民各各履祚如彼一人於鉤鎖意云何寧能限量斯福德乎鉤鎖對曰惟天中天計聖王德不可思議何況一切爲轉輪德莫能稱限世尊告曰正使撰合此衆生德無量之祚以此發意菩薩功勳百倍

千倍萬倍億倍巨億萬倍計空不及無以爲喻是爲初發意菩薩等集衆德三昧第一所入佛告鉤鎖譬諸梵天於千世界悉樂行慈若復有人皆以七寶滿千世界以用布施比千世界梵天行慈行慈之福其德殊勝若三千世界至于五千十千若至百千世界梵天普共行慈若以七寶周徧充滿百千世界以用布施所殖德祥以比百千世界梵天行慈行慈福多不可稱限正使三千大千世界衆生之儔其福德如百千世界梵天行慈行慈心普向于群萌計其福德比初發意行者所尊慈祚百倍千倍萬倍億倍巨億萬倍計空不及無以爲喻所以者何其初發意志於無上正眞道者德不可限以是之故當作是見當作是知假使能發大道意者則爲具足一切衆德若族姓子族姓女欲得周滿無量之祚當發無上正眞道意佛言力士是爲等集衆德定意第二所入佛告鉤鎖東方虛空所覆世界空之遠近可限量乎答曰世尊無限無量不可計數無有邊際天中天佛言如何引喻智者解趣十方世界虛空所覆不可盡極猶若等集衆德定意福祚功德超彼無量轉加具足爲衆生故以諸道德將護其心以大精進成滿所行假使有人於此三千大千世界下盡水際上至三十三天滿中芥子一一芥子爲一佛國過於東方若干佛土著一芥子各各如是令芥子盡不能窮極東方世界設令江河沙等世界滿中芥子有人盡取芥子一一破碎各如江河沙數芥子之限於鉤鎖意云何寧有人能籌計分別知所破碎

芥子數乎鉤鎖答曰惟天中天破一芥子所分之限假使智慧如舍利弗周滿天下閻浮提土一劫之中籌之計之不能稱量芥子之數何況欲知江河沙等世界破芥子數設令有人過諸佛土芥子著一芥子如是之比令彼芥子悉盡無餘東方世界不可窮極得其邊際南方西方北方東南方西南方西北方東北方上方下方亦復如是如是鉤鎖如十方界所有虛空諸佛國土皆以七寶徧布其中悉令充滿盡用布施所得功德豈多不乎鉤鎖白佛甚多甚多天中天無量也世尊告曰其初發意菩薩行慈之德過於彼施滿于東方無限世界七寶之福百倍千倍萬倍億倍巨億萬倍計空不及無以爲喻譬如虛空無有能度得邊際者菩薩之慈猶如虛空無所不覆菩薩如是所行大慈所蓋無際譬如衆生受形立體所周佛土所在世界若干之數菩薩行慈使此群萌皆得成就爲轉輪王具足功德如釋如梵踐祚之數又計菩薩大士建立淨性質直無諂欲度衆生住於大哀常行慈愍所行七步攝取功勳超諸群黎爲釋爲梵轉輪聖王之福慶也百倍千倍萬倍億倍巨億萬倍計空不及無以爲喻是謂等集衆德定意第三所入佛告鉤鎖三千大千世界一切衆生威神功德皆令巍巍如轉輪王如釋如梵功福之慶不比發意菩薩之慈正使一切十方衆生皆爲釋梵轉輪聖王百千億倍不比菩薩行大慈哀又使三千大千世界衆生之儔一切皆使如清信士所有功績比舍利弗福慧之明百倍千倍萬倍億倍

巨億萬倍不相及逮正使三千大千世界滿中人衆如舍利弗智慧功德等無有異以方比於緣覺智慧功德百倍千倍萬倍億倍巨億萬倍計空不及無以爲喻縱使三千大千世界遊居衆生一切咸具緣覺之德智慧功德等無差特欲比五劫生行菩薩百倍千倍萬倍億倍巨億萬倍計空不及無以爲喻是爲等集衆德定意第四所入說是經時二萬二千人皆發無上正眞道意三千大千世界六返震動其大光明普照世間億百千妓諸天妓樂不鼓自鳴而雨天華覆蓋道場紛葩佛上周徧衆會積至于膝釋梵四天王天龍鬼神皆歌歎言唯然世尊族姓子族姓女心懷至誠而發無上正眞道意如向大聖所講說者我等稟誼假使不發大道意者終不逮成等集衆德定意正受況當能致一切功祚無量乎是時離垢威力士白佛言唯然世尊當行何法而能成就逮得等集衆德之定乎佛告族姓子有一法修致斯定何謂一發心調習諸通之慧是爲一法逮得斯定復有二法修獲斯定何謂二若聽聞法諮稟無猒如所聽受思察其誼是爲二復有三法修獲斯定何謂爲三消損諸惡勸進善業殖衆德本是爲三復有四法修獲斯定何謂四禁戒清淨所見清淨其心清淨智慧清淨是爲四復有五法修獲斯定何謂五所言至誠志性堅固其意質朴而無諛諂其心清淨建立無差常以等心一切衆生是爲五復有六法修獲斯定何謂六歸附善友遠離惡友捨廢衆會習寂宴坐順行大慈愍傷衆生是爲六復有

七法修獲斯定何謂七建立寂然分別惟觀除于報應將御緣起離求所見曉了罪福悉由牽連導利結礙使至平等入于道誼用道法故忍於恚罵而無恨心是爲七復有八法修獲斯定何謂八身行憺怕口言靜默心惟寂寞觀痛痒察諸法惡本未起而不想念令不復興惡本盛發隨念蠲除善本未起思順令滋善本熈隆將養護之是爲八復有九法修獲斯定何謂九觀過去法而知無常於當來法而無所生今現在法而無有二逮入三世而悉平等一切諸法猶如法忍不著於空分別無相離於所願設使所生有所救護是爲九復有十法修獲斯定何謂十脫於無我忍於無命了於無人無常句跡一切所生皆爲苦患無爲寂然則爲救護離顛倒度衆生順典誥如所聞法尋即奉行佛告離垢威是爲十法菩薩所行因此逮得等集衆德三昧之定離垢威白佛言菩薩大士積累功効無極大德乃得逮聞斯定意耳欲決諸德正真之行當聞斯定欲得獲暢不可思議功祚之福當聞斯定欲令大寶無有盡耗當學斯定離垢威復白佛言菩薩大士以何逮得無盡之福德如大海度不可思議功祚不廢佛告離垢威菩薩有三事逮無盡福德如大海度難思議功祚不廢何謂三一曰好喜布施二曰護持禁戒三曰博聞不倦是爲三彼族姓子何謂菩薩好喜布施不當貪財不當以物誘進教化假使有物不肯施與受者不當受其物也設使受者不捨所取不當勸御彼等眷屬設使乞者有所求索發無受心不可勸

化國王財寶產養之業屋宇舍宅假使乞者有所求索其心無異又族姓子菩薩大士當發此心我爲一切衆生之故惠施軀命若有人來欲有所得象馬車服頭目髓腦眼耳鼻口支體手足肌髮肉血隨其所求各各施與心不懷恨忍辱施與旣有所施不望其報所可惠捨無所貪慕供給衆生衆生獲恩得給所乏從是已往所欲攝取群萌之類得佛道時爲說經法令得速解設族姓子若有菩薩發心如是是謂菩薩不惜身命若没其體不犯衆惡不害生命以養其身不以命故犯於不善不以財業越毀他人不以眷屬熾盛怨訟鬬諍不危他子以育妻息已所不喜無加於人已知止足則發一心志不喜樂諸不善事況當復犯若干之非除貪嫉棄衆惡常知止足行於眞正無有異心則逮平等逮平等已無有衆邪則獲慈心已習慈心便遇善友已得善友則便得聞寂然之法已聞寂然便建立行已建立行則化衆生化衆生已則便講說立寂然誼假使菩薩不爲衆生不修寂然則不微妙已不微妙不獲道眼不得道眼不至善權不能覩見一切衆生根本所趣是族姓子菩薩好喜行布施者得廣名聞復過於斯不可稱限復次族姓子觀内外法念之一等察其内地及省外地而無有二所以者何是身如草木瓦石之類無異無人無有想念無有堅固四大合成假使有人斷截破壞掇取持去不得自在莫起想念勿得貪身無惜壽命吾不恨彼於其人所起恚意也益加慈哀向彼衆生譬如族姓子有大藥樹掘取

其根莖節枝葉華實樹不念誰取我根莖枝葉華實亦不念言莫取我根莖枝葉華實其藥樹者一切無念亦無所想亦於衆人無所恚恨其疾病者服藥則愈如是族姓子行菩薩者當自觀身四大爲家猶如藥樹其有衆生欲得我身頭眼體節支幹手足髓腦血肉恣意與之如是族姓子菩薩所施其德無盡作是施已爲慳貪者欲令惠施故勸助之其貧窮者化示大財其少福者化具足德未發道意令行菩薩勸誨善本欲令清淨一切福慶勸化衆生導以清淨以是布施疾近於道得至無盡何謂布施盡菩薩布施有四事盡何謂四不好勸助不喜說法願生甲處樂近惡友是爲四復有四行菩薩布施疾近於道何謂四多所勸助行權方便建立於法習近善友是爲四復有三法菩薩布施不爲虛妄何等爲三發菩薩意多所愍哀攝護一切衆生之類諦受奉行如來教命是爲三菩薩欲施當建三法何謂三住佛法立精講勸衆生便存大安是爲三菩薩復有二事不爲虛妄誠審布施何謂二大慈大哀是爲二菩薩復有二事有所吝施何謂二慳貪嫉妬是爲二菩薩復有二法布施有所歸何謂二智慧具足聖達周滿是爲二菩薩復有二法布施有所趣何謂二至無盡慧趣無起慧是爲二菩薩所施有四法何謂四布施等與亦不想報調定安寂所施具足欲成其道是爲四菩薩所施以是之故自然得趣無盡德海若有菩薩欲備德海則當習行如是像施精進之行離垢威力士白世尊曰未曾有也天中天如

今如來分别講説諸菩薩法諸佛經典之所持護菩薩大士作是行者終不毁失正達慧德假使有人如是布施功德之福具足成滿亦當若兹佛言是族姓子審如所云其有發意行施如斯則便歸趣無盡德海則不貧匱於聖賢業則致大財此之等類具足法財則致大富具足七財無極之德致百福相以莊嚴身爲諸群萌福慶之田以給衆生爾時世尊告離垢威何謂菩薩戒德之禁護於禁戒未曾違捨見犯戒者爲興悲哀見奉禁者遵行堅固淨身三護口四淨心三當順奉行此十善事以斯戒法開化他人不自稱歎不毁他人不以禁戒而自褒譽亦不以戒而自憍慢常以禁戒而自調定不釋節限而知止足住於聖賢自護其心見懈廢者不覩其隙勞來病瘦所施不悔無所希望不以究竟行如所言無所侵犯於諸所行生死之事無所適莫躅所求望常近於佛而遵慈心若有行慈及無慈者普等救護不失其心不差戒品不志餘乘以斯道乘勸發他人無有不安不事于天一切遠離諸犯戒禁動不安者勸慰使安療除狐疑令不懷恨所生之處而得自在而無適莫所可遊至無所闕减假使所生不以爲猒修建精進攝心自檢所行不亂學無所樂亦無所畏是族姓子菩薩所行戒品之業設危身命終不毁戒不以國故而護禁戒不爲釋梵天上之尊不爲財利報應之驗故及以眷屬豪貴顔貌褒歎名稱亦復不爲勢力牀榻坐具病瘦醫藥故而護禁戒不倚於天不貪所生不依内外不慕他人不冀後世

不自著已不著他人亦不貪色痛痒思想生死識亦不怙眼耳鼻口身心亦復不倚陰種諸入而護禁戒不畏地獄而救濟護不憚畜生不懼餓鬼不爲鬼神不以人間窮乏厄匱故而護禁戒志惟在於建立佛道若聞法者念欲奉行則已効立聖衆之德常欲度脱除生老死憂病懊惱勤苦之患而護禁戒不以財業而護禁戒欲安衆生隱群萌度黎庶脱黠黨樂佛法致差特慕轉法輪將養聖衆不斷佛教不廢法誨不壞衆議而護禁戒也戒定慧解度知見品故而護禁戒應逮神通六達之故也所遵之戒不犯不缺不毁無有邪業順佛之教無所忘失而常平等順行三昧智者所歎佛所咨嗟無所乖違隨法所化奉行爲要其人如是遵常戒品而悉具足不失菩薩十法之事何謂十然後當得轉輪聖王之位終不差錯修聖王教奉宣佛道而不放逸臨據帝釋而不邀迭常受佛道而不放逸昇生梵天而不詭異在于梵天願欲見佛而不差互常值世尊心懷悦豫所聞經典未曾斷絶聽受佛法未嘗中忘如所聞者即能奉行識念菩薩聖衆之慧無所忘失辯才無量未曾空乏菩薩之本所願者得所立之事則有報應常爲諸佛正士之等不見毁呰其佛弟子疾獲神通具諸敏慧護於禁戒能如是者是爲菩薩十法之行不退不轉菩薩大士護斯戒品諸天龍神所共營衛將護歌歎守禁戒者鬼神之衆悉歸奉事龍神悉敬世間人民等而供順諸佛世尊常欲見之諸明智者而俱宗仰愍傷世間而行慈心而爲衆生

護斯禁戒於是菩薩不歸四趣何等四不歸於懅無閑之處亦不歸於無佛之土不生邪見歸闇塞家亦不墮歸一切惡趣菩薩若護於戒品者逮獲斯德復有四法無所忘失何等四不忘佛道心不捨佛如所聞法終不中廢不失禪定意念無數無量諸劫菩薩若護於此戒品便逮斯德菩薩復有四法逮得光觀何謂四尋時逮得觀於明法獲致人明毒刀恐懼疾病闇冥之想悉爲辟除具諸功德無能亂者是爲四假使菩薩能護禁戒順斯教者趣度十畏何謂十遠離地獄畜生餓鬼貧匱無稱世界魔畏聲聞緣覺所趣寂滅所受胎生諸天人間及龍鬼神揵沓惒阿須倫眞陀羅摩休勒諸所恐難毒刀杖火蛇蚖師子虎狼諸難度于邪見能護戒品如是行者菩薩之法是爲十免越斯難又族姓子戒立佛法以爲光明佛法則立於戒菩薩之道若能奉戒則近定意緣從禁戒得至智慧解脫之行度知見事何謂爲戒皆能求脫一切塵勞何謂塵勞罪福所連三界所著斯則塵勞當以何度此諸塵勞無念無想無思無住而無所行無所興立亦無所惟於一切法而無所求斯則名曰度諸塵勞若族姓子菩薩大士未達塵勞則爲無有清淨戒品所以者何正使往至於梵天者自以欲塵假令上至三十三天亦爲欲塵以是之故族姓子當作斯觀處三界者則爲無有清淨戒品離垢威白佛言設在三界悉塵勞者而世尊云則爲不順清淨戒品云何菩薩離於欲塵逮清淨戒住於三界而不點汙世尊告曰族姓子知乎

爲菩薩者無身塵勞亦無毀戒亦無所住見衆庶人著於三界故則爲犯戒是菩薩以二事故行善權法欲除三垢故處三界善權方便菩薩大士自無塵勞現在三界欲以開化群萌之類譬離垢威而有男子畫於虛空若書文字覩之悉現寧爲難不答曰甚難天中天佛言菩薩所興又難於彼自無塵勞現于三界開化衆生時離垢威而歎頌曰

惟天中天菩薩所興　具足無極　而行大悲
已現脫門　轉復反入　所有城郭　教授衆生
罣礙之網
譬如有人身生疾病　療除所危害非他人也
等無有異如是世尊　今日去害近世清淨於
道菩薩因此解脫　以是之故觀化衆生及諸
異學猶斯方便救濟衆生惟天中天菩薩大士發大悲心諸聲聞緣覺所不能及所以者何聲聞緣覺無有大悲善權方便具足之行

等集衆德三昧經卷上

音釋

逮待戴切及也　般泥洹梵語也此云滅度洹胡官切　殖常職切種也　慷慨慷口浪切慨苦蓋切慷慨豁達也　憚徒案切畏難也　豎臣庚切立也　毅魚既切果决也　嚏都計切　覲渠吝切見也　睹當古切猶校也　彎烏關切猶挽也　悸其季切心動也　援于眷切助也　攬盧敢切手取也　釭古紅切車軸也　嬈乃了切亂也　悖蒲昧切逆也　誹謗誹甫尾切非議也謗補曠切訕也　蜎烏玄切小飛也　蠕而究切蟲動貌　蚑詰利切蟲行貌　喘尺究切無足動蟲也　僥古堯切覬望也　撰雛免切具也　儔除留切衆也　踐才線切踏也　諂丑琰切佞言也　姟古哀切十京曰姟　葩普巴切華貌　朴匹角切淳朴也　諛羊朱切面從也　憺怕憺徒覧切

怕蒲各切憺怕安靜也**痒**余兩切欲搔也膚**髓腦**髓息委切骨脂也腦奴皓切頭髓也**闘諍**闘都豆切競也諍側耕切訟也**褒譽**褒博毛切揚美也譽羊茹切聲譽也**隙**綺戟切豐隙也**適**都歷切親也**蠲**古玄切除也**楬**託合切牀楬也**懊**烏皓切懊惱痛恨也**番去**遖潘切部也**訾**將几切識也**懅**其據切懼也**揵沓惒**梵語也此云香陰揵巨言切惒胡戈切**蚖**吾官切毒蛇也

等集衆德三昧經卷中

西晉三藏法師竺法護譯

爾時世尊復告離垢威力士言族姓子菩薩若聞如此行跡當勤奉行云何求聞禀聽尊長常行恭敬棄捐憍慢言語柔和志性仁調觀念於法猶如醫藥於師和尚設世尊想自察其身思撰法藥發醫王想於諸衆生爲疾病想若務求法不當愛身不貪命不倚壽不慕於容被服常好經典以法爲本一切所有施而不悋志利法誼放忽財利將護法寶離俗所珍以利法故滅除一切世間財賄以法寶利蠲除凡俗所慕之珍欲除衆生塵勞愛欲一切之瑕常當慕求正法之典欲度一切衆生之類皆至滅度便當持護導以正法以導護正法典者則能普護將養一切所行德本以是之故假使有人欲求佛道若欲逮成最正覺者欲得竪立於法柱者當學博聞譬如族姓子須彌山王爲天大柱若天上柱則爲巍巍多所覆蓋所在嚴飾於忉利天佛言如是菩薩大士博覽廣聞則爲慧柱所可遊居天上世間光光巍巍設族姓子若有菩薩志願佛道我當成佛則當曉了權便博聞常修精進一切衆生在於邪智則爲然設智慧燈明假使菩薩入博聞時精勤求慧則爲具足衆生之智所作已辦爾時諸天則爲其人舉聲咨嗟歎喜善心生焉今此正士如是誼像博聞之力逮十種力致最正覺諸根明達如是利誼爲菩薩行執智慧刀割截一切塵勞之欲若有菩薩如是像誼堪任明慧所說經法則能蠲除衆生塵勞危厄若有菩薩如

是像誼便能説法滅除愛欲如是菩薩則能歸趣往古世尊所可遊居如是誼像則能降伏魔及官屬如是堪任以十二事法輪爲轉如族姓子菩薩大士精勤博聞立於聖達應時即普三千大千世界所有衆魔皆爲憂愁悒慼難可令此菩薩不從我教違吾本心皆見棄捐不得自由所以者何族姓子從聞獲智智於塵勞爲最爲尊其無塵勞魔不得便以是之故當作斯觀假使菩薩開入博聞分別經典好樂於法從是巳往所可教授降制衆魔塵欲魔陰蓋魔起滅魔天魔官屬是爲四魔自然爲伏又族姓子猶如往古諸菩薩者所入博聞分別法誼好樂經典今當粗舉略説其要乃云曩昔久遠世時無央數劫不可稱限廣普無量不可思議彼時劫中有一仙人名曰鬱怛處在林樹得五神通常行等心慈悲喜護遊居幽藪心自念言吾行慈心其身柔輭常悅安隱不可以慈滅除衆生自在愛欲亦不可去瞋恚愚癡曠絶邈路塵勞之欲不以此慈能致賢聖之正見也不可致福安能逮成賢聖等觀復自念言常以二事可緣致賢聖正見何謂二聽省他音因緣思惟靜志在行尋即歡喜發大精進亦入于法我於何所得聞是説則以法故欲求經典入於郡國縣邑丘聚欲求經卷永不可聞時魔天人往至其所言族姓子吾有佛名將護持頌假族姓子自逼迫身日自暴炙自鬧其耳將護音聲然後乃書如是持頌爾乃令仁得聞此頌四句之經於時族姓子鬱怛仙士心自念言我從無數難限劫來棄捐此身樂於

牢獄撾杖鞭撻或以利刀段段解身形體離散肌肉斷絶以愛欲故致得繫縛遭是衆患不可稱數不用此身不用危痛痒未曾以身加益一切假使能已導利羣生吾當以此無堅固身求得經典我獲善利心懷悦豫當從天人逮得聞典志未曾有興世尊心而懷恭恪則取利刀自割其身日中自炙從耳聽聞而謂天言願天演説佛名將護持頌吾恭敬法故放捨身不惜壽命以是因緣等集所聞時族姓子覩見上仙恭恪樂法巍巍如是顔色黤黮憔悴功德難覩即没不現於是上仙心自念言將無試吾聞此偈乎爲之恭敬奉順法故自捨其身不惜壽命得聞之耶吾所合集恭敬經典所殖德本不失其功不見欺惑假使我身至誠不虚質直無諂愍哀衆生不貪身命捨其體壽聞此法者由是誠諦於此現世他方佛國奉修法者斯等之人令現面像使我見之得聞經法適立此願口復説言應時下方過三十二諸佛國土有世界名普等離垢彼佛號曰無垢稱王如來至眞等正覺今現在説法於時其佛即見上仙心之所念又欲教化閻浮提人譬如勇士屈伸臂頃彼佛如是斯須之頃從已佛土忽然不現即住止于上仙之前及與菩薩五百俱其如來適現世間自然大光普有所照而取天華億百千妓樂不鼓自鳴諸菩薩會于彼林藪於時巖樹一切根株莖節枝葉華實皆出法音上勝仙士適聞彼佛見其形像心無所畏即時其體平復如故無有瘡疣於是族姓子上仙見無垢稱王如來至眞等正覺相好巍

巍猶須彌山威神光明踰於日月神妙聖達為天人尊諸根寂定猶若虚空不增不減歡喜踊躍善心顯發即從座起更整衣服偏袒右肩右膝著地叉手白佛是我世尊安住大聖我歸命佛及法聖衆惟佛世尊為我說法若聞經者建立奉行蠲除衆生所貪受行與于正見而說經典時族姓子彼無垢稱王如來至真等正覺緣仙士故為諸天子及諸菩薩分別說此等集衆德三昧之定於衆會中八千天子往古造行修治誼理即逮法忍上勝仙士聞是三昧踊躍歡喜入于微妙尋時逮得無盡辯才時彼如來說八章句又復攝取何等為八一切諸法皆為本淨從想著致原自然淨也諸法無漏一切諸漏皆為盡故也諸法無著皆度一切諸所著故也諸法不虚亦無有明吾我及人平等一切諸法門故也諸法何門普現一切諸法門故也諸法無來亦無往也諸法懷來斷除一切諸所趣故也諸法平等於三世無去來今故也而無有二是為上勝八章句說一切咸度猒諸所有無有衆患佛告上勝仙士有八門句至無有二何謂八諸法假號倚名故也諸法像色猶從名興故也諸法合會依著字故也諸法識自由恣故也諸法自然則以無明自然故也諸法為盡習行愚故也諸法無處立於門者住無常故也諸法平等以一精進趣於門故也是為上勝八句門也本無有二而致於二佛告上勝復有八精進句至無有盡而得自在何謂八無者修精進事勸助呪願所修經典為現無處彼者行精進句便能示現究竟

法誼不者遵精進句爲除名色爲示現法所說經法悉令蠲除他者奉干精進現寂然法本者志于精進講說經法超度一切諸所罣礙無本者念精進句爲現如來無本之法因者精進爲現一切緣法罪福爲盡等者精進三昧示現諸法分別所趣是爲上勝八精進句無盡辯才佛告上勝復有八法爲妙法句覺了諸法爲悉平等何謂八空印句而無所倚而爲現法無相印句無所建立而現經典無願印句不依不倚不著不求而爲現法本際印句爲本空句而等御之爲現經典法界印句等御諸法而爲本現無本印句現八諸法猶如印句蠲除去來今所本現法滅盡印句究竟滅盡永除諸法之所本現是爲上勝八印句也皆悉分別平等諸法而得成就是故於斯上勝自在之句及所門句精進句并諸印句常當安詳順行其而精進學如是族姓子於彼無垢稱王分別所問於此遣智至彼世界及餘菩薩五千億百千姟菩薩斯須之間如發意頃自還佛土雖還本土無去無來其土人民不見如來爲去爲來於是族姓子上勝仙士獲無盡辯意不疑安亦無所失得爲諸天之所救護降伏衆魔及外異道行入郡國縣邑州城大邦爲一切人講說經法分別演斯等集衆德三昧具足千歲宣現此典開化八萬四千羣萌之類住於聲聞發起八萬四千衆生志於緣覺八萬四千黎庶皆發無上正眞道意勸助八萬四千烝民後悉當爲轉輪聖王八萬四千建立帝釋梵天慈悲喜護無央數人得生天上上勝仙士至干

末後仙没之時生於無垢稱王如來至眞正覺之上在於普等無垢世界與萬四千天子俱佛言族姓子欲知爾時上勝仙士爲異人乎勿造斯觀所以者何則吾是也吾以志誠建立正願即致下方所在世界無垢稱王如來至眞正覺以是之故族姓子當作是觀於樂法菩薩如來未曾取於滅度正法之教亦無滅盡其好樂法爲菩薩者他方世界諸佛世尊則現目前樂法菩薩若在巖處若在樹下獨閑居者若中閒坐即時得現授總持門置于手掌若現裓上若在頭上若在頂上近而不遠樂法菩薩已爲曾見過去諸佛又諸天人發其辯才亦復從受辯才之慧樂法菩薩於此經典無有窮盡諸佛世尊及諸天人不奪其願道所建立猶得自在欲得住立百歲千歲一劫過劫亦得由已樂法菩薩除老病死與發其心其意所在堅強久固御於大智辯才之慧樂法菩薩未曾發意犯於他人以是之故離垢威聞斯博聞所積行者遵奉精進便當逮獲於此名德當復過是復倍無數若有菩薩欲得獲致福藏德普慶無終訖禄無窮已菩薩所享功祚無量不可稱限無能盡極其邊際者離垢威如其大海水尚可數滴測知限量得其底涯菩薩所與三事戒聞施惠不可勝限得其邊際三千大千世界尚可稱量知其銖兩盡其邊際欲盡菩薩所興三事戒聞施道不可限量是爲族姓子三事行品三事之中博聞爲尊爲勝爲長爲無儔匹譬如須彌山王持戒施惠猶如芥子在須彌山側當觀博聞則須彌山王也譬如飛

鳥翱翔虛空是影所翳寧幾如乎持戒施惠
猶如斯也譬如虛空弘普無際博聞之德其
若茲矣所以者何族姓子施有二益離貧匱
得大富戒有二益度惡趣生昇天聞有二益
得聖慧除邪疑其布施者不離諸漏所受之
陰其持戒者所受諸陰亦與漏俱其博聞者
無有諸漏亦不受陰以是之故離垢威斯謂
菩薩博聞之應佛說施戒博聞之時三萬二
千羣生殖衆德本皆發無上正真道意五百
比丘漏盡意解得法眼淨於是離垢威力士
白佛言菩薩幾法行疾得不起法忍佛言族
姓子菩薩有四行法疾得不起法忍何謂四
一觀身如影而得解脫二入於諸法如呼聲
響三曉了其心猶如幻化四察一切法皆歸
滅盡是爲四菩薩疾得不起法忍復有四法

何謂四普修弘慈加諸衆生設使學者起於
人想勸使曉解一切諸法令知盡無不造有
事普皆覩見諸佛之法不以肉眼亦非天眼
亦非法眼無所依倚分別曉了心之所入亦
無有心亦不見心亦無緣會是爲四復有四
何謂四一切所有施而不吝棄捐邪見奉清
淨禁寂除塵勞是爲四復有四何謂四遵忍
辱力入于諸法悉知盡索而崇精進好憺怕
法是爲四復有四何謂四逮得禪定則無所
倚察於智慧亦不輕虧攝權方便不著衆生
皆具所行入無等倫是爲四復有四何謂四
常行大慈導利衆生具足大悲不猒終始行
于大喜欣樂於法行于大護除諸倚著是爲
四復有四何謂四證明部分於三脫門除諸
三世過去來今超度三界觀一切法本淨無

穢佛言離垢威是爲四法行菩薩大士疾得不起法忍佛說此時離垢威菩薩逮得不起法忍歡喜踊躍昇處虛空去地四丈九尺三千大千世界六返震動其大光明普照世界而雨天華百千妓樂不鼓自鳴於時世尊知離垢威菩薩所念尋時欣笑五色光從口出照於十方無數佛國還遶三帀從頂上入賢者阿難即從座起更整衣服偏袒右肩右膝著地叉手白佛以偈讃曰

德尊淨智慧　其目清明好　諸根爲寂定
憺怕度無極　光明照七尺　金容神巍巍
何故現欣笑　惟願爲分別　知諸天人行
心意所歸趣　三世之清淨　覩之所像類
其慧常通達　未曾有罣礙　何故現欣笑
月姿哀爲說　過世天中天　將來之世尊
今現十方佛　智慧暢無量　修行悉清白
療愈若干病　一切靡不了　言爲分別說
其身普周徧　於此諸佛國　言音悉暢達
無數之剎土　心向一切人　常垂弘大慈
最勝哀爲說　敷演斯笑意　所在究練法
寂然如月遊　無喻如幻化　自然若如夢
所獲致得利　常如雨泡起　何故現欣笑
無師子師子　解空無有相　超度願脫門
諸法爲自然　了現究竟誼　寂默常調定
遊步如虛空　願佛分別意　今笑何感療
孰爲發妙心　志願尊覺慧　誰今力降魔
應坐樹王下　最勝今日誰　而爲超擁護
何故現欣笑　大雄發遣之　諸聲聞之衆
不能躡斯地　一切之縁覺　莫敢逮此道
是諸佛境界　其德如大海　何感而欣笑

世勝哀說之
佛告阿難爾爲寧見離垢威踊在虛空去地四丈九尺乎對曰已見天中天佛言離垢威力士菩薩過三百不可計會劫當逮得無上正眞爲最正覺號力嚴淨王如來至眞等正覺明行成爲善逝世間解無上士道法御天人師爲佛衆祐在于東方世界名清淨劫名淨歎力嚴淨王如來清淨世界富樂熾盛人民安隱百穀平賤快樂難及諸天人播殖無數彼國人民被服飲食居上舍宅譬如第四兜率天上其佛說法無有奇特異種之說惟但宣暢菩薩篋藏其佛國土無有聲聞縁覺之名皆純菩薩逮得法忍諸菩薩衆甚多無極其佛壽命無有限量其土無有八懅之難降伏衆魔抑制怨敵無有羣邪諸外異道其佛世界地紺瑠璃紫磨黃金分錯其間於是離垢威菩薩從虛空下稽首佛足歸命世尊從佛請求欲得出家爾時鉤鎖菩薩前白佛言惟天中天怪未曾有如今大聖講說經典其有諸天在於虛空名德高妙皆詣如來適見如來尋時歡喜棄捐貢高自大之念稽首世尊投身自歸大聖乃能開化於此離垢威力士憍高自大來詣佛所逮得大法當爲無量不可思議衆生之類演說經法令除慢恣唯然世尊其離垢威菩薩大士爲從幾佛如來至眞等正覺殖衆德本乃能疾逮如是神通世尊告曰鉤鎖欲知其離垢威力士菩薩已曾得供養六十二億諸佛大聖殖衆德本建立無上正眞之道當復奉事無數諸佛淨修梵行鉤鎖又問唯然世尊以何所殖元德

之本而忘道意心懷憍慢自大之性來詣世尊欲有所試佛告鉤鎖有四事法爲菩薩行而忘道意何謂四心懷憍慢不恭敬法輕易善師從後謗議是爲四復有四法何謂四而復習樂聲聞之衆與同所歸志樂下度誹謗菩薩忘法師恩是爲四復有四何謂四其行諛諂於法謾誕二事自活求於利養而著奉侍是爲四復有四何謂四不覺魔事爲罪所蓋纒綿蔽法志性怯弱鉤鎖是爲四法菩薩忘失道意鉤鎖又聽離垢威用何等故爲菩薩行而忘道意往古世時此賢劫中初始有佛號曰拘婁秦如來至真等正覺興出于世於彼世時有善財大勢貴姓極富梵志時有一子魔所惑立身發貢高不欲往詣於如來所長益法與沙門梵志諸長者俱鬭諍罵詈

多所誹謗不肯受法亦不見法不得法師亦不恭敬承順其教當爾現世違失五法何謂五則離於佛不復相見不得聞法不復建立菩薩之業不復咨問所當行者而復忘失衆德之本無堅固意在於道心攝取不善尋時則離於道行心爾時尋離此五法行佛言鉤鎖欲知是時所名善財大勢貴姓梵志子乎豈是異人勿作斯觀所以者何則今離垢威菩薩是也於彼世時心懷自大尋則忘失所修道意又復將護宿命德本諸通慧心又有餘福不復誹謗於諸通慧故爲力士而有大勢承佛聖旨不爲衆惡聞佛音聲便自發來自以己力欲比如來又聞世尊說菩薩力尋即棄捐貢高慢恣往古所殖衆善之本則現目前便逮法忍威神通慧無所想念爾時力

士鉤鎖菩薩謂離垢威唯族姓子興發何法逮得法忍離垢威答曰發起一切凡夫之法又問云何而發答曰所發起者至後究竟永無所有亦非不異其所發起常不復令有所依倚亦無所證鉤鎖又問族姓子凡夫之法及與佛法有何差别寧有若干乎即復答曰假號而名因有若干其義無異又問唯族姓子其凡夫法以何解義答曰無常亦無想念無顛倒義又問族姓子所謂義者何所歸趣答曰鉤鎖其達義者亦不蠲除凡夫之法亦不獲於佛道法又問族姓子何謂法義答曰無有二義爲諸法義又問不自其正見者有二因緣從他聞若思惟厥行猶具又問鉤鎖如來不説但歸要誼之故誼則成要因此何緣要得誼乎不取美辭又問鉤鎖答曰教不

但取正誼終不毁壞爲菩薩美辭乎則無有失自損毁也假使有得美辭誼者彼所逮者亦無所獲其菩薩者歸於要誼而説法誼以聰哲故其不逮得不用誼報一切諸法猶得自在爲尊爲長爲無等倫所可分别限時消滅究竟滅度本末永寂則爲相誼世尊所説以故鉤鎖其歸命誼則不御法亦無所念亦無御者不捨不御其無所念則爲堅要其堅要者彼乃謂誼鉤鎖又問惟族姓子豈有方計其歸要誼彼則歸要一切法乎答曰有族姓子又問以何因緣答曰諸法無本一切悉空諸法憺怕假使歸要於空誼者要憺怕誼亦復如斯以是之故族姓子其歸要誼則爲導歸一切諸法答曰族姓子佛不言曰了一切諸法悉歸要耶答曰如斯以是之故一切

諸法推究本誼根原所歸要者其究竟誼是等之門則第一誼如云當求所如所也求如是行者設無有法亦非無法亦無所起亦無所滅諸賢聖道無有二道亦無所作亦非不作亦非無造如是則造菩薩之道道無所造亦不求誼亦儀不錯亂離垢威說是語時五百比丘八百天子遠離塵垢得法眼淨離垢威菩薩謂鉤鎖曰族姓子如來所說但歸要誼不取美辭計此誼者無有二行究竟其誼亦無所生是故如來說此誼耳但歸要誼不取美辭其歸要誼并及美辭本淨平等志性自然無所超越如來故曰但歸要誼不取美辭復次族姓子如來所以說此言者何以二事故與於正見何等爲二聽察他音緣省思惟其不博聞於法律者順以三昧在於終始墮于貢高類斯之故世尊告曰聽省法律乃爲博聞多所勸助以聽經法悉以奉行淨於所療至賢聖道又問云何比丘思惟療行答曰以法療行亦無所行是爲思惟要事有療行族姓子是爲療行之所謂者復次族姓子假使菩薩療行不發音聲不起吾我有所講說諸行處者若說去者若說還者一切皆亦無往亦無所得亦無過去亦無當來亦不現在修此諸事是謂思惟要者而以療行設見諸法一切自然悉歸滅盡設受諸法思觀要淨假令察見一切諸法本淨同像亦觀要淨設見一切諸法諸法自然從本淨起亦觀要淨設使觀見一切諸法本末不生究竟無起究竟無滅亦觀要淨設使觀見一切諸法本淨滅度亦觀要淨亦不寂然亦無所觀是謂

爲觀是所觀者亦無所觀亦無所見假使無見無所觀者所見如是亦不見則不名曰有所見也於是世尊讃離垢威菩薩曰善哉善哉族姓子有所説者當如仁説其思要淨爲菩薩者法不虛妄其思要淨爲菩薩者法無陰蓋其思要淨爲菩薩者無有此法亦無脫門其思要淨爲菩薩者所行法者亦無所除亦無所行亦無去來是則等觀爲正見也見一切法以平等故亦不不等如有所見又問云何一切諸法而不等如有所見如無所見又族姓子此諸法者亦無欣見亦無不見本末平等亦無所生此之謂也亦無所生亦無所有不越所見不入寂然此謂平等亦不不有亦無所有亦非自然非不自然是謂平等是所言者亦無所説行無所生亦無有見亦無越度平等寂然斯謂等觀以能入于平等故也又復重問何故名曰平等入寂然乎答曰等於吾我亦等非我一切諸法亦無形像亦無毀呰是謂平等入于寂然於是鉤鎖菩薩白佛言唯然世尊至未曾有正入寂然所由相者本淨滅度菩薩皆知如是諸法若復聞者乃能信解有所遊居亦不中半而取滅度佛告鉤鎖何以故菩薩善權方便而以爲樂以權方便修具足行發一切心歸於遊處四法何等四行大慈無極哀爲諸通慧不斷佛教是爲四假使能奉宣備此法則入寂然所趣之相一切本淨悉爲滅度以至寂寞諸法之行適聞此已則便信樂所可遊居亦不中半而取滅度是故分別諸法之原彼則寂寞亦無憺怕亦不墮落所以者何不欲棄捨

一切衆生離垢威菩薩白佛言何所菩薩純淑如佛所言不墮寂滅世尊告曰族姓子假使菩薩無有諸見亦無想念是爲純淑於諸聲聞一切衆生不修平等離佛法教亦不勸樂大乘之行疑諸通慧離於無願亦不滅度入於寂滅則於其中證菩薩心志在聲聞緣覺而入滅度又族姓子菩薩若能入於寂然相者皆能分別一切諸法有所興發悉爲一切順佛法衆遵修大乘爲諸通慧之所興居愍傷一切羣萌之類普見一切與志願俱未曾斷絶他人所僥以是之故族姓子當作斯觀計於菩薩而皆純淑遊于寂然離垢威白佛言未曾有世尊菩薩所行而有差特悉非聲聞緣覺之地所能及也於是鉤鎖菩薩白佛言今此溥首童眞者在此會中靜然而坐亦不講說於此三昧世尊尋見文殊師利心之所念以心靜觀溥首童眞溥首童眞謂鉤鎖菩薩菩薩所行不以功德遵修佛道不以利養不以生天不以財業不以名聞嗟歎德稱宣揚其績不以衣食床卧病瘦醫藥治生之業不以國王大臣賞賜故鉤鎖又問溥首菩薩以何等故行菩薩道溥首答曰爲衆生故如愍傷之故以法之誼開化羣黎志大乘故除於虛妄諸勤勞患生寂然故已忍勞若欲安衆生令得所願無所狐疑無希望故則無所著亦無所倚亦無所受亦不專處亦不究竟無有善哉亦不吾我無有斯念亦不退轉亦不還返設使諸法無所動轉亦不肅震無有將往無所危害無有歡喜亦不愁慼已獨勇猛無能勝者無能伏者莫能踰者亦不

憔悴無所畏難不恐不懼不卒不暴無有自
大亦無心意常處寂寞常住無念同誼一乘
一教同像常作等行悉欲救度衆生之故溥
首言族姓子菩薩所行如斯比類是故造行
鉤鎖又問溥首何所施造爲菩薩行溥首答
曰設族姓子其爲菩薩不行於盡亦無所起
亦無不起究竟諸盡盡所當盡不念諸本末
無起亦無所生亦無聰明造行如是爲菩薩
行乃應道行復次鉤鎖菩薩大士不行盡過
去意於當來意無所起行於現在意而無所
住亦無所行心亦不著去來今也遵修如是
爲菩薩行乃應道行復次鉤鎖布施道心衆
生如來則無有二持戒忍辱精進一心智慧
道及衆生至于如來則無有二假使菩薩常
遵此六度無極有所行者所行之相不憂終
始遵修如此爲菩薩行乃應道行

等集衆德三昧經卷中

音釋

賄呼罪切　悒慼悒於汲切不安也慼倉歷切憂也　藪蘇后切　暴炙暴步木切炙之石切　撾陟瓜切擊也　撻他達切杖擊也　黰黮黰烏感切黮土敢切黰黮青黑色也　憔悴憔昨焦切悴秦醉切憔悴瘦瘠也　臂卑義切腕也　莖户庚切　瘡疣瘡初良切瘍也疣羽求切瘤也　恣資四切縱也肆也　裓古得切衣前襟也　銖市朱切重十黍曰銖　翱翔翱五勞切翔似羊切翱翔回飛也　翳於計切蔽也　躡尼輒切登也　篋苦協切箱也　謾誕謾莫半切欺也誕徒案切妄誕也　𠢕乎刀切俊健也　溥首溥頗五切溥首文殊菩薩名也

等集衆德三昧經卷下

西晉三藏法師竺法護譯

復次鉤鎖菩薩所遵不行色空色者自空亦不空痛痒思想生死識行識自然空亦不教人行色爲空色者則空本末盡無則曰自然痛痒思想生死識則亦爲空若欲盡者本末盡空故曰識空亦曰自然若已盡者一切諸法亦當復盡若諸法盡色亦當盡痛痒思想生死識識已便盡假使一切諸色盡者一切諸法亦當復盡設諸法盡者識亦當盡假使菩薩遵修如是爲菩薩行則應道行復次鉤鎖菩薩菩薩所行亦不斷除凡夫法行至於佛法亦不慇懃度生死行也亦不具足於滅度事亦不覩見不善法與亦不觀察於諸善法之所由來不以慧故亦不見識不用識故而見於慧亦不破壞諸法界行有所信喜至於解脫也假使菩薩遵修如是爲菩薩行則應道行復次族姓子菩薩大士若造行者法界無量人界無限而悉信解法界無限慧界人界悉盡所行法界人界則無有二不以法界而有所損亦無有盡相亦如是人界亦然人界有相法界無相及與人界如此相者則無有相其無有相覩一切法悉無有相不盡人界行無所長益從無要思想而興起發也顛倒之事誑詐化惑相處其中其所行者不除欲塵不慕所生亦不名聞亦不計常亦無所壞亦不滅除我人壽命假使菩薩遵修如是爲菩薩行則應道行說是菩薩所行者品時百千天子逮得法忍爾時離垢威菩薩即尋啓受舉大音聲而歎頌言使一切人羣萌

之類所願皆得普獲利誼如佛世尊悉令信樂此三昧定爾時魔王波旬謂溥首童真曰我爲堪任歎菩薩道如菩薩行乎溥首答曰可行也時魔言曰一切人行則菩薩行諸聲聞緣覺行則菩薩行下一切居家所習陰擔之行則菩薩行一切魔行則菩薩行所以者何菩薩皆當同處其中一切悉學是菩薩學鉤鎖菩薩徃詣魔所而謂之曰云何菩薩而悉普學魔答曰八萬四千種衆生之行二萬一千則屬貪欲行二萬一千屬瞋恚行二萬一千屬愚癡行二萬一千屬等分行是等之類皆悉徧入菩薩之行是故鉤鎖行貪欲行而離於欲行瞋恚行而離於恚行愚癡行而離於癡行等分行而離等分適無所著又族姓子若有菩薩普遵一切衆生之行則能徧察羣萌之行開化一切黎庶之類若有菩薩所修如是爲菩薩行則應道行又問魔曰何謂一切魔行爲菩薩行答曰菩薩皆當入諸魔心之所行故也不以起爲起不隨魔事之所教也覺了魔行化衆生行觀其所行不循彼行獨於魔衆而示現不行魔行又當修覺魔之治化雖在魔中而無魔事又問魔曰何謂一切聲聞緣覺行爲菩薩行答曰族姓子假使菩薩爲諸聲聞緣覺講說經法具足所願在於彼行遵崇長益精進之行當求斯慧不用彼乘而取滅度也復次族姓子一切諸行皆自然行爲憺怕行菩薩所當信樂行者其行已過一切所行如審諦行一切諸行無所住行一切諸行悉無爲行亦無合會無所起行無所住行菩薩當崇如是之行魔王又

問溥首仁可垂恩重復説此諸所行乎溥首答曰辯才堪任皆度一切所有境界爲菩薩行所以者何其彼行者不與眼界而俱合也不與色界而合會也不與耳聲鼻香舌味身更意法意界而俱合也以是故魔當作斯觀假使能度諸境界者號曰正士復次天子菩薩設能如是行者不爲欺惑諸佛世尊如是行爲菩薩行則應道行又問何謂溥首菩薩所行而不欺惑諸佛世尊及一切法溥首答曰如來所説誠諦解諸法空一切悉無逮最正覺假使菩薩依倚見身及諸佛法并見泥洹則爲欺惑諸如來也天子欲知如來行者於一切法而無想著乃逮正覺假使菩薩於一切法有所想求與想遊居則爲欺惑於如來也天子如來審實誠諦無所從出亦無所生亦無所起亦無所有亦無所倚亦無有相來無所來亦無所住本性清淨本性明達本淨滅度猶如虛空無有形貌解一切法亦悉如是乃逮正覺假使菩薩在於諸法有往有來有出有入若有所起忽然現者出於所有依因於相若有往返若有所立無有清淨若有塵勞終始周旋獲色所有而爲放逸有所思念即爲欺惑如來假使天子若有菩薩等御解空了一切法皆於諸見而無思想等御所行解一切法悉除諸想等御無願分别諸法度於三界等御如空解一切法不著本淨遵修如是爲菩薩者不爲欺惑諸佛世尊於時大聖讚溥首曰善哉善哉童眞如是行者爲菩薩行若有菩薩所行如是疾得受決佛言溥首吾憶往古錠光佛時己身勸助行清

白法所行無行亦不寂滅得受決也所以者何度一切行名曰所現光適觀斯已何爲想行時有色莫若而志利義適從錠光如來大聖受決則了本淨即時普解一切諸法悉無所起然後錠光如來所見授決仁於來世當得作佛號曰能仁如來至眞等正覺明行成爲善逝世間解無上士道法御天人師爲佛衆祐於彼世時壽逮得不起法忍以是之故溥首若有菩薩欲疾逮得不起法忍當修此行救諸退轉心無所著不以利業精進行法無所脱度無所度無所度乃得解脱溥首又問佛言唯然世尊得法忍時爲何所逮世尊告曰不得於色乃逮法忍痛痒思想生死識亦無所得乃逮法忍不得陰種諸入乃逮法忍不得計常空淨安隱及與我身乃逮法忍

又復求觀不得一切諸法乃逮法忍佛言溥首諸法悉盡故曰爲無所得溥首法忍無逮亦無所得隨習俗行故名曰得非凡夫法亦非學法非不學法非縁覺法非菩薩法亦非佛法有所行也於一切法都無所行故名曰盡逮得法忍一切諸法亦不可得是故曰盡逮得法忍假使法忍空無所有於一切想諸所行者而無所畏故曰盡索逮得法忍彼無有眼亦無眼識無有耳亦無耳識無有鼻亦無鼻識無有舌亦無舌識無有身亦無身識無有意亦無意識諸界無盡則曰法忍無爲界則謂法忍無有意界乃謂法忍皆悉盡索乃得法忍說是法忍諸法盡索時五百菩薩得不起法忍同音舉聲白佛言唯然世尊我等當具等集衆德三昧亦當普備於一切法

逮無所起是深妙法諸菩薩學所當承順若有聞者當歡喜信受持諷誦如法奉行於是鉤鎖菩薩謂溥首曰有所言曰所作已辦衆事成就菩薩當以幾法所作衆事究竟成辦溥首答曰族姓子若有菩薩知一切法而無所作如是菩薩所作已辦究竟成就一切諸法悉無所有亦無所行曉了諸法能如斯者所作已辦究竟成就亦不有智亦無有二所作已辦究竟成就亦不離作亦非不作亦無不作所作已辦究竟成就有所者有宣揚所作已辦究竟成就若得恩者報所得恩所作已辦究竟成就遭無返復加以返復所作已辦究竟成就當供養者爲之謙卑自屈施禮所作已辦究竟成就知返復者若離返復若能辦事離不辦事所作已辦究竟成就若輕易者而見忽捐稽首爲禮所作已辦究竟成就有所作者不得所作法之所行有所遭覩不得所過所作已辦究竟成就若布施者勸使入道所作已辦究竟成就亦不得施亦不得道亦不得我亦不得人亦不得他所作已辦究竟成就不護禁戒忍辱精進一心智慧亦無所護勸使趣道所作已辦究竟成就若有施與持戒忍辱精進一心智慧勸使入道所作已辦究竟成就非智非愚無我無他亦無所得所作已辦究竟成就身行口言意念奉行衆善分別此事若身口意所行衆善亦無所得亦無所著是則名曰所作已辦究竟成就爾時常堅精進菩薩謂溥首曰我爲應任說菩薩所作已辦究竟成就乎溥首答曰堪任族姓子白溥首曰若勸一人令聞道音

所作已辦菩薩篋藏應時自恣若令得佛音法音聖衆之音則當察之所作已辦若化一人使受戒禁使歸命佛及法聖衆志在三寶所作已辦具足菩薩篋藏若供養若所遊居若有施者若有受者勸助志道此二事者則是菩薩清淨衆祐若有施者及有受者以斯法行而勸化之此二事者悉是菩薩清淨衆祐假使菩薩思惟念佛若復思念經法聖衆菩薩衆生所作已辦菩薩篋藏而受供養假使菩薩修行慈心悲喜護心若值一人下劣貧匱盜賊屠膾罵詈衝口而能忍之不以瞋怒續行慈心歡悅之意以待其人欲益利誼益加精進所作已辦若獲百利若千利若百千利億百千利若以珍寶滿閻浮提得斯利者未曾以寶而發兩舌又復謟啓問他人慧寧失身命不從其後而說惡也不忘於法不承非法觀此菩薩所作已具究竟成就復次溥首假使菩薩七日斷供而不得食若復有人授飲食者其人則近諸通慧心不爲虛妄又欲度脫一切衆生欲念救濟羣萌之類觀此菩薩所作究竟假使天下普徧滿水周帀其地當越度此行求聽法若徧滿火亦當越度行求聞法亦不惜身亦不貪命亦不愛壽而造斯觀陰種諸入易易得耳諸佛世尊難得值遇經法難聞恭恪於法亦復難遭若入此數觀斯菩薩究竟成就復次菩薩若聞四句之頌歡喜踊躍不願享祚爲轉輪聖王寧以四句頌令人得聞熙怡豫悅不樂帝釋位寧立衆施誘化狗犬禽獸龍神不生梵天欣樂諸通慧心不貪三千世界之七寶喜踊願

志殖一德本不僥一切衆生供養之利菩薩所行修如斯者當觀菩薩成就究竟常堅精進菩薩復謂溥首有菩薩常堅精進常求博聞心當念此假使有人節節段段解其身者當發歡悅以自勸勉是皆俗法之所致也專志修行念於佛道寧失軀命終不犯戒不捨大乘不爲愚心不興邪力致忍辱力口言不麤悉能堪任終不懈怠修精勤行嚴淨佛土而救衆生不爲非法普求一切諸度無極不求伴黨不望衆生堅住智慧不斷佛教志性強猛一切所作無不成辦其意仁和棄捐諛諂無所貪慕不惜身命曉練便宜不久立者令得自歸奉戒清涼先人問訊語言柔輭辭不綺飾譬若如地離於所求而無所求無所結倚性行純善所答安隱所說常快敬受善諫棄除貢高常遜卑意所言至誠無有忽諂所說如實無有詭諛言行相應遵尚等心愍於衆生常有慈心向諸羣萌志於大哀爲黎庶故無有瑕疵建立一切衆德之本而懷欣豫一切所有施而不惜當以行護救濟所欲及得財業當行安隱放捨一切諸所貪愛無有我所不倚所有終不自大蠲除三垢志求解脫離於想念所思所著不墮諸見無六十二當行博聞具足七財心常強勇所聞曉解未曾有猒當學智慧有所建立住於勇猛降伏塵勞離於欲垢療治一切衆生之病常爲衆祐未曾捨離諸通慧心成就福田令諸衆生悉得蒙恩行如蓮華於諸世俗而無所著猶如船師度諸羣生四病之患志如王路不懷輕慢貴賤中間之人當如泉源川流江河

所說經典而不可盡行如大海所聞智慧包無崖底無量之德之所積聚性如須彌超現于世峻極而高常樂精進志性慷慨心不怯劣心如門閫志願堅固意如鶴毛調和其性當行尊心濟導衆生修於自在勸助其意志存奇雅微妙解脱行如天帝懷來衆生尊如梵天分別權宜清淨之行於一切法而得自在常當行慈究竟滅度行如終没若有觸犯作與不作悉能忍辱心如嚴父所受至重志如伴黨於諸德本而無所著意無所倚於諸境界行無危害而修慈仁所在吉祥於所生也爲布施士謂法施也斷除一切諸不善法奉行一切衆善之法導無放逸除於自恣憍慢之事學戒精進所行堅强爲無放逸修菩薩行乃能致得無上正眞之道爲最正覺於時世尊讚常堅精進菩薩曰善哉善哉族姓子説菩薩行快乃如是建立衆德若有菩薩設欲逮得等集衆德三昧普當分別一切功德離諸罪釁爾時鉤鎖菩薩前白佛言若有菩薩逮得於是等集衆德三昧功德瑞應比類若何佛言鉤鎖今此等集衆德三昧菩薩大士獲此定者則能遠離惡趣之地無有八懅戹難之處除斷窮寠供饍豐沃自然富樂諸根具足便能成就三十二大士之相法無窮盡逮得辯才獲于總持常不失意於一切福德自在成轉輪王無所倚礙爲諸羣黎之所奉事爲天帝釋所見咨嗟梵天稽首而爲作禮逮獲神通靡不明達得其本願自在所生行權方便進退智慧不隨禪教導修智慧離一切見極尊特貴聲聞緣覺所不能及離

諸恐畏聲聞緣覺智慧分別諸根曉了衆生本末娛樂諸見志于一心脱門之事住無處所常順所施建立于戒護三清淨分別忍辱竟無有形離諂僞想講説精進志無懈倦解説禪定常度寂然敷演智慧目常覩見而悉分別目無所著而常棄捐除於六徑未曾違遠常見諸佛好樂聽法奉事聖衆慇懃修行不離於空無相無願所聞經典歌頌一切諸佛功德悉受佛誨即以諮受善爲衆生分別説之在兜率天未曾捨離不退轉法若欲遊行一切佛土無有罣礙普見諸佛降伏魔怨無有四魔見深法忍處不退轉法逮明神通在於道業法靡不博懷來寂然清白覩見所行具足佛法現不退轉行之所趣除一切著所可罣礙見吾我色猶如幻現觀察悉見一切身復無能勝者謂諸異道受護正法諸佛尊典不惜身命其行慇懃將御正誼現佛境界常無求絶雖已泥洹而不滅度得無所畏遊在衆會而無恐難聽明徹達隨其所作而善蠲除去於一切貢高自大修大莊嚴如幻三昧有所感動若放光明而悉覆蔽日月星明摩尼火電得堅強力身如鉤鎖行如金剛皆度一切諸惡所趣普詣道場淨遊無量諸佛國土普聞其聲佛所建立身口意淨降伏魔兵神足變化度於無極震動一切諸佛國土得聰明慧分別法誼之所歸趣辯才具足慧無罣礙爲諸衆生導行精進興顯佛事而無放逸於諸通慧現佛境界如是鉤鎖若有菩薩逮得於斯等集衆德三昧是諸菩薩瑞應因緣儀像衆德名聞之事巍巍如是鉤鎖

白佛皆令一切衆生之類俱共逮此等集衆德三昧所以者何唯然世尊若有逮得於此定者衆德名聞堂堂乃爾聲聞緣覺所不能及假使有人聞此三昧而不信者則當知爲魔所嬈固佛言如是如是鉤鎖誠如所云設使有人信是三昧名德之勳不可思議爲佛所護於是鉤鎖又問溥首曰若有菩薩意欲逮得等集衆德三昧當行何法溥首答曰若有菩薩意欲逮得等集衆德三昧未曾毀壞凡夫之法當修斯行所造行者於佛道法亦無所得若欲行者當作此行無法無見亦無所憂復次鉤鎖若有菩薩欲得斯定誓歎終始不爲生死之所黷汙得於無爲不於聲聞緣覺之乘而取滅度也復次鉤鎖菩薩欲得斯定意者具足衆德當學所學之禁戒也亦不想念有漏之福無漏之德無罪不罪不有不無不著不捨不去不來世不度世未曾懷念如此諸想等御法界信樂衆德有福無福有常無常有念無念不入終始所著之想爲一切人遊入衆德不爲一人處遊福祐以一人德普入衆生之所有福若漏無漏不復分別不以此教一切佛德則一佛德當作斯念所可教化說諸佛法無有差特當信知此其所學福無所學福若緣覺福若菩薩福若如來福此則無常亦無形貌色像也當喜信樂一切諸德福之所湊譬如鉤鎖諸有形色皆有四大亦復如是諸菩薩法皆度衆生至于脫門奉行等福當所爲者所興盛者無常盡法復次鉤鎖若有菩薩欲得此定意於四無量不懷恐懼何等四人界無量佛土無限佛

慧無邊衆生之行無有底是爲四復次鉤鎖若有菩薩欲得此定常當勸助四不可思議何等四罪福報應不可思議衆生之行不可思議而所趣路無有差特諸菩薩慧不可思議神足力勢脫門諸菩薩之所歸趣不可思議所生清淨是爲四是故鉤鎖若有菩薩於此三昧見無盡當行四法何等四於斯建立菩薩之福住不可盡具足衆行亦不可盡無礙辯才亦不可盡智慧所達亦不可盡是爲四復有四事何等四勤精於法積衆德本而無猒極當念勤行入聞無猒而說經典當念勤行勸助無邊衆善之德觀諸佛土所有莊嚴以入巳土而成清淨是爲四鉤鎖菩薩謂溥首譬如瑠璃明月珠寶所著器中若在金器銀器水精器硨磲器則以瑠璃明珠寶器威德之故不失自然如是溥首若有菩薩住是三昧若在居家若復出家住在沙門計於法界自然之行無三脫門又溥首菩薩何行有所遵修不失三昧有所逮得德慧無盡溥首答曰鉤鎖欲知菩薩當行四事何謂四不惜身壽命不求一切供養之利行空無相無願不志聲聞緣覺之乘欲得佛慧思惟其行於諸通慧放捨所思所想可應不應一切衆生等入行度我人壽命亦不可得是爲四鉤鎖又問溥首此三昧者然後歸趣何所菩薩若取經卷著在身懷若輿忍辱設使居家若出家學因緣學行乎溥首答鉤鎖曰後若有得此三昧者假使有人逮聞其名則非居家出家因緣所以者何是故鉤鎖若有菩薩住三昧則離二想所在遊行其壽智慧不可盡

極無所亡失開化衆生不以爲猒不自示現菩薩形類又在所湊一切無邊亦無因緣譬如鉤鎖日月所遊一切無邊菩薩如是觀無倚行若在家地隨家依倚亦不出家爲出家行亦復不著出家之德於斯二事亦無所慕所以者何菩薩所出悉無所著譬如鉤鎖無所得者乃成正覺於此菩薩有四事行何等四爲尊爲上而爲最勝棄除一切諸所見事及入一切諸佛之法是爲四鉤鎖又問溥首云何菩薩處於遊居溥首答曰菩薩有四事行何等四慈悲喜護是爲四其有奉行是四梵行吾乃謂斯爲遊居復有四何等四若復遊處聚落舍宅則處遊居假使復在於閑居行若在棚閣重室作行則亦處於遊居是爲四溥首復謂鉤鎖曰其不奉修此四梵行而自念言我處遊居其人則爲欺諸天人所以者何諸佛世尊說四梵行乃謂遊居其四梵行則處其頂是清淨行而處遊居在於國土受分衛食威神在頂是故鉤鎖其有不見四梵行者則爲遠離四等心行若復有修梵淨行者皆悉因從四梵行起得賢聖慧不爲世間自現身也貢高自大不除人想鉤鎖又問溥首云何菩薩奉慈心行何謂悲何謂喜何謂護溥首答曰則以幻事救護一切衆生之類則爲行慈而以幻事度脫衆生則爲行悲若以幻事安隱羣萌則爲行喜說以幻事令諸黎庶逮得滅度則爲行護復次鉤鎖信解衆生界空則爲行慈信解法界衆生之界無作非不作則爲行悲信解了知諸羣萌界無著無脫則爲行喜信解了知黎庶之界求無

所求則爲行護復次鉤鎖一切衆生無有吾我亦不恐怖則爲行慈一切衆生悉爲憺怕亦不畏懅則爲行悲一切諸法法界平等亦不懷懼則爲行喜信解分別一切佛土無盡之國則爲行護復次鉤鎖無危害相則謂爲慈無等倫相則謂爲悲無有二相則謂爲喜無有名無所著相則謂爲護復次鉤鎖無所住慈不爲大慈無所住悲不爲大悲彼何謂不爲大慈猶如聲聞發是念言令諸衆生皆獲安隱是聲聞慈不爲大慈何謂大慈假使等心於羣萌類而皆度脫衆惱之患是謂大慈彼何謂悲不爲大悲黎庶之類生在五趣愍傷哀之於生死中而欲拔濟是謂爲悲不爲大悲何謂大悲見於五趣生死拯濟所生之處而行愍哀自捨身安救護五趣便能濟拔衆生之界尋時建立於平等道是謂大悲是故鉤鎖當作斯觀聲聞有慈不爲大慈亦復有悲不爲大悲是故鉤鎖若有菩薩當具足行大慈大悲溥首說是語時八千天人皆發無上正眞道意俱共歎言唯然世尊我等亦當奉修此行如今向者溥首所說百千天人逮得是三昧八千菩薩得不起法忍於是鉤鎖菩薩白佛言如來願說百福之相作何功德而佛世尊成斯相乎時佛告曰譬如鉤鎖江河沙等諸佛世界悉共合集滿中衆生功德具足爲轉輪王一身之德是諸衆生所有功德皆如轉輪聖王悉共同合爲天帝釋一身之福復有別異江河沙等諸佛世界一切衆生使其福德具足成就如天帝釋悉復合集此衆生福如帝釋福爾乃及於一梵天

福復有別異江河沙等諸佛世界衆生之類其福各各譬如梵天悉備具足是諸衆生其福各各等如梵天合集此福以爲成一聲聞之福復有別異江河沙等諸佛世界衆生之類各各功德如聲聞者悉合此福令具足備爾乃合爲一緣覺福復有別異江河沙等諸佛世界一切衆生其福如緣覺者悉備具足爾乃合爲一菩薩福菩薩之福則過於彼不可稱限假使逮得等集衆德三昧定者正使三千大千世界滿中衆生悉令逮得等集衆德三昧定者合集於此衆生三昧之德以爲一無罣礙祠無瑕之慧無想著慧是故鉤鎖如是比慧所可祠祀皆悉合集而爲法祠撰合斯福乃爲如來一大人相如是比類三十二相各各若茲乃成如來具足身相一切衆生不能思議是故名曰不可思議如來之身百福之相佛說此百福功德大人相時三千大千世界六返震動其大光明普照世界而雨天華百千妓樂不鼓自鳴諸天世人怪未曾有踊躍欣喜各各叉手爲佛作禮舉聲而歎俱白佛言若族姓子其發無上正眞道意爲得善利無極之慶乃當逮得如是之比百福之相悉具足備則爲超過釋梵四王一切聲聞及諸緣覺唯然世尊其有聞此等集衆德三昧快哉快哉爲得菩薩利若得聞名其德難及何況其人聞信樂奉行假使有人持是三昧所遊之處則爲擁護其土衆生令此經典所遊之處計其土地佛所建立假使世尊江河沙等諸佛世界滿其中火當入中過求聞是法聞是經者則歸大安世尊告曰如

是如是天子誠如所云假使有人聞是三昧而不信樂不能聞受爲魔所困其有菩薩不得逮聞是三昧者亦不受持諷誦說者吾不名之爲聞多智天子白佛惟佛世尊如來聖旨建立此法令於後世徧得宣布爾時世尊放眉間相及鬠相光其光普照無量無邊諸佛世界尋其光明自然出聲而歎頌曰如來已爲建立斯法爾時世尊告賢者阿難令吾不久當般泥洹餘有三月佛語阿難已爲勸助吾囑累汝於此經典汝當受持爲諸衆會廣分別說若有人及菩薩學持三昧則爲其人佛不滅度法不滅盡所以者何其有阿難受行其法則爲見佛若爲衆會講論說者此爲護法時賢者阿難淚出而白佛言唯然世尊願住一劫復過一劫多所愍傷多所哀念多所安隱天上世間世尊告曰阿難且止莫憂勿愁向者吾不說乎具足是法者佛則永存亦復不離諸佛世尊所以者何不當以色觀如來也亦非相好若覩此法則爲見佛佛說如是鉤鎖菩薩溥首菩薩離垢威菩薩及諸菩薩賢者阿難及大聲聞一切衆會諸天龍神揵沓惒世人阿須倫莫不歡喜稽首作禮

等集衆德三昧經卷下

音釋

陰擔 陰於禁切擔丁紺切陰擔謂五陰重擔也　錠光 錠徒徑切錠光即然燈佛也　屠膾 屠同都切膾古外切屠膾謂宰殺者也　詭 居洧切詐也　瑕疵 瑕胡加切疵疾移切　闇 苦本切門限也　釁 許覲切隙也　窶 其矩切貧也　沃 烏酷切潤澤也　叡 俞芮切深明也　棚 蒲庚切棧閣也　拯 之肯切

集一切福德三昧經

姚秦三藏法師鳩摩羅什譯

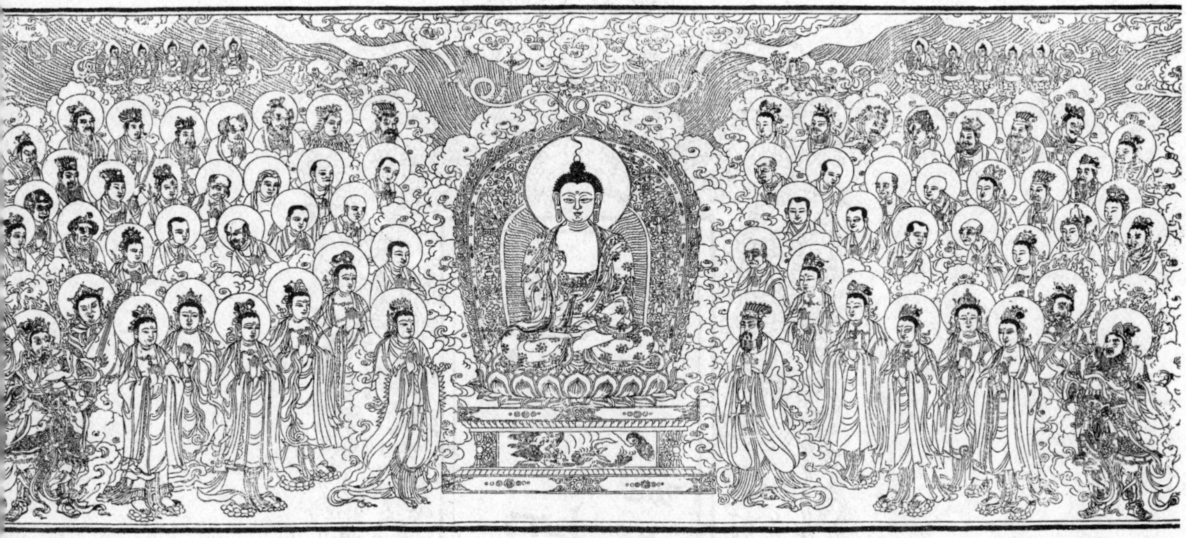

清刻龍藏佛說法變相圖

集一切福德三昧經卷上

姚秦三藏法師鳩摩羅什譯

如是我聞一時佛在毗耶離菴羅樹園大法講堂與大比丘衆十千人俱皆阿羅漢諸漏已盡無復煩惱心得自在心得好解脫慧得好解脫其心調柔如大龍王所作已辦捨離重擔逮得已利盡諸有結到於彼岸菩薩摩訶薩二萬人俱皆不退轉得陀羅尼及無礙辯獲大神通善能出生諸深三昧念慧堅誓智慧方便到於彼岸其名曰行志菩薩摩訶薩師子志菩薩摩訶薩妙色志菩薩摩訶薩增法志菩薩摩訶薩增長志菩薩摩訶薩無量志菩薩摩訶薩法志菩薩摩訶薩彌勒菩薩摩訶薩文殊師利童子菩薩摩訶薩那羅延菩薩摩訶薩如是上首二萬菩薩復有四

萬天子皆向大乘及餘無量釋梵護世爾時世尊與無量百千萬億大衆恭敬圍遶而爲說法爾時世尊却後三月當捨身命入般涅槃當于是時佛法勝妙極爲增盛隱蔽一切諸外道等爾時千世界主那羅延菩薩從座而起整於衣服右膝著地合掌向佛白言世尊如來不久當捨身命畢竟涅槃令如來法極爲最上能悉隱蔽一切外道無信敬者善哉世尊唯願如來護諸菩薩令得現生一切諸善善根增上其心歡悦增益威德不斷佛種護持法眼及與僧眼唯願如來攝救一切諸衆生等分別演說向涅槃道所說正法若佛滅後令諸菩薩流通不斷及阿耨多羅三藐三菩提久住於世不離見佛聞法供僧增益念力不忘諸法增益慧力覺了深法增長進力得進解義得具慚力淨自心故具足愧力捨離一切諸惡法故得堅固力威儀具足故有牢强勇健除斷一切諸結使故有大雄猛所住無畏故世尊云何菩薩摩訶薩不失功德不失正法不失慧不失智不失菩提心志念堅固親友究竟令諸衆生乃至涅槃如說如作不誑衆生住滿佛法不求自施悉捨於一切自如教住住三淨戒自住淨忍心無麤獷於諸衆生其心平等自住精進作一切業自住諸禪具三善戒自善住慈不依著於一切禪定自住明慧離諸邪見一切法中得於照明以四攝法攝取衆生無有疲倦不求恩報常念修行一切人天所有善處住一切智心如門閫心不趣向聲聞緣覺心常趣法不趣於欲爲法王利非人天利行智慧行佛

智所說以法養命非飲食活遠離貪欲攝受一切遠離瞋恚於諸衆生無侵害心遠離愚癡離諸法闇出過衆魔離諸結惱善巧方便善趣諸門如是問已嘿然而住爾時世尊告千世界主那羅延善哉善哉那羅延汝今乃能爲諸菩薩問於如來如是之義那羅延汝今諦聽善思念之當爲汝說菩薩摩訶薩如是諸行所得功德復過於是時那羅延菩薩歡喜白言善哉世尊受教而聽佛告那羅延菩薩摩訶薩有三昧名集一切福德菩薩成就是三昧者不失功德不失正法不失於慧不失於智不失見佛聞法供僧勤修四攝自住布施乃至自住於善方便成就此功德及餘功德爾時世尊敷演說是集一切福德三昧名已即便嘿然爾時有大力士名曰淨威成就大力居毗舍離大城作如是念我大力士成就大力閻浮提中所有衆生無有大力與我等者我先聞有沙門瞿曇成就大力具足十力那羅延身復作念言我當往觀沙門瞿曇何如我也爾時淨威力士出毗舍離大城趣菴羅園大法講堂到已瞻覩如來應正徧覺佛大威德百千萬衆恭敬圍遶而演說法猶如須彌顯于大海周匝端嚴極爲微妙當初覩見於如來時得大信樂愛敬之心即前投地禮如來足右遶三帀却住一面合掌頂上一心觀佛是時世尊知是淨威力士心已欲降伏故告大目連汝往取吾昔菩薩時爲娉瞿夷釋種女故角力時箭爾時目連白世尊言我都不見知在何處爾時世尊從於右足放大光明名曰照明是光遍照三千大

千此佛世界時三千大千世界之下大金剛輪箭在彼豎爾時世尊告大目連汝見此界大金剛輪箭在彼豎不目連白言已見世尊佛告目連汝取持來時大目連即下至彼如大力士屈伸臂頃一切大衆皆見其去即便持來授與如來作如是言世尊是菩薩時父母生力爲神通力佛言是菩薩時父母生力非神通力目連菩薩若以神通之力是箭即過無量無邊諸佛世界大德目連白言世尊如何乃是菩薩父母所生福德之力耶佛告目連如十人力等一健牛力十健牛力等一青牛力十青牛力等一凡象力十凡象力等一羅迦象力十羅迦象力等一迦尼象力十迦尼象力等一毘陀象力十毘陀象力等一無鬬象力十無鬬象力等一伊沙陀象力十伊沙陀象力等一安禪象力十安禪象力等一婆摩象力十婆摩象力等一青象力十青象力等一黄象力十黄象力等一赤象力十赤象力等一白象力十白象力等一赤蓮華象力十赤蓮華象力等一紅蓮華象力十紅蓮華象力等一香象力十香象力等一大香象力十大香象力等一繫羂師子王力十繫羂師子王力等一力士力十力士力等一大力士力十大力士力等一遮㲋羅力十遮㲋羅力等一大遮㲋羅力十大遮㲋羅力等一波揵提力十波揵提力等一大波揵提力十大波揵提力等一地天子力十地天子力等一堂天子力十堂天子力等一持風天力十持風天力等一持鬘天力十持鬘天力等一常醉天力十常醉天力等四天王中一天子

力一切四天中天子力等一大天王力十大天王力等三十三天中一天子力一切三十三天中天子力等一帝釋力十帝釋力等焰天中一天子力一切焰天中天子力等一焰天王力十焰天王力等一兜率陀天中一天子力一切兜率陀天中天子力等一兜率陀天王力十兜率陀天王力等化樂天中一天子力一切化樂天中天子力等一化樂天王力十化樂天王力等他化自在天中一天子力一切他化自在天中天子力等一他化自在天王力十他化自在天王力等魔天中一天子力一切魔天中天子力等一魔王力十魔王力等半那羅延力十半那羅延力等一那羅延力十那羅延力等一大那羅延力十大那羅延力等一百劫修行菩薩力十百劫修行菩薩力等一千劫修行菩薩力十千劫修行菩薩力等一萬劫修行菩薩力十萬劫修行菩薩力等一百萬劫修行菩薩力十百萬劫修行菩薩力等一千萬劫修行菩薩力十千萬劫修行菩薩力等一百千萬劫修行菩薩力十百千萬劫修行菩薩力等一千千萬劫修行菩薩力十千千萬劫修行菩薩力等一百千千萬劫修行菩薩力十百千千萬劫修行菩薩力等一千千千萬劫修行菩薩力十千千千萬劫修行菩薩力等一百千千千萬劫修行菩薩力十百千千千萬劫修行菩薩力等一萬千千千萬劫修行菩薩力十萬千千千萬劫修行菩薩力等一無生法忍菩薩力十得無生法忍菩薩力等一十地菩薩力十十地菩薩力等一後身菩薩力是故

目連菩薩成就如是力故生便即能行於七步目連若此世界佛不持者便壞不任何以故菩薩摩訶薩當其生已行七步時此界大地縱廣六十八千由旬菩薩生已當下足時便當都没深百千由旬還舉足時復當涌出百千由旬以佛持故令是世界不動無壞衆生無惱最後身菩薩始初生時則便具有如是力目連十初生菩薩力等一盛年菩薩力目連菩薩摩訶薩成就是力趣向道場覺於菩提如是當趣道場時力比道場上坐時之力超過百千復以如是無量無邊阿僧祇不可得不可壞力成就具足乃至成阿耨多羅三藐三菩提目連假使一切世界衆生悉得具足垂成菩提菩薩之力於如來處非處智力百千萬億分不及其一乃至筭數譬喻所不能及得具如是十種之力名爲如來應供正遍知是故目連如來之力爲本善根之所護持無增無減此中不明菩薩通力菩薩若用神通力者能以恒河沙等世界置於足指一毛端上擲過無量無邊恒沙世界如是往來不令衆生有於苦惱如是神力無量無邊不可思議不可稱量不可數知無等等若當如來盡現所有神通力者汝等聲聞尚不能信況復其餘諸衆生也目連菩薩趣詣道場上時觀於地大水火風大悉爲一界所謂空界是故大地而不壞敗衆生無惱時淨威力士從如來所聞說菩薩父母生力聞已驚怪身毛皆竪生希有心從座而起整於衣服右膝著地合掌向佛白言世尊我今憍慢悉皆摧滅從如來所聞菩薩力故世尊我今歸依

佛法衆僧發於無上正眞道心爲欲安樂一切衆生願得具足如來之力爾時復有十千天子聞淨威力士作如是語皆發無上正眞道心亦作是言世尊願令我等得如是力如今如來應供正徧覺爾時那羅延菩薩白言世尊云何名爲菩薩所修習一切福德三昧如來先說是名字已即便默然世尊今開敷演解說是集一切福德三昧云何菩薩得是三昧爾時世尊告千世界主那羅延菩薩那羅延無有菩薩發於無上正眞道心而不修是集一切福德三昧者何以故一切福德無有不入初發心中那羅延猶如江河一切諸流無有不入大海中者如是那羅延所有福德若施戒修有漏無漏世間出世間若天若人所有福德皆悉攝在發菩提心是故那羅延若善男子善女人欲集一切諸福德者當發無上正眞道心那羅延猶如寶山所謂須彌目眞隣陀摩訶目眞隣陀輪圍山大輪圍山及諸餘山藥木叢林村邑聚落大小諸城閻浮提弗婆提瞿耶尼鬱單越諸四天下及千世界二千世界三千大千世界欲界色界無色界日月星宿若日月蝕一切皆攝三千大千世界之內乃至百億四天下皆悉在中如是那羅延所有一切諸凡夫福若學人福無學人福若菩薩福若如來福一切皆攝在於菩薩初發心中是故那羅延若欲攝取一切福德當發菩薩阿耨多羅三藐三菩提心那羅延若四天下一切衆生悉具轉輪大王福德若有初發大乘道心福德智慧殊勝於彼那羅延如四天下一切衆生乃至三千大

千世界所有衆生是衆生界之所攝者是一一衆生皆具轉輪大王福德是諸轉輪大王福德爲一轉輪大王德聚是一一衆生復具是德於意云何是諸福德寧爲多不那羅延言是一人福尚多無數況復無量阿僧祇人所有德聚佛言那羅延置是三千大千世界所有衆生乃至恒河沙等世界所有衆生悉具轉輪大王福德那羅延於意云何是諸德聚寧爲多不那羅延言世尊若一三千大千世界衆生具足轉輪大王所有德聚尚多無量無邊阿僧祇況復無量無邊世界衆生具足轉輪大王福德之聚那羅延我今知已而唱是言有初發菩提之心所有德聚比前德聚百分不及其一千分百千分百千萬億分乃至筭數譬喻所不能及那羅延是名初說

入集一切福德三昧復次那羅延如千世界梵王慈心普遍滿此一千世界那羅延有人復以滿千世界七寶布施於意云何是人施福梵王慈福何者爲勝那羅延言世尊梵王慈福無量無邊那羅延置是千世界梵王慈心若二千世界梵王慈心普遍滿此二千世界那羅延若復有人以滿二千世界七寶持用布施汝意云何是人施福梵王慈福何者爲勝那羅延言世尊梵王慈福無量無邊那羅延如三千大千世界梵王慈心普遍滿此三千大千世界若復有人以滿三千大千世界七寶布施於意云何是人施福梵王慈福何者爲勝那羅延言世尊梵王慈福無量無邊那羅延言世尊施福比慈百分不及一千分百千分乃至筭數譬喻所不能及佛言如

是四千世界梵王慈心亦遍滿此四千世界五千世界梵王慈心亦遍滿此五千世界十千世界梵王慈心亦遍滿此十千世界百千世界梵王慈心亦遍滿此百千世界那羅延若人以滿百千世界所有七寶持用布施所得福聚比慈福德慈福爲勝那羅延正使是等三千大千世界之中一切衆生各具慈心如百千世界大梵天王所有慈心是諸慈心福德之聚欲比菩薩初發道心專志增上爲脫一切所有衆生無幻無僞實爲一切衆生修行慈心福德百分不及一千分百千分億分百億分千億分乃至筭數譬喻所不能及那羅延是故當知若欲修習一切福德是善男子善女人應發阿耨多羅三藐三菩提心今發當發具足如是無量無邊福德之聚是

第二說入集一切福德三昧復次那羅延汝意云何東方虛空爲普遍不南西北方四維上下所有虛空爲普遍不那羅延言世尊東方虛空尚不得邊何況十方不可說無量無邊隨有世界虛空普遍佛言那羅延假令有人乃至百千萬億劫中引諸喻說欲盡虛空得其邊際不得其邊那羅延我今引喻以明斯義爲欲成滿是集一切福德三昧故亦令增益諸有修習福德衆生增長志欲令向大乘菩薩摩訶薩滿大精進那羅延若以芥子盛滿三千大千世界乃至非想非非想處滿中芥子假令有人持過東方百千恒河沙等世界下一芥子如是東行盡是芥子猶不能得世界邊際南西北方四維上下亦復如是那羅延若復恒河沙等世界滿中芥子那羅

延頗有人天能數如是一切芥子知其數不時那羅延白言世尊若四天下一切衆生成就智慧如舍利弗於一劫數猶尚不能數其一分況能數盡大芥子聚那羅延假令有人過於東方恒沙世界著一芥子如是東行盡是芥子猶故不得世界邊際南西北方四維上下亦復如是那羅延如是世界虛空普遍設有人天以滿中七寶持用布施那羅延於意云何是福德聚寧爲多不那羅延言無量世尊無邊世尊佛言那羅延是人所有福德之聚欲比初發道心菩薩成就志欲無幻無僞勤修精進爲脫一切衆生起大慈大悲所集德聚是施德聚百分不及一乃至筭數譬喻所不能及那羅延十方一切所有諸物虛空悉受那羅延菩薩慈心亦復如是遍滿十方諸佛世界所有衆生皆悉普遍那羅延是菩薩慈心所及衆生令悉具足轉輪大王所有福德如是帝釋所有福德如是梵王所有福德若有菩薩初發道心專志趣向無幻無僞勤修精進爲脫一切所有衆生起慈悲心而趣向之行於愍悼所得福德是福勝彼一切衆生具轉輪王帝釋梵王所得功德那羅延是第三說入集一切福德三昧復次那羅延假令三千大千世界所有衆生皆具轉輪大王福德比帝釋福德百分不及一乃至筭數譬喻所不能及那羅延假令三千大千世界所有衆生皆爲帝釋比梵王所有福德百分不及一乃至筭數譬喻所不能及那羅延假令三千大千世界一切衆生皆悉具足大梵天王所有福德比一斷欲優婆塞所有福

慧百分不及一乃至筭數所不能及那羅延假令三千大千世界所有衆生皆爲斷欲優婆塞所有福慧比舍利弗所有福慧百分不及一乃至筭數譬喩所不能及那羅延假令三千大千世界所有衆生福德智慧如舍利弗比一縁覺所有福慧百分不及一乃至筭數譬喩所不能及那羅延若令三千大千世界所有衆生悉具縁覺所有福慧比一五百劫中修行菩薩所有福德智慧百分不及一分集一切福德三昧應如是學說是法時三萬二千衆生皆發無上正眞道心此三千大千世界六種震動人天妓樂同時俱作人天雨華積至于膝天龍夜叉乾闥婆釋梵護世皆作是言世尊是初發心者悉勝我等世尊我等亦當利是善男子善女人已發今發當發阿耨多羅三藐三菩提心者如我等解佛所說義若有衆生不發無上正眞道心則不能趣是集一切福德三昧不能正入若有衆生發於無上正眞道心則能得趣是集一切福德三昧亦能正入爾時淨威力士白言世尊以何等法能得成就攝此集一切福德三昧佛言善男子成就一法攝此集一切福德三昧何等一法謂不捨於一切智心善男子是名成就一法攝此集一切福德三昧復次善男子復成就二法攝此集一切福德三昧謂聞法無猒聞已修行善男子是名成就二法攝此集一切福德三昧復次善男子復成就三法攝此集一切福德三昧何等三謂離諸惡修行善法善巧迴向善男子是名成就三法攝此集一切福德三昧復次善男子復

成就四法攝此集一切福德三昧所謂成就淨見淨心淨慧淨善男子是名成就四法攝此集一切福德三昧復次善男子復成就五法攝此集一切福德三昧何等五所謂專意發菩提心常眞實語無有諂僞無有嫉妬於一切衆生心常平等善男子是名成就五法攝此集一切福德三昧復次善男子復成就六法攝此集一切福德三昧何等六所謂親近於善知識離惡知識遠離衆閙閑居寂靜不捨大慈於諸衆生起大悲心善男子是名成就六法攝此集一切福德三昧復次善男子復成就七法攝此集一切福德三昧何等七所謂修定善於智慧善知於因善知於緣正直而住修習於道修行道時無有懈怠善男子是名成就七法攝此集一切福德三昧

復次善男子復成就八法攝此集一切福德三昧何等八謂調柔身調柔心觀受觀法未生惡法令其不生已生惡法斷之令滅未生善法方便令生已生善法護令增長善男子是名成就八法攝此集一切福德三昧復次善男子復成就九法攝此集一切福德三昧何等九觀過法無盡現法無盡來法無盡觀法如幻等覺三世如一切法知而忍之不謗於空不分别無相不願諸有善男子是名成就九法攝此集一切福德三昧復次善男子復成就十法攝此集一切福德三昧何等十謂解無我想忍於無命不疑無人緣法無常於諸生處如地獄想觀四大如毒蛇觀入如空聚觀陰如魁膾流出諸有想樂修解脱善男子是名成就十法攝此集一切福德三昧

爾時淨威力士白佛言世尊若菩薩摩訶薩欲成就一切福德莊嚴者應聽是三昧菩薩摩訶薩欲集一切福德者應聽是三昧若菩薩摩訶薩欲得不思議福德者應信是三昧應聽是三昧若菩薩摩訶薩欲得無盡福德者應當修行於是三昧若菩薩摩訶薩欲到一切福德大海者應當受持讀誦修行於是三昧若菩薩摩訶薩欲得百福相者應當修行於是三昧爾時淨威力士復白佛言世尊菩薩摩訶薩何法相應成就滿此一切福德莊嚴修習一切福德不可思議福德無盡福德大海福德滿百福相爾時佛告淨威力士善男子有於三法爲福德柱福德莊嚴福德來集福德增廣福德無盡福德大海福德叵思何等三謂布施莊嚴持戒莊嚴多聞莊嚴善男子云何菩薩摩訶薩修行布施莊嚴善男子菩薩摩訶薩應生是心若布施時不見施心不見所施及以受者不見眷屬若有乞者來有所求爲攝護故不以王位封邑財物諸珍寶等而有悋惜生於異心善男子是菩薩摩訶薩作如是念今我此身悉已給施一切衆生況餘財物若已施者終無悔心須財施財須食施食須飲施飲須眼施眼須肉施肉須血施血須髓施髓須於支節施與支節須頭施頭我悉當施況餘財物穀米金銀衣服瓔珞象馬車乘國城王宮男女妻妾奴婢眷屬無不捨者若有衆生隨其所須而求索之我隨所有悉當施與無有憂悔不望其報起慈悲心爲攝衆生攝取衆生乃至成佛終無有盡善男子若有菩薩發如是心是名菩

薩布施莊嚴復次善男子菩薩不自觀計身命寧捨身命終不爲惡不爲養身邪命自活寧捨身命不惱於他不爲封邑造行諸惡不爲眷屬熾然諍訟不爲妻妾及以男女嫉利他財不生慳心常恒少欲乃至不生一念惡心況復多也爲斷慳貪不生瞋恚無瞋恚故正行相應正行相應故到於正處到正處故正戒相應正戒相應故親善知識恭敬供養恭敬供養善知識故得聞正法聞正法已如說修行如說修行已則能利益邪道衆生不作衆惡隨順善法得智方便知衆生根善男子而是菩薩行施莊嚴得是功德復次善男子菩薩摩訶薩不生内外想若内地大若外地大等無異想何以故身猶如牆壁草木如影如焰無知無思無作無堅四大所攝若有斫截刀杖瓦石撾打之者終不生報不觀計身不愛壽命於諸衆生不起瞋恚彼衆生所修慈悲心善男子猶如藥樹若有取根莖節枝葉華鬚及果終不作念取根莫取莖取莖莫取根如是乃至枝葉果實亦爾而是藥樹都無想念然能寂滅一切衆生若上中下所有病患如是善男子菩薩摩訶薩於四大身生藥樹想隨諸衆生須手與手須脚與脚須眼與眼須肉與肉須血與血須骨與骨須髓與髓須頭與頭須支節者施與支節善男子若是菩薩以如是心行施莊嚴趣向無盡菩薩摩訶薩行布施時爲慳衆生令成滿施少福衆生具滿福德貧窮衆生滿大封邑若捨支節爲令衆生具滿支節如是布施不向三處何等三不求王位自在不求大富自樂不

向聲聞緣覺菩提如是布施爲滿四淨何等四淨謂佛土淨菩薩僧淨化衆生淨迴向一切智淨菩薩摩訶薩應當如是迴向四淨復次菩薩摩訶薩施主無盡何等名爲菩薩施主善男子菩薩摩訶薩有四法布施是施有盡何等四謂不迴向無有方便所爲下劣近惡知識善男子是名菩薩四法布施是施有盡善男子菩薩有四法布施施主無盡何等四謂迴向菩提有巧方便爲得法王近善知識善男子是名菩薩四法施主而不可盡復次善男子菩薩摩訶薩應念三法而行布施謂念不離菩提之心憐愍一切所有衆生不違佛語不望果報善男子是名菩薩念於三法而行布施復次善男子菩薩摩訶薩安置衆生於三法中而行布施何等三謂安衆生菩提道中而行布施爲安衆生善讃法中而行布施爲安衆生著無上門中而行布施善男子是名菩薩摩訶薩安置衆生於三法中而行布施復次善男子菩薩摩訶薩希望一法而行布施何等一所謂希望有大封邑能行捨心善男子是名菩薩希望一法而行布施復次善男子菩薩摩訶薩爲滿二法而行布施何等二謂智與慧善男子是名菩薩摩訶薩爲滿二法而行布施復次善男子菩薩摩訶薩進趣二法而行布施何等二謂盡智無生智善男子是名菩薩摩訶薩進趣二法而行布施復次善男子菩薩摩訶薩修行四施何等四謂等心行施不望果報施向菩提施滿調寂施善男子是名菩薩修行四施是故善男子菩薩欲趣至無盡福應當修行如

是布施爾時淨威力士即白佛言希有世尊如來說施攝取一切佛之正法世尊若有菩薩成就是施無有能量是菩薩福佛言如是如是善男子若有菩薩成就具足如是布施知是菩薩成就具足無盡福德大海福德不貧聖法成大封邑住在法流獲得大財具足七財成大福德持百福相爲大福田養育一切諸衆生等

集一切福德三昧經卷上

音釋

娉匹正切娉問也　繫罥繫古詣切罥古泫切　[illegible]奴侯切　擲直炙切投也　蝕乘力切虧也　悼徒到切傷也　閙奴教切喧嚻也　叵普火切不可也

集一切福德三昧經卷中

姚秦三藏法師鳩摩羅什譯

爾時佛告淨威力士善男子云何菩薩摩訶薩淨戒莊嚴謂戒淨無缺不捨學戒懸於毀禁極敬持戒淨身三業淨口四過淨意三業自成十善教他十善不自稱譽不起戒慢勤進修戒頭陀德中心不動轉住於聖種自護已心不見他過不作衆惡不願諸有亦不喜樂勸他修善勸營助他不希望樂勸人布施不捨阿練若處爲病給使作已歡喜如說如作失利不憂得利不高毁譽稱譏及與苦樂心不傾動斷除愛恚不懷怨嫌修行慈心等視怨親不以戒自高不向餘乘不禮餘天捨離諸見蓋覆使纏斷除滅悔捨財無悔心生歡喜不生諸有心不願樂忍於疲苦善護進心遠離著心不驚怖畏無生法忍善男子菩薩摩訶薩爲習此戒乃至失命終不毁犯不爲王位護持禁戒不爲生天不爲帝釋不爲梵王護持禁戒不爲封邑不爲自在不爲妙色護持禁戒不爲端正不爲名稱不爲讃歎不爲利養不爲恭敬不爲活命不爲飲食不爲卧具不爲病藥護持禁戒不爲眼色不爲耳聲鼻香舌味身觸心法護持禁戒不依倚色不依受想行識護持禁戒不依欲界色界無色界護持禁戒不畏地獄餓鬼畜生不爲救護護持禁戒不畏人道貧窮困苦護持禁戒不畏天道貧窮苦故護持禁戒不畏龍夜叉乾闥婆阿脩羅緊那羅迦樓羅摩睺羅伽貧苦惱故護持禁戒爲佛種故護持禁戒爲住聽法如聞而行護持禁戒爲僧種故護持

禁戒爲欲出過生老病死憂悲苦惱故護持禁戒爲欲解脱諸衆生故護持禁戒爲安樂利益諸衆生故護持禁戒欲住佛法故護持禁戒欲轉法輪故護持禁戒爲集聖種故護持禁戒爲不斷佛法僧種故護持禁戒爲妙神通故護持禁戒爲戒定慧解脱解脱知見故護持禁戒爲神足變化應現無方護持禁戒如是持戒不毁不缺不穿堅實無所作爲具足成就精妙無染清淨香潔智者所讚諸佛所歎如法修行堅固眞實若菩薩成就如是持戒不失十法何等十法謂不失於轉輪王位既在是位不生放逸希望欲得無上菩提願得見佛不失帝釋既在是處不生放逸希望欲得無上菩提願得見佛不失梵王既在是處不生放逸希望欲得無上菩提願得見佛淨信正眞不失聞法如所聞法善能分别不失攝取菩薩智慧不失無斷無礙辯才不失集聚一切善根不失一切諸佛聲聞緣覺所讚不失疾能通達一切諸佛智慧若菩薩成就如是持戒不失此十法菩薩成就如是戒聚諸天常禮諸龍宗敬夜叉常供諸乾闥婆亦常供養阿脩羅敬侍諸王婆羅門長者居士皆尊重之智者常趣諸佛常念諸天世人常師事之常愍衆生若菩薩如是淨持戒聚不生四處除化衆生何等四不生邊地不生無佛國不生邪見家不生惡道菩薩如是淨持戒聚不生四處復次善男子菩薩如是淨持戒聚不失四法何等四所謂不失菩提之心不失念佛不失聞法既聞法已乃至無量阿僧祇劫而不忘失是爲菩薩淨持戒

聚不失四法善男子若菩薩如是淨護戒聚不值四處不值法滅不值刀兵劫不值飢餓劫不值劫燒菩薩如是淨持戒聚不值是四復次善男子菩薩如是淨持戒聚得四勝法謂不誑佛不誑諸天不誑衆生不誑自心菩薩如是淨持戒聚得四勝法復次善男子菩薩成就護持戒聚離十種畏何等爲十離地獄畏離畜生畏離餓鬼畏離貧窮畏離不稱讃畏離諸纏畏離諸聲聞緣覺位畏離天龍夜叉乾闥婆阿脩羅迦樓羅緊那羅摩睺羅拘辦茶羅刹等畏離魁膾刀杖火毒等畏離諸師子虎豹熊羆及多勒叉狐狼蟒蛇猫鼠百足毒蛇蛆蟚王賊等畏菩薩如是住淨戒聚離十種畏善男子菩薩持戒則能發起一切佛法乃至起於無上菩提何以故若有持戒便有三昧若有持戒便有智慧若有持戒便有解脱若有持戒便有解脱知見善男子云何名戒戒者名爲寂調結使以何緣故名爲結使以染汙三有諸衆生故名爲結使云何名寂無妄想無分別無起著永不思念一切諸法是名寂調一切結使善男子若菩薩摩訶薩不能如是知寂調結使是不名爲戒聚清淨何以故若不能知寂調結使雖生梵世猶爲結染乃至非想非非想處猶爲結使善男子是故當知寂三界結名淨戒聚爾時淨威力士白佛言世尊若離三界諸結使染名淨戒聚世尊何故爲菩薩時離三界結還生其中爾時世尊告淨威力士善男子菩薩摩訶薩不以自結生於三界以方便故同在三界無三界結化衆生故善男子假使人天

能畫虛空現諸色像於意云何爲希有不如是世尊如是善逝是人所作甚爲希有佛言善男子菩薩捨離一切諸結使處在三界現三乘教化是乃希有淨威力士言世尊是菩薩成就住解脱門憐愍衆生還住三界世尊譬如有人從魁膾所得全身命旣得脱已復還其所而語之言汝今殺我莫殺餘人世尊是三界者如魁膾舍一切衆生喻應死者生死諸行猶如魁膾從得脱者猶如菩薩脱三界已爲化衆生爲脱衆生還住三界世尊是菩薩大悲諸聲聞緣覺所不能及何以故聲聞緣覺無是大悲無善方便無淨戒莊嚴世尊復告淨威力士善男子云何菩薩摩訶薩善能修習多聞莊嚴求學多聞善男子菩薩摩訶薩於諸和尚阿闍黎所恭敬供養尊重

讚歎隨教誨行除捨憍慢速受教誨於正法中生起藥想於和尚阿闍黎所生起佛想於自身所起病人想於説法者起明醫想爲集佛法不愛身命於諸財物衣鉢之餘起惱結想雖具封禄不生愛著爲重法故一切悉捨爲護正法應捨一切世間珍寶爲得法樂應捨一切名譽讚歎爲得法王捨諸王位爲捨一切諸結使故應當勤修習法相應爲救一切諸衆生故應當勤修習法相應菩薩摩訶薩修習諸法者一切善根自然而得是故善男子菩薩摩訶薩欲成菩提欲豎立智柱應修多聞善男子如帝釋堂因柱得住三十三天在中歡樂如是善男子由菩薩智柱一切天人悉蒙受樂善男子若有菩薩發菩提心菩提所攝言欲作佛於多聞中而不勤修於

諸衆生最爲無智是故善男子菩薩摩訶薩應勤精進修習多聞諸衆生中爲多聞柱是時諸天歡喜踊躍是善丈夫堅牢精進修習智慧必能獲得於佛十力是善丈夫當以慧力斷諸結網是善丈夫當演說法斷於一切衆生結使是善丈夫當往至彼菩提樹下諸佛坐處是善丈夫當以自力降一切魔是善丈夫當轉十二行相法輪善男子若有菩薩修多聞時一切魔宮皆悉闇蔽三千大千世界魔王皆悉憂惱作如是言是人今者勝過我等其餘魔天各作是言是人降伏於我等主我等一切悉屬是人何以故善男子由是菩薩集多聞慧能寂結使以無結使魔不得便已有多聞則能分別既能分別則能修行已能修行魔不得便修多聞者遠離邪見得住正見已能正住魔不得便則能正修已能正修能分別義離諸非義便能正度義及非義善男子以是因緣故應如是知善男子菩薩修習是多聞時除四種魔所謂陰魔煩惱魔死魔天魔善男子如本菩薩習多聞時欲法利法善住於法我今少說善男子乃往過世阿僧祇劫無量無邊不可思議爾時有大仙人名曰最勝仙住山林中具五神通常行慈心作如是念我今山中修行慈心無所利益不但慈心能滅衆生無量劫中所集煩惱生此慈心能起正見復作是念因於何事能起正見作是念言有二因緣能起正見謂從他聞聞已正思以是二法能生正見是時便生求多聞心當從何處得聞善說爲法因緣集法相應爾時仙人至諸聚落封邑郡縣王

城處處推求多聞了不能得說法之師時魔天子來至其所作如是言我今有佛所說一偈是最勝仙聞佛偈名即語之言爲我演說時天報言汝今若能剥皮爲紙以血爲墨析骨爲筆書寫此偈乃當相與佛所說偈善男子時最勝仙作是念言今我此身無量生死在在處處賊兵魁膾百千劫中常以無事墮在彼手利刀割截分解支節或爲欲故或財利故殺縛捶打繫閉訶罵受無量苦都無利益唐受割截我今當以此不堅身易得妙法歡喜踊躍我得大利聞是法語於此天所生師宗想即以利刀自剥身皮乾以爲紙復刺出血用以爲墨復析其骨削以爲筆合掌向天而作是言天爲我說佛所得偈如先所勑剥皮爲紙出血爲墨析骨爲筆我悉作已善男子時魔天子見最勝仙恭敬爲法見已愁悴即便隱去善男子時最勝仙見天没已作如是念我今爲法生恭敬心剥皮爲紙析骨爲筆我今如此恭敬求法而是善根終不敗亡若我此言誠實不虛起慈悲心爲諸衆生不惜身命剥皮爲紙出血爲墨析骨爲筆若我至心誠實不虛餘方世界大慈大悲能說法者當現我前善男子最勝大仙作是語時一念之頃東方去此佛土三十二佛刹彼有國土名普無垢是中有佛號淨名王如來應供正徧覺今者現在知最勝仙心念所作亦欲教化是閻浮提諸衆生故譬如壯士屈伸臂頃乘空而來到是最勝仙人前住及五百菩薩是淨名王如來放大光明徧照彼林天雨衆華時彼樹林枝葉華果皆出法音爾時

無量百千萬億諸天來集是時彼仙得淨名王佛光觸身已苦痛悉除還復如故無有瘡瘢爾時彼仙頭面敬禮佛世尊足右遶三帀合掌頂上白淨名王佛而作是言世尊是我師善逝是我師世尊我今歸依佛歸依法歸依僧惟願世尊爲我說法我聞法已不信衆生行邪見者壞正見者行黑闇者導示正故而爲說法善男子爾時淨名王佛因最勝仙及諸天子諸菩薩等爲其演說此集一切福德三昧法彼天衆中八千天子本種善根皆發無上正眞道心最勝大仙得大喜悅生於大信得無礙辯彼佛如來復爲演說八金剛句何等八一切諸法性本淨句一切諸法離結使故一切法無漏句盡諸漏故一切法離巢窟句過巢窟故一切法無門句無有二故一切法普徧句示解脫門故一切法無去句無去處故一切法無來句斷諸來故一切法三世等句去來現在無二相故彼淨名王佛演說如是八金剛句是中開解一切法義復更演說餘八法門令菩薩摩訶薩疾成就智何等八謂一切法名字門以名分別一切法故一切法音聲門以言分別令歡喜故一切法共要門一切諸法決定相故一切法言說門虛妄自在故一切法自相門離他相故一切法畢竟盡門無所有故一切法分別門從分別有故一切法平等門等一味故最勝是名八法門疾成就智最勝復有八字種子門能成就於無盡辯才何等八一切法阿字種子門示法無生故一切法闍字種子門示第一義法故一切法那字種子門示字名色故

一切法遮字種子門示現一切法調伏故一切法婆字種子門示一切法入平等故一切法多字種子門示如不壞故一切法迦字種子門滅苦業故一切法摩字種子門究竟成就斷一切法故是名八字種子門能成就於無盡辯才是故最勝是八字種子句門八法句門八金剛句門正念修行常離憒閙恒善思惟觀察修習功德之利善男子淨名王如來説是法已放大光明徧照世界震動大地即沒不現與諸菩薩還至彼土彼諸衆生都不覺知佛來去時善男子爾時最勝大仙成就聖辯諸天子侍衛諸天守護爲降魔故至諸聚落諸城國邑爲諸衆生廣敷演説此集一切福德三昧滿于千歲常演説法令八萬四千衆生住聲聞乘八萬四千衆生住縁覺乘八萬四千衆生住於大乘八萬四千衆生作轉輪王八萬四千衆生作釋提桓因八萬四千衆生得作梵王八萬四千衆生修行於慈八萬四千衆生修行於悲八萬四千衆生修行於喜八萬四千衆生修行於捨無量衆生得生天上是最勝大仙後乃命終即往生彼淨名王佛普無垢土及八萬四千天子亦生彼土善男子於意云何爾時最勝仙者豈異人乎汝勿有疑即我身是我本如是欲法敬法説誠實語便能感彼淨名王佛來至我所是以當知若有菩薩恭敬求法則於其人佛不涅槃法亦不滅何以故淨威若有菩薩專志成就求正法者雖在異土常面覩佛得聞正法淨威若菩薩摩訶薩欲法敬法令諸山巖樹木林藪出諸法藏陀羅尼門及諸經

卷自來在手淨威諸有菩薩敬法欲法若有諸天曾見佛者來至其所從於佛所得聞諸法具爲演説淨威利法菩薩若其壽盡諸佛世尊增益其壽佛力持故欲住千歲即便能住二千三千四千五千乃至一劫若減一劫隨意得住淨威若有菩薩敬法欲法不老不病得憶念力進趣智慧得於辯才若有菩薩敬法欲法得見佛已捨離諸見趣入正見淨威若有菩薩敬法欲法一切衆生無能侵害是故淨威是大衆生應當勤修多聞莊嚴所獲功德復過於是淨威若有菩薩住是三福莊嚴福柱廣福增福無盡福不思議無有能得是福邊者淨威可以一毛數大海滴無有能盡是菩薩莊嚴福聚淨戒多聞慧聚得其邊者淨威能稱三千大千世界草木山林及諸衆生得其輕重不能稱量如是菩薩莊嚴福戒多聞慧聚得其邊者是名解脱智莊嚴已爾時淨威力士白佛言世尊布施莊嚴淨戒莊嚴多聞莊嚴是三莊嚴何者爲最何者爲勝佛言淨威三莊嚴中多聞莊嚴最可稱歎最勝尊上無上無上上善男子如須彌邊著一芥子而是施福及淨戒聚亦復如是猶如芥子多聞莊嚴如須彌山善男子如一小鳥所住處空施戒莊嚴亦復如是多聞莊嚴如餘虛空善男子布施莊嚴能作二事何等爲二能除貧窮成大封禄淨戒莊嚴亦作二事何等二一離惡道二至善處善男子多聞莊嚴亦作二事何等二謂能除去一切諸見能集一切智慧莊嚴善男子布施莊嚴是有漏報淨戒莊嚴亦有漏報善男子多聞莊嚴

無漏無報是故善男子菩薩摩訶薩應勤精進修多聞慧說是施福淨戒多聞莊嚴法時三千衆生本種善根便發無上正眞道心五千天子於諸法中遠離塵垢得法眼淨淨威力士得無生法忍爾時淨威力士白佛言世尊菩薩摩訶薩成就幾法疾能獲得無生法忍佛言善男子菩薩成就四法疾能獲得無生法忍何等四謂解知身猶如鏡像解知言說猶如響聲解心如幻解諸法無二淨威當知菩薩成就是四法者疾能獲得無生法忍復次善男子菩薩摩訶薩成就四法疾能獲得無生法忍何等四謂慈普覆徧一切衆生無衆生想解諸法空不見所解觀見佛淨不以肉眼住於慧眼善分別心而不見心不依倚心善男子菩薩成就是四法者疾能獲得無生法忍復次善男子菩薩成就四法疾能獲得無生法忍何等四所謂不捨一切衆生捨離諸見護持淨戒寂一切結善男子菩薩成就四法者疾能獲得無生法忍復次善男子菩薩成就四法疾能獲得無生法忍何等爲四謂有忍力法轉增勝勤行精進解法寂靜善男子菩薩成就是四法者疾能獲得無生法忍復次善男子菩薩成就四法疾能獲得無生法忍何等四所謂得禪而不依禪以慧分別無有戲論成就方便攝取衆生增長諸行善知諸行善男子菩薩成就是四法者疾能獲得無生法忍復次善男子菩薩成就四法疾能獲得無生法忍何等四謂以大慈救諸衆生謂以大悲不猒生死謂以大喜欣樂於法謂以大捨斷一切愛善男子菩薩成

就是四法者疾能獲得無生法忍復次善男子菩薩成就四法疾能獲得無生法忍何等四謂得三解脫門解知三世超過三界信法性無生善男子菩薩成就是四法者疾能獲得無生法忍演說如是諸四法時淨威力士得無生法忍歡喜踊躍上昇虛空高七多羅樹爾時三千大千世界六種震動人天妓樂同時俱作天雨華雲大光普照徧此世界爾時世尊即便微笑諸佛常法若微笑時若干百千青黃赤白紅紫等光從面門出徧照無量無邊世界上過梵世還遶身三帀從頂相入時大德阿難即從座起整衣服偏袒右肩右膝著地合掌向佛白言世尊佛不妄笑今者世尊何緣而笑說偈問曰

得無上智無垢眼　諸根寂靜到彼岸
大光須彌金山色　導師以何因緣笑
善知衆生諸根行　淨慧相應知三世
得於無想最上智　面如滿月說笑緣
如過去佛及未來　現在諸佛尊亦爾
種種眞實清淨行　善知一切如實義
其身普徧諸佛界　音聲亦滿諸佛界
慈心普徧諸衆生　願說誰與智相應
自在知法如水月　如幻化相亦如夢
如空如電清淨法　今人師子何緣笑
解空無相無願法　善性實性常調心
如風遊行虛空中　惟願演說何緣笑
今佛智慧知誰心　誰應道樹下降魔
誰當坐於金剛座　人仙今者何緣笑
非是聲聞之境界　亦非緣覺之所及
是佛大海智境界　願說所爲之因緣

爾時佛告阿難汝今見是淨威力士住虛空不阿難是淨威力士過三百億阿僧祇劫當得作佛號多莊嚴王出現於世如來應供正徧覺明行足善逝世間解無上士調御丈夫天人師佛世尊於此東方國名嚴淨劫名梵歎阿難當知是多莊嚴王佛嚴淨國中當得成佛其土豐樂安隱熾盛是諸人衆所受用物如兜率天是莊嚴王佛不說餘法唯菩薩乘乃無聲聞緣覺乘名純菩薩僧皆得法忍無諸八難無有魔怨及諸外道彼佛壽命無有限量瑠璃爲地閻浮那提金華以間錯之

爾時淨威力士從空而下頂禮佛足合掌向佛求索出家佛即聽許爾時那羅延菩薩白言世尊未曾有耶善逝未曾有耶乃能以是勝妙善法善調衆生乃至能令如是憍慢競勝衆生是等當見佛如來時即得歡喜除捨憍慢禮如來足如此淨威大慢力士除捨慢已得勝上法復能調伏無量衆生除捨憍慢世尊是淨威力士爲曾供養幾佛世尊種諸善根乃能如是速疾開解爾時佛告那羅延菩薩那羅延是淨威力士曾於過世供養六十二億諸佛種諸善根從今已後當復值遇無量無邊阿僧祇佛恭敬供養尊重讚歎淨修梵行那羅延言世尊是淨威力士復以何緣懷大憍慢求佛競勝佛告那羅延菩薩摩訶薩有四法忘菩提心何等四謂增上慢不敬重法輕善知識說不實語那羅延菩薩有此四法忘菩提心那羅延菩薩摩訶薩復有四法忘菩提心所謂讚歎趣向聲聞緣覺乘者訶向大乘毀呰菩薩恪惜於法那羅延菩

薩有是四法忘菩提心那羅延菩薩復有四法忘菩提心何等四於諸衆生行幻惑術詐僞親近於善知識合偶言説爲利養故那羅延菩薩有是四法忘菩提心那羅延菩薩復有四法忘菩提心何等四不覺魔事不除業障志意羸弱無方便慧那羅延菩薩有是四法忘菩提心那羅延是淨威力士本造惡業忘菩提心我今當説汝善聽之乃往過世此賢劫中有佛出世號迦迦孫是佛法中有大婆羅門名曰善財起大憍慢得增上慢不往佛所憍慢增上與説五法諸婆羅門而共諍競是憍慢故獲得現報退失多事謂不見佛不聞正法亦不得聞趣向菩薩大乘之法亦不得聞諸天請法亦不得聞功德善根迴向菩提而不堅固爲此五惡法遮持故離菩提心那羅延於意云何爾時善財婆羅門者豈異人乎汝勿有疑即今淨威力士是也以憍慢故忘菩提心以菩提心本善根故不墮惡道雖成大力猶有憍慢佛力所持得聞佛力及菩薩力捨離慠慢得來見佛不作衆惡因本善根今現發起速疾得是無生法忍爾時那羅延菩薩語淨威力士汝住何法得無生忍而受記莂淨威答言我以生起諸凡夫法得受記莂那羅延言云何而生淨威答言生如不生如是生滅如不滅如是滅如是而生亦復不住那羅延言善男子若其爾者佛法凡夫法有何差別淨威答言以文字故有差別耳若以其義則無差別那羅延言是凡夫法有何義耶淨威答言無妄想無分別是凡夫法義那羅延言是義何趣淨威答言而是

義者離凡夫法趣於佛法那羅延言佛法有何義淨威答言不作二是佛法義那羅延言善男子如佛所説依法不依人又復説言有二因縁起於正見何等爲二因外言聲内善思惟如是之義即是文字淨威答言那羅延依法菩薩不取文字不取非文字若得文字是即爲義而是義者是不得義是故不依於義一切諸法都無有義何以故一切諸法不可得故非方不離方隨所住處即處自滅如佛所説畢竟滅相是名爲義是故那羅延依義者無法可依無不可依若依非依是名爲義那羅延言善男子頗有依義即是依於一切法耶淨威言有那羅延一切法空一切法寂一切法空依亦如是一切法寂依亦如是如是那羅延若依是義即依諸法那羅延言淨威若如是者一切諸法常自是依淨威答言如是如是那羅延一切諸法皆第一義依第一義者彼得安樂彼應當求於第一義若能不起法及非法不求二不求不二是名爲聖分別選擇而是選擇無作無不作若作無不作是名爲作所求求者義不相違淨威力士説是法時五百比丘不受諸法漏盡心得解脱八千天子遠離塵垢得法眼淨爾時那羅延菩薩語淨威力士如佛所説依義不依文然此衆生不解是義行於二行是不解文亦不解義爲是不解故説依義不依於文依文依義是義出過於諸文字善男子如佛所説有二因縁能生正見謂彼有人不聞正法調伏法中以少縁故便生歡喜言我出生死彼是增上慢本是增上慢爲勸是人令勤修

行彼聞法已即便修行趣於正道是故佛說

聞已得知法　聞已不作惡　聞已離無利

聞已得涅槃

那羅延言云何比丘念法相應淨威答言無相應無不相應若能如是念法相應那羅延言彼修行者是語相應復次那羅延若有比丘與念法相應則不起瞋不起憍慢是名正思惟若有觀察說法去來現在若解所說爲斷故說爲解故說爲修故說不得過去世之所作不得未來世之所作不得現在世之所作是正修行若正觀一切法性常滅是名正修思惟所見若見一切法性常寂是名修正思惟所見若正觀一切法性常定是名修正思惟所見若正觀諸法畢竟不生是名修正思惟所見若正觀一切法實無常是名修正思惟所見若正觀一切法無常滅是名修正思惟所見若彼見者及以所見都不可見如如見如不見如是名爲說示思惟是時世尊讚淨威力士善哉善哉善男子汝之所說如是相應若能如是則於諸法無有愚癡如是修行則無有障正修行者無縛無解何以故正思惟者於一切法無斷無趣若如是者名爲正見見一切法如是正見云何正見謂不見法所言見者是說無生不實之言語不實者說無生名如我所說諸法無生以慧初見若至正位名爲正見若如是見名至正位以何因緣名爲正位我與無我二俱平等如無我等諸法等起是名正位

集一切福德三昧經卷中

音釋

熊羆熊胡弓切羆波爲切熊羆並猛獸**蟒**莫朗切大蛇也**蛆蟄**蛆知列切螫也蟄郎葛切**剝**比角切割也**析**先擊切剖析也**搥打**搥之累切打都挺切搥打並擊也**瘢**蒲官切瘡痕也**憒**古對切心亂也**慠慢**慠五到切憍也慢莫晏切倨也**剃**必列切記剃謂授將來成佛之記劫國名號之別也

集一切福德三昧經卷下

姚秦三藏法師鳩摩羅什譯

爾時那羅延菩薩即白佛言希有世尊希有善逝諸法如是性常寂滅菩薩摩訶薩能聽是法能知是法能信是法不中涅槃佛告那羅延菩薩方便力能如是若菩薩成就善方便者於念念中能得四法何等四謂大慈大悲知一切智佛出於世不斷法種如是四法修行諸法知衆生界是正位相知一切法性常寂滅聞知信解不中涅槃是名調伏法知利衆生知已而見乃至不見何以故不捨一切諸衆生故爾時淨威力士白言世尊菩薩摩訶薩如佛所說不墮正位佛言善男子是菩薩摩訶薩不作諸見然事無不辦聲聞之人不緣一切衆生不緣佛種不緣法種不緣大乘捨一切智不觀一切智不願一切智滅有爲法入聲聞位菩薩摩訶薩緣一切衆生緣不斷三寶種緣於大乘觀一切智不觀於命知諸法一相不入正位緣諸衆生遊戲諸禪不墮聲聞位善男子是故當知菩薩摩訶薩常恒無我不墮正位爾時淨威力士白佛言希有世尊希有善逝菩薩所行一切聲聞緣覺之人所不能及爾時文殊師利法王子在會而坐那羅延菩薩白佛言世尊是文殊師利法王之子在此會坐乃能於是集一切福德三昧而無所說爾時文殊師利語那羅延菩薩言善男子菩薩摩訶薩不爲福德故修行菩提菩薩不爲利養名稱不爲生天不爲封邑不爲眷屬不爲讚歎不爲自樂修行菩提那羅延言文殊師利菩薩以何而行菩

提文殊師利言善男子菩薩爲悲諸衆生故修行菩提爲於法故爲脱一切衆生苦故爲斷不實諸煩惱故忍自苦故無所爲故修行菩提不惜身命觀知無主無宰無居無想無思無轉無壞無遷流轉無侵毀害勇健無降無知解無嬾惰無怖無畏無驚無恐無高無下無諂曲堅住不動樂寂獨一一道一趣住於一道修行一道爲度一切諸衆生故爲如是利故菩薩摩訶薩修行菩提又問文殊師利菩薩云何修行菩提文殊師利言善男子菩薩摩訶薩無生無滅非無生滅行畢竟滅無有餘生無所言説菩薩如是修行菩提復次那羅延菩薩知過去心已滅無所能行未來心未至無所能行現在心不住無所能行不著去來現在之心菩薩摩訶薩能如是行名修行菩提復次那羅延菩薩若知施及菩提衆生如來等無二行持戒菩提衆生如來等無二行忍辱菩提衆生如來等無二行精進菩提衆生如來等無二行禪定菩提衆生如來等無二行智慧菩提衆生如來等無二行菩薩如是行六波羅蜜則不壞敗行之性相菩薩如是修行菩提復次那羅延菩薩觀色空無有行如觀色空觀受想行識空無有行色空無盡色畢竟盡以其空故受想行識識空無盡識畢竟盡以其空故如是性盡一切法盡色無盡受想行識無盡若有菩薩如是行者是名爲修菩提之行復次那羅延菩薩勤斷凡夫法行不生佛法行不出生死行不滿涅槃行不見一切不善法成不集善法不異處觀如是解知不壞行性是菩提行那

羅延菩薩如是行是名爲修菩提之行復次那羅延菩薩摩訶薩解衆生界無量法界無量衆生界法界無盡滅行何以故衆生界法界無有二故無有二作無有二相不增不減法界不增衆生界不減衆生界如法界相衆生界相亦復如是又菩薩解知諸法無相不盡法界行不盡衆生界行不盡法界行不增法界行不盡衆生界行不增衆生界行亦不住餘妄想顛倒所起結使如是正觀善知諸行不壞諸有行不壞我衆生壽命行那羅延菩薩如是行名修菩提行文殊師利法王子演說如是諸行法時十六天子先向大乘今者逮得無生法忍爾時淨威力士欲爲供養守護是經便作是言世尊若有衆生信解是經當得一切諸善吉利爾時離魔菩薩語文殊師利我亦欲說菩薩所行文殊師利言善男子今正是時汝可演說離魔菩薩言文殊師利行一切法行是菩薩行一切魔行是菩薩行行一切衆生行是菩薩行若行學行無學行是菩薩行行緣覺行是菩薩行何以故菩薩摩訶薩應偏學故爾時那羅延菩薩問離魔天子云何菩薩學行一切諸衆生行天子答言那羅延菩薩應學八萬四千行何等八萬四千行謂二萬一千是貪欲行二萬一千是瞋恚行二萬一千是愚癡行二萬一千是等分行菩薩悉應入是諸行行於貪欲斷離貪欲行於瞋恚斷離瞋恚行於愚癡斷離愚癡行於等分斷離等分行菩薩行一切衆生行不染衆生行現行一切諸衆生行爲化衆生故是名菩薩行菩提行那羅延言天

子云何一切魔行是菩薩行天子言一切魔行入菩薩心菩薩應學隨所起魔業而不隨之不爲魔行之所繫縛入一切行而修行之應示魔天令不得便當教化魔離於魔業那羅延言天子云何學聲聞緣覺行是菩薩行天子言善男子如是一切行是實性行是無報行是無住行是無趣行是無生行解知自行菩薩應當如是修行離魔天子如是說已語文殊師利法王子善男子汝今復說如是之行文殊師利言天子菩薩所行過諸境界何以故此行非是眼境界數亦非色聲香味觸法境界之數天子是故當知是善丈夫所行諸行過諸境界復次天子若菩薩摩訶薩如是修行則是諸佛之所許可無有過咎若如是行是名菩薩修行正行天子言文殊師利菩薩云何修行諸佛所許可行文殊師利言天子一切諸法實際自空如來如是而覺知之若菩薩住如是法行佛所許可若乃至涅槃生見著行則誑諸佛天子一切諸法實際無相如來世尊如是覺知若有菩薩爲諸法作相與相俱住則誑諸佛一切諸法實際無願如來世尊如是覺知無行無實無生無起無所有無形無相亦非無相無來無去無住本性清淨本性明了其性常滅一切諸法猶如虛空如來世尊如是覺知若是菩薩於諸法性若有少得則誑如來應正徧覺天子若是菩薩共空俱住生於見著若是菩薩共無相俱住生於見著若是菩薩共無願俱住生於見著則誑諸佛若是菩薩出過三界知一切法無實無生無起無有無形無相無來

無去無住本性清淨本性照明本性常滅同如虛空本性無垢若如是知是名菩薩不誑諸佛爾時世尊讚文殊師利善哉善哉文殊師利快說此語若是菩薩如是修行名菩提行疾得受記文殊師利我昔過去於然燈佛前所住諸行都不得記何以故我有相行有所依行有所著行我於是後見然燈佛得過諸行當初見時離諸行見知一切法自性不生時然燈佛授我記言汝於是後當得作佛號釋迦牟尼如來應正徧覺我於是時得無生忍是故文殊師利若有菩薩欲速疾得無生法忍於是品中應如是修行不著諸法爾時文殊師利白佛言世尊菩薩摩訶薩爲緣何法得無生忍佛言文殊師利緣陰界入得無生忍彼得一切諸法之忍亦復緣於常樂我淨彼得法忍文殊師利所言忍者名緣一切諸法無盡所言忍者名之爲正文殊師利忍之所緣非與世法而共俱行非凡夫法非學法非無學法非緣覺法非菩薩法非佛法而共俱行不與一切諸法俱行名爲得忍捨於一切諸法相著名之爲忍是忍亦不在於眼色耳聲鼻香舌味身觸意法數中無盡不盡名之爲忍是忍亦復不離是界是名爲忍說是忍時有五百菩薩本先佛所種諸善根得無生忍作如是言此集一切福德三昧能令我等住於所住亦令我等滿無量法世尊菩薩摩訶薩應至心聽甚深諸法應當修習爾時那羅延菩薩問文殊師利云何菩薩於是深法所作已辦文殊師利言若有菩薩知一切法無作無不作是名菩薩所作已辦若

知一切諸法無行作已不執不作無忘是名
菩薩所作已辦若是菩薩隨所作無恩是名
知恩有爲無爲不生高下不得作者亦有所
作謂作布施住於迴向亦不得施不得菩提
不得自他是名菩薩所作已辦守護淨戒迴
向菩提亦不得戒修行忍進禪定智慧亦不
得慧是名菩薩所作已辦若不得身口意善
業知是菩薩所作已辦若不得身不得口意
所集莊嚴知是菩薩所作已辦爾時常精進
菩薩語文殊師利我亦欲說菩薩摩訶薩所
作已辦文殊師利言善男子今正是時汝便
可說常精進菩薩語文殊師利言若菩薩能
令一衆生入佛法中如是菩薩所作已辦若
有菩薩受衆生食若施與他不以畏故皆悉
攝在無上菩提是名菩薩福田清淨若彼施
者及與受者如法而作是名菩薩二俱清淨
若是菩薩以佛音聲令他得聞自在施戒忍
進禪慧作正憶念於大衆中說六波羅蜜令
他得聞憶念受持如此善根知是菩薩所作
已辦能消供養若是菩薩修行忍辱若爲怨
賊旃陀羅等之所罵辱不瞋不惱爲是衆生
令生信喜勤修精進住精進力知是菩薩所
作已辦若是菩薩以眞金寶滿四天下不貪
是寶而作妄語若他問法不相朋黨說言非
法知是菩薩所作已辦若有菩薩七日絶食
若有人來作如是言汝若能捨菩提之心及
諸衆生當與汝食而是菩薩終不爲之知是
菩薩所作已辦復次文殊師利若是菩薩見
滿世界利刀猛火當從中過而往聽法不愛
身命作如是學念陰入界易得佛難可遇法

難得聞敬法衆生甚亦難得作是念已入衆聽法知是菩薩所作已辦復次文殊師利若是菩薩從他人聞一四句偈若戒若施心生歡喜勝得轉輪位天王位若以此偈令一人聞勝得帝釋及梵王處知是菩薩所作已辦復次文殊師利若是菩薩能住衆中在多聞中生大喜悦以此多聞向一切智不以得滿三千大千世界珍寶生大歡喜以自善根爲一衆生迴向佛道用爲欣慶知是菩薩所作已辦復次文殊師利菩薩爲化諸衆生故應勤精進堅自莊嚴修習多聞捨身支節於世八法其心無異若是菩薩爲佛慧故寧捨身命不捨持戒菩薩應當作於忍辱能忍諸惡不善音聲菩薩應當勤加精進莊嚴佛土菩薩應當獨一寂處爲不敗失菩提道故菩薩應當不失正念爲修習六波羅蜜故菩薩應當無所執著勤進戒滿已作善業不捨一切諸衆生故菩薩應當堅誓莊嚴爲佛法種故菩薩應當離諸諂僞身口意法善質直故菩薩應當白淨志欲爲救歸依諸衆生故菩薩應當無所觀作不著身命故菩薩應當甘輭好語善來問訊故菩薩應當常先意語無有瞋憤不言說故菩薩應當猶若如地無愛憎故菩薩應當柔和善輭同止歡樂故菩薩應當善易教誨速受教故菩薩應當除捨憍慢謙下一切諸衆生故菩薩應當猶之如狗不諍一切衆生不違本誓故菩薩應當諸衆生中起大慈心一切空故菩薩應當諸衆生中起大悲心爲諸衆生作大利故菩薩應當生於大喜欣樂修習諸善根故菩薩應當修行

大捨不觀一切五欲樂故菩薩應當不慳貪惜自捨身故菩薩應當不著我所不貪一切諸財物故菩薩應當修大捨心捨一切妄想故菩薩應當具滿大財聖七財故菩薩應當牢堅志固一切善根故菩薩應當無有滿足修習無量佛功德故菩薩應當智慧勇健摧四魔故菩薩應當作大醫王善治一切煩惱病故菩薩應當爲作應供不捨菩提心故菩薩應當作於福田爲諸衆生作光明故菩薩應當猶如蓮華不爲世泥所汙染故菩薩應當猶如船栰度諸衆生故菩薩應當猶之如橋於上中下一切衆生無別想故菩薩應當猶如大池專意正法永無盡故菩薩應當猶如大海一向多聞無猒足故菩薩應當猶如大山無能動故菩薩應當善安止住如門閫故菩薩應當無所染著一切所有諸財物故菩薩應當令心自在不退轉故菩薩應當猶如大王爲尊勝故菩薩應當猶如帝釋一切衆生所尊貴故菩薩應當猶如梵王自在法王故菩薩應當安樂一切諸衆生等究竟安樂至涅槃故菩薩應當爲作父母與諸衆生衣服利故菩薩應當無所傷損一切善不善法故菩薩應當無所侵害親非親中心平等故菩薩應當不親不信所生諸入故菩薩應當爲法施主一切悉捨故菩薩應當離於一切放逸懈怠爲集菩提故文殊師利菩薩常應牢强精進修習一切諸戒德行爲得無上正真道故爾時世尊讚常精進菩薩摩訶薩善哉善哉善男子善説諸行所應住想善男子若菩薩摩訶薩欲逮得此集一切福德三

昧者應當勤修一切福德不應捨離一切福德爾時那羅延菩薩白言世尊若有得此集一切福德三昧者不墮惡道不生八難斷諸貧窮心常自在諸根具足以三十二大丈夫相善自莊嚴得大辯才及無盡法得陀羅尼得不忘念起一切福轉法輪故得灌頂位釋梵護世一切衆生所供養故得具諸通通達一切死此生彼故得大自在自在所生諸所入故得大封邑增長諸法故得智光明離惡邪見故得大稱讚一切聲聞緣覺地故得大調伏一切聲聞緣覺人故善分別諸根教化衆生故神通自在諸禪解脱三昧門故得無作施解知施故得無住戒三戒淨故有無量忍慈心普徧諸衆生故修行精進心無疲倦故得禪波羅蜜解知寂靜爲化衆生生欲界故淨慧莊嚴善觀音聲故是名淨眼能見道故不離見佛及與聞法不離於空無相無作能持一切佛所有法不離覩見得不退轉菩薩之僧去無障礙一切佛土諸功德故降伏諸魔勝四魔故得深法忍不退轉法故疾能通達滿足佛法所未聞法自來入耳欲願具足取一切佛土諸功德故彼得安隱離諸習故得自在身普徧三界而示現故一切外道不能降伏善守護法於諸佛所捨失身命守護正法故見佛境界而不畢竟入涅槃故得無所畏在衆無畏故有所爲作以智爲首心無所營故現大莊嚴神通變化故得大勢力過諸害故淨音聲揚徧聞一切諸世界故心大勇健摧伏一切諸魔軍故到神通彼岸能動一切佛世界故得大辯才法辭及義無滯

礙故知解無礙而無放逸住作佛事示諸衆生一切智故佛告那羅延若菩薩入是集一切福德三昧得於如是相貌事像無量功德爾時那羅延菩薩白佛言世尊願諸衆生得集一切福德三昧如此菩薩得是三昧所有功德令諸衆生得是功德一切聲聞及諸緣覺之所無有世尊若有菩薩不得聞於是三昧寶雖聞不解當知是人爲魔所持佛言那羅延如是如是如汝所說若有菩薩聞是三昧所生功德若已生若今生若當生無量無邊爾時那羅延菩薩問文殊師利若有菩薩欲修習行是三昧者當行何法文殊師利言菩薩欲得是三昧者不捨凡夫法爲持佛法如是修行不與法相應不與非法相應如是修行雖流轉生死不學生死法不爲生死所

染雖學涅槃不入聲聞緣覺涅槃復次那羅延若有菩薩欲學此三昧應益增長集一切福德不於有漏無漏諸功德中生起妄想若善不善有爲無爲世間出世間若罪若福起於分別於一切福德皆入法性若福法行若罪法行若無記法行皆入法性應如是見諸衆生福等不實起是衆生福佛福悉皆同等不見差别法界無異起無差别若凡夫福學福無學福緣覺福菩薩福正覺福皆悉不實無有物故無有方處無非方處應如是知應解福性衆生同等善男子如一切色皆依四大菩薩之福亦復如是徧一切處終不起於福德狂逸應知無常盡滅之法那羅延若菩薩欲得此三昧者於四法中而不驚畏何等四於諸衆生大悲無邊佛刹無邊佛智無邊

入一切衆生心行無邊那羅延菩薩於此四無邊中不應生畏又復菩薩應當解知四不思議何等四業及業報不可思議一切衆生種種諸行若干差別不可思議佛如來行不可思議菩薩生起諸清淨行不可思議那羅延是名爲四不可思議應當解知善男子菩薩解知得四無盡何等四福德無盡滿誓無盡樂説無盡究竟智無盡那羅延是爲菩薩得四無盡那羅延菩薩應當修行四法何等四莊嚴善根無有滿足方便迴向一切無盡無有滿足一切佛土諸莊嚴事取以莊嚴自已佛土無有滿足（梵本中少一法）那羅延菩薩應當如是修習行是四法爾時那羅延菩薩復問文殊師利此集一切福德三昧經當至何等菩薩之手若是經卷若至舍宅若禪若忍若在家若出家文殊師利言那羅延若菩薩摩訶薩聞是三昧若至於耳若至其手若至舍宅彼人若當不起誹謗如是之人我不名之爲在家者當名是人爲出家者何以故由是菩薩勤修分別是三昧故彼人當能除一切想在在住處一切福德及與智慧無盡無散那羅延菩薩爲化諸衆生故示現種種形色相貌那羅延是人徧至一切諸處猶如日月照四天下一切悉現如是那羅延菩薩亦爾不依諸難雖在家中而不依家亦非出家不依沙門法二俱叵説何以故菩薩不依一切所有及諸入故那羅延如瑠璃寶器隨所在處不失其性如是那羅延若有菩薩住是三昧雖復在家當説是人名爲出家能不失是法界體性爾時那羅延問文殊師利菩薩摩

訶薩住在何處而能不失是集一切福德三昧得於如是無盡福德智慧莊嚴文殊師利言菩薩摩訶薩有四住處何等四所謂菩薩不住身命及諸利養尊重讚歎住空無相無願三昧不住聲聞緣覺正位希望佛智及無礙辯而無貢高妄想分別亦不執著如是住處是菩薩位解脱一切所有衆生不住我人衆生壽命及與丈夫那羅延是爲菩薩四所住處最勝住處莊嚴無盡大福德聚莊嚴無盡大智慧聚斷一切見成就具足起諸佛法那羅延言文殊師利菩薩云何得是住處得名出家文殊師利言那羅延菩薩有四法得是住處謂住慈住悲住喜住捨那羅延是爲菩薩住四住處那羅延菩薩若住村邑聚落若住空處若住是四梵行住處名正住處若離是四梵行住處雖於殿堂樓閣中住不名住處那羅延是人名爲欺誑一切人天阿脩羅虚食供養那羅延菩薩若住餘諸梵行皆攝在此四梵行中何以故那羅延是梵行住處甚難得故若有不見是四梵行緣聖禪者是世身見不斷於慢那羅延言文殊師利云何菩薩得名住此慈悲喜捨文殊師利言那羅延若有菩薩作如是念我要當度一切衆生是名住慈我要當救一切衆生是名住悲我要當令一切衆生得住佛法是名住喜我要當以出世間法寂靜一切諸衆生等是名住捨復次那羅延菩薩若解諸法界空是名住慈菩薩若解諸法界寂是名住悲菩薩若解一切法界無著無縛無解是名住喜菩薩若解一切法界無去無來是名住捨那羅延

是名菩薩住慈悲喜捨復次那羅延菩薩若見無我之法而不驚畏是名住慈若見一切衆生寂滅而不驚畏是名住悲若聞一切佛法同等如一佛法而不驚畏是名住喜若聞一切剎無盡而不驚畏是名住捨復次那羅延無所滯礙是名爲慈救衆生苦是名爲悲悉無所惱是名爲喜不高不下是名爲捨復次那羅延有慈悲非大慈大悲大慈大悲聲聞緣覺之所無有聲聞緣覺所有慈悲不能安樂一切衆生是名慈悲非大慈大悲云何名爲大慈大悲若於一切諸衆生等起平等心脫其苦惱是名菩薩大慈大悲若生五道爲諸衆生自捨已樂作如是念是諸衆生墮在邪道我當安止令住正道是名菩薩大慈大悲那羅延是故當知聲聞緣覺有慈有悲無大慈大悲那羅延是故菩薩應當修滿大慈大悲說是大慈大悲法時八千衆生發阿耨多羅三藐三菩提心作如是言我等亦當住如文殊師利所說大慈大悲八千菩薩得集一切福德三昧八千衆生遠離塵垢得法眼淨爾時那羅延菩薩白言世尊如來世尊名百福相以何因緣得如是相佛告那羅延若於十方各如恒河沙等世界所有衆生皆成轉輪大王所有功德福聚等一帝釋所有福德十方恒河沙等世界所有衆生成就福聚皆如帝釋是諸帝釋所有福聚等一梵王所有福聚那羅延若恒河沙等世界所有一切衆生成就福聚皆如梵王是諸梵王所有福聚等一聲聞所有福聚那羅延若恒河沙等世界所有一切衆生皆成聲聞是諸聲聞

所有福聚等一緣覺所有福聚那羅延恒河沙等世界所有一切衆生皆悉成就緣覺福聚那羅延是諸一切聲聞緣覺所有福聚盡合爲一菩薩成就是集一切福德三昧有如是福所有福聚復過於是那羅延是菩薩所成福德善根無量無邊那羅延若使十方如恒河沙等世界所有一切衆生皆悉逮得是集一切福德三昧福德之聚是諸福聚復百千倍猶不等佛一相福德是名如來百福德相一切衆生無能思量是故如來名不思議百福德相說是百福德相法時而此三千大千世界六種震動大光普照百千妓樂不鼓自鳴天雨妙華一切世間諸天世人阿脩羅等歎未曾有大聲唱善五體投地禮世尊足作如是言若有衆生發於無上正眞道心快得善利當得如是百福德相莊嚴之身勝諸一切釋梵護世聲聞緣覺所有福聚其有衆生得聞此集一切福德三昧寶者得大利益旣得聞已當如說行世尊所在國土有是經處當知是中善男子善女人佛力所持能流通此經世尊若使滿於世界大火當從中過往聽是經佛言如是如是善男子如汝所言若有善男子善女人不聞是經當知是人爲魔所持善男子若菩薩聞此三昧經不能受持我不說彼名爲得聞若聞不持不讀不誦不轉不於大衆廣分別說不名多聞爾時大衆皆共同聲白佛言世尊願護是經名集一切福德三昧令廣流布爾時世尊放於白毫藏相光明徧照無量無邊世界是光明中出如是音聲如來應供正徧覺已護是經爾時

佛告大德阿難阿難如來不久當般涅槃却後三月入無餘涅槃阿難我今以此三昧經典付囑於汝受持讀誦廣分別説阿難若有衆生持是經者則於其人佛不涅槃法亦不滅何以故阿難若有開示是經典者當知是人則爲見佛若大衆中分別演説顯示文義當知是人守護正法爾時阿難悲泣流淚白佛言世尊願住一劫若住百劫若住千劫多所安隱多所饒益利安人天佛告阿難汝勿悲泣汝若受持是經讀誦令廣流布使不漏失隨爾所時常爲見佛何以故佛如來者都不可以色身所見不可以三十二相見不可以諸好而見阿難若有得見如是等經則爲見佛説是經已文殊師利法王子那羅延菩薩淨威力士及大菩薩僧大德阿難等聲聞大衆一切人天諸龍夜叉乾闥婆阿脩羅世間人民聞佛所説皆大歡喜

集一切福德三昧經卷下

音釋

咎 巨九切愆也　憤 方吻切懣也　栰 房越切桴栰也

合部金光明經

隋大興善寺沙門寶貴對天竺三藏志德合入

清刻龍藏佛說法變相圖

合部金光明經序

日嚴寺沙門釋彥琮述

金光明經者教窮滿字金鼓擊於夢中理極真空寶塔涌於地上三身果備酬昔報之無虧十地因圓顯曩修之具足所以經王之號得稱於斯將知能弘贊人其位難量者也大興善寺沙門釋寶貴者即近周世道安神足伏膺明匠寔曰良才翫閱羣經未嘗釋手可謂瞿曇身子孔氏顔淵者焉然貴覩昔晉朝沙門支敏度合兩支兩竺一百五家首楞嚴五本爲一部作八卷又合一支兩竺三家維摩三本爲一部作五卷今沙門僧就又合二讖羅什耶舍四家大集四本爲一部作六十卷非止收涓添海亦是聚芥培山諸此合經文義宛具斯既先哲遺蹤貴遂依承以爲規

矩而金光明見有三本初在涼世有曇無讖譯爲四卷止十八品其次周世耶舍崛多譯爲五卷成二十品後逮梁世真諦三藏於建康譯三身分別業障滅陀羅尼最淨地依空滿願等四品足前出没爲二十二品其序果云曇無讖法師稱金光明經篇品闕漏每尋文揣義謂此說有徵而讎校無指永懷寤寐寶貴每歎此經祕奥後分云何竟無囑累舊雖三譯本疑未周長想梵文願言逢遇大隋馭寓新經即來帝敕所司相續翻譯至開皇十七年法席小間因勸請北天竺犍陀羅國三藏法師闍那崛多此云志德重尋後本果有囑累品後得銀主陀羅尼品故知法典源散派别條分承注末流理難全具賴三藏法師慧性沖明學業優遠内外經論多所博通

在京大興善寺即爲翻譯并前先出合二十四品寫爲八卷學士成都費長房筆受通梵沙門日嚴寺釋彦琮校練寶珠既足欣躍載深願此法燈傳之永劫

金光明經卷第一

隋大興善寺沙門寶貴對天竺三藏志德合入

序品第一

如是我聞一時佛在王舍大城耆闍崛山是時如來遊於無量甚深法性諸佛行處過諸菩薩所行清淨是金光明諸經之王若有聞者則能思惟無上微妙甚深之義如是經典常爲四方四佛世尊之所護持東方阿閦南方寶相西無量壽北微妙聲我今當說懺悔等法所生功德爲無有上能壞諸苦盡不善業一切種智而爲根本無量功德之所莊嚴滅除諸苦與無量樂諸根不具壽命損減貧窮困苦諸天捨離親厚鬪訟王法所加各各忿諍財物損耗愁憂恐怖惡星災異衆邪蠱道變怪相續卧見惡夢晝則愁惱當淨洗浴聽是經典至心清淨著淨潔衣專聽是經甚深行處是經威德能悉消除如是諸惡令其寂滅護世四王將諸官屬并及無量夜叉之衆悉來擁護持是經者大辯天神尼連河神鬼子母神地神堅牢大梵尊天三十三天大神龍王緊那羅王迦樓羅王阿修羅王與其眷屬悉共至彼擁護是人晝夜不離我今所說諸佛世尊甚深祕密微妙行處億百千劫甚難得值若得聞經若爲他說若心隨喜若設供養如是之人於無量劫常爲諸天八部所敬如是修行生功德者得不思議無量福聚亦爲十方諸佛世尊深行菩薩之所護持著淨衣服以上妙香慈心供養常不遠離身意清淨無有垢穢歡喜悅豫深樂是典若得聽聞當知善得人身人道及以正命若聞懺

悔執持在心是上善根諸佛所讚

壽量品第二

爾時王舍城中有菩薩摩訶薩名曰信相已曾供養過去無量億那由他百千諸佛種諸善根是信相菩薩作是思惟何因何緣釋迦如來壽命短促方八十年復更念言如佛所說有二因緣壽命得長何等爲二一者不殺二者施食而我世尊於無量百千億那由他阿僧祇劫修不殺戒具足十善飲食惠施不可限量乃至已身骨髓血肉充足飽滿飢餓衆生況餘飲食大士如是至心念佛思是義時其室自然廣博嚴事天紺瑠璃種種衆寶雜廁間錯以成其地猶如如來所居淨土有妙香氣過諸天香煙雲垂布遍滿其室其室四面各有四寶上妙高座自然而出純以天衣而爲敷具是妙座上各有諸佛所受用華衆寶合成於蓮華上有四如來東方名阿閦南方名寶相西方無量壽北方微妙聲是四如來自然而坐師子座上放大光明照王舍城及此三千大千世界乃至十方恒河沙等諸佛世界雨諸天華作天妓樂爾時三千大千世界所有衆生以佛神力受天快樂諸根不具即得具足舉要言之一切世間所有利益未曾有事悉具出現爾時信相菩薩見是諸佛及希有事歡喜踊躍恭敬合掌向諸世尊至心念佛作是思惟釋迦如來無量功德唯壽命中心生疑惑云何如來壽命如是方八十年爾時四佛以正遍知告信相菩薩善男子汝今不應思量如來壽命短促何以故善男子我等不見諸天世人魔衆梵衆沙門

婆羅門人及非人有能思筭如來壽量知其齊限唯除如來時四如來將欲宣暢釋迦文佛所得壽命欲色界天諸龍鬼神乾闥婆阿脩羅迦樓羅緊那羅摩睺羅伽及無量百千億那由他菩薩摩訶薩以佛神力悉來聚集信相菩薩摩訶薩室爾時四佛於大衆中略以偈喻說釋迦如來所得壽量而作頌曰

一切諸水　可知幾滴　無有能數　釋尊壽命
諸須彌山　可知斤兩　無有能量　釋尊壽命
一切大地　可知塵數　無有能筭　釋尊壽命
虛空分界　尚可盡邊　無有能計　釋尊壽命
不可計劫　億百千萬　佛壽如是　無量無邊
以是因緣　故說二緣　不害物命　施食無量
是故大士　壽不可計　無量無邊　亦無齊限
是故汝今　不應於佛　無量壽命　而生疑惑

爾時信相菩薩摩訶薩聞是四佛宣說如來壽命無量深心信解歡喜踊躍說是如來壽命品時無量無邊阿僧祇衆生發阿耨多羅三藐三菩提心時四如來忽然不現爾時信相菩薩彼諸佛邊聞說釋迦牟尼世尊壽量已白彼諸佛言諸世尊云何彼釋迦牟尼如來顯示如是短少壽量如是語已彼諸世尊告信相菩薩言然彼釋迦牟尼如來五濁世時出現於世壽百歲生中於下信解衆生少善根衆生我見衆生見命見養育富伽羅見邪見我我所執著等中爲利益諸凡夫衆生及外道尼乾陀波梨婆闍迦等故世尊釋迦牟尼如來顯示如是短少壽量成熟衆生善男子然後釋迦牟尼如來顯示如是短少壽量彼等衆生若知如來入涅槃已發生苦想

希有想未曾有想憂愁想速當受如是等修多羅當持讀誦當不毀謗是故如來顯示如是短少壽量彼等衆生若見如來不入涅槃不生希有想憂愁想未曾有想彼當不受如來所說諸修多羅亦當不持讀誦所以者何謂常見故善男子譬如有一丈夫父母多有錢財果報然後丈夫諸子知財聚已不生希有想未曾有想所以者何謂多果報故善男子如是如是彼等衆生若知如來不入涅槃已不生希有想未曾有想難得想所以者何謂常見故善男子譬如有一丈夫父母貧窮少有果報彼等或詣王及王大臣家中彼於彼處見滿倉庫種種衆寶彼於彼處得希有行得未曾有想當生難得想亦爲彼財聚故勤劬發精進意欲得彼財聚故所以者何謂少果報故善男子如是如是彼等衆生若見如來已入涅槃當得希有得未曾有當生苦想於無量時諸佛世尊乃出於世譬如優曇波羅華於無量時乃出於世如是如是諸佛世尊於無量時乃當出世彼等衆生得希有行得未曾有當得踊躍彼等見如來已則當信向若聞如來實語言時當受如是等修多羅當不違競善男子以是義故如來不久住世速當涅槃善男子諸佛世尊如是方便善巧成熟衆生爾時彼等諸佛世尊隱沒不現

爾時信相菩薩與無量百千菩薩及無量俱胝那由他百千衆生詣耆闍崛山釋迦牟尼如來正遍知所到已頂禮佛足却住一面住一面已信相菩薩摩訶薩白佛如上所說諸事乃至彼等諸佛世尊詣耆闍崛山釋迦牟

尼如來所到巳各各隨方各各於座而坐爾時彼等諸佛世尊各各告侍者菩薩言汝善男子去詣釋迦牟尼如來所到巳爲我等問訊少病輕起氣力安樂行不復作是言善哉釋迦牟尼如來今欲說金光明法本我等當隨喜爾時彼等諸菩薩摩訶薩詣釋迦牟尼如來所到巳頂禮釋迦牟尼如來足禮巳却住一面住一面巳彼等諸菩薩摩訶薩白佛言世尊四方四佛世尊問訊世尊少病輕起氣力安樂行不復作是言善哉世尊願說金光明修多羅法本爲諸衆生利益安樂故乃至除滅饑儉等故爾時世尊釋迦牟尼如來讃諸菩薩衆言善哉善哉善男子汝等乃能爲諸衆生勸請如來爾時世尊而說偈言

我不離此山　常說此經寶　成熟衆生故　示現般涅槃　凡夫染著見　不信我所說　彼等成熟故　我現般涅槃

是時大會有婆羅門姓憍陳如名曰聖記在於衆中諦心安坐無量百千婆羅門衆前後圍繞而共恭敬供養如來聞佛世尊壽命八十應般涅槃涕淚悲泣與於百千婆羅門衆俱從座起頂禮佛足白言世尊若佛如來憐愍利益一切衆生大慈大悲欲令皆悉得大安樂爲衆生作真實父母最上無等及無等等爲世間作歸依覆護令諸衆生快樂清涼如淨滿月作大光明如日照於優陀延山若佛世尊等觀衆生如羅睺羅願佛爲我施一恩德是時如來默然不答於此會中有栗車毗國王童子名曰一切衆生喜見在大衆中具足詞辯善能問答是時王子承佛神力語

婆羅門憍陳如言大婆羅門汝於世尊求何恩德我能爲汝施如意恩婆羅門言善哉王子我等願欲恭敬供養世尊之身是故欲得如來舍利如芥子許恭敬供養所以者何如我所聞若善男子及善女人恭敬供養如來舍利六天帝主富貴安樂必得無窮是時王子即便答言大婆羅門汝一心聽若欲願求無量功德及六天報是金光明經諸經之王難思難解福報無窮聲聞緣覺所不能知此經攝持如是功德無邊福報不可思議我今爲汝略說之耳婆羅門言善哉王子如是金光微妙經典功德無邊難解難覺乃至如此不可思議我等邊國婆羅門等作如是說若善男子及善女人得佛舍利如芥子許置小塔中暫時禮拜恭敬供養功德無邊是人命終作六天主受上妙樂不可窮盡汝今云何而不願樂供養舍利求此報耶如是王子以是因緣我今從佛欲求一恩是時王子即以偈答婆羅門言

設河駛流中　可生拘物華　世尊身舍利
畢竟不可得　假使烏赤色　拘枳羅白形
世尊真實身　不可成舍利　設令閻浮樹
能生多羅果　佉受羅樹等　轉生菴羅實
如來身無滅　不可生舍利　設使龜毛等
可以爲衣裳　佛身非虛妄　終無有舍利
假令蚊蚋脚　可以作城樓　如來真實身
無有舍利事　假令水蛭虫　口中生白齒
如來解脫身　終無繫縛色　兔角爲梯隥
從地得昇天　邪思佛舍利　功德無是處
鼠登兔角梯　食月除脩羅　依舍利盡惑

解脱無是處　如蠅大醉酒　不能造窠穴
於佛無正行　不能至三乘　如驢但飽食
終無有技能　歌儛令他樂　凡夫二乘等
能說及能行　自他無是處　設令烏與鵄
同時一樹栖　和合相愛念　如來真實體
舍利虛妄身　俱有無是處　如波羅奢葉
不能遮風雨　於佛起虛妄　生死終不滅
如大海舶船　具足諸財寶　新生女人力
執持無是處　法身無邊際　不淨地煩惱
不能攝如來　其義亦如是　譬如諸鳥雀
不能銜香山　煩惱依法身　不爲煩惱動
如是如來身　甚深難思量　若不如法觀
所願不成就

時婆羅門聞此義已即便說偈答王子言

善哉善哉　汝真佛子　大吉祥人　善巧方便
於理不動　已獲正記　王子聽我　今次第說
度世依處　佛德難思　如來境界　無能知者
一切諸佛　不與他共　一切諸佛　本來寂靜
一切諸佛　所修行同　一切諸佛　後際常住
一切諸佛　同共一體　如是等義　是如來法
如來真身　非所造作　所以者何　諸佛無生
金剛不毀　內外無礙　示現身相　隨化衆生
如來大仙　無有色像　如是身者　非於血肉
云何而得　有於舍利　爲化衆生　方便示現
一切正覺　真法爲身　法界清淨　是名如來
王子當知　佛身如是　如如來說　如是之義
我已聞知　爲請如來　廣開分別　真實之義
故求舍利　開方便門

是時會中三萬二千天子聞說如來如是甚深壽量義已一切皆於無上菩提發堅固心

歡喜踊躍異口同音説偈讚言

一切諸佛　不般涅槃　一切諸佛　身無破壞
但爲成熟　諸衆生故　方便勝智　示現涅槃
前際如來　不可思議　後際如來　常無破壞
中際如來　種種莊嚴　衆生法界　皆爲利他

是時信相菩薩從諸如來及二大士聞説釋迦壽命義已得滿所願心無疑惑踊躍歡喜身心快樂内外遍滿爾時復有無量無邊阿僧祇等諸衆生類聞説是義於無上道皆得發心時四如來忽然不現是大會中唯釋迦在

三身分别品第三

是時虚空藏菩薩摩訶薩在大衆中從座而起偏袒右肩右膝著地合掌恭敬頂禮佛足皆以上妙金寶之華寶幢旛蓋悉以供養而白佛言世尊云何菩薩摩訶薩於諸如來如法正修行佛言善男子諦聽諦聽善思念之吾當爲汝分别解説善男子一切如來有三種身菩薩摩訶薩皆應當知何者爲三一者化身二者應身三者法身如是三身攝受阿耨多羅三藐三菩提云何菩薩了别化身善男子如來昔在修行地中爲一切衆生修種種法是諸修法至修行滿修行力故而得自在自在力故隨衆生心隨衆生行隨衆生界多種了别不待時不過時處所相應時相應行相應説法相應現種種身是名化身善男子是諸佛如來爲諸菩薩得通達故説於真諦爲通達生死涅槃一味故身見衆生怖畏歡喜故爲無邊佛法而作本故如來相應如如如如智願力故是身得現具足三十二相

八十種好項背圓光是名應身善男子云何菩薩摩訶薩了别法身爲欲滅除一切諸煩惱等障爲欲具足一切諸善法故唯有如如如如智是名法身前二種身是假名有是第三身名爲真有爲前二身而作本故何以故離法如如離無分別智一切諸佛無有別法何以故一切諸佛智慧具足故一切煩惱究竟滅盡得清淨佛地故是故法如如如如智攝一切佛法故復次善男子一切諸佛利益自他至於究竟自利益者是法如如利益他者是如如智於自他利益處而得自在種種無邊用故是故分別佛法無量無邊種種故善男子譬如依妄想思惟説種種煩惱説種種業説種種果報依如是法如如如如智説種種佛法説種種緣覺法説種種聲聞法依法如如依如如智一切佛法得自在成就是爲第一不可思議譬如畫空作莊嚴具亦難思議如是於法如如如如智攝成佛法亦難思議善男子云何法如如如如智二種無分別而得自在事善男子譬如如來已般涅槃願自在故種種事未盡故如是法如如如如智而得自在事復次善男子菩薩摩訶薩入無心定依前願力從禪定起事如是二法無有分別得自在事故善男子譬如日月無有分別亦如水鏡無有分別光明亦無分別三種和合故得有影如是法如如如如智亦無分別以願自在故衆生有感故應化二身如日月影和合出生復次善男子譬如無量無邊水鏡依於光故空影得現種種異相空者即是無相善男子如是受化之衆諸弟子等

是法身影以願力故應於二身現種種相貌於法身地無有異相善男子依此二身一切諸佛說有餘涅槃依法身者說無餘涅槃何以故一切餘究竟盡故依此三身一切諸佛說無住處涅槃何以故爲二身故不住涅槃離於法身無有別佛何故二身不住涅槃二身假名不實念念滅不住故數數出現以不定故法身不爾是故二身不住涅槃法身者不二是故不住於般涅槃依三身故說無住處涅槃善男子一切凡夫爲三相故有縛有障遠離三身不至三身何者爲三一者思惟分別相二者依他起相三者成就相如是諸相不能解故不能滅故不能淨故是故不得至於三身於是三相能解能滅能淨故是故諸佛具足三身善男子諸凡夫人未能拔除於三心故遠離三身不能至故何者爲三一者起事心二者依根本心三者根本心依諸伏道起事心盡依法斷道依根本心盡依勝拔道根本心盡起事心滅故得顯化身依根本心滅故得顯應身根本心滅故得至法身是故一切如來具足三身善男子一切諸佛於第一身與諸佛同事於第二身與諸佛同意於第三身與諸佛同體善男子是初佛身隨衆生意有多種故現種種相是故說多第二佛身弟子一意故故現一相是故說一是第三佛身過一切種相非執相境界是故說名不一不二善男子是第一身依於應身是故得現是第二身依於法身是故得現是法身者是真實有無依處故善男子如是三身以有義故而說於常以有義故說於無常化

身者恒轉法輪處處如如方便相續不斷故是故說常非是本故一切諸用不具足現故說無常應身者從無始生死相續不斷一切諸佛不共之法能攝持故衆生未盡用亦不盡是故說常非是本故以具足用不顯現故故說無常法身者非是行法無有異異無有故是自本故猶如虛空是故說常善男子離無分別智更無勝智離法如如無勝境界是法如如是慧如如是二種如如如如不一不異是故法身慧清淨故滅清淨故是二清淨故是故法身具足清淨復次善男子分別有四種身有化身非應身有應身非化身有化身亦應身有非化身亦非應身何者化身非應身如來已般涅槃以願自在故遺身如是之身即是化身何者應身非化身是地前身何者化身亦應身住有餘涅槃如來之身何者非化身非應身是如來法身善男子是法身者二無所有顯現故何者名爲二無所有於此法身相及相處二皆是無非有非無非一非二非數非非數非明非暗如是如如智不見相及相處不見非有非無不見非一非異不見非數非非數不見非明非暗是故境界清淨智慧清淨不可分別無有中間爲滅道本故於此法身顯現如來善男子是身因緣境界處所果依於本難思量故若了義說是身即是大乘是如來性是如來藏依於此身得發初心修行中心而得顯現不退地心亦皆得見一生補處心金剛之心如來之心而悉顯現無量無邊如來妙法皆悉顯現依此法身不可思議摩訶三昧而得顯現依此

法身得現一切大智是故二身依於三昧依於智慧而得顯現如此法身依於自體說常說實依大三昧故說於樂依於大智故說清淨是故如來常住自在安樂清淨依大三昧一切禪定首楞嚴等一切念處大法念等大慈大悲一切陀羅尼一切六神通一切自在一切法平等攝受如是佛法皆悉出現依此大智佛大十力四無所畏四無礙辯一百八十不共之法一切希有不可思議法皆悉顯現譬如依如意寶珠出無量無邊種種諸寶悉皆得現如是依大三昧寶依大智慧寶出種種無量無邊諸佛妙法之寶善男子如是法身三昧智慧過一切相不著於相不可分別非常非斷是名中道雖有分別無體分別雖有三數而無三體不增不減猶如夢幻亦

無所執亦無能執法體如如是解脫處過死生境界越生死暗一切衆生不能修行所不能至一切諸佛菩薩之所住處善男子譬如有人願欲得金處處求覔即見金鑛既得見已即便破鑛選擇取金以内爐中加以銷冶得清淨金隨意迴轉作諸環釧種種嚴具雖復諸用金性不改善男子若善男子善女人求勝解脫修行世善得見如來及弟子衆得親近已而白佛言世尊何者爲善何者不善何者正修行而得清淨離於不淨諸佛如來及弟子衆如是思惟是善男子善女人欲求清淨欲聽正法如是知已即說正法是善男子善女人已聞正法正念憶持發心修行得精進力破懶惰障破懶惰障已滅除一切罪障破罪障已於菩薩學處破無尊重障破無

尊重障已破掉悔心破掉悔心已入於初地依於初地拔利益障拔利益障已得入二地依於二地破不逼惱困苦障破此障已入於三地入於三地依此三地破心輭淨障破心輭淨障已入於四地依此四地破善方便障破善方便障已入於五地依此五地破見真俗障破見真俗障已入於六地依此六地破見行相障破見行相障已入於七地依此七地破不見滅相障破不見滅相障已入於八地依此八地破不見生相障破不見生相障已入於九地依此九地破六通障破六通障已入於十地依此十地破一切所知障破一切所知障已拔除本心入如來地如來地者爲三種淨故得極清淨何者爲三一者煩惱淨二者苦淨三者相淨譬如有金鎔銷鍊治既燒打已無復塵垢爲顯金體本清淨故是金清淨不爲無金譬如水界澄渟清淨無復穢濁爲顯水性清淨不爲無水如是法身煩惱本起悉皆清淨是法身清淨不爲無體譬如空中煙雲塵霧皆悉已淨是空清淨不爲無空如是法身一切諸苦悉皆滅盡故說清淨不爲無體譬如有人於卧寐中夢見大水流汎其身運手動足逆流而上以其心力不懈退故從於此岸得至彼岸夢既覺已不見有水彼此之岸生死妄想既滅盡已是覺清淨不爲無覺如是法界一切妄想不復更生故說清淨不爲無體說於清淨復次善男子是法身者煩惱障清淨故能現應身業障清淨故能現化身智障清淨故能現法身譬如依空出電依電出光如是依於法身出於應

身依於應身出於化身是故性極清淨攝受法身智慧清淨攝受應身三昧清淨攝受化身是三清淨是法如如是不異如如一味如如解脫如如究竟如如是故諸佛體一不異善男子若有善男子善女人說於如來是我大師當知是善男子善女人悉知悉見如來之身無有別身善男子是故於一切境界不正思惟悉除斷故而於此法無有二相無有分別聖所修行於如如無二相法中以修行故如是如是一切種障悉皆除滅如如一切障滅如是如是法如如如如智最得清淨如如法界智慧清淨如是如是一切自在具足攝受故得一切自在者一切諸障悉滅除故一切種清淨故是如如智相如是見者是名聖見是則名爲真實見佛何以故如如得見如如故是故如來見一切如來何以故聲聞緣覺已出三界覓於真境不能知見如是聖人所不知見一切凡夫皆生疑惑顛倒分別不能得度譬如兔子欲度大海何以故不能通達法如如故一切如來無分別心於一切法得大自在無礙清淨智慧見故是自境界不共他故是故於無量無邊阿僧祇劫不惜身命難行能行爲得此身如此之身最上無比是處最勝不可思議過言說境界是方寂靜過一切怖畏善男子如是知見如如不生不老不死壽命無限無有寢卧無有食息心常在定無有散動若於如來起諍訟心則不能得見於如來如來所說皆能利益有聽聞者皆蒙解脫若有惡人惡象惡禽獸等不相逢值於佛起業果報無邊一切如來無無記

事一切境界無欲知心生死涅槃無有異心如來所記無不決定諸佛如來四威儀中無非智攝一切諸法無有不爲慈悲所攝無有不爲利益一切諸衆生者善男子若有善男子善女人於此金光明經聽聞信解不墮地獄餓鬼畜生阿脩羅道常生人天不爲下劣恒得親近諸佛如來聽受正法常生諸佛清淨國土何以故是甚深法得入於耳是善男子如來已見已記當得不退阿耨多羅三藐三菩提是善男子如是甚深之法得經於耳當知是人不謗如來不謗正法不謗聖僧一切衆生未種善根令得種故已種善根令增長成熟故一切世界所有衆生皆悉能行六波羅蜜是時虛空藏菩薩梵釋四王諸天衆等即從座起偏袒右肩合掌恭敬頂禮佛足而白佛言世尊若有處處國土講說是金光明微妙經典於其國土四種利益何者爲四一者國王軍衆彊盛無諸怨敵離諸疾疫壽命脩長吉祥安樂正法興隆二者輔相大臣和悅無諍王所敬愛三者沙門婆羅門及國邑人民修行正法多所利益年命長遠富逸安樂於諸福田悉得修立四者三時之中四大調適是諸人民增加守護慈悲平等心無傷害令一切衆生誠心歸仰皆悉修行菩提之行如是四種利益功德我等皆當處處爲作利益佛言善哉善哉善男子如是如是汝等應當如是修行如此經典則久住於世

金光明經卷第一

音釋

序

膺 於陵切胷也 揣 初委切度也 寐 明祕切寢也 馭 牛據切統御也 寓 王矩切天地四方曰寓 派 普拜切分流也

經

駛 踈士切疾也 枳 諸市切 蚊蚋 蚊無分切蚋而鋭切 蛭 職口切水蟲也 鵄 赤脂切鳶也 舶 薄陌切大船也 銜 乎監切含物也 鑛 古猛切金鐵朴也 環釧 環胡關切指鐶也釧樞絹切臂鐶也 鎔 餘封切銷也 鍊 郎甸切鍛也

金光明經卷第二

隋大興善寺沙門寶貴對天竺三藏志德合入

懺悔品第四

爾時信相菩薩即於其夜夢見金鼓其狀姝大其明普照喻如日光復於光中得見十方無量無邊諸佛世尊衆寶樹下坐瑠璃座與無量百千眷屬圍繞而爲説法見有一人似婆羅門以桴擊鼓出大音聲其聲演説懺悔偈頌時信相菩薩從夢寤已至心憶念夢中所聞懺悔偈頌過夜至旦出王舍城爾時亦有無量無邊百千衆生與菩薩俱往耆闍崛山至於佛所至佛所已頂禮佛足右繞三帀却坐一面敬心合掌瞻仰尊顔以其夢中所見金鼓及懺悔偈向如來説

昨夜所夢 至心憶持 夢見金鼓 妙色晃耀
其光大盛 明踰於日 遍照十方 恒沙世界
又因此光 得見諸佛 衆寶樹下 坐瑠璃座
無量大衆 圍繞説法 見婆羅門 擊是金鼓
其鼓音中 説如是偈 是大金鼓 所出妙音
悉能滅除 三世諸苦 地獄餓鬼 畜生等苦
貧窮困厄 及諸有苦 是鼓所出 微妙之音
能除衆生 諸惱所逼 斷衆怖畏 令得無懼
猶如諸佛 得無所畏 諸佛聖人 所成功德
離於生死 到大智岸 如是衆生 所得功德
定及助道 猶如大海 是鼓所出 如是妙音
令衆生得 梵音深遠 證佛無上 菩提勝果
轉無上輪 微妙清淨 住壽無量 不思議劫
演説正法 利益衆生 能害煩惱 消除諸苦
貪瞋癡等 悉令寂滅 若有衆生 處在地獄
大火熾然 燒炙其身 若聞金鼓 微妙音聲

所出言教　即尋禮佛　亦令衆生　得知宿命
百生千生　千萬億生　令心正念　諸佛世尊
亦聞無上　微妙之言　是金鼓中　所出妙音
復令衆生　值遇諸佛　遠離一切　諸惡業等
善修無量　白淨之業　諸天世人　及餘衆生
隨其所思　諸所願求　如是金鼓　所出之音
皆悉能令　成就具足　若有衆生　墮大地獄
猛火炎熾　焚燒其身　無有救護　流轉諸難
當令是等　悉滅諸苦　若有衆生　諸苦所切
三惡道報　及以人中　如是金鼓　所出之音
悉能滅除　一切諸苦　無依無歸　無有救護
我爲是等　作歸依處　是諸世尊　今當證知
久已於我　生大悲心　在在處處　十方諸佛
現在世雄　兩足之尊　我本所作　惡不善業
今者懺悔　諸十力前　不識諸佛　及父母恩
不解善法　造作衆惡　自恃種姓　及諸財寶
盛年放逸　作諸惡行　心念不善　口作惡業
隨心所作　不見其過　凡夫愚行　無知暗覆
親近惡友　煩惱亂心　五欲因緣　心生忿恚
不知猒足　故作衆惡　親近非聖　因生慳嫉
貧窮因緣　姦諂作惡　繫屬於他　常有怖畏
不得自在　而造諸惡　貪欲恚癡　擾動其心
渴愛所逼　造作衆惡　依因衣食　及以女色
諸結惱熱　造作衆惡　身口意惡　所集三業
如是衆罪　今悉懺悔　或不恭敬　佛法聖衆
如是諸罪　今悉懺悔　或不恭敬　緣覺菩薩
如是衆罪　今悉懺悔　以無智故　誹謗正法
不知恭敬　父母尊長　如是衆罪　今悉懺悔
愚惑所覆　憍慢放逸　因貪恚癡　造作諸惡
如是衆罪　今悉懺悔　我今供養　無量無邊

三千大千 世界諸佛 我當拔濟 十方一切
無量衆生 所有諸苦 我當安止 不可思議
阿僧祇衆 令住十地 已得安止 住十地者
悉令具足 如來正覺 爲一衆生 億劫修行
使無量衆 令度苦海 我當爲是 諸衆生等
演說微妙 甚深悔法 所謂金光 滅除諸惡
千劫所作 極重惡業 若能至心 一懺悔者
如是衆罪 悉皆滅盡 我今已說 懺悔之法
是金光明 清淨微妙 速能滅除 一切業障
我當安止 住於十地 十種珍寶 以爲脚足
成佛無上 功德光明 令諸衆生 度三有海
諸佛所有 甚深法藏 不可思議 無量功德
一切種智 願悉具足 百千禪定 根力覺道
不可思議 諸陀羅尼 十力世尊 我當成就
諸佛世尊 有大慈悲 當證微誠 哀受我悔

若我百劫 所作衆惡 以是因緣 生大憂苦
貧窮困乏 愁熱驚懼 怖畏惡業 心常怯劣
在在處處 暫無歡樂 十方現在 大悲世尊
能除衆生 一切怖畏 願當受我 誠心懺悔
令我恐懼 悉得消除 我之所有 煩惱業垢
唯願現在 諸佛世尊 以大悲水 洗除令淨
過去諸惡 今悉悔過 現所作罪 誠心發露
所未作者 更不敢作 已作之業 不敢覆藏
身業三種 口業有四 意三業行 今悉懺悔
身口所作 及以意思 十種惡業 一切懺悔
遠離十惡 修行十善 安止十住 逮十力尊
所造惡業 應受惡報 今於佛前 誠心懺悔
若此國土 及餘世界 所有善法 悉以迴向
我所修行 身口意善 願於來世 證無上道
若在諸有 六趣險難 愚癡無智 造作諸惡

今於佛前 皆悉懺悔 世間所有 生死險難
種種婬欲 愚煩惱難 如是諸難 我今懺悔
心輕躁難 近惡友難 三有險難 及三毒難
遇無難難 值好時難 修功德難 值佛亦難
如是諸難 今悉懺悔 諸佛世尊 我所依止
是故我今 敬禮佛海 金色晃耀 猶如須彌
是故我今 頂禮最勝 其色無上 猶如真金
眼目清淨 如紺瑠璃 功德威神 名稱顯著
佛日大悲 滅一切暗 善淨無垢 離諸塵翳
無上佛日 大光普照 煩惱火熾 令心燋熱
唯佛能除 如月清淨 三十二相 八十種好
莊嚴其身 視之無猒 功德巍巍 明網顯耀
安住三界 如日照世 猶如瑠璃 淨無瑕穢
妙色廣大 種種各異 其色紅赤 如日初出
玻瓈白銀 校飾光網 如是種種 莊嚴佛日
三有之中 生死大海 潦水波蕩 惱亂我心
其味苦毒 最爲麤澁 如來網明 能令枯涸
妙身端嚴 相好殊特 金色光明 遍照一切
智慧大海 彌滿三界 是故我今 稽首敬禮
如大海水 其量難知 大地微塵 不可稱計
諸須彌山 難可度量 虛空邊際 亦不可得
諸佛亦爾 功德無量 一切有心 無能知者
於無量劫 極心思惟 不能得知 佛功德邊
大地諸山 尚可知量 毛渧海水 亦可知數
諸佛功德 無能知者 相好莊嚴 名稱讚歎
如是功德 令衆皆得 我以善業 諸因緣故
來世不久 成於佛道 講宣妙法 利益衆生
度脫一切 無量諸苦 摧伏諸魔 及其眷屬
轉於無上 清淨法輪 住壽無量 不思議劫
充足衆生 甘露法味 我當具足 六波羅蜜

猶如過佛 之所成就 斷諸煩惱 除一切苦
悉滅貪欲 及恚癡等 我當憶念 宿命之事
百生千生 百千億生 常當至心 正念諸佛
聞說微妙 無上之法 我因善業 常值諸佛
遠離諸惡 修諸善業 一切世界 所有衆生
無量苦惱 我當悉滅 若有衆生 諸根毀壞
不具足者 悉令具足 十方世界 所有病苦
羸瘦頓乏 無救護者 悉令解脫 如是諸苦
還得勢力 平復如本 若犯王法 臨當刑戮
無量怖畏 愁憂苦惱 如是之人 悉令解脫
若受鞭撻 繫縛枷鏁 種種苦事 逼切其身
無量百千 愁憂驚畏 種種恐懼 擾亂其心
如是無邊 諸苦惱等 願使一切 悉得解脫
若有衆生 飢渴所惱 令得種種 甘美飲食
盲者得視 聾者得聽 瘂者得言 裸者得衣
貧窮之者 即得寶藏 倉庫盈溢 無所乏少
一切皆受 安隱快樂 乃至無有 一人受苦
衆生相視 和顏悅色 形貌端嚴 人所喜見
心常思念 他人善事 飲食飽滿 功德具足
隨諸衆生 之所思念 皆願令得 種種妓樂
箜篌箏笛 琴瑟鼓吹 如是種種 微妙音聲
江河池沼 流泉諸水 金華遍布 及優鉢羅
隨諸衆生 之所思念 即得種種 衣服飲食
錢財珍寶 金銀瑠璃 真珠璧玉 雜廁瓔珞
願諸衆生 不聞惡聲 乃至無有 可惡見者
願諸衆生 色貌微妙 各各相於 共相愛念
世間所有 資生之具 隨其所念 悉令具足
願諸衆生 諸所求索 如其所須 應念即得
香華諸樹 常於三時 雨細末香 及塗身香
衆生受者 歡喜快樂 願諸衆生 常得供養

不可思議　十方諸佛　無上妙法　清淨無垢
及諸菩薩　聲聞大衆　願諸衆生　常得遠離
三惡八難　值無難處　覲覩諸佛　無上之王
願諸衆生　常生尊貴　多饒財寶　安隱豐樂
上妙色像　莊嚴其身　功德成就　有大名稱
願諸女人　皆成男子　具足智慧　精勤不懈
一切皆行　菩薩之道　勤心修習　六波羅蜜
常見十方　無量諸佛　坐寶樹下　瑠璃座上
安住禪定　自在快樂　演說正法　衆所樂聞
若我現在　及過去世　所作惡業　諸有險難
應得惡果　不適意者　願悉滅盡　令無有餘
若諸衆生　三有繫縛　生死羅網　彌密牢固
願以智刀　割斷破裂　除諸苦惱　早成菩提
若此閻浮　及餘他方　無量世界　所有衆生
所作種種　善妙功德　我今深心　隨其歡喜

我今以此　隨喜功德　及身口意　所作善業
願於來世　成無上道　得淨無垢　吉祥果報
若有敬禮　讃嘆十力　信心清淨　無諸疑網
能作如是　所說懺悔　便得超越　六十劫罪
諸善男子　及善女人　諸王刹利　婆羅門等
若有恭敬　合掌向佛　稱嘆如來　弁讃此偈
在在生處　常識宿命　諸根具足　清淨端嚴
種種功德　悉皆成就　在在處處　常爲國王
輔相大臣　之所恭敬　非於一佛　五佛十佛
種諸功德　聞是懺悔　若於無量　百千萬億
諸佛如來　種諸善根　然後乃得　聞是懺悔

業障滅品第五

是時世尊善正分别入於深法妙有名禪從
於毛孔放種種光無量百千種色皆從身出
因此光内一切諸佛刹土悉現光中於十方

恒河沙譬喻筭數所不能知五濁惡世爲光所照是諸衆生所作十惡五無間業誹謗三寶不孝父毋及沙門婆羅門輕慢尊長應墮地獄餓鬼畜生各各蒙光至所住處是諸衆生見斯光已應念安樂因光力故是諸衆生端正微妙色相具足福德莊嚴皆得親近諸佛世尊是時大衆與天帝釋及恒水女神皆集會所却坐一面於是天帝釋承佛神力即從座起偏袒右肩右膝著地合掌向佛而白佛言世尊云何善男子善女人願求阿耨多羅三藐三菩提修行大乘攝受一切衆生是諸業障云何懺悔而得解脫佛言善哉善哉善男子汝今修行欲爲無量無數無邊衆生令得清淨解脫安樂哀愍世間善男子一切衆生爲業障故墮多種罪應當日夜六時偏袒右肩右膝著地合掌恭敬一心一意口自說言歸命頂禮一切諸佛世尊現在十方世界已得阿耨多羅三藐三菩提者轉法輪照法輪持法輪雨大法雨擊大法鼓吹大法螺出微妙聲竪大法幢秉大法炬爲欲利益安樂衆生故行法施誘接荷負一切衆生爲令無量無數衆生得清淨故得安樂故欲令大衆得大果故爲諸天人得清淨故如是世尊故應禮敬以身口意頂禮歸誠是諸世尊以真實慧以真實眼真實證明真實平等悉知悉見一切衆生善惡之業我從無始隨生死流與一切衆生已造業障爲貪瞋癡之所纏縛未識佛時未識法時未識僧時未識善惡爲身口意得無量罪以惡心故出佛身血誹謗正法破和合僧殺阿羅漢殺害父毋十不

善法自作教他見作隨喜身三口四意三業行於諸衆生橫生毀呰斗秤欺誑以僞爲眞不淨飲食以施衆生於生死六道所有父母更相觸惱塔物僧物四方僧物心生偷奪自在而用如佛所說言教法律過分謬學師長教示不相隨從有行聲聞者行緣覺者行大乘者喜生罵辱令諸行人心退愁恨見有勝已使懷嫉妬法施財施而生障礙無明所覆邪見疑惑使惡增長於諸佛所而起惡言法說非法非法說法如是衆罪齊如諸佛眞實慧眞實眼眞實證明眞實平等悉知悉見奉對懺悔皆悉發露不敢覆藏未作之罪不敢復作已作之罪今悉懺悔所作業障應墮惡道地獄畜生餓鬼阿脩羅生十二難處願我此生所有業障皆悉滅盡未來不受猶如過去諸大菩薩之所修行三菩提道所有業障悉已懺悔如我業障今亦懺悔皆悉發露不敢覆藏已作之罪願得除滅未來之惡更不敢作亦如未來諸大菩薩修三菩提行所有業障悉已懺悔如我業障今亦懺悔皆悉發露不敢覆藏已作之罪願得除滅未來之惡不敢復作亦如現在十方世界菩薩摩訶薩修三菩提行所有業障悉已懺悔如我業障今亦懺悔皆悉發露不敢覆藏已作之罪願得除滅未來之惡不敢復作亦如過去未來現在三世諸大菩薩摩訶薩如是業障皆悉懺悔我亦如是所有業障今亦懺悔皆悉發露不敢覆藏已作之罪願得除滅未來之惡不敢復作是故善男子若有罪過一刹那中不得覆藏何況一日一夜善男子若有犯罪

願得清淨而懷羞愧信於未來必有果報生大恐怖如是修行譬如男女如火燒頭如火燒衣救令速滅火若未滅不得暫安是善男子若已犯罪亦復如是即應懺悔使令滅除於一切法欲求清淨無諸障礙如是懺悔未來之罪不敢復作若欲生富樂之家金銀穀米倉庫盈滿發大乘行亦應懺悔滅除業障若欲生豪貴婆羅門家七寶具足亦應懺悔滅除業障若欲生刹利大貴之家及轉輪聖王亦應懺悔滅除業障若欲生四天王天亦應懺悔滅除業障若欲生三十三天夜摩天兜率陁天化樂天他化自在天亦應懺悔滅除業障若欲生梵輔天梵淨天大梵天亦應懺悔滅除業障若欲生少光無量光淨光天亦應懺悔滅除業障若欲生少淨無量淨遍淨天亦應懺悔滅除業障若欲生無欲天無熱天善現天善見天阿迦尼吒天亦應懺悔滅除業障若欲求須陀洹果斯陀含果阿那含果阿羅漢果亦應懺悔滅除業障若欲願求三明六通菩提自在聲聞力究竟聲聞大自在辟支佛菩提自在地亦應懺悔滅除業障若欲願求一切智智淨智不思議智不動智三藐三菩提正遍智亦應懺悔滅除業障何以故善男子一切諸法從因緣生如來所說異相生異相滅以異因緣故是時過去諸法已滅已盡已轉如是業障無復遺餘是諸行法未得現生而令得生未來業障更不復起何以故善男子一切法空如來所說亦無衆生亦無壽者亦無我人亦無生滅亦無行法善男子一切諸法皆依於本亦不可說何

以故過一切相故若有善男子善女人如是入於真理生於信敬是名無衆生而有於本以是義故說於懺悔除滅業障善男子有四種法成就滅除業障永得清淨何者爲四一者正心成就二者念於甚深經義不生誹謗三者於初發心菩薩起一切智心四者於一切衆生起無量慈心若能成就如是四種之法懺悔業障永得除滅爾時世尊而說偈言

專心護三業　不誹謗深經　作一切智心
慈心淨業障

善男子復有四種最大業障難可清淨何者爲四一者於菩薩律儀犯極重惡二者於大乘十二部經心生誹謗三者於自身中不能增長一切善根四者貪著有心又有四種對治滅業障法何者爲四一者於十方世界一切如來至心親近懺悔一切罪二者爲十方一切衆生勸請諸佛說諸妙法三者隨喜十方一切衆生所有成就功德四者所有一切功德善根悉以迴向阿耨多羅三藐三菩提是時天帝釋白佛言世尊云何善男子善女人於大乘行其有行者有不行者云何而得隨喜一切衆生功德善根佛言善男子若有善男子善女人日夜六時偏袒右肩右膝著地合掌恭敬一心一意口自說言十方世界一切衆生修施修戒修定我今皆悉隨喜以如前隨喜故尊勝可愛無上無等並皆隨喜如是過去未來所有善根皆悉隨喜於現在世中初發心菩薩所有發菩提心功德過百大劫行菩薩行所有大功德聚得無生法忍得不退地功德之聚得一生補處如是一切

功德悉以隨喜讃歎皆如上說過去未來一切菩薩功德隨喜讃歎亦復如是現在十方世界一切諸佛如來應供正遍知已具三菩提道爲度脫一切衆生轉無上法輪行無礙法施然大法炬擊大法鼓吹大法螺出微妙聲竪大法幢一切衆生皆蒙法施悉得飽滿勸化衆生皆令信受爲欲安樂一切衆生哀念一切衆生一切人天皆蒙安樂聲聞辟支佛菩薩功德善根皆已修立若有衆生未具如此諸功德者悉令具足我皆隨喜而讃嘆之如是所說亦如三世諸佛菩薩聲聞之衆所有功德皆生隨喜而讃歎之如是善男子隨喜無量無數功德之聚譬如三千大千及恒河沙等世界所有一切衆生悉成阿羅漢滅一切諸漏是善男子善女人盡形壽以衣服飲食卧具醫藥四事供養如是功德不及隨喜修功德者何以故是前功德有數有量不攝一切諸功德故是隨喜功德無量無數能攝三世一切功德故是故善男子若有善男子善女人欲增長自善根者應如是隨喜修功德者若有女人欲轉女身以爲男身應當隨喜如是修功德者是時帝釋白佛言世尊願爲更說勸請功德爲令未來菩薩得大光明現在菩薩願修行故佛言善男子若有善男子善女人願求阿耨多羅三藐三菩提者應修行聲聞緣覺大乘之道若有衆生未得修行日夜六時偏袒右肩右膝著地合掌恭敬一心一意口自說言頂禮十方一切諸佛世尊現已得阿耨多羅三藐三菩提能轉無上法輪者我今皆悉頂禮勸請轉無上法

輪然大法燈持法道理無礙法施秉大法炬雨大法雨擊大法鼓吹大法螺出微妙聲豎大法幢爲度脱一切衆生故悉如上説乃至人天皆蒙安樂復次善男子若有善男子善女人欲得阿耨多羅三藐三菩提者應修聲聞緣覺大乘之行其有未修行者日夜六時偏袒右肩右膝著地合掌恭敬一心一意口自説言頂禮十方世界一切諸佛世尊欲捨應身入涅槃者我今稽請莫般涅槃久住於世度脱安樂一切衆生如前所説乃至人天皆蒙安樂以此勸請善根功德悉以迴向阿耨多羅三藐三菩提亦如過去未來現在諸大菩薩所有功德皆悉迴向阿耨多羅三藐三菩提我亦如是所有勸請一切功德皆悉迴向阿耨多羅三藐三菩提善男子譬如善男子善女人以三千大千世界滿中七寶供養如來若有善男子善女人勸請如來轉大法輪勸請功德其福勝彼何以故是上善根即是財施勸請功德即是法施善男子且置三千大千世界七寶如是恒河沙數世界若有善男子善女人以七寶滿恒河沙數世界而用供養一切諸佛若善男子善女人勸請如來轉大法輪其福勝彼何以故其法施者有五種事何者爲五一者法施彼我兼利財施不爾二者法施能令衆生出於三界財施不出欲界三者法施利益法身財施增長色身四者法施增長無窮財施必皆有竭五者法施能斷無明財施止伏貪心是故善男子勸請功德無量無數難可譬喻如我昔行菩薩行時如前諸佛世尊勸請轉大法輪是善

根故一切帝釋及大梵王勸請於我轉大法輪世尊請轉法輪爲度脱安樂一切衆生及諸人天我於往昔爲菩提行勸請如來久住於世莫般涅槃依此功德是故我得十力四無所畏四無礙辯大慈大悲得無量無數不共之法我已入於無餘涅槃於我正法久住於世我法身者無比清淨種種相貌無量智慧無量自在難可思議無量福德一切衆生深蒙慈潤百千萬億劫說不可盡法身能攝藏一切之法一切之法不能攝藏法身法身常住不墮常見雖復斷滅不墮斷見破一切衆生種種見能生一切種種真見能解一切衆生之縛與縛不異能種一切衆生諸善根本能成熟一切衆生已熟善根者能令解脱無作無動無爲寂靜安樂自在遠離憒閙過於三世能見三世過於聲聞緣覺境界大地菩薩之所修行一切如來皆無異體勸請功德善根力故如是法身我今已得是故善男子若有善男子善女人爲得阿耨多羅三藐三菩提一句一偈以持勸化爲人解說功德善根難可限量何況勸請如來轉大法輪久住於世莫般涅槃是時帝釋白佛言世尊云何善男子善女人爲得阿耨多羅三藐三菩提修行聲聞緣覺大乘之道若有衆生未得修行功德善根云何悉以迴向爲一切智智佛言善男子若有善男子善女人欲求阿耨多羅三藐三菩提修行聲聞緣覺大乘之道若有衆生未得修行一日一夜一心一意口自說言我從無始生死以來所有善根皆已成就於三寶所若於他所乃至畜生人非人

等乃至升撮以施一切兼以善言和解鬬諍三歸學戒一切功德善根皆由懺悔而得皆由隨喜而得皆由勸請而得是諸善根安置一處攝受同時合集稱量皆以迴施一切衆生永已捨施更無奪心解脫不攝猶如諸佛世尊知者見者不可思量無礙無垢佛智慧故如是一切功德善根悉以迴施一切衆生不住相心不捨相心我亦如是功德善根悉以迴施一切衆生願一切衆生皆得寶手破空出寶滿衆生願富樂無盡福德無盡妙法無盡自在無盡四辯無盡爲得阿耨多羅三藐三菩提故爲得一切智智故我今施與一切衆生功德善根從此善根復更獲無量一切善根合集稱量悉以迴向阿耨多羅三藐三菩提是諸善根悉與衆生共至阿耨多羅三藐三菩提得一切種智如昔菩薩摩訶薩修行菩提之道功德善根悉皆迴向爲一切種智我亦如是功德善根亦皆迴向阿耨多羅三藐三菩提是諸善根亦與衆生共之同共一時得阿耨多羅三藐三菩提爲得一切智智故猶如未來菩薩摩訶薩功德善根亦應迴向共一切衆生得阿耨多羅三藐三菩提我亦如是所有功德善根亦已迴向如上廣說猶如現在菩薩摩訶薩功德善根迴向阿耨多羅三藐三菩提與一切衆生共得阿耨多羅三藐三菩提我亦如是所有功德善根亦與衆生共之如上廣說如餘諸佛坐於道場菩提樹下不可思議無垢清淨住於無盡法藏陀羅尼首楞嚴三昧破魔波旬無央兵衆應見應知應覺應可通達如是一切法

於一刹那中皆悉照了於後夜中證甘露道得甘露法我亦如是與一切衆生同共善根是善根故俱得阿耨多羅三藐三菩提道同得一切智智猶如無量壽佛勝光佛妙光佛阿閦佛功德善光佛師子光明佛百光明佛網光明佛寶相佛寶炎佛炎光明佛炎盛光明佛安吉上王佛微妙聲佛妙莊嚴佛法幢佛上勝身佛遍可愛色佛光明遍照佛梵淨王佛上性佛如是諸如來應供正遍知過去未來現在皆悉示現應化得阿耨多羅三藐三菩提轉無上輪爲欲度脱安樂一切衆生廣説如上我亦如是同共衆生得阿耨多羅三藐三菩提轉大法輪廣説如上若善男子善女人是金光明衆經之王業障滅品汝當受持讀誦憶念不忘爲他廣説無量無數廣大功德之聚猶如三千大千世界所有一切衆生無有前後皆得成就人身得人身已得緣覺道若有善男子善女人盡形壽恭敬禮拜四事供養一一緣覺各各供給七寶如須彌山以用供養如是一一緣覺皆入涅槃起七寶塔是一一塔皆悉七寶何者爲七金銀瑠璃玻瓈碼碯硨磲青黄寶等其塔高廣十二由旬於此塔處以諸華香寶幢旙蓋一一供具皆以供養善男子於意云何是善男子善女人得福多不甚多世尊佛言善男子是金光明微妙經典衆經之王業障滅品汝當受持讀誦憶念不忘爲他廣説如前功德善根於後所得功德聚百分不及一百千萬億分筭數譬喻所不能及何以故是善男子善女人住正行中勸請十方佛土正覺世尊轉

無上法輪皆令如來歡喜讚歎善男子如我所說一切施中法施爲勝是故善男子於三寶所所設供養不可爲比受持三歸一切諸戒不可爲比三寶不空不可爲比一切世界三世三寶勸請久住不可爲比三世一切世界於無量劫勸請如來說深正法不可爲比一切世界一切衆生隨力隨能隨心於三乘中勸發菩提心不可爲比三世一切世界衆生皆令無礙速得成就功德滿足不可爲比三世一切世界所有衆生勸令無礙得三菩提不可爲比三世一切世界衆生勸令出四惡道不可爲比三世一切世界衆生勸令滅深惡業不可爲比一切苦惱勸令得解脱不可爲比一切怖畏困苦逼切勸令得解脱不可爲比三世佛前一切衆生所有功德善根勸令皆以隨喜三世自發菩提願不可爲比惡行罵辱惡業道除一切功德善根皆願攝持生生世世勸請恭敬供養一切三寶勸請普皆清淨福行成滿三菩提道勸請滿足具六波羅蜜勸請轉無上法輪勸請住無量劫說無量甚深妙法不可爲比是時帝釋恒水女神無量諸梵王及四天王從座而起各偏袒右肩右膝著地合掌頂禮而白佛言世尊我等一切得聞是金光明衆經之王今當受持讀誦爲他廣說應當依此法住何以故世尊我等欲求阿耨多羅三藐三菩提隨順此義種種之相正法行故是時梵王及天帝釋等皆悉雲集於說法之處以種種曼陀羅華而散佛上三千大千世界地皆大動一切天鼓及諸音樂不鼓自鳴放金色光遍滿世界

所出言音是金光明微妙經典慈恩普被種種利益種種增長善薩善根滅諸業障佛言如是如是如汝所說何以故善男子我憶往昔至于此生於百千阿僧祇劫寶王大炎照如來應供正遍知出現於世六百八十億億劫住於世界初集會所百千億億萬衆皆得阿羅漢諸漏已盡具六神通自在無礙第二集會九十千億億萬衆得阿羅漢皆悉漏盡三明六通皆得自在第三大會九十八千億億萬衆皆得阿羅漢三明六通自在無礙是時寶王大炎照如來與諸天人梵王沙門婆羅門及諸人民爲欲度脫安樂一切故出現於世善男子我於爾時作女人身名福寶光明第三集會於會坐所親近世尊受持讀誦是金光明經爲他廣說爲得阿耨多羅三藐三善提故是故世尊爲我受記是福寶光明女人於未來世當得作佛號釋迦牟尼如來應供正遍知明行足善逝世間解無上士調御丈夫天人師佛世尊捨女身後從是以來度四惡道生天人中受上妙之樂八十四百千反作轉輪王至于今日得作於佛名稱普聞遍滿世界時會乃見寶王大炎照如來轉無上法輪說微妙法從此娑婆去彼東方過百千恒河沙數佛土有世界名寶莊嚴今猶現在未般涅槃說微妙法廣化衆生復次若有善男子善女人聞是寶王大炎照如來名號得不退轉於菩薩地至般涅槃若有女人聞是寶王大炎照如來名號臨命終時得見世尊來至其所得見佛已究竟不復更受女身善男子是金光明微妙經典種種利益種

種增長善薩善根滅諸障業善男子若有比丘比丘尼優婆塞優婆夷在在處處爲人講說是金光明微妙經典在所國土皆獲四種功德善根何等爲四一者國王無諸疾惱一切災厄二者壽命長遠無有障礙三者無諸怨敵兵衆勇健無能勝者四者安隱快樂妙法常興何以故如是人王釋梵四天王夜叉之衆常來守護善男子有如是事不此諸無量釋梵四王及夜叉衆俱時同聲答世尊言如是如是若在所國土講說此經是諸國王我等四王常來擁護行住共俱其王若有一切災障怨敵我等四王皆能禳却若有疾惱諸不適意悉使除愈增長壽命於吉祥法於愛樂法我力能令生歡喜心我等亦能使其兵衆皆悉勇健佛言善哉善哉善男子如汝

所說汝當修行何以故是諸國王如法修行一切人民隨王修習若有人民能如法修行汝等皆蒙色力勝利宮殿光華眷屬强盛諸釋梵等白佛言如是世尊佛言於此國土處處講說是金光明微妙經典於諸國土大臣宰相蒙四種之恩一者更相親睦尊重愛念安忍二者常爲人王心所敬重亦爲沙門婆羅門大國小國之所愛護三者輕財重法不求勝利聲名遍布人所讚仰四者壽命脩長安隱快樂如是四種恩德若有國土宣說是經沙門婆羅門得四種功德何者爲四一者衣服飲食卧具醫藥二者皆得安心坐禪讀誦三者依於山林得安樂住四者依心皆得如意滿足是名四種功德若有國土講宣是經一切人民皆得豐樂無諸疾疫商賈往還

多獲寶貨具足四福是名種種功德利益是時釋梵四王及此會大衆白佛言世尊若現在世如是經典甚深之義如來三十七助道品等住世未滅若是經典滅盡之時正法亦滅佛言是故善男子如是相貌如是金光明經一句一偈一品一部一心正聞一心正持一心正思惟一心正讀誦一心爲他廣說長夜安樂

金光明經卷第二

音釋

桴縛謀切擊鼓杖也　奸居顏切詐也　憒鬧憒古對切心亂也鬧奴教切不靜也　撮倉括切四圭爲撮

金光明經卷第三

隋大興善寺沙門寶貴對天竺三藏志德合入

陀羅尼最淨地品第六

是時師子相無礙光炎菩薩與無量億衆從座俱起偏袒右肩右膝著地合掌恭敬頂禮佛足以種種華香寶幢旛蓋以爲供養而作是言以幾因緣得菩提心何者是菩提心世尊於菩提者現在心不可得未來心不可得過去心不可得離菩提者菩提心亦不可得菩提者不可言說心者亦無色無相無事業非可造作衆生亦不可得亦不可知世尊云何諸法甚深之義而可得知佛言善男子菩提祕密事業造作不可得知離菩提菩提心亦不可得菩提者不可言說心亦無相衆生亦不可得知何以故如意心亦如是如心菩提亦如是如心如菩提衆生亦如是如衆生一切三世法亦如是佛言善男子如是菩薩摩訶薩得名是心通一切法是說菩提菩提心菩提非過去非未來非現在心亦如是衆生亦如是於如此中亦不可得何以故一切法無生故菩提不可得菩提名不可得衆生衆生名不可得聲聞聲聞名不可得緣覺緣覺名不可得菩薩菩薩名不可得佛佛名不可得行非行不可得行非行名不可得於一切寂靜法中而得安住依一切功德善根而得發出是名初發菩提心譬如寶須彌山王是名檀波羅蜜因第二發心譬如大地持一切法事故是名尸波羅蜜因譬如師子臆長毫獸王有大神力獨步無畏無有戰怖如是第三心說羼提波羅蜜因譬如風輪那羅延

力勇壯速疾如是第四心不退轉是名毗梨耶波羅蜜因譬如七寶樓觀有四階道清涼之風來吹四門如是第五心生種種功德法藏猶未滿足是名禪波羅蜜因譬如日輪光耀炎盛如是第六心能破滅生死大暗故是名般若波羅蜜因譬如大富商主能令一切心願滿足如是第七心能令得度生死險惡道故能令得多功德寶故是名方便勝智波羅蜜因譬如月淨圓滿如是第八心一切境界清淨具足故是名願波羅蜜因譬如轉輪聖王主兵寶臣如意處分如是第九心善能莊嚴清淨佛土功德普洽廣利一切故是名力波羅蜜因譬如虛空及轉輪聖王如是第十心於一切境界皆悉通達故於一切法自在至灌頂位故是名智波羅蜜因佛言善男子如是十種菩薩摩訶薩菩提心因佛言善男子依五種法成就菩薩摩訶薩檀波羅蜜何者爲五一者信根二者慈悲三者無求欲心四者攝受一切衆生五者願求一切智智是善男子依是五法檀波羅蜜能得成就佛言善男子依是五法菩薩摩訶薩成就尸波羅蜜何者爲五一者三業清淨二者不爲一切衆生作煩惱因緣三者斷諸惡道開善道門四者過於聲聞緣覺之地五者一切功德願滿足故善男子依是五法尸波羅蜜能得成就佛言善男子又依五法菩薩摩訶薩成就羼提波羅蜜何者爲五一者伏貪瞋煩惱二者不惜身命不生安樂止息之觀三者思惟往業四者爲欲成熟一切衆生功德善根發慈悲心五者爲得甚深無生法忍善男子

是名菩薩摩訶薩成就羼提波羅蜜佛言善男子又依五法菩薩摩訶薩成就毗梨耶波羅蜜何者爲五一者與諸煩惱不得共住二者福德未具不得安樂三者一切難行不生猒心四者爲欲利益一切衆生成就大慈悲攝受五者願求不退轉地善男子是名菩薩摩訶薩成就毗梨耶波羅蜜佛言善男子又依五法成就菩薩摩訶薩禪那波羅蜜何者爲五一者一切善法攝持不散二者解脱生死二處不著三者願得神通爲成就衆生善根故四者發心洗浣法界爲清淨心故五者爲斷衆生一切煩惱根故善男子是名菩薩摩訶薩成就禪那波羅蜜佛言善男子又有五法菩薩摩訶薩成就般若波羅蜜云何爲五一者一切諸佛菩薩聰慧大智供養親近心無猒足二者諸佛如來說甚深法心常樂聞無有猒足三者真俗勝智四者見思煩惱如是勝智能分别斷五者於世間五明之法皆悉通達善男子是名菩薩摩訶薩成就般若波羅蜜佛言善男子又依五法菩薩摩訶薩成就方便勝智波羅蜜何者爲五一者於一切衆生意欲煩惱行心悉通達二者無量對治諸法之門心皆曉了三者大慈大悲入出自在四者於摩訶波羅蜜多能修行成熟滿足悉皆願求五者一切佛法了達攝受皆悉願求善男子是名菩薩摩訶薩成就方便勝智波羅蜜佛言善男子又有五法菩薩摩訶薩成就願波羅蜜何者爲五一者於一切法本來不生不滅不有不無心安樂住二者觀一切諸法最妙一切垢清淨心得安住三

者過一切相心如如無作無行不異不動安心於如四者爲利益衆生事於俗諦中得安心住五者於奢摩他毗鉢舍那同時能住善男子是名菩薩摩訶薩成就願波羅蜜佛言善男子依此五法菩薩摩訶薩成就力波羅蜜何者爲五一者一切衆生心行險惡智力能解二者能令一切衆生入於甚深之法三者一切衆生往還生死隨其因緣如是見知四者於一切衆生三聚智力能分別知五者如理爲種爲熟爲脱如是說法皆是智力故善男子是名菩薩摩訶薩成就力波羅蜜佛言善男子復有五法菩薩摩訶薩修行成就智波羅蜜何者爲五一者於一切法分別善惡具足智能二者於黒白法遠離攝受具足智能三者於生死涅槃不猒不喜具足智能

四者大福德行大智慧行得度究竟具足智能五者一切諸佛不共法等及一切智智具足灌頂智能善男子是名菩薩摩訶薩成就智波羅蜜佛言善男子何者波羅蜜義行道勝利是波羅蜜義大甚深智滿足是波羅蜜義行非行法心不執著是波羅蜜義生死過失涅槃功德正覺正觀是波羅蜜義愚人智人皆悉攝受是波羅蜜義能現種種珍妙法寶是波羅蜜義無礙解脱智滿足是波羅蜜義法界衆生界正分別智是波羅蜜義檀等及智能令至不退轉地是波羅蜜義能令滿足無生法忍是波羅蜜義一切衆生功德善根能令成熟是波羅蜜義於菩提道場佛慧十力四無畏不共法等成就是波羅蜜義生死涅槃皆是妄見能度無餘是波羅蜜義濟

度一切是波羅蜜義一切外人來相詰難善能解釋令其降伏是波羅蜜義能轉十二行法輪是波羅蜜義無所著無所見無患累無異思惟是波羅蜜義是善男子初菩薩地是相前現三千大千世界無量無邊種種寶藏皆悉盈滿菩薩悉見善男子菩薩二地是相前現三千大千世界地平如掌無量無數種種妙色清淨之寶莊嚴之具菩薩悉見善男子菩薩三地是相前現自身勇健鎧仗莊嚴一切怨賊皆能摧伏菩薩悉見善男子菩薩四地是相前現四方風輪種種妙華悉皆散灑圓滿地上菩薩悉見善男子菩薩五地是相前現如寶女人一切莊嚴其身頂上散多那華妙寶瓔珞貫飾身首菩薩悉見善男子菩薩六地是相前現七寶華池有四階道金沙遍滿清淨無穢八功德水皆悉盈滿鬱波羅華拘物頭華分陀利華莊嚴其池於華池所自身遊戲快樂清淨清涼無比菩薩悉見善男子菩薩七地是相前現左邊右邊應墮地獄以菩薩力故還得不墮無有損傷無有痛惱菩薩悉見善男子菩薩八地是相前現左邊右邊師子臆長毫獸王一切衆獸悉皆怖畏菩薩悉見善男子菩薩九地是相前現轉輪聖王無量億衆圍繞供養頂上白蓋無量衆寶之所莊嚴以覆於上菩薩悉見善男子菩薩十地是相前現如來之身金色晃耀無量淨光悉皆圓滿無量億梵王圍繞恭敬供養轉於無上微妙法輪菩薩悉見善男子云何初地而名歡喜得出世心昔所未得而今始得大事大用如意所願悉皆成就大歡

喜慶樂故是故初地名爲歡喜一切微細之罪破戒過失皆清淨故是故二地說名無垢地無量智慧光明三昧不可傾動無能摧伏聞持陀羅尼爲作本故是故三地說名明地能燒煩惱以智慧火增長光明是修行道品依處所故是故四地說名炎地是修行方便勝智自在難得故見思煩惱不可伏故是故五地說名難勝地行法相續了了顯現故無相多思惟了了現前故是故六地說名現前地無漏無間無相思惟解脫三昧遠修行故是地清淨無障無礙是故七地說名遠行地無相正思惟修行自在故諸煩惱行不能令動故是故八地說名不動地說一切種種法而得自在無患累故增長智慧自在無礙故是故九地說名善慧地法身如虛空智慧如大雲能令遍滿覆一切故是故第十名法雲地初地欲行有相道是無明障礙生死怖畏是無明依二無明心是初地障微細罪過因無明種種業行相因無明依二無明心是二地障昔所未得勝利得故動涌因無明不具聞持陀羅尼因無明依二無明心是三地障味禪定樂生愛著心因無明微妙淨法愛因無明依二無明心是四地障一意欲入涅槃思惟一意欲入生死思惟是涅槃思惟是生死思惟無明爲作因生死涅槃不平等思惟無明爲作因依二無明心是五地障行法相續了了顯現無明爲因法相數數行至於心無明爲因依二無明心是六地障微細諸相或現不現無明爲因一味熟思惟欲斷未得方便無明爲因依二無明心是七地障於無

相法多用功力無明爲因執相自在難可得度無明爲因依二無明心是八地障說法無量名味句無量智慧分别無量未能攝持無明爲因四無礙辯未得自在無明爲因依二無明心是九地障最大神通未得如意無明爲因微妙秘密之藏修行未足無明爲因依二種無明是第十地障一切境界微細智礙無明爲因未來是礙不更生未得不更生智無明爲因是如來地障是善男子於初菩薩地行向檀波羅蜜於二地行向尸波羅蜜於三地行向羼提波羅蜜四地行向毗梨耶波羅蜜五地行向禪那波羅蜜六地行向般若波羅蜜七地行向方便勝智波羅蜜八地行向願波羅蜜九地行向力波羅蜜十地行向智波羅蜜善男子菩薩摩訶薩初發心名妙寶起三摩提攝受得生第二發心可愛住三摩提攝受得生第三發心難動三摩提攝受得生第四發心不退轉三昧攝受得生第五發心寶華三昧攝受得生第六發心日圓光炎三昧攝受得生第七發心一切願如意成就三昧攝受得生第八發心現在佛現前證住三昧攝受得生第九發心智上三昧攝受得生第十發心首楞嚴摩伽三昧攝受得生善男子是諸菩薩摩訶薩十種發心善男子菩薩摩訶薩於此初地依功德力名陀羅尼得生爾時世尊而說呪曰

哆姪他天可切後九句並同此一富樓抳念履切下抳並同此二那羅提音第三豆平聲吼豆乳豆吼四耶移我切跋修履瑜五烏婆娑底知履切六耶同上跋旃陀上聲魯七提同上瑜多底八哆跋鐸駱幟霜艦切九檀地途買切

波履訶嵐羅含切十苟留良吼切十一莎平聲訶上聲十二

善男子是陀羅尼名過一恒河沙數諸佛爲救護初地菩薩誦持此陀羅尼呪得度脫一切怖畏一切惡獸一切惡鬼人非人等災橫諸惱解脫五障不忘念初地善男子諸菩薩摩訶薩於此二地善安樂住名陀羅尼得生

多姪他一鬱坐殊果切離音戾旨平聲履旨履三鬱社邏去聲四社邏南上聲五禪斗禪斗六鬱坐離同上七吼柳吼柳八莎訶九

善男子是陀羅尼名過二恒河沙數諸佛爲救護二地菩薩誦持此陀羅尼呪得度脫一切怖畏一切惡獸一切惡鬼人非人等怨賊災橫諸惱解脫五障不忘念二地善男子菩薩摩訶薩於此三地難勝大力名陀羅尼得生

哆姪他一檀地並同前音枳二般六限切陀上聲枳三柯羅智知爾切四高懶二合智五枳由詈六檀知上聲詈七莎訶八

善男子是陀羅尼名過三恒河沙諸佛爲救護三地菩薩誦持陀羅尼呪得度脫一切怖畏一切惡獸虎狼師子一切惡鬼人非人等怨賊災橫諸有惱害解脫五障不忘念三地善男子菩薩摩訶薩於此四地大利益難壞名陀羅尼得生

哆姪他一尸利尸利二陀彌抳陀彌抳三陀履陀履抳四尸履尸履抳五陛捨申俄切邏婆細音洒六波豕那七盤陀訶上聲寐無死切底八莎訶九

善男子是陀羅尼名過四恒河沙諸佛爲救護四地菩薩誦持陀羅尼得度一切怖畏一

切惡獸虎狼師子一切惡鬼人非人等怨賊
災橫及諸毒害解脫五障不忘念四地善男
子菩薩摩訶薩於此五地種種功德莊嚴名
陀羅尼得生
哆姪他一訶里訶里抳二遮履遮履尼三迦
邏摩抳四僧迦邏摩抳五三婆訶沙抳六剡
琰常切婆訶摵七悉躭婆訶抳八謨訶抳九莎
琰部吼陛十莎訶十一
善男子是陀羅尼名過五恒河沙諸佛爲救
護五地菩薩誦持陀羅尼得度一切怖畏一
切毒害虎狼師子一切惡鬼人非人等怨賊
災橫諸有惱害解脫五障不忘念五地善男
子是菩薩摩訶薩於此六地圓智等名陀羅
尼得生
哆姪他一毗頭詈毗頭詈二摩履抳三柯履
柯履四茲浮必切頭誘訶底五溜溜溜溜囀音呼六
周柳周柳七杜魯婆杜魯婆八遮由俄切遮遮
者同上章我切九婆栗沙使下切十薩相脫切活二合急呼祇底
知履切十一薩婆薩埵南十二悉遲遐香家切斗十三曼
無丹切多羅波拖十四莎訶十五
善男子是陀羅尼名過六恒河沙諸佛爲救
護六地菩薩誦持陀羅尼得度一切怖畏一
切毒害虎狼師子一切惡鬼人非人等怨賊
災橫諸有惱害解脫五障不忘念六地善男
子菩薩摩訶薩於此七地法勝行名陀羅尼
得生
哆姪他一闍訶闍訶漏良後切二闍訶闍訶
漏三同上鞞柳枳鞞柳枳四阿蜜多邏伽訶多
抳五婆力灑抳六鞞柳耽枳七婆柳波底八
鞞提喜枳九頻陀鞞履抳十蜜栗𠺕底枳十一

蒲呼箒酉蒲呼箒酉十二莎訶十三

善男子是陀羅尼名過七恒河沙諸佛為救護七地菩薩誦持陀羅尼呪得度一切怖畏一切惡獸虎狼師子一切惡鬼人非人等怨賊毒害災横解脱五障不忘念七地善男子菩薩摩訶薩於此八地無盡藏名陀羅尼得生

哆姪他一死履二合急呼死履二始履小緩呼尼三寐無死切底寐底四柯履柯履五訶履訶履六醯柳醯柳七周柳周柳八伴平聲陀訶寐同上九莎訶十

善男子是陀羅尼名過八恒河沙諸佛為救護八地菩薩誦持陀羅尼得度一切怖畏一切惡獸虎狼師子一切惡鬼人非人等怨賊毒害災横解脱五障不忘念八地善男子菩薩摩訶薩於此九地無量門名陀羅尼得生

哆姪他一訶履旃柁徒可切履枳二倶嵐婆邏梯他弟切三斗邏死四抜吒抜吒死五死履死履六柯死履七柯補音比修履八薩相脱切活二合祇底九薩婆薩埵南平聲十莎訶十一

善男子是陀羅尼名過九恒河沙諸佛為救護九地菩薩誦持陀羅尼得度一切怖畏一切惡獸虎狼師子一切惡鬼人非人等怨賊毒害災横解脱五障不忘念九地善男子菩薩摩訶薩於此十地破壞堅固金剛山名陀羅尼得生

哆姪他一悉提醯訶弟切下三同二修悉提醯三姥者禰年弟切四姥差楚解切禰同上五毗目底六阿摩詈留弟切下同七毗摩詈八涅摩詈九曹望恒切伽詈十喜懶若如也切竭奇達切剌留達切二合急呼陛醯十一

何剌那竭剌陛醯十二娑曼多跋竭提罯十三薩跋剌他聽我切娑陀呵虎可切禰十四摩那死十五摩訶摩那死十六遏部吼底十七遏哲部吼底十八娑邏提上聲十九毗邏提二十遏周底二十一阿美里底二十二阿邏是二十三毗邏是二十四婆覽訶寐忘巳切二十五婆覽摩須罯二十六富婁禰二十七富婁那摩怒邏體二十八莎訶二十九

善男子是陀羅尼灌頂吉祥句名過十恒河沙諸佛為救護十地菩薩誦持陀羅尼呪得度一切怖畏一切惡獸虎狼師子一切惡鬼人非人等怨賊毒害災橫解脫五障不忘念十地是時師子相無礙光炎菩薩即從座起偏袒右肩右膝著地合掌恭敬頂禮佛足即以偈誦而讚嘆佛

敬禮無譬喻　說深無相義　衆生妄想見
世尊能濟度　世尊佛眼故　不見一法相
無上尊法眼　見不思議義　不能生一法
亦不滅一法　為平等見故　尊至無上處
不損生死故　願尊證涅槃　過二法見故
是故證寂靜　世尊智一味　淨品不淨品
不分別界故　獲無上清淨　世尊無邊身
不說一言字　一切弟子衆　飽滿法雨故
衆生相思惟　一切種皆無　困苦諸衆生
世尊普救濟　苦樂常無常　有我無我等
如是衆多義　世尊慧無著　世間不一異
譬如空谷響　不度亦不滅　唯佛能了知
法界無分別　是故無異乘　為度衆生故
分別說三乘

是時大自在梵王於大會中從座而起偏袒右肩右膝著地合掌恭敬頂禮佛足而白佛

言世尊希有難量是金光明經微妙之義究竟滿足皆能成就一切佛法一切佛恩佛言如是如是善男子如汝所說善男子若得聽聞是金光明經一切菩薩不退阿耨多羅三藐三菩提何以故善男子是不退地菩薩成熟善根是第一印是金光明微妙經典衆經之王故得聽聞受持讀誦何以故善男子若一切衆生未種善根未成熟善根未親近諸佛不得聽聞是金光明經善男子是金光明經以聽聞受持故是善男子善女人一切罪障悉能除滅得持清淨常得見佛不離世尊常聞妙法常聽正法生不退地師子勝人而得親近不相遠離無盡無減海印出妙功德陀羅尼無盡無減衆生意行言語通達陀羅尼無盡無減日圓無垢相光陀羅尼無盡無減滿月相光陀羅尼無盡無減能伏一切惑事功德流陀羅尼無盡無減破壞堅固金剛山陀羅尼無盡無減說不可說義因緣藏陀羅尼無盡無減真實語言法則音聲通達陀羅尼無盡無減虛空無垢心行印陀羅尼無盡無減無邊佛身能顯現陀羅尼善男子如是諸陀羅尼等得成就故菩薩摩訶薩於十方一切佛土諸化佛身說無上種種正法於法如如不動不去不來善能成熟一切衆生善根亦不見一切衆生可成熟者說種種諸法於諸言辭不動不去不住不來能現生滅向無生滅說諸行法無所去來一切法無異故說是金光明經已三萬億菩薩摩訶薩得無生法忍無量諸菩薩不退菩提心無量無邊比丘得法眼淨無量衆生發菩薩心是時

世尊而説偈言

逆生死流道　甚深微難見　貪欲覆衆生

愚冥暗不見

是時大會之衆從座而起偏袒右肩右膝著地合掌恭敬頂禮佛足而白佛言若有處處講宣此金光明經是會大衆皆悉往彼爲作聽衆是説法師種種利益安樂無障身心泰然我等皆當盡心供養令諸聽衆安隱快樂是所國土無諸怨賊恐怖之難無饑饉畏無非人畏人民興盛是説法處一切諸天人非人等及諸衆生不得從上而過汙漫説法之處何以故説法之處即是其塔善男子善女人應當以諸香華繒綵旛蓋供養是説法處我等爲作救護利益消除一切障礙隨其所須如意供給悉令具足佛言善男子如是女等應當精勤修行如此經典則法久住於世

金光明經卷第三

音釋

臆乙力切胷臆也　羼提梵語也此云忍羼初限切　詰去吉切問也　鎧苦亥切鉀也　姪直一切　鐸徒各切　駱郎各切　邏郎賀切　詈直異切　陛傍禮切　豕詩止切　琰以冉切　鞞卑履切　呾當割切　箒之九切　姥莫補切

金光明經卷第四

隋大興善寺沙門寶貴對天竺三藏忘德合入

讚歎品第七

爾時佛告地神堅牢善女天過去有王名金龍尊常以讚歎去來現在諸佛

我今尊重　敬禮讚歎　去來現在　十方諸佛
諸佛清淨　微妙寂滅　色中上色　金光照曜
於諸聲中　佛聲最上　猶如大梵　深遠雷音
其髮紺黑　光螺炎起　蜂翠孔雀　色不得喻
其齒鮮白　猶如珂雪　顯發金顏　分齊分明
其目脩廣　清淨無垢　如青蓮華　映水開敷
舌相廣長　形色紅暉　光明照耀　如華初生
眉間毫相　白如珂月　右旋潤澤　如淨瑠璃
眉細脩揚　形如月初　其色黑曜　過於蜂王
鼻高圓直　如鑄金鋌　微妙柔軟　當于面門
如來勝相　次第最上　得味真正　無與等者
一一毛孔　一毛旋生　軟細紺青　猶孔雀項
即於生時　身放大光　普照十方　無量國土
滅盡三界　一切諸苦　令諸衆生　悉受快樂
地獄畜生　及以餓鬼　諸人天等　安隱無患
悉滅一切　無量惡趣　身色微妙　如鎔金聚
面貌清淨　如月盛滿　佛身明曜　如日初出
進止威儀　猶如師子　脩臂下垂　立過于膝
猶如風動　娑羅樹枝　圓光一尋　能照無量
猶如聚集　百千日月　佛身淨妙　無諸垢穢
其明普照　一切佛刹　佛光巍巍　明炎火盛
悉能隱蔽　無量日月　佛日燈炬　照無量界
皆令衆生　尋光見佛　本所修習　百千行業
聚集功德　莊嚴佛身　臂傭纖圓　如象王鼻
手足淨軟　敬愛無猒　去來諸佛　數如微塵

現在諸佛 亦復如是 如是如來 我今悉禮
身口清淨 意亦如是 以好華香 供養奉獻
百千功德 讚詠歌歎 設以百舌 於千劫中
歎佛功德 不能得盡 如來所有 現世功德
種種深固 微妙第一 設復千舌 欲讚一佛
尚不能盡 功德少分 況欲歎美 諸佛功德
大地及天 以爲大海 乃至有頂 滿其中水
尚可以毛 知其滴數 無有能知 佛一功德
我今已禮 讚歎諸佛 身口意業 悉皆清淨
一切所修 無量善業 與諸衆生 證無上道
如是人王 讚歎佛已 復作如是 無量誓願
若我來世 無量無邊 阿僧祇劫 在在生處
常於夢中 見妙金鼓 得聞懺悔 深奥之義
今所讚歎 面貌清淨 願我來世 亦得如是
諸佛功德 不可思議 於百千劫 甚難得值
願於當來 無量之世 夜則夢見 晝如實説
我當具足 修行六度 濟拔衆生 越於苦海
然後我身 成無上道 令我世界 無與等者
奉貢金鼓 讚佛因緣 以此果報 當來之世
值釋迦佛 得受記莂 并令二子 金龍金光
常生我家 同共受記 若有衆生 無救護者
衆苦逼切 無所依止 我於當來 爲是等輩
作大救護 及依止處 能除衆苦 悉令滅盡
施與衆生 諸善安樂 我未來世 行菩提道
不計劫數 如盡本際 以此金光 懺悔因緣
使我惡海 及以業海 煩惱大海 悉竭無餘
我功德海 願悉成就 智慧大海 清淨具足
無量功德 助菩提道 猶如大海 珍寶具足
以此金光 懺悔力故 菩提功德 光明無礙
慧光無垢 照徹清淨 我當來世 身光普照

功德威神　光明炎盛　於三界中　最勝殊特
諸功德力　無所減少　當度衆生　越於苦海
并復安置　功德大海　來世多劫　行菩提道
如昔諸佛　行菩提道　三世諸佛　淨妙國土
諸佛至尊　無量功德　令我來世　得此殊異
功德淨土　如佛世尊　信相當知　爾時國王
金龍尊者　則汝身是　爾時二子　金龍金光
今汝二子　銀相等是

空品第八

爾時佛爲地神堅牢善女天菩薩復說偈言

我從昔來　爲諸菩薩　無量餘經　已廣說空
是故此中　略而解說　衆生根鈍　尠於智慧
不能廣知　無量空義　故此尊經　略而說之
異妙方便　種種因緣　爲鈍根故　起大悲心
今我演說　此妙經典　如我所解　知衆生意
是身虛僞　猶如空聚　六入村落　結賊所止
一切自住　各不相知　眼根受色　耳分別聲
鼻齅諸香　舌嗜於味　所有身根　貪受諸觸
意根分別　一切諸法　六情諸根　各各自緣
諸塵境界　不行他緣　心如幻化　馳騁六情
而常妄想　分別諸法　猶如世人　馳走空聚
六賊所害　愚不知避　心常依止　六根境界
各各自知　所伺之處　隨行色聲　香味觸法
心處六情　如鳥投網　其心在在　常處諸根
隨逐諸塵　無有暫捨　身空虛僞　不可長養
無有諍訟　亦無正主　從諸因緣　和合而有
無有堅實　妄想故起　業力機關　假僞空聚
地水火風　合集成立　隨時增減　共相殘害
猶如四蛇　同處一篋　四大蚖蛇　其性各異
二上二下　諸方亦二　如是蛇大　悉滅無餘

地水二蛇　其性沉下　風火二蛇　性輕上昇
心識二性　躁動不停　隨業受報　人天諸趣
隨所作業　而墮諸有　水火風種　散滅壞時
大小不淨　盈流於外　體生諸蟲　無可愛樂
捐棄塚間　如朽敗木　善女當觀　諸法如是
何處有人　及以衆生　本性空寂　無明故有
如是諸大　一一不實　本自不生　性無和合
以是因緣　我說諸大　從本不實　和合而有
無明體相　本自不有　妄想因緣　和合而生
無所有故　假名無明　是故我說　名曰無明
行識名色　六入觸受　愛取有生　老死愁惱
衆苦行業　不可思議　生死無際　輪轉不息
本無有生　亦無和合　不善思惟　心行所造
我斷一切　諸見纏等　以智慧刀　裂煩惱網
五陰舍宅　觀悉空寂　證無上道　微妙功德
開甘露門　示甘露器　入甘露城　處甘露室
令諸衆生　食甘露味　吹大法螺　擊大法鼓
然大法燈　雨勝法雨　我今摧伏　一切怨結
竪立第一　微妙法幢　度諸衆生　於生死海
永斷三惡　無量苦惱　煩惱熾然　燒諸衆生
無有救護　無所依止　我以甘露　清涼美味
充足是輩　令離燋熱　於無量劫　遵修諸行
供養恭敬　諸佛世尊　堅固修習　菩提之道
求於如來　真實法身　捨諸所重　肢節手足
頭目髓腦　所愛妻子　錢財珍寶　真珠瓔珞
金銀瑠璃　種種異物　歡喜布施　心無悔悋
觀法性空　是無上智
三千大千世界中　所有樹木折爲籌
三千大地碎微塵　是等微塵遍虛空
一切衆生有智慧　以此智慧與一人

如是人等如微塵　筭此微塵可知數
如來智慧不可數　如來一念有智慧
不可數劫筭不盡

依空滿願品第九

是時如意寶光耀善女天於大衆中從座而起偏袒右肩右膝著地合掌恭敬以偈白佛

我問照世界　兩足最勝尊　菩薩正行法
唯願垂聽許　佛言善女天　汝若有疑者
隨汝意所問　吾當分別說　云何諸菩薩
行菩提正行　離生死涅槃　利益自他故

佛言善女天依於法界行菩提法修平等行善女天云何依於法界行菩提法修平等行善女天五陰能現法界法界即是五陰五陰不可說非五陰亦不可說何以故若五陰是法界則是斷見若離五陰即是常見離於二邊不著二邊不可見過所見無名無相是則名爲說於法界善女天云何五陰能現法界善女天如是五陰不從因緣生何以故若從因緣生已生故得生未生故得生若已生得生何用因緣生若已生不從因緣生若未生時不可得生何以故未生諸法則是不有無名無相非筭數譬喻之所能知非因緣所生善女天譬如鼓聲依木依皮依桴依人工等故得出聲是鼓聲空過去亦空未來亦空現在亦空何以故是鼓音聲不從木生不從皮生不從桴生不從人工生是聲不於三世生是則不生若不可得生則不可得滅若不可滅無所從來若無所從來亦無處去若無處去不常不斷若不常不斷則不一不異何以故若不一不異法界若爾者凡夫人則見真

諦得於無上安樂涅槃是義不然是故不一若言其異者一切諸佛菩薩行相即是執著未得解脱煩惱繫縛則不能得阿耨多羅三藐三菩提何以故一切聖人於行非行法中同智慧行是故不異是故五陰非有不從因緣生故非不有五陰不過聖境界故非言語之所能及無名無相無因無緣無有境界無有譬喻始終寂靜本來自空是故五陰能現法界善女天若善男子善女人欲求阿耨多羅三藐三菩提真異俗異如是難可思量於聖凡境界不異思惟不捨於俗不捨於真依於法界行菩提行爾時世尊作是語已時善女天踊躍歡喜即從座起偏袒右肩右膝著地合掌恭敬一心頂禮而白佛言世尊如上所説菩提正行我今當學是時娑婆世界主大梵天王於大衆中問如意寶光耀善女天此菩提行難可修行汝心云何於此菩提行而得自在時善女天答梵王言大梵王若佛所説是真甚深一切凡夫不得其味是聖境界微妙難知若復我心依於此法得安樂住是真實語者願令一切五濁惡世無量無邊衆生皆得金色三十二相非男非女坐寶蓮華受無量快樂雨天妙華天諸音樂不鼓自鳴一切供養皆悉具足時善女天説是語已一切五濁惡世所有衆生皆悉金色具足三十二相非男非女坐寶蓮華受無量快樂猶如他化自在天宫無諸惡道寶樹行列七寶蓮華遍滿世界雨衆七寶上妙天華作天妓樂如意寶光耀善女天即轉女形作梵天身時大梵天王問如意寶光耀菩薩言汝昔以

何行菩提行菩薩答言梵王若水中月能行菩提行者我亦已行菩提之行若夢見行菩提行我亦行菩提行若炎露行菩提行我亦行菩提行若聲響行菩提行我亦行菩提行時大梵王聞此說已語菩薩言汝依何等而說此語答言梵王無有一法而有實相因果相成故梵王又白菩薩言若如此者諸凡夫人皆悉應得阿耨多羅三藐三菩提菩薩答言以何思惟而作是說梵王愚癡人異智慧人異菩提異非菩提異解脫異非解脫異梵王如是諸法平等無異於此法界如如不異無有中間而可執持無增無減梵王譬如幻師善巧幻術及幻弟子於四衢道取諸土沙草木葉等聚在一處作種種幻術使人覩見象衆馬衆車衆軍衆七寶之聚種種倉庫若有衆生愚癡無智不能思惟不知幻本若見若聞作是思惟如我所見象馬衆等謂是真實如見如聞隨能隨力執著所見自言是實於他非真後不重思惟有智之人則能思惟了於幻本若見若聞作是思惟如我所見象馬等衆非是真實唯有幻事惑人眼目是處說名象馬等衆及諸庫倉唯有名字無有實體如我所見如我所聞隨能隨力不執所見而言是實於他非真後不重思惟是諸智人隨說世語皆欲令他知實義故如見如聞思惟則不如是梵王若有衆生愚癡凡夫未得出世聖智慧故未知一切諸法如如不可言說是諸凡愚若見若聞行非行法作是思惟實有如是諸法如我所見如我所聞是諸凡夫如見如聞隨能隨力執著所見自言是實

於他非真後不重思惟若有衆生非凡夫人已見第一義諦出世聖慧知一切法如如不可言說是諸聖人若見若聞行法非行法隨能隨力不執著所見自言是實於他非真後不重思惟無實行法無實非行法如我所見如我所聞惟妄思惟行非行相惑人智慧是處說名行非行法惟有名字無有實體如我所見如我所聞隨能隨力不執所見自言是實於他非真後不重思惟是諸聖人如世語言隨順其說爲欲令他知真實義如是梵王是諸聖人聖智見故不可言法如如攝行非行法是法如如爲他證智故說種種名時大梵王問如意寳光耀菩薩言有幾衆生能解能通如是微妙甚深正法菩薩答言梵王凡是若干衆幻化人心數若干衆生能解能通是甚深法梵王又言此幻化人即是不有如是心數從何而得菩薩答言梵王如是法界不有不無如是衆生能解能通是甚深義是時梵王白佛言世尊是如意寳光耀菩薩不可思議通達如是甚深之義佛言如是如是梵王如汝所言何以故是如意寳光耀菩薩已教梵王學觀無生忍法於是大梵天王與諸梵衆從座而起偏袒右肩右膝著地合掌恭敬頂禮如意寳光耀菩薩足說如是言希有希有我等今日得見大師得聞正法爾時世尊於一切法通達無礙告梵王言是如意寳光耀菩薩於未來世當得作佛號曰德寳炎吉上藏如來應供正遍知說是金光明微妙經典三千億菩薩得不退阿耨多羅三藐三菩提八千億天子得無垢淨於法成就清

淨法眼無量無數國王臣民得法眼淨五十億比丘行菩提行欲退菩提心聞如意寶光耀菩薩說法得堅固不可思議滿足之願更復續發菩提之心各自脫衣供養菩薩重發無上勝進心發無上勝進心已願令我等功德善根悉皆不退迴向阿耨多羅三藐三菩提如是比丘依此功德修行過九十大劫當得成就是諸比丘出於生死佛爲授記過三十阿僧祇劫當得作佛號難勝光王其國名曰無垢光同時皆得阿耨多羅三藐三菩提皆同一號名曰願莊嚴閒厠王佛爾時佛告梵王是金光明經正聞正聽有大神力梵王百千大劫行六波羅蜜無有方便若有善男子善女人已得聽聞是金光明經書寫半月半月一過轉讀是善功德聚於前功德百分千分不及一分筭數譬喻所不能及梵王是故我今當令修學受持爲他廣說何以故如是甚深微妙經典我行菩薩道時如於戰陣不惜身命得通此經受持讀誦爲他解說梵王譬如轉輪聖王若王在世七寶不滅王若過世一切七寶自然而盡梵王是金光明微妙經典若現在世大正法寶皆悉不滅是故當依金光明經聽聞讀誦受持爲他解說令他書寫於功德中行精進波羅蜜不惜身命不憚疲勞我諸弟子悉皆應當如是精勤修學是時大梵天王與無量梵衆帝釋四王及夜叉衆俱從座起偏袒右肩右膝著地合掌恭敬而白佛言我等一切爲守護流通是金光明微妙經典說法法師若有諸難我當除却令具諸善色味滿足辯才無礙身心開泰

時會之衆皆令快樂是處國土若饑饉怨賊非人之畏我等攘却使其人民豐盛歡逸皆是我等四王恩力若有供養是經卷者我亦當爲作大擁護如佛不異

金光明經卷第四

金光明經卷第五

隋大興善寺沙門寶貴對天竺三藏志德合入

四天王品第十

爾時毗沙門天王提頭賴吒天王毗留勒叉天王毗留博叉天王俱從座起偏袒右肩右膝著地胡跪合掌白佛言世尊是金光明微妙經典衆經之王諸佛世尊之所護念莊嚴菩薩深妙功德常爲諸天之所恭敬能令天王心生歡喜亦爲護世之所讃歎此經能照諸天宮殿是經能與衆生快樂是經能令地獄餓鬼畜生諸河燋乾枯竭是經能除一切怖畏是經能却他方怨賊是經能除穀貴饑饉是經能愈一切疫病是經能滅惡星變異是經能去一切憂惱舉要言之是經能滅一切衆生無量無邊百千苦惱世尊是金光明微妙經典若在大衆廣宣說時我等四王及餘眷屬聞此甘露無上法味增益身力心進勇鋭具諸威德世尊我等四王能說正法修行正法爲世法王以法治世世尊我等四王及天龍鬼神乾闥婆阿脩羅迦樓羅緊那羅摩睺羅伽以法治世遮諸惡鬼噉精氣者世尊我等四王二十八部諸鬼神等及無量百千鬼神以淨天眼過於人眼常觀擁護此閻浮提世尊是故我等名護世王若此國土有諸衰耗怨賊侵境饑饉疾疫種種艱難若有比丘受持是經我等四王當共勸請令是比丘以我等力故疾往彼所國邑郡縣廣宣流布是金光明微妙經典令如是等種種百千衰耗之事悉皆滅盡世尊如諸國王所有土境是持經者若至其國是王應當往是人所

聽受如是微妙經典聞已歡喜復當護念恭敬是人世尊我等四王復當勤心擁護是王及國人民爲除衰患令得安隱世尊若有比丘比丘尼優婆塞優婆夷受持是經若諸人王有能供給施其所安我等四王亦當令是王及國人民一切安隱具足無患世尊若有四衆受持讀誦是妙經典若諸人王有能供養恭敬尊重讚歎我等四王亦復當令如是人王於諸王中常得第一供養恭敬尊重讚歎亦令餘王欽尚羨慕稱讚其善爾時世尊讚歎護世四天王等善哉善哉汝等四王過去已曾供養恭敬尊重讚歎無量百千萬億諸佛於諸佛所種諸善根說於正法修行正法以法治世爲人天王汝等今日長夜利益於諸衆生行大慈心施與衆生一切樂具能遮諸惡勤與諸善以是之故若有人王能供養恭敬此金光明微妙經典汝等正應如是護念滅其苦惱與其安樂汝等四王及諸眷屬無量無邊百千鬼神若能護念如是經典者即是護持去來現在諸佛正法汝等四王及餘天衆百千鬼神與阿脩羅共戰鬪時汝等諸天常得勝利汝等若能護念是經悉能消伏一切諸苦所謂怨賊饑饉疾疫若四部衆有能受持讀誦此經汝等亦應勤心守護爲除衰惱施與安樂爾時四王復白佛言世尊是金光明微妙經典於未來世在所流布若國土城邑郡縣村落隨所至處若諸國王以天律治世復能恭敬至心聽受是妙經典并復尊重供養供給持是經典四部之衆以是因緣我等時時得聞如是微妙經典聞已

即得增益身力心進勇銳具諸威德是故我等及無量鬼神常當隱形隨其妙典所流布處而作擁護令無留難亦當護念聽是經典諸國王等及其人民除其患難悉令安隱他方怨賊亦使退散若有人王聽是經時鄰國怨敵興如是念當具四兵壞彼國土世尊以是經典威德神力故爾時鄰敵更有異怨爲作留難於其境界起諸衰惱災異疫病爾時怨敵起如是等諸惡事已備具四兵發向是國親往討伐我等爾時當與眷屬無量無邊百千鬼神隱蔽其形爲作護助令彼怨敵自然退散起諸怖懅種種留難彼國兵衆尚不能到況復當能有所破壞爾時佛讚四天王等善哉善哉汝等四王乃能擁護我百千億那由他劫所可修集阿耨多羅三藐三菩提

及諸人王受持是經恭敬供養者爲消衰患令其安樂復能擁護宮殿舍宅城邑村落國土邊疆乃至怨賊悉令退散滅其衰惱令得安隱亦令一切閻浮提內所有諸王無諸凶衰鬪訟之事四王當知此閻浮提八萬四千城邑聚落八萬四千諸人王等各於其國娛樂快樂各各於國而得自在於自所有錢財珍寶各各自足不相侵奪如其宿世所修集業隨業受報不生惡心貪求他國各各自生利益之心生於慈心安樂之心不諍訟心不破壞心無繫縛心無楚撻心各於其土自生愛樂上下和睦猶如水乳心相愛念增諸善根以是因緣故此閻浮提安隱豐樂人民熾盛大地沃壤陰陽調和時不越序日月星宿不失常度風雨隨時無諸災橫人民豐實自

足於財心無貪悋亦無嫉妬等行十善其人壽終多生天上天宮充滿增益天衆若未來世有諸人王聽是經典及供養恭敬受持是經四部之衆是王則爲安樂利益汝等四王及餘眷屬無量百千諸鬼神等何以故汝等四王若得時時聞是經典則爲巳得正法之水服甘露味增益身力心進勇鋭具諸威德是諸人王若能至心聽受是經則爲巳能供養於我若供養我則是供養過去未來現在諸佛若能供養過去未來現在諸佛則得無量不可思議功德之聚以是因緣是諸人王應得擁護及后妃婇女中宮眷屬諸王子等亦應得護衰惱消滅快樂熾盛宮殿堂宇安隱清淨無諸災變護宅之神增長威德亦受無量歡悅快樂是諸國土所有人民悉受種種五欲之樂一切惡事悉皆消滅爾時四天王白佛言世尊未來之世若有人王欲得護身及后妃婇女諸王子等宮殿屋宅得第一護身所王領最爲殊勝具不可思議王者功德欲得攝取無量福聚國土無有他方怨賊無諸憂惱及諸苦事世尊如是人王不應放逸散亂其心應生恭敬謙下之心應當莊嚴第一微妙最勝宮宅種種香汁持用灑地散種種華敷大法座師子之座兼以無量珍奇異物而爲校飾張施種種無數微妙幢旛寶蓋當淨洗浴以香塗身著好淨衣瓔珞自嚴坐小卑座不自高大除去自在離諸放逸謙下自卑除去憍慢正念聽受如是妙典於說法者生世尊想復於宮內后妃王子婇女眷屬生慈哀心和顔與語勸以種種供養之具

供養法師是王爾時既勸化已即生無量歡喜快樂心懷悦豫倍復自勵不生疲倦多作利益於説法者倍生恭敬爾時佛告四天大王爾時人王應著白淨鮮潔之衣種種瓔珞齊整莊嚴執持素帛微妙上蓋服飾容儀不失常則躬出奉迎説法之人何以故是王如是隨其舉足步步之中即是供養值遇百千億那由他諸佛世尊復得超越如是等劫生死之難復於來世爾所劫中常得封受轉輪王位隨其步步亦得如是現世功德不可思議自在之力常得最勝極妙七寶人天宮殿在在生處增益壽命言語辯了人所信用無所畏忌有大名稱常爲人天之所恭敬天上人中受上妙樂得大勢力具足威德身色微妙端嚴第一常值諸佛遇善知識成就具足無量福聚汝等四天王如是人王見如是等種種無量功德利益是故此王應當躬出奉迎法師若一由旬至百千由旬於説法師應生佛想應作是念今日釋迦如來正智入於我宮受我供養爲我説法我聞是法即不退轉於阿耨多羅三藐三菩提已爲得值百千萬億那由他佛爲已供養過去未來現在諸佛已得畢竟三惡道苦我今已種百千無量轉輪聖王釋梵之因已種無邊善根種子已令無量百千萬億諸衆生等度於生死已集無量無邊福聚後宫眷屬已得擁護宫宅諸衰悉已消滅國土無有怨賊棘刺他方怨敵不能侵陵汝等四王如是人王應作如是供養正法清淨聽受是妙經典及恭敬供養尊重讚歎持是經典四部之衆亦當迴此所得

最勝功德之分施與汝等及餘眷屬諸天鬼神聚集如是諸善功德現世常得無量無邊不可思議自在之利威德勢力成就具足能以正法摧伏諸惡爾時四王白佛言世尊若未來世有諸人王作如是等恭敬正法至心聽受是妙經典及恭敬供養尊重讚歎持是經典四部之衆嚴治舍宅香汁灑地專心正念聽説法時我等四王亦當在中共聽此法願諸人王爲自利故以已所得功德少分施與我等世尊是諸人王於説法者所坐之處爲我等故燒種種香供養是經是妙香氣於一念頃即至我等諸天宮殿其香即時變成香蓋其香微妙金色晃耀照我等宮釋宮梵宮大辯神天功德神天堅牢地神散脂鬼神最大將軍二十八部鬼神大將摩醯首羅金剛密迹摩尼跋陀鬼神大將鬼子母與五百鬼子周帀圍繞阿耨達龍王娑竭羅龍王如是等衆自於宮殿各各得聞是妙香氣及見香蓋光明普照是香蓋光明亦照一切諸天宮殿佛告四王是香蓋光明非但至汝四王宮殿何以故是諸人王手擎香鑪供養經時其香遍布於一念頃遍至三千大千世界百億日月百億大海百億須彌山百億大鐵圍山小鐵圍山及諸山王百億四天下百億四天王天百億三十三天乃至百億非想非非想天於此三千大千世界百億三十三天一切龍鬼乾闥婆阿脩羅迦樓羅緊那羅摩睺羅伽宮殿虛空悉滿種種香煙雲蓋其蓋金光亦照宮殿如是三千大千世界所有種種香煙雲蓋皆是此經威神力故是諸人王手

擎香鑪供養經時種種香氣不但遍此大千世界於一念頃亦遍十方無量無邊恒河沙等百千萬億諸佛世界於諸佛上虚空之中亦成香蓋金光普照亦復如是諸佛世尊聞是妙香見是香蓋及金色光於十方界恒河沙等諸佛世尊作如是等神力變化已異口同音於說法者稱讚善哉善哉大士汝能廣宣流布如是甚深微妙經典則爲成就無量無邊不可思議功德之聚若有聞是甚深經典所得功德則爲不少況持讀誦爲他衆生開示分別演說其義何以故善男子此金光明微妙經典無量無邊億那由他諸菩薩等若得聞者即不退於阿耨多羅三藐三菩提爾時十方無量無邊恒河沙等諸佛世界現在諸佛異口同聲作如是言善男子汝於來世畢定當得坐於道場菩提樹下於三界中最尊最勝出過一切衆生之上勤修力故受諸苦行善能莊嚴菩提道場能壞三千大千世界外道邪論摧伏諸魔怨賊異形覺了諸法第一寂滅清淨無垢甚深無上菩提之道善男子汝已能坐金剛座處轉於無上諸佛所讚十二種行甚深法輪能擊無上最大法鼓能吹無上極妙法螺能豎無上最勝法幢能然無上極明法炬能雨無上甘露法雨能斷無量煩惱怨結能令無量百千萬億那由他衆度於無涯可畏大海解脱生死無際輪轉值遇無量百千萬億那由他佛爾時四天王復白佛言世尊是金光明微妙經典能得未來現在種種無量功德是故人王若得聞是微妙經典則爲已於百千萬億無量佛所

種諸善根我以敬念是人王故復見無量福德利故我等四王及餘眷屬無量百千萬億鬼神於自宮殿見是種種香煙雲蓋端應之時我當隱蔽不現其身爲聽法故當至是王所止宮殿講法之處大梵天王釋提桓因大辯天神功德天神堅牢地神散脂鬼神大將軍等二十八部鬼神大將摩醯首羅金剛密迹摩尼跋陀鬼神大將鬼子母及五百鬼子周帀圍繞阿耨達龍王娑竭羅龍王無量百千億那由他鬼神諸天如是等衆爲聽法故悉自隱蔽不現其身至是人王所止宮殿講法之處世尊我等四王及餘眷屬無量鬼神悉當同心以是人王爲善知識同共一行善相應行能爲無上大法施主以甘露味充足我等我等應當擁護是王除其衰患令得安隱及其宮宅國土城邑諸惡災患悉令消滅世尊若有人王於此經典心生捨離不樂聽聞其心不欲供養恭敬尊重讚歎若四部衆有受持讀誦講說之者亦復不能恭敬供養尊重讚歎我等四王及餘眷屬無量鬼神即便不得聞此正法背甘露味失大法利無有勢力及以威德減損天衆增長惡趣世尊我等四王及無量鬼神捨其國土不但我等亦有無量守護國土諸舊善神皆悉捨去我等諸王及諸鬼神既捨離已其國當有種種災異一切人民失其善心唯有繫縛瞋恚鬬諍互相破壞多諸疾疫彗星現怪流星崩落五星諸宿違失常度兩日並現日月薄蝕白黑惡虹數數出現大地震動發大音聲暴風惡雨無日不有穀米勇貴饑饉凍餓多有他方

怨賊侵掠其國人民多受苦惱其地無有可愛樂處世尊我等四王及諸無量百千鬼神并守國土諸舊善神遠離去時生如是等無量惡事世尊若有人王欲得自護及王國土多受安樂欲令國土一切衆生悉皆成就具足快樂欲得摧伏一切外敵欲得擁護一切國土欲以正法正治國土欲得除滅衆生怖畏世尊是人王等應當畢定聽是經典及恭敬供養讀誦受持是經典者我等四王及無量鬼神以是法食善根因緣得服甘露無上法味增長身力心進勇鋭增益諸天何以故以是人王至心聽受是經典故如諸梵天説出欲論釋提桓因種種善論五通之人神仙之論世尊梵天釋提桓因五神通人雖有百千億那由他無量勝論是金光明於中最勝所以者何如來説是金光明經爲衆生故爲令一切閻浮提内諸人王等以正法治爲與一切衆生安樂爲欲愛護一切衆生欲令衆生無諸苦惱無有他方怨賊棘刺所有諸惡背而不向欲令國土無有憂惱以正法教無有諍訟是故人王各於國土應然法炬熾然正法增益天衆我等四王及無量鬼神閻浮提内諸天善神以是因緣得服甘露法味充足得大威德進力具足閻浮提内安隱豐樂人民熾盛安樂其處復於來世無量百千億不可思議那由他劫常受微妙第一快樂復得值遇無量諸佛種諸善根然後證成阿耨多羅三藐三菩提得如是等無量功德悉是如來正遍知説如來過於百千億那由他諸梵天等以大悲力故亦過無量百千億那由

他釋提桓因以苦行力故是故如來爲諸衆生演說如是金光明經若閻浮提一切衆生及諸人王世間出世間所作國事所造世論皆因此經欲令衆生得安樂故釋迦如來示現是經廣宣流布世尊以是因緣故是諸人王應當畢定聽受供養恭敬尊重讚歎是經爾時佛復告四天王汝等四王及餘眷屬無量百千那由他鬼神是諸人王若能至心聽是經典供養恭敬尊重讚歎汝等四王正應擁護滅其衰患而與安樂若有人能廣宣流布如是妙典於人天中大作佛事能大利益無量衆生如是之人汝等四王必當擁護莫令他緣而得擾亂令心恬靜受於快樂續復當得廣宣是經爾時四王即從座起偏袒右肩右膝著地長跪合掌於世尊前以偈讚曰

佛月清淨　滿足莊嚴　佛日暉曜　放千光明
如來面目　最上明淨　齒白無垢　如蓮華根
功德無量　猶如大海　智淵無邊　法水具足
百千三昧　無有缺減　足下平滿　千輻相現
足指網縵　猶如鵝王　光明晃曜　如寶山王
微妙清淨　如鍊真金　所有福德　不可思議
佛功德山　我今敬禮　佛真法身　猶如虛空
應物現形　如水中月　無有障礙　如焰如化
是故我今　稽首佛月
爾時世尊以偈答曰
此金光明　諸經之王　甚深最勝　爲無有上
十力世尊　之所宣說　汝等四王　應當勤護
以是因緣　是深妙典　能與衆生　無量快樂
爲諸衆生　安樂利益　故久流布　於閻浮提
能滅三千　大千世界　所有惡趣　無量諸苦

閻浮提内 諸人王等 心生慈愍 正法治世
若能流布 此妙經典 則令其土 安隱豐熟
所有衆生 悉受快樂 若有人王 欲愛已身
及其國土 欲令豐盛 應當至心 淨潔洗浴
往法會所 聽受是經 是經能作 所有善事
摧伏一切 内外怨賊 復能除滅 無量怖畏
是諸經王 能與一切 無量衆生 安隱快樂
譬如寶樹 在人家中 悉能出生 一切珍寶
是妙經典 亦復如是 悉能出生 諸王功德
如清冷水 能除渴乏 是妙經典 亦復如是
能除諸王 功德渴乏 譬如珍寶 異物篋器
悉在于手 隨意所用 是金光明 亦復如是
隨意能與 諸王法寶 是金光明 微妙經典
常爲諸天 恭敬供養 亦爲護世 四大天王
威神勢力 之所護持 十方諸佛 常念是經
若有演說 稱讚善哉 亦有百千 無量鬼神
從十方來 擁護是人 若有得聞 是妙經典
心生歡喜 踊躍無量 閻浮提内 無量大衆
皆悉歡喜 集聽是經 聽是經故 具諸威德
增益天衆 精氣身力

爾時四王聞是偈已白佛言世尊我從昔來未曾得聞如是微妙寂滅之法我聞是已心生悲喜涕淚横流舉身戰動肢節怡解復得無量不可思議具足妙樂以天曼陀羅華摩訶曼陀羅華供養奉散於如來上作如是等供養佛已復白佛言世尊我等四王各各自有五百鬼神常當隨逐是說法者而爲守護

金光明經卷第五

音釋

羨（似面切貪慕也）螺（盧戈切蚌屬）涯（牛加切水際也）

金光明經卷第六

隋大興善寺沙門寶貴對天竺三藏志德合入

銀主陀羅尼品第十一

爾時世尊告命者舍利弗言舍利弗此諸菩薩熏修諸法所謂諸菩薩母菩薩昔行菩薩攝受有法本名不染著陀羅尼如是語已命者舍利弗白佛言世尊言陀羅尼陀羅尼者此何句義爲陀羅尼非陀羅尼世尊爲方處非方處如是語已佛告命者舍利弗言甚善甚善舍利弗如汝發行大乘信解大乘增力大乘如汝所說其陀羅尼非方處非不方處非法非不法非過去非未來非現在非事物非不事物非緣非不緣非行非不行無有法生亦無有滅但爲利益菩薩故如是說是陀羅尼所作道合力住所謂佛諸功德佛戒佛學佛密意佛出生所謂法本名不染著陀羅尼如是語已命者舍利弗白佛言世尊願爲演說修伽多願爲演說此陀羅尼法本菩薩於中住已當成不退轉於阿耨多羅三藐三菩提當成正願不依正法自性辯才當得希有自安住道所謂得陀羅尼故如是語已佛告命者舍利弗言甚善甚善舍利弗如是如是舍利弗得陀羅尼菩薩應言如佛舍利弗得陀羅尼菩薩若有供養尊重承事供給者當如供養於佛舍利弗若當有聞此陀羅尼若持若信解彼等還應如是供養不離菩提心如佛無異舍利弗此是陀羅尼

哆[口經]吔一那陀囉尼二欝多囉尼三三鉢囉帝駛癡去聲多四修那摩五修鉢囉帝沙吒六鼻闍夜婆羅七薩帝耶鉢羅帝闍若八修阿

嚧訶九闍那摩帝十鬱多波馱泥十一阿婆那摩泥十二阿鼻師馱泥十三阿鼻婢耶訶囉十四首婆婆帝十五修泥尸利多十六婆睺窮婆十七阿鼻婆陀十八娑婆訶

舍利弗此是陀羅尼句名不染著正住正受作已若菩薩持者彼若一劫若百劫若千劫若百千劫不捨諸願彼身當能降伏刀杖毒藥惡獸皆能降伏何以故舍利弗此不染著陀羅尼過去諸佛母未來諸佛母現在諸佛母所謂法本名不染著陀羅尼舍利弗若有十阿僧祇三千大千世界七寶滿中作已施與諸佛世尊及以上勝衣服飲食當持供養彼等諸佛阿僧祇劫若於此不染著陀羅尼法本當持一句此生福德過多於彼何以故舍利弗此不染著陀羅尼法本是諸佛母故

大辯天品第十二

爾時大辯天神白佛言世尊是說法者我當益其樂說辯力令其說法莊嚴次第善得大智若是經中有失文字句義違錯我能令是說法比丘次第還得能與總持令不忘失若有衆生於百千佛所種諸善根是說法者爲是等故於閻浮提廣宣流布是妙經典令不斷絶復令無量無邊衆生得聞是經當令是等悉得猛利不可思議大智慧聚不可稱量福德之報善解無量種種方便善能辯暢一切諸論善知世間種種技術能出生死得不退轉必定疾得阿耨多羅三藐三菩提我今復欲說其呪藥洗浴法若有比丘受持此經復有衆生深樂聽聞是經典者爲是人等能除一切惡星災怪除其疫氣疾病生死之苦

惡口鬪諍縣官口舌夜卧惡夢惡神障難厭
蠱呪詛一切惡障悉得除滅是諸衆生若有
聽受是經法者應當誦持此呪呪藥作湯洗
浴其身是故我說呪藥之法取好菖蒲雄黄
茂萷香尸利沙(合歡)苜松香奢彌(苟杞)草藿香蒿
高草沉香桂皮丁香楓香白膠香安息香阿
蘿娑煎香零陵香艾納香梅檀香石雄黄青
木香鬱金香附子芥子縮師蜜鬱金根那羅
陀葦龍華如是等藥各等分擣之用鬼星日
和合擣之擣訖以此呪呪之一百八遍而說
呪曰
哆經吔蘇坻　羯利坻　迦摩哆寫闍怒迦
囉池　呵怒迦囉池　因陀羅闍離　奢迦
提離波奢提離阿跋哆　迦斯該那　拘都
俱　迦毗羅迦毗羅末坻尸羅末坻　珊題
頭頭摩跋坻　尸梨尸棃薩帝耶薩喹帝
娑婆訶
以牛糞塗地縱廣七肘以爲道場以華散著
道場中遍覆其地懸繒旛蓋用金椀銀椀盛
石蜜漿蒲萄漿蜜漿乳汁置於道場外四角
頭各置一人身帶弁鉀手持戎杖隱身而立
復須四童女子各著淨衣奉持華瓶亦於道
場四角而立燒膠香供養不得斷絕復作五
色神旛四角安寶幢五種音聲妓樂以新淨
器盛其香湯置道場中於先結界然後洗浴
說此結界呪曰
哆經吔　遏邏羈　那耶彌　醯棃尸　梨
企企梨　娑婆訶
以呪呪水二十一遍散著四方復說呪湯呪
身呪先呪身一百八遍復呪湯一百八遍以

此湯洗浴其身
哆嚁咃　娑伽遲　毗伽遲　毗伽荼跋帝
娑婆訶
誦呪洗浴訖行者爲其是人發弘誓願願四
方神星覆護身命常令休吉無諸障難惡星
災怪悉無所畏四大安吉無諸疾患一切怖
畏悉得除愈復說呪身呪願呪
娑彌毗娑彌　娑婆訶　娑伽遲　毗伽遲
娑婆訶娑伽囉　三浮哆耶　娑婆訶　乾
陀摩陀那耶娑婆訶　尼羅揵他耶娑婆訶
阿波羅耆哆毗梨虵耶娑婆訶　醯摩婆三
浮哆耶　娑婆訶　阿尼彌邏薄迦哆邏耶
娑婆訶　南無婆伽婆帝跋藍摩禰那摩娑
羅薩皺帝　摩訶提鞞四塡姤蔓哆羅般陀
擔婆羅熊摩訶奴蔓若都　娑婆訶

於是大辯天神白佛言世尊若有比丘比丘
尼優婆塞優婆夷受持讀誦書寫流通如法
行者若城邑聚落曠野露地塔寺僧房俗人
住處我爲是諸人等將諸眷屬作天妓樂來
詣道場除一切病一切惡星災怪除其一切
疫病生死之苦除一切惡口鬪諍縣官口舌
除一切夜卧惡夢除一切惡神障難除一切
厭蠱呪詛除一切惡障若有比丘比丘尼優
婆塞優婆夷受持讀誦此經速度煩惱入阿
毗跋致地向阿耨多羅三藐三菩提以此功
德速成阿耨多羅三藐三菩提爾時世尊讃
大辯天神言善哉善哉大辯天神能爲一切
衆生思惟善事能令一切衆生施其無畏爲
諸衆生說此呪藥功能利益一切衆生於是
大辯天神禮佛三拜還復故座爾時婆羅門

憍陳如以呪力故當請大辯天神亦當恭敬大辯天神一切世間名悉遍到恒在山中天龍鬼神一切悉敬常被草衣一脚而立一切諸天悉來到彼欲請天神願施一切衆生智慧言語辯才能以善言

哆嘫哋　茂梨毗梨　阿婆耆　阿婆闍跋帝輿渠梨　彌渠梨　賔伽羅跋帝　鴦渠灑末利脂蘇摩帝　題奢摩帝　阿衹利摩衹利多羅遮跋帝　脂脂利尸利彌利摩脂利波羅移彌　盧迦折師帝　盧迦施離師帝盧迦畢利易滕陀跋羅帝　毗摩目企首脂遮利阿波羅帝呵帝呵波羅帝河多浮地　南牟指南牟脂　摩呵題脾波羅帝伽利迄那摩摩娑迦濫摩摩浮地阿波羅帝呵多婆婆姤　奢薩多羅　奢盧羈單多羅畢吒迦迦毗耶地踈多嘫哋摩呵波羅婆毗醯利彌利　醯利彌利　毗遮羅姤摩摩浮地伊梵那摩寫婆伽婆帝　毗耶題娑羅娑跋帝　迦羅遲只由離　醯利彌利醯利彌利　阿婆呵羊彌摩呵題毗佛陀薩知那達摩薩知那僧伽薩知那因陀羅薩知那婆婁那薩知那移盧只薩知耶　婆題那知奭薩知那　薩知耶婆支禰那阿婆呵　羊彌摩呵題毗哆嘫哋　醯利彌利　醯利醯利毗遮邏都孛題摩摩南無婆伽婆帝　摩呵題　毗娑邏娑波帝　滕瑱姤曼羅多波陀　娑婆訶

爾時憍陳如婆羅門以偈讚大辯天神

一切諸鬼神　今當至心聽　我今欲讚歎
大聖辯天神　一切諸女中　辯天最爲尊

諸天修羅等　乾闥及夜叉　世間諸聖中
一切最爲尊　種種諸功德　以用莊嚴身
眼如優波羅　智慧功德相　譬如七寶珠
世間甚難見　我今欲讚歎　甚深最勝語
決定施與一切衆　最勝最高無過者
相好端嚴潤衆生　形貌清淨如蓮華
眼目脩揚勝一切　身體端正視無猒
種種莊嚴諸相好　光明清淨如月光
智慧悉能遍一切　強記不忘能總持
乘師子上現人形　體有八臂莊嚴身
衆生見者如滿月　語言辯了聲微妙
智慧甚深難思議　以此智慧恒圓滿
能施衆生一切願　於一切衆最爲尊
帝釋脩羅諸天等　乾闥婆等及夜叉
一切大衆恒讚歎　我某甲等當恭敬
供養清淨慇重心　以此願故皆吉祥
於怖畏處恒防護　若復有人於晨朝
清淨誦此七言偈　我今是人悉滿願
須者給與無所乏

說是偈已令一切衆悉發阿耨多羅三藐三菩提心

功德天品第十三

爾時功德天白佛言世尊是說法者我當隨其所須之物衣服飲食臥具醫藥及餘資產供給是人無所乏少令心安住晝夜歡樂正念思惟是經章句分別深義若有衆生於百千佛所種諸善根是說法者爲是等故於閻浮提廣宣流布是妙經典令不斷絕是諸衆生聽是經已於未來世無量百千那由他劫常在天上人中受樂值遇諸佛速成阿耨多

羅三藐三菩提三惡道苦悉畢無餘世尊我已於過去寶華功德海瑠璃金山照明如來應供正遍知明行足善逝世間解無上士調御丈夫天人師佛世尊所種諸善根是故我今隨所念力隨所視方隨所至方能令無量百千衆生受諸快樂若衣服飲食資生之具金銀七寶真珠瑠璃珊瑚琥珀璧玉珂貝悉無所乏若有人能稱金光明微妙經典爲我供養諸佛世尊三稱我名燒香供養供養佛已別以華香種種美味供施於我灑散諸方當知是人即能集聚資財寶物以是因緣增長地味地神諸天悉得歡喜所種穀米芽莖枝葉果實滋茂樹神歡喜出生無量種種諸物我時慈念諸衆生故多與資生所須之物世尊於此北方毗沙門王有城名曰阿尼曼陀其城有園名德華光於是園中有最勝園名曰金幢七寶極妙此即是我常止住處若有欲得財寶增長是人當於自所住處當淨掃灑洗浴其身著鮮白衣妙香塗身爲我至心三稱彼佛寶華瑠璃世尊名號禮拜供養燒香散華亦當三稱金光明經至誠發願別以香華種種美味供施於我散灑諸方爾時當說如是章句

婆梨富樓那遮利　三曼陀達舍尼羅法 二 摩訶毗呵羅伽帝 三 三曼陀毗陀尼那伽帝 四 摩訶伽梨波帝 五 波婆彌薩婆哆呞 六 三曼陀修鉢梨富隸 七 阿夜那達摩帝 八 摩訶毗鼓畢帝 九 摩訶彌勒簸僧祇帝 十 醯帝蓰三博祇悕帝 十一 三曼陀阿他 十二 阿莬婆羅尼 十三

是灌頂章句畢定吉祥真實不虛等行衆生及中善根應當受持讀誦通利七日七夜受持八戒朝暮淨心香華供養十方諸佛常爲已身及諸衆生迴向具足阿耨多羅三藐三菩提作是誓願令我所求皆得吉祥自於所居房舍屋宅淨潔掃除若自住處若阿蘭若處以香泥塗地燒微妙香敷淨好座以種種華香布散其地以待於我我於爾時如一念頃入其室宅即坐其座從此日夜令此居家若村邑若僧坊若露地無所乏少若錢若金銀若珍寶若牛羊若穀米一切所須即得具足悉受快樂若能以已所作善根最勝之分迴與我者我當終身不遠其人於所住處至心護念隨其所求令得成就應當至心禮如是等諸佛世尊其名曰寶勝如來無垢熾寶光明王相如來金炎光明如來金百光明照藏如來金山寶蓋如來金華炎光相如來大炬如來寶相如來亦應敬禮信相菩薩金光明菩薩金藏菩薩常悲菩薩法上菩薩亦應禮敬東方阿閦如來南方寶相如來西方無量壽佛北方微妙聲佛

堅牢地神品第十四

爾時地神堅牢白佛言世尊是金光明經若現在世若未來世在在處處若城邑聚落若山澤空處若王宮宅世尊隨是經典所流布處是地分中敷師子座令說法者坐其座上廣演宣說是妙經典我當在中常作宿衛隱蔽其身於法座下頂戴其足我聞法已得服甘露無上法味增益氣力而此大地深十六萬八千由旬從金剛際至海地上悉得衆味

增長具足豐壤肥濃過於今日以是之故閻浮提内藥草樹木根莖枝葉華果滋茂美色香味皆悉具足衆生食已增長壽命色力辯安六情諸根具足通利威德顏貌端嚴殊特成就如是種種等已所作事業多得成辦有大勢力精勤勇猛是故世尊閻浮提内安隱豐樂人民熾盛一切衆生多受快樂應心適意隨其所樂是諸衆生得是威德大勢力已能供養是金光明經及恭敬供養受持經者四部之衆我於爾時當往其所爲諸衆生受快樂故請說法者廣令宣布如是妙典何以故世尊是金光明若廣說時我及眷屬所得功德倍過於常增長身力心進勇鋭世尊我服甘露無上味已閻浮提地縱廣七千由旬豐壤倍常世尊如此大地衆生所依悉能增長一切所須之物增長一切所須物已令諸衆生隨意所用受於快樂種種飲食衣服卧具宮殿屋宅樹木林苑河池井泉如是等物依因於地悉皆具足是故世尊是諸衆生爲知我恩應作是念我當必定聽受是經供養恭敬尊重讃歎作是念已即從住處若城邑聚落舍宅空地往法會所聽受是經既聽受已還其所止各應相慶作如是言我等今者聞此甚深無上妙法已爲攝取不可思議功德之聚值遇無量無邊諸佛三惡道報已得解脱於未來世常生天上人中受樂是諸衆生各於住處若爲他人演說是經若說一喻一品一緣若復稱歎一佛一菩薩一四句偈乃至一句及稱是經首題名字世尊隨是衆生所住之處其地具足豐壤肥濃過於餘地

凡是因地所生之物悉得增長滋茂廣大令諸衆生受於快樂多饒財寶好行惠施心常堅固深信三寶爾時佛告地神堅牢若有衆生乃至聞是金光明經一句之義人中命終隨意往生三十三天地神若有衆生爲欲供養是經典故莊嚴屋宅乃至張懸一旛一蓋及以一衣欲界六天已有自然七寶宮殿是人命終即往生彼地神於諸七寶宮殿之中各各自然有七天女共相娛樂日夜常受不可思議微妙快樂爾時地神白佛言世尊以是因緣說法比丘坐法座時我常晝夜衛護不離隱蔽其形在法座下頂戴其足世尊若有衆生於百千佛所種諸善根是說法者爲是等故於閻浮提廣宣流布是妙經典令不斷絕是諸衆生聽是經已未來之世無量百千那由他劫於天上人中常受快樂值遇諸佛疾成阿耨多羅三藐三菩提三惡道苦悉斷無餘

散脂鬼神品第十五

爾時散脂鬼神大將軍及二十八部諸鬼神等即從座起偏袒右肩右膝著地白佛言世尊是金光明微妙經典若現在世及未來世在在處處若城邑聚落若山澤空處若王宮宅隨是經典所流布處我當與此二十八部大鬼神等往至彼所隱蔽其形隨逐擁護是說法者消滅諸惡令得安隱及聽法衆若男若女童男童女於是經中乃至得聞一如來名一菩薩名及此經典首題名字受持讀誦我當隨侍宿衛擁護悉滅其惡令得安隱及國邑城郭若王宮殿舍宅空處皆亦如是世

尊何因緣故我名散脂鬼神大將唯然世尊自當證知世尊我知一切法一切緣法了一切法知法分齊如法安住一切法如性於一切法含受一切法世尊我現見不可思議智光不可思議智炬不可思議智行不可思議智聚不可思議智境世尊我於諸法正解正觀得正分別正解於緣正能覺了世尊以是義故名散脂大將世尊我散脂大將令說法者莊嚴言辭辯不斷絕衆味精氣從毛孔入充益身力心進勇銳成就不可思議智慧入正憶念如是等事悉令具足心無疲猒身受諸樂心得歡喜以是之故能爲衆生廣說是經若諸衆生於百千佛所種諸善根說法之人爲是衆生閻浮提内廣宣流布是妙經典令不斷絕無量衆生聞是經已當得不可思議智聚攝取不可思議功德之聚於未來世無量百千劫人天之中常受快樂於未來世值遇諸佛疾得證成阿耨多羅三藐三菩提一切衆苦三惡趣分永滅無餘南無寶華功德海瑠璃金山光照如來應正遍知南無無量百千億那由他莊嚴其身釋迦如來應正遍知熾然如是微妙法炬南無第一威德成就衆事大功德天南無不可思量智慧功德成就大辯天

正論品第十六

爾時佛告地神堅牢過去有王名力尊相其王有子名曰信相不久當受灌頂之位統領國土爾時父王告其太子信相世有正論善治國土我於昔時曾爲太子不久亦當紹父王位爾時父王持是正論亦爲我說我以是

論於二萬歲善治國土未曾一念以非法行於自眷屬情無愛著何等名爲治世正論地神爾時力尊相王爲信相太子說是偈言

我今當說　諸王正論　爲利衆生　斷諸疑惑
一切人王　諸天天王　應當歡喜　合掌諦聽
諸王和合　集金剛山　護世四鎭　起問梵王
大師梵尊　天中自在　能除疑惑　當爲我斷
云何是人　得名爲天　云何人王　復名天子
生在人中　處王宮殿　正法治世　而名爲天
護世四王　問是事已　時梵尊師　即說偈言
汝今雖以　此義問我　我要當爲　一切衆生
敷揚宣說　第一勝論　因集業故　生於人中
王領國土　故稱人王　處在胎中　諸天守護
或先守護　然後入胎　雖在人中　生爲人王
以天護故　復稱天子　三十三天　各以己德
分與是人　故稱天子　神力所加　故得自在
遠離惡法　遮令不起　安住善法　修令增廣
能令衆生　多生天上　半名人王　亦名執樂
羅刹魁膾　能遮諸惡　亦名父母　教誨修善
示現果報　諸天所護　善惡諸業　現在未來
現受果報　諸天所護　若有惡事　縱而不問
不治其罪　不以正教　捨遠善法　增長惡聚
故使國中　多諸姧鬪　三十三天　各生瞋恨
由其國王　縱惡不治　壞國正法　姧詐熾盛
他方怨敵　競來侵掠　自家所有　錢財珍寶
諸惡盜賊　共相劫奪　如法治世　不行是事
若行是者　其國殄滅　譬如狂象　蹋蓮華池
暴風卒起　屢降惡雨　惡星數出　日月無光
五穀果實　咸不滋茂　由王捨正　使國饑饉
天於宮殿　悉懷愁惱　由王暴虐　不修善事

是時天王　各相謂言　是王行惡　與惡爲伴
以造惡故　速得天瞋　以天瞋故　不久國敗
非法兵仗　姧詐鬪訟　疾疫惡病　集其國土
諸天即便　捨離是王　令其國敗　生大愁惱
兄弟姊妹　眷屬妻子　孤迸流離　身亦滅亡
流星數墮　二日並現　他方惡賊　侵掠其土
人民飢餓　多諸疾疫　所重大臣　捨離薨亡
象馬車乘　一念喪滅　諸家財産　國土所有
互相劫奪　刀兵而死　五星諸宿　違失常度
諸惡疾疫　流遍其國　諸受寵禄　所任大臣
及諸羣僚　專行非法　如是行惡　偏受恩遇
修善法者　日日衰減　於行惡者　而生恭敬
見修善者　心不顧録　故使世間　三異並起
星宿失度　降暴風雨　破壞甘露　無上正法
衆生等類　及以地肥　恭敬弊惡　毀諸善人
故天降雹　飢餓疫死　穀米果實　滋味衰減
多病衆生　充滿其國　甘美盛果　日日損減
苦澁惡味　隨時增長　本所遊戲　可愛之處
悉皆枯悴　無可樂者　衆生所食　精妙上味
漸漸損減　食無飢膚　顏貌醜陋　氣力衰微
凡所食噉　不知猒足　力精勇猛　悉滅無有
懶憜懈怠　充滿其國　多有疾苦　逼切其身
惡星變動　羅刹亂行　若有人王　行於非法
增長惡伴　損人天道　於三有中　多受苦惱
起如是等　無量惡事　皆由人王　愛著眷屬
縱之造惡　捨而不治　若爲諸天　所護生者
如是人王　終不爲是　有行善者　得生天中
行不善者　墮在三塗　三十三天　皆生燋熱
由王縱惡　捨而不悔　違逆諸天　及父母勅
不能正治　則非孝子　起諸姧惡　壞國土者

不應縱捨　當正治罪　是故諸天　護持是王
以滅惡法　修習善根　現世正治　得增王位
應各爲說　善不善業　能示因果　故得爲王
諸天護持　鄰王佐助　爲自爲他　修正治國
有壞國者　應當正教　爲命及國　修行正法
不應行惡　惡不應縱　所有餘事　不能壞國
要因多奸　然後傾敗　若起多奸　壞於國土
譬如大象　壞蓮華池　怨恨諸天　故天生惱
起諸惡事　彌滿其國　是故應隨　正法治世
以善化國　不順非法　寧捨身命　不愛眷屬
於親非親　心常平等　視親非親　和合爲一
正行名稱　流布三界　正法治國　人多行善
常以善心　仰瞻國王　能令天衆　具足充滿
是故正治　名爲人王　一切諸天　愛護人王
猶如父母　擁護其子　故令日月　五星諸宿
隨其分齊　不失常度　風雨隨時　無諸災禍
令國豐實　安樂熾盛　增益人民　諸天之衆
以是因緣　諸人王等　寧捨身命　不應爲惡
不應捨離　正法珍寶　由正法寶　世人受樂
常當親近　修正法者　聚集功德　莊嚴其身
於自眷屬　常知止足　當遠惡人　修治正法
安止衆生　於諸善法　教敕防護　令離不善
是故國土　安隱豐樂　是王亦得　威德具足
隨諸人民　所行惡法　應當調伏　如法教詔
是王當得　好名善譽　善能攝護　安樂衆生

金光明經卷第六

音釋

⿰口經 徒給切　嚧 落胡切　菖 尺良切　宿 息逐切　苷 古南切　藿 虛郭切　嵩 思融切　膠 古肴切　蘿 魯何切　庳 必至切　坻 直尼切　⿰口窒 陟栗切　肘 陟柳切 臂節也　牟鉀 牟 迷浮切 與鍪同 首鎧也 鉀 古

狎切身鎧也羈居宜切儞奴禮切瀰莫禮切蔓無販切熊胡弓切企去智切髀房脂切迄許訖切瑱他見切

金光明經卷第七

隋大興善寺沙門寶貴對天竺三藏志德合入

善集品第十七

於是如來復爲地神說往昔因緣而作偈言

我昔曾爲 轉輪聖王 捨四大地 及以大海
又於是時 以四天下 滿中珍寶 奉上諸佛
凡所布施 皆捨所重 不見可愛 而不捨者
於過去世 無數劫中 求正法故 常捨身命
又過去世 不可議劫 有佛世尊 名曰寶勝
其佛世尊 般涅槃後 時有聖王 名曰善集
於四天下 而得自在 治正之勢 盡大海際
其王有城 名水音尊 於其城中 止住治化
夜睡夢中 聞佛功德 及見比丘 名曰寶冥
善能宣暢 如來正法 所謂金光 微妙經典
明如日中 悉能遍照 是轉輪王 夢是事已
即尋覺悟 心喜遍身 即出宮殿 至僧坊所
供養恭敬 諸大聖衆 問諸大德 是大衆中
頗有比丘 名曰寶冥 成就一切 諸功德不
爾時寶冥 在一窟中 安坐不動 思惟正念
讀誦如是 金光明經 時有比丘 即將是王
至其所止 到寶冥所 時此寶冥 故在窟中
形貌殊特 威德熾然 即示王言 是窟中者
即是所問 寶冥比丘 能持甚深 諸佛所行
名金光明 諸經之王 時善集王 即尋禮敬
寶冥比丘 作如是言 面如滿月 威德昭然
唯願爲我 敷演宣暢 是金光明 諸經之王
時寶冥尊 即受王請 許爲宣說 是金光明
三千大千 世界諸天 知當說法 悉生歡喜
於淨微妙 鮮潔之處 種種珍寶 廁填其地
上妙香水 持用灑之 散諸好華 遍滿其處

王於是時　自敷法座　懸繒旛蓋　寶飾交絡
種種微妙　殊特末香　悉以奉散　大法高座
一切諸天　龍及鬼神　摩睺羅伽　緊那羅等
即雨天上　曼陀羅華　遍散法座　滿其處所
不可思議　百千萬億　那由他等　無量諸天
一時俱來　集說法所　是時寶冥　尋從窟出
諸天即時　以娑羅華　供養奉散　寶冥比丘
是時寶冥　淨洗身體　著淨妙衣　至法座所
合掌敬禮　是法高座　一切天王　及諸天人
雨曼陀羅　大曼陀華　摩訶曼殊　衆寶妙華
無量百千　種種妓樂　於虛空中　不鼓自鳴
寶冥比丘　能說法者　尋上高座　結跏趺坐
即念十方　不可思議　無量千億　諸佛世尊
於諸衆生　與大悲心　及善集王　所得王領
盡一日月　所照之處　時說法者　即尋爲王
敷暢宣說　是妙經典
是時大王　爲聞法故　於此丘前　合掌而立
聞於正法　讚言善哉　其心悲悼　涕淚交流
尋復踊悅　心意嬉怡　爲欲供養　此經典故
爾時即捉　如意珠王　爲諸衆生　發大誓願
願於今日　此閻浮提　悉雨無量　種種珍異
環琦七寶　及妙瓔珞　以是因緣　悉令無量
一切衆生　皆受快樂　即於爾時　尋雨七寶
及諸寶飾　天冠耳璫　種種瓔珞　甘饌寶座
悉皆充滿　遍四天下　時善集王　即持如是
滿四天下　無量七寶　於寶勝佛　遺法之中
以用布施　供養三寶　爾時爲王　說法比丘
於今現在　阿閦佛是　時善集王　聽受法者
今則我身　釋迦文是　我於爾時　捨此大地
滿四天下　珍寶布施　得聞如是　金光明經

聞是經已 一稱善哉 以此善根 業因緣故
身得金色 百福莊嚴 常爲無量 百千萬億
衆生等類 之所樂見 既得見已 無有猒足
過去九十 九億千劫 常得作於 轉輪聖王
亦於無量 百千劫中 常得王領 諸小國王
不可思議 劫中常作 釋提桓因 及淨梵王
復得值遇 十力世尊 其數無量 不可稱計
所得功德 無量無邊 皆由聞經 及稱善哉
如我所願 成就菩提 正法之身 我今已得

鬼神品第十八

佛告功德天若有善男子善女人欲以不可思議妙供養具供養過去未來現在諸佛世尊及欲得知三世諸佛甚深行處是人應當必定至心隨有是經流布之處若城邑村落舍宅空處正念不亂至心聽是微妙經典爾時世尊欲重宣此義而說偈言

若欲供養 一切諸佛 欲知三世 諸佛行處
應當往彼 城邑聚落 有是經處 至心聽受
是妙經典 不可思議 功德大海 無量無邊
能令一切 衆生解脫 度無量苦 諸有大海
是經甚深 初中後善 不可得說 譬喻爲比
假使恒沙 大地微塵 大海諸水 一切諸山
如是等物 不得爲喻 若入是經 即入法性
如深法性 安住其中 即於是典 金光明中
而得見我 釋迦牟尼 不可思議 阿僧祇劫
生天人中 常受快樂 以能信解 聽是經故
如是無量 不可思議 功德福聚 悉已得之
隨所至處 若百由旬 滿中盛火 應從中過
若至聚落 阿蘭若處 到法會所 至心聽受
聽是經故 惡夢蠱道 五星諸宿 變異災禍

一切惡事　消滅無餘　於說法處　蓮華座上
說是經典　書寫讀誦　是說法者　若下法座
爾時大衆　猶見座處　故有說者　或佛世尊
或見佛像　菩薩色像　普賢菩薩　文殊師利
彌勒大士　及諸形色　見如是等　種種事已
尋復滅盡　如前無異　成就如是　諸功德已
而爲諸佛　之所讚歎　威德相貌　無量無邊
有大名稱　能却怨家　他方賊盜　能令退散
勇悍多力　能破強敵　惡夢惱心　無量惡業
如是惡事　皆悉寂滅　若入軍陣　常能勝他
名聞流布　遍閻浮提　亦能摧伏　一切怨敵
遠離諸惡　修集諸善　入陣得勝　心常歡喜
大梵天王　三十三天　護世四王　金剛密迹
鬼神諸王　散脂大將　禪那英鬼　及緊那羅
阿耨達龍　娑竭羅王　阿修羅王　迦樓羅王
大辯天神　及功德天　如是上首　諸天神等
常當供養　是聽法者　生不思議　法塔之想
衆生見者　恭敬歡喜　諸天王等　亦各思惟
而相謂言　令是衆生　無量威德　皆悉成就
若能來至　是法會所　如是之人　成上善根
若有聽是　甚深經典　故嚴出往　法會之處
心生不可　思議正信　供養恭敬　無上法塔
如是大悲　利益衆生　即是無量　深法寶器
能入甚深　無上法性　由以淨心　聽是經典
如是之人　悉以供養　過去無量　百千諸佛
以是善根　無量因緣　應當聽受　是金光明
如是衆生　常爲無量　諸天神王　之所愛護
大辯功德　護世四王　無量鬼神　及諸力士
晝夜精勤　擁護四方　釋提桓因　及日月天
閻摩羅王　風水諸神　韋馱天神　及毗紐天

大辯天神 及自在天 火神等神 大力勇猛
常護世間 晝夜不離 大力鬼王 那羅延等
摩醯首羅 二十八部 諸鬼神等 散脂爲首
百千鬼神 神足大力 擁護是等 令不怖畏
金剛密迹 大鬼神王 及其眷屬 五百徒黨
一切皆是 大菩薩等 亦悉擁護 聽是法者
摩尼跋陀 大鬼神王 富那跋陀 及金毗羅
阿羅婆帝 賓頭盧伽 黄頭大神 一一諸神
各有五百 眷屬鬼神 亦常擁護 聽是經者
質多斯那 阿修羅王 及乾闥婆 那羅羅闍
祁那沙婆 摩尼乾陀 及尼乾陀 主雨大神
大飲食神 摩呵伽吒 金色髮神 半祁鬼神
及半支羅 車鉢羅婆 有大威德 婆那利神
曇摩跋羅 摩竭婆羅 針髮鬼神 繡利密多
勒那翅奢 摩呵波那 及軍陀遮 劒摩舍帝

復有六神 奢羅蜜帝 醯摩跋陀 薩多琦梨
多醯波醯 阿伽跋羅 支羅摩伽 央崛摩羅
如是等神 皆有無量 神足大力 常勤擁護
聽受如是 微妙典者 阿耨達王 娑伽羅王
目真鄰王 伊羅鉢王 難陀龍王 跋難陀王
有如是等 百千龍王 以大神力 常來擁護
聽是經者 晝夜不離 波利羅睺 阿修羅王
毗摩質多 及以茂脂 睒摩梨子 波呵梨子
佉羅騫陀 及以揵陀 是等皆是 阿修羅王
有大神力 常來擁護 聽是經者 晝夜不離
訶利帝南 鬼子母等 及五百神 常來擁護
聽是經者 若睡若寤 旃陀旃陀利 大鬼神女等
鳩羅鳩羅檀提 噉人精氣 如是等神 皆有大力
常勤擁護 十方世界 受持經者 大辯天等
無量天女 功德天等 各與眷屬 地神堅牢

種植園林　果實大神　如是諸神　心生歡喜
悉來擁護　愛樂親近　是經典者　於諸衆生
增命色力　功德威貌　莊嚴倍常　五星諸宿
變異災怪　皆悉能滅　無有遺餘　夜卧惡夢
寤則憂悴　如是惡事　皆悉消滅　地神大力
勢分甚深　是經力故　能變其味　如是大地
至金剛際　厚十六萬　八千由旬　其中氣味
無不遍有　悉令涌出　潤益衆生　是經力故
能令地味　悉出地上　厚百由旬　亦令諸天
大得精進　充益身力　歡喜快樂　閻浮提内
所有諸神　心生歡喜　受樂無量　是經力故
諸天歡喜　百穀果實　皆悉滋茂　園苑叢林
其華開敷　香氣馝馚　充溢彌滿　百草樹木
生長端直　其體柔輭　無有邪疾　閻浮提内
所有龍女　其數無量　不可思議　心生歡喜
踊躍無量　在在處處　莊嚴華池　於其池中
生種種華　優鉢羅華　波頭摩華　拘物頭華
分陀利華　於自宮殿　除諸雲霧　令虛空中
無有塵翳　諸方清徹　淨潔明了　日王赫炎
放千光明　歡喜踊躍　照諸暗蔽　閻浮檀金
以爲宮殿　止住其中　威德無量　日之天子
及以月天　聞是經故　精氣充實　是日天子
出閻浮提　心生歡喜　放於無量　光明明網
遍照諸方　即於出時　放大網光　開敷種種
諸池蓮華　閻浮提内　無量果實　隨時成熟
飽諸衆生　是時日月　所照殊勝　星宿正行
不失度數　風雨隨時　豐實熾盛　多饒財寶
無所乏少　是金光明　微妙經典　隨所流布
講誦之處　其國土境　即得增益　如上所説
無量功德

授記品第十九

爾時如來將欲爲是信相菩薩及其二子銀相銀光授阿耨多羅三藐三菩提記是時即有十千天子威德熾王而爲上首俱從忉利來至佛所頂禮佛足却坐一面爾時佛告信相菩薩汝於來世過無量無邊百千萬億不可稱計那由他劫金照世界當成阿耨多羅三藐三菩提號金寶蓋山王如來應供正遍知明行足善逝世間解無上士調御丈夫天人師佛世尊乃至是佛般涅槃後正法像法皆滅盡已長子銀相當於是界次補佛處世界爾時轉名淨幢佛名閻浮檀金幢光照明如來應供正徧知明行足善逝世間解無上士調御丈夫天人師佛世尊乃至是佛般涅槃後正法像法悉滅盡已次子銀光復於是後次補佛處世界名字如本不異佛號曰金光照如來應供正徧知明行足善逝世間解無上士調御丈夫天人師佛世尊是十千天子聞三大士得受記莂復聞如是金光明經聞已歡喜生慇重心心無垢累如淨瑠璃清淨無礙猶如虛空爾時如來知是十千天子善根成熟即便與授菩提道記汝等天子於當來世過阿僧祇百千萬億那由他劫於是世界當成阿耨多羅三藐三菩提同共一家一姓一名號曰青目優鉢羅華香山如來應供正徧知明行足善逝世間解無上士調御丈夫天人師佛世尊如是次第出現於世凡一萬佛爾時道場菩提樹神名等增益白佛言世尊是十千天子於忉利宮爲聽法故故來集此云何如來便與授記世尊我未曾聞

是諸天子修行具足六波羅蜜亦未曾聞捨於手足頭目髓腦所愛妻子財寶穀帛金銀瑠璃硨磲碼碯眞珠珊瑚珂貝璧玉甘饌飲食衣服牀卧病瘦醫藥象馬車乘殿堂屋宅園林泉池奴婢僕使如餘無量百千菩薩以種種資生供養之具恭敬供養過去無量百千萬億那由他等諸佛世尊如是菩薩於未來世亦捨無量所重之物頭目髓腦所愛妻子財寶穀帛乃至僕使次第修行成就具足六波羅蜜成就是已備修苦行動經無量無邊劫數然後方得受菩提記世尊是天子等何因何縁修行何等勝妙善根從彼天來暫得聞法便得受記唯願世尊爲我解說斷我疑網爾時佛告樹神善女天皆有因縁有妙善根已隨相修何以故以是天子於所住處捨五欲樂故來聽是金光明經既聞法已於是經中淨心慇重如說修行復得聞此三大菩薩受於記莂亦以過去本昔發心誓願因縁是故我今皆與授記於未來世當成阿耨多羅三藐三菩提

除病品第二十

佛告道場菩提樹神善女天諦聽諦聽善持憶念我當爲汝演說往昔誓願因縁過去無量不可思議阿僧祇劫爾時有佛出現於世名曰寶勝如來應供正徧知明行足善逝世間解無上士調御丈夫天人師佛世尊善女天爾時是佛般涅槃後正法滅已於像法中有王名曰天自在光修行正法如法治世人民和順孝養父母是王國中有一長者名曰持水善知醫方救諸病苦方便巧知四大增

損善女天爾時持水大長者家中後生一子名曰流水體貌殊勝端正第一形色微妙威德具足受性聰敏善解諸論種種技藝書疏筭計無不通達是時國內天降疫病有無量百千諸衆生等皆無免者爲諸苦惱之所逼切善女天爾時流水長者子見是無量百千衆生受諸苦惱故爲是衆生生大悲心作是思惟如是無量百千衆生受諸苦惱我父長者雖善醫方能救諸苦方便巧知四大增損年已衰邁老耄枯悴皮緩面皺羸瘦戰掉行來往反要因几杖困頓疲乏不能至彼城邑聚落而是無量百千衆生復遇重病無能救者我今當至大醫父所諮問治病醫方秘法諮稟知已當往城邑聚落村舍治諸衆生種種重病悉令得脫無量諸苦時長者子思惟是已即至父所頭面著地爲父作禮叉手卻住以四大增損而問於父即說偈言

云何當知　四大諸根　衰損代謝　而得諸病
云何當知　飲食時節　若食食已　身火不滅
云何當知　治風及熱　水過肺病　及以等分
何時動風　何時動熱　何時動水　以害衆生
時父長者　即以偈頌　解說醫方　而答其子
三月是夏　三月是秋　三月是冬　三月是春
是十二月　三三而說　從如是數　一歲四時
若二二說　足滿六時　三三本攝　二二現時
隨是時節　消息飲食　是能益身　醫方所說
隨時歲中　諸根四大　代謝增損　令身得病
有善醫師　隨順四時　三月將養　調和四大
隨病飲食　及以湯藥　多風病者　夏則發動
其熱病者　秋則發動　等分病者　冬則發動

其肺病者　春則增劇　有風病者　夏則應服
肥膩鹹酢　及以熱食　有熱病者　秋服冷甜
等分冬服　甜酢肥膩　肺病春服　肥膩辛熱
飽食然後　則發肺病　於食消時　則發熱病
食消已後　則發風病　如是四大　隨三時發
風病羸損　補以酥膩　熱病下藥　服呵梨勒
等病應服　三種妙藥　所謂甜辛　及以酥膩
肺病應服　隨時吐藥　若風熱病　肺病等分
違時而發　應當任師　籌量隨病　飲食湯藥

善女天爾時流水長者子問其父醫四大增損因是得了一切醫方時長者子知醫方已遍至國內城邑聚落在在處處隨有衆生病苦者所輭言慰喻作如是言我是醫師我是醫師善知方藥今當爲汝療治救濟悉令除愈善女天爾時衆生聞長者子輭語慰喻許爲治病心生歡喜踊躍無量時有百千無量衆生遇極重病直聞是言心歡喜故種種所患即得除差平復如本氣力充實善女天復有無量百千衆生病苦深重難除差者即共來至長者子所時長者子即以妙藥授之令服服已除差亦得平復善女天是長者子於是國內治諸衆生所有病苦悉得除差

流水長者子品第二十一

佛告樹神爾時流水長者子於天自在光王國內治一切衆生無量苦患已令其身體平復如本受諸快樂以病除故多設福業修行布施尊重恭敬是長者子作如是言善哉長者能大增長福德之事能益衆生無量壽命汝今真是大醫之王善治衆生無量重病必是菩薩善解方藥善女天時長者子有妻名

曰水空龍藏而生二子一名水空二名水藏時長者子將是二子次第遊行城邑聚落最後到一大空澤中見諸虎狼狐犬鳥獸多食肉血悉皆一向馳奔而去時長者子作是念言是諸禽獸何因緣故一向馳走我當隨後逐而觀之時長者子遂便隨逐見有一池其水枯涸於其池中多有諸魚時長者子見是魚已生大悲心時有樹神示現半身作如是言善哉善哉大善男子此魚可愍汝可與水是故號汝名爲流水復有二緣名爲流水一能流水二能與水汝今應當隨名定實時長者子問樹神言此魚頭數爲有幾所樹神答言其數具足足滿十千善女天爾時流水聞是數已倍復增益生大悲心善女天時此空池爲日所曝唯少水在是十千魚將入死門四向宛轉見是長者心生恃賴隨是長者所至方面隨逐瞻視目未曾捨是時長者馳趣四方推求索水了不能得便四顧望見有大樹尋取枝葉還到池上與作蔭涼作蔭涼已復更推求是池中水本從何來即出四向周遍求索莫知水處復更疾走遠至餘處見一大河名曰水生爾時復有諸餘惡人爲捕此魚故於上流懸險之處決棄其水不令下過然其決處懸險難補計當修治經九十日百千人功猶不能成況我一身時長者子速疾還返至大王所頭面禮拜却住一面合掌向王說其因緣作如是言我爲大王國土人民治種種病漸漸遊行至彼空澤見有一池其水枯涸有十千魚爲日所曝今日困厄將死不久唯願大王借二十大象令得負水濟彼

魚命如我與諸病人壽命爾時大王即敕大臣速疾供給爾時大臣奉王告敕語是長者善哉大士汝今自可至象廄中隨意選取利益衆生令得快樂是時流水及其二子將二十大象從治城人借索皮囊疾至彼河上流決處盛水象負馳疾奔還至空澤池從象背上下其囊水瀉置池中水遂彌滿還復如本時長者子於池四邊彷徉而行是魚爾時亦復隨逐循岸而行時長者子復作是念是魚何緣隨我而行是魚必爲飢火所惱復欲從我求索飲食我今當與善女天爾時流水長者子告其子言汝取一象最大力者速至家中啓父長者家中所有可食之物乃至父母飲噉之分及以妻子奴婢之分一切聚集悉載象上急速來還爾時二子如父教敕乘最大象往至家中白其祖父說如上事爾時二子收取家中可食之物載象背上疾還父所至空澤池時長者子見其子還心生歡喜踊躍無量從子邊取飲食之物散著池中與魚食已即自思惟我今已能與此魚食令其飽滿未來之世當施法食復更思惟曾聞過去空閑之處有一比丘讀誦大乘方等經典其經中說若有衆生臨命終時得聞寶勝如來名號即生天上我今當爲是十千魚解說甚深十二因緣亦當稱說寶勝佛名時閻浮提中有二種人一者深信大乘方等二者毀呰不生信樂時長者子作是思惟我今當入池水之中爲是諸魚說深妙法思惟是已即便入水作如是言南無過去寶勝如來應供正徧知明行足善逝世間解無上士調御丈夫

天人師佛世尊寶勝如來本往昔時行菩薩道作是誓願若有衆生於十方界臨命終時聞我名者當令是輩即命終已尋得上生三十三天爾時流水復爲是魚解説如是甚深妙法所謂無明緣行行緣識識緣名色名色緣六入六入緣觸觸緣受受緣愛愛緣取取緣有有緣生生緣老死憂悲苦惱善女天爾時流水長者子及其二子説是法已即共還家是長者子復於後時賓客聚會醉酒而卧爾時其地卒大震動時十千魚同日命終既命終已生忉利天既生天已作是思惟我等以何善業因緣得生於此忉利天中復相謂言我等先於閻浮提内墮畜生中受於魚身流水長者子與我等水及以飲食復爲我等解説甚深十二因緣并稱寶勝如來名號以是因緣令我等輩得生此天是故我等今當往至長者子所報恩供養爾時十千天子從忉利天下閻浮提至流水長者子大醫王家時長者子在樓屋上露卧眠睡是十千天子以十千真珠天妙瓔珞置其頭邊復以十千置其足邊復以十千置右脇邊復以十千置左脇邊雨曼陀羅華摩訶曼陀羅華積至于膝種種天樂出妙音聲閻浮提中有睡眠者皆悉覺寤流水長者子亦從睡寤是十千天子於上空中飛騰遊行於天自在光王國内處處皆雨天妙蓮華是諸天子復至本處空澤池所復雨天華便從此没還忉利宮隨意自在受天五欲時閻浮提過是夜已天自在光王問諸大臣昨夜何緣示現如是淨妙瑞相有大光明大臣答言大王當知忉利諸天

於流水長者子家雨四十千真珠瓔珞及不可計曼陀羅華王即告臣卿可往至彼長者家善言誘喻喚令使來大臣受敕即至其家宣王教令喚是長者是時長者即至王所王問長者何緣示現如是瑞相長者子言我必定知是十千魚其命已終時大王言令可遣人審實是事爾時流水尋遣其子至彼池所看是諸魚死活定實爾時其子聞是語已向於彼池既至池已見其池中多有摩訶曼陀羅華積聚成積其中諸魚悉皆命終見已即還白其父言彼諸魚等悉已命終爾時流水知是事已復往王所作如是言是十千魚悉皆命終王聞是已心生歡喜爾時世尊告道場菩提樹神善女天欲知爾時流水長者子今我身是長子水空今羅睺羅是次子水藏今阿難是時十千魚者今十千天子是是故我今爲其授阿耨多羅三藐三菩提記爾時樹神現半身者今汝身是

金光明經卷第七

音釋

瓌琦 瓌古回切玟瑰也琦渠羈切玉名也 閦 初玉切 蠱道 蠱公戶切蠱道謂左道惑人也 悍 侯旰切勇急也 毗紐 毗房脂切紐女久切 馝馞 馝薄必切馞符分切香氣也 皺 側救切皮縮也 羸 力追切瘦也 膩 女利切肥也 鹹 胡讒切鹽味也 涸 下各切水竭也 曝 蒲木切日乾也 積 資四切聚也

金光明經卷第八

隋大興善寺沙門寶貴對天竺三藏志德合

捨身品第二十二

爾時道場菩提樹神復白佛言世尊我聞世尊過去修行菩薩道時具受無量百千苦行捐捨身命肉血骨髓唯願世尊少説往昔苦行因緣爲利衆生受諸快樂爾時世尊即現神足神足力故令此大地六種震動於大講堂衆會之中有七寶塔從地涌出衆寶羅網彌滿其上爾時大衆見是事已生希有心爾時世尊即從座起禮拜此塔恭敬圍繞還就本座爾時道場菩提樹神白佛言世尊如來世雄出現於世常爲一切之所恭敬於諸衆生最勝最尊何因緣故禮拜是塔佛言善女天我本修行菩薩道時我身舍利安止是塔因由是身令我早成阿耨多羅三藐三菩提爾時佛告尊者阿難汝可開塔取中舍利示此大衆是舍利者乃是無量六波羅蜜功德所熏爾時阿難聞佛教敕即往塔所禮拜供養開其塔戶見其塔中有七寶函以手開函見其舍利色妙紅白而白佛言世尊是中舍利其色紅白佛告阿難汝可持來此是大士真身舍利爾時阿難即舉寶函還至佛所持以上佛爾時佛告一切大衆汝等今可禮是舍利此舍利者是戒定慧之所熏修甚難可得最上福田爾時大衆聞是語已心懷歡喜即從座起合掌恭敬頂禮菩薩大士舍利爾時世尊欲爲大衆斷疑網故説是舍利往昔因緣阿難過去之世有王名曰摩訶羅陀修行善法善治國土無有怨敵時有三子端正

微妙形色殊特威德第一第一太子名曰摩
訶波那羅次子名曰摩訶提婆小子名曰摩
訶薩埵是三王子於諸園林遊戲觀看次第
漸到一大竹林憩駕止息第一王子作如是
言我於今日心甚怖懅於是林中將無衰損
第二王子復作是言我於今日不自惜身但
離所愛心憂愁耳第三王子復作是言我於
今日獨無怖懅亦無愁惱山中空寂神仙所
讚是處閑靜能令行人安隱受樂時諸王子
說是語已轉復前行見有一虎適産七日而
有七子圍繞周帀飢餓窮悴身體羸損命將
欲絶第一王子見是虎已作如是言怪哉此
虎産來七日七子圍繞不得求食若爲飢逼
必還噉子第三王子言此虎經常所食何物
第一王子言此虎唯食新熱肉血第三王子

言君等誰能與此虎食第二王子言此虎飢
餓身體羸瘦窮困頓乏餘命無幾不容餘處
爲其求食設餘求者命必不濟誰能爲此不
惜身命第一王子言一切難捨不過已身第
二王子言我等今者以貪惜故於此身命不
能放捨智慧薄少故於是事而生驚怖若諸
大士欲利益他生大悲心爲衆生者捨此身
命不足爲難時諸王子心大愁憂久住視之
目未曾捨作是觀已尋便離去爾時第三王
子作是念言我今捨身時已到矣何以故我
從昔來多棄是身都無所爲亦常愛護處之
屋宅又復供給衣服飲食卧具醫藥象馬車
乘隨時將養令無所乏而不知恩反生怨害
然復不免無常敗壞復次是身不堅無所利
益可惡如賊猶若行廁我於今日當使此身

作無上業於生死海中作大橋梁復次若捨此身則捨無量癰疽瘭疾百千怖畏是身唯有小大便利是身不堅如水上沫是身不淨多諸蟲户是身可惡筋纏血塗皮骨髓腦共相連持如是觀察甚可患猒是故我今應當捨離以求寂滅無上涅槃永離憂患無常變異生死休息無諸塵累無量禪定智慧功德具足成就微妙法身百福莊嚴諸佛所讚證成如是無上法身與諸衆生無量法樂是時王子勇猛堪任作是大願以上大悲熏修其心慮其二兄心懷怖懅或恐固遮爲作留難即便語言兄等今者可與眷屬還其所止爾時王子摩訶薩埵還至虎所脱身衣裳置竹枝上作是誓言我今爲利諸衆生故證於最勝無上道故大悲不動捨難捨故爲求菩提智所讚故欲度三有諸衆生故滅生死怖衆惱熱故是時王子作是誓已即自放身卧餓虎前是時王子以大悲力故虎無能爲王子復作如是念言虎今羸瘦身無勢力不能得我身血肉食即起求刀周遍求之了不能得即以乾竹刺頸出血於高山上投身虎前是時大地六種震動日無精光如羅睺羅阿修羅王捉持障蔽又雨雜華種種妙香時虚空中有諸餘天見是事已心生歡喜歎未曾有讚言善哉善哉大士汝今真是行大悲者爲衆生故能捨難捨於諸學人第一勇健汝已爲得諸佛所讚常樂住處不久當證無惱無熱清淨涅槃是虎爾時見血流出汙王子身即便舐血噉食其肉唯留餘骨爾時第一王子見地大動爲第二王子而説偈言

震動大地　及以大海　日無精光　如有覆蔽
於上虚空　雨諸華香　必是我弟　捨所愛身
第一王子復說偈言
彼虎産來　已經七日　七子圍繞　窮無飲食
氣力羸損　命不云遠　小弟大悲　知其窮悴
懼不堪忍　還食其子　恐定捨身　以救彼命
時二王子心大愁怖涕泣悲歎容貌憔悴復
共相將還至虎所見弟所著被服衣裳皆悉
在一竹枝之上骸骨髮爪布散狼藉流血處
處遍汙其地見已悶絶不自勝持投身骨上
良久乃蘇即起舉首呼天而哭我弟幼稚才
能過人特爲父母之所愛念奄忽捨身以飼
餓虎我今還宮父母設問當云何答我寧在
此併命一處不忍見是骸骨髮爪何心捨離
還見父母妻子眷屬朋友知識時二王子悲
號懊惱漸捨而去時小王子所將侍從各散
諸方互相謂言今者我天爲何所在爾時王
妃於睡眠中夢乳被割牙齒墮落得三鴿雛
一爲鷹食爾時王妃大地動時即便驚寤心
大愁怖而說偈言
今日何故　大地大水　一切皆動　物不安所
日無精光　如有覆蔽　我心憂苦　目瞼瞤動
如我今者　所見瑞相　必有災異　不祥苦惱
於是王妃說是偈已時有青衣在外已聞王
子消息心驚惶怖尋即入内啓白王妃作如
是言向者在外聞諸侍從推覓王子不知所
在王妃聞已生大憂惱涕泣滿目至大王所
我於向者傳聞外人失我最小所愛之子大
王聞已而復悶絶悲哽苦惱抆淚而言如何
今日失我心中所愛重者爾時世尊欲重宣

此義而説偈言
我於往昔　無量刼中　捨所重身　以求菩提
若爲國王　及作王子　常捨難捨　以求菩提
我念宿命　有大國王　其王名曰　摩訶羅陀
是王有子　能大布施　其子名曰　摩訶薩埵
復有二兄　長者名曰　大波那羅　次名大天
三人同遊　至一空山　見新產虎　飢窮無食
時勝大士　生大悲心　我今當捨　所重之身
此虎或爲　飢餓所逼　儻能還食　自所生子
即上高山　自投虎前　爲令虎子　得全性命
是時大地　及諸大山　皆悉震動　驚諸蟲獸
虎狼師子　四散馳走　世間皆暗　無有光明
是時二兄　故在竹林　心懷憂惱　愁苦涕泣
漸漸推求　遂至虎所　見虎虎子　血汙其口
又見骸骨　髮毛爪齒　處處迸血　狼藉在地
是二王子　見是事已　心更悶絶　自躃於地
以灰塵土　自塗坌身　忘失正念　生狂癡心
所將侍從　覩見是事　亦生悲慟　失聲號哭
互以冷水　共相噴灑　然後蘇息　而復得起
是時王子　當捨身時　正值後宮　妃后婇女
眷屬五百　共相娛樂　王妃是時　兩乳汁出
一切肢節　痛如針刺　心生愁惱　似喪愛子
於是王妃　疾至王所　其聲微細　悲泣而言
大王今當　諦聽諦聽　憂愁盛火　今來燒我
我今二乳　俱時汁出　身體苦切　如被針刺
我見如是　不祥瑞相　恐更不復　見所愛子
今以身命　奉上大王　願速遣人　求覓我子
夢三鴿雛　在我懷抱　其最小者　可適我心
有鷹飛來　奪我而去　夢是事已　即生憂惱
我今愁怖　恐命不濟　願速遣人　推求我子

是時王妃　説是語已　即時悶絶　而復躃地
王聞是語　復生憂惱　以不得見　所愛子故
其王大臣　及諸眷屬　悉皆聚集　在王左右
哀哭悲號　聲動天地　爾時城内　所有人民
聞是聲已　驚愕而出　各相謂言　今是王子
爲活來耶　爲已死亡　如是大王　常出輭語
爲衆所愛　今難可見　已有諸人　入林推求
不久自當　得定消息　諸人爾時　憧惶如是
而復悲號　哀動神祇　爾時大王　即從座起
以水灑妃　良久乃穌　還得正念　微聲問王
我子今者　爲死活耶　爾時王妃　念其子故
倍復懊惱　心無暫捨　可惜我子　形色端正
如何一旦　捨我終亡　云何我身　不先薨没
而見如是　諸苦惱事　善子妙色　猶淨蓮華
誰壞汝身　使令分離　將非是我　昔日怨讎
挾本業縁　而殺汝耶　我子面目　淨如滿月
不圖一旦　遇斯禍對　寧使我身　破碎如塵
不令我子　喪失身命　我所見夢　已爲得報
直我無情　能堪是苦　如我所夢　牙齒墮落
二乳一時　汁自流出　必定是我　失所愛子
夢三鴿雛　鷹奪一去　三子之中　必定失一
爾時大王　即告其妃　我今當遣　大臣使者
周遍東西　推求覓子　汝今且可　莫大憂愁
大王如是　慰喻妃已　即便嚴駕　出其宮殿
心生愁惱　憂苦所切　雖在大衆　顔貌憔悴
即出其城　覓所愛子　爾時亦有　無量諸人
哀號動地　尋從王後　是時大王　既出城已
四向顧望　求覓其子　煩惋心亂　靡知所在
最後遥見　有一信來　頭蒙塵土　血汙其衣
灰糞塗身　悲號而至　爾時大王　摩訶羅陀

見是使已 倍生懊惱 舉首號叫 仰天而哭
先所遺臣 尋復來至 既至王所 作如是言
願王莫愁 諸子猶在 不久當至 令王得見
須臾之頃 復有臣來 見王愁苦 顏貌憔悴
身所著衣 垢膩塵汙 大王當知 一子已終
二子雖存 哀悴無賴 第三王子 見虎新產
飢窮七日 恐還食子 見是虎已 深生悲心
發大誓願 當度衆生 於未來世 證成菩提
即上高處 投身虎前 虎飢所逼 便起噉食
一切血肉 已爲都盡 唯有骸骨 狼藉在地
是時大王 聞臣語已 轉復悶絕 失念躃地
憂愁盛火 熾然其身 諸臣眷屬 亦復如是
以水灑王 良久乃穌 復起舉手 號天而哭
復有臣來 而白王言 向於林中 見二王子
愁憂苦毒 悲號涕哭 愁悶失志 自投於地
臣即求水 灑其身上 良久之頃 乃還穌息
望見四方 大火熾然 扶持暫起 尋復躃地
舉手悲哀 號天而哭 作復讚歎 其弟功德
是時大王 以離愛子 其心迷沒 氣力惙然
憂惱涕泣 並復思惟 是最小子 我所愛重
無常大鬼 奄便吞食 其餘二子 今雖存在
而爲憂火 之所焚燒 或能爲是 喪失命根
我宜速往 至彼林中 迎載諸子 急還宮殿
其母在後 憂苦逼切 心肝分裂 或能失命
若見二子 慰喻其心 可使終保 餘年壽命
爾時大王 駕乘名象 與諸侍從 欲至彼林
即於中路 見其二子 號天扣地 稱弟名字
時王即前 抱持二子 悲號涕泣 隨路還宮
速令二子 覲見其母 佛告樹神 汝今當知
爾時王子 摩訶薩埵 捨身飼虎 今我身是

爾時大王　摩訶羅陀　於今父王　輸頭檀是
爾時王妃　今摩耶是　第一王子　今彌勒是
第二王子　今調達是　爾時虎者　今瞿夷是
時虎七子　今五比丘　及舍利弗　目揵連是

爾時大王摩訶羅陀及其妃后悲號涕泣悉皆脫身御服瓔珞與諸大衆往竹林中收其舍利即於此處起七寶塔是時王子摩訶薩埵臨捨命時作是誓願願我舍利於未來世過筭數劫常爲衆生而作佛事說是經時無量阿僧祇諸天及人發阿耨多羅三藐三菩提心樹神是名禮塔往昔因緣爾時佛神力故是七寶塔即沒不現

讚佛品第二十三

爾時無量百千萬億諸菩薩衆從此世界至金寶蓋山如來國土到彼土已五體投地爲佛作禮却一面立向佛合掌異口同音而讚歎曰

如來之身　金色微妙　其明照曜　如金山王
身淨柔軟　如金蓮華　無量妙相　以自莊嚴
隨形之好　光飾其體　淨潔無比　如紫金山
圓足無垢　如淨滿月　其音清徹　妙如梵聲
師子吼聲　大雷震聲　六種清淨　微妙音聲
迦陵頻伽　孔雀之聲　清淨無垢　威德具足
百福相好　莊嚴其身　光明遠照　無有齊限
智慧寂滅　無諸愛習　世尊成就　無量功德
譬如大海　須彌寶山　爲諸衆生　生憐愍心
於未來世　能與快樂　如來所說　第一深義
能令衆生　寂滅安隱　能與衆生　無量快樂
能演無上　甘露妙法　能開無上　甘露法門
能入一切　無患窟宅　能令衆生　悉得解脫

度於三有　無量苦海　安住正道　無諸憂苦
如來世尊　功德智慧　大慈悲力　精進方便
如是無量　不可稱計　我等今者　不能孔喻
諸天世人　於無量劫　盡思度量　不能得知
如來所有　功德智慧　無量大海　一滴少分
我今略讚　如來功德　百千億分　不能宣一
若我功德　得聚集者　迴與衆生　證無上道
爾時信相菩薩即於此會從座而起偏袒右肩右膝著地合掌向佛而說讚言
世尊百福　相好微妙　功德千數　莊嚴其身
色淨遠照　視之無猒　如日千光　彌滿虛空
光明熾盛　無量無邊　猶如無數　珍寶大聚
其明五色　青紅赤白　瑠璃玻瓈　如融真金
光明赫弈　通徹諸山　悉能遠照　無量佛土
能滅衆生　無量苦惱　又與衆生　上妙快樂
諸根清淨　微妙第一　衆生見者　無有猒足
髮紺柔輭　猶孔雀項　如諸蜂王　集在蓮華
清淨大悲　功德莊嚴　無量三昧　及以大慈
如是功德　悉以聚集　相好妙色　嚴飾其身
種種功德　助成菩提　如來悉能　調伏衆生
令心柔輭　受諸快樂　種種深妙　功德莊嚴
亦爲十方　諸佛所讚　其光遠照　遍於諸方
猶如日明　充滿虛空　功德成就　如須彌山
在在示現　於諸世界　齒白齊密　猶如珂雪
其德如日　處空明顯　眉間毫相　右旋宛轉
光明流出　如瑠璃珠　其色微妙　如日處空
爾時道場菩提樹神復說讚曰
南無清淨　無上正覺　甚深妙法　隨順覺了
遠離一切　非法非道　獨拔而出　成佛正覺
知有非有　本性清淨　希有希有　如來功德

希有希有 如來大海 希有希有 如須彌山
希有希有 佛無邊行 希有希有 佛出於世
如優曇華 時一現耳 希有希有 無量大悲
釋迦牟尼 爲人中日 爲欲利益 諸衆生故
宣說如是 妙寶經典 善哉如來 諸根寂滅
而復遊入 善寂大城 無垢清淨 甚深三昧
入於諸佛 所行之處 一切聲聞 身皆空寂
兩足世尊 行處亦空 如是一切 無量諸法
推本性相 亦皆空寂 一切衆生 性相亦空
狂愚心故 不能覺知 我常念佛 樂見世尊
常作誓願 不離佛日 我常於地 長跪合掌
其心戀慕 欲見於佛 我常修行 最上大悲
哀泣雨淚 欲見於佛 我常渴仰 欲見於佛
爲是事故 憂火熾然 唯願世尊 賜我慈悲
清冷法水 以滅是火 世尊慈愍 悲心無量
願使我身 常得見佛 世尊常護 一切人天
是故我今 渴仰欲見 聲聞之身 猶如虛空
焰幻響化 如水中月 衆生之性 如夢所見
如來行處 淨如瑠璃 入於無上 甘露法處
能與衆生 無量快樂 如來行處 微妙甚深
一切衆生 無能知者 五通神仙 及諸聲聞
一切緣覺 亦不能知 我今不疑 佛所行處
唯願慈悲 爲我現身 爾時世尊 從三昧起
以微妙音 而讚歎言 善哉善哉 樹神善女
汝於今日 快說是言 一切衆生 若聞此法
皆入甘露 無生法門

付屬品第二十四

爾時世尊告彼大菩薩衆言汝等善丈夫輩誰能守護此諸如來阿僧祇劫集成菩提於我滅後以此法本當作廣現令正法久住故

爾時彼菩薩衆中有六十俱胝菩薩及六十俱胝天女同以一咽喉聲說如是言世尊我等堪能守護此諸如來阿僧祇劫集成菩提於彼後時當作廣現爾時世尊說此伽他

諸佛是實語　安住於實法　彼等實住故
此經增住持　大悲爲鎧甲　大慈爲安住
彼等慈力故　此經增住持　福聚爲鎧甲
智聚所出生　諸聚和合故　此經增住持
降伏諸魔羅　諸論亦破散　已斷於諸見
此經增住持　護世天帝等　諸梵及修羅
天龍乾闥婆　住持此已作　地住及虛空
所有諸天女　諸佛住持故　已說此行法
梵行相應故　四實已莊嚴　盡四魔羅故
此經增住持　虛空若作色　或色作非色
諸佛所住持　無有能令動

爾時四大天王同以一咽喉聲說此伽他

我等於此經　守護當如是　及子諸眷屬
亦善作守護　若當持此經　菩提已作緣
我當近彼等　四方作守護

爾時天帝向佛說此伽他

我知諸佛恩　導師亦已證　於此勝經典
已說佛出生　我於彼諸佛　報恩當作護
當護如是經　及彼持經者

爾時娑訶世界主大梵天王向佛說此伽他

諸定及無量　諸乘及解脫　皆由此經出
已說佛出生　我捨梵處樂　此經所在處
至彼聽聞故　守護當如是

爾時刪兜率多天子向佛說此伽他

若住於菩提　彼當住兜率　此經佛已說
若當有持者　世尊我當能　捨於天福報

閻浮洲内住　當說此行法
爾時商王魔羅子向佛說此伽他
清淨魔羅業　彼不隨魔羅　若當能持此
修多羅正義　我等於此經　守護當如是
我發精進欲　如是今廣現
爾時魔羅波卑摩向佛說此伽他
我於彼衆生　當不作障礙　若當持此者
煩惱皆折伏　魔羅不得便　故說於此經
以佛住持故　我當護彼等
爾時善德天子向佛說此伽他
若諸佛菩提　彼於此經說　若持此經典
彼即供諸尊　我當持此經　爲俱胝天說
教化向菩提　當聽及敬重
爾時慈氏菩薩向佛說此伽他
不請之朋友　若彼住菩提　守護諸法故
能捨於自體　故我至兜率　如是修多羅
以佛住持故　我當作廣顯
爾時上座摩訶迦葉波向佛說此伽他
我等少智慧　聲聞乘已說　隨能隨勢力
教師法當持　若有持此經　我當攝受彼
及以堪能辯　與彼作善言
爾時命者阿難陀向佛說此伽他
諸經多千數　我聞教師口　如是等經典
我先未曾聞　我值遇此經　對面已受取
我當作廣顯　欲求於菩提
佛說此經時菩提高樹善寂天女及彼大辯天女等功德天女等諸天女及諸天衆釋梵毗沙門等爲首諸天王及彼諸大天衆乾闥婆阿修羅等世間於佛所說皆大歡喜

金光明經卷第八

音釋

憩去例切息也 懅其據切懼也 癰疽癰於容切疽七余切 瘭布昭切疽病也 飼祥吏切餧也 睫瞤睫災葉切目睫也瞤舒閏切目動也 哽古杏切悲塞也 躃房益切仆也 坌蒲悶切塵坌也 愕五各切驚遽貌 惙陟劣切疲也

入定不定印經

唐三藏法師義淨奉　制譯

清刻龍藏佛說法變相圖

三藏聖教序

唐 武則天 製

蓋聞大乘奧典光祕賾於瓊編三藏玄樞著靈文於寶偈斯乃牢籠繫象演暢幽深雖第一義空名言之路雙絕諸法無相聽說之理兼忘然則發啓善根實資開導弘宣妙旨終寄顯揚至若鹿野初開儼尊容於常住龍宮載闢緘舍利於將來所以地涌全身爲證說經之兆空懸寶殿爰標闡法之徵八萬四千分布閻浮之境三十六億莊嚴平等之居數演一音則隨類而解廣陳三句則劫壽難窮自夜掩周星宵通漢夢玉毫流彩式彰東漸之風金口傳芳遂覩後秦之譯修多祇夜之祕躅因緣譬喻之要宗授記之與本生方廣之與論議雖立名差別而究理不殊同歸實

相之源並湊涅槃之會朕幼崇釋教夙慕歸依思欲運六道於慈舟迴超苦海驅四生於彼岸永離蓋纏窮貝牒之遺文集蜂臺之祕籙今於大福先寺翻譯院所更譯斯經所言入定不定印經者此明退不退之心前二後三雖有遲速如來設教同趣菩提既顯神呪之功莊嚴最上爰述下生之記說法度人三藏法師義淨等並緇俗之綱維紺坊之龍象德包　初地道轥彌天光我紹隆之基更峻住持之業以久視元年歲次庚子五月五日繕寫畢功重開甘露之門方布大雲之蔭所冀芥城數極鳥筆猶傳拂石年窮樹經無泯弘濟䢖於百億還拔被於恒沙部帙條流列之於左

入定不定印經

唐三藏法師義淨奉　制譯

如是我聞一時薄伽梵在王舍城鷲峯山中與大苾芻衆千二百五十人俱菩薩摩訶薩六十億百千那庾多其名曰妙吉祥菩薩觀自在菩薩大勢至菩薩藥王菩薩藥上菩薩集雷音王菩薩如是等菩薩摩訶薩而爲上首一切皆得寂靜決擇三摩地健行三摩地甚深不動海潮三摩地成就灌頂陀羅尼成就無邊諸佛色身陀羅尼爾時妙吉祥菩薩白佛言世尊惟願世尊爲諸菩薩演說入定不定印法門我等入此法印故便能解了此是不定菩薩求無上正等正覺於無上智道而有退轉此是決定菩薩求無上正等正覺於無上智道而不退轉爾時世尊告妙吉祥童子言妙吉祥當知菩薩有五種行何等爲五所謂羊車行象車行日月神力行聲聞神力行如來神力行妙吉祥是爲菩薩五種行妙吉祥初二菩薩於無上正等正覺是不決定後三菩薩於無上正等正覺是得決定妙吉祥菩薩白佛言世尊云何二不定菩薩爲求無上正等正覺於無上智道而有退轉云何三決定菩薩爲求無上正等正覺於無上智道而不退轉佛告妙吉祥所謂羊車行象車行此二菩薩爲求無上正等正覺於無上智道而有退轉日月神力行聲聞神力行如來神力行此三菩薩爲求無上正等正覺於無上智道而不退轉妙吉祥云何羊車行菩薩譬如有人爲大事因緣故重事因緣故欲過五佛刹微塵數世界彼自思惟我今當乘

何乘而能越過如是世界便作是念當乘羊車過彼世界妙吉祥是人即乘羊車隨路而去久受勞苦行百踰繕那忽遇大風吹令却退八十踰繕那妙吉祥於汝意云何是人乘彼羊車或一劫或百劫或千劫或億劫或不可說不可說劫而能超越一世界耶妙吉祥言不也世尊是人乘彼羊車或一劫或百劫或千劫或億劫或不可說不可說劫而能超越一世界者無有是處佛言如是如是妙吉祥若善男子善女人發心希求無上正等正覺便與聲聞同共住止承事親近狎習談論若在園林及於寺中同經行處讀誦思惟聲聞乘教解釋其義或復教他讀誦思惟聲聞乘教解釋其義由此受持聲聞乘教植善根故智慧微劣退無上智道雖先修習菩提之心慧根慧眼然由受持聲聞乘教植善根故令其根鈍即便退失無上智道妙吉祥譬如有人患目闇閉欲令開故經月醫療其目便愈時有怨家即以一搠華芟細末置其眼中遂還闇閉如是如是妙吉祥彼菩薩雖先修習菩提之心慧根慧眼然由受持聲聞乘教植善根故令其根鈍即便退失無上智道妙吉祥如是名爲羊車行菩薩妙吉祥云何象車行菩薩譬如有人爲大事因緣故重事因緣故欲過如前微塵世界彼自思惟我今當乘何乘而能越過如是世界便作是念我當乘彼八支具足上妙象車過彼世界妙吉祥是人即乘象車隨路而去經于百年行二千踰繕那忽遇大風吹令却退千踰繕那妙吉祥於汝意云何是人乘彼象車或一劫或百

劫或千劫或千億劫或不可說不可說劫而能超越一世界耶妙吉祥言不也世尊是人乘彼象車或一劫或百劫或千劫或千億劫或不可說不可說劫而能超越一世界者無有是處如是如是妙吉祥若善男子善女人發心希求無上正等正覺便與聲聞同共住止承事親近狎習談論共爲受用若在園林及於寺中同經行處讀誦思惟聲聞乘教解釋其義或復教他讀誦思惟聲聞乘教解釋其義由此受持聲聞乘教植善根故智慧微劣退無上智道雖先修習菩提之心慧根慧眼然由受持聲聞乘教植善根故令其根鈍即便退失無上智道妙吉祥譬如大木長百千踰繕那墮大海中隨波流汎有諸空居衆多藥叉於大海中牽之令住復以縱廣五千踰繕那鐵砧繫之令住妙吉祥於汝意云何此之大木能越大海與諸有情作利益耶妙吉祥言不也世尊佛言如是如是妙吉祥彼菩薩雖復修習菩提之心受持大乘植諸善本然由修習聲聞法故於一切智海牽之令退不能進趣一切智海於生死海中不能救濟一切有情妙吉祥如是名爲象車行菩薩妙吉祥云何日月神力行菩薩譬如有人爲大事因緣故重事因緣故欲過如前微塵數世界彼自思惟我今當作何神通力而能超越如是世界便作是念我當作彼日月神力過彼世界妙吉祥是人即便作日月神力隨路而去妙吉祥於汝意云何是人能越彼世界耶妙吉祥菩薩白佛言世尊是人能越如是世界而於長路多歷勤苦佛言如是妙吉

祥若善男子善女人發心希求無上正等正覺不與聲聞同共住止承事親近狎習談論亦不共彼受用衣食不在園林及於寺中同經行處讀誦思惟聲聞乘教乃至一頌亦不教他讀誦思惟聲聞乘教常惟讀誦大乘演說大乘妙吉祥如是名爲日月神力行菩薩妙吉祥云何聲聞神力行菩薩譬如有人爲大事因緣故重事因緣故欲過如前微塵數世界彼自思惟我今當作何神通力而能超越如是世界便作是念我當作彼聲聞神力過彼世界即以聲聞神力過彼世界妙吉祥於汝意云何是人能越彼世界耶妙吉祥菩薩白佛言世尊是人能越如是世界佛言如是如是妙吉祥若善男子善女人發心希求無上正等正覺不與聲聞同共住止承事親近狎習談論亦不共彼受用衣食不在園林及於寺中同經行處讀誦思惟聲聞乘教乃至一頌亦不教他讀誦思惟聲聞乘教常惟讀誦演說大乘於深信大乘讀誦大乘攝受大乘者生恭敬心親奉歸向而共住止承事親近狎習談論常求大乘受持讀誦復以種種香華塗香末香燈明華鬘敬心供養常惟讀誦大乘經典以歡喜心爲人演說於未學菩薩心生恭敬含笑先言語不麤獷所說柔輭令人樂聞假使遭遇失命因緣亦不捨離大乘之心若有菩薩發起大乘讀誦大乘攝受大乘常於此人起增上心而爲供養亦不與他共爲爭競於未曾聞大乘經典常樂希求於說法者起恭敬心生大師想於未學菩薩亦生敬心於他過咎若實不實不應訶責

亦不好求他人過失常樂修行慈悲喜捨妙吉祥如是名爲聲聞神力行菩薩妙吉祥云何如來神力行菩薩譬如有人爲大事因緣故重事因緣故欲過如前微塵數世界彼自思惟我今當作何神通力而能疾過如是世界便作是念我當作彼如來神力越彼世界即以如來神力超彼世界妙吉祥於汝意云何是人能越彼世界耶妙吉祥菩薩白佛言世尊是人速能超彼世界佛言如是如是妙吉祥若善男子善女人發心希求無上正等正覺不與聲聞同共住止承事親近狎習談論亦不共彼受用衣食不在園林及於寺中同經行處讀誦思惟聲聞乘教乃至一頌亦不教他讀誦思惟聲聞乘教常惟讀誦大乘演說大乘於身語心常令清淨於戒善法亦常安住亦能令他淨身語心安住戒法若有菩薩發趣大乘讀誦大乘攝受大乘常於此人恭敬歸向承事親近狎習談論所有衣食共爲受用與彼菩薩而共同住同經行處常求大乘攝取大乘受持大乘以種種香華塗香末香燈明華鬘敬心供養常惟讀誦大乘經典以歡喜心演說大乘於末學菩薩不起慢心於餘菩薩亦令安住含笑先言語不麤獷所說柔輭令人樂聞於他亦爾假使遭遇失命因緣亦不捨離大乘之心若有菩薩發趣大乘讀誦大乘攝受大乘以增上心歡喜親奉亦教於他恭敬供養亦不與他共爲爭競於未曾聞大乘經典常樂希求於說法者起恭敬心生大師想於末學菩薩不生慢心於他過咎若實不實不應訶責亦不好求他

人過失既自行已復教餘人如是修學妙吉祥如是菩薩自觀有情失菩薩業者教令得業亦能令他教諸有情失菩薩業者教令得業自觀有情失菩薩道者教令得道亦能令他觀諸有情失菩薩道者教令得道自觀有情失菩薩行者教令得行亦能令他觀諸有情失菩薩行者教令得行自觀有情失菩薩因者教令得因亦能令他觀諸有情失菩薩因者教令得因自觀有情失菩薩善巧者令得善巧亦能令他觀諸有情失菩薩善巧者令得善巧自觀有情失菩薩事者教令得事亦能令他觀諸有情失菩薩事者教令得事自觀有情失菩薩加行力者令得加行亦能令他觀諸有情失菩薩加行力者令得加行自觀有情失菩薩行依止處者令得依處亦能令他觀諸有情失菩薩行依止處者令得依處自觀有情失慈悲喜捨者令得慈悲喜捨亦能令他觀諸有情失慈悲喜捨者令得慈悲喜捨自觀有情失平等行者令得平等行亦能令他觀諸有情失平等行者令得平等行自觀有情不信三寶者令信三寶亦能令他觀諸有情不信三寶者令信三寶自觀有情失善法欲者令得善法欲亦能令他觀諸有情失善法欲者令得善法欲自觀有情被繫縛囚執者令得解脫亦能令他觀諸有情被繫縛囚執者令得解脫自觀有情有病苦者施以醫藥亦能令他觀諸有情有病苦者施以醫藥自觀有情失於佛所植善根者令得善根亦能令他觀諸有情失善根者令得善根自觀有情無依怙者爲作歸趣亦能

令他觀諸有情無依怙者爲作歸趣自觀有情久睡眠者令得覺悟亦能令他觀諸有情久睡眠者令得覺悟自觀有情生下賤者令生勝處亦能令他觀諸有情生下賤者令生勝處自觀有情失菩提心者令得菩提心亦能令他觀諸有情失菩提心者令得菩提心自觀有情失法足者令得法足亦能令他觀諸有情失法足者令得法足自觀有情失福智資粮者令得資粮亦能令他觀諸有情失福智資粮者令得資粮自觀有情失大乘信者令得正信亦能令他觀諸有情失大乘信者令得正信自觀有情失戒護者令住戒護亦能令他觀諸有情失戒護者令住戒護自觀有情失法隨法者令其得法亦能令他觀諸有情失法隨法者令得其法自觀有情失和忍者令得和忍亦能令他觀諸有情失和忍者令得和忍自觀觀有情失止者令住止觀亦能令他觀諸有情失止觀者令得止觀自觀有情失菩薩精進者令住精進亦能令他觀諸有情失菩薩精進者令得精進自觀有情失布施調順知足者令得施等亦能令他觀諸有情失施等者令得施等自觀有情失念慧持行者令得念等亦能令他觀諸有情失念等者令得念等自觀有情失趣彼岸道者令趣彼岸道亦能令他觀諸有情失趣彼岸道者令趣彼岸道自觀有情不生佛家者令生佛家亦能令他觀諸有情不生佛家者令生佛家自觀有情失善友者令得善友亦能令他觀諸有情失善友者令得善友自觀有情失利有情心者令得利有情心亦能

令他觀諸有情失利有情心者令得利有情心自觀有情失依法者令得依法亦能令他觀諸有情失依法者令得依法自觀有情失依智者令得依智亦能令他觀諸有情失依智者令得依智自觀有情失依義者令得依義亦能令他觀諸有情失依義者令得依義自觀有情失依了義經者令得依了義經亦能令他觀諸有情失依了義經者令得依了義經自觀有情失四正勤者令得四正勤亦能令他觀諸有情失四正勤者令得四正勤自觀有情失實語法語利益語調伏語者令住實語法語利益語調伏語亦能令他觀諸有情失實語法語利益語調伏語者令住實語法語利益語調伏語自觀有情見貧賤者令得富貴亦能令他觀諸有情見貧賤者令得富貴菩薩摩訶薩於諸有情起大慈心悉令周遍作如是念彼諸有情無依無怙無歸無趣無洲無渚無舍宅無救護者我於何時能爲有情作救護耶妙吉祥譬如少壯妙翅鳥王有大勢力隨意飛上妙高山頂如來神力行菩薩亦復如是具大善根勇疾之力隨意能趣佛會中生能與惡趣有情而作救護妙吉祥如是名爲如來神力行菩薩妙吉祥若善男子善女人於日日中以天妙衣天百味食供養十方一切世界微塵數諸佛復滿恒河沙數世界如意寶珠而用布施乃至恒河沙劫如是供養若復有人教一有情得預流果其福勝彼無量無數妙吉祥若善男子善女人教彼十方一切世界微塵數有情得預流果若復有人教一有情得一來果其福

勝彼無量無數妙吉祥若善男子善女人教彼十方一切世界微塵數有情得一來果若復有人教一有情得不還果其福勝彼無量無數妙吉祥若善男子善女人教彼十方一切世界微塵數有情得不還果若復有人教一有情得阿羅漢果其福勝彼無量無數妙吉祥若善男子善女人教彼十方一切世界微塵數有情得阿羅漢果若復有人教一有情證獨覺果其福勝彼無量無數妙吉祥若善男子善女人教彼十方一切世界微塵數有情得獨覺果若復有人教一羊車行菩薩令其安住菩提之心其福勝彼無量無數妙吉祥若善男子善女人教彼十方一切世界微塵數有情得羊車行菩提之心若復有人教一有情得象車行菩提之心其福勝彼無量無數妙吉祥若善男子善女人教彼十方一切世界微塵數有情得象車行菩提之心若復有人教一有情得日月神力行菩提之心其福勝彼無量無數妙吉祥若善男子善女人教彼十方一切世界微塵數有情得日月神力行菩提之心若復有人教一有情得聲聞神力行菩提之心其福勝彼無量無數妙吉祥若善男子善女人教彼十方一切世界微塵數有情得聲聞神力行菩提之心若復有人教一有情得如來神力行菩提之心其福勝彼無量無數妙吉祥若善男子善女人於日日中以天妙衣天百味食供養十方一切世界微塵數有情乃至恒河沙劫如是供養若復有人以一飲食施一近事歸依三寶受五學處於佛教法生正信者其福勝彼

無量無數妙吉祥若善男子善女人以天妙衣天百味食供養十方一切世界微塵數近事乃至恒河沙劫如是供養若復有人以一飲食施第八人其福勝彼無量無數妙吉祥若善男子善女人以天妙衣天百味食供養十方一切世界微塵數第八人乃至恒河沙劫如是供養若復有人以一飲食施一預流果其福勝彼無量無數妙吉祥若善男子善女人以天妙衣天百味食供養十方一切世界微塵數預流果乃至恒河沙劫如是供養若復有人以一飲食施一來果其福勝彼無量無數妙吉祥若善男子善女人以天妙衣天百味食供養十方一切世界微塵數一來果乃至恒河沙劫如是供養若復有人以一飲食施一不還果其福勝彼無量無數妙吉祥若善男子善女人以天妙衣天百味食供養十方一切世界微塵數不還果乃至恒河沙劫如是供養若復有人以一飲食施一阿羅漢果其福勝彼無量無數妙吉祥若善男子善女人以天妙衣天百味食供養十方一切世界微塵數阿羅漢果乃至恒河沙劫如是供養若復有人以一飲食施一獨覺其福勝彼無量無數妙吉祥若善男子善女人以天妙衣天百味食供養十方一切世界微塵數獨覺乃至恒河沙劫如是供養若復有人以一飲食施一羊車行菩薩其福勝彼無量無數何以故妙吉祥是菩薩摩訶薩隨於何時隨以何事發菩提心即於爾時無一不善而不捨棄無一佛法而不生長妙吉祥由是菩薩具足如是不可思議勝功德故妙吉祥

譬如迦陵頻伽鳥王在卵殼中雖目未開已能勝彼一切群鳥由有深妙美音聲故如是如是妙吉祥菩薩初發菩提之心處無明殼雖業煩惱闇翳覆障然能勝彼聲聞獨覺由有迴向善根行願妙音聲故妙吉祥若善男子善女人以天妙衣天百味食供養十方一切世界微塵數羊車行菩薩乃至恒河沙劫如是供養若復有人以一飲食施一象車行菩薩其福勝彼無量無數妙吉祥若善男子善女人以天妙衣天百味食供養十方一切世界微塵數象車行菩薩乃至恒河沙劫如是供養若復有人以一飲食施一日月神力行菩薩其福勝彼無量無數妙吉祥若善男子善女人以天妙衣天百味食供養十方一切世界微塵數日月神力行菩薩乃至恒河沙劫如是供養若復有人以一飲食施一聲聞神力行菩薩其福勝彼無量無數妙吉祥若善男子善女人以天妙衣天百味食供養十方一切世界微塵數聲聞神力行菩薩乃至恒河沙劫如是供養若復有人以一飲食施一如來神力行菩薩其福勝彼無量無數妙吉祥若善男子善女人以天妙衣天百味食供養十方一切世界微塵數如來神力行菩薩乃至恒河沙劫如是供養若復有人聞此法門深心信受其福勝彼無量無數妙吉祥若善男子善女人造立十方一切世界微塵數寺供養三千大千世界微塵數獨覺其僧房舍皆以閻浮檀金之所成就以電燈末尼寶而爲莊校一切光寶以爲階陛末尼眞珠衆寶瓔珞以爲嚴飾幢蓋繒旛處處懸列

如意珠王寶網鈴鐸以爲其帳龍護栴檀以
爲香泥用塗其地曼陀羅華摩訶曼陀羅華
曼殊沙華摩訶曼殊沙華蘇末那華嗢鉢羅
華拘物頭華分陀利華婆利沙華呾囉尼華
瞿呾囉尼華跋羅華蘇健地華如是等諸上
妙華而爲散布以天妙衣天百味食而供養
之乃至恒河沙劫如是供養若復有人得聞
佛名若一切智名若世間主名若觀形像乃
至經卷所有畫像其福勝彼無量無數何況
有人合十指爪而爲恭敬其福勝彼無量無
數況復以諸燈明香華乃至讚佛一相功德
其福轉勝於當來世受大富樂乃至到於一
切智智妙吉祥如一滴水投大海中乃至劫
火起時終不中盡妙吉祥菩薩亦爾以少善
根迴向成佛乃至一切智火生時終不中盡
妙吉祥譬如月輪能勝衆星光明圓滿廣大
高勝菩薩亦爾以少善根迴向成佛而能勝
彼聲聞獨覺由其善根廣大高勝妙吉祥如
來應正等覺有如是等不可思議功德妙吉
祥若善男子善女人以天妙衣天百味食供
養十方一切世界微塵數聲聞獨覺及諸菩
薩乃至恒河沙劫如是供養若復有人能於
此經心生信受其福勝彼無量無數何況有
人書寫爲人演說其福最勝何以故是成佛
因故妙吉祥若有男子女人以瞋惡心侵奪
無量聲聞獨覺飲食衣服若復有人以瞋惡
心侵奪信樂大乘菩薩乃至少許飲食衣服
或一日中令其不食其罪重彼無量無數何
以故一切三世聲聞獨覺於無數劫修行施
戒忍辱精進禪定智慧皆爲自身斷除煩惱

菩薩不爾乃至毫釐施傍生時皆爲三寶不斷絶故妙吉祥假使有人以瞋惡心毁壞無量無邊無數獨覺戒定智慧解脱解脱知見假使有人以瞋惡心於一信樂大乘菩薩損壞戒支及所學事令不成就其罪重彼無量無數何以故一切三世聲聞獨覺於無數劫所有戒定智慧解脱解脱知見皆爲自身斷除煩惱菩薩不爾乃至一日修戒定慧解脱解脱知見皆爲有情斷除煩惱妙吉祥假使有人以瞋惡心繫縛十方一切有情置牢獄中若復有人以瞋惡心於菩薩所不欲眼視背之而去其罪重彼無量無數妙吉祥假使有人以瞋惡心挑出十方一切世界有情眼目若復有人以瞋惡心於菩薩所不欲眼視背之而去其罪重彼無量無數妙吉祥假使十方一切有情皆被挑目復有餘人於彼有情起大悲心令眼平復所得功德若復有人以清淨心而往瞻視大乘菩薩其福勝彼無量無數妙吉祥假使有人能令一方所有獄囚皆得解脱受轉輪聖王天帝釋樂若復有人以清淨心瞻視讃歎大乘菩薩其福勝彼無量無數妙吉祥假使有人能令十方一切有情證獨覺果所得功德若復有人教一信樂大乘菩薩曾於佛所種一善根令得增長其福勝彼無量無數妙吉祥若有深信大乘菩薩於十方世界一切有情皆令安住菩提之心所得功德若復有人以大乘法乃至一頌教示於他其福勝彼無量無數妙吉祥假使有人以十方世界微塵數獨覺置於地獄餓鬼傍生若復有人於一初發菩提心者而

作障礙其罪重彼無量無數妙吉祥假使有人於十方世界一切有情發菩提心者而作障礙若復有人於一深信大乘菩薩菩提之心而作障礙其罪重彼無量無數妙吉祥假使十方一切有情皆墮地獄餓鬼傍生焰摩王界設復有人救濟令出復教安住菩提之心所得功德若復有人令一有情於大乘中深生信解其福勝彼無量無數妙吉祥假使有人於十方世界滿中獨覺而生輕慢若復有人於一初始發心菩薩生輕慢心其罪重彼無量無數妙吉祥假使有人於十方世界微塵數獨覺斷絕利養於十方界彰其惡名若復有人於一深信大乘菩薩斷絕利養彰其惡名其罪重彼無量無數妙吉祥若善男子善女人於一深信大乘菩薩爲求正法故乃至於一水瓶由此福業當得無量轉輪聖王勝妙果報何況施與受持讀誦深生信解菩薩摩訶薩爾時世尊説此經已妙吉祥童子及諸菩薩摩訶薩諸聲聞衆天龍藥叉健闥婆阿蘇羅揭路荼人非人等皆大歡喜信受奉行

入定不定印經

音釋

序

賾士革切深也　樞昌朱切門樞也　闢毗亦切啓也　緘古讒切封也　東漸漸將廉切流入也　躅直録切軌躅也　湊七奏切趣也　紺古暗切深青含赤色也

覃徒含切布也及也 帙直質切卷帙也

經

那庾多梵語也此云萬億庾弋渚切 踰繕那梵語也此云限量踰音俞繕時戰切 狎胡甲切習也 闇烏紺切不明也 療力嶠切治也 掬居六切兩手捧也 蓽茇蓽壁吉切茇比末切 砧知林切縋石也 獷古猛切惡也 怙侯古切依也 翅式利切翼也 轂苦角切 嗢烏没切 呾當割切 氂力之切十毫曰氂 挑土凋切扶也

不必定入定入印經

元魏婆羅門瞿曇般若流支譯

清刻龍藏佛說法變相圖

不必定入定入印經翻譯記

出世智道亦名爲印此經印義或然不然私情有指未許官用何者私情今且當向發心修行證會名入所乘强劣有定不定聖說定入說不定入言義如是決定名印說如是故名如是經其門要密通必有寄魏尚書令儀同高公深知佛法出自中天翻爲此典萬未有一采揀集人在第更譯沙門曇林瞿曇流支興和四年歲次降婁月建在戌朔次甲子壬午之日出此如左九千一百九十三字

不必定入定入印經

元魏婆羅門瞿曇般若流支譯

如是我聞一時婆伽婆住王舍城耆闍崛山中與大比丘衆一千二百五十人俱六十億百千那由他菩薩其名曰文殊師利童子觀世自在菩薩摩訶薩得大勢菩薩藥王菩薩藥上菩薩常雷音王菩薩如是等上首六十億百千那由他菩薩一切皆得寂靜論義神通三昧遊首楞嚴勇伏三昧得深海水潮不過限三昧得受位陀羅尼得集無邊諸佛身色究竟陀羅尼爾時文殊師利童子白佛言世尊惟願世尊爲諸菩薩說必定不必定入智印法門以彼印故令我得知此菩薩必定此菩薩不必定此不定阿耨多羅三藐三菩提退無上智道佛言文殊師利此中則有五種菩薩何等爲五一者羊乘行二者象乘行三者月日神通乘行四者聲聞神通乘行五者如來神通乘行文殊師利如是名爲五種菩薩文殊師利初二菩薩不必定阿耨多羅三藐三菩提退無上智道後三菩薩必定阿耨多羅三藐三菩提不退無上智道文殊師利言世尊何者二菩薩不必定阿耨多羅三藐三菩提退無上智道世尊何者三菩薩必定阿耨多羅三藐三菩提不退無上智道佛言文殊師利羊乘行菩薩象乘行菩薩此二菩薩不必定阿耨多羅三藐三菩提退無上智道文殊師利月日神通乘行菩薩聲聞神通乘行菩薩如來神通乘行菩薩此三菩薩必定阿耨多羅三藐三菩提不退無上智道文殊師利應云何知羊乘行菩薩文殊師利

譬如有人他方五百佛之世界微塵等數世界之外彼有因緣有大因緣彼有所作有大所作彼有所重有大所重爲彼事故欲過如是微塵世界到於彼處如是思惟我乘何乘而能得過如是世界得到彼處如是之人即便思惟若我今者乘於羊乘則應得過如是世界到於彼處文殊師利如是之人旣思惟已即乘羊乘發行彼道經長久時到百由旬大風輪起吹令迴還八十由旬文殊師利於意云何如是之人乘彼羊乘於彼世界能過到不若經一劫若一百劫若一千劫億百千劫若不可說不可說劫彼人能過一世界不文殊師利答言世尊彼若能過一世界者無有是處如是之人乘彼羊乘若經一劫若一百劫若一千劫億百千劫若不可說不可說劫若能得過一世界者無有是處佛言如是文殊師利若善男子若善女人發阿耨多羅三藐三菩提心已與聲聞乘人相隨止住近聲聞人習聲聞人恭敬供養聲聞乘人共爲知識財物交通與共同住若在林中若在寺舍若經行處同一處行讀聲聞乘誦聲聞乘思聲聞乘信聲聞乘復教他人讀誦思信如是之人住聲聞乘攝聲聞乘種善根行聲聞所牽故得鈍智退無上智道如是菩薩修菩提心慧根慧眼而復後時住聲聞智種善根行則還愚鈍破壞不成文殊師利譬如有人若患眼病若有目瞑如是之人爲開眼故一月療治勤不休息過一月已眼得少開彼有怨惡常伺其便把碎蓽茇著其眼中令彼人眼轉闇更閉不得開眼如是如是文殊師利

若彼菩薩修菩提心慧根慧眼而復後時住聲聞智種善根行則還愚鈍破壞不成文殊師利此羊乘行菩薩應知文殊師利應云何知象乘行菩薩文殊師利譬如有人如是微塵世界之外彼有因緣有大因緣彼有所作有大所作彼有所重有大所重爲彼事故欲過如是微塵世界到於彼處如是思惟我乘何乘而能得過如是世界到於彼處如是之人即便思惟若我今者乘八分相應象乘者則應得過如是世界到於彼處文殊師利如是之人既思惟已即乘八分相應象乘發行彼道百年常行二千由旬大風輪起吹令迴還一千由旬文殊師利於意云何如是之人乘彼象乘於一世界爲能過不若經一劫若一百劫若一千劫億百千劫若不可說不可說劫彼人能過一世界不文殊師利答言世尊彼若能過一世界者無有是處如是之人乘彼象乘若經一劫若一百劫若一千劫億百千劫若不可說不可說劫若能得過一世界者無有是處佛言如是文殊師利若善男子若善女人發阿耨多羅三藐三菩提心已與聲聞乘人相隨止住近聲聞人習聲聞人共爲知識與共同住若在林中若在寺舍若經行處同一處行讀聲聞乘誦聲聞乘思聲聞乘信聲聞乘復教他人讀誦思信如是之人住聲聞智攝聲聞乘種善根行聲聞所牽故得鈍智退無上智道如是菩薩修菩提心種善根行安住大乘而復後時住聲聞智種善根行則還愚鈍破壞不成文殊師利譬如大木廣千由旬大海所漂於大海中濟度衆

生空行夜叉出置陸地繫縛在於五百由旬大鐵塊上文殊師利於意云何如是大木彼大海水復能漂不復於海中濟衆生不文殊師利答言不能佛言如是文殊師利若彼菩薩修菩提心種善根行修行一切智智海道牽迴令退則不能向一切智智大海之道不能救拔生死大海一切衆生文殊師利此象乘行菩薩應知文殊師利應云何知月日神通乘行菩薩文殊師利譬如有人如是微塵世界之外彼有因緣有大因緣彼有所作有大所作彼有所重有大所重爲彼事故欲過如是微塵世界到於彼處如是思惟我乘何乘而能得過如是世界到於彼處如是之人即便思惟若我今者乘於月日神通乘者則應得過如是世界到於彼處文殊師利如是之人既思惟已即乘月日神通之乘發行彼道文殊師利於意云何如是之人乘於月日神通之乘於彼世界能過到不文殊師利答言世尊久時則能佛言如是文殊師利若善男子若善女人發阿耨多羅三藐三菩提心已不與一切聲聞乘人相隨止住不近一切聲聞乘人不習一切聲聞乘人不作知識財物不交不共同住若在林中若在寺舍若經行處不同處行亦不讀誦聲聞乘法不思不信聲聞乘法不教他人讀誦信學乃至一偈亦不學習不讀不誦彼人若讀則讀大乘彼人若誦則誦大乘若有所說則說大乘乃至一偈文殊師利此是月日神通乘行菩薩應知文殊師利譬如有大伽樓羅王大力少壯隨意所念須彌山頂能到異處如是如是文

殊師利月日神通乘行菩薩戒聞深心大力少壯勇健能得隨心所念佛佛世界皆能過到於諸如來衆會輪中皆能示身文殊師利應云何知聲聞神通乘行菩薩文殊師利譬如有人如是微塵世界之外彼有因緣有大因緣彼有所作有大所作彼有所重有大所重爲彼事故欲過如是微塵世界到於彼處如是思惟乘何神通而能得過如是世界到於彼處如是之人即便思惟我今若乘聲聞神通則應得過如是世界到於彼處文殊師利如是之人旣思惟已即爾便乘聲聞神通發行彼道文殊師利於意云何如是之人聲聞神通於彼世界能過到不文殊師利答言能過佛言如是文殊師利若善男子若善女人發阿耨多羅三藐三菩提心已不與一切

聲聞乘人相隨止住不近一切聲聞乘人不習一切聲聞乘人不作知識財物不交不同修行不共語說不共同住若在林中若在寺舍若經行處不同處行不讀不誦聲聞乘法不思不信聲聞乘法不教他讀不教他誦乃至一偈於聲聞乘不相應誦亦不教他彼人若讀則讀大乘彼人若誦則誦大乘亦教他人讀誦大乘若有所說則說大乘彼於信解大乘菩薩摩訶薩等讀大乘人誦大乘人攝大乘人敬重正信隨順修學與共相應隨逐不捨依附親近如法供養共爲知識與共同住若在林中若在寺舍若經行處與共同行於大乘人攝大乘人受大乘人持大乘人第一敬重最勝供養所謂燈明種種華香末香塗香妙鬘塗身如是供養如是之人讀誦大

乘第一喜心爲他人說心不輕慢未學菩薩正面言語先意問訊不作惡語不麤獷語常說愛語說美妙語如是之人乃至失命身死因緣不捨大乘常攝一切行大乘人學大乘人讀大乘人誦大乘人攝大乘人如力攝取如法攝取如心所堪彼人如是無人憎惡無與諍對常求一切未曾聞經心常敬重所從聞者心不輕慢未學菩薩於他人過若實不實不說不枉不求他便常勤修學慈悲喜捨文殊師利此是聲聞神通乘行菩薩應知文殊師利應云何知如來神通乘行菩薩文殊師利譬如有人如是微塵世界之外彼有因緣有大因緣彼有所作有大所作彼有所重有大所重爲彼事故欲過如是微塵世界到於彼處如是思惟乘何神通而能得過如是世界到於彼處如是之人即便思惟我今若乘如來神通則應得過如是世界到於彼處文殊師利如是之人旣思惟已即爾便乘如來神通發行彼道文殊師利於意云何如是之人如來神通於彼世界能速過不文殊師利答言能過佛言如是文殊師利若善男子若善女人發阿耨多羅三藐三菩提心已不與一切聲聞乘人相隨止住不近一切聲聞乘人不習一切聲聞乘人不作知識財物不交不同修行不共語說不共同住若在林中若在寺舍若經行處不同處行不讀不誦聲聞乘法不思不信聲聞乘法不教他讀不教他誦乃至一偈於聲聞乘不相應讀不相應誦亦不教他彼人若讀則讀大乘彼人若誦則誦大乘亦教他人讀誦大乘若有所說則

說大乘如是之人身口意淨善持戒法亦令他人身口意淨令住善法彼於修行大乘菩薩摩訶薩等讀大乘人誦大乘人攝大乘人敬重正意隨順修學與共相應隨逐不捨依附親近如法供養共爲知識與共同住若在林中若在寺舍若經行處與共同行於大乘人攝大乘人受大乘人持大乘人第一敬重最勝供養所謂燈明種種華香末香塗香妙鬘塗身如是供養如是之人讀誦大乘第一喜心教他人讀教他人誦心不輕懱未學菩薩於餘菩薩安住令學常說愛語說美妙語如是之人乃至失命身死因緣不捨大乘常攝一切行大乘人學大乘人讀大乘人誦大乘人攝大乘人第一敬重心生大喜設大供養亦令他人如是修學有大深心彼人如是無人憎惡不與諍對常求一切未曾聞經第一深心慇重心求心常敬重所從聞者於彼人所生於師想亦令他人如是修學心不輕懱未學菩薩於他人過若實不實不說不枉不求他便亦教他人如是修學文殊師利如是菩薩恒自觀察失菩提心諸衆生界亦常教他如是觀察失菩提心諸衆生界如是菩薩恒自觀察失菩薩行諸衆生界亦常教他如是觀察失菩薩行諸衆生界如是菩薩恒自觀察失菩提業諸衆生界亦常教他如是觀察失菩提業諸衆生界如是菩薩恒自觀察失菩薩道諸衆生界亦常教他如是觀察失菩薩道諸衆生界如是菩薩恒自觀察失於一切菩薩威儀諸衆生界亦常教他如是觀察失於一切菩薩威儀諸衆生界如是菩

薩恒自觀察失菩薩取諸衆生界亦常教他如是觀察失菩薩取諸衆生界如是菩薩恒自觀察失於一切菩薩方便諸衆生界亦常教他如是觀察失於一切菩薩方便諸衆生界如是菩薩恒自觀察失菩薩意諸衆生界亦常教他如是觀察失菩薩意諸衆生界如是菩薩恒自觀察失於菩薩有爲行力諸衆生界亦常教他如是觀察失於菩薩有爲行力諸衆生界如是菩薩恒自觀察失於如法住菩薩行諸衆生界亦常教他如是觀察失於如法住菩薩行諸衆生界如是菩薩恒自觀察失於菩薩慈悲喜捨諸衆生界亦常教他如是觀察失於菩薩慈悲喜捨諸衆生界如是菩薩恒自布施亦教他施如是菩薩自不枉他亦教他人令不枉他如是菩薩恒自觀察失於佛法諸衆生界亦常教他如是觀察失於佛法諸衆生界如是菩薩恒自觀察離善法欲諸衆生界亦常教他如是觀察離善法欲諸衆生界如是菩薩恒自觀察縛衆生界亦常教他如是觀察縛衆生界如是菩薩恒自觀察長久遠時病衆生界亦常教他如是觀察長久遠時病衆生界如是菩薩恒自觀察失正法行諸衆生界亦常教他如是觀察失正法行諸衆生界如是菩薩恒自觀察失於具足福德智等諸衆生界亦常教他如是觀察失於具足福德智等諸衆生界如是菩薩恒自觀察失於如來善根種子諸衆生界亦常教他如是觀察失於如來善根種子諸衆生界如是菩薩恒自觀察一切孤獨諸衆生界亦常教他如是觀察一切孤獨諸

衆生界如是菩薩恒自觀察一切久睡諸衆生界亦常教他如是觀察一切久睡諸衆生界如是菩薩恒自觀察下劣種姓諸衆生界亦常教他如是觀察下劣種姓諸衆生界如是菩薩恒自觀察失大乘信諸衆生界亦常教他如是觀察失大乘信諸衆生界如是菩薩恒自觀察失於持戒諸衆生界亦常教他如是觀察失於持戒諸衆生界如是菩薩恒自觀察失順入法諸衆生界亦常教他如是觀察失順入法諸衆生界如是菩薩恒自觀察失忍樂行諸衆生界亦常教他如是觀察失忍樂行諸衆生界如是菩薩恒自觀察失奢摩他毗婆舍那諸衆生界亦常教他如是觀察失奢摩他毗婆舍那諸衆生界如是菩薩恒自觀察失施調御持戒樂行諸衆生界亦常教他如是觀察失施調御持戒樂行諸衆生界如是菩薩恒自觀察失念意行知足慚愧諸衆生界亦常教他如是觀察失念意行知足慚愧諸衆生界如是菩薩恒自觀察失次第入波羅蜜道諸衆生界亦常教他如是觀察失次第入波羅蜜道諸衆生界如是菩薩恒自觀察失佛善根諸衆生界亦常教他如是觀察失佛善根諸衆生界如是菩薩恒自觀察失善知識諸衆生界亦常教他如是觀察失善知識諸衆生界如是菩薩恒自觀察失於利益一切衆生諸衆生界亦常教他如是觀察失於利益一切衆生諸衆生界如是菩薩恒自觀察失法隨順諸衆生界亦常教他如是觀察失法隨順諸衆生界如是菩薩恒自觀察失智隨順諸衆生界亦常教

他如是觀察失智隨順諸衆生界如是菩薩恒自觀察失義隨順諸衆生界亦常教他如是觀察失義隨順諸衆生界如是菩薩恒自觀察失於了義修多羅義諸衆生界亦常教他如是觀察失於了義修多羅義諸衆生界如是菩薩恒自觀察失四正勤諸衆生界亦常教他如是觀察失四正勤諸衆生界如是菩薩恒自觀察失實法律語說善行諸衆生界亦常教他如是觀察失實法律語說善行諸衆生界如是菩薩恒自觀察貧衆生界亦常教他如是觀察貧衆生界如是菩薩恒自觀察一切世界慈心普徧亦常教他如是觀察一切世界慈心普徧有如是心彼諸衆生無主無歸彼諸衆生一切惔然彼諸衆生一切無舍彼諸衆生一切無救彼諸衆生一切無明我於何時能爲作主與作歸依與作舍宅與作救護與作燈明文殊師利譬如有大伽樓羅王少壯多力隨心憶念何所希望則能飛上須彌山頂爾乃下入大海之中取龍婦女舉在虛空如是如是文殊師利如來神通乘行菩薩有大福德善根勢力速疾奮迅隨何等處如來衆會隨心欲往則能疾到一切惡道惡業衆生所生之處皆悉能到能與作主作歸依處令離諸惡與作舍宅與作救護與作燈明文殊師利此是如來神通乘行菩薩應知文殊師利若善男子若善女人以天妙衣天百味食於日日中施與十方一切世界微塵等數諸佛如來一一如來日日如是復持珠寶滿於恒河沙等世界以用布施如是乃至恒河沙劫常如是施所有福德文

殊師利若復更有若善男子若善女人教一衆生令其得住須陀洹果此福勝彼過阿僧祇文殊師利若善男子若善女人能安十方一切世界微塵等數一切衆生悉令得住須陀洹果所有福德文殊師利若復更有若善男子若善女人教一衆生令其得住斯陀含果此福勝彼過阿僧祇文殊師利若善男子若善女人能安十方一切世界微塵等數一切衆生悉令得住斯陀含果所有福德文殊師利若復更有若善男子若善女人教一衆生令其得住阿那含果此福勝彼過阿僧祇文殊師利若善男子若善女人能安十方一切世界微塵等數一切衆生悉令得住阿那含果所有福德文殊師利若復更有若善男子若善女人教一衆生令其得住阿羅漢果此福勝彼過阿僧祇文殊師利若善男子若善女人能安十方一切世界微塵等數一切衆生悉令得住阿羅漢果所有福德文殊師利若復更有若善男子若善女人教一衆生令其得住辟支佛道此福勝彼過阿僧祇文殊師利若善男子若善女人能安十方一切世界微塵等數一切衆生悉令得住辟支佛道所有福德文殊師利若復更有若善男子若善女人令一衆生住羊乘行菩提之心此福勝彼過阿僧祇文殊師利若善男子若善女人能安十方一切世界微塵等數一切衆生住羊乘行菩提之心所有福德文殊師利若復更有若善男子若善女人令一衆生住象乘行菩提之心此福勝彼過阿僧祇文殊師利若善男子若善女人能安十方一切世

界微塵等數一切衆生住象乘行菩提之心所有福德文殊師利若復更有若善男子若善女人令一衆生住於月日神通乘行菩提之心此福勝彼過阿僧祇文殊師利若善男子若善女人能令十方一切世界微塵等數一切衆生悉住月日神通乘行菩提之心所有福德文殊師利若復更有若善男子若善女人令一衆生住於聲聞神通乘行菩提之心此福勝彼過阿僧祇文殊師利若善男子若善女人能安十方一切世界微塵等數一切衆生悉住聲聞神通乘行菩提之心所有福德文殊師利若復更有若善男子若善女人令一衆生得住如來神通乘行菩提之心此福勝彼過阿僧祇文殊師利若善男子若善女人能以天衣天百味食於日日中施與十方一切世界微塵等數一切衆生如是乃至恒河沙劫常如是施所有福德文殊師利若復更有若善男子若善女人唯以一食於一日中一時施與一優婆塞信入三歸受持五戒於佛法中清淨心者此福勝彼過阿僧祇文殊師利若善男子若善女人能以天衣天百味食於日日中施與十方一切世界微塵等數諸優婆塞信入三歸受持五戒於佛法中信清淨者如是乃至恒河沙劫常如是施所有福德文殊師利若復更有若善男子若善女人唯以一食於一日中一時施與八輩僧中最初一人此福勝彼過阿僧祇文殊師利若善男子若善女人能以天衣天百味食於日日中施與十方一切世界微塵等數八輩僧中初第一人如是乃至恒河沙劫常

如是施所有福德文殊師利若復更有若善男子若善女人唯以一食於一日中一時施與一須陀洹此福勝彼過阿僧祇文殊師利若善男子若善女人能以天衣天百味食於日日中施與十方一切世界微塵等數須陀洹人如是乃至恒河沙劫常如是施所有福德文殊師利若復更有若善男子若善女人唯以一食於一日中一時施與一斯陀含此福勝彼過阿僧祇文殊師利若善男子若善女人能以天衣天百味食於日日中施與十方一切世界微塵等數斯陀含人如是乃至恒河沙劫常如是施所有福德文殊師利若復更有若善男子若善女人唯以一食於一日中一時施與一阿那含此福勝彼過阿僧祇文殊師利若善男子若善女人能以天衣天百味食於日日中施與十方一切世界微塵等數阿那含人如是乃至恒河沙劫常如是施所有福德文殊師利若復更有若善男子若善女人唯以一食於一日中一時施與一阿羅漢此福勝彼過阿僧祇文殊師利若善男子若善女人能以天衣天百味食於日日中施與十方一切世界微塵等數阿羅漢人如是乃至恒河沙劫常如是施所有福德文殊師利若復更有若善男子若善女人唯以一食於一日中一時施與一辟支佛此福勝彼過阿僧祇文殊師利若善男子若善女人能以天衣天百味食於日日中施與十方一切世界微塵等數辟支佛人如是乃至恒河沙劫常如是施所有福德文殊師利若復更有若善男子若善女人唯以一食於一日

中一時施與一羊乘行菩薩衆生此福勝彼
過阿僧祇何以故文殊師利菩薩何時何所
攀緣發菩提心彼心生時乃至無有一不善
業而不捨離無一佛法而不生者文殊師利
菩薩如是不可思議功德成就文殊師利譬
如世間迦羅頻迦可喜鳥王在卵藏中㲉未
開時深響美音已勝一切群衆諸鳥如是如
是文殊師利菩薩初發菩提心者在無明㲉
雖業煩惱翳闇障礙蔽覆其眼而勝一切聲
聞緣覺已能攝取善根願行妙音聲說文殊
師利若善男子若善女人能以天衣天百味
食於日日中施與十方一切世界微塵等數
諸羊乘行菩薩衆生如是乃至恒河沙劫常
如是施所有福德文殊師利若復更有若善
男子若善女人唯以一食於一日中一時施
與一象乘行菩薩衆生此福勝彼過阿僧祇
文殊師利若善男子若善女人能以天衣天
百味食於日日中施與十方一切世界微塵
等數諸象乘行菩薩衆生如是乃至恒河沙
劫常如是施所有福德文殊師利若復更有
若善男子若善女人唯以一食於一日中一
時施一月日神通乘行菩薩此福勝彼過阿
僧祇文殊師利若善男子若善女人能以天
衣天百味食於日日中施與十方一切世界
微塵等數月日神通乘行菩薩如是乃至恒
河沙劫常如是施所有福德文殊師利若復
更有若善男子若善女人唯以一食於一日
中一時施一聲聞神通乘行菩薩此福德勝
彼過阿僧祇文殊師利若善男子若善女人
能以天衣天百味食於日日中施與十方一

切世界微塵等數聲聞神通乘行菩薩如是乃至恒河沙劫常如是施所有福德文殊師利若復更有若善男子若善女人唯以一食於一日中一時施一如來神通乘行菩薩此福勝彼過阿僧祇文殊師利若善男子若善女人能以天衣天百味食於日日中施與十方一切世界微塵等數如來神通乘行菩薩如是乃至恒河沙劫常如是施所有福德文殊師利若復更有若善男子若善女人聞此法門聞已生信此福勝彼過阿僧祇文殊師利若善男子若善女人能作十方一切世界微塵等寺一一寺中皆悉安置百萬三千大千世界微塵等數諸辟支佛令住其中以天閻浮那陀金寶瑱摩尼珠及眞珠寶作瓔珞形莊嚴房舍豎立寶幢懸繒旛蓋以自在王珠寶網簾周徧懸鈴龍堅栴檀處處塗治曼陀羅華摩訶曼陀羅華曼殊沙華摩訶曼殊沙華婆離師迦華多羅尼華蔔多羅尼華婆羅華善香華檀奴師迦離迦華天須摩那華優鉢羅華鉢頭摩華拘物頭華分陀離迦華散如是等種種妙華於日日中以天妙衣天百味食與辟支佛如是乃至恒河沙劫於一切時如是供養所有福德文殊師利若復更有若善男子若善女人若聞佛名一切智名若如來名世間主名若自稱說或見畫像或見乃至土木等像此福勝彼過阿僧祇何況復有合十爪掌此福尚多過阿僧祇何況復有若與燈明華香塗香乃至口說一切德者所有福德轉勝轉多於是次第受大富樂乃至終得到一切智文殊師利譬如一滴極微

細水墮大海中不盡不滅乃至劫盡大火燒時如是如是文殊師利若種極少如來善根不盡不滅乃至一切智智火生文殊師利譬如月輪勝一切星第一端嚴有多光明其體圓滿所謂高廣增上寬大如是如是文殊師利極細微少如來善根諸餘一切善根中勝有多光明其體圓滿所謂高廣增上寬大文殊師利如是如來應正徧知不可思議功德成就文殊師利若善男子若善女人能以天衣天百味食於日日中施與十方一切世界微塵等數一切諸佛一切菩薩一切聲聞如是乃至恒河沙劫常如是施所有福德文殊師利若復更有若善男子若善女人聞此法門聞已生信此福勝彼過阿僧祇何況復有若自書寫令他書寫此福轉勝過阿僧祇以此福德證佛智因是故爲勝文殊師利若有男子若有女人若奪若偷無量無數聲聞緣覺若衣若食所有罪聚文殊師利若復更有若是男子若是女人以瞋惡心若奪若偷信大乘人若一小食若一中食此罪多彼過阿僧祇何以故文殊師利一切過去未來現在聲聞緣覺於無量億阿僧祇劫修行布施持戒忍辱精進禪慧皆爲自斷已身煩惱菩薩不爾乃至微少捨一摶食施於畜生皆爲不斷三寶種子文殊師利若有男子若有女人瞋心破壞無量無數聲聞緣覺所有戒聚定聚慧聚及解脱聚破其解脱知見之聚如是破壞乃經劫數所有罪聚文殊師利若復更有若是男子若是女人以瞋惡心破信大乘一菩薩戒若令他破乃至一戒此罪多彼過

阿僧祇何以故文殊師利所有一切聲聞緣覺布施持戒忍辱精進禪慧解脱解脱知見如是等聚皆爲自斷已身煩惱菩薩不爾乃至一日乃至一戒所有福聚皆爲斷除一切衆生墮惡道因一切惡業乃至爲證一切智智文殊師利若有男子若有女人繫縛十方一切世界一切衆生在牢獄中所有罪聚文殊師利若復更有若是男子若是女人於菩薩所起瞋惡心不用眼看捩身迴面此罪多彼過阿僧祇文殊師利若有男子若有女人挑出十方一切世界一切衆生所有眼目所有罪聚文殊師利若復更有若是男子若是女人以瞋惡心不看菩薩信大乘者此罪多彼過阿僧祇文殊師利若有十方一切世界一切衆生劫數眼闇文殊師利若善男子若善女人慈心憐彼一切衆生令其得眼乃經劫數所有福德文殊師利若復更有若善男子若善女人以清淨心看於菩薩信大乘者此福勝彼過阿僧祇文殊師利若善男子若善女人能使十方一切世界一切衆生闇獄繫縛令得出已復令得作轉輪聖王王國安樂復令得住帝釋王樂所有福德文殊師利若復更有若善男子若善女人以清淨心欲見菩薩信大乘者以清淨心讚彼菩薩此福勝彼過阿僧祇文殊師利若善男子若善女人能安十方一切世界一切衆生住緣覺道所有福德文殊師利若復更有若善男子若善女人令一菩薩信大乘者增長佛種至一善根此福勝彼過阿僧祇文殊師利若有菩薩信大乘者能安十方一切世界一切衆生

住菩提心所有福德文殊師利若復更有其餘菩薩信大乘者不求資生乃至誦一無餘伽陀此福勝彼過阿僧祇文殊師利若有男子若有女人能令十方一切世界微塵等數緣覺之人劫數墮於地獄畜生所有罪聚文殊師利若復更有若是男子若是女人斷一菩薩發菩提心菩提心斷此罪多彼過阿僧祇文殊師利若有男子若有女人能斷十方一切世界微塵等數一切衆生發菩提心菩提心斷所有罪聚文殊師利若復更有若是男子若是女人斷一衆生信於大乘不作菩薩大乘行斷此罪多彼過阿僧祇文殊師利若有十方一切世界一切衆生生於地獄畜生餓鬼閻魔羅處文殊師利若有菩薩能令如是一切衆生出於地獄畜生餓鬼閻魔羅處住菩提心所有福德文殊師利若復更有其餘菩薩令一衆生信於大乘入於大乘此福勝彼過阿僧祇文殊師利若有男子若有女人能令十方一切世界微塵等數緣覺退還所有罪聚文殊師利若復更有若是男子若是女人令信大乘一菩薩退此罪多彼過阿僧祇文殊師利若有男子若有女人若於十方一切世界微塵等數諸辟支佛供養財利生嫉妬心斷其供養財利因緣四方四維惡說毀呰彼辟支佛而不讚說所有罪聚文殊師利若復更有若是男子若是女人於一菩薩信大乘者供養財利生嫉妬心斷其供養財利因緣而不讚說此罪多彼過阿僧祇文殊師利若善男子若善女人爲攝正法乃至微少一小瓶水淨心施與信大乘者至一

菩薩所得善根業因果報得阿僧祇轉輪聖王國土富樂何況施與精勤讀誦大乘經典菩薩之人此福勝彼過阿僧祇爾時世尊說此經已文殊師利法王之子彼諸菩薩諸大聲聞諸天及人并阿修羅乾闥婆等聞世尊說歡喜奉行

不必定入定入印經

音釋

耆闍崛 梵語也此云靈鷲耆渠伊切闍時遮切崛渠勿切 懱 莫結切輕傷也 惔 杜覽切安也 奮迅 奮方問切迅息晉切 葋 其俱切 摶 徒官切圜也 捩 練結切猶轉也 呰 將几切口毀也

無量義經

蕭齊天竺沙門曇摩伽陀耶舍譯

清刻龍藏佛說法變相圖

無量義經序

蕭齊荊州隱士劉虯作

無量義經者取其無相一法廣生衆教含義不貲故曰無量夫三界羣生隨業而轉一極正覺任機而通流轉起滅者必在苦而希樂此叩聖之感也順通示現者亦施悲而用慈即救世之應也根異教殊其階成七先爲波利等說五戒所謂人天善根一也次爲拘鄰等轉四諦所謂授聲聞乘二也次爲中根演十二因緣所謂授緣覺乘三也次爲上根舉六波羅蜜所謂授以大乘四也衆教宣融羣疑須導次說無量義經既稱得道差品復云未顯眞實使發求實之冥機用開一極之由緒五也故法華接唱顯一除三順彼求實之心去此施權之名六也雖權開而實現猶掩

常住之正義在雙樹而臨崖乃暢我淨之玄音七也過此以往法門雖多撮其大歸數盡於此亦由衆聲不出五音之表百氏並在六家之内其無量義經雖法華首戴其目而中夏未覩其說每臨講肆未嘗不廢談而歎想見斯文忽有武當山比丘慧表生自羌胄僞帝姚略從子國破之日爲晉軍何澹之所得數歲聰黠澹之字曰螟蛉養爲假子俄放出家便勤苦求道南北遊尋不擇夷險以齊建元三年復訪奇搜祕遠至嶺南於廣州朝廷寺遇中天竺沙門曇摩伽陀耶舍手能隸書口解齊言欲傳此經未知所授表便慇懃致請心形俱至淹歷旬朔僅得一本仍還嶠北齋入武當以今永明三年九月十八日頂戴出山見校弘通奉覩真文欣敬兼誠詠歌不足手舞莫宣輙虔訪宿解抽刷庸思謹立序注云

自極教應世與俗而差神道救物稱感成異玄圃已東號曰太一罽賓以西字爲正學東國明殃慶於百年西域辯休咎於三世希無之與修空其揆一也有欲於無者既無得無之分施心於空者豈有入空之照而講求釋教者或謂會理可漸或謂入空必頓請試言之以筌幽寄立漸者以萬事之成莫不有漸堅冰基於履霜九仞成於累土學人之入空也雖未圓符譬如斬木去寸無寸去尺無尺三空稍登寧非漸耶立頓者以希善之功莫過觀法性法性從緣非有非無忘慮於非有非無理照斯一者乃曰解空存心於非有非無境智猶二者未免於有有中伏結非無日

損之驗空上論心未有入理之効而言納羅漢於一聽判無生於終朝是接誘之言非稱實之説妙得非漸理固必然既二談分路兩意爭途一去一取莫之或正尋得旨之匠起自支安支公之論無生以七住爲道慧陰足十住則羣方與能在迹斯異語照則一安公之辯異觀三乘者始簣之日稱定慧者終成之實録此謂始求可隨根而三入解則其慧不二譬喻亦云大難既夷乃無有三險路既息其化即亡此則名一爲三非有三悟明矣生公云道品可以泥洹非羅漢之名六度可以至佛非樹王之謂斬木之喻木存故尺寸可漸無生之證生盡故其照必頓案三乘名教皆以生盡照息去有入空以此爲道不得取像於形器也今無量義亦以無相爲本若所證實異豈曰無相若入照必同寧曰有漸非漸而云漸容筌之虚教耳如來亦云空拳誑小兒以此度衆生微文接麤漸説或允忘象得意頓義爲長聊舉大較談者擇焉

無量義經

蕭齊天竺沙門曇摩伽陀耶舍譯

德行品第一

如是我聞一時佛住王舍城耆闍崛山中與大比丘衆萬二千人俱菩薩摩訶薩八萬人天龍夜叉乾闥婆阿修羅迦樓羅緊那羅摩睺羅伽諸比丘比丘尼及優婆塞優婆夷俱大轉輪王小轉輪王金輪銀輪諸輪之王國王王子國臣國民國士國女國大長者各與眷屬百千萬數而自圍繞來詣佛所頭面禮足繞百千帀燒香散華種種供養供養佛已退一面坐其菩薩名曰文殊師利法王子大威德藏法王子無憂藏法王子大辯藏法王子彌勒菩薩導首菩薩藥王菩薩藥上菩薩華幢菩薩華光菩薩陀羅尼自在王菩薩觀世音菩薩大勢至菩薩常精進菩薩寶印手菩薩寶積菩薩寶杖菩薩越三界菩薩毗摩颰羅菩薩香象菩薩大香象菩薩師子吼王菩薩師子遊戲世菩薩師子奮迅菩薩師子精進菩薩勇鋭力菩薩師子威猛伏菩薩莊嚴菩薩大莊嚴菩薩如是等菩薩摩訶薩八萬人俱是諸菩薩莫不皆是法身大士戒定慧解脱解脱知見之所成就其心禪寂常在三昧恬安憺怕無爲無欲顛倒亂想不復得入靜寂清澄志玄虚寞守志不動億百千劫無量法門悉現在前得大智慧通達諸法曉了分别性相真實有無長短明現顯白又善能知諸根性欲以陀羅尼無閡辯才諸佛轉法輪隨順能轉微渧先墮以淹欲塵開涅槃門扇解脱風除世惱熱致法清涼次降甚深

十二因緣用灑無明老病死等猛盛熾然苦聚日光爾乃洪注無上大乘潤漬衆生諸有善根布善種子遍功德田普令一切發菩提萌智慧日月方便時節扶踈增長大乘事業令衆疾成阿耨多羅三藐三菩提常住快樂微妙真實無量大悲救苦衆生是諸衆生真善知識是諸衆生大良福田是諸衆生不請之師是諸衆生安隱樂處救處護處大依止處處處爲衆作大良導導師大導師能爲生盲而作眼目聾劓瘂者作耳鼻舌諸根毀缺能令具足顛狂荒亂作大正念船師大船師運載羣生度生死河置涅槃岸醫王大醫王分別病相曉了藥性隨病授藥令衆樂服調御大調御無諸放逸行猶如象馬師能調無不調師子勇猛威伏衆獸難可沮壞遊戲菩薩諸波羅蜜於如來地堅固不動安住願力廣淨佛國不久得成阿耨多羅三藐三菩提是諸菩薩摩訶薩皆有如斯不思議德其比丘名曰大智舍利弗神通目揵連慧命須菩提摩訶迦旃延彌多羅尼子富樓那阿若憍陳如等天眼阿那律持律優波離侍者阿難佛子羅雲優波難陀離婆多劫賓那薄拘羅阿周陀莎伽陀頭陀大迦葉優樓頻螺迦葉伽耶迦葉那提迦葉等如是比丘萬二千人皆阿羅漢盡諸結漏無復縛著真正解脫爾時大莊嚴菩薩摩訶薩遍觀衆坐各定意已與衆中八萬菩薩摩訶薩俱從座而起來詣佛所頭面禮足繞百千帀燒散天華天香天衣天瓔珞天無價寶從上空中旋轉來下四面雲集而獻於佛天廚天鉢器天百味充滿

盈溢見色聞香自然飽足天幢天旛天軒蓋
天妙樂具處處安置作天妓樂娛樂於佛即
前胡跪合掌一心俱共同聲說偈讚言
大哉大悟大聖主　無垢無染無所著
天人象馬調御師　道風德香熏一切
智恬情泊慮凝靜　意滅識亡心亦寂
永斷夢妄思想念　無復諸大陰界入
其身非有亦非無　非因非縁非自他
非方非圓非短長　非出非沒非生滅
非造非起非爲作　非坐非臥非行住
非動非轉非閑靜　非進非退非安危
非是非非非得失　非彼非此非去來
非青非黃非赤白　非紅非紫種種色
戒定慧解知見生　三明六通道品發
慈悲十力無畏起　衆生善業因縁出
示爲丈六紫金輝　方整照耀甚明徹
毫相月旋項日光　旋髮紺青頂肉髻
淨眼明鏡上下眴　眉睫紺舒方口頰
脣舌赤好若丹果　白齒四十猶珂雪
額廣鼻脩面門開　胷表萬字師子臆
手足柔軟具千輻　腋掌合縵內外握
臂脩肘長指直纖　皮膚細軟毛右旋
踝膝不現陰馬藏　細筋鎖骨鹿膞腸
表裏映徹淨無垢　淨水莫染不受塵
如是等相三十二　八十種好似可見
而實無相非相色　一切有相眼對絕
無相之相有相身　衆生身相相亦然
能令衆生歡喜禮　投心表敬誠慇懃
因是自高我慢除　成就如是妙色軀
我等八萬之等衆　俱共稽首咸歸命

善滅思想心意識　象馬調御無著聖
稽首歸依法色身　戒定慧解知見聚
稽首歸依妙種相　稽首歸依難思議
梵音雷震響八種　微妙清淨甚深遠
四諦六度十二緣　隨順衆生心業轉
有聞莫不心意開　無量生死衆結斷
有聞或得須陀洹　斯陀阿那阿羅漢
無漏無爲緣覺處　無生無滅菩薩地
或得無量陀羅尼　無礙樂說大辯才
演說甚深微妙偈　遊戲澡浴法清渠
或躍飛騰現神足　出沒水火身自由
如是法輪相如是　清淨無邊難思議
我等咸復共稽首　歸依法輪轉以時
稽首歸依梵音聲　稽首歸依緣諦度
世尊往昔無量劫　勤苦修習衆德行
爲我人天龍神王　普及一切諸衆生
能捨一切諸難捨　財寶妻子及國城
於法內外無所悋　頭目髓腦悉施人
奉持諸佛清淨戒　乃至失命不毀傷
若人刀杖來加害　惡口罵辱終不瞋
歷劫挫身不倦惰　晝夜攝心常在禪
遍學一切衆道法　智慧深入衆生根
是故今得自在力　於法自在爲法王
我復咸共俱稽首　歸依能勤諸難勤

說法品第二

爾時大莊嚴菩薩摩訶薩與八萬菩薩摩訶薩說是偈讚佛已俱白佛言世尊我等八萬菩薩之衆今者欲於如來法中有所諮問不審世尊垂愍聽不佛告大莊嚴菩薩及八萬菩薩言善哉善哉善男子善知是時恣汝所

問如來不久當般涅槃涅槃之後普令一切無復餘疑欲何所問便可說也於是大莊嚴菩薩與八萬菩薩即共同聲白佛言世尊菩薩摩訶薩欲得疾成阿耨多羅三藐三菩提應當修行何等法門何等法門能令菩薩摩訶薩疾成阿耨多羅三藐三菩提佛告大莊嚴菩薩及八萬菩薩言善男子有一法門能令菩薩疾得阿耨多羅三藐三菩提若有菩薩學是法門者則能疾得阿耨多羅三藐三菩提世尊是法門者號字何等其義云何菩薩云何修行佛言善男子是一法門名爲無量義菩薩欲得修學無量義者應當觀察一切諸法自本來今性相空寂無大無小無生無滅非住非動不進不退猶如虛空無有二法而諸衆生虛妄橫計是此是彼是得是失起不善念造衆惡業輪迴六趣備受苦毒無量億劫不能自出菩薩摩訶薩如是諦觀生憐愍心發大慈悲將欲救拔又復深入一切諸法法相如是生如是法法相如是住如是法法相如是異如是法法相如是滅如是法法相如是能生惡法法相如是能生善法住異滅者亦復如是菩薩如是觀察四相始末悉遍知已次復諦觀一切諸法念念不住新新生滅復觀即時生住異滅如是觀已而入衆生諸根性欲性欲無量故說法無量說法無量故義亦無量無量義者從一法生其一法者即無相也如是無相無相不相不相無相名爲實相菩薩摩訶薩安住如是真實相已所發慈悲明諦不虛於衆生所真能拔苦苦既拔已復爲說法令諸衆生受於快樂善

男子菩薩摩訶薩若能如是修一法門無量義者必得疾成阿耨多羅三藐三菩提善男子如是甚深無上大乘無量義經文理真正尊無過上三世諸佛所共守護無有衆魔羣道得入不爲一切邪見生死之所壞敗是故善男子菩薩摩訶薩若欲疾成無上菩提應當修學如是甚深無上大乘無量義經爾時大莊嚴菩薩復白佛言世尊世尊說法不可思議衆生根性亦不可思議法門解脫亦不可思議我等於佛所說諸法無復疑難而諸衆生生迷惑心故重諮問世尊自從如來得道已來四十餘年常爲衆生演說諸法四相之義苦義空義無常無我無大無小無生無滅一相無相法性法相本來空寂不來不去不出不沒若有聞者或得煖法頂法忍法世第一法須陀洹果斯陀含果阿那含果阿羅漢果辟支佛道發菩提心登第一地第二第三至第十地往日所說諸法之義與今所說有何等異而言甚深無上大乘無量義經菩薩修行必得疾成無上菩提是事云何唯願世尊慈哀一切廣爲衆生而分別之普令現在及未來世有聞法者無餘疑網於是佛告大莊嚴菩薩善哉善哉大善男子能問如來如是甚深無上大乘微妙之義當知汝能多所利益安樂人天拔苦衆生真大慈悲信實不虛以是因緣必得疾成無上菩提亦令一切今世來世諸有衆生得成無上菩提善男子自我道場菩提樹下端坐六年得成阿耨多羅三藐三菩提以佛眼觀一切諸法不可宣說所以者何諸衆生等性欲不同性欲不

同種種說法以方便力四十餘年未顯眞實是故衆生得道差別不得疾成無上菩提善男子法譬如水能洗垢穢若井若池若江若河溪渠大海皆悉能洗諸有垢穢其法水者亦復如是能洗衆生諸煩惱垢善男子水性是一江河井池溪渠大海各各別異其法性者亦復如是洗除塵勞等無差別三法四果二道不一善男子水雖俱洗而井非池池非江河溪渠非海如來世雄於法自在所說諸法亦復如是初中後說皆能洗除衆生煩惱而初非中而中非後初中後說文詞雖一而義各異善男子我起樹王詣波羅柰鹿野園中爲阿若拘鄰等五人轉四諦法輪時亦說諸法本來空寂代謝不住念念生滅中間於此及以處處爲諸比丘并衆菩薩辯演宣說十二因緣六波羅蜜亦說諸法本來空寂代謝不住念念生滅今復於此演說大乘無量義經亦說諸法本來空寂代謝不住念念生滅善男子是故初說中說今說文詞是一而義別異義異故衆生解異解異故得法得果得道亦異善男子初說四諦爲求聲聞人而八億諸天來下聽法發菩提心中於處處演說甚深十二因緣爲求辟支佛人而無量衆生發菩提心或住聲聞次說方等十二部經摩訶般若華嚴海空宣說菩薩歷劫修行而百千比丘萬億人天無量衆生得須陀洹斯陀含阿那含阿羅漢果住辟支佛因緣法中善男子以是義故故知說同而義別異義異故衆生解異解異故得法得果得道亦異是故善男子自我得道初起說法至于今日演

說大乘無量義經未曾不說苦空無常無我非真非假非大非小本來不生今亦不滅一相無相法相法性不來不去而衆生四相所遷善男子以是義故諸佛無有二言能以一音普應衆聲能以一身示百千萬億那由他無量無數恒河沙身一一身中又示若干百千萬億那由他阿僧祇恒河沙種種類形一一形中又示若干百千萬億那由他阿僧祇恒河沙形善男子是則諸佛不可思議甚深境界非二乘所知亦非十住菩薩所及唯佛與佛乃能究了善男子是故我說微妙甚深無上大乘無量義經文理真正尊無過上三世諸佛所共守護無有衆魔外道得入不爲一切邪見生死之所壞敗菩薩摩訶薩若欲疾成無上菩提應當修學如是甚深無上大乘無量義經佛說是已於是三千大千世界六種震動自然空中雨種種華天優鉢羅華鉢曇摩華拘物頭華分陀利華又雨無數種種天香天衣天瓔珞天無價寶於上空中旋轉來下供養於佛及諸菩薩聲聞大衆天廚天鉢器天百味充滿盈溢天幢天旛天軒蓋天妙樂具處處安置作天妓樂歌歎於佛又復六種震動東方恒河沙等諸佛世界亦雨天華天香天衣天瓔珞天無價寶天廚天鉢器天百味天幢天旛天軒蓋天妙樂具作天妓樂歌歎彼佛及彼菩薩聲聞大衆南西北方四維上下亦復如是於是衆中三萬二千菩薩摩訶薩得無量義三昧二萬四千菩薩摩訶薩得無量無數陀羅尼門能轉一切三世諸佛不退法輪其諸比丘比丘尼優婆塞

優婆夷天龍夜叉乾闥婆阿修羅迦樓羅緊那羅摩睺羅伽大轉輪王小轉輪王銀輪鐵輪諸輪之王國王王子國臣國民國士國女國大長者及諸眷屬百千衆俱聞佛所說如是經時或得煖法頂法忍法世間第一法須陀洹果斯陀含果阿那含果阿羅漢果辟支佛果又得菩薩無生法忍又得一陀羅尼又得二陀羅尼又得三陀羅尼又得四陀羅尼五六七八九十陀羅尼又得百千萬億陀羅尼又得無量無數恒河沙阿僧祇陀羅尼皆能隨順轉不退轉法輪無量衆生發阿耨多羅三藐三菩提心

十功德品第三

爾時大莊嚴菩薩摩訶薩復白佛言世尊世尊說是微妙甚深無上大乘無量義經眞實甚深甚深甚深所以者何於此衆中諸菩薩摩訶薩及諸四衆天龍鬼神國王臣民諸有衆生聞是甚深無上大乘無量義經無不獲得陀羅尼門三法四果菩提之心當知此法文理眞正尊無過上三世諸佛之所守護無有衆魔羣道得入不爲一切邪見生死之所壞敗所以者何一聞能持一切法故若有衆生能聞是經則爲大利所以者何若能修行必得疾成無上菩提其有衆生不得聞者當知是等爲失大利過無量無邊不可思議阿僧祇劫終不得成無上菩提所以者何不知菩提大道直故行於險徑多留難故世尊是經典者不可思議唯願世尊廣爲大衆慈哀敷演是經甚深不思議事世尊是經典者從何所來去何所至住何所住乃有如是無量

功德不思議力令衆疾成阿耨多羅三藐三菩提爾時世尊告大莊嚴菩薩言善哉善哉善男子如是如是如汝所言善男子我說是經甚深甚深真實甚深所以者何令衆疾成無上菩提故一聞能持一切法故於諸衆生大利益故行大直道無留難故善男子汝問是經從何所來去至何所住何住者當善諦聽善男子是經本從諸佛室宅中來去至一切衆生發菩提心住諸菩薩所住之處善男子是經如是來如是去如是住是故此經能有如是無量功德不思議力令衆疾成無上菩提善男子汝寧欲聞是經復有十不思議功德力不大莊嚴菩薩言願樂欲聞佛言善男子第一是經能令菩薩未發心者發菩提心無慈仁者起慈仁心好殺戮者起大悲心生嫉妬者起隨喜心有愛著者起能捨心諸慳貪者起布施心多憍慢者起持戒心瞋恚盛者起忍辱心生懈怠者起精進心諸散亂者起禪定心於愚癡者起智慧心未能度彼者起度彼心行十惡者起十善心樂有爲者志無爲心有退心者作不退心爲有漏者起無漏心多煩惱者起除滅心善男子是名是經第一功德不思議力善男子第二是經不可思議功德力者若有衆生得是經者若一轉若一偈乃至一句則能通達百千億義無量數劫不能演說所受持法所以者何以是法義無量故善男子是經譬如從一種子生百千萬百千萬中一一復生百千萬數如是展轉乃至無量是經典者亦復如是從一法生百千義百千義中一一復生百千萬數如

是展轉乃至無量無邊之義是故此經名無量義善男子是名是經第二功德不思議力善男子第三是經不可思議功德力者若有衆生得聞是經若一轉若一偈乃至一句通達百千萬億義已雖有煩惱如無煩惱出生入死無怖畏想於諸衆生生憐愍想於一切法得勇健想如壯力士能擔能持諸有重者是持經人亦復如是能荷無上菩提重任擔負衆生出生死道未能自度已能度他猶如船師身嬰重病四體不御安止此岸有好堅牢舟船常辦諸度彼者之具給與而去是持經者亦復如是雖嬰五道諸有之身百八重病常恒相纏安止無明老死此岸而有堅牢此大乘經無量義辯能度衆生衆生如說行者得度生死善男子是名是經第三功德不思議力善男子第四是經不可思議功德力者若有衆生得聞是經若一轉若一偈乃至一句得勇健想雖未自度而能度他與諸菩薩以爲眷屬諸佛如來常向是人而演說法是人聞已悉能受持隨順不逆轉復爲人隨宜廣說善男子是人譬如國王夫人新生王子若一日若二日若至七日若一月若二月若至七月若一歲若二歲若至七歲雖復不能領理國事已爲臣民之所宗敬諸大王子以爲伴侶王及夫人愛心偏重常與共語所以者何以稚小故善男子是持經者亦復如是諸佛國王是經夫人和合共生是菩薩子若是菩薩得聞是經若一句若一偈若一轉若二轉若十若百若千若萬若億萬恒河沙無量無數轉雖復不能體真理極雖復不能

震動三千大千國土雷震梵音轉大法輪已爲一切四衆八部之所宗仰諸大菩薩以爲眷屬深入諸佛祕密之法所可演說無違無失常爲諸佛之所護念慈愛徧覆以新學故善男子是名是經第四功德不思議力善男子第五是經不可思議功德力者若善男子善女人若佛在世若滅度後其有受持讀誦書寫如是甚深無上大乘無量義經是人雖復具縛煩惱未能遠離諸凡夫事而能示現大菩提道延於一日以爲百劫百劫亦能促爲一日令彼衆生歡喜信伏善男子是善男子善女人譬如龍子始生七日即能興雲亦能降雨善男子是名是經第五功德不思議力善男子第六是經不可思議功德力者若善男子善女人若佛在世若滅度後受持讀誦是經典者雖具煩惱而爲衆生說法令遠離煩惱生死斷一切苦衆生聞已修行得法得果得道與佛如來等無差別譬如王子雖復稚小若王巡遊及以疾病委是王子領理國事王子是時依大王命如法教令羣僚百官宣流正化國土人民各隨其安如大王治等無有異持經善男子善女人亦復如是若佛在世若滅度後是善男子雖未得住初不動地依佛如是所用說教而敷演之衆生聞已一心修行斷除煩惱得法得果乃至得道善男子是名是經第六功德不思議力善男子第七是經不可思議功德力者若善男子善女人若佛在世若滅度後得聞是經歡喜信樂生希有心受持讀誦書寫解說如法修行發菩提心起諸善根興大悲意欲度一切

苦惱衆生未得修行六波羅蜜六波羅蜜自然在前即於是身得無生法忍生死煩惱一時斷壞昇於菩薩第七之地譬如健人爲王除怨怨既滅已王大歡喜賞賜半國之封悉以與之持經男子女人亦復如是於諸行人最爲勇健六度法寶不求自至生死怨敵自然散壞證無生忍半佛國寶封賞安樂善男子是名是經第七功德不思議力善男子第八是經不可思議功德力者若善男子善女人若佛在世若滅度後有人能得是經典者敬信如視佛身令等無異愛樂是經受持讀誦書寫頂戴如法奉行堅固戒忍兼行檀度深發慈悲以此無上大乘無量義經廣爲人說若人先來都不信有罪福者以是經示之設種種方便強化令信以經威力故令其人心欻然得迴信心既發勇猛精進故能得是經威德勢力得道得果是故善男子善女人以蒙化功故男子女人即於是身得無生法忍得至上地與諸菩薩以爲眷屬速能成就衆生淨佛國土不久得成無上菩提善男子是名是經第八功德不思議力善男子第九是經不可思議功德力者若善男子善女人若佛在世若滅度後有得是經歡喜踊躍得未曾有受持讀誦書寫供養爲人分別解說是經義者即得宿業餘罪重障一時滅盡便得清淨逮得大辯次第莊嚴諸波羅蜜獲諸三昧首楞嚴三昧入大總持門得勤精進力速得越上地善能分身散體遍十方國土拔濟一切二十五有極苦衆生悉令解脫是故是經有如此力善男子是名是經第九功德

不思議力善男子第十是經不可思議功德力者若善男子善女人若佛在世若滅度後若得是經發大歡喜生希有心既自受持讀誦書寫供養如說修行復能廣勸在家出家人受持讀誦書寫供養解說如法修行既令餘人修行是經力故得道得果皆由是善男子善女人慈心勸化力故是善男子善女人即於是身便逮無量諸陀羅尼門於凡夫地自然初時能發無數阿僧祇弘誓大願深能發救一切衆生成就大悲廣能拔苦厚集善根饒益一切而演法澤洪潤枯涸以此法藥施諸衆生安樂一切漸見超登位法雲地恩澤普潤慈被無外攝苦衆生令入道迹是故此人不久得成阿耨多羅三藐三菩提善男子是名是經第十功德不思議力善男子如是無上大乘無量義經極有大威神之力尊無過上能令諸凡夫皆成聖果永離生死皆得自在是故是經名無量義也能令一切衆生於凡夫地生起諸菩薩無量道芽令功德樹鬱茂扶踈增長是故此經號不可思議功德力也於時大莊嚴菩薩摩訶薩及八萬菩薩摩訶薩同聲白佛言世尊如佛所說甚深微妙無上大乘無量義經文理真正尊無過上三世諸佛所共守護無有衆魔羣道得入不爲一切邪見生死之所壞敗是故此經乃有如是十功德不思議力也大饒益無量一切衆生令一切諸菩薩摩訶薩各得無量義三昧或得百千陀羅尼門或得菩薩諸地諸忍或得緣覺阿羅漢四道果證世尊慈愍快爲我等說如是法令我大獲法利甚爲奇特

未曾有也世尊慈恩實難可報作是語已爾時三千大千世界六種震動於上空中復雨種種天優鉢羅華鉢曇摩華拘物頭華分陀利華又雨無數種種天香天衣天瓔珞天無價寶於上空中旋轉來下供養於佛及諸菩薩聲聞大衆天廚天鉢器天百味充滿盈溢見色聞香自然飽足天幢天旛天軒蓋天妙樂具處處安置作天妓樂歌歎於佛又復六種震動東方恒河沙等諸佛世界亦雨天華天香天衣天瓔珞天無價寶天廚天鉢器天百味見色聞香自然滿足天幢天旛天軒蓋天妙樂具作天妓樂歌歎彼佛及彼菩薩聲聞大衆南西北方四維上下亦復如是爾時佛告大莊嚴菩薩摩訶薩及八萬菩薩摩訶薩言汝等當於此經應深起敬心如法修行廣化一切勤心流布常當慇懃晝夜守護令諸衆生各獲法利汝等真是大慈大悲以立神通願力愛護是經勿使凝滯於當來世必令廣行閻浮提令一切衆生得見聞讀誦書寫供養以是之故亦疾令汝等速得阿耨多羅三藐三菩提是時大莊嚴菩薩摩訶薩與八萬菩薩摩訶薩即從座起來詣佛所頭面禮足繞百千帀即前胡跪同聲白佛言世尊我等快蒙世尊慈愍爲我等說是甚深微妙無上大乘無量義經敬受佛敕於如來滅後當廣令流布是經典者普令一切受持讀誦書寫供養唯願世尊勿垂憂慮我等當以願力普令一切得是經典威神之福爾時佛讚言善哉善哉諸善男子汝等今者真是佛子大慈大悲深能拔苦救厄者矣一切衆生之

良福田廣爲一切作大良導一切衆生大依止處一切衆生之大施主常以法利廣施一切爾時大會皆大歡喜爲佛作禮受持而去

無量義經

音釋

颰 蒲撥切　漬 疾二切浸也　劓 魚記切刑鼻也　啞 烏下切瘖不能言也　眴 舒閏切目動貌　睫 即葉切目旁毛也　頰 古協切面旁也　踝 胡瓦切足骨也　腨 市兖切腓腸也

妙法蓮華經

姚秦三藏法師鳩摩羅什奉 詔譯

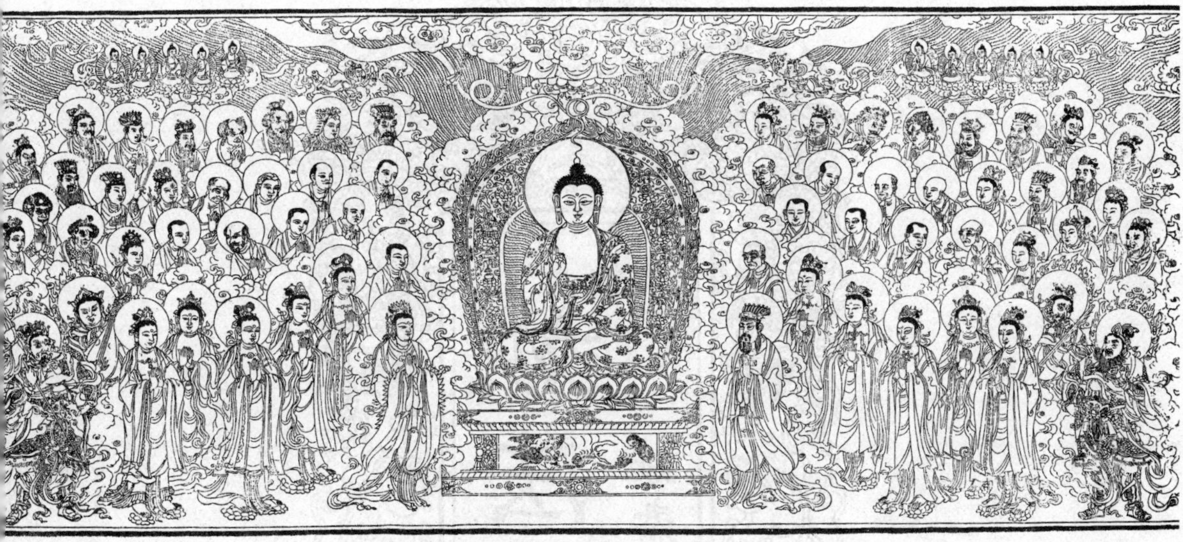

清刻龍藏佛說法變相圖

御製大乘妙法蓮華經序

昔如來於耆闍崛山中與大阿羅漢阿若憍陳如摩訶迦葉無量等衆演說大乘真經名無量義是時天雨寶華布濩充滿慧光現瑞洞燭幽顯普佛世界六種震動一切人大得未曾有咸皆歡喜讚歎以爲是經乃諸佛如來祕密之藏神妙叵測廣大難名所以拔滯溺之沉流拯昏迷之失性功德弘遠莫可涯涘泝求其源肇彼竺乾流於震旦爰自西晉沙門竺法護者初加翻譯名曰正法華暨東晉龜茲三藏法師鳩摩羅什重翻名曰妙法蓮華至隋天竺沙門闍那笈多所翻者亦名妙法雖三經文理重沓互陳而惟三藏法師獨得其旨第歷世既遠不無訛謬匪資刊正漸致多疑用是特加讎校仍命鏤梓以廣其

傳嗚呼如來愍諸衆生有種種性種種欲種種行種種憶想分别歷劫纏繞無有出期乃爲此大事因縁現世敷暢妙旨作殊勝方便俾皆得度脱超登正覺此誠濟海之津梁而燭幽之慧炬也善男子善女人一切衆生能秉心至誠持誦佩服頂禮供養即離一切苦惱除一切業障解一切生死之厄不啻如飢之得食如渴之得飲如寒之得火如熱之得涼如貧之得寶如病之得醫如子之得母如渡之得舟其爲快適欣慰有不可言噫道非經無以寓法非經無以傳縁經以求法縁法以悟道方識是經之旨清淨微妙第一希有遵之者則身臻康泰諸種善根圓滿具足如蓮華出水不染淤泥即得五藴皆空六根清淨遄躋上善以成於正覺者不難矣苟或沉迷膠固甘心墮落絶滅善根則身罹苦趣輪回於生死之域者其有紀極哉雖然善惡兩途由人所趨爲善獲吉爲惡獲凶幽明果報不爽錙銖觀於是經者尚戒之哉尚勉之哉

永樂十八年四月十七日

妙法蓮華經弘傳序

唐終南山釋道宣述

妙法蓮華經者統諸佛降靈之本致也蘊結大夏出彼千齡東傳震旦三百餘載西晉惠帝永康年中長安青門燉煌菩薩竺法護者初翻此經名正法華東晉安帝隆安年中後秦弘始龜茲沙門鳩摩羅什次翻此經名妙法蓮華隋氏仁壽大興善寺北天竺沙門闍那笈多後所翻者同名妙法三經重沓文旨互陳時所宗尚皆弘秦本自餘支品別偈不無其流具如序曆故所非述夫以靈嶽降靈非大聖無由開化適化所及非昔緣無以導心所以仙苑告成機分小大之别金河顧命道殊半滿之科豈非教被乘時無足覈其高會是知五千退席爲進增慢之儔五百授記俱崇密化之跡所以放光現瑞開發請之教源出定揚德暢佛慧之宏略朽宅通入大之文軌化城引昔緣之不墜繫珠明理性之常在鑿井顯示悟之多方詞義宛然喻陳惟遠自非大哀曠濟拔滯溺之沈流一極悲心拯昏迷之失性自漢至唐六百餘載緫歷羣籍四千餘軸受持盛者無出此經將非機教相扣並智勝之遺塵聞而深敬俱威王之餘勣輙於經首序而綜之庶得早淨六根仰慈尊之嘉會速成四德趣樂土之玄猷弘賛莫窮永貽諸後云爾

妙法蓮華經卷第一

姚秦三藏法師鳩摩羅什奉　詔譯

序品第一

如是我聞一時佛住王舍城耆闍崛山中與大比丘衆萬二千人俱皆是阿羅漢諸漏已盡無復煩惱逮得己利盡諸有結心得自在其名曰阿若憍陳如摩訶迦葉優樓頻螺迦葉伽耶迦葉那提迦葉舍利弗大目揵連摩訶迦旃延阿㝹樓馱劫賓那憍梵波提離婆多畢陵伽婆蹉薄拘羅摩訶拘絺羅難陀孫陀羅難陀富樓那彌多羅尼子須菩提阿難羅睺羅如是衆所知識大阿羅漢等復有學無學二千人摩訶波闍波提比丘尼與眷屬六千人俱羅睺羅母耶輸陀羅比丘尼亦與眷屬俱菩薩摩訶薩八萬人皆於阿耨多羅三藐三菩提不退轉皆得陀羅尼樂說辯才轉不退轉法輪供養無量百千諸佛於諸佛所植衆德本常爲諸佛之所稱歎以慈修身善入佛慧通達大智到於彼岸名稱普聞無量世界能度無數百千衆生其名曰文殊師利菩薩觀世音菩薩得大勢菩薩常精進菩薩不休息菩薩寶掌菩薩藥王菩薩勇施菩薩寶月菩薩月光菩薩滿月菩薩大力菩薩無量力菩薩越三界菩薩跋陀婆羅菩薩彌勒菩薩寶積菩薩導師菩薩如是等菩薩摩訶薩八萬人俱爾時釋提桓因與其眷屬二萬天子俱復有名月天子普香天子寶光天子四大天王與其眷屬萬天子俱自在天子大自在天子與其眷屬三萬天子俱娑婆世界主梵天王尸棄大梵光明大梵等與其眷

屬萬二千天子俱有八龍王難陀龍王䟦難陀龍王娑伽羅龍王和脩吉龍王德叉迦龍王阿那婆達多龍王摩那斯龍王優鉢羅龍王等各與若干百千眷屬俱有四緊那羅王法緊那羅王妙法緊那羅王大法緊那羅王持法緊那羅王各與若干百千眷屬俱有四乾闥婆王樂乾闥婆王樂音乾闥婆王美乾闥婆王美音乾闥婆王各與若干百千眷屬俱有四阿脩羅王婆稚阿脩羅王佉羅騫馱阿脩羅王毗摩質多羅阿脩羅王羅睺阿脩羅王各與若干百千眷屬俱有四迦樓羅王大威德迦樓羅王大身迦樓羅王大滿迦樓羅王如意迦樓羅王各與若干百千眷屬俱韋提希子阿闍世王與若干百千眷屬俱各禮佛足退坐一面爾時世尊四衆圍繞供養恭敬尊重讚歎爲諸菩薩說大乘經名無量義教菩薩法佛所護念佛說此經已結跏趺坐入於無量義處三昧身心不動是時天雨曼陀羅華摩訶曼陀羅華曼殊沙華摩訶曼殊沙華而散佛上及諸大衆普佛世界六種震動爾時會中比丘比丘尼優婆塞優婆夷天龍夜叉乾闥婆阿修羅迦樓羅緊那羅摩睺羅伽人非人及諸小王轉輪聖王是諸大衆得未曾有歡喜合掌一心觀佛爾時佛放眉間白毫相光照東方萬八千世界靡不周徧下至阿鼻地獄上至阿迦尼吒天於此世界盡見彼土六趣衆生又見彼土現在諸佛及聞諸佛所說經法并見彼諸比丘比丘尼優婆塞優婆夷諸修行得道者復見諸菩薩摩訶薩種種因緣種種信解種種相貌行菩

薩道復見諸佛般涅槃者復見諸佛般涅槃後以佛舍利起七寶塔爾時彌勒菩薩作是念今者世尊現神變相以何因緣而有此瑞今佛世尊入于三昧是不可思議現希有事當以問誰誰能答者復作此念是文殊師利法王之子已曾親近供養過去無量諸佛必應見此希有之相我今當問爾時比丘比丘尼優婆塞優婆夷及諸天龍鬼神等咸作此念是佛光明神通之相今當問誰爾時彌勒菩薩欲自決疑又觀四衆比丘比丘尼優婆塞優婆夷及諸天龍鬼神等衆會之心而問文殊師利言以何因緣而有此瑞神通之相放大光明照于東方萬八千土悉見彼佛國界莊嚴於是彌勒菩薩欲重宣此義以偈問曰

文殊師利　導師何故　眉間白毫　大光普照
雨曼陀羅　曼殊沙華　栴檀香風　悅可衆心
以是因緣　地皆嚴淨　而此世界　六種震動
時四部衆　咸皆歡喜　身意快然　得未曾有
眉間光明　照于東方　萬八千土　皆如金色
從阿鼻獄　上至有頂　諸世界中　六道衆生
生死所趣　善惡業緣　受報好醜　於此悉見
又覩諸佛　聖主師子　演說經典　微妙第一
其聲清淨　出柔軟音　教諸菩薩　無數億萬
梵音深妙　令人樂聞　各於世界　講說正法
種種因緣　以無量喻　照明佛法　開悟衆生
若人遭苦　厭老病死　爲說涅槃　盡諸苦際
若人有福　曾供養佛　志求勝法　爲說緣覺
若有佛子　修種種行　求無上慧　爲說淨道
文殊師利　我住於此　見聞若斯　及千億事

如是衆多 今當略說 我見彼土 恒沙菩薩
種種因緣 而求佛道 或有行施 金銀珊瑚
真珠摩尼 硨磲碼碯 金剛諸珍 奴婢車乘
寶飾輦輿 歡喜布施 廻向佛道 願得是乘
三界第一 諸佛所歎 或有菩薩 駟馬寶車
欄楯華蓋 軒飾布施 復見菩薩 身肉手足
及妻子施 求無上道 又見菩薩 頭目身體
欣樂施與 求佛智慧 文殊師利 我見諸王
往詣佛所 問無上道 便捨樂土 宮殿臣妾
剃除鬚髮 而被法服 或見菩薩 而作比丘
獨處閑靜 樂誦經典 又見菩薩 勇猛精進
入於深山 思惟佛道 又見離欲 常處空閑
深修禪定 得五神通 又見菩薩 安禪合掌
以千萬偈 讚諸法王 復見菩薩 智深志固
能問諸佛 聞悉受持 又見佛子 定慧具足
以無量喻 爲衆講法 欣樂說法 化諸菩薩
破魔兵衆 而擊法鼓 又見菩薩 寂然宴默
天龍恭敬 不以爲喜 又見菩薩 處林放光
濟地獄苦 令入佛道 又見佛子 未嘗睡眠
經行林中 勤求佛道 又見具戒 威儀無缺
淨如寶珠 以求佛道 又見佛子 住忍辱力
增上慢人 惡罵捶打 皆悉能忍 以求佛道
又見菩薩 離諸戲笑 及癡眷屬 親近智者
一心除亂 攝念山林 億千萬歲 以求佛道
或見菩薩 肴饍飲食 百種湯藥 施佛及僧
名衣上服 價直千萬 或無價衣 施佛及僧
千萬億種 栴檀寶舍 衆妙卧具 施佛及僧
清淨園林 華果茂盛 流泉浴池 施佛及僧
如是等施 種種微妙 歡喜無厭 求無上道
或有菩薩 說寂滅法 種種教詔 無數衆生

或見菩薩　觀諸法性　無有二相　猶如虛空
又見佛子　心無所著　以此妙慧　求無上道
文殊師利　又有菩薩　佛滅度後　供養舍利
又見佛子　造諸塔廟　無數恒沙　嚴飾國界
寶塔高妙　五千由旬　縱廣正等　二千由旬
一一塔廟　各千幢旛　珠交露幔　寶鈴和鳴
諸天龍神　人及非人　香華伎樂　常以供養
文殊師利　諸佛子等　爲供舍利　嚴飾塔廟
國界自然　殊特妙好　如天樹王　其華開敷
佛放一光　我及衆會　見此國界　種種殊妙
諸佛神力　智慧希有　放一淨光　照無量國
我等見此　得未曾有　佛子文殊　願決衆疑
四衆欣仰　瞻仁及我　世尊何故　放斯光明
佛子時荅　決疑令喜　何所饒益　演斯光明
佛坐道場　所得妙法　爲欲說此　爲當授記

示諸佛土　衆寶嚴淨　及見諸佛　此非小緣
文殊當知　四衆龍神　瞻察仁者　爲說何等
爾時文殊師利語彌勒菩薩摩訶薩及諸大士善男子等如我惟忖今佛世尊欲說大法雨大法雨吹大法螺擊大法鼓演大法義諸善男子我於過去諸佛曾見此瑞放斯光已即說大法是故當知今佛現光亦復如是欲令衆生咸得聞知一切世間難信之法故現斯瑞諸善男子如過去無量無邊不可思議阿僧祇劫爾時有佛號日月燈明如來應供正徧知明行足善逝世間解無上士調御丈夫天人師佛世尊演說正法初善中善後善其義深遠其語巧妙純一無雜具足清白梵行之相爲求聲聞者說應四諦法度生老病死究竟涅槃爲求辟支佛者說應十二因緣

法爲諸菩薩說應六波羅蜜令得阿耨多羅三藐三菩提成一切種智次復有佛亦名日月燈明次復有佛亦名日月燈明如是二萬佛皆同一字號日月燈明又同一姓姓頗羅墮彌勒當知初佛後佛皆同一字名日月燈明十號具足所可說法初中後善其最後佛未出家時有八王子一名有意二名善意三名無量意四名寶意五名增意六名除疑意七名響意八名法意是八王子威德自在各領四天下是諸王子聞父出家得阿耨多羅三藐三菩提悉捨王位亦隨出家發大乘意常修梵行皆爲法師已於千萬佛所植諸善本是時日月燈明佛說大乘經名無量義教菩薩法佛所護念說是經已即於大衆中結跏趺坐入於無量義處三昧身心不動是時

天雨曼陀羅華摩訶曼陀羅華曼殊沙華摩訶曼殊沙華而散佛上及諸大衆普佛世界六種震動爾時會中比丘比丘尼優婆塞優婆夷天龍夜叉乾闥婆阿修羅迦樓羅緊那羅摩睺羅伽人非人及諸小王轉輪聖王等是諸大衆得未曾有歡喜合掌一心觀佛爾時如來放眉間白毫相光照東方萬八千佛土靡不周徧如今所見是諸佛土彌勒當知爾時會中有二十億菩薩樂欲聽法是諸菩薩見此光明普照佛土得未曾有欲知此光所爲因緣時有菩薩名曰妙光有八百弟子是時日月燈明佛從三昧起因妙光菩薩說大乘經名妙法蓮華教菩薩法佛所護念六十小劫不起于座時會聽者亦坐一處六十小劫身心不動聽佛所說謂如食頃是時衆

中無有一人若身若心而生懈倦日月燈明佛於六十小劫說是經已即於梵魔沙門婆羅門及天人阿修羅衆中而宣此言如來於今日中夜當入無餘涅槃時有菩薩名曰德藏日月燈明佛即授其記告諸比丘是德藏菩薩次當作佛號曰淨身多陀阿伽度阿羅訶三藐三佛陀佛授記已便於中夜入無餘涅槃佛滅度後妙光菩薩持妙法蓮華經滿八十小劫爲人演說日月燈明佛八子皆師妙光妙光教化令其堅固阿耨多羅三藐三菩提是諸王子供養無量百千萬億佛已皆成佛道其最後成佛者名曰然燈八百弟子中有一人號曰求名貪著利養雖復讀誦衆經而不通利多所忘失故號求名是人亦以種諸善根因緣故得值無量百千萬億諸佛供養恭敬尊重讚歎彌勒當知爾時妙光菩薩豈異人乎我身是也求名菩薩汝身是也今見此瑞與本無異是故惟忖今日如來當說大乘經名妙法蓮華教菩薩法佛所護念爾時文殊師利於大衆中欲重宣此義而說偈言

我念過去世　無量無數劫　有佛人中尊
號日月燈明　世尊演說法　度無量衆生
無數億菩薩　令入佛智慧　佛未出家時
所生八王子　見大聖出家　亦隨修梵行
時佛說大乘　經名無量義　於諸大衆中
而爲廣分別　佛說此經已　即於法座上
跏趺坐三昧　名無量義處　天雨曼陀華
天鼓自然鳴　諸天龍鬼神　供養人中尊
一切諸佛土　即時大震動　佛放眉間光

現諸希有事　此光照東方　萬八千佛土
示一切衆生　生死業報處　有見諸佛土
以衆寶莊嚴　瑠璃玻瓈色　斯由佛光照
及見諸天人　龍神夜叉衆　乾闥緊那羅
各供養其佛　又見諸如來　自然成佛道
身色如金山　端嚴甚微妙　如淨瑠璃中
內現真金像　世尊在大衆　敷演深法義
一一諸佛土　聲聞衆無數　因佛光所照
悉見彼大衆　或有諸比丘　在於山林中
精進持淨戒　猶如護明珠　又見諸菩薩
行施忍辱等　其數如恒沙　斯由佛光照
又見諸菩薩　深入諸禪定　身心寂不動
以求無上道　又見諸菩薩　知法寂滅相
各於其國土　說法求佛道　爾時四部衆
見日月燈佛　現大神通力　其心皆歡喜
各各自相問　是事何因緣　天人所奉尊
適從三昧起　讚妙光菩薩　汝爲世間眼
一切所歸信　能奉持法藏　如我所說法
唯汝能證知　世尊既讚歎　令妙光歡喜
說是法華經　滿六十小劫　不起於此座
所說上妙法　是妙光法師　悉皆能受持
佛說是法華　令衆歡喜已　尋即於是日
告於天人衆　諸法實相義　已爲汝等說
我今於中夜　當入於涅槃　汝一心精進
當離於放逸　諸佛甚難值　億劫時一遇
世尊諸子等　聞佛入涅槃　各各懷悲惱
佛滅一何速　聖主法之王　安慰無量衆
我若滅度時　汝等勿憂怖　是德藏菩薩
於無漏實相　心已得通達　其次當作佛
號曰爲淨身　亦度無量衆　佛此夜滅度

如薪盡火滅　分布諸舍利　而起無量塔
比丘比丘尼　其數如恒沙　倍復加精進
以求無上道　是妙光法師　奉持佛法藏
八十小劫中　廣宣法華經　是諸八王子
妙光所開化　堅固無上道　當見無數佛
供養諸佛已　隨順行大道　相繼得成佛
轉次而授記　最後天中天　號曰然燈佛
諸仙之導師　度脫無量衆　是妙光法師
時有一弟子　心常懷懈怠　貪著於名利
求名利無厭　多遊族姓家　棄捨所習誦
廢忘不通利　以是因緣故　號之爲求名
亦行衆善業　得見無數佛　供養於諸佛
隨順行大道　具六波羅蜜　今見釋師子
其後當作佛　號名曰彌勒　廣度諸衆生
其數無有量　彼佛滅度後　懈怠者汝是
妙光法師者　今則我身是　我見燈明佛
本光瑞如此　以是知今佛　欲說法華經
今相如本瑞　是諸佛方便　今佛放光明
助發實相義　諸人今當知　合掌一心待
佛當雨法雨　充足求道者　諸求三乘人
若有疑悔者　佛當爲除斷　令盡無有餘

方便品第二

爾時世尊從三昧安詳而起告舍利弗諸佛智慧甚深無量其智慧門難解難入一切聲聞辟支佛所不能知所以者何佛曾親近百千萬億無數諸佛盡行諸佛無量道法勇猛精進名稱普聞成就甚深未曾有法隨宜所說意趣難解舍利弗吾從成佛已來種種因緣種種譬喻廣演言教無數方便引導衆生令離諸著所以者何如來方便知見波羅蜜

皆已具足舍利弗如來知見廣大深遠無量無礙力無所畏禪定解脫三昧深入無際成就一切未曾有法舍利弗如來能種種分別巧說諸法言辭柔軟悅可衆心舍利弗取要言之無量無邊未曾有法佛悉成就止舍利弗不須復說所以者何佛所成就第一希有難解之法唯佛與佛乃能究盡諸法實相所謂諸法如是相如是性如是體如是力如是作如是因如是緣如是果如是報如是本末究竟等爾時世尊欲重宣此義而說偈言

世雄不可量 諸天及世人 一切衆生類
無能知佛者 佛力無所畏 解脫諸三昧
及佛諸餘法 無能測量者 本從無數佛
具足行諸道 甚深微妙法 難見難可了
於無量億劫 行此諸道已 道場得成果
我已悉知見 如是大果報 種種性相義
我及十方佛 乃能知是事 是法不可示
言辭相寂滅 諸餘衆生類 無有能得解
除諸菩薩衆 信力堅固者 諸佛弟子衆
曾供養諸佛 一切漏已盡 住是最後身
如是諸人等 其力所不堪 假使滿世間
皆如舍利弗 盡思共度量 不能測佛智
正使滿十方 皆如舍利弗 及餘諸弟子
亦滿十方刹 盡思共度量 亦復不能知
辟支佛利智 無漏最後身 亦滿十方界
其數如竹林 斯等共一心 於億無量劫
欲思佛實智 莫能知少分 新發意菩薩
供養無數佛 了達諸義趣 又能善說法
如稻麻竹葦 充滿十方刹 一心以妙智
於恒河沙劫 咸皆共思量 不能知佛智

不退諸菩薩　其數如恒沙　一心共思求
亦復不能知　又告舍利弗　無漏不思議
甚深微妙法　我今已具得　唯我知是相
十方佛亦然　舍利弗當知　諸佛語無異
於佛所說法　當生大信力　世尊法久後
要當說真實　告諸聲聞衆　及求緣覺乘
我令脫苦縛　逮得涅槃者　佛以方便力
示以三乘教　衆生處處著　引之令得出

爾時大衆中有諸聲聞漏盡阿羅漢阿若憍陳如等千二百人及發聲聞辟支佛心比丘比丘尼優婆塞優婆夷各作是念今者世尊何故慇懃稱歎方便而作是言佛所得法甚深難解有所言說意趣難知一切聲聞辟支佛所不能及佛說一解脫義我等亦得此法到於涅槃而今不知是義所趣爾時舍利弗知四衆心疑自亦未了而白佛言世尊何因何緣殷勤稱歎諸佛第一方便甚深微妙難解之法我自昔來未曾從佛聞如是說今者四衆咸皆有疑惟願世尊敷演斯事世尊何故殷勤稱歎甚深微妙難解之法爾時舍利弗欲重宣此義而說偈言

慧日大聖尊　久乃說是法　自說得如是
力無畏三昧　禪定解脫等　不可思議法
道場所得法　無能發問者　我意難可測
亦無能問者　無問而自說　稱歎所行道
智慧甚微妙　諸佛之所得　無漏諸羅漢
及求涅槃者　今皆墮疑網　佛何故說是
其求緣覺者　比丘比丘尼　諸天龍鬼神
及乾闥婆等　相視懷猶豫　瞻仰兩足尊
是事爲云何　願佛爲解說　於諸聲聞衆

佛說我第一　我今自於智　疑惑不能了
爲是究竟法　爲是所行道　佛口所生子
合掌瞻仰待　願出微妙音　時爲如實說
諸天龍神等　其數如恒沙　求佛諸菩薩
大數有八萬　又諸萬億國　轉輪聖王至
合掌以敬心　欲聞具足道

爾時佛告舍利弗止止不須復說若說是事一切世間諸天及人皆當驚疑舍利弗重白佛言世尊惟願說之惟願說之所以者何是會無數百千萬億阿僧祇衆生曾見諸佛諸根猛利智慧明了聞佛所說則能敬信爾時舍利弗欲重宣此義而說偈言

法王無上尊　惟說願勿慮　是會無量衆
有能敬信者

佛復止舍利弗若說是事一切世間天人阿修羅皆當驚疑增上慢比丘將墜於大坑爾時世尊重說偈言

止止不須說　我法妙難思　諸增上慢者
聞必不敬信

爾時舍利弗重白佛言世尊惟願說之惟願說之今此會中如我等比百千萬億世世已曾從佛受化如此人等必能敬信長夜安隱多所饒益爾時舍利弗欲重宣此義而說偈言

無上兩足尊　願說第一法　我爲佛長子
惟垂分別說　是會無量衆　能敬信此法
佛已曾世世　教化如是等　皆一心合掌
欲聽受佛語　我等千二百　及餘求佛者
願爲此衆故　惟垂分別說　是等聞此法
則生大歡喜

爾時世尊告舍利弗汝已殷勤三請豈得不說汝今諦聽善思念之吾當爲汝分別解說說此語時會中有比丘比丘尼優婆塞優婆夷五千人等即從座起禮佛而退所以者何此輩罪根深重及憎上慢未得謂得未證謂證有如此失是以不住世尊默然而不制止爾時佛告舍利弗我今此衆無復枝葉純有貞實舍利弗如是增上慢人退亦佳矣汝今善聽當爲汝說舍利弗言唯然世尊願樂欲聞佛告舍利弗如是妙法諸佛如來時乃說之如優曇鉢華時一現耳舍利弗汝等當信佛之所說言不虛妄舍利弗諸佛隨宜說法意趣難解所以者何我以無數方便種種因緣譬喻言辭演說諸法是法非思量分別之所能解唯有諸佛乃能知之所以者何諸佛世尊唯以一大事因緣故出現於世舍利弗云何名諸佛世尊唯以一大事因緣故出現於世諸佛世尊欲令衆生開佛知見使得清淨故出現於世欲示衆生佛之知見故出現於世欲令衆生悟佛知見故出現於世欲令衆生入佛知見道故出現於世舍利弗是爲諸佛以一大事因緣故出現於世佛告舍利弗諸佛如來但教化菩薩諸有所作常爲一事唯以佛之知見示悟衆生舍利弗如來但以一佛乘故爲衆生說法無有餘乘若二若三舍利弗一切十方諸佛法亦如是舍利弗過去諸佛以無量無數方便種種因緣譬喻言辭而爲衆生演說諸法是法皆爲一佛乘故是諸衆生從諸佛聞法究竟皆得一切種智舍利弗未來諸佛當出於世亦以無量無

數方便種種因緣譬喻言辭而爲衆生演說諸法是法皆爲一佛乘故是諸衆生從佛聞法究竟皆得一切種智舍利弗現在十方無量百千萬億佛土中諸佛世尊多所饒益安樂衆生是諸佛亦以無量無數方便種種因緣譬喻言辭而爲衆生演說諸法是法皆爲一佛乘故是諸衆生從佛聞法究竟皆得一切種智舍利弗是諸佛但教化菩薩欲以佛之知見示衆生故欲以佛之知見悟衆生故欲令衆生入佛之知見故舍利弗我今亦復如是知諸衆生有種種欲深心所著隨其本性以種種因緣譬喻言辭方便力而爲說法舍利弗如此皆爲得一佛乘一切種智故舍利弗十方世界中尚無二乘何況有三舍利弗諸佛出於五濁惡世所謂劫濁煩惱濁衆生濁見濁命濁如是舍利弗劫濁亂時衆生垢重慳貪嫉妬成就諸不善根故諸佛以方便力於一佛乘分別說三舍利弗若我弟子自謂阿羅漢辟支佛者不聞不知諸佛如來但教化菩薩事此非佛弟子非阿羅漢非辟支佛又舍利弗是諸比丘比丘尼自謂已得阿羅漢是最後身究竟涅槃便不復志求阿耨多羅三藐三菩提當知此輩皆是增上慢人所以者何若有比丘實得阿羅漢若不信此法無有是處除佛滅度後現前無佛所以者何佛滅度後如是等經受持讀誦解義者是人難得若遇餘佛於此法中便得決了舍利弗汝等當一心信解受持佛語諸佛如來言無虛妄無有餘乘唯一佛乘爾時世尊欲重宣此義而說偈言

比丘比丘尼　有懷增上慢　優婆塞我慢
優婆夷不信　如是四衆等　其數有五千
不自見其過　於戒有缺漏　護惜其瑕玼
是小智已出　衆中之糟糠　佛威德故去
斯人尠福德　不堪受是法　此衆無枝葉
唯有諸貞實　舍利弗善聽　諸佛所得法
無量方便力　而爲衆生說　衆生心所念
種種所行道　若干諸欲性　先世善惡業
佛悉知是已　以諸緣譬喻　言辭方便力
令一切歡喜　或說修多羅　伽陀及本事
本生未曾有　亦說於因緣　譬喻并祇夜
優波提舍經　鈍根樂小法　貪著於生死
於諸無量佛　不行深妙道　衆苦所惱亂
爲是說涅槃　我設是方便　令得入佛慧
未曾說汝等　當得成佛道　所以未曾說
說時未至故　今正是其時　決定說大乘
我此九部法　隨順衆生說　入大乘爲本
以故說是經　有佛子心淨　柔軟亦利根
無量諸佛所　而行深妙道　爲此諸佛子
說是大乘經　我記如是人　來世成佛道
以深心念佛　修持淨戒故　此等聞得佛
大喜充徧身　佛知彼心行　故爲說大乘
聲聞若菩薩　聞我所說法　乃至於一偈
皆成佛無疑　十方佛土中　唯有一乘法
無二亦無三　除佛方便說　但以假名字
引導於衆生　說佛智慧故　諸佛出於世
唯此一事實　餘二則非真　終不以小乘
濟度於衆生　佛自住大乘　如其所得法
定慧力莊嚴　以此度衆生　自證無上道
大乘平等法　若以小乘化　乃至於一人

我則墮慳貪　此事爲不可　若人信歸佛
如來不欺誑　亦無貪嫉意　斷諸法中惡
故佛於十方　而獨無所畏　我以相嚴身
光明照世間　無量衆所尊　爲說實相印
舍利弗當知　我本立誓願　欲令一切衆
如我等無異　如我昔所願　今者已滿足
化一切衆生　皆令入佛道　若我遇衆生
盡教以佛道　無智者錯亂　迷惑不受教
我知此衆生　未曾修善本　堅著於五欲
癡愛故生惱　以諸欲因緣　墜墮三惡道
輪迴六趣中　備受諸苦毒　受胎之微形
世世常增長　薄德少福人　衆苦所逼迫
入邪見稠林　若有若無等　依止此諸見
具足六十二　深著虛妄法　堅受不可捨
我慢自矜高　諂曲心不實　於千萬億劫
不聞佛名字　亦不聞正法　如是人難度
是故舍利弗　我爲設方便　說諸盡苦道
示之以涅槃　我雖說涅槃　是亦非真滅
諸法從本來　常自寂滅相　佛子行道已
來世得作佛　我有方便力　開示三乘法
一切諸世尊　皆說一乘道　今此諸大衆
皆應除疑惑　諸佛語無異　唯一無二乘
過去無數劫　無量滅度佛　百千萬億種
其數不可量　如是諸世尊　種種緣譬喻
無數方便力　演說諸法相　是諸世尊等
皆說一乘法　化無量衆生　令入於佛道
又諸大聖主　知一切世間　天人羣生類
深心之所欲　更以異方便　助顯第一義
若有衆生類　值諸過去佛　若聞法布施
或持戒忍辱　精進禪智等　種種修福慧

如是諸人等　皆已成佛道　諸佛滅度後
若人善軟心　如是諸衆生　皆已成佛道
諸佛滅度已　供養舍利者　起萬億種塔
金銀及玻瓈　硨磲與碼碯　玫瑰瑠璃珠
清淨廣嚴飾　莊校於諸塔　或有起石廟
栴檀及沈水　木櫁并餘材　甎瓦泥土等
若於曠野中　積土成佛廟　乃至童子戲
聚沙爲佛塔　如是諸人等　皆已成佛道
若人爲佛故　建立諸形像　刻雕成衆相
皆已成佛道　或以七寶成　鍮鉐赤白銅
白鑞及鉛錫　鐵木及與泥　或以膠漆布
嚴飾作佛像　如是諸人等　皆已成佛道
彩畫作佛像　百福莊嚴相　自作若使人
皆已成佛道　乃至童子戲　若草木及筆
或以指爪甲　而畫作佛像　如是諸人等
漸漸積功德　具足大悲心　皆已成佛道
但化諸菩薩　度脫無量衆　若人於塔廟
寶像及畫像　以華香旛蓋　敬心而供養
若使人作樂　擊鼓吹角貝　簫笛琴箜篌
琵琶鐃銅鈸　如是衆妙音　盡持以供養
或以歡喜心　歌唄頌佛德　乃至一小音
皆已成佛道　若人散亂心　乃至以一華
供養於畫像　漸見無數佛　或有人禮拜
或復但合掌　乃至舉一手　或復小低頭
以此供養像　漸見無量佛　自成無上道
廣度無數衆　入無餘涅槃　如薪盡火滅
若人散亂心　入於塔廟中　一稱南無佛
皆已成佛道　於諸過去佛　在世或滅後
若有聞是法　皆已成佛道　未來諸世尊
其數無有量　是諸如來等　亦方便說法

一切諸如來　以無量方便　度脫諸衆生
入佛無漏智　若有聞法者　無一不成佛
諸佛本誓願　我所行佛道　普欲令衆生
亦同得此道　未來世諸佛　雖說百千億
無數諸法門　其實爲一乘　諸佛兩足尊
知法常無性　佛種從緣起　是故說一乘
是法住法位　世間相常住　於道場知已
導師方便說　天人所供養　現在十方佛
其數如恒沙　出現於世間　安隱衆生故
亦說如是法　知第一寂滅　以方便力故
雖示種種道　其實爲佛乘　知衆生諸行
深心之所念　過去所習業　欲性精進力
及諸根利鈍　以種種因緣　譬喻亦言辭
隨應方便說　今我亦如是　安隱衆生故
以種種法門　宣示於佛道　我以智慧力
知衆生性欲　方便說諸法　皆令得歡喜
舍利弗當知　我以佛眼觀　見六道衆生
貧窮無福慧　入生死險道　相續苦不斷
深著於五欲　如犛牛愛尾　以貪愛自蔽
盲瞑無所見　不求大勢佛　及與斷苦法
深入諸邪見　以苦欲捨苦　爲是衆生故
而起大悲心　我始坐道場　觀樹亦經行
於三七日中　思惟如是事　我所得智慧
微妙最第一　衆生諸根鈍　著樂癡所盲
如斯之等類　云何而可度　爾時諸梵王
及諸天帝釋　護世四天王　及大自在天
并餘諸天衆　眷屬百千萬　恭敬合掌禮
請我轉法輪　我即自思惟　若但讚佛乘
衆生沒在苦　不能信是法　破法不信故
墜於三惡道　我寧不說法　疾入於涅槃

尋念過去佛　所行方便力　我今所得道
亦應說三乘　作是思惟時　十方佛皆現
梵音慰喻我　善哉釋迦文　第一之導師
得是無上法　隨諸一切佛　而用方便力
我等亦皆得　最妙第一法　爲諸衆生類
分別說三乘　少智樂小法　不自信作佛
是故以方便　分別說諸果　雖復說三乘
但爲教菩薩　舍利弗當知　我聞聖師子
深淨微妙音　稱南無諸佛　復作如是念
我出濁惡世　如諸佛所說　我亦隨順行
思惟是事已　即趣波羅柰　諸法寂滅相
不可以言宣　以方便力故　爲五比丘說
是名轉法輪　便有涅槃音　及以阿羅漢
法僧差別名　從久遠劫來　讚示涅槃法
生死苦永盡　我常如是說　舍利弗當知
我見佛子等　志求佛道者　無量千萬億
咸以恭敬心　皆來至佛所　曾從諸佛聞
方便所說法　我即作是念　如來所以出
爲說佛慧故　今正是其時　舍利弗當知
鈍根小智人　著相憍慢者　不能信是法
今我喜無畏　於諸菩薩中　正直捨方便
但說無上道　菩薩聞是法　疑網皆已除
千二百羅漢　悉亦當作佛　如三世諸佛
說法之儀式　我今亦如是　說無分別法
諸佛興出世　懸遠值遇難　正使出于世
說是法復難　無量無數劫　聞是法亦難
能聽是法者　斯人亦復難　譬如優曇華
一切皆愛樂　天人所希有　時時乃一出
聞法歡喜讚　乃至發一言　則爲已供養
一切三世佛　是人甚希有　過於優曇華

汝等勿有疑　我爲諸法王　普告諸大衆
但以一乘道　教化諸菩薩　無聲聞弟子
汝等舍利弗　聲聞及菩薩　當知是妙法
諸佛之秘要　以五濁惡世　但樂著諸欲
如是等衆生　終不求佛道　當來世惡人
聞佛説一乘　迷惑不信受　破法墮惡道
有慚愧清淨　志求佛道者　當爲如是等
廣讚一乘道　舍利弗當知　諸佛法如是
以萬億方便　隨宜而説法　其不習學者
不能曉了此　汝等既已知　諸佛世之師
隨宜方便事　無復諸疑惑　心生大歡喜
自知當作佛

妙法蓮華經卷第一

音釋

御製序

耆闍崛　梵語也此云鷲峯耆渠伊切闍時遮切崛渠勿切
布濩　濩胡故切布濩流散也
叵測　叵普火切不可也
涯涘　涘牀史切水厓也
泝　蘇故切逆流而上曰泝
龜茲　龜音丘茲音慈龜茲國名
笈　極曄切
啻　施智切不啻謂不止如是也
遄躋　遄淳沿切疾也躋牋西切登也
膠固　膠居肴切黏也
罹　鄰知切遭也
鎦銖　鎦莊持切八銖曰鎦銖慵朱切十絫爲銖

序

燉煌　燉徒孫切煌湖光切燉煌郡名
沓　達合切重也
嘏　下華切考也
勣　則歷切功也
綜　子宋切

經

阿㝹樓駄　梵語也此云如意阿音遏㝹乃侯切駄唐賀切
摩訶拘絺羅　梵語也此云大膝絺丑知切
欄楯　欄落千切楯食閏切檻也
捶打　捶之累切打都挺切捶打杖擊也
玫瑰　玫莫杯切瑰胡魁切玫瑰火齊珠也
櫁　亡質切香木也
鍮鉐　鍮託侯切鉐常隻切
鑞　盧合切錫也

妙法蓮華經卷第二

姚秦三藏法師鳩摩羅什奉　詔譯

譬喻品第三

爾時舍利弗踊躍歡喜即起合掌瞻仰尊顏而白佛言今從世尊聞此法音心懷踊躍得未曾有所以者何我昔從佛聞如是法見諸菩薩受記作佛而我等不預斯事甚自感傷失於如來無量知見世尊我常獨處山林樹下若坐若行每作是念我等同入法性云何如來以小乘法而見濟度是我等咎非世尊也所以者何若我等待說所因成就阿耨多羅三藐三菩提者必以大乘而得度脫然我等不解方便隨宜所說初聞佛法遇便信受思惟取證世尊我從昔來終日竟夜每自剋責而今從佛聞所未聞未曾有法斷諸疑悔身意泰然快得安隱今日乃知真是佛子從佛口生從法化生得佛法分爾時舍利弗欲重宣此義而說偈言

我聞是法音　得所未曾有　心懷大歡喜
疑網皆已除　昔來蒙佛教　不失於大乘
佛音甚希有　能除衆生惱　我已得漏盡
聞亦除憂惱　我處於山谷　或在林樹下
若坐若經行　常思惟是事　嗚呼深自責
云何而自欺　我等亦佛子　同入無漏法
不能於未來　演說無上道　金色三十二
十力諸解脫　同共一法中　而不得此事
八十種妙好　十八不共法　如是等功德
而我皆已失　我獨經行時　見佛在大衆
名聞滿十方　廣饒益衆生　自惟失此利
我爲自欺誑　我常於日夜　每思惟是事

欲以問世尊　爲失爲不失　我常見世尊
稱讚諸菩薩　以是於日夜　籌量如是事
今聞佛音聲　隨宜而說法　無漏難思議
令衆至道場　我本著邪見　爲諸梵志師
世尊知我心　拔邪說涅槃　我悉除邪見
於空法得證　爾時心自謂　得至於滅度
而今乃自覺　非是實滅度　若得作佛時
具三十二相　天人夜叉衆　龍神等恭敬
是時乃可謂　永盡滅無餘　佛於大衆中
說我當作佛　聞如是法音　疑悔悉已除
初聞佛所說　心中大驚疑　將非魔作佛
惱亂我心耶　佛以種種緣　譬喻巧言說
其心安如海　我聞疑網斷　佛說過去世
無量滅度佛　安住方便中　亦皆說是法
現在未來佛　其數無有量　亦以諸方便
演說如是法　如今者世尊　從生及出家
得道轉法輪　亦以方便說　世尊說實道
波旬無此事　以是我定知　非是魔作佛
我墮疑網故　謂是魔所爲　聞佛柔軟音
深遠甚微妙　演暢清淨法　我心大歡喜
疑悔永已盡　安住實智中　我定當作佛
爲天人所敬　轉無上法輪　教化諸菩薩

爾時佛告舍利弗吾今於天人沙門婆羅門等大衆中說我昔曾於二萬億佛所爲無上道故常教化汝汝亦長夜隨我受學我以方便引導汝故生我法中舍利弗我昔教汝志願佛道汝今悉忘而便自謂已得滅度我今還欲令汝憶念本願所行道故爲諸聲聞說是大乘經名妙法蓮華教菩薩法佛所護念舍利弗汝於未來世過無量無邊不可思議

劫供養若干千萬億佛奉持正法具足菩薩所行之道當得作佛號曰華光如來應供正徧知明行足善逝世間解無上士調御丈夫天人師佛世尊國名離垢其土平正清淨嚴飾安隱豐樂天人熾盛瑠璃爲地有八交道黄金爲繩以界其側其傍各有七寶行樹常有華果華光如來亦以三乘教化衆生舍利弗彼佛出時雖非惡世以本願故說三乘法其劫名大寶莊嚴何故名曰大寶莊嚴其國中以菩薩爲大寶故彼諸菩薩無量無邊不可思議筭數譬喻所不能及非佛智力無能知者若欲行時寶華承足此諸菩薩非初發意皆久植德本於無量百千萬億佛所淨修梵行恒爲諸佛之所稱歎常修佛慧具大神通善知一切諸法之門質直無僞志念堅固如是菩薩充滿其國舍利弗華光佛壽十二小劫除爲王子未作佛時其國人民壽八小劫華光如來過十二小劫授堅滿菩薩阿耨多羅三藐三菩提記告諸比丘是堅滿菩薩次當作佛號曰華足安行多陀阿伽度阿羅訶三藐三佛陀其佛國土亦復如是舍利弗是華光佛滅度之後正法住世三十二小劫像法住世亦三十二小劫爾時世尊欲重宣此義而說偈言

舍利弗來世　成佛普智尊　號名曰華光
當度無量衆　供養無數佛　具足菩薩行
十力等功德　證於無上道　過無量劫已
劫名大寶嚴　世界名離垢　清淨無瑕穢
以瑠璃爲地　金繩界其道　七寶雜色樹
常有華果實　彼國諸菩薩　志念常堅固

神通波羅蜜　皆已悉具足　於無數佛所
善學菩薩道　如是等大士　華光佛所化
佛爲王子時　棄國捨世榮　於最末後身
出家成佛道　華光佛住世　壽十二小劫
其國人民衆　壽命八小劫　佛滅度之後
正法住於世　三十二小劫　廣度諸衆生
正法滅盡已　像法三十二　舍利廣流布
天人普供養　華光佛所爲　其事皆如是
其兩足聖尊　最勝無倫匹　彼即是汝身
宜應自欣慶

爾時四部衆比丘比丘尼優婆塞優婆夷天龍夜叉乾闥婆阿修羅迦樓羅緊那羅摩睺羅伽等大衆見舍利弗於佛前受阿耨多羅三藐三菩提記心大歡喜踊躍無量各各脱身所著上衣以供養佛釋提桓因梵天王等與無數天子亦以天妙衣天曼陀羅華摩訶曼陀羅華等供養於佛所散天衣住虛空中而自迴轉諸天伎樂百千萬種於虛空中一時俱作雨衆天華而作是言佛昔於波羅柰初轉法輪今乃復轉無上最大法輪爾時諸天子欲重宣此義而說偈言

昔於波羅柰　轉四諦法輪　分別說諸法
五衆之生滅　今復轉最妙　無上大法輪
是法甚深奥　少有能信者　我等從昔來
數聞世尊說　未曾聞如是　深妙之上法
世尊說是法　我等皆隨喜　大智舍利弗
今得受尊記　我等亦如是　必當得作佛
於一切世間　最尊無有上　佛道叵思議
方便隨宜說　我所有福業　今世若過世
及見佛功德　盡迴向佛道

爾時舍利弗白佛言世尊我今無復疑悔親於佛前得受阿耨多羅三藐三菩提記是諸千二百心自在者昔住學地佛常教化言我法能離生老病死究竟涅槃是學無學人亦各自以離我見及有無見等謂得涅槃而今於世尊前聞所未聞皆墮疑惑善哉世尊願爲四衆說其因緣令離疑悔爾時佛告舍利弗我先不言諸佛世尊以種種因緣譬喻言辭方便說法皆爲阿耨多羅三藐三菩提耶是諸所說皆爲化菩薩故然舍利弗今當復以譬喻更明此義諸有智者以譬喻得解舍利弗若國邑聚落有大長者其年衰邁財富無量多有田宅及諸僮僕其家廣大唯有一門多諸人衆一百二百乃至五百人止住其中堂閣朽故牆壁隤落柱根腐敗梁棟傾危周帀俱時欻然火起焚燒舍宅長者諸子若十二十或至三十在此宅中長者見是大火從四面起即大驚怖而作是念我雖能於此所燒之門安隱得出而諸子等於火宅內樂著嬉戲不覺不知不驚不怖火來逼身苦痛切己心不厭患無求出意舍利弗是長者作是思惟我身手有力當以衣裓若以几案從舍出之復更思惟是舍唯有一門而復陿小諸子幼稚未有所識戀著戲處或當墮落爲火所燒我當爲說怖畏之事此舍已燒宜時疾出無令爲火之所燒害作是念已如所思惟具告諸子汝等速出父雖憐愍善言誘喻而諸子等樂著嬉戲不肯信受不驚不畏了無出心亦復不知何者是火何者爲舍云何爲失但東西走戲視父而已爾時長者即作

是念此舍已爲大火所燒我及諸子若不時出必爲所焚我今當設方便令諸子等得免斯害父知諸子先心各有所好種種珍玩奇異之物情必樂著而告之言汝等所可玩好希有難得汝若不取後必憂悔如此種種羊車鹿車牛車今在門外可以遊戲汝等於此火宅宜速出來隨汝所欲皆當與汝爾時諸子聞父所說珍玩之物適其願故心各勇鋭互相推排競共馳走爭出火宅是時長者見諸子等安隱得出皆於四衢道中露地而坐無復障礙其心泰然歡喜踊躍時諸子等各白父言父先所許玩好之具羊車鹿車牛車願時賜與舍利弗爾時長者各賜諸子等一大車其車高廣衆寶莊校周帀欄楯四面懸鈴又於其上張設幰蓋亦以珍奇雜寶而嚴飾之寶繩交絡垂諸華纓重敷綩綖安置丹枕駕以白牛膚色充潔形體姝好有大筋力行步平正其疾如風又多僕從而侍衛之所以者何是大長者財富無量種種諸藏悉皆充溢而作是念我財物無極不應以下劣小車與諸子等今此幼童皆是吾子愛無偏黨我有如是七寶大車其數無量應當等心各各與之不宜差别所以者何以我此物周給一國猶尚不匱何況諸子是時諸子各乘大車得未曾有非本所望舍利弗於汝意云何是長者等與諸子珍寶大車寧有虚妄不舍利弗言不也世尊是長者但令諸子得免火難全其軀命非爲虚妄何以故若全身命便爲已得玩好之具況復方便於彼火宅而拔濟之世尊若是長者乃至不與最小一車猶

不虛妄何以故是長者先作是意我以方便令子得出以是因緣無虛妄也何況長者自知財富無量欲饒益諸子等與大車佛告舍利弗善哉善哉如汝所言舍利弗如來亦復如是則爲一切世間之父於諸怖畏衰惱憂患無明闇蔽永盡無餘而悉成就無量知見力無所畏有大神力及智慧力具足方便智慧波羅蜜大慈大悲常無懈倦恒求善事利益一切而生三界朽故火宅爲度衆生生老病死憂悲苦惱愚癡闇蔽三毒之火教化令得阿耨多羅三藐三菩提見諸衆生爲生老病死憂悲苦惱之所燒煮亦以五欲財利故受種種苦又以貪著追求故現受衆苦後受地獄畜生餓鬼之苦若生天上及在人間貧窮困苦愛別離苦冤憎會苦如是等種種諸苦衆生没在其中歡喜遊戲不覺不知不驚不怖亦不生厭不求解脱於此三界火宅東西馳走雖遭大苦不以爲患舍利弗佛見此已便作是念我爲衆生之父應拔其苦難與無量無邊佛智慧樂令其遊戲舍利弗如來復作是念若我但以神力及智慧力捨於方便爲諸衆生讚如來知見力無所畏者衆生不能以是得度所以者何是諸衆生未免生老病死憂悲苦惱而爲三界火宅所燒何由能解佛之智慧舍利弗如彼長者雖復身手有力而不用之但以慇懃方便勉濟諸子火宅之難然後各與珍寶大車如來亦復如是雖有力無所畏而不用之但以智慧方便於三界火宅拔濟衆生爲說三乘聲聞辟支佛佛乘而作是言汝等莫得樂住三界火宅勿

貪麤弊色聲香味觸也若貪著生愛則爲所燒汝速出三界當得三乘聲聞辟支佛佛乘我今爲汝保任此事終不虛也汝等但當勤修精進如來以是方便誘進衆生復作是言汝等當知此三乘法皆是聖所稱歎自在無繫無所依求乘是三乘以無漏根力覺道禪定解脱三昧等而自娱樂便得無量安隱快樂舍利弗若有衆生内有智性從佛世尊聞法信受殷勤精進欲速出三界自求涅槃是名聲聞乘如彼諸子爲求羊車出於火宅若有衆生從佛世尊聞法信受殷勤精進求自然慧樂獨善寂深知諸法因縁是名辟支佛乘如彼諸子爲求鹿車出於火宅若有衆生從佛世尊聞法信受勤修精進求一切智佛智自然智無師智如來知見力無所畏愍念安樂無量衆生利益天人度脱一切是名大乘菩薩求此乘故名爲摩訶薩如彼諸子爲求牛車出於火宅舍利弗如彼長者見諸子等安隱得出火宅到無畏處自惟財富無量等以大車而賜諸子如來亦復如是爲一切衆生之父若見無量億千衆生以佛教門出三界苦怖畏險道得涅槃樂如來爾時便作是念我有無量無邊智慧力無畏等諸佛法藏是諸衆生皆是我子等與大乘不令有人獨得滅度皆以如來滅度而滅度之是諸衆生脱三界者悉與諸佛禪定解脱等娱樂之具皆是一相一種聖所稱歎能生淨妙第一之樂舍利弗如彼長者初以三車誘引諸子然後但與大車寶物莊嚴安隱第一然彼長者無虛妄之咎如來亦復如是無有虛妄初

說三乘引導眾生然後但以大乘而度脫之何以故如來有無量智慧力無所畏諸法之藏能與一切眾生大乘之法但不盡能受舍利弗以是因緣當知諸佛方便力故於一佛乘分別說三佛欲重宣此義而說偈言

譬如長者 有一大宅 其宅久故 而復頓弊
堂舍高危 柱根摧朽 梁棟傾斜 基陛隤毀
牆壁圮坼 泥塗阤落 覆苫亂墜 椽梠差脫
周障屈曲 雜穢充徧 有五百人 止住其中
鵄梟鵰鷲 烏鵲鳩鴿 蚖蛇蝮蠍 蜈蚣蚰蜒
守宮百足 鼬貍鼷鼠 諸惡蟲輩 交橫馳走
屎尿臭處 不淨流溢 蜣蜋諸蟲 而集其上
狐狼野干 咀嚼踐踏 嚌齧死屍 骨肉狼藉
由是羣狗 競來搏撮 飢羸慞惶 處處求食
鬪諍摣掣 嘊喍嘷吠 其舍恐怖 變狀如是
處處皆有 魑魅魍魎 夜叉惡鬼 食噉人肉
毒蟲之屬 諸惡禽獸 孚乳產生 各自藏護
夜叉競來 爭取食之 食之既飽 惡心轉熾
鬪諍之聲 甚可怖畏 鳩槃茶鬼 蹲踞土埵
或時離地 一尺二尺 往返遊行 縱逸嬉戲
捉狗兩足 撲令失聲 以脚加頸 怖狗自樂
復有諸鬼 其身長大 躶形黑瘦 常住其中
發大惡聲 叫呼求食 復有諸鬼 其咽如針
復有諸鬼 首如牛頭 或食人肉 或復噉狗
頭髮髼亂 殘害兇險 飢渴所逼 叫喚馳走
夜叉餓鬼 諸惡鳥獸 飢急四向 窺看窻牖
如是諸難 恐畏無量 是朽故宅 屬于一人
其人近出 未久之間 於後宅舍 忽然火起
四面一時 其燄俱熾 棟梁椽柱 爆聲震裂
摧折墮落 牆壁崩倒 諸鬼神等 揚聲大叫

鵰鷲諸鳥　鳩槃茶等　周慞惶怖　不能自出
惡獸毒蟲　藏竄孔穴　毗舍闍鬼　亦住其中
薄福德故　爲火所逼　共相殘害　飲血噉肉
野干之屬　並已前死　諸大惡獸　競來食噉
臭煙熢㶿　四面充塞　蜈蚣蚰蜒　毒蛇之類
爲火所燒　爭走出穴　鳩槃茶鬼　隨取而食
又諸餓鬼　頭上火然　飢渴熱惱　周慞悶走
其宅如是　甚可怖畏　毒害火災　衆難非一
是時宅主　在門外立　聞有人言　汝諸子等
先因遊戲　來入此宅　稚小無知　歡娛樂著
長者聞已　驚入火宅　方宜救濟　令無燒害
告喻諸子　說衆患難　惡鬼毒蟲　災火蔓延
衆苦次第　相續不絕　毒蛇蚖蝮　及諸夜叉
鳩槃茶鬼　野干狐狗　鵰鷲鵄梟　百足之屬
飢渴惱急　甚可怖畏　此苦難處　況復大火
諸子無知　雖聞父誨　猶故樂著　嬉戲不已
是時長者　而作是念　諸子如此　益我愁惱
今此舍宅　無一可樂　而諸子等　耽湎嬉戲
不受我教　將爲火害　即便思惟　設諸方便
告諸子等　我有種種　珍玩之具　妙寶好車
羊車鹿車　大牛之車　今在門外　汝等出來
吾爲汝等　造作此車　隨意所樂　可以遊戲
諸子聞說　如此諸車　即時奔競　馳走而出
到於空地　離諸苦難　長者見子　得出火宅
住於四衢　坐師子座　而自慶言　我今快樂
此諸子等　生育甚難　愚小無知　而入險宅
多諸毒蟲　魑魅可畏　大火猛燄　四面俱起
而此諸子　貪樂嬉戲　我已救之　令得脫難
是故諸人　我今快樂　爾時諸子　知父安坐
皆詣父所　而白父言　願賜我等　三種寶車

如前所許　諸子出來　當以三車　隨汝所欲
今正是時　唯垂給與　長者大富　庫藏衆多
金銀瑠璃　硨磲碼碯　以衆寶物　造諸大車
莊校嚴飾　周帀欄楯　四面懸鈴　金繩交絡
真珠羅網　張施其上　金華諸瓔　處處垂下
衆綵雜飾　周帀圍繞　柔軟繒纊　以爲茵褥
上妙細氎　價直千億　鮮白淨潔　以覆其上
有大白牛　肥壯多力　形體姝好　以駕寶車
多諸儐從　而侍衛之　以是妙車　等賜諸子
諸子是時　歡喜踊躍　乘是寶車　遊於四方
嬉戲快樂　自在無礙　告舍利弗　我亦如是
衆聖中尊　世間之父　一切衆生　皆是吾子
深著世樂　無有慧心　三界無安　猶如火宅
衆苦充滿　甚可怖畏　常有生老　病死憂患
如是等火　熾然不息　如來已離　三界火宅
寂然閑居　安處林野　今此三界　皆是我有
其中衆生　悉是吾子　而今此處　多諸患難
唯我一人　能爲救護　雖復教詔　而不信受
於諸欲染　貪著深故　以是方便　爲說三乘
令諸衆生　知三界苦　開示演說　出世間道
是諸子等　若心決定　具足三明　及六神通
有得緣覺　不退菩薩　汝舍利弗　我爲衆生
以此譬喻　說一佛乘　汝等若能　信受是語
一切皆當　成得佛道　是乘微妙　清淨第一
於諸世間　爲無有上　佛所悅可　一切衆生
所應稱讚　供養禮拜　無量億千　諸力解脫
禪定智慧　及佛餘法　得如是乘　令諸子等
日夜劫數　常得遊戲　與諸菩薩　及聲聞衆
乘此寶乘　直至道場　以是因緣　十方諦求
更無餘乘　除佛方便　告舍利弗　汝諸人等

皆是吾子　我則是父　汝等累劫　衆苦所燒
我皆濟拔　令出三界　我雖先說　汝等滅度
但盡生死　而實不滅　今所應作　唯佛智慧
若有菩薩　於是衆中　能一心聽　諸佛實法
諸佛世尊　雖以方便　所化衆生　皆是菩薩
若人小智　深著愛欲　爲此等故　說於苦諦
衆生心喜　得未曾有　佛說苦諦　真實無異
若有衆生　不知苦本　深著苦因　不能暫捨
爲是等故　方便說道　諸苦所因　貪欲爲本
若滅貪欲　無所依止　滅盡諸苦　名第三諦
爲滅諦故　修行於道　離諸苦縛　名得解脫
是人於何　而得解脫　但離虛妄　名爲解脫
其實未得　一切解脫　佛說是人　未實滅度
斯人未得　無上道故　我意不欲　令至滅度
我爲法王　於法自在　安隱衆生　故現於世
汝舍利弗　我此法印　爲欲利益　世間故說
在所遊方　勿妄宣傳　若有聞者　隨喜頂受
當知是人　阿惟越致　若有信受　此經法者
是人已曾　見過去佛　恭敬供養　亦聞是法
若人有能　信汝所說　則爲見我　亦見於汝
及比丘僧　并諸菩薩　斯法華經　爲深智說
淺識聞之　迷惑不解　一切聲聞　及辟支佛
於此經中　力所不及　汝舍利弗　尚於此經
以信得入　況餘聲聞　其餘聲聞　信佛語故
隨順此經　非已智分　又舍利弗　憍慢懈怠
計我見者　莫說此經　凡夫淺識　深著五欲
聞不能解　亦勿爲說　若人不信　毀謗此經
則斷一切　世間佛種　或復顰蹙　而懷疑惑
汝當聽法　此人罪報　若佛在世　若滅度後
其有誹謗　如斯經典　見有讀誦　書持經者

輕賤憎嫉　而懷結恨　此人罪報　汝今復聽
其人命終　入阿鼻獄　具足一劫　劫盡更生
如是展轉　至無數劫　從地獄出　當墮畜生
若狗野干　其形頊瘦　黧黮疥癩　人所觸嬈
又復爲人　之所惡賤　常困飢渴　骨肉枯竭
生受楚毒　死被瓦石　斷佛種故　受斯罪報
若作馲駝　或生驢中　身常負重　加諸杖捶
但念水草　餘無所知　謗斯經故　獲罪如是
有作野干　來入聚落　身體疥癩　又無一目
爲諸童子　之所打擲　受諸苦痛　或時致死
於此死已　更受蟒身　其形長大　五百由旬
聾騃無足　宛轉腹行　爲諸小蟲　之所唼食
晝夜受苦　無有休息　謗斯經故　獲罪如是
若得爲人　諸根闇鈍　矬陋攣躄　盲聾背傴
有所言說　人不信受　口氣常臭　鬼魅所著
貧窮下賤　爲人所使　多病痟瘦　無所依怙
雖親附人　人不在意　若有所得　尋復忘失
若修醫道　順方治病　更增他疾　或復致死
若自有病　無人救療　設服良藥　而復增劇
若他反逆　抄劫竊盜　如是等罪　橫羅其殃
如斯罪人　永不見佛　衆聖之王　說法教化
如斯罪人　常生難處　狂聾心亂　永不聞法
於無數劫　如恒河沙　生輒聾瘂　諸根不具
常處地獄　如遊園觀　在餘惡道　如己舍宅
駝驢豬狗　是其行處　謗斯經故　獲罪如是
若得爲人　聾盲瘖瘂　貧窮諸衰　以自莊嚴
水腫乾痟　疥癩癰疽　如是等病　以爲衣服
身常臭處　垢穢不淨　深著我見　增益瞋恚
婬欲熾盛　不擇禽獸　謗斯經故　獲罪如是
告舍利弗　謗斯經者　若說其罪　窮劫不盡

以是因緣 我故語汝 無智人中 莫說此經
若有利根 智慧明了 多聞強識 求佛道者
如是之人 乃可爲說 若人曾見 億百千佛
植諸善本 深心堅固 如是之人 乃可爲說
若人精進 常修慈心 不惜身命 乃可爲說
若人恭敬 無有異心 離諸凡愚 獨處山澤
如是之人 乃可爲說 又舍利弗 若見有人
捨惡知識 親近善友 如是之人 乃可爲說
若見佛子 持戒清潔 如淨明珠 求大乘經
如是之人 乃可爲說 若人無瞋 質直柔輭
常愍一切 恭敬諸佛 如是之人 乃可爲說
復有佛子 於大衆中 以清淨心 種種因緣
譬喻言辭 說法無礙 如是之人 乃可爲說
若有比丘 爲一切智 四方求法 合掌頂受
但樂受持 大乘經典 乃至不受 餘經一偈
如是之人 乃可爲說 如人至心 求佛舍利
如是求經 得已頂受 其人不復 志求餘經
亦未曾念 外道典籍 如是之人 乃可爲說
告舍利弗 我說是相 求佛道者 窮劫不盡
如是等人 則能信解 汝當爲說 妙法華經

信解品第四

爾時慧命須菩提摩訶迦旃延摩訶迦葉摩訶目揵連從佛所聞未曾有法世尊授舍利弗阿耨多羅三藐三菩提記發希有心歡喜踊躍即從座起整衣服偏袒右肩右膝著地一心合掌曲躬恭敬瞻仰尊顏而白佛言我等居僧之首年並朽邁自謂已得涅槃無所堪任不復進求阿耨多羅三藐三菩提世尊往昔說法既久我時在座身體疲懈但念空無相無作於菩薩法遊戲神通淨佛國土成

就衆生心不喜樂所以者何世尊令我等出於三界得涅槃證又今我等年已朽邁於佛教化菩薩阿耨多羅三藐三菩提不生一念好樂之心我等今於佛前聞授聲聞阿耨多羅三藐三菩提記心甚歡喜得未曾有不謂於今忽然得聞希有之法深自慶幸獲大善利無量珍寶不求自得世尊我等今者樂說譬喻以明斯義譬若有人年既幼稚捨父逃逝久住他國或十二十至五十歲年既長大加復窮困馳騁四方以求衣食漸漸遊行遇向本國其父先來求子不得中止一城其家大富財寶無量金銀瑠璃珊瑚琥珀玻瓈珠等其諸倉庫悉皆盈溢多有僮僕臣佐吏民象馬車乘牛羊無數出入息利乃徧他國商估賈客亦甚衆多時貧窮子遊諸聚落經歷國邑遂到其父所止之城父每念子與子離別五十餘年而未曾向人說如此事但自思惟心懷悔恨自念老朽多有財物金銀珍寶倉庫盈溢無有子息一旦終沒財物散失無所委付是以慇懃每憶其子復作是念我若得子委付財物坦然快樂無復憂慮世尊爾時窮子傭賃展轉遇到父舍住立門側遥見其父踞師子牀寶几承足諸婆羅門刹利居士皆恭敬圍繞以真珠瓔珞價直千萬莊嚴其身吏民僮僕手執白拂侍立左右覆以寶帳垂諸華旛香水灑地散衆名華羅列寶物出内取與有如是等種種嚴飾威德特尊窮子見父有大力勢即懷恐怖悔來至此竊作是念此或是王或是王等非我傭力得物之處不如往至貧里肆力有地衣食易得若久

住此或見逼迫强使我作作是念已疾走而去時富長者於師子座見子便識心大歡喜即作是念我財物庫藏今有所付我常思念此子無由見之而忽自來甚適我願我雖年朽猶故貪惜即遣傍人急追將還爾時使者疾走往捉窮子驚愕稱怨大喚我不相犯何爲見捉使者執之逾急强牽將還于時窮子自念無罪而被囚執此必定死轉更惶怖悶絶躃地父遥見之而語使言不須此人勿强將來以冷水灑面令得醒悟莫復與語所以者何父知其子志意下劣自知豪貴爲子所難審知是子而以方便不語他人云是我子使者語之我今放汝隨意所趣窮子歡喜得未曾有從地而起往至貧里以求衣食爾時長者將欲誘引其子而設方便密遣二人形色憔悴無威德者汝可詣彼徐語窮子此有作處倍與汝直窮子若許將來使作若言欲何所作便可語之雇汝除糞我等二人亦共汝作時二使人即求窮子既已得之具陳上事爾時窮子先取其價尋與除糞其父見子愍而怪之又以他日於窻牖中遥見子身羸瘦憔悴糞土塵坌汙穢不淨即脱瓔珞細輭上服嚴飾之具更著麤弊垢膩之衣塵土坌身右手執持除糞之器狀有所畏語諸作人汝等勤作勿得懈息以方便故得近其子後復告言咄男子汝常此作勿復餘去當加汝價諸有所須盆器米麪鹽醋之屬莫自疑難亦有老弊使人須者相給好自安意我如汝父勿復憂慮所以者何我年老大而汝少壯汝常作時無有欺怠瞋恨怨言都不見汝有

此諸惡如餘作人自今已後如所生子即時長者更與作字名之爲兒爾時窮子雖欣此遇猶故自謂客作賤人由是之故於二十年中常令除糞過是已後心相體信入出無難然其所止猶在本處世尊爾時長者有疾自知將死不久語窮子言我今多有金銀珍寶倉庫盈溢其中多少所應取與汝悉知之我心如是當體此意所以者何今我與汝便爲不異宜加用心無令漏失爾時窮子即受教勅領知衆物金銀珍寶及諸庫藏而無希取一餐之意然其所止故在本處下劣之心亦未能捨復經少時父知子意漸以通泰成就大志自鄙先心臨欲終時而命其子并會親族國王大臣刹利居士皆悉已集即自宣言諸君當知此是我子我之所生於某城中捨吾逃走竛竮辛苦五十餘年其本字某我名某甲昔在本城懷憂推覓忽於此間遇會得之此實我子我實其父今我所有一切財物皆是子有先所出內是子所知世尊是時窮子聞父此言即大歡喜得未曾有而作是念我本無心有所希求今此寶藏自然而至世尊大富長者則是如來我等皆似佛子如來常說我等爲子世尊我等以三苦故於生死中受諸熱惱迷惑無知樂著小法今日世尊令我等思惟蠲除諸法戲論之糞我等於中勤加精進得至涅槃一日之價既得此已心大歡喜自以爲足便自謂言於佛法中勤精進故所得弘多然世尊先知我等心著弊欲樂於小法便見縱捨不爲分別汝等當有如來知見寶藏之分世尊以方便力說如來智

慧我等從佛得涅槃一日之價以爲大得於此大乘無有志求我等又因如來智慧爲諸菩薩開示演說而自於此無有志願所以者何佛知我等心樂小法以方便力隨我等說而我等不知真是佛子今我等方知世尊於佛智慧無所吝惜所以者何我等昔來真是佛子而但樂小法若我等有樂大之心佛則爲我說大乘法於此經中唯說一乘而昔於菩薩前毀呰聲聞樂小法者然佛實以大乘教化是故我等說本無心有所希求今法王大寶自然而至如佛子所應得者皆已得之

爾時摩訶迦葉欲重宣此義而說偈言

我等今日　聞佛音教　歡喜踊躍　得未曾有
佛說聲聞　當得作佛　無上寶聚　不求自得
譬如童子　幼稚無識　捨父逃逝　遠到他土
周流諸國　五十餘年　其父憂念　四方推求
求之既疲　頓止一城　造立舍宅　五欲自娛
其家巨富　多諸金銀　硨磲碼碯　真珠瑠璃
象馬牛羊　輦輿車乘　田業僮僕　人民衆多
出入息利　乃徧他國　商估賈人　無處不有
千萬億衆　圍繞恭敬　常爲王者　之所愛念
羣臣豪族　皆共宗重　以諸緣故　往來者衆
豪富如是　有大力勢　而年朽邁　益憂念子
夙夜惟念　死時將至　癡子捨我　五十餘年
庫藏諸物　當如之何　爾時窮子　求索衣食
從邑至邑　從國至國　或有所得　或無所得
飢餓羸瘦　體生瘡癬　漸次經歷　到父住城
傭賃展轉　遂至父舍　爾時長者　於其門內
施大寶帳　處師子座　眷屬圍繞　諸人侍衛
或有計算　金銀寶物　出內財產　注記券疏

窮子見父　豪貴尊嚴　謂是國王　若國王等
驚怖自怪　何故至此　覆自念言　我若久住
或見逼迫　強驅使作　思惟是已　馳走而去
借問貧里　欲往傭作　長者是時　在師子座
遙見其子　默而識之　即勅使者　追捉將來
窮子驚喚　迷悶躃地　是人執我　必當見殺
何用衣食　使我至此　長者知子　愚癡狹劣
不信我言　不信是父　即以方便　更遣餘人
眇目矬陋　無威德者　汝可語之　云當相雇
除諸糞穢　倍與汝價　窮子聞之　歡喜隨來
爲除糞穢　淨諸房舍　長者於牖　常見其子
念子愚劣　樂爲鄙事　於是長者　著弊垢衣
執除糞器　往到子所　方便附近　語令勤作
既益汝價　并塗足油　飲食充足　薦席厚煖
如是苦言　汝當勤作　又以輭語　若如我子
長者有智　漸令入出　經二十年　執作家事
示其金銀　真珠玻瓈　諸物出入　皆使令知
猶處門外　止宿草庵　自念貧事　我無此物
父知子心　漸已曠大　欲與財物　即聚親族
國王大臣　剎利居士　於此大衆　說是我子
捨我他行　經五十歲　自見子來　已二十年
昔於某城　而失是子　周行求索　遂來至此
凡我所有　舍宅人民　悉以付之　恣其所用
子念昔貧　志意下劣　今於父所　大獲珍寶
并及舍宅　一切財物　甚大歡喜　得未曾有
佛亦如是　知我樂小　未曾說言　汝等作佛
而說我等　得諸無漏　成就小乘　聲聞弟子
佛勅我等　說最上道　修習此者　當得成佛
我承佛教　爲大菩薩　以諸因緣　種種譬喻
若干言辭　說無上道　諸佛子等　從我聞法

日夜思惟　精勤修習　是時諸佛　即授其記
汝於來世　當得作佛　一切諸佛　祕藏之法
但爲菩薩　演其實事　而不爲我　說斯真要
如彼窮子　得近其父　雖知諸物　心不希取
我等雖說　佛法寶藏　自無志願　亦復如是
我等內滅　自謂爲足　唯了此事　更無餘事
我等若聞　淨佛國土　教化眾生　都無欣樂
所以者何　一切諸法　皆悉空寂　無生無滅
無大無小　無漏無爲　如是思惟　不生喜樂
我等長夜　於佛智慧　無貪無著　無復志願
而自於法　謂是究竟　我等長夜　修習空法
得脫三界　苦惱之患　住最後身　有餘涅槃
佛所教化　得道不虛　則爲已得　報佛之恩
我等雖爲　諸佛子等　說菩薩法　以求佛道
而於是法　永無願樂　導師見捨　觀我心故
初不勸進　說有實利　如富長者　知子志劣
以方便力　柔伏其心　然後乃付　一切財物
佛亦如是　現希有事　知樂小者　以方便力
調伏其心　乃教大智　我等今日　得未曾有
非先所望　而今自得　如彼窮子　得無量寶
世尊我今　得道得果　於無漏法　得清淨眼
我等長夜　持佛淨戒　始於今日　得其果報
法王法中　久修梵行　今得無漏　無上大果
我等今者　真是聲聞　以佛道聲　令一切聞
我等今者　真阿羅漢　於諸世間　天人魔梵
普於其中　應受供養　世尊大恩　以希有事
憐愍教化　利益我等　無量億劫　誰能報者
手足供給　頭頂禮敬　一切供養　皆不能報
若以頂戴　兩肩荷負　於恒沙劫　盡心恭敬
又以美膳　無量寶衣　及諸卧具　種種湯藥

牛頭栴檀　及諸珍寶　以起塔廟　寶衣布地
如斯等事　以用供養　於恒沙劫　亦不能報
諸佛希有　無量無邊　不可思議　大神通力
無漏無爲　諸法之王　能爲下劣　忍于斯事
取相凡夫　隨宜爲說　諸佛於法　得最自在
知諸衆生　種種欲樂　及其志力　隨所堪任
以無量喻　而爲說法　隨諸衆生　宿世善根
又知成熟　未成熟者　種種籌量　分別知已
於一乘道　隨宜說三

妙法蓮華經卷第二

音釋

隤落 隤杜回切墜也
欻 許勿切忽也
幰 許偃切繒曰幰
張弛 丈爾切壞也
苫 舒贍切編茅也
椽梠 椽直攣切桷也梠力舉切楣也
鴟梟 鴟赤脂切梟古堯切鴟梟怪鳥也
鵰鷲 鵰都聊切鷲音就鵰鷲大鷲鳥也
蝮蠍 蝮房六切蠍許竭切蝮蠍毒蟲也
蚰蜒 蚰以周切蜒以然切蚰蜒蜈蚣也
鼷鼠 鼷胡雞切鼷鼠小鼠也
蜣蜋 蜣去羊切蜋呂張切蜣蜋食糞蟲也
嚌齧 嚌才詣切嘗也齧五結切噬也
摣掣 摣側加切又取也掣昌列切牽也
啀喍 啀五皆切喍士皆切啀喍犬相拒聲也
嘷吠 嘷胡刀切吠符廢切
熢㶿 熢薄紅切㶿蒲沒切熢㶿烟威貌
頓瘦 頓苦骨切頹頓也瘦所祐切
黧黮 黧郎奚切黮吐敢切黧黮斑黑也
蟒 莫朗切大蛇也
騃 五駭切癡也
癵躄 癵呂員切拘也躄必益切足不能行也
竛竮 竛郎丁切竮普丁切孤獨貌
出內 出尺偽切內與納同

妙法蓮華經卷第三

姚秦三藏法師鳩摩羅什奉　詔譯

藥草喻品第五

爾時世尊告摩訶迦葉及諸大弟子善哉善哉迦葉善說如來真實功德誠如所言如來復有無量無邊阿僧祇功德汝等若於無量億劫說不能盡迦葉當知如來是諸法之王若有所說皆不虛也於一切法以智方便而演說之其所說法皆悉到於一切智地如來觀知一切諸法之所歸趣亦知一切衆生深心所行通達無礙又於諸法究盡明了示諸衆生一切智慧迦葉譬如三千大千世界山川谿谷土地所生卉木叢林及諸藥草種類若干名色各異密雲彌布徧覆三千大千世界一時等澍其澤普洽卉木叢林及諸藥草小根小莖小枝小葉中根中莖中枝中葉大根大莖大枝大葉諸樹大小隨上中下各有所受一雲所雨稱其種性而得生長華果敷實雖一地所生一雨所潤而諸草木各有差別迦葉當知如來亦復如是出現於世如大雲起以大音聲普徧世界天人阿修羅如彼大雲徧覆三千大千國土於大衆中而唱是言我是如來應供正徧知明行足善逝世間解無上士調御丈夫天人師佛世尊未度者令度未解者令解未安者令安未涅槃者令得涅槃今世後世如實知之我是一切知者一切見者知道者開道者說道者汝等天人阿修羅衆皆應到此爲聽法故爾時無數千萬億種衆生來至佛所而聽法如來于時觀是衆生諸根利鈍精進懈怠隨其所堪而爲

說法種種無量皆令歡喜快得善利是諸衆生聞是法已現世安隱後生善處以道受樂亦得聞法既聞法已離諸障礙於諸法中任力所能漸得入道如彼大雲雨於一切卉木叢林及諸藥草如其種性具足蒙潤各得生長如來說法一相一味所謂解脫相離相滅相究竟至於一切種智其有衆生聞如來法若持讀誦如說修行所得功德不自覺知所以者何唯有如來知此衆生種相體性念何事思何事修何事云何念云何思云何修以何法念以何法思以何法修以何法得何法衆生住於種種之地唯有如來如實見之明了無礙如彼卉木叢林諸藥草等而不自知上中下性如來知是一相一味之法所謂解脫相離相滅相究竟涅槃常寂滅相終歸於空佛知是已觀衆生心欲而將護之是故不即爲說一切種智汝等迦葉甚爲希有能知如來隨宜說法能信能受所以者何諸佛世尊隨宜說法難解難知爾時世尊欲重宣此義而說偈言

破有法王　出現世間　隨衆生欲　種種說法
如來尊重　智慧深遠　久默斯要　不務速說
有智若聞　則能信解　無智疑悔　則爲永失
是故迦葉　隨力爲說　以種種緣　令得正見
迦葉當知　譬如大雲　起於世間　徧覆一切
慧雲含潤　電光晃曜　雷聲遠震　令衆悅豫
日光掩蔽　地上清涼　靉靆垂布　如可承攬
其雨普等　四方俱下　流澍無量　率土充洽
山川險谷　幽邃所生　卉木藥草　大小諸樹
百穀苗稼　甘蔗蒲萄　雨之所潤　無不豐足

乾地普洽 藥木並茂 其雲所出 一味之水
草木叢林 隨分受潤 一切諸樹 上中下等
稱其大小 各得生長 根莖枝葉 華果光色
一雨所及 皆得鮮澤 如其體相 性分大小
所潤是一 而各滋茂 佛亦如是 出現於世
譬如大雲 普覆一切 既出于世 爲諸衆生
分別演說 諸法之實 大聖世尊 於諸天人
一切衆中 而宣是言 我爲如來 兩足之尊
出于世間 猶如大雲 充潤一切 枯槁衆生
皆令離苦 得安隱樂 世間之樂 及涅槃樂
諸天人衆 一心善聽 皆應到此 覲無上尊
我爲世尊 無能及者 安隱衆生 故現於世
爲大衆說 甘露淨法 其法一味 解脱涅槃
以一妙音 演暢斯義 常爲大乘 而作因緣
我觀一切 普皆平等 無有彼此 愛憎之心
我無貪著 亦無限礙 恒爲一切 平等說法
如爲一人 衆多亦然 常演說法 曽無他事
去來坐立 終不疲厭 充足世間 如雨普潤
貴賤上下 持戒毀戒 威儀具足 及不具足
正見邪見 利根鈍根 等雨法雨 而無懈倦
一切衆生 聞我法者 隨力所受 住於諸地
或處人天 轉輪聖王 釋梵諸王 是小藥草
知無漏法 能得涅槃 起六神通 及得三明
獨處山林 常行禪定 得緣覺證 是中藥草
求世尊處 我當作佛 行精進定 是上藥草
又諸佛子 專心佛道 常行慈悲 自知作佛
決定無疑 是名小樹 安住神通 轉不退輪
度無量億 百千衆生 如是菩薩 名爲大樹
佛平等說 如一味雨 隨衆生性 所受不同
如彼草木 所稟各異 佛以此喻 方便開示

種種言辭　演說一法　於佛智慧　如海一滴
我雨法雨　充滿世間　一味之法　隨力修行
如彼叢林　藥草諸樹　隨其大小　漸增茂好
諸佛之法　常以一味　令諸世間　普得具足
漸次修行　皆得道果　聲聞緣覺　處於山林
住最後身　聞法得果　是名藥草　各得增長
若諸菩薩　智慧堅固　了達三界　求最上乘
是名小樹　而得增長　復有住禪　得神通力
聞諸法空　心大歡喜　放無數光　度諸衆生
是名大樹　而得增長　如是迦葉　佛所說法
譬如大雲　以一味雨　潤於人華　各得成實
迦葉當知　以諸因緣　種種譬喻　開示佛道
是我方便　諸佛亦然　今爲汝等　說最實事
諸聲聞衆　皆非滅度　汝等所行　是菩薩道
漸漸修學　悉當成佛

授記品第六

爾時世尊說是偈已告諸大衆唱如是言我此弟子摩訶迦葉於未來世當得奉覲三百萬億諸佛世尊供養恭敬尊重讚歎廣宣諸佛無量大法於最後身得成爲佛名曰光明如來應供正徧知明行足善逝世間解無上士調御丈夫天人師佛世尊國名光德劫名大莊嚴佛壽十二小劫正法住世二十小劫像法亦住二十小劫國界嚴飾無諸穢惡瓦礫荊棘便利不淨其土平正無有高下坑坎堆阜瑠璃爲地寶樹行列黃金爲繩以界道側散諸寶華周徧清淨其國菩薩無量千億諸聲聞衆亦復無數無有魔事雖有魔及魔民皆護佛法爾時世尊欲重宣此義而說偈言

告諸比丘　我以佛眼　見是迦葉　於未來世
過無數劫　當得作佛　而於來世　供養奉覲
三百萬億　諸佛世尊　爲佛智慧　淨修梵行
供養最上　二足尊已　修習一切　無上之慧
於最後身　得成爲佛　其土清淨　瑠璃爲地
多諸寶樹　行列道側　金繩界道　見者歡喜
常出好香　散衆名華　種種奇妙　以爲莊嚴
其地平正　無有丘坑　諸菩薩衆　不可稱計
其心調柔　逮大神通　奉持諸佛　大乘經典
諸聲聞衆　無漏後身　法王之子　亦不可計
乃以天眼　不能數知　其佛當壽　十二小劫
正法住世　二十小劫　像法亦住　二十小劫
光明世尊　其事如是
爾時大目揵連須菩提摩訶迦旃延等皆悉
悚慄一心合掌瞻仰尊顏目不暫捨即共同
聲而說偈言
大雄猛世尊　諸釋之法王　哀愍我等故
而賜佛音聲　若知我深心　見爲授記者
如以甘露灑　除熱得清涼　如從饑國來
忽遇大王膳　心猶懷疑懼　未敢即便食
若復得王教　然後乃敢食　我等亦如是
每惟小乘過　不知當云何　得佛無上慧
雖聞佛音聲　言我等作佛　心尚懷憂懼
如未敢便食　若蒙佛授記　爾乃快安樂
大雄猛世尊　常欲安世間　願賜我等記
如飢須教食
爾時世尊知諸大弟子心之所念告諸比丘
是須菩提於當來世奉覲三百萬億那由他
佛供養恭敬尊重讚歎常修梵行具菩薩道
於最後身得成爲佛號曰名相如來應供正

徧知明行足善逝世間解無上士調御丈夫天人師佛世尊劫名有寶國名寶生其土平正玻瓈爲地寶樹莊嚴無諸丘坑砂礫荆棘便利之穢寶華覆地周徧清淨其土人民皆處寶臺珍妙樓閣聲聞弟子無量無邊筭數譬喻所不能知諸菩薩衆無數千萬億那由他佛壽十二小劫正法住世二十小劫像法亦住二十小劫其佛常處虚空爲衆說法度脫無量菩薩及聲聞衆爾時世尊欲重宣此義而說偈言

諸比丘衆　今告汝等　皆當一心　聽我所說
我大弟子　須菩提者　當得作佛　號曰名相
當供無數　萬億諸佛　隨佛所行　漸具大道
最後身得　三十二相　端正姝妙　猶如寶山
其佛國土　嚴淨第一　衆生見者　無不愛樂
佛於其中　度無量衆　其佛法中　多諸菩薩
皆悉利根　轉不退輪　彼國常以　菩薩莊嚴
諸聲聞衆　不可稱數　皆得三明　具六神通
住八解脫　有大威德　其佛說法　現於無量
神通變化　不可思議　諸天人民　數如恒沙
皆共合掌　聽受佛語　其佛當壽　十二小劫
正法住世　二十小劫　像法亦住　二十小劫

爾時世尊復告諸比丘衆我今語汝是大迦旃延於當來世以諸供具供養奉事八千億佛恭敬尊重諸佛滅後各起塔廟高千由旬縱廣正等五百由旬以金銀瑠璃硨磲碼碯真珠玫瑰七寶合成衆華瓔珞塗香末香燒香繒蓋幢旛供養塔廟過是已後當復供養二萬億佛亦復如是供養是諸佛已具菩薩道當得作佛號曰閻浮那提金光如來應供

正徧知明行足善逝世間解無上士調御丈夫天人師佛世尊其土平正玻瓈爲地寶樹莊嚴黃金爲繩以界道側妙華覆地周徧清淨見者歡喜無四惡道地獄餓鬼畜生阿修羅道多有天人諸聲聞衆及諸菩薩無量萬億莊嚴其國佛壽十二小劫正法住世二十小劫像法亦住二十小劫爾時世尊欲重宣此義而說偈言

諸比丘衆　皆一心聽　如我所說　真實無異
是迦旃延　當以種種　妙好供具　供養諸佛
諸佛滅後　起七寶塔　亦以華香　供養舍利
其最後身　得佛智慧　成等正覺　國土清淨
度脫無量　萬億衆生　皆爲十方　之所供養
佛之光明　無能勝者　其佛號曰　閻浮金光
菩薩聲聞　斷一切有　無量無數　莊嚴其國

爾時世尊復告大衆我今語汝是大目揵連當以種種供具供養八千諸佛恭敬尊重諸佛滅後各起塔廟高千由旬縱廣正等五百由旬以金銀瑠璃硨磲碼碯真珠玫瑰七寶合成衆華瓔珞塗香末香燒香繒蓋幢旛以用供養過是已後當復供養二百萬億諸佛亦復如是當得成佛號曰多摩羅跋栴檀香如來應供正徧知明行足善逝世間解無上士調御丈夫天人師佛世尊劫名喜滿國名意樂其土平正玻瓈爲地寶樹莊嚴散真珠華周徧清淨見者歡喜多諸天人菩薩聲聞其數無量佛壽二十四小劫正法住世四十小劫像法亦住四十小劫爾時世尊欲重宣此義而說偈言

我此弟子　大目揵連　捨是身已　得見八千

二百萬億　諸佛世尊　爲佛道故　供養恭敬
於諸佛所　常修梵行　於無量劫　奉持佛法
諸佛滅後　起七寶塔　長表金刹　華香伎樂
而以供養　諸佛塔廟　漸漸具足　菩薩道已
於意樂國　而得作佛　號多摩羅　栴檀之香
其佛壽命　二十四劫　常爲天人　演說佛道
聲聞無量　如恒河沙　三明六通　有大威德
菩薩無數　志固精進　於佛智慧　皆不退轉
佛滅度後　正法當住　四十小劫　像法亦爾
我諸弟子　威德具足　其數五百　皆當授記
於未來世　咸得成佛　我及汝等　宿世因緣
吾今當說　汝等善聽

化城喻品第七

佛告諸比丘乃往過去無量無邊不可思議阿僧祇劫爾時有佛名大通智勝如來應供正徧知明行足善逝世間解無上士調御丈夫天人師佛世尊其國名好城劫名大相諸比丘彼佛滅度已來甚大久遠譬如三千大千世界所有地種假使有人磨以爲墨過於東方千國土乃下一點大如微塵又過千國土復下一點如是展轉盡地種墨於汝等意云何是諸國土若筭師若筭師弟子能得邊際知其數不不也世尊諸比丘是人所經國土若點不點盡抹爲塵一塵一劫彼佛滅度已來復過是數無量無邊百千萬億阿僧祇劫我以如來知見力故觀彼久遠猶若今日

爾時世尊欲重宣此義而說偈言

我念過去世　無量無邊劫　有佛兩足尊
名大通智勝　如人以力磨　三千大千土
盡此諸地種　皆悉以爲墨　過於千國土

乃下一塵點　如是展轉點　盡此諸塵墨
如是諸國土　點與不點等　復盡抹爲塵
一塵爲一劫　此諸微塵數　其劫復過是
彼佛滅度來　如是無量劫　如來無礙智
知彼佛滅度　及聲聞菩薩　如見今滅度
諸比丘當知　佛智淨微妙　無漏無所礙
通達無量劫

佛告諸比丘大通智勝佛壽五百四十萬億那由他劫其佛本坐道場破魔軍已垂得阿耨多羅三藐三菩提而諸佛法不現在前如是一小劫乃至十小劫結跏趺坐身心不動而諸佛法猶不在前爾時忉利諸天先爲彼佛於菩提樹下敷師子座高一由旬佛於此坐當得阿耨多羅三藐三菩提適坐此座時諸梵天王雨衆天華面百由旬香風時來吹去萎華更雨新者如是不絕滿十小劫供養於佛乃至滅度常雨此華四王諸天爲供養佛常擊天鼓其餘諸天作天伎樂滿十小劫至于滅度亦復如是諸比丘大通智勝佛過十小劫諸佛之法乃現在前成阿耨多羅三藐三菩提其佛未出家時有十六子其第一者名曰智積諸子各有種種珍異玩好之具聞父得成阿耨多羅三藐三菩提皆捨所珍往詣佛所諸母涕泣而隨送之其祖轉輪聖王與一百大臣及餘百千萬億人民皆共圍繞隨至道場咸欲親近大通智勝如來供養恭敬尊重讚歎到已頭面禮足繞佛畢已一心合掌瞻仰世尊以偈頌曰

大威德世尊　爲度衆生故　於無量億歲
爾乃得成佛　諸願已具足　善哉吉無上

世尊甚希有　一坐十小劫　身體及手足
靜然安不動　其心常憺怕　未曾有散亂
究竟永寂滅　安住無漏法　今者見世尊
安隱成佛道　我等得善利　稱慶大歡喜
衆生常苦惱　盲瞑無導師　不識苦盡道
不知求解脱　長夜增惡趣　減損諸天衆
從冥入於冥　永不聞佛名　今佛得最上
安隱無漏道　我等及天人　爲得最大利
是故咸稽首　歸命無上尊
爾時十六王子偈讚佛已勸請世尊轉於法輪咸作是言世尊說法多所安隱憐愍饒益諸天人民重說偈言
世雄無等倫　百福自莊嚴　得無上智慧
願爲世間說　度脱於我等　及諸衆生類
爲分別顯示　令得是智慧　若我等得佛
衆生亦復然　世尊知衆生　深心之所念
亦知所行道　又知智慧力　欲樂及修福
宿命所行業　世尊悉知已　當轉無上輪
佛告諸比丘大通智勝佛得阿耨多羅三藐三菩提時十方各五百萬億諸佛世界六種震動其國中間幽冥之處日月威光所不能照而皆大明其中衆生各得相見咸作是言此中云何忽生衆生又其國界諸天宫殿乃至梵宫六種震動大光普照徧滿世界勝諸天光爾時東方五百萬億諸國土中梵天宫殿光明照曜倍於常明諸梵天王各作是念今者宫殿光明昔所未有以何因緣而現此相是時諸梵天王即各相詣共議此事時彼衆中有一大梵天王名救一切爲諸梵衆而說偈言

我等諸宮殿　光明昔未有　此是何因緣
宜各共求之　爲大德天生　爲佛出世間
而此大光明　徧照於十方

爾時五百萬億國土諸梵天王與宮殿俱各以衣裓盛諸天華共詣西方推尋是相見大通智勝如來處于道場菩提樹下坐師子座諸天龍王乾闥婆緊那羅摩睺羅伽人非人等恭敬圍繞及見十六王子請佛轉法輪即時諸梵天王頭面禮佛繞百千帀即以天華而散佛上其所散華如須彌山并以供養佛菩提樹其菩提樹高十由旬華供養已各以宮殿奉上彼佛而作是言惟見哀愍饒益我等所獻宮殿願垂納處時諸梵天王即於佛前一心同聲以偈頌曰

世尊甚希有　難可得值遇　具無量功德
能救護一切　天人之大師　哀愍於世間
十方諸衆生　普皆蒙饒益　我等所從來
五百萬億國　捨深禪定樂　爲供養佛故
我等先世福　宮殿甚嚴飾　今以奉世尊
惟願哀納受

爾時諸梵天王偈讚佛已各作是言惟願世尊轉於法輪度脫衆生開涅槃道時諸梵天王一心同聲而說偈言

世雄兩足尊　惟願演說法　以大慈悲力
度苦惱衆生

爾時大通智勝如來默然許之又諸比丘東南方五百萬億國土諸大梵王各自見宮殿光明照曜昔所未有歡喜踊躍生希有心即各相詣共議此事時彼衆中有一大梵天王名曰大悲爲諸梵衆而說偈言

是事何因緣　而現如此相　我等諸宮殿
光明昔未有　爲大德天生　爲佛出世間
未曾見此相　當共一心求　過千萬億土
尋光共推之　多是佛出世　度脱苦衆生
爾時五百萬億諸梵天王與宮殿俱各以衣
裓盛諸天華共詣西北方推尋是相見大通
智勝如來處于道場菩提樹下坐師子座諸
天龍王乾闥婆緊那羅摩睺羅伽人非人等
恭敬圍繞及見十六王子請佛轉法輪時諸
梵天王頭面禮佛繞百千帀即以天華而散
佛上所散之華如須彌山并以供養佛菩提
樹華供養已各以宮殿奉上彼佛而作是言
惟見哀愍饒益我等所獻宮殿願垂納受爾
時諸梵天王即於佛前一心同聲以偈頌曰
聖主天中王　迦陵頻伽聲　哀愍衆生者

我等今敬禮　世尊甚希有　久遠乃一現
一百八十劫　空過無有佛　三惡道充滿
諸天衆減少　今佛出於世　爲衆生作眼
世間所歸趣　救護於一切　爲衆生之父
哀愍饒益者　我等宿福慶　今得值世尊
爾時諸梵天王偈讃佛已各作是言惟願世
尊哀愍一切轉於法輪度脱衆生時諸梵天
王一心同聲而説偈言
大聖轉法輪　顯示諸法相　度苦惱衆生
令得大歡喜　衆生聞此法　得道若生天
諸惡道減少　忍善者增益
爾時大通智勝如來默然許之又諸比丘南
方五百萬億國土諸大梵王各自見宮殿光
明照曜昔所未有歡喜踊躍生希有心即各
相詣共議此事以何因緣我等宮殿有此光

曜時彼衆中有一大梵天王名曰妙法爲諸梵衆而説偈言

我等諸宮殿　光明甚威曜　此非無因緣
是相宜求之　過於百千劫　未曾見是相
爲大德天生　爲佛出世間

爾時五百萬億諸梵天王與宮殿俱各以衣裓盛諸天華共詣北方推尋是相見大通智勝如來處于道場菩提樹下坐師子座諸天龍王乾闥婆緊那羅摩睺羅伽人非人等恭敬圍繞及見十六王子請佛轉法輪時諸梵天王頭面禮佛繞百千帀即以天華而散佛上所散之華如須彌山并以供養佛菩提樹華供養已各以宮殿奉上彼佛而作是言惟見哀愍饒益我等所獻宮殿願垂納受爾時諸梵天王即於佛前一心同聲以偈頌曰

世尊甚難見　破諸煩惱者　過百三十劫
今乃得一見　諸飢渴衆生　以法雨充滿
昔所未曾覩　無量智慧者　如優曇鉢華
今日乃值遇　我等諸宮殿　蒙光故嚴飾
世尊大慈愍　惟願垂納受

爾時諸梵天王偈讚佛已各作是言惟願世尊轉於法輪令一切世間諸天魔梵沙門婆羅門皆獲安隱而得度脱時諸梵天王一心同聲以偈頌曰

惟願天人尊　轉無上法輪　擊于大法鼓
而吹大法螺　普雨大法雨　度無量衆生
我等咸歸請　當演深遠音

爾時大通智勝如來默然許之西南方乃至下方亦復如是爾時上方五百萬億國土諸大梵王皆悉自覩所止宮殿光明威曜昔所

未有歡喜踊躍生希有心即各相詣共議此事以何因緣我等宮殿有斯光明時彼衆中有一大梵天王名曰尸棄爲諸梵衆而說偈言

今以何因緣　我等諸宮殿　威德光明曜
嚴飾未曾有　如是之妙相　昔所未聞見
爲大德天生　爲佛出世間

爾時五百萬億諸梵天王與宮殿俱各以衣裓盛諸天華共詣下方推尋是相見大通智勝如來處于道場菩提樹下坐師子座諸天龍王乾闥婆緊那羅摩睺羅伽人非人等恭敬圍繞及見十六王子請佛轉法輪時諸梵天王頭面禮佛繞百千帀即以天華而散佛上所散之華如須彌山幷以供養佛菩提樹華供養已各以宮殿奉上彼佛而作是言惟見哀愍饒益我等所獻宮殿願垂納處時諸梵天王即於佛前一心同聲以偈頌曰

善哉見諸佛　救世之聖尊　能於三界獄
勉出諸衆生　普智天人尊　哀愍羣萌類
能開甘露門　廣度於一切　於昔無量劫
空過無有佛　世尊未出時　十方常闇瞑
三惡道增長　阿修羅亦盛　諸天衆轉減
死多墮惡道　不從佛聞法　常行不善事
色力及智慧　斯等皆減少　罪業因緣故
失樂及樂想　住於邪見法　不識善儀則
不蒙佛所化　常墮於惡道　佛爲世間眼
久遠時乃出　哀愍諸衆生　故現於世間
超出成正覺　我等甚欣慶　及餘一切衆
喜歎未曾有　我等諸宮殿　蒙光故嚴飾
今以奉世尊　惟垂哀納受　願以此功德

普及於一切　我等與衆生　皆共成佛道
爾時五百萬億諸梵天王偈讃佛巳各白佛言惟願世尊轉於法輪多所安隱多所度脱時諸梵天王而說偈言
世尊轉法輪　擊甘露法鼓　度苦惱衆生　開示涅槃道　惟願受我請　以大微妙音　哀愍而敷演　無量劫習法
爾時大通智勝如來受十方諸梵天王及十六王子請即時三轉十二行法輪若沙門婆羅門若天魔梵及餘世間所不能轉謂是苦是苦集是苦滅是苦滅道及廣說十二因緣法無明緣行行緣識識緣名色名色緣六入六入緣觸觸緣受受緣愛愛緣取取緣有有緣生生緣老死憂悲苦惱無明滅則行滅行滅則識滅識滅則名色滅名色滅則六入滅六入滅則觸滅觸滅則受滅受滅則愛滅愛滅則取滅取滅則有滅有滅則生滅生滅則老死憂悲苦惱滅佛於天人大衆之中說是法時六百萬億那由他人以不受一切法故而於諸漏心得解脱皆得深妙禪定三明六通具八解脱第二第三第四說法時千萬億恒河沙那由他等衆生亦以不受一切法故而於諸漏心得解脱從是巳後諸聲聞衆無量無邊不可稱數爾時十六王子皆以童子出家而爲沙彌諸根通利智慧明了巳曾供養百千萬億諸佛淨修梵行求阿耨多羅三藐三菩提俱白佛言世尊是諸無量千萬億大德聲聞皆巳成就世尊亦當爲我等說阿耨多羅三藐三菩提法我等聞巳皆共修學世尊我等志願如來知見深心所念佛自證

知爾時轉輪聖王所將衆中八萬億人見十六王子出家亦求出家王即聽許爾時彼佛受沙彌請過二萬劫已乃於四衆之中說是大乘經名妙法蓮華教菩薩法佛所護念說是經已十六沙彌爲阿耨多羅三藐三菩提故皆共受持諷誦通利說是經時十六菩薩沙彌皆悉信受聲聞衆中亦有信解其餘衆生千萬億種皆生疑惑佛說是經於八千劫未曾休廢說此經已即入靜室住於禪定八萬四千劫是時十六菩薩沙彌知佛入室寂然禪定各升法座亦於八萬四千劫爲四部衆廣說分別妙法華經一一皆度六百萬億那由他恒河沙等衆生示教利喜令發阿耨多羅三藐三菩提心大通智勝佛過八萬四千劫已從三昧起往詣法座安詳而坐普告

大衆是十六菩薩沙彌甚爲希有諸根通利智慧明了已曾供養無量千萬億數諸佛於諸佛所常修梵行受持佛智開示衆生令入其中汝等皆當數數親近而供養之所以者何若聲聞辟支佛及諸菩薩能信是十六菩薩所說經法受持不毀者是人皆當得阿耨多羅三藐三菩提如來之慧佛告諸比丘是十六菩薩常樂說是妙法蓮華經一一菩薩所化六百萬億那由他恒河沙等衆生世世所生與菩薩俱從其聞法悉皆信解以此因緣得值四萬億諸佛世尊于今不盡諸比丘我今語汝彼佛弟子十六沙彌今皆得阿耨多羅三藐三菩提於十方國土現在說法有無量百千萬億菩薩聲聞以爲眷屬其二沙彌東方作佛一名阿閦在歡喜國二名須彌

頂東南方二佛一名師子音二名師子相南方二佛一名虛空住二名常滅西南方二佛一名帝相二名梵相西方二佛一名阿彌陀二名度一切世間苦惱西北方二佛一名多摩羅跋栴檀香神通二名須彌相北方二佛一名雲自在二名雲自在王東北方佛名壞一切世間怖畏第十六我釋迦牟尼佛於娑婆國土成阿耨多羅三藐三菩提諸比丘我等爲沙彌時各各教化無量百千萬億恒河沙等衆生從我聞法爲阿耨多羅三藐三菩提此諸衆生于今有住聲聞地者我常教化阿耨多羅三藐三菩提是諸人等應以是法漸入佛道所以者何如來智慧難信難解爾時所化無量恒河沙等衆生者汝等諸比丘及我滅度後未來世中聲聞弟子是也我滅度後復有弟子不聞是經不知不覺菩薩所行自於所得功德生滅度想當入涅槃我於餘國作佛更有異名是人雖生滅度之想入於涅槃而於彼土求佛智慧得聞是經唯以佛乘而得滅度更無餘乘除諸如來方便說法諸比丘若如來自知涅槃時到衆又清淨信解堅固了達空法深入禪定便集諸菩薩及聲聞衆爲說是經世間無有二乘而得滅度唯一佛乘得滅度耳比丘當知如來方便深入衆生之性知其志樂小法深著五欲爲是等故說於涅槃是人若聞則便信受譬如五百由旬險難惡道曠絕無人怖畏之處若有多衆欲過此道至珍寶處有一導師聰慧明達善知險道通塞之相將導衆人欲過此難所將人衆中路懈退白導師言我等疲極

而復怖畏不能復進前路猶遠今欲退還導師多諸方便而作是念此等可愍云何捨大珍寶而欲退還作是念已以方便力於險道中過三百由旬化作一城告衆人言汝等勿怖莫得退還今此大城可於中止隨意所作若入是城快得安隱若能前至寶所亦可得去是時疲極之衆心大歡喜歎未曾有我等今者免斯惡道快得安隱於是衆人前入化城生已度想生安隱想爾時導師知此人衆既得止息無復疲倦即滅化城語衆人言汝等去來寶處在近向者大城我所化作爲止息耳諸比丘如來亦復如是今爲汝等作大導師知諸生死煩惱惡道險難長遠應去應度若衆生但聞一佛乘者則不欲見佛不欲親近便作是念佛道長遠久受勤苦乃可得成佛知是心怯弱下劣以方便力而於中道爲止息故說二涅槃若衆生住於二地如來爾時即便爲說汝等所作未辦汝所住地近於佛慧當觀察籌量所得涅槃非真實也但是如來方便之力於一佛乘分別說三如彼導師爲止息故化作大城既知息已而告之言寶處在近此城非實我化作耳爾時世尊欲重宣此義而說偈言

大通智勝佛　十劫坐道場　佛法不現前
不得成佛道　諸天神龍王　阿修羅衆等
常雨於天華　以供養彼佛　諸天擊天鼓
并作衆伎樂　香風吹萎華　更雨新好者
過十小劫已　乃得成佛道　諸天及世人
心皆懷踊躍　彼佛十六子　皆與其眷屬
千萬億圍繞　俱行至佛所　頭面禮佛足

而請轉法輪　聖師子法雨　充我及一切
世尊甚難值　久遠時一現　爲覺悟羣生
震動於一切　東方諸世界　五百萬億國
梵宮殿光曜　昔所未曾有　諸梵見此相
尋來至佛所　散華以供養　并奉上宮殿
請佛轉法輪　以偈而讚歎　佛知時未至
受請默然坐　三方及四維　上下亦復爾
散華奉宮殿　請佛轉法輪　世尊甚難值
願以本慈悲　廣開甘露門　轉無上法輪
無量慧世尊　受彼衆人請　爲宣種種法
四諦十二緣　無明至老死　皆從生緣有
如是衆過患　汝等應當知　宣暢是法時
六百萬億姟　得盡諸苦際　皆成阿羅漢
第二說法時　千萬恒沙衆　於諸法不受
亦得阿羅漢　從是後得道　其數無有量
萬億劫筭數　不能得其邊　時十六王子
出家作沙彌　皆共請彼佛　演說大乘法
我等及營從　皆當成佛道　願得如世尊
慧眼第一淨　佛知童子心　宿世之所行
以無量因緣　種種諸譬喻　說六波羅蜜
及諸神通事　分別真實法　菩薩所行道
說是法華經　如恒河沙偈　彼佛說經已
靜室入禪定　一心一處坐　八萬四千劫
是諸沙彌等　知佛禪未出　爲無量億衆
說佛無上慧　各各坐法座　說是大乘經
於佛宴寂後　宣揚助法化　一一沙彌等
所度諸衆生　有六百萬億　恒河沙等衆
彼佛滅度後　是諸聞法者　在在諸佛土
常與師俱生　是十六沙彌　具足行佛道
今現在十方　各得成正覺　爾時聞法者

各在諸佛所　其有住聲聞　漸教以佛道
我在十六數　曾亦爲汝說　是故以方便
引汝趣佛慧　以是本因緣　今說法華經
令汝入佛道　慎勿懷驚懼　譬如險惡道
迥絶多毒獸　又復無水草　人所怖畏處
無數千萬衆　欲過此險道　其路甚曠遠
經五百由旬　時有一導師　強識有智慧
明了心決定　在險濟衆難　衆人皆疲倦
而白導師言　我等今頓乏　於此欲退還
導師作是念　此輩甚可愍　如何欲退還
而失大珍寶　尋時思方便　當設神通力
化作大城郭　莊嚴諸舍宅　周帀有園林
渠流及浴池　重門高樓閣　男女皆充滿
即作是化已　慰衆言勿懼　汝等入此城
各可隨所樂　諸人既入城　心皆大歡喜
皆生安隱想　自謂已得度　導師知息已
集衆而告言　汝等當前進　此是化城耳
我見汝疲極　中路欲退還　故以方便力
權化作此城　汝今勤精進　當共至寶所
我亦復如是　爲一切導師　見諸求道者
中路而懈廢　不能度生死　煩惱諸險道
故以方便力　爲息說涅槃　言汝等苦滅
所作皆已辦　既知到涅槃　皆得阿羅漢
爾乃集大衆　爲說真實法　諸佛方便力
分別說三乘　唯有一佛乘　息處故說二
今爲汝說實　汝所得非滅　爲佛一切智
當發大精進　汝證一切智　十力等佛法
具三十二相　乃是真實滅　諸佛之導師
爲息說涅槃　既知是息已　引入於佛慧

妙法蓮華經卷第三

音釋

靉靆靉烏代切靆徒耐切靉靆雲盛貌悚慄悚息拱切竦敬也慄力質切懼也萎於爲切枯也裓古得切衣前襟也姟古哀切十億曰姟

妙法蓮華經卷第四

姚秦三藏法師鳩摩羅什奉　詔譯

五百弟子受記品第八

爾時富樓那彌多羅尼子從佛聞是智慧方便隨宜說法又聞授諸大弟子阿耨多羅三藐三菩提記復聞宿世因緣之事復聞諸佛有大自在神通之力得未曾有心淨踊躍即從座起到於佛前頭面禮足却住一面瞻仰尊顏目不暫捨而作是念世尊甚奇特所爲希有隨順世間若干種性以方便知見而爲說法拔出衆生處處貪著我等於佛功德言不能宣唯佛世尊能知我等深心本願爾時佛告諸比丘汝等見是富樓那彌多羅尼子不我常稱其於說法人中最爲第一亦常歎其種種功德精勤護持助宣我法能於四衆示教利喜具足解釋佛之正法而大饒益同梵行者自捨如來無能盡其言論之辯汝等勿謂富樓那但能護持助宣我法亦於過去九十億諸佛所護持助宣佛之正法於彼說法人中亦最第一又於諸佛所說空法明了通達得四無礙智常能審諦清淨說法無有疑惑具足菩薩神通之力隨其壽命常修梵行彼佛世人咸皆謂之實是聲聞而富樓那以斯方便饒益無量百千衆生又化無量阿僧祇人令立阿耨多羅三藐三菩提爲淨佛土故常作佛事教化衆生諸比丘富樓那亦於七佛說法人中而得第一今於我所說法人中亦爲第一於賢劫中當來諸佛說法人中亦復第一而皆護持助宣佛法亦於未來護持助宣無量無邊諸佛之法教化饒益無

量衆生令立阿耨多羅三藐三菩提爲淨佛土故常勤精進教化衆生漸漸具足菩薩之道過無量阿僧祇劫當於此土得阿耨多羅三藐三菩提號曰法明如來應供正徧知明行足善逝世間解無上士調御丈夫天人師佛世尊其佛以恒河沙等三千大千世界爲一佛土七寶爲地地平如掌無有山陵谿澗溝壑七寶臺觀充滿其中諸天宮殿近處虛空人天交接兩得相見無諸惡道亦無女人一切衆生皆以化生無有婬欲得大神通身出光明飛行自在志念堅固精進智慧普皆金色三十二相而自莊嚴其國衆生常以二食一者法喜食二者禪悅食有無量阿僧祇千萬億那由他諸菩薩衆得大神通四無礙智善能教化衆生之類其聲聞衆算數校計所不能知皆得具足六通三明及八解脫其佛國土有如是等無量功德莊嚴成就劫名寶明國名善淨其佛壽命無量阿僧祇劫法住甚久佛滅度後起七寶塔徧滿其國爾時世尊欲重宣此義而說偈言

諸比丘諦聽　佛子所行道　善學方便故
不可得思議　知衆樂小法　而畏於大智
是故諸菩薩　作聲聞緣覺　以無數方便
化諸衆生類　自說是聲聞　去佛道甚遠
度脫無量衆　皆悉得成就　雖小欲懈怠
漸當令作佛　內秘菩薩行　外現是聲聞
少欲厭生死　實自淨佛土　示衆有三毒
又現邪見相　我弟子如是　方便度衆生
若我具足說　種種現化事　衆生聞是者
心則懷疑惑　今此富樓那　於昔千億佛

勤修所行道　宣護諸佛法　爲求無上慧
而於諸佛所　現居弟子上　多聞有智慧
所說無所畏　能令衆歡喜　未曾有疲倦
而以助佛事　已度大神通　具四無礙智
知諸根利鈍　常說清淨法　演暢如是義
教諸千億衆　令住大乘法　而自淨佛土
未來亦供養　無量無數佛　護助宣正法
亦自淨佛土　常以諸方便　說法無所畏
度不可計衆　成就一切智　供養諸如來
護持法寶藏　其後得成佛　號名曰法明
其國名善淨　七寶所合成　劫名爲寶明
菩薩衆甚多　其數無量億　皆度大神通
威德力具足　充滿其國土　聲聞亦無數
三明八解脫　得四無礙智　以是等爲僧
其國諸衆生　婬欲皆已斷　純一變化生
具相莊嚴身　法喜禪悅食　更無餘食想
無有諸女人　亦無諸惡道　富樓那比丘
功德悉成滿　當得斯淨土　賢聖衆甚多
如是無量事　我今但略說

爾時千二百阿羅漢心自在者作是念我等歡喜得未曾有若世尊各見授記如餘大弟子者不亦快乎佛知此等心之所念告摩訶迦葉是千二百阿羅漢我今當現前次第與授阿耨多羅三藐三菩提記於此衆中我大弟子憍陳如比丘當供養六萬二千億佛然後得成爲佛號曰普明如來應供正徧知明行足善逝世間解無上士調御丈夫天人師佛世尊其五百阿羅漢優樓頻螺迦葉伽耶迦葉那提迦葉迦留陀夷優陀夷阿㝹樓馱離婆多劫賓那薄拘羅周陀莎伽陀等皆當

得阿耨多羅三藐三菩提盡同一號名曰普明爾時世尊欲重宣此義而說偈言

憍陳如比丘　當見無量佛　過阿僧祇劫
乃成等正覺　常放大光明　具足諸神通
名聞徧十方　一切之所敬　常說無上道
故號爲普明　其國土清淨　菩薩皆勇猛
咸昇妙樓閣　遊諸十方國　以無上供具
奉獻於諸佛　作是供養已　心懷大歡喜
須臾還本國　有如是神力　佛壽六萬劫
正法住倍壽　像法復倍是　法滅天人憂
其五百比丘　次第當作佛　同號曰普明
轉次而授記　我滅度之後　某甲當作佛
其所化世間　亦如我今日　國土之嚴淨
及諸神通力　菩薩聲聞衆　正法及像法
壽命劫多少　皆如上所說　迦葉汝已知
五百自在者　餘諸聲聞衆　亦當復如是
其不在此會　汝當爲宣說

爾時五百阿羅漢於佛前得授記已歡喜踊躍即從座起到於佛前頭面禮足悔過自責世尊我等常作是念自謂已得究竟滅度今乃知之如無智者所以者何我等應得如來智慧而便自以小智爲足世尊譬如有人至親友家醉酒而卧是時親友官事當行以無價寶珠繫其衣裏與之而去其人醉卧都不覺知起已遊行到於他國爲衣食故勤力求索甚大艱難若少有所得便以爲足於後親友會遇見之而作是言咄哉丈夫何爲衣食乃至如是我昔欲令汝得安樂五欲自恣於某年日月以無價寶珠繫汝衣裏今故現在而汝不知勤苦憂惱以求自活甚爲癡也汝

令可以此寶貿易所須常可如意無所乏短佛亦如是爲菩薩時教化我等令發一切智心而尋廢忘不知不覺既得阿羅漢道自謂滅度資生艱難得少爲足一切智願猶在不失今者世尊覺悟我等作如是言諸比丘汝等所得非究竟滅我久令汝等種佛善根以方便故示涅槃相而汝謂爲實得滅度世尊我今乃知實是菩薩得受阿耨多羅三藐三菩提記以是因緣甚大歡喜得未曾有爾時阿若憍陳如等欲重宣此義而說偈言

我等聞無上　安隱授記聲　歡喜未曾有
禮無量智佛　今於世尊前　自悔諸過咎
於無量佛寶　得少涅槃分　如無智愚人
便自以爲足　譬如貧窮人　往至親友家
其家甚大富　具設諸肴膳　以無價寶珠
繫著內衣裏　默與而捨去　時臥不覺知
是人既已起　遊行詣他國　求衣食自濟
資生甚艱難　得少便爲足　更不願好者
不覺內衣裏　有無價寶珠　與珠之親友
後見此貧人　苦切責之已　示以所繫珠
貧人見此珠　其心大歡喜　富有諸財物
五欲而自恣　我等亦如是　世尊於長夜
常愍見教化　令種無上願　我等無智故
不覺亦不知　得少涅槃分　自足不求餘
今佛覺悟我　言非實滅度　得佛無上慧
爾乃爲真滅　我今從佛聞　授記莊嚴事
及轉次受決　身心徧歡喜

授學無學人記品第九

爾時阿難羅睺羅而作是念我等每自思惟設得授記不亦快乎即從座起到於佛前頭

面禮足俱白佛言世尊我等於此亦應有分唯有如來我等所歸又我等爲一切世間天人阿修羅所見知識阿難常爲侍者護持法藏羅睺羅是佛之子若佛見授阿耨多羅三藐三菩提記者我願既滿衆望亦足爾時學無學聲聞弟子二千人皆從座起偏袒右肩到於佛前一心合掌瞻仰世尊如阿難羅睺羅所願住立一面爾時佛告阿難汝於來世當得作佛號山海慧自在通王如來應供正徧知明行足善逝世間解無上士調御丈夫天人師佛世尊當供養六十二億諸佛護持法藏然後得阿耨多羅三藐三菩提教化二十千萬億恒河沙諸菩薩等令成阿耨多羅三藐三菩提國名常立勝播其土清淨瑠璃爲地劫名妙音徧滿其佛壽命無量千萬億阿僧祇劫若人於千萬億無量阿僧祇劫中筭數校計不能得知正法住世倍於壽命像法住世復倍正法阿難是山海慧自在通王佛爲十方無量千萬億恒河沙等諸佛如來所共讚歎稱其功德爾時世尊欲重宣此義而說偈言

我今僧中說　阿難持法者　當供養諸佛
然後成正覺　號曰山海慧　自在通王佛
其國土清淨　名常立勝播　教化諸菩薩
其數如恒沙　佛有大威德　名聞滿十方
壽命無有量　以愍衆生故　正法倍壽命
像法復倍是　如恒河沙等　無數諸衆生
於此佛法中　種佛道因緣

爾時會中新發意菩薩八千人咸作是念我等尚不聞諸大菩薩得如是記有何因緣而

諸聲聞得如是決爾時世尊知諸菩薩心之所念而告之曰諸善男子我與阿難等於空王佛所同時發阿耨多羅三藐三菩提心阿難常樂多聞我常勤精進是故我已得成阿耨多羅三藐三菩提而阿難護持我法亦護將來諸佛法藏教化成就諸菩薩衆其本願如是故獲斯記阿難面於佛前自聞授記及國土莊嚴所願具足心大歡喜得未曾有即時憶念過去無量千萬億諸佛法藏通達無礙如今所聞亦識本願爾時阿難而說偈言

世尊甚希有　令我念過去　無量諸佛法
如今日所聞　我今無復疑　安住於佛道
方便爲侍者　護持諸佛法

爾時佛告羅睺羅汝於來世當得作佛號蹈七寶華如來應供正徧知明行足善逝世間解無上士調御丈夫天人師佛世尊當供養十世界微塵等數諸佛如來常爲諸佛而作長子猶如今也是蹈七寶華佛國土莊嚴壽命劫數所化弟子正法像法亦如山海慧自在通王如來無異亦爲此佛而作長子過是已後當得阿耨多羅三藐三菩提爾時世尊欲重宣此義而說偈言

我爲太子時　羅睺爲長子　我今成佛道
受法爲法子　於未來世中　見無量億佛
皆爲其長子　一心求佛道　羅睺羅密行
唯我能知之　現爲我長子　以示諸衆生
無量億千萬　功德不可數　安住於佛法
以求無上道

爾時世尊見學無學二千人其意柔輭寂然清淨一心觀佛佛告阿難汝見是學無學二

千人不唯然巳見阿難是諸人等當供養五十世界微塵數諸佛如來恭敬尊重護持法藏末後同時於十方國各得成佛皆同一號名曰寶相如來應供正徧知明行足善逝世間解無上士調御丈夫天人師佛世尊壽命一劫國土莊嚴聲聞菩薩正法像法皆悉同等爾時世尊欲重宣此義而說偈言

是二千聲聞　今於我前住　悉皆與授記
未來當成佛　所供養諸佛　如上說塵數
護持其法藏　後當成正覺　各於十方國
悉同一名號　俱時坐道場　以證無上慧
皆名爲寶相　國土及弟子　正法與像法
悉等無有異　咸以諸神通　度十方衆生
名聞普周徧　漸入於涅槃

爾時學無學二千人聞佛授記歡喜踊躍而說偈言

世尊慧燈明　我聞授記音　心歡喜充滿
如甘露見灌

法師品第十

爾時世尊因藥王菩薩告八萬大士藥王汝見是大衆中無量諸天龍王夜叉乾闥婆阿修羅迦樓羅緊那羅摩睺羅伽人與非人及比丘比丘尼優婆塞優婆夷求聲聞者求辟支佛者求佛道者如是等類咸於佛前聞妙法華經一偈一句乃至一念隨喜者我皆與授記當得阿耨多羅三藐三菩提佛告藥王又如來滅度之後若有人聞妙法華經乃至一偈一句一念隨喜者我亦與授阿耨多羅三藐三菩提記若復有人受持讀誦解說書寫妙法華經乃至一偈於此經卷敬視如佛

種種供養華香瓔珞末香塗香燒香繒蓋幢旛衣服伎樂乃至合掌恭敬藥王當知是諸人等已曾供養十萬億佛於諸佛所成就大願愍衆生故生此人間藥王若有人問何等衆生於未來世當得作佛應示是諸人等於未來世必得作佛何以故若善男子善女人於法華經乃至一句受持讀誦解說書寫種種供養經卷華香瓔珞末香塗香燒香繒蓋幢旛衣服伎樂合掌恭敬是人一切世間所應瞻奉應以如來供養而供養之當知此人是大菩薩成就阿耨多羅三藐三菩提哀愍衆生願生此間廣演分別妙法華經何況盡能受持種種供養者藥王當知是人自捨清淨業報於我滅度後愍衆生故生於惡世廣演此經若是善男子善女人我滅度後能竊爲一人說法華經乃至一句當知是人則如來使如來所遣行如來事何況於大衆中廣爲人說藥王若有惡人以不善心於一劫中現於佛前常毀罵佛其罪尚輕若人以一惡言毀訾在家出家讀誦法華經者其罪甚重藥王其有讀誦法華經者當知是人以佛莊嚴而自莊嚴則爲如來肩所荷擔其所至方應隨向禮一心合掌恭敬供養尊重讚歎華香瓔珞末香塗香燒香繒蓋幢旛衣服肴饌作諸伎樂人中上供而供養之應持天寶而以散之天上寶聚應以奉獻所以者何是人歡喜說法須臾聞之即得究竟阿耨多羅三藐三菩提故爾時世尊欲重宣此義而說偈言

若欲住佛道　成就自然智　常當勤供養

受持法華者　其有欲疾得　一切種智慧
當受持是經　并供養持者　若有能受持
妙法華經者　當知佛所使　愍念諸衆生
諸有能受持　妙法華經者　捨於清淨土
愍衆故生此　當知如是人　自在所欲生
能於此惡世　廣說無上法　應以天華香
及天寶衣服　天上妙寶聚　供養說法者
吾滅後惡世　能持是經者　當合掌禮敬
如供養世尊　上饌衆甘美　及種種衣服
供養是佛子　冀得須臾聞　若能於後世
受持是經者　我遣在人中　行於如來事
若於一劫中　常懷不善心　作色而罵佛
獲無量重罪　其有讀誦持　是法華經者
須臾加惡言　其罪復過彼　有人求佛道
而於一劫中　合掌在我前　以無數偈讚
由是讚佛故　得無量功德　歎美持經者
其福復過彼　於八十億劫　以最妙色聲
及與香味觸　供養持經者　如是供養已
若得須臾聞　則應自欣慶　我今獲大利
藥王今告汝　我所說諸經　而於此經中
法華最第一

爾時佛復告藥王菩薩摩訶薩我所說經典無量千萬億已說今說當說而於其中此法華經最爲難信難解藥王此經是諸佛祕要之藏不可分布妄授與人諸佛世尊之所守護從昔已來未曾顯說而此經者如來現在猶多怨嫉況滅度後藥王當知如來滅後其能書持讀誦供養爲他人說者如來則爲以衣覆之又爲他方現在諸佛之所護念是人有大信力及志願力諸善根力當知是人與

如來共宿則爲如來手摩其頭藥王在在處處若說若讀若誦若書若經卷所住處皆應起七寶塔極令高廣嚴飾不須復安舍利所以者何此中已有如來全身此塔應以一切華香瓔珞繒蓋幢旛伎樂歌頌供養恭敬尊重讚歎若有人得見此塔禮拜供養當知是等皆近阿耨多羅三藐三菩提藥王多有人在家出家行菩薩道若不能得見聞讀誦書持供養是法華經者當知是人未善行菩薩道若有得聞是經典者乃能善行菩薩之道其有衆生求佛道者若見若聞是法華經聞已信解受持者當知是人得近阿耨多羅三藐三菩提藥王譬如有人渴乏須水於彼高原穿鑿求之猶見乾土知水尚遠施功不已轉見濕土遂漸至泥其心決定知水必近菩薩亦復如是若未聞未解未能修習是法華經當知是人去阿耨多羅三藐三菩提尚遠若得聞解思惟修習必知得近阿耨多羅三藐三菩提所以者何一切菩薩阿耨多羅三藐三菩提皆屬此經此經開方便門示眞實相是法華經藏深固幽遠無人能到今佛教化成就菩薩而爲開示藥王若有菩薩聞是法華經驚疑怖畏當知是爲新發意菩薩若聲聞人聞是經驚疑怖畏當知是爲增上慢者藥王若有善男子善女人如來滅後欲爲四衆說是法華經者云何應說是善男子善女人入如來室著如來衣坐如來座爾乃應爲四衆廣說斯經如來室者一切衆生中大慈悲心是如來衣者柔和忍辱心是如來座者一切法空是安住是中然後以不懈怠心

爲諸菩薩及四衆廣說是法華經藥王我於餘國遣化人爲其集聽法衆亦遣化比丘比丘尼優婆塞優婆夷聽其說法是諸化人聞法信受隨順不逆若說法者在空閑處我時廣遣天龍鬼神乾闥婆阿修羅等聽其說法我雖在異國時時令說法者得見我身若於此經忘失句讀我還爲說令得具足爾時世尊欲重宣此義而說偈言

欲捨諸懈怠　應當聽此經　是經難得聞
信受者亦難　如人渴須水　穿鑿於高原
猶見乾燥土　知去水尚遠　漸見濕土泥
決定知近水　藥王汝當知　如是諸人等
不聞法華經　去佛智甚遠　若聞是深經
決了聲聞法　是諸經之王　聞已諦思惟
當知此人等　近於佛智慧　若人說此經
應入如來室　著於如來衣　而坐如來座
處衆無所畏　廣爲分別說　大慈悲爲室
柔和忍辱衣　諸法空爲座　處此爲說法
若說此經時　有人惡口罵　加刀杖瓦石
念佛故應忍　我千萬億土　現淨堅固身
於無量億劫　爲衆生說法　若我滅度後
能說此經者　我遣化四衆　比丘比丘尼
及清淨士女　供養於法師　引導諸衆生
集之令聽法　若人欲加惡　刀杖及瓦石
則遣變化人　爲之作衛護　若說法之人
獨在空閑處　寂寞無人聲　讀誦此經典
我爾時爲現　清淨光明身　若忘失章句
爲說令通利　若人具是德　或爲四衆說
空處讀誦經　皆得見我身　若人在空閑
我遣天龍王　夜叉鬼神等　爲作聽法衆

是人樂說法　分別無罣礙　諸佛護念故
能令大衆喜　若親近法師　速得菩薩道
隨順是師學　得見恒沙佛

見寶塔品第十一

爾時佛前有七寶塔高五百由旬縱廣二百五十由旬從地涌出住在空中種種寶物而莊校之五千欄楯龕室千萬無數幢旛以爲嚴飾垂寶瓔珞寶鈴萬億而懸其上四面皆出多摩羅跋栴檀之香充徧世界其諸旛蓋以金銀瑠璃硨磲碼碯真珠玫瑰七寶合成高至四天王宮三十三天雨天曼陀羅華供養寶塔餘諸天龍夜叉乾闥婆阿修羅迦樓羅緊那羅摩睺羅伽人非人等千萬億衆以一切華香瓔珞旛蓋伎樂供養寶塔恭敬尊重讚歎爾時寶塔中出大音聲歎言善哉善哉釋迦牟尼世尊能以平等大慧教菩薩法佛所護念妙法華經爲大衆說如是如是釋迦牟尼世尊如所說者皆是真實爾時四衆見大寶塔住在空中又聞塔中所出音聲皆得法喜怪未曾有從座而起恭敬合掌却住一面爾時有菩薩摩訶薩名大樂說知一切世間天人阿脩羅等心之所疑而白佛言世尊以何因緣有此寶塔從地涌出又於其中發是音聲爾時佛告大樂說菩薩此寶塔中有如來全身乃往過去東方無量千萬億阿僧祇世界國名寶淨彼中有佛號曰多寶其佛行菩薩道時作大誓願若我成佛滅度之後於十方國土有說法華經處我之塔廟爲聽是經故涌現其前爲作證明讚言善哉彼佛成道已臨滅度時於天人大衆中告諸比

丘我滅度後欲供養我全身者應起一大塔其佛以神通願力十方世界在在處處若有說法華經者彼之寶塔皆涌出其前全身在於塔中讚言善哉善哉大樂說今多寶如來塔聞說法華經故從地涌出讚言善哉善哉是時大樂說菩薩以如來神力故白佛言世尊我等願欲見此佛身佛告大樂說菩薩摩訶薩是多寶佛有深重願若我寶塔爲聽法華經故出於諸佛前時其有欲以我身示四衆者彼佛分身諸佛在於十方世界說法盡還集一處然後我身乃出現耳大樂說我分身諸佛在於十方世界說法者今應當集大樂說白佛言世尊我等亦願欲見世尊分身諸佛禮拜供養爾時佛放白毫一光即見東方五百萬億那由他恒河沙等國土諸佛彼諸國土皆以玻瓈爲地寶樹寶衣以爲莊嚴無數千萬億菩薩充滿其中徧張寶幔寶網羅上彼國諸佛以大妙音而說諸法及見無量千萬億菩薩徧滿諸國爲衆說法南西北方四維上下白毫相光所照之處亦復如是爾時十方諸佛各告衆菩薩言善男子我今應往娑婆世界釋迦牟尼佛所幷供養多寶如來寶塔時娑婆世界即變清淨瑠璃爲地寶樹莊嚴黃金爲繩以界八道無諸聚落村營城邑大海江河山川林藪燒大寶香曼陀羅華徧布其地以寶網幔羅覆其上懸諸寶鈴唯留此會衆移諸天人置於他土是時諸佛各將一大菩薩以爲侍者至娑婆世界各到寶樹下一一寶樹高五百由旬枝葉華果次第莊嚴諸寶樹下皆有師子之座高五由

旬亦以大寶而校飾之爾時諸佛各於此座結跏趺坐如是展轉徧滿三千大千世界而於釋迦牟尼佛一方所分之身猶故未盡時釋迦牟尼佛欲容受所分身諸佛故八方各更變二百萬億那由他國皆令清淨無有地獄餓鬼畜生及阿修羅又移諸天人置於他土所化之國亦以瑠璃爲地寶樹莊嚴樹高五百由旬枝葉華果次第嚴飾樹下皆有寶師子座高五由旬種種諸寶以爲莊校亦無大海江河及目真鄰陀山摩訶目真鄰陀山鐵圍山大鐵圍山須彌山等諸山王通爲一佛國土寶地平正寶交露幔徧覆其上懸諸旛蓋燒大寶香諸天寶華徧布其地釋迦牟尼佛爲諸佛當來坐故復於八方各更變二百萬億那由他國皆令清淨無有地獄餓鬼畜生及阿脩羅又移諸天人置於他土所化之國亦以瑠璃爲地寶樹莊嚴樹高五百由旬枝葉華果次第莊嚴樹下皆有寶師子座高五由旬亦以大寶而校飾之亦無大海江河及目真鄰陀山摩訶目真鄰陀山鐵圍山大鐵圍山須彌山等諸山王通爲一佛國土寶地平正寶交露幔徧覆其上懸諸旛蓋燒大寶香諸天寶華徧布其地爾時東方釋迦牟尼所分之身百千萬億那由他恒河沙等國土中諸佛各各說法來集於此如是次第十方諸佛皆悉來集坐於八方爾時一一方四百萬億那由他國土諸佛如來徧滿其中是時諸佛各在寶樹下坐師子座皆遣侍者問訊釋迦牟尼佛各齎寶華滿掬而告之言善男子汝往詣耆闍崛山釋迦牟尼佛所如

我辭曰少病少惱氣力安樂及菩薩聲聞衆悉安隱不以此寶華散佛供養而作是言彼某甲佛與欲開此寶塔諸佛遣使亦復如是爾時釋迦牟尼佛見所分身佛悉已來集各各坐於師子之座皆聞諸佛與欲同開寶塔即從座起住虛空中一切四衆起立合掌一心觀佛於是釋迦牟尼佛以右指開七寶塔戶出大音聲如却關鑰開大城門即時一切衆會皆見多寶如來於寶塔中坐師子座全身不散如入禪定又聞其言善哉善哉釋迦牟尼佛快說是法華經我爲聽是經故而來至此爾時四衆等見過去無量千萬億劫滅度佛說如是言歎未曾有以天寶華聚散多寶佛及釋迦牟尼佛上爾時多寶佛於寶塔中分半座與釋迦牟尼佛而作是言釋迦牟尼佛可就此座即時釋迦牟尼佛入其塔中坐其半座結跏趺坐爾時大衆見二如來在七寶塔中師子座上結跏趺坐各作是念佛坐高遠惟願如來以神通力令我等輩俱處虛空即時釋迦牟尼佛以神通力接諸大衆皆在虛空以大音聲普告四衆誰能於此娑婆國土廣說妙法華經今正是時如來不久當入涅槃佛欲以此妙法華經付囑有在爾時世尊欲重宣此義而說偈言

聖主世尊　雖久滅度　在寶塔中　尚爲法來
諸人云何　不勤爲法　此佛滅度　無央數劫
處處聽法　以難遇故　彼佛本願　我滅度後
在在所往　常爲聽法　又我分身　無量諸佛
如恒沙等　來欲聽法　又見滅度　多寶如來
各捨妙土　及弟子衆　天人龍神　諸供養事

令法久住　故來至此　爲坐諸佛　以神通力
移無量衆　令國清淨　諸佛各各　詣寶樹下
如清淨池　蓮華莊嚴　其寶樹下　諸師子座
佛坐其上　光明嚴飾　如夜闇中　然大炬火
身出妙香　徧十方國　衆生蒙熏　喜不自勝
譬如大風　吹小樹枝　以是方便　令法久住
告諸大衆　我滅度後　誰能護持　讀說斯經
今於佛前　自說誓言　其多寶佛　雖久滅度
以大誓願　而師子吼　多寶如來　及與我身
所集化佛　當知此意　諸佛子等　誰能護法
當發大願　令得久住　其有能護　此經法者
則爲供養　我及多寶　此多寶佛　處於寶塔
常遊十方　爲是經故　亦復供養　諸來化佛
莊嚴光飾　諸世界者　若說此經　則爲見我
多寶如來　及諸化佛　諸善男子　各諦思惟
此爲難事　宜發大願　諸餘經典　數如恒沙
雖說此等　未足爲難　若接須彌　擲置他方
無數佛土　亦未爲難　若以足指　動大千界
遠擲他國　亦未爲難　若立有頂　爲衆演說
無量餘經　亦未爲難　若佛滅後　於惡世中
能說此經　是則爲難　假使有人　手把虛空
而以遊行　亦未爲難　於我滅後　若自書持
若使人書　是則爲難　若以大地　置足甲上
升於梵天　亦未爲難　佛滅度後　於惡世中
暫讀此經　是則爲難　假使劫燒　擔負乾草
入中不燒　亦未爲難　我滅度後　若持此經
爲一人說　是則爲難　若持八萬　四千法藏
十二部經　爲人演說　令諸聽者　得六神通
雖能如是　亦未爲難　於我滅後　聽受此經
問其義趣　是則爲難　若人說法　令千萬億

無量無數 恒沙衆生 得阿羅漢 具六神通
雖有是益 亦未爲難 於我滅後 若能奉持
如斯經典 是則爲難 我爲佛道 於無量土
從始至今 廣說諸經 而於其中 此經第一
若有能持 則持佛身 諸善男子 於我滅後
誰能受持 讀誦此經 今於佛前 自說誓言
此經難持 若暫持者 我則歡喜 諸佛亦然
如是之人 諸佛所歎 是則勇猛 是則精進
是名持戒 行頭陀者 則爲疾得 無上佛道
能於來世 讀持此經 是真佛子 住淳善地
佛滅度後 能解其義 是諸天人 世間之眼
於恐畏世 能須臾說 一切天人 皆應供養

提婆達多品第十二

爾時佛告諸菩薩及天人四衆吾於過去無量劫中求法華經無有懈惓於多劫中常作國王發願求於無上菩提心不退轉爲欲滿足六波羅蜜勤行布施心無吝惜象馬七珍國城妻子奴婢僕從頭目髓腦身肉手足不惜軀命時世人民壽命無量爲於法故捐捨國位委正太子擊鼓宣令四方求法誰能爲我說大乘者吾當終身供給走使時有仙人來白王言我有大乘名妙法華經若不違我當爲宣說王聞仙言歡喜踊躍即隨仙人供給所須采果汲水拾薪設食乃至以身而爲牀座身心無倦于時奉事經於千歲爲於法故精勤給侍令無所乏爾時世尊欲重宣此義而說偈言

我念過去劫 爲求大法故 雖作世國王
不貪五欲樂 椎鐘告四方 誰有大法者
若爲我解說 身當爲奴僕 時有阿私仙

來白於大王　我有微妙法　世間所希有
若能修行者　吾當爲汝說　時王聞仙言
心生大喜悅　即便隨仙人　供給於所須
采薪及果蓏　隨時恭敬與　情存妙法故
身心無懈倦　普爲諸衆生　勤求於大法
亦不爲已身　及以五欲樂　故爲大國王
勤求獲此法　遂致得成佛　今故爲汝說

佛告諸比丘爾時王者則我身是時仙人者今提婆達多是由提婆達多善知識故令我具足六波羅蜜慈悲喜捨三十二相八十種好紫磨金色十力四無所畏四攝法十八不共神通道力成等正覺廣度衆生皆因提婆達多善知識故告諸四衆提婆達多却後過無量劫當得成佛號曰天王如來應供正徧知明行足善逝世間解無上士調御丈夫天人師佛世尊世界名天道時天王佛住世二十中劫廣爲衆生說於妙法恒河沙衆生得阿羅漢果無量衆生發緣覺心恒河沙衆生發無上道心得無生忍至不退轉時天王佛般涅槃後正法住世二十中劫全身舍利起七寶塔高六十由旬縱廣四十由旬諸天人民悉以雜華末香燒香塗香衣服瓔珞幢幡寶蓋伎樂歌頌禮拜供養七寶妙塔無量衆生得阿羅漢果無量衆生悟辟支佛不可思議衆生發菩提心至不退轉佛告諸比丘未來世中若有善男子善女人聞妙法華經提婆達多品淨心信敬不生疑惑者不墮地獄餓鬼畜生生十方佛前所生之處常聞此經若生人天中受勝妙樂若在佛前蓮華化生於時下方多寶世尊所從菩薩名曰智積白

多寶佛當還本土釋迦牟尼佛告智積曰善男子且待須臾此有菩薩名文殊師利可與相見論說妙法可還本土爾時文殊師利坐千葉蓮華大如車輪俱來菩薩亦坐寶蓮華從於大海娑竭羅龍宮自然涌出住虛空中詣靈鷲山從蓮華下至於佛所頭面敬禮二世尊足修敬已畢往智積所共相慰問却坐一面智積菩薩問文殊師利仁往龍宮所化衆生其數幾何文殊師利言其數無量不可稱計非口所宣非心所測且待須臾自當證知所言未竟無數菩薩坐寶蓮華從海涌出詣靈鷲山住在虛空此諸菩薩皆是文殊師利之所化度具菩薩行皆共論說六波羅蜜本聲聞人在虛空中說聲聞行今皆修行大乘空義文殊師利謂智積曰於海教化其事如是爾時智積菩薩以偈讚曰

大智德勇健　化度無量衆　今此諸大會
及我皆已見　演暢實相義　開闡一乘法
廣導諸衆生　令速成菩提

文殊師利言我於海中唯常宣說妙法華經智積問文殊師利言此經甚深微妙諸經中寶世所希有頗有衆生勤加精進修行此經速得佛不文殊師利言有娑竭羅龍王女年始八歲智慧利根善知衆生諸根行業得陀羅尼諸佛所說甚深祕藏悉能受持深入禪定了達諸法於剎那頃發菩提心得不退轉辯才無礙慈念衆生猶如赤子功德具足心念口演微妙廣大慈悲仁讓志意和雅能至菩提智積菩薩言我見釋迦如來於無量劫難行苦行積功累德求菩提道未曾止息觀

三千大千世界乃至無有如芥子許非是菩薩捨身命處爲衆生故然後乃得成菩提道不信此女於須臾頃便成正覺言論未訖時龍王女忽現於前頭面禮敬却住一面以偈讚曰

深達罪福相　徧照於十方　微妙淨法身
具相三十二　以八十種好　用莊嚴法身
天人所戴仰　龍神咸恭敬　一切衆生類
無不宗奉者　又聞成菩提　唯佛當證知
我闡大乘教　度脫苦衆生

時舍利弗語龍女言汝謂不久得無上道是事難信所以者何女身垢穢非是法器云何能得無上菩提佛道懸曠經無量劫勤苦積行具修諸度然後乃成又女人身猶有五障一者不得作梵天王二者帝釋三者魔王四者轉輪聖王五者佛身云何女身速得成佛爾時龍女有一寶珠價直三千大千世界持以上佛佛即受之龍女謂智積菩薩尊者舍利弗言我獻寶珠世尊納受是事疾不答言甚疾女言以汝神力觀我成佛復速於此當時衆會皆見龍女忽然之間變成男子具菩薩行即往南方無垢世界坐寶蓮華成等正覺三十二相八十種好普爲十方一切衆生演說妙法爾時娑婆世界菩薩聲聞天龍八部人與非人皆遥見彼龍女成佛普爲時會人天說法心大歡喜悉遥敬禮無量衆生聞法解悟得不退轉無量衆生得受道記無垢世界六反震動娑婆世界三千衆生住不退地三千衆生發菩提心而得受記智積菩薩及舍利弗一切衆會默然信受

持品第十三

爾時藥王菩薩摩訶薩及大樂說菩薩摩訶薩與二萬菩薩眷屬俱皆於佛前作是誓言惟願世尊不以爲慮我等於佛滅後當奉持讀誦說此經典後惡世衆生善根轉少多增上慢貪利供養增不善根遠離解脫雖難可教化我等當起大忍力讀誦此經持說書寫種種供養不惜身命爾時衆中五百阿羅漢得受記者白佛言世尊我等亦自誓願於異國土廣說此經復有學無學八千人得受記者從座而起合掌向佛作是誓言世尊我等亦當於他國土廣說此經所以者何是娑婆國中人多弊惡懷增上慢功德淺薄瞋濁諂曲心不實故爾時佛姨母摩訶波闍波提比丘尼與學無學比丘尼六千人俱從座而起一心合掌瞻仰尊顏目不暫捨於時世尊告憍曇彌何故憂色而視如來汝心將無謂我不說汝名授阿耨多羅三藐三菩提記耶憍曇彌我先總說一切聲聞皆已授記今汝欲知記者將來之世當於六萬八千億諸佛法中爲大法師及六千學無學比丘尼俱爲法師汝如是漸漸具菩薩道當得作佛號一切衆生喜見如來應供正徧知明行足善逝世間解無上士調御丈夫天人師佛世尊憍曇彌是一切衆生喜見佛及六千菩薩轉次授記得阿耨多羅三藐三菩提爾時羅睺羅母耶輸陀羅比丘尼作是念世尊於授記中獨不說我名佛告耶輸陀羅汝於來世百千萬億諸佛法中修菩薩行爲大法師漸具佛道於善國中當得作佛號具足千萬光相如來

應供正徧知明行足善逝世間解無上士調御丈夫天人師佛世尊佛壽無量阿僧祇劫爾時摩訶波闍波提比丘尼及耶輸陀羅比丘尼幷其眷屬皆大歡喜得未曾有即於佛前而說偈言

世尊導師　安隱天人　我等聞記　心安具足

諸比丘尼說是偈已白佛言世尊我等亦能於他方國廣宣此經爾時世尊視八十萬億那由他諸菩薩摩訶薩是諸菩薩皆是阿惟越致轉不退法輪得諸陀羅尼即從座起至於佛前一心合掌而作是念若世尊告敕我等持說此經者當如佛教廣宣斯法復作是念佛今默然不見告敕我當云何時諸菩薩敬順佛意幷欲自滿本願便於佛前作師子吼而發誓言世尊我等於如來滅後周旋往及十方世界能令衆生書寫此經受持讀誦解說其義如法修行正憶念皆是佛之威力惟願世尊在於他方遙見守護即時諸菩薩俱同發聲而說偈言

惟願不爲慮　於佛滅度後　恐怖惡世中
我等當廣說　有諸無智人　惡口罵詈等
及加刀杖者　我等皆當忍　惡世中比丘
邪智心諂曲　未得謂爲得　我慢心充滿
或有阿練若　納衣在空閑　自謂行真道
輕賤人間者　貪著利養故　與白衣說法
爲世所恭敬　如六通羅漢　是人懷惡心
常念世俗事　假名阿練若　好出我等過
而作如是言　此諸比丘等　爲貪利養故
說外道論義　自作此經典　誑惑世間人
爲求名聞故　分別於是經　常在大衆中

欲毀我等故　向國王大臣　婆羅門居士
及餘比丘衆　誹謗說我惡　謂是邪見人
說外道論義　我等敬佛故　悉忍是諸惡
爲斯所輕言　汝等皆是佛　如此輕慢言
皆當忍受之　濁劫惡世中　多有諸恐怖
惡鬼入其身　罵詈毀辱我　我等敬信佛
當著忍辱鎧　爲說是經故　忍此諸難事
我不愛身命　但惜無上道　我等於來世
護持佛所囑　世尊自當知　濁世惡比丘
不知佛方便　隨宜所說法　惡口而顰蹙
數數見擯出　遠離於塔寺　如是等衆惡
念佛告敕故　皆當忍是事　諸聚落城邑
其有求法者　我皆到其所　說佛所囑法
我是世尊使　處衆無所畏　我當善說法
願佛安隱住　我於世尊前　諸來十方佛
發如是誓言　佛自知我心

妙法蓮華經卷第四

音釋

富樓那 梵語也此云滿願　貿 莫候切交易也　肴膳 肴胡茅切膳時戰切　羅睺羅 梵語也此云覆障　提婆達多 梵語也此云天熱　蓏 郎果切蔓生曰蓏　數數 所角切數數頻也　擯 必刃切斥也

妙法蓮華經卷第五

姚秦三藏法師鳩摩羅什奉　詔譯

安樂行品第十四

爾時文殊師利法王子菩薩摩訶薩白佛言世尊是諸菩薩甚爲難有敬順佛故發大誓願於後惡世護持讀說是法華經世尊菩薩摩訶薩於後惡世云何能說是經佛告文殊師利若菩薩摩訶薩於後惡世欲說是經當安住四法一者安住菩薩行處親近處能爲衆生演說是經文殊師利云何名菩薩摩訶薩行處若菩薩摩訶薩住忍辱地柔和善順而不卒暴心亦不驚又復於法無所行而觀諸法如實相亦不行不分別是名菩薩摩訶薩行處云何名菩薩摩訶薩親近處菩薩摩訶薩不親近國王王子大臣官長不親近諸外道梵志尼揵子等及造世俗文筆讃詠外書及路伽耶陀逆路伽耶陀者亦不親近諸有兇戲相扠相撲及那羅等種種變現之戲又不親近旃陀羅及畜猪羊雞狗畋獵漁捕諸惡律儀如是人等或時來者則爲說法無所希望又不親近求聲聞比丘比丘尼優婆塞優婆夷亦不問訊若於房中若經行處若在講堂中不共住止或時來者隨宜說法無所希求文殊師利又菩薩摩訶薩不應於女人身取能生欲想相而爲說法亦不樂見若入他家不與小女處女寡女等共語亦復不近五種不男之人以爲親厚不獨入他家若有因緣須獨入時但一心念佛若爲女人說法不露齒笑不現胷臆乃至爲法猶不親厚況復餘事不樂畜年少弟子沙彌小兒亦不

樂與同師常好坐禪在於閑處修攝其心文殊師利是名初親近處復次菩薩摩訶薩觀一切法空如實相不顛倒不動不退不轉如虛空無所有性一切語言道斷不生不出不起無名無相實無所有無量無邊無礙無障但以因緣有從顛倒生故說常樂觀如是法相是名菩薩摩訶薩第二親近處爾時世尊欲重宣此義而說偈言

若有菩薩 於後惡世 無怖畏心 欲說是經
應入行處 及親近處 常離國王 及國王子
大臣官長 兇險戲者 及旃陀羅 外道梵志
亦不親近 增上慢人 貪著小乘 三藏學者
破戒比丘 名字羅漢 及比丘尼 好戲笑者
深著五欲 求現滅度 諸優婆夷 皆勿親近
若是人等 以好心來 到菩薩所 爲聞佛道
菩薩則以 無所畏心 不懷希望 而爲說法
寡女處女 及諸不男 皆勿親近 以爲親厚
亦莫親近 屠兒魁膾 畋獵漁捕 爲利殺害
販肉自活 衒賣女色 如是之人 皆勿親近
兇險相撲 種種嬉戲 諸婬女等 盡勿親近
莫獨屏處 爲女說法 若說法時 無得戲笑
入里乞食 將一比丘 若無比丘 一心念佛
是則名爲 行處近處 以此二處 能安樂說
又復不行 上中下法 有爲無爲 實不實法
亦不分別 是男是女 不得諸法 不知不見
是則名爲 菩薩行處 一切諸法 空無所有
無有常住 亦無起滅 是名智者 所親近處
顛倒分別 諸法有無 是實非實 是生非生
在於閑處 修攝其心 安住不動 如須彌山
觀一切法 皆無所有 猶如虛空 無有堅固

不生不出　不動不退　常住一相　是名近處
若有比丘　於我滅後　入是行處　及親近處
說斯經時　無有怯弱　菩薩有時　入於靜室
以正憶念　隨義觀法　從禪定起　爲諸國王
王子臣民　婆羅門等　開化演暢　說斯經典
其心安隱　無有怯弱　文殊師利　是名菩薩
安住初法　能於後世　說法華經

又文殊師利如來滅後於末法中欲說是經應住安樂行若口宣說若讀經時不樂說人及經典過亦不輕慢諸餘法師不說他人好惡長短於聲聞人亦不稱名說其過惡亦不稱名讚歎其美又亦不生怨嫌之心善修如是安樂心故諸有聽者不逆其意有所難問不以小乘法答但以大乘而爲解說令得一切種智爾時世尊欲重宣此義而說偈言

菩薩常樂　安隱說法　於清淨地　而施牀座
以油塗身　澡浴塵穢　著新淨衣　內外俱淨
安處法座　隨問爲說　若有比丘　及比丘尼
諸優婆塞　及優婆夷　國王王子　羣臣士民
以微妙義　和顏爲說　若有難問　隨義而答
因緣譬喻　敷演分別　以是方便　皆使發心
漸漸增益　入於佛道　除嬾惰意　及懈怠想
離諸憂惱　慈心說法　晝夜常說　無上道教
以諸因緣　無量譬喻　開示衆生　咸令歡喜
衣服卧具　飲食醫藥　而於其中　無所希望
但一心念　說法因緣　願成佛道　令衆亦爾
是則大利　安樂供養　我滅度後　若有比丘
能演說斯　妙法華經　心無嫉恚　諸惱障礙
亦無憂愁　及罵詈者　又無怖畏　加刀杖等
亦無擯出　安住忍故　智者如是　善修其心

能住安樂　如我上說　其人功德　千萬億劫
筭數譬喻　說不能盡

又文殊師利菩薩摩訶薩於後末世法欲滅時受持讀誦斯經典者無懷嫉妬諂誑之心亦勿輕罵學佛道者求其長短若比丘比丘尼優婆塞優婆夷求聲聞者求辟支佛者求菩薩道者無得惱之令其疑悔語其人言汝等去道甚遠終不能得一切種智所以者何汝是放逸之人於道懈怠故又亦不應戲論諸法有所諍競當於一切衆生起大悲想於諸如來起慈父想於諸菩薩起大師想於十方諸大菩薩常應深心恭敬禮拜於一切衆生平等說法以順法故不多不少乃至深愛法者亦不爲多說文殊師利是菩薩摩訶薩於後末世法欲滅時有成就是第三安樂行者說是法時無能惱亂得好同學共讀誦是經亦得大衆而來聽受聽已能持持已能誦誦已能說說已能書若使人書供養經卷恭敬尊重讚歎爾時世尊欲重宣此義而說偈言

若欲說是經　當捨嫉恚慢　諂誑邪僞心
常修質直行　不輕懱於人　亦不戲論法
不令他疑悔　云汝不得佛　是佛子說法
常柔和能忍　慈悲於一切　不生懈怠心
十方大菩薩　愍衆故行道　應生恭敬心
是則我大師　於諸佛世尊　生無上父想
破於憍慢心　說法無障礙　第三法如是
智者應守護　一心安樂行　無量衆所敬

又文殊師利菩薩摩訶薩於後末世法欲滅時有持是法華經者於在家出家人中生大

慈心於非菩薩人中生大悲心應作是念如是之人則爲大失如來方便隨宜說法不聞不知不覺不問不信不解其人雖不問不信不解是經我得阿耨多羅三藐三菩提時隨在何地以神通力智慧力引之令得住是法中文殊師利是菩薩摩訶薩於如來滅後有成就此第四法者說是法時無有過失常爲比丘比丘尼優婆塞優婆夷國王王子大臣人民婆羅門居士等供養恭敬尊重讚歎虛空諸天爲聽法故亦常隨侍若在聚落城邑空閑林中有人來欲難問者諸天晝夜常爲法故而衛護之能令聽者皆得歡喜所以者何此經是一切過去未來現在諸佛神力所護故文殊師利是法華經於無量國中乃至名字不可得聞何況得見受持讀誦文殊師利譬如强力轉輪聖王欲以威勢降伏諸國而諸小王不順其命時轉輪王起種種兵而往討伐王見兵衆戰有功者即大歡喜隨功賞賜或與田宅聚落城邑或與衣服嚴身之具或與種種珍寶金銀瑠璃硨磲碼碯珊瑚琥珀象馬車乘奴婢人民唯髻中明珠不以與之所以者何獨王頂上有此一珠若以與之王諸眷屬必大驚怪文殊師利如來亦復如是以禪定智慧力得法國土王於三界而諸魔王不肯順伏如來賢聖諸將與之共戰其有功者心亦歡喜於四衆中爲說諸經令其心悅賜以禪定解脫無漏根力諸法之財又復賜與涅槃之城言得滅度引導其心令皆歡喜而不爲說是法華經文殊師利如轉輪王見諸兵衆有大功者心甚歡喜以此難

信之珠久在髻中不妄與人而今與之如來亦復如是於三界中爲大法王以法教化一切衆生見賢聖軍與五陰魔煩惱魔死魔共戰有大功勳滅三毒出三界破魔網爾時如來亦大歡喜此法華經能令衆生至一切智一切世間多怨難信先所未說而今說之文殊師利此法華經是諸如來第一之說於諸說中最爲甚深末後賜與如彼强力之王久護明珠今乃與之文殊師利此法華經諸佛如來祕密之藏於諸經中最在其上長夜守護不妄宣說始於今日乃與汝等而敷演之

爾時世尊欲重宣此義而說偈言

常行忍辱 哀愍一切 乃能演說 佛所讚經
後末世時 持此經者 於家出家 及非菩薩
應生慈悲 斯等不聞 不信是經 則爲大失
我得佛道 以諸方便 爲說此法 令住其中
譬如强力 轉輪之王 兵戰有功 賞賜諸物
象馬車乘 嚴身之具 及諸田宅 聚落城邑
或與衣服 種種珍寶 奴婢財物 歡喜賜與
如有勇捷 能爲難事 王解髻中 明珠賜之
如來亦爾 爲諸法王 忍辱大力 智慧寶藏
以大慈悲 如法化世 見一切人 受諸苦惱
欲求解脫 與諸魔戰 爲是衆生 說種種法
以大方便 說此諸經 既知衆生 得其力已
末後乃爲 說是法華 如王解髻 明珠與之
此經爲尊 衆經中上 我常守護 不妄開示
今正是時 爲汝等說 我滅度後 求佛道者
欲得安隱 演說斯經 應當親近 如是四法
讀是經者 常無憂惱 又無病痛 顏色鮮白
不生貧窮 卑賤醜陋 衆生樂見 如慕賢聖

天諸童子 以爲給使 刀杖不加 毒不能害
若人惡罵 口則閉塞 遊行無畏 如師子王
智慧光明 如日之照 若於夢中 但見妙事
見諸如來 坐師子座 諸比丘衆 圍繞說法
又見龍神 阿修羅等 數如恒沙 恭敬合掌
自見其身 而爲說法 又見諸佛 身相金色
放無量光 照於一切 以梵音聲 演說諸法
佛爲四衆 說無上法 見身處中 合掌讚佛
聞法歡喜 而爲供養 得陀羅尼 證不退智
佛知其心 深入佛道 即爲授記 成最正覺
汝善男子 當於來世 得無量智 佛之大道
國土嚴淨 廣大無比 亦有四衆 合掌聽法
又見自身 在山林中 修習善法 證諸實相
深入禪定 見十方佛
諸佛身金色 百福相莊嚴 聞法爲人說
常有是好夢 又夢作國王 捨宮殿眷屬
及上妙五欲 行詣於道場 在菩提樹下
而處師子座 求道過七日 得諸佛之智
成無上道已 起而轉法輪 爲四衆說法
經千萬億劫 說無漏妙法 度無量衆生
後當入涅槃 如煙盡燈滅 若後惡世中
說是第一法 是人得大利 如上諸功德

從地涌出品第十五

爾時他方國土諸來菩薩摩訶薩過八恒河沙數於大衆中起合掌作禮而白佛言世尊若聽我等於佛滅後在此娑婆世界勤加精進護持讀誦書寫供養是經典者當於此土而廣說之爾時佛告諸菩薩摩訶薩衆止善男子不須汝等護持此經所以者何我娑婆世界自有六萬恒河沙等菩薩摩訶薩一一

菩薩各有六萬恒河沙眷屬是諸人等能於我滅後護持讀誦廣說此經佛說是時娑婆世界三千大千國土地皆振裂而於其中有無量千萬億菩薩摩訶薩同時涌出是諸菩薩身皆金色三十二相無量光明先盡在此娑婆世界之下此界虛空中住是諸菩薩聞釋迦牟尼佛所說音聲從下發來一一菩薩皆是大衆唱導之首各將六萬恒河沙眷屬況將五萬四萬三萬二萬一萬恒河沙等眷屬者況復乃至一恒河沙半恒河沙四分之一乃至千萬億那由他分之一況復千萬億那由他眷屬況復億萬眷屬況復千萬百萬乃至一萬況復一千一百乃至一十況復將五四三二一弟子者況復單已樂遠離行如是等比無量無邊筭數譬喻所不能知是諸菩薩從地出已各詣虛空七寶妙塔多寶如來釋迦牟尼佛所到已向二世尊頭面禮足及至諸寶樹下師子座上佛所亦皆作禮右繞三帀合掌恭敬以諸菩薩種種讚法而以讚歎住在一面欣樂瞻仰於二世尊是諸菩薩摩訶薩從初涌出以諸菩薩種種讚法而讚於佛如是時間經五十小劫是時釋迦牟尼佛默然而坐及諸四衆亦皆默然五十小劫佛神力故令諸大衆謂如半日爾時四衆亦以佛神力故見諸菩薩徧滿無量百千萬億國土虛空是菩薩衆中有四導師一名上行二名無邊行三名淨行四名安立行是四菩薩於其衆中最爲上首唱導之師在大衆前各共合掌觀釋迦牟尼佛而問訊言世尊少病少惱安樂行不所應度者受教易不不

令世尊生疲勞耶爾時四大菩薩而說偈言
世尊安樂　少病少惱　教化衆生　得無疲倦
又諸衆生　受化易不　不令世尊　生疲勞耶
爾時世尊於菩薩大衆中而作是言如是如是諸善男子如來安樂少病少惱諸衆生等易可化度無有疲勞所以者何是諸衆生世世已來常受我化亦於過去諸佛恭敬尊重種諸善根此諸衆生始見我身聞我所說即皆信受入如來慧除先修習學小乘者如是之人我今亦令得聞是經入於佛慧爾時諸大菩薩而說偈言
善哉善哉　大雄世尊　諸衆生等　易可化度
能問諸佛　甚深智慧　聞已信行　我等隨喜
於時世尊讚歎上首諸大菩薩善哉善哉善男子汝等能於如來發隨喜心爾時彌勒菩薩及八千恒河沙諸菩薩衆皆作是念我等從昔已來不見不聞如是大菩薩摩訶薩衆從地涌出住世尊前合掌供養問訊如來時彌勒菩薩摩訶薩知八千恒河沙諸菩薩等心之所念幷欲自決所疑合掌向佛以偈問曰
無量千萬億　大衆諸菩薩　昔所未曾見
願兩足尊說　是從何所來　以何因緣集
巨身大神通　智慧叵思議　其志念堅固
有大忍辱力　衆生所樂見　爲從何所來
一一諸菩薩　所將諸眷屬　其數無有量
如恒河沙等　或有大菩薩　將六萬恒沙
如是諸大衆　一心求佛道　是諸大師等
六萬恒河沙　俱來供養佛　及護持是經
將五萬恒沙　其數過於是　四萬及三萬

二萬至一萬　一千一百等　乃至一恒沙
半及三四分　億萬分之一　千萬那由他
萬億諸弟子　乃至於半億　其數復過上
百萬至一萬　一千及一百　五十與一十
乃至三二一　單己無眷屬　樂於獨處者
俱來至佛所　其數轉過上　如是諸大衆
若人行籌數　過於恒沙劫　猶不能盡知
是諸大威德　精進菩薩衆　誰爲其說法
教化而成就　從誰初發心　稱揚何佛法
受持行誰經　修習何佛道　如是諸菩薩
神通大智力　四方地振裂　皆從中涌出
世尊我昔來　未曾見是事　願說其所從
國土之名號　我常遊諸國　未曾見是衆
我於此衆中　乃不識一人　忽然從地出
願說其因縁　今此之大會　無量百千億
是諸菩薩等　皆欲知此事　是諸菩薩衆
本末之因縁　無量德世尊　惟願決衆疑

爾時釋迦牟尼分身諸佛從無量千萬億他方國土來者在於八方諸寶樹下師子座上結跏趺坐其佛侍者各各見是菩薩大衆於三千大千世界四方從地涌出住於虚空各白其佛言世尊此諸無量無邊阿僧祇菩薩大衆從何所來爾時諸佛各告侍者諸善男子且待須臾有菩薩摩訶薩名曰彌勒釋迦牟尼佛之所授記次後作佛已問斯事佛今答之汝等自當因是得聞爾時釋迦牟尼佛告彌勒菩薩善哉善哉阿逸多乃能問佛如是大事汝等當共一心被精進鎧發堅固意如來今欲顯發宣示諸佛智慧諸佛自在神通之力諸佛師子奮迅之力諸佛威猛大勢

之力爾時世尊欲重宣此義而說偈言

當精進一心　我欲說此事　勿得有疑悔
佛智叵思議　汝今出信力　住於忍善中
昔所未聞法　今皆當得聞　我今安慰汝
勿得懷疑懼　佛無不實語　智慧不可量
所得第一法　甚深叵分別　如是今當說
汝等一心聽

爾時世尊說此偈已告彌勒菩薩我今於此大衆宣告汝等阿逸多是諸大菩薩摩訶薩無量無數阿僧祇從地涌出汝等昔所未見者我於是娑婆世界得阿耨多羅三藐三菩提已教化示導是諸菩薩調伏其心令發道意此諸菩薩皆於是娑婆世界之下此界虛空中住於諸經典讀誦通利思惟分別正憶念阿逸多是諸善男子等不樂在衆多有所說常樂靜處勤行精進未曾休息亦不依止人天而住常樂深智無有障礙亦常樂於諸佛之法一心精進求無上慧爾時世尊欲重宣此義而說偈言

阿逸汝當知　是諸大菩薩　從無數劫來
修習佛智慧　悉是我所化　令發大道心
此等是我子　依止是世界　常行頭陀事
志樂於靜處　捨大衆憒鬧　不樂多所說
如是諸子等　學習我道法　晝夜常精進
爲求佛道故　在娑婆世界　下方空中住
志念力堅固　常勤求智慧　說種種妙法
其心無所畏　我於伽耶城　菩提樹下坐
得成最正覺　轉無上法輪　爾乃教化之
令初發道心　今皆住不退　悉當得成佛
我今說實語　汝等一心信　我從久遠來

教化是等衆

爾時彌勒菩薩摩訶薩及無數諸菩薩等心生疑惑怪未曾有而作是念云何世尊於少時間教化如是無量無邊阿僧祇諸大菩薩令住阿耨多羅三藐三菩提即白佛言世尊如來爲太子時出於釋宫去伽耶城不遠坐於道場得成阿耨多羅三藐三菩提從是已來始過四十餘年世尊云何於此少時大作佛事以佛勢力以佛功德教化如是無量大菩薩衆當成阿耨多羅三藐三菩提世尊此大菩薩衆假使有人於千萬億劫數不能盡不得其邊斯等久遠已來於無量無邊諸佛所植諸善根成就菩薩道常修梵行世尊如此之事世所難信譬如有人色美髮黑年二十五指百歲人言是我子其百歲人亦指年少言是我父生育我等是事難信佛亦如是得道已來其實未久而此大衆諸菩薩等已於無量千萬億劫爲佛道故勤行精進善入出住無量百千萬億三昧得大神通久修梵行善能次第習諸善法巧於問答人中之寶一切世間甚爲希有今日世尊方云得佛道時初令發心教化示導令向阿耨多羅三藐三菩提世尊得佛未久乃能作此大功德事我等雖復信佛隨宜所説佛所出言未曾虛妄佛所知者皆悉通達然諸新發意菩薩於佛滅後若聞是語或不信受而起破法罪業因緣唯然世尊願爲解説除我等疑及未來世諸善男子聞此事已亦不生疑爾時彌勒菩薩欲重宣此義而説偈言

佛昔從釋種　出家近伽耶　坐於菩提樹

爾來尚未久　此諸佛子等　其數不可量
久已行佛道　住於神通力　善學菩薩道
不染世間法　如蓮華在水　從地而涌出
皆起恭敬心　住於世尊前　是事難思議
云何而可信　佛得道甚近　所成就甚多
願爲除衆疑　如實分別說　譬如少壯人
年始二十五　示人百歲子　髮白而面皺
是等我所生　子亦說是父　父少而子老
舉世所不信　世尊亦如是　得道來甚近
是諸菩薩等　志固無怯弱　從無量劫來
而行菩薩道　巧於難問答　其心無所畏
忍辱心決定　端正有威德　十方佛所讚
善能分別說　不樂在人衆　常好在禪定
爲求佛道故　於下空中住　我等從佛聞
於此事無疑　願佛爲未來　演說令開解
若有於此經　生疑不信者　即當墮惡道
願今爲解說　是無量菩薩　云何於少時
教化令發心　而住不退地

如來壽量品第十六

爾時佛告諸菩薩及一切大衆諸善男子汝等當信解如來誠諦之語復告大衆汝等當信解如來誠諦之語又復告諸大衆汝等當信解如來誠諦之語是時菩薩大衆彌勒爲首合掌白佛言世尊惟願說之我等當信受佛語如是三白已復言惟願說之我等當信受佛語爾時世尊知諸菩薩三請不止而告之言汝等諦聽如來祕密神通之力一切世間天人及阿修羅皆謂今釋迦牟尼佛出釋氏宮去伽耶城不遠坐於道場得阿耨多羅三藐三菩提然善男子我實成佛已來無量

無邊百千萬億那由他劫譬如五百千萬億那由他阿僧祇三千大千世界假使有人抹爲微塵過於東方五百千萬億那由他阿僧祇國乃下一塵如是東行盡是微塵諸善男子於意云何是諸世界可得思惟校計知其數不彌勒菩薩等俱白佛言世尊是諸世界無量無邊非筭數所知亦非心力所及一切聲聞辟支佛以無漏智不能思惟知其限數我等住阿惟越致地於是事中亦所不達世尊如是諸世界無量無邊爾時佛告大菩薩衆諸善男子今當分明宣語汝等是諸世界若著微塵及不著者盡以爲塵一塵一劫我成佛已來復過於此百千萬億那由他阿僧祇劫自從是來我常在此娑婆世界說法教化亦於餘處百千萬億那由他阿僧祇國導利衆生諸善男子於是中間我說然燈佛等又復言其入於涅槃如是皆以方便分別諸善男子若有衆生來至我所我以佛眼觀其信等諸根利鈍隨所應度處處自說名字不同年紀大小亦復現言當入涅槃又以種種方便說微妙法能令衆生發歡喜心諸善男子如來見諸衆生樂於小法德薄垢重者爲是人說我少出家得阿耨多羅三藐三菩提然我實成佛已來久遠若斯但以方便教化衆生令入佛道作如是說諸善男子如來所演經典皆爲度脫衆生或說已身或說他身或示已身或示他身或示已事或示他事諸所言說皆實不虛所以者何如來如實知見三界之相無有生死若退若出亦無在世及滅度者非實非虛非如非異不如三界見於

三界如斯之事如來明見無有錯謬以諸衆生有種種性種種欲種種行種種憶想分别故欲令生諸善根以若干因緣譬喻言辭種種說法所作佛事未曾暫廢如是我成佛已來甚大久遠壽命無量阿僧祇劫常住不滅諸善男子我本行菩薩道所成壽命今猶未盡復倍上數然今非實滅度而便唱言當取滅度如來以是方便教化衆生所以者何若佛久住於世薄德之人不種善根貧窮下賤貪著五欲入於憶想妄見網中若見如來常在不滅便起憍恣而懷厭怠不能生難遭之想恭敬之心是故如來以方便說比丘當知諸佛出世難可值遇所以者何諸薄德人過無量百千萬億劫或有見佛或不見者以此事故我作是言諸比丘如來難可得見斯衆生等聞如是語必當生於難遭之想心懷戀慕渴仰於佛便種善根是故如來雖不實滅而言滅度又善男子諸佛如來法皆如是爲度衆生皆實不虛譬如良醫智慧聰達明練方藥善治衆病其人多諸子息若十二十乃至百數以有事緣遠至餘國諸子於後飲他毒藥藥發悶亂宛轉于地是時其父還來歸家諸子飲毒或失本心或不失者遥見其父皆大歡喜拜跪問訊善安隱歸我等愚癡誤服毒藥願見救療更賜壽命父見子等苦惱如是依諸經方求好藥草色香美味皆悉具足擣篩和合與子令服而作是言此大良藥色香美味皆悉具足汝等可服速除苦惱無復衆患其諸子中不失心者見此良藥色香俱好即便服之病盡除愈餘失心者見其父

來雖亦歡喜問訊求索治病然與其藥而不肯服所以者何毒氣深入失本心故於此好色香藥而謂不美父作是念此子可愍爲毒所中心皆顛倒雖見我喜求索救療如是好藥而不肯服我今當設方便令服此藥即作是言汝等當知我今衰老死時已至是好良藥今留在此汝可取服勿憂不差作是教已復至他國遣使還告汝父已死是時諸子聞父背喪心大憂惱而作是念若父在者慈愍我等能見救護今者捨我遠喪他國自惟孤露無復恃怙常懷悲感心遂醒悟乃知此藥色香美味即取服之毒病皆愈其父聞子悉已得差尋便來歸咸使見之諸善男子於意云何頗有人能說此良醫虛妄罪不不也世尊佛言我亦如是成佛已來無量無邊百千萬億那由他阿僧祇劫爲衆生故以方便力言當滅度亦無有能如法說我虛妄過者爾時世尊欲重宣此義而說偈言

自我得佛來　所經諸劫數　無量百千萬
億載阿僧祇　常說法教化　無數億衆生
令入於佛道　爾來無量劫　爲度衆生故
方便現涅槃　而實不滅度　常住此說法
我常住於此　以諸神通力　令顛倒衆生
雖近而不見　衆見我滅度　廣供養舍利
咸皆懷戀慕　而生渴仰心　衆生既信伏
質直意柔輭　一心欲見佛　不自惜身命
時我及衆僧　俱出靈鷲山　我時語衆生
常在此不滅　以方便力故　現有滅不滅
餘國有衆生　恭敬信樂者　我復於彼中
爲說無上法　汝等不聞此　但謂我滅度

我見諸衆生　没在於苦惱　故不爲現身
令其生渴仰　因其心戀慕　乃出爲說法
神通力如是　於阿僧祇劫　常在靈鷲山
及餘諸住處　衆生見劫盡　大火所燒時
我此土安隱　天人常充滿　園林諸堂閣
種種寶莊嚴　寶樹多華果　衆生所遊樂
諸天擊天鼓　常作衆伎樂　雨曼陀羅華
散佛及大衆　我淨土不毀　而衆見燒盡
憂怖諸苦惱　如是悉充滿　是諸罪衆生
以惡業因緣　過阿僧祇劫　不聞三寶名
諸有修功德　柔和質直者　則皆見我身
在此而說法　或時爲此衆　說佛壽無量
久乃見佛者　爲說佛難值　我智力如是
慧光照無量　壽命無數劫　久修業所得
汝等有智者　勿於此生疑　當斷令永盡
佛語實不虛　如醫善方便　爲治狂子故
實在而言死　無能說虛妄　我亦爲世父
救諸苦患者　爲凡夫顛倒　實在而言滅
以常見我故　而生憍恣心　放逸著五欲
墮於惡道中　我常知衆生　行道不行道
隨所應可度　爲說種種法　每自作是意
以何令衆生　得入無上慧　速成就佛身

分別功德品第十七

爾時大會聞佛說壽命劫數長遠如是無量無邊阿僧祇衆生得大饒益於時世尊告彌勒菩薩摩訶薩阿逸多我說是如來壽命長遠時六百八十萬億那由他恒河沙衆生得無生法忍復有千倍菩薩摩訶薩得聞持陀羅尼門復有一世界微塵數菩薩摩訶薩得樂說無礙辯才復有一世界微塵數菩薩摩

訶薩得百千萬億無量旋陀羅尼復有三千大千世界微塵數菩薩摩訶薩能轉不退法輪復有二千中國土微塵數菩薩摩訶薩能轉清淨法輪復有小千國土微塵數菩薩摩訶薩八生當得阿耨多羅三藐三菩提復有四四天下微塵數菩薩摩訶薩四生當得阿耨多羅三藐三菩提復有三四天下微塵數菩薩摩訶薩三生當得阿耨多羅三藐三菩提復有二四天下微塵數菩薩摩訶薩二生當得阿耨多羅三藐三菩提復有一四天下微塵數菩薩摩訶薩一生當得阿耨多羅三藐三菩提復有八世界微塵數衆生皆發阿耨多羅三藐三菩提心佛說是諸菩薩摩訶薩得大法利時於虛空中雨曼陀羅華摩訶曼陀羅華以散無量百千萬億寶樹下師子座上諸佛幷散七寶塔中師子座上釋迦牟尼佛及久滅度多寶如來亦散一切諸大菩薩及四部衆又雨細末栴檀沈水香等於虛空中天鼓自鳴妙聲深遠又雨千種天衣垂諸瓔珞真珠瓔珞摩尼珠瓔珞如意珠瓔珞徧於九方衆寶香鑪燒無價香自然周至供養大會一一佛上有諸菩薩執持旛蓋次第而上至于梵天是諸菩薩以妙音聲歌無量頌讚歎諸佛爾時彌勒菩薩從座而起偏袒右肩合掌向佛而說偈言

佛說希有法　昔所未曾聞　世尊有大力
壽命不可量　無數諸佛子　聞世尊分別
說得法利者　歡喜充徧身　或住不退地
或得陀羅尼　或無礙樂說　萬億旋總持
或有大千界　微塵數菩薩　各各皆能轉

不退之法輪　復有中千界　微塵數菩薩
各各皆能轉　清淨之法輪　復有小千界
微塵數菩薩　餘各八生在　當得成佛道
復有四三二　如此四天下　微塵諸菩薩
隨數生成佛　或一四天下　微塵數菩薩
餘有一生在　當成一切智　如是等衆生
聞佛壽長遠　得無量無漏　清淨之果報
復有八世界　微塵數衆生　聞佛說壽命
皆發無上心　世尊說無量　不可思議法
多有所饒益　如虛空無邊　雨天曼陀羅
摩訶曼陀羅　釋梵如恒沙　無數佛土來
雨栴檀沈水　繽紛而亂墜　如鳥飛空下
供散於諸佛　天鼓虛空中　自然出妙聲
天衣千萬種　旋轉而來下　衆寶妙香鑪
燒無價之香　自然悉周徧　供養諸世尊
其大菩薩衆　執七寶旛蓋　高妙萬億種
次第至梵天　一一諸佛前　寶幢懸勝旛
亦以千萬偈　歌詠諸如來　如是種種事
昔所未曾有　聞佛壽無量　一切皆歡喜
佛名聞十方　廣饒益衆生　一切具善根
以助無上心

爾時佛告彌勒菩薩摩訶薩阿逸多其有衆生聞佛壽命長遠如是乃至能生一念信解所得功德無有限量若有善男子善女人爲阿耨多羅三藐三菩提故於八十萬億那由他劫行五波羅蜜檀波羅蜜尸羅波羅蜜羼提波羅蜜毗黎耶波羅蜜禪波羅蜜除般若波羅蜜以是功德比前功德百分千分百千萬億分不及其一乃至筭數譬喻所不能知若善男子善女人有如是功德於阿耨多羅

三藐三菩提退者無有是處爾時世尊欲重宣此義而說偈言

若人求佛慧　於八十萬億　那由他劫數
行五波羅蜜　於是諸劫中　布施供養佛
及緣覺弟子　并諸菩薩衆　珍異之飲食
上服與卧具　旃檀立精舍　以園林莊嚴
如是等布施　種種皆微妙　盡此諸劫數
以迴向佛道　若復持禁戒　清淨無缺漏
求於無上道　諸佛之所歎　若復行忍辱
住於調柔地　設衆惡來加　其心不傾動
諸有得法者　懷於增上慢　爲斯所輕惱
如是亦能忍　若復勤精進　志念常堅固
於無量億劫　一心不懈息　又於無數劫
住於空閑處　若坐若經行　除睡常攝心
以是因緣故　能生諸禪定　八十億萬劫
安住心不亂　持此一心福　願求無上道
我得一切智　盡諸禪定際　是人於百千
萬億劫數中　行此諸功德　如上之所說
有善男女等　聞我說壽命　乃至一念信
其福過於彼　若人悉無有　一切諸疑悔
深心須臾信　其福爲如此　其有諸菩薩
無量劫行道　聞我說壽命　是則能信受
如是諸人等　頂受此經典　願我於未來
長壽度衆生　如今日世尊　諸釋中之王
道場師子吼　說法無所畏　我等未來世
一切所尊敬　坐於道場時　說壽亦如是
若有深心者　清淨而質直　多聞能總持
隨義解佛語　如是之人等　於此無有疑

又阿逸多若有聞佛壽命長遠解其言趣是人所得功德無有限量能起如來無上之慧

何況廣聞是經若教人聞若自持若教人持若自書若教人書若以華香瓔珞幢旛繒蓋香油蘇燈供養經卷是人功德無量無邊能生一切種智阿逸多若善男子善女人聞我說壽命長遠深心信解則爲見佛常在耆闍崛山共大菩薩諸聲聞衆圍繞說法又見此娑婆世界其地瑠璃坦然平正閻浮檀金以界八道寶樹行列諸臺樓觀皆悉寶成其菩薩衆咸處其中若有能如是觀者當知是爲深信解相又復如來滅後若聞是經而不毀呰起隨喜心當知已爲深信解相何況讀誦受持之者斯人則爲頂戴如來阿逸多是善男子善女人不須爲我復起塔寺及作僧坊以四事供養衆僧所以者何是善男子善女人受持讀誦是經典者爲已起塔造立僧坊

供養衆僧則爲以佛舍利起七寶塔高廣漸小至于梵天懸諸旛蓋及衆寶鈴華香瓔珞末香塗香燒香衆鼓伎樂簫笛箜篌種種舞戲以妙音聲歌唄讚頌則爲於無量千萬億劫作是供養已阿逸多若我滅後聞是經典有能受持若自書若教人書則爲起立僧坊以赤栴檀作諸殿堂三十有二高八多羅樹高廣嚴好百千比丘於其中止園林浴池經行禪窟衣服飲食牀褥湯藥一切樂具充滿其中如是僧坊堂閣若干百千萬億其數無量以此現前供養於我及比丘僧是故我說如來滅後若有受持讀誦爲他人說若自書若教人書供養經卷不須復起塔寺及造僧坊供養衆僧況復有人能持是經兼行布施持戒忍辱精進一心智慧其德最勝無量無

邊譬如虛空東西南北四維上下無量無邊是人功德亦復如是無量無邊疾至一切種智若人讀誦受持是經爲他人說若自書若教人書復能起塔及造僧坊供養讚歎聲聞衆僧亦以百千萬億讚歎之法讚歎菩薩功德又爲他人種種因緣隨義解說此法華經復能清淨持戒與柔和者而共同止忍辱無瞋志念堅固常貴坐禪得諸深定精進勇猛攝諸善法利根智慧善答問難阿逸多若我滅後諸善男子善女人受持讀誦是經典者復有如是諸善功德當知是人已趣道場近阿耨多羅三藐三菩提坐道樹下阿逸多是善男子善女人若坐若立若行處此中便應起塔一切天人皆應供養如佛之塔爾時世尊欲重宣此義而說偈言

若我滅度後　能奉持此經　斯人福無量
如上之所說　是則爲具足　一切諸供養
以舍利起塔　七寶而莊嚴　表刹甚高廣
漸小至梵天　寶鈴千萬億　風動出妙音
又於無量劫　而供養此塔　華香諸瓔珞
天衣衆技樂　然香油蘇燈　周帀常照明
惡世法末時　能持是經者　則爲已如上
具足諸供養　若能持此經　則如佛現在
以牛頭栴檀　起僧坊供養　堂有三十二
高八多羅樹　上饌妙衣服　牀卧皆具足
百千衆住處　園林諸浴池　經行及禪窟
種種皆嚴好　若有信解心　受持讀誦書
若復教人書　及供養經卷　散華香末香
以須曼薝蔔　阿提目多伽　熏油常然之
如是供養者　得無量功德　如虛空無邊

其福亦如是　況復持此經　兼布施持戒
忍辱樂禪定　不瞋不惡口　恭敬於塔廟
謙下諸比丘　遠離自高心　常思惟智慧
有問難不瞋　隨順爲解說　若能行是行
功德不可量　若見此法師　成就如是德
應以天華散　天衣覆其身　頭面接足禮
生心如佛想　又應作是念　不久詣道樹
得無漏無爲　廣利諸人天　其所住止處
經行若坐卧　乃至說一偈　是中應起塔
莊嚴令妙好　種種以供養　佛子住此地
則是佛受用　常在於其中　經行及坐卧

妙法蓮華經卷第五

音釋

扠初加切挾也　撲蒲角切挨也　獵良涉切逐禽也　捕蒲故切捉也
魁膾魁苦灰切膾古外切　懱莫結切輕易也　擣篩擣都浩切篩疏夷切

妙法蓮華經卷第六

姚秦三藏法師鳩摩羅什奉 詔譯

隨喜功德品第十八

爾時彌勒菩薩摩訶薩白佛言世尊若有善
男子善女人聞是法華經隨喜者得幾所福
而說偈言
世尊滅度後　其有聞是經　若能隨喜者
爲得幾所福
爾時佛告彌勒菩薩摩訶薩阿逸多如來滅
後若比丘比丘尼優婆塞優婆夷及餘智者
若長若幼聞是經隨喜已從法會出至於餘
處若在僧坊若空閑地若城邑巷陌聚落田
里如其所聞爲父母宗親善友知識隨力演
說是諸人等聞已隨喜復行轉教餘人聞已
亦隨喜轉教如是展轉至第五十阿逸多其
第五十善男子善女人隨喜功德我今說之
汝當善聽若四百萬億阿僧祇世界六趣四
生衆生卵生胎生濕生化生若有形無形有
想無想非有想非無想無足二足四足多足
如是等在衆生數者有人求福隨其所欲娛
樂之具皆給與之一一衆生與滿閻浮提金
銀瑠璃硨磲碼碯珊瑚琥珀諸妙珍寶及象
馬車乘七寶所成宮殿樓閣等是大施主如
是布施滿八十年已而作是念我已施衆生
娛樂之具隨意所欲然此衆生皆已衰老年
過八十髮白面皺將死不久我當以佛法而
訓導之即集此衆生宣布法化示教利喜一
時皆得須陀洹道斯陀含道阿那含道阿羅
漢道盡諸有漏於深禪定皆得自在具八解
脫於汝意云何是大施主所得功德寧爲多

不彌勒白佛言世尊是人功德甚多無量無邊若是施主但施衆生一切樂具功德無量何況令得阿羅漢果佛告彌勒我今分明語汝是人以一切樂具施於四百萬億阿僧祇世界六趣衆生又令得阿羅漢果所得功德不如是第五十人聞法華經一偈隨喜功德百分千分百千萬億分不及其一乃至筭數譬喻所不能知阿逸多如是第五十人展轉聞法華經隨喜功德尚無量無邊阿僧祇何況最初於會中聞而隨喜者其福復勝無量無邊阿僧祇不可得比又阿逸多若人爲是經故往詣僧坊若坐若立須臾聽受緣是功德轉身所生得好上妙象馬車乘珍寶輦輿及乘天宫若復有人於講法處坐更有人來勸令坐聽若分座令坐是人功德轉身得帝釋坐處若梵王坐處若轉輪聖王所坐之處阿逸多若復有人語餘人言有經名法華可共往聽即受其教乃至須臾間聞是人功德轉身得與陀羅尼菩薩共生一處利根智慧百千萬世終不瘖瘂口氣不臭舌常無病口亦無病齒不垢黑不黄不踈亦不鈌落不差不曲脣不下垂亦不褰縮不麤澀不瘡胗亦不鈌壞亦不咼斜不厚不大亦不黧黑無諸可惡鼻不匾㔸亦不曲戾面色不黑亦不陿長亦不窊曲無有一切不可喜相脣舌牙齒悉皆嚴好鼻脩高直面貌圓滿眉高而長額廣平正人相具足世世所生見佛聞法信受教誨阿逸多汝且觀是勸於一人令往聽法功德如此何況一心聽説讀誦而於大衆爲人分别如説修行爾時世尊欲重宣此義而

說偈言

若人於法會　得聞是經典　乃至於一偈
隨喜爲他說　如是展轉教　至于第五十
最後人獲福　今當分別之　如有大施主
供給無量衆　具滿八十歲　隨意之所欲
見彼衰老相　髮白而面皺　齒疎形枯竭
念其死不久　我今應當教　令得於道果
即爲方便說　涅槃真實法　世皆不牢固
如水沫泡燄　汝等咸應當　疾生厭離心
諸人聞是法　皆得阿羅漢　具足六神通
三明八解脫　最後第五十　聞一偈隨喜
是人福勝彼　不可爲譬喻　如是展轉聞
其福尚無量　何況於法會　初聞隨喜者
若有勸一人　將引聽法華　言此經深妙
千萬劫難遇　即受教往聽　乃至須臾聞
斯人之福報　今當分別說　世世無口患
齒不疎黃黑　脣不厚褰缺　無有可惡相
舌不乾黑短　鼻高脩且直　額廣而平正
面目悉端嚴　爲人所喜見　口氣無臭穢
優鉢華之香　常從其口出　若故詣僧坊
欲聽法華經　須臾聞歡喜　今當說其福
後生天人中　得妙象馬車　珍寶之輦輿
及乘天宮殿　若於講法處　勸人坐聽經
是福因緣得　釋梵轉輪座　何況一心聽
解說其義趣　如說而修行　其福不可限

法師功德品第十九

爾時佛告常精進菩薩摩訶薩若善男子善女人受持是法華經若讀若誦若解說若書寫是人當得八百眼功德千二百耳功德八百鼻功德千二百舌功德八百身功德千二

百意功德以是功德莊嚴六根皆令清淨是善男子善女人父母所生清淨肉眼見於三千大千世界內外所有山林河海下至阿鼻地獄上至有頂亦見其中一切衆生及業因緣果報生處悉見悉知爾時世尊欲重宣此義而說偈言

若於大衆中　以無所畏心　說是法華經
汝聽其功德　是人得八百　功德殊勝眼
以是莊嚴故　其目甚清淨　父母所生眼
悉見三千界　內外彌樓山　須彌及鐵圍
并諸餘山林　大海江河水　下至阿鼻獄
上至有頂處　其中諸衆生　一切皆悉見
雖未得天眼　肉眼力如是

復次常精進若善男子善女人受持此經若讀若誦若解說若書寫得千二百耳功德以是清淨耳聞三千大千世界下至阿鼻地獄上至有頂其中內外種種語言音聲象聲馬聲牛聲車聲啼哭聲愁歎聲螺聲鼓聲鐘聲鈴聲笑聲語聲男聲女聲童子聲童女聲法聲非法聲苦聲樂聲凡夫聲聖人聲喜聲不喜聲天聲龍聲夜叉聲乾闥婆聲阿脩羅聲迦樓羅聲緊那羅聲摩睺羅伽聲火聲水聲風聲地獄聲畜生聲餓鬼聲比丘聲比丘尼聲聲聞聲辟支佛聲菩薩聲佛聲以要言之三千大千世界中一切內外所有諸聲雖未得天耳以父母所生清淨常耳皆悉聞知如是分別種種音聲而不壞耳根爾時世尊欲重宣此義而說偈言

父母所生耳　清淨無濁穢　以此常耳聞
三千世界聲　象馬車牛聲　鐘鈴螺鼓聲

琴瑟箜篌聲　簫笛之音聲　清淨好歌聲
聽之而不著　無數種人聲　聞悉能解了
又聞諸天聲　微妙之歌音　及聞男女聲
童子童女聲　山川險谷中　迦陵頻伽聲
命命等諸鳥　悉聞其音聲　地獄衆苦痛
種種楚毒聲　餓鬼飢渴逼　求索飲食聲
諸阿脩羅等　居在大海邊　自共言語時
出于大音聲　如是說法者　安住於此間
遥聞是衆聲　而不壞耳根　十方世界中
禽獸鳴相呼　其說法之人　於此悉聞之
其諸梵天上　光音及徧淨　乃至有頂天
言語之音聲　法師住於此　悉皆得聞之
一切比丘衆　及諸比丘尼　若讀誦經典
若爲他人說　法師住於此　悉皆得聞之
復有諸菩薩　讀誦於經法　若爲他人說
撰集解其義　如是諸音聲　悉皆得聞之
諸佛大聖尊　教化衆生者　於諸大會中
演說微妙法　持此法華者　悉皆得聞之
三千大千界　内外諸音聲　下至阿鼻獄
上至有頂天　皆聞其音聲　而不壞耳根
其耳聰利故　悉能分別知　持是法華者
雖未得天耳　但用所生耳　功德已如是

復次常精進若善男子善女人受持是經若讀若誦若解說若書寫成就八百鼻功德以是清淨鼻根聞於三千大千世界上下内外種種諸香須曼那華香闍提華香末利華香薝蔔華香波羅羅華香赤蓮華香青蓮華香白蓮華香華樹香果樹香栴檀香沈水香多摩羅跋香多伽羅香及千萬種和香若末若丸若塗香持是經者於此間住悉能分別又

復別知衆生之香象香馬香牛羊等香男香女香童子香童女香及草木叢林香若近若遠所有諸香悉皆得聞分別不錯持是經者雖住於此亦聞天上諸天之香波利質多羅拘鞞陀羅樹香及曼陀羅華香摩訶曼陀羅華香曼殊沙華香摩訶曼殊沙華香栴檀沈水種種末香諸雜華香如是等天香和合所出之香無不聞知又聞諸天身香釋提桓因在勝殿上五欲娛樂嬉戲時香若在妙法堂上爲忉利諸天說法時香若於諸園遊戲時香及餘天等男女身香皆悉遥聞如是展轉乃至梵世上至有頂諸天身香亦皆聞之并聞諸天所燒之香及聲聞香辟支佛香菩薩香諸佛身香亦皆遥聞知其所在雖聞此香然於鼻根不壞不錯若欲分別爲他人說憶念不謬爾時世尊欲重宣此義而說偈言

是人鼻清淨　於此世界中　若香若臭物
種種悉聞知　須曼那闍提　多摩羅栴檀
沈水及桂香　種種華果香　及知衆生香
男子女人香　說法者遠住　聞香知所在
大勢轉輪王　小轉輪及子　羣臣諸宮人
聞香知所在　身所著珍寶　及地中寶藏
轉輪王寶女　聞香知所在　諸人嚴身具
衣服及瓔珞　種種所塗香　聞香知其身
諸天若行坐　遊戲及神變　持是法華者
聞香悉能知　諸樹華果實　及酥油香氣
持經者住此　悉知其所在　諸山深險處
栴檀樹華敷　衆生在中者　聞香悉能知
鐵圍山大海　地中諸衆生　持經者聞香
悉知其所在　阿脩羅男女　及其諸眷屬

鬬諍遊戲時 聞香皆能知 曠野險隘處
師子象虎狼 野牛水牛等 聞香知所在
若有懷妊者 未辨其男女 無根及非人
聞香悉能知 以聞香力故 知其初懷妊
成就不成就 安樂產福子 以聞香力故
知男女所念 染欲癡恚心 亦知修善者
地中衆伏藏 金銀諸珍寶 銅器之所盛
聞香悉能知 種種諸瓔珞 無能識其價
聞香知貴賤 出處及所在 天上諸華等
曼陀曼殊沙 波利質多樹 聞香悉能知
天上諸宮殿 上中下差別 衆寶華莊嚴
聞香悉能知 天園林勝殿 諸觀妙法堂
在中而娛樂 聞香悉能知 諸天若聽法
或受五欲時 來往行坐臥 聞香悉能知
天女所著衣 好華香莊嚴 周旋遊戲時
聞香悉能知 如是展轉上 乃至於梵世
入禪出禪者 聞香悉能知 光音徧淨天
乃至于有頂 初生及退沒 聞香悉能知
諸比丘衆等 於法常精進 若坐若經行
及讀誦經典 或在林樹下 專精而坐禪
持經者聞香 悉知其所在 菩薩志堅固
坐禪若讀誦 或爲人說法 聞香悉能知
在在方世尊 一切所恭敬 愍衆而說法
聞香悉能知 衆生在佛前 聞經皆歡喜
如法而修行 聞香悉能知 雖未得菩薩
無漏法生鼻 而是持經者 先得此鼻相

復次常精進若善男子善女人受持是經若讀若誦若解說若書寫得千二百舌功德若好若醜若美不美及諸苦澀物在其舌根皆變成上味如天甘露無不美者若以舌根於

大衆中有所演説出深妙聲能入其心皆令歡喜快樂又諸天子天女釋梵諸天聞是深妙音聲有所演説言論次第皆悉來聽及諸龍龍女夜叉夜叉女乾闥婆乾闥婆女阿脩羅阿脩羅女迦樓羅迦樓羅女緊那羅緊那羅女摩睺羅伽摩睺羅伽女爲聽法故皆來親近恭敬供養及比丘比丘尼優婆塞優婆夷國王王子羣臣眷屬小轉輪王大轉輪王七寶千子内外眷屬乘其宮殿俱來聽法以是菩薩善説法故婆羅門居士國内人民盡其形壽隨侍供養又諸聲聞辟支佛菩薩諸佛常樂見之是人所在方面諸佛皆向其處説法悉能受持一切佛法又能出於深妙法音爾時世尊欲重宣此義而説偈言

是人舌根淨　終不受惡味　其有所食噉
悉皆成甘露　以深淨妙聲　於大衆説法
以諸因緣喻　引導衆生心　聞者皆歡喜
設諸上供養　諸天龍夜叉　及阿脩羅等
皆以恭敬心　而共來聽法　是説法之人
若欲以妙音　徧滿三千界　隨意即能至
大小轉輪王　及千子眷屬　合掌恭敬心
常來聽受法　諸天龍夜叉　羅刹毗舍闍
亦以歡喜心　常樂來供養　梵天王魔王
自在大自在　如是諸天衆　常來至其所
諸佛及弟子　聞其説法音　常念而守護
或時爲現身

復次常精進若善男子善女人受持是經若讀若誦若解説若書寫得八百身功德得清淨身如淨瑠璃衆生喜見其身淨故三千大千世界衆生生時死時上下好醜生善處惡

處悉於中現及鐵圍山大鐵圍山彌樓山摩訶彌樓山等諸山及其中衆生悉於中現下至阿鼻地獄上至有頂所有及衆生悉於中現若聲聞辟支佛菩薩諸佛說法皆於身中現其色像爾時世尊欲重宣此義而說偈言

若持法華者　其身甚清淨　如彼淨瑠璃
衆生皆喜見　又如淨明鏡　悉見諸色像
菩薩於淨身　皆見世所有　唯獨自明了
餘人所不見　三千世界中　一切諸羣萌
天人阿脩羅　地獄鬼畜生　如是諸色像
皆於身中現　諸天等宮殿　乃至於有頂
鐵圍及彌樓　摩訶彌樓山　諸大海水等
皆於身中現　諸佛及聲聞　佛子菩薩等
若獨若在衆　說法悉皆現　雖未得無漏
法性之妙身　以清淨常體　一切於中現

復次常精進若善男子善女人如來滅後受持是經若讀若誦若解說若書寫得千二百意功德以是清淨意根乃至聞一偈一句通達無量無邊之義解是義已能演說一句一偈至於一月四月乃至一歲諸所說法隨其義趣皆與實相不相違背若說俗間經書治世語言資生業等皆順正法三千大千世界六趣衆生心之所行心所動作心所戲論皆悉知之雖未得無漏智慧而其意根清淨如此是人有所思惟籌量言說皆是佛法無不真實亦是先佛經中所說爾時世尊欲重宣此義而說偈言

是人意清淨　明利無濁穢　以此妙意根
知上中下法　乃至聞一偈　通達無量義
次第如法說　月四月至歲　是世界內外

一切諸衆生　若天龍及人　夜叉鬼神等
其在六趣中　所念若干種　持法華之報
一時皆悉知　十方無數佛　百福莊嚴相
爲衆生說法　悉聞能受持　思惟無量義
說法亦無量　終始不忘錯　以持法華故
悉知諸法相　隨義識次第　達名字語言
如所知演說　此人有所說　皆是先佛法
以演此法故　於衆無所畏　持法華經者
意根淨若斯　雖未得無漏　先有如是相
是人持此經　安住希有地　爲一切衆生
歡喜而愛敬　能以千萬種　善巧之語言
分別而說法　持法華經故

常不輕菩薩品第二十

爾時佛告得大勢菩薩摩訶薩汝今當知若比丘比丘尼優婆塞優婆夷持法華經者若有惡口罵詈誹謗獲大罪報如前所說其所得功德如向所說眼耳鼻舌身意清淨得大勢乃往古昔過無量無邊不可思議阿僧祇劫有佛名威音王如來應供正徧知明行足善逝世間解無上士調御丈夫天人師佛世尊劫名離衰國名大成其威音王佛於彼世中爲天人阿修羅說法爲求聲聞者說應四諦法度生老病死究竟涅槃爲求辟支佛者說應十二因緣法爲諸菩薩因阿耨多羅三藐三菩提說應六波羅蜜法究竟佛慧得大勢是威音王佛壽四十萬億那由他恒河沙劫正法住世劫數如一閻浮提微塵像法住世劫數如四天下微塵其佛饒益衆生已然後滅度正法像法滅盡之後於此國土復有佛出亦號威音王如來應供正徧知明行足

善逝世間解無上士調御丈夫天人師佛世尊如是次第有二萬億佛皆同一號最初威音王如來既已滅度正法滅後於像法中增上慢比丘有大勢力爾時有一菩薩比丘名常不輕得大勢以何因緣名常不輕是比丘凡有所見若比丘比丘尼優婆塞優婆夷皆悉禮拜讚歎而作是言我深敬汝等不敢輕慢所以者何汝等皆行菩薩道當得作佛而是比丘不專讀誦經典但行禮拜乃至遠見四衆亦復故往禮拜讚歎而作是言我不敢輕於汝等汝等皆當作佛四衆之中有生瞋恚心不淨者惡口罵詈言是無智比丘從何所來自言我不輕汝而與我等授記當得作佛我等不用如是虛妄授記如此經歷多年常被罵詈不生瞋恚常作是言汝當作佛說是語時衆人或以杖木瓦石而打擲之避走遠住猶高聲唱言我不敢輕於汝等汝等皆當作佛以其常作是語故增上慢比丘比丘尼優婆塞優婆夷號之爲常不輕是比丘臨欲終時於虛空中具聞威音王佛先所說法華經二十千萬億偈悉能受持即得如上眼根清淨耳鼻舌身意根清淨得是六根清淨已更增壽命二百萬億那由他歲廣爲人說是法華經於時增上慢四衆比丘比丘尼優婆塞優婆夷輕賤是人爲作不輕名者見其得大神通力樂說辯力大善寂力聞其所說皆信伏隨從是菩薩復化千萬億衆令住阿耨多羅三藐三菩提命終之後得值二千億佛皆號日月燈明於其法中說是法華經以是因緣復值二千億佛同號雲自在燈王於

此諸佛法中受持讀誦爲諸四衆說此經典故得是常眼清淨耳鼻舌身意諸根清淨於四衆中說法心無所畏得大勢是常不輕菩薩摩訶薩供養如是若干諸佛恭敬尊重讚歎種諸善根於後復值千萬億佛亦於諸佛法中說是經典功德成就當得作佛得大勢於意云何爾時常不輕菩薩豈異人乎則我身是若我於宿世不受持讀誦此經爲他人說者不能疾得阿耨多羅三藐三菩提我於先佛所受持讀誦此經爲人說故疾得阿耨多羅三藐三菩提得大勢彼時四衆比丘比丘尼優婆塞優婆夷以瞋恚意輕賤我故二百億劫常不值佛不聞法不見僧千劫於阿鼻地獄受大苦惱畢是罪已復遇常不輕菩薩教化阿耨多羅三藐三菩提得大勢於汝意云何爾時四衆常輕是菩薩者豈異人乎今此會中跋陀婆羅等五百菩薩師子月等五百比丘尼思佛等五百優婆塞皆於阿耨多羅三藐三菩提不退轉者是得大勢當知是法華經大饒益諸菩薩摩訶薩能令至於阿耨多羅三藐三菩提是故諸菩薩摩訶薩於如來滅後常應受持讀誦解說書寫是經

爾時世尊欲重宣此義而說偈言

過去有佛　號威音王　神智無量　將導一切
天人龍神　所共供養　是佛滅後　法欲盡時
有一菩薩　名常不輕　時諸四衆　計著於法
不輕菩薩　往到其所　而語之言　我不輕汝
汝等行道　皆當作佛　諸人聞已　輕毀罵詈
不輕菩薩　能忍受之　其罪畢已　臨命終時
得聞此經　六根清淨　神通力故　增益壽命

復為諸人　廣說是經　諸著法衆　皆蒙菩薩
教化成就　令住佛道　不輕命終　值無數佛
說是經故　得無量福　漸具功德　疾成佛道
彼時不輕　則我身是　時四部衆　著法之者
聞不輕言　汝當作佛　以是因緣　值無數佛
此會菩薩　五百之衆　并及四部　清信士女
今於我前　聽法者是　我於前世　勸是諸人
聽受斯經　第一之法　開示教人　令住涅槃
世世受持　如是經典　億億萬劫　至不可議
時乃得聞　是法華經　億億萬劫　至不可議
諸佛世尊　時說是經　是故行者　於佛滅後
聞如是經　勿生疑惑　應當一心　廣說此經
世世值佛　疾成佛道

如來神力品第二十一

爾時千世界微塵等菩薩摩訶薩從地涌出者皆於佛前一心合掌瞻仰尊顏而白佛言世尊我等於佛滅後世尊分身所在國土滅度之處當廣說此經所以者何我等亦自欲得是真淨大法受持讀誦解說書寫而供養之爾時世尊於文殊師利等無量百千萬億舊住娑婆世界菩薩摩訶薩及諸比丘比丘尼優婆塞優婆夷天龍夜叉乾闥婆阿脩羅迦樓羅緊那羅摩睺羅伽人非人等一切衆前現大神力出廣長舌上至梵世一切毛孔放於無量無數色光皆悉徧照十方世界衆寶樹下師子座上諸佛亦復如是出廣長舌放無量光釋迦牟尼佛及寶樹下諸佛現神力時滿百千歲然後還攝舌相一時謦欬俱共彈指是二音聲徧至十方諸佛世界地皆六種震動其中衆生天龍夜叉乾闥婆阿脩

羅迦樓羅緊那羅摩睺羅伽人非人等以佛神力故皆見此娑婆世界無量無邊百千萬億衆寶樹下師子座上諸佛及見釋迦牟尼佛共多寶如來在寶塔中坐師子座又見無量無邊百千萬億菩薩摩訶薩及諸四衆恭敬圍繞釋迦牟尼佛既見是已皆大歡喜得未曾有即時諸天於虛空中高聲唱言過此無量無邊百千萬億阿僧祇世界有國名娑婆是中有佛名釋迦牟尼今爲諸菩薩摩訶薩說大乘經名妙法蓮華教菩薩法佛所護念汝等當深心隨喜亦當禮拜供養釋迦牟尼佛彼諸衆生聞虛空中聲已合掌向娑婆世界作如是言南無釋迦牟尼佛南無釋迦牟尼佛以種種華香瓔珞旛蓋及諸嚴身之具珍寶妙物皆共遥散娑婆世界所散諸物從十方來譬如雲集變成寶帳徧覆此間諸佛之上于時十方世界通達無礙如一佛土爾時佛告上行等菩薩大衆諸佛神力如是無量無邊不可思議若我以是神力於無量無邊百千萬億阿僧祇劫爲囑累故說此經功德猶不能盡以要言之如來一切所有之法如來一切自在神力如來一切祕要之藏如來一切甚深之事皆於此經宣示顯說是故汝等於如來滅後應一心受持讀誦解說書寫如說修行所在國土若有受持讀誦解說書寫如說修行若經卷所住之處若於園中若於林中若於樹下若於僧坊若白衣舍若在殿堂若山谷曠野是中皆應起塔供養所以者何當知是處即是道場諸佛於此得阿耨多羅三藐三菩提諸佛於此轉于法輪

諸佛於此而般涅槃爾時世尊欲重宣此義而說偈言

諸佛救世者　住於大神通　爲悅衆生故
現無量神力　舌相至梵天　身放無數光
爲求佛道者　現此希有事　諸佛謦欬聲
及彈指之聲　周聞十方國　地皆六種動
以佛滅度後　能持是經故　諸佛皆歡喜
現無量神力　囑累是經故　讚美受持者
於無量劫中　猶故不能盡　是人之功德
無邊無有窮　如十方虛空　不可得邊際
能持是經者　則爲已見我　亦見多寶佛
及諸分身者　又見我今日　教化諸菩薩
能持是經者　令我及分身　滅度多寶佛
一切皆歡喜　十方現在佛　并過去未來
亦見亦供養　亦令得歡喜　諸佛坐道場
所得祕要法　能持是經者　不久亦當得
能持是經者　於諸法之義　名字及言辭
樂說無窮盡　如風於空中　一切無障礙
於如來滅後　知佛所說經　因緣及次第
隨義如實說　如日月光明　能除諸幽冥
斯人行世間　能滅衆生闇　教無量菩薩
畢竟住一乘　是故有智者　聞此功德利
於我滅度後　應受持斯經　是人於佛道
決定無有疑

囑累品第二十二

爾時釋迦牟尼佛從法座起現大神力以右手摩無量菩薩摩訶薩頂而作是言我於無量百千萬億阿僧祇劫修習是難得阿耨多羅三藐三菩提法今以付囑汝等汝等應當一心流布此法廣令增益如是三摩諸菩薩

摩訶薩頂而作是言我於無量百千萬億阿僧祇劫修習是難得阿耨多羅三藐三菩提法今以付囑汝等汝等當受持讀誦廣宣此法令一切衆生普得聞知所以者何如來有大慈悲無諸慳吝亦無所畏能與衆生佛之智慧如來智慧自然智慧如來是一切衆生之大施主汝等亦應隨學如來之法勿生慳吝於未來世若有善男子善女人信如來智慧者當爲演說此法華經使得聞知爲令其人得佛慧故若有衆生不信受者當於如來餘深法中示教利喜汝等若能如是則爲已報諸佛之恩時諸菩薩摩訶薩聞佛作是說已皆大歡喜徧滿其身益加恭敬曲躬低頭合掌向佛俱發聲言如世尊敕當具奉行唯然世尊願不有慮諸菩薩摩訶薩衆如是三反俱發聲言如世尊敕當具奉行唯然世尊願不有慮爾時釋迦牟尼佛令十方來諸分身佛各還本土而作是言諸佛各隨所安多寶佛塔還可如故說是語時十方無量分身諸佛坐寶樹下師子座上者及多寶佛并上行等無邊阿僧祇菩薩大衆舍利弗等聲聞四衆及一切世間天人阿脩羅等聞佛所說皆大歡喜

藥王菩薩本事品第二十三

爾時宿王華菩薩白佛言世尊藥王菩薩云何遊於娑婆世界世尊是藥王菩薩有若干百千萬億那由他難行苦行善哉世尊願少解說諸天龍神夜叉乾闥婆阿修羅迦樓羅緊那羅摩睺羅伽人非人等又他國土諸來菩薩及此聲聞衆聞皆歡喜爾時佛告宿王

華菩薩乃往過去無量恒河沙劫有佛號日月淨明德如來應供正徧知明行足善逝世間解無上士調御丈夫天人師佛世尊其佛有八十億大菩薩摩訶薩七十二恒河沙大聲聞衆佛壽四萬二千劫菩薩壽命亦等彼國無有女人地獄餓鬼畜生阿脩羅等及以諸難地平如掌瑠璃所成寶樹莊嚴寶帳覆上垂寶華旛寶瓶香鑪周徧國界七寶爲臺一樹一臺其樹去臺盡一箭道此諸寶樹皆有菩薩聲聞而坐其下諸寶臺上各有百億諸天作天伎樂歌歎於佛以爲供養爾時彼佛爲一切衆生喜見菩薩及衆菩薩諸聲聞衆說法華經是一切衆生喜見菩薩樂習苦行於日月淨明德佛法中精進經行一心求佛滿萬二千歲已得現一切色身三昧得此

三昧已心大歡喜即作念言我得現一切色身三昧皆是得聞法華經力我今當供養日月淨明德佛及法華經即時入是三昧於虛空中雨曼陀羅華摩訶曼陀羅華細末堅黑栴檀滿虛空中如雲而下又雨海此岸栴檀之香此香六銖價直娑婆世界以供養佛作是供養已從三昧起而自念言我雖以神力供養於佛不如以身供養即服諸香栴檀薰陸兜樓婆畢力迦沈水膠香又飲瞻蔔諸華香油滿千二百歲已香油塗身於日月淨明德佛前以天寶衣而自纏身灌諸香油以神通力願而自然身光明偏照八十億恒河沙世界其中諸佛同時讚言善哉善哉善男子是眞精進是名眞法供養如來若以華香瓔珞燒香末香塗香天繒旛蓋及海此岸栴檀

之香如是等種種諸物供養所不能及假使國城妻子布施亦所不及善男子是名第一之施於諸施中最尊最上以法供養諸如來故作是語已而各默然其身火然千二百歲過是已後其身乃盡一切衆生喜見菩薩作如是法供養已命終之後復生日月淨明德佛國中於淨德王家結跏趺坐忽然化生即爲其父而說偈言

大王今當知　我經行彼處　即時得一切
現諸身三昧　勤行大精進　捨所愛之身

說是偈已而白父言日月淨明德佛今故現在我先供養佛已得解一切衆生語言陀羅尼復聞是法華經八百千萬億那由他甄迦羅頻婆羅阿閦婆等偈大王我今當還供養此佛白已即坐七寶之臺上升虛空高七多羅樹往到佛所頭面禮足合十指爪以偈讚佛

容顏甚奇妙　光明照十方　我適曾供養
今復還親覲

爾時一切衆生喜見菩薩說是偈已而白佛言世尊世尊猶故在世爾時日月淨明德佛告一切衆生喜見菩薩善男子我涅槃時到滅盡時至汝可安施牀座我於今夜當般涅槃又敕一切衆生喜見菩薩善男子我以佛法囑累於汝及諸菩薩大弟子并阿耨多羅三藐三菩提法亦以三千大千七寶世界諸寶樹寶臺及給侍諸天悉付於汝我滅度後所有舍利亦付囑汝當令流布廣設供養應起若干千塔如是日月淨明德佛敕一切衆生喜見菩薩已於夜後分入於涅槃爾時一

切衆生喜見菩薩見佛滅度悲感懊惱戀慕於佛即以海此岸栴檀爲積供養佛身而以燒之火滅已後收取舍利作八萬四千寶瓶以起八萬四千塔高三世界表刹莊嚴垂諸旛蓋懸衆寶鈴爾時一切衆生喜見菩薩復自念言我雖作是供養心猶未足我今當更供養舍利便語諸菩薩大弟子及天龍夜叉等一切大衆汝等當一心念我今供養日月淨明德佛舍利作是語已即於八萬四千塔前然百福莊嚴臂七萬二千歲而以供養令無數求聲聞衆無量阿僧祇人發阿耨多羅三藐三菩提心皆使得住現一切色身三昧爾時諸菩薩天人阿脩羅等見其無臂憂惱悲哀而作是言此一切衆生喜見菩薩是我等師教化我者而今燒臂身不具足于時一切衆生喜見菩薩於大衆中立此誓言我捨兩臂必當得佛金色之身若實不虛令我兩臂還復如故作是誓已自然還復由斯菩薩福德智慧淳厚所致當爾之時三千大千世界六種震動天雨寶華一切人天得未曾有佛告宿王華菩薩於汝意云何一切衆生喜見菩薩豈異人乎今藥王菩薩是也其所捨身布施如是無量百千萬億那由他數宿王華若有發心欲得阿耨多羅三藐三菩提者能然手指乃至足一指供養佛塔勝以國城妻子及三千大千國土山林河池諸珍寶物而供養者若復有人以七寶滿三千大千世界供養於佛及大菩薩辟支佛阿羅漢是人所得功德不如受持此法華經乃至一四句偈其福最多宿王華譬如一切川流江河諸

水之中海爲第一此法華經亦復如是於諸如來所説經中最爲深大又如土山黑山小鐵圍山大鐵圍山及十寶山衆山之中須彌山爲第一此法華經亦復如是於諸經中最爲其上又如衆星之中月天子最爲第一此法華經亦復如是於千萬億種諸經法中最爲照明又如日天子能除諸闇此經亦復如是能破一切不善之闇又如諸小王中轉輪聖王最爲第一此經亦復如是於衆經中最爲其尊又如帝釋於三十三天中王此經亦復如是諸經中王又如大梵天王一切衆生之父此經亦復如是一切賢聖學無學及發菩薩心者之父又如一切凡夫人中須陀洹斯陀含阿那含阿羅漢辟支佛爲第一此經亦復如是一切如來所説若菩薩所説若聲聞所説諸經法中最爲第一有能受持是經典者亦復如是於一切衆生中亦爲第一一切聲聞辟支佛中菩薩爲第一此經亦復如是於一切諸經法中最爲第一如佛爲諸法王此經亦復如是諸經中王宿王華此經能救一切衆生者此經能令一切衆生離諸苦惱此經能大饒益一切衆生充滿其願如清涼池能滿一切諸渴乏者如寒者得火如躶者得衣如商人得主如子得母如渡得船如病得醫如闇得燈如貧得寶如民得王如賈客得海如炬除闇此法華經亦復如是能令衆生離一切苦一切病痛能解一切生死之縛若人得聞此法華經若自書若使人書所得功德以佛智慧籌量多少不得其邊若書是經卷華香瓔珞燒香末香塗香旛蓋衣服

種種之燈蘇燈油燈諸香油燈薝蔔油燈須曼那油燈波羅羅油燈婆利師迦油燈那婆摩利油燈供養所得功德亦復無量宿王華若有人聞是藥王菩薩本事品者亦得無量無邊功德若有女人聞是藥王菩薩本事品能受持者盡是女身後不復受若如來滅後後五百歲中若有女人聞是經典如說修行於此命終即往安樂世界阿彌陀佛大菩薩衆圍繞住處生蓮華中寶座之上不復爲貪欲所惱亦復不爲瞋恚愚癡所惱亦復不爲憍慢嫉妬諸垢所惱得菩薩神通無生法忍得是忍已眼根清淨以是清淨眼根見七百萬二千億那由他恒河沙等諸佛如來是時諸佛遥共讚言善哉善哉善男子汝能於釋迦牟尼佛法中受持讀誦思惟是經爲他人說所得福德無量無邊火不能焚水不能漂汝之功德千佛共說不能令盡汝今已能破諸魔賊壞生死軍諸餘怨敵皆悉摧滅善男子百千諸佛以神通力共守護汝於一切世間天人之中無如汝者唯除如來其諸聲聞辟支佛乃至菩薩智慧禪定無有與汝等者宿王華此菩薩成就如是功德智慧之力若有人聞是藥王菩薩本事品能隨喜讚善者是人現世口中常出青蓮華香身毛孔中常出牛頭栴檀之香所得功德如上所說是故宿王華以此藥王菩薩本事品囑累於汝我滅度後後五百歲中廣宣流布於閻浮提無令斷絕惡魔魔民諸天龍夜叉鳩槃茶等得其便也宿王華汝當以神通之力守護是經所以者何此經則爲閻浮提人病之良藥若

人有病得聞是經病即消滅不老不死宿王華汝若見有受持是經者應以青蓮華盛滿末香供散其上散已作是念言此人不久必當取草坐於道場破諸魔軍當吹法螺擊大法鼓度脫一切衆生老病死海是故求佛道者見有受持是經典人應當如是生恭敬心說是藥王菩薩本事品時八萬四千菩薩得解一切衆生語言陀羅尼多寶如來於寶塔中讚宿王華菩薩言善哉善哉宿王華汝成就不可思議功德乃能問釋迦牟尼佛如此之事利益無量一切衆生

妙法蓮華經卷第六

音釋

瘖瘂 瘖於金切瘂烏下切
褰縮 褰苦馬切舉也縮所六切斂也
胗 章忍切風腫也
咼斜 咼口淮切斜似嗟切咼斜口不正也
匾㔸 匾方殄切㔸土兮切匾㔸薄貌也
窊曲 窊烏瓜切不滿也
箜篌 箜苦紅切戶鉤切樂器
隘 烏懈切陋也
妊 汝鴆切孕也
積 資四切聚也

妙法蓮華經卷第七

姚秦三藏法師鳩摩羅什奉　詔譯

妙音菩薩品第二十四

爾時釋迦牟尼佛放大人相肉髻光明及放眉間白毫相光徧照東方百八萬億那由他恒河沙等諸佛世界過是數已有世界名淨光莊嚴其國有佛號淨華宿王智如來應供正徧知明行足善逝世間解無上士調御丈夫天人師佛世尊爲無量無邊菩薩大衆恭敬圍繞而爲說法釋迦牟尼佛白毫光明徧照其國爾時一切淨光莊嚴國中有一菩薩名曰妙音久已植衆德本供養親近無量百千萬億諸佛而悉成就甚深智慧得妙幢相三昧法華三昧淨德三昧宿王戲三昧無緣三昧智印三昧解一切衆生語言三昧集一切功德三昧清淨三昧神通遊戲三昧慧炬三昧莊嚴王三昧淨光明三昧淨藏三昧不共三昧日旋三昧得如是等百千萬億恒河沙等諸大三昧釋迦牟尼佛光照其身即白淨華宿王智佛言世尊我當往詣娑婆世界禮拜親近供養釋迦牟尼佛及見文殊師利法王子菩薩藥王菩薩勇施菩薩宿王華菩薩上行意菩薩莊嚴王菩薩藥上菩薩爾時淨華宿王智佛告妙音菩薩汝莫輕彼國生下劣想善男子彼娑婆世界高下不平土石諸山穢惡充滿佛身卑小諸菩薩衆其形亦小而汝身四萬二千由旬我身六百八十萬由旬汝身第一端正百千萬福光明殊妙是故汝往莫輕彼國若佛菩薩及國土生下劣想妙音菩薩白其佛言世尊我今詣娑婆世

界皆是如來之力如來神通遊戲如來功德智慧莊嚴於是妙音菩薩不起于座身不動揺而入三昧以三昧力於耆闍崛山去法座不遠化作八萬四千衆寶蓮華閻浮檀金爲莖白銀爲葉金剛爲鬚甄叔迦寶以爲其臺爾時文殊師利法王子見是蓮華而白佛言世尊是何因緣先現此瑞有若干千萬蓮華閻浮檀金爲莖白銀爲葉金剛爲鬚甄叔迦寶以爲其臺爾時釋迦牟尼佛告文殊師利是妙音菩薩摩訶薩欲從淨華宿王智佛國與八萬四千菩薩圍繞而來至此娑婆世界供養親近禮拜於我亦欲供養聽法華經文殊師利白佛言世尊是菩薩種何善本修何功德而能有是大神通力行何三昧願爲我等說是三昧名字我等亦欲勤修行之行此三昧乃能見是菩薩色相大小威儀進止惟願世尊以神通力彼菩薩來令我得見爾時釋迦牟尼佛告文殊師利此久滅度多寶如來當爲汝等而現其相時多寶佛告彼菩薩善男子來文殊師利法王子欲見汝身于時妙音菩薩於彼國沒與八萬四千菩薩俱共發來所經諸國六種震動皆悉雨於七寶蓮華百千天樂不鼓自鳴是菩薩目如廣大青蓮華葉正使和合百千萬月其面貌端正復過於此身真金色無量百千功德莊嚴威德熾盛光明照曜諸相具足如那羅延堅固之身入七寶臺上升虚空去地七多羅樹諸菩薩衆恭敬圍繞而來詣此娑婆世界耆闍崛山到已下七寶臺以價直百千瓔珞持至釋迦牟尼佛所頭面禮足奉上瓔珞而白佛言

世尊淨華宿王智佛問訊世尊少病少惱起居輕利安樂行不四大調和不世事可忍不衆生易度不無多貪欲瞋恚愚癡嫉妬慳慢不無不孝父母不敬沙門邪見不善心不攝五情不世尊衆生能降伏諸魔怨不久滅度多寶如來在七寶塔中來聽法不又問訊多寶如來安隱少惱堪忍久住不世尊我今欲見多寶佛身惟願世尊示我令見爾時釋迦牟尼佛語多寶佛是妙音菩薩欲得相見時多寶佛告妙音言善哉善哉汝能爲供養釋迦牟尼佛及聽法華經并見文殊師利等故來至此爾時華德菩薩白佛言世尊是妙音菩薩種何善根修何功德有是神力佛告華德菩薩過去有佛名雲雷音王多陀阿伽度阿羅訶三藐三佛陀國名現一切世間劫名喜見妙音菩薩於萬二千歲以十萬種伎樂供養雲雷音王佛并奉上八萬四千七寶鉢以是因緣果報今生淨華宿王智佛國有是神力華德於汝意云何爾時雲雷音王佛所妙音菩薩伎樂供養奉上寶器者豈異人乎今此妙音菩薩摩訶薩是華德是妙音菩薩已曾供養親近無量諸佛久植德本又值恒河沙等百千萬億那由他佛華德汝但見妙音菩薩其身在此而是菩薩現種種身處處爲諸衆生說是經典或現梵王身或現帝釋身或現自在天身或現大自在天身或現天大將軍身或現毗沙門天王身或現轉輪聖王身或現諸小王身或現長者身或現居士身或現宰官身或現婆羅門身或現比丘比丘尼優婆塞優婆夷身或現長者居士婦女

身或現宰官婦女身或現婆羅門婦女身或現童男童女身或現天龍夜叉乾闥婆阿脩羅迦樓羅緊那羅摩睺羅伽人非人等身而說是經諸有地獄餓鬼畜生及衆難處皆能救濟乃至於王後宮變爲女身而說是經華德是妙音菩薩能救護娑婆世界諸衆生者是妙音菩薩如是種種變化現身在此娑婆國土爲諸衆生說是經典於神通變化智慧無所損減是菩薩以若干智慧明照娑婆世界令一切衆生各得所知於十方恒河沙世界中亦復如是若應以聲聞形得度者現聲聞形而爲說法應以辟支佛形得度者現辟支佛形而爲說法應以菩薩形得度者現菩薩形而爲說法應以佛形得度者即現佛形而爲說法如是種種隨所應度而爲現形乃至應以滅度而得度者示現滅度華德妙音菩薩摩訶薩成就大神通智慧之力其事如是爾時華德菩薩白佛言世尊是妙音菩薩深種善根世尊是菩薩住何三昧而能如是在所變現度脫衆生佛告華德菩薩善男子其三昧名現一切色身妙音菩薩住是三昧中能如是饒益無量衆生說是妙音菩薩品時與妙音菩薩俱來者八萬四千人皆得現一切色身三昧此娑婆世界無量菩薩亦得是三昧及陀羅尼爾時妙音菩薩摩訶薩供養釋迦牟尼佛及多寶佛塔已還歸本土所經諸國六種震動雨寶蓮華作百千萬億種種伎樂既到本國與八萬四千菩薩圍繞至淨華宿王智佛所白佛言世尊我到娑婆世界饒益衆生見釋迦牟尼佛及見多寶佛塔

禮拜供養又見文殊師利法王子菩薩及見藥王菩薩得勤精進力菩薩勇施菩薩等亦令是八萬四千菩薩得現一切色身三昧說是妙音菩薩來往品時四萬二千天子得無生法忍華德菩薩得法華三昧

觀世音菩薩普門品第二十五

爾時無盡意菩薩即從座起偏袒右肩合掌向佛而作是言世尊觀世音菩薩以何因緣名觀世音佛告無盡意菩薩善男子若有無量百千萬億衆生受諸苦惱聞是觀世音菩薩一心稱名觀世音菩薩即時觀其音聲皆得解脫若有持是觀世音菩薩名者設入大火火不能燒由是菩薩威神力故若爲大水所漂稱其名號即得淺處若有百千萬億衆生爲求金銀瑠璃硨磲碼碯珊瑚琥珀真珠等寶入於大海假使黑風吹其船舫飄墮羅刹鬼國其中若有乃至一人稱觀世音菩薩名者是諸人等皆得解脫羅刹之難以是因緣名觀世音若復有人臨當被害稱觀世音菩薩名者彼所執刀杖尋段段壞而得解脫若三千大千國土滿中夜叉羅刹欲來惱人聞其稱觀世音菩薩名者是諸惡鬼尚不能以惡眼視之況復加害設復有人若有罪若無罪杻械枷鎖檢繫其身稱觀世音菩薩名者皆悉斷壞即得解脫若三千大千國土滿中寃賊有一商主將諸商人齎持重寶經過險路其中一人作是唱言諸善男子勿得恐怖汝等應當一心稱觀世音菩薩名號是菩薩能以無畏施於衆生汝等若稱名者於此寃賊當得解脫衆商人聞俱發聲言南無觀

世音菩薩稱其名故即得解脱無盡意觀世音菩薩摩訶薩威神之力巍巍如是若有衆生多於婬欲常念恭敬觀世音菩薩便得離欲若多瞋恚常念恭敬觀世音菩薩便得離瞋若多愚癡常念恭敬觀世音菩薩便得離癡無盡意觀世音菩薩有如是等大威神力多所饒益是故衆生常應心念若有女人設欲求男禮拜供養觀世音菩薩便生福德智慧之男設欲求女便生端正有相之女宿植德本衆人愛敬無盡意觀世音菩薩有如是力若有衆生恭敬禮拜觀世音菩薩福不唐捐是故衆生皆應受持觀世音菩薩名號無盡意若有人受持六十二億恒河沙菩薩名字復盡形供養飲食衣服卧具醫藥於汝意云何是善男子善女人功德多不無盡意言甚多世尊佛言若復有人受持觀世音菩薩名號乃至一時禮拜供養是二人福正等無異於百千萬億劫不可窮盡無盡意受持觀世音菩薩名號得如是無量無邊福德之利無盡意菩薩白佛言世尊觀世音菩薩云何遊此娑婆世界云何而爲衆生説法方便之力其事云何佛告無盡意菩薩善男子若有國土衆生應以佛身得度者觀世音菩薩即現佛身而爲説法應以辟支佛身得度者即現辟支佛身而爲説法應以聲聞身得度者即現聲聞身而爲説法應以梵王身得度者即現梵王身而爲説法應以帝釋身得度者即現帝釋身而爲説法應以自在天身得度者即現自在天身而爲説法應以大自在天身得度者即現大自在天身而爲説法應以

天大將軍身得度者即現天大將軍身而爲説法應以毗沙門身得度者即現毗沙門身而爲説法應以小王身得度者即現小王身而爲説法應以長者身得度者即現長者身而爲説法應以居士身得度者即現居士身而爲説法應以宰官身得度者即現宰官身而爲説法應以婆羅門身得度者即現婆羅門身而爲説法應以比丘比丘尼優婆塞優婆夷身得度者即現比丘比丘尼優婆塞優婆夷身而爲説法應以長者居士宰官婆羅門婦女身得度者即現婦女身而爲説法應以童男童女身得度者即現童男童女身而爲説法應以天龍夜叉乾闥婆阿修羅迦樓羅緊那羅摩睺羅伽人非人等身得度者即皆現之而爲説法應以執金剛神得度者即現執金剛神而爲説法無盡意是觀世音菩薩成就如是功德以種種形遊諸國土度脱衆生是故汝等應當一心供養觀世音菩薩是觀世音菩薩摩訶薩於怖畏急難之中能施無畏是故此娑婆世界皆號之爲施無畏者無盡意菩薩白佛言世尊我今當供養觀世音菩薩即解頸衆寶珠瓔珞價直百千兩金而以與之作是言仁者受此法施珍寶瓔珞時觀世音菩薩不肯受之無盡意復白觀世音菩薩言仁者愍我等故受此瓔珞爾時佛告觀世音菩薩當愍此無盡意菩薩及四衆天龍夜叉乾闥婆阿修羅迦樓羅緊那羅摩睺羅伽人非人等故受是瓔珞即時觀世音菩薩愍諸四衆及於天龍人非人等受其瓔珞分作二分一分奉釋迦牟尼佛一分奉

多寶佛塔無盡意觀世音菩薩有如是自在
神力遊於娑婆世界爾時無盡意菩薩以偈
問曰
世尊妙相具　我今重問彼　佛子何因緣
名爲觀世音　具足妙相尊　偈荅無盡意
汝聽觀音行　善應諸方所　弘誓深如海
歷劫不思議　侍多千億佛　發大清淨願
我爲汝略說　聞名及見身　心念不空過
能滅諸有苦　假使興害意　推落大火坑
念彼觀音力　火坑變成池　或漂流巨海
龍魚諸鬼難　念彼觀音力　波浪不能没
或在須彌峯　爲人所推墮　念彼觀音力
如日虛空住　或被惡人逐　墮落金剛山
念彼觀音力　不能損一毛　或值寃賊繞
各執刀加害　念彼觀音力　咸即起慈心

或遭王難苦　臨刑欲壽終　念彼觀音力
刀尋段段壞　或囚禁枷鎖　手足被杻械
念彼觀音力　釋然得解脫　呪詛諸毒藥
所欲害身者　念彼觀音力　還著於本人
或遇惡羅刹　毒龍諸鬼等　念彼觀音力
時悉不敢害　若惡獸圍繞　利牙爪可怖
念彼觀音力　疾走無邊方　蚖蛇及蝮蠍
氣毒煙火然　念彼觀音力　尋聲自迴去
雲雷鼓掣電　降雹澍大雨　念彼觀音力
應時得消散　衆生被困厄　無量苦逼身
觀音妙智力　能救世間苦　具足神通力
廣修智方便　十方諸國土　無刹不現身
種種諸惡趣　地獄鬼畜生　生老病死苦
以漸悉令滅　真觀清淨觀　廣大智慧觀
悲觀及慈觀　常願常瞻仰　無垢清淨光

慧日破諸闇　能伏災風火　普明照世間
悲體戒雷震　慈意妙大雲　澍甘露法雨
滅除煩惱燄　諍訟經官處　怖畏軍陣中
念彼觀音力　衆冤悉退散　妙音觀世音
梵音海潮音　勝彼世間音　是故須常念
念念勿生疑　觀世音淨聖　於苦惱死厄
能爲作依怙　具一切功德　慈眼視衆生
福聚海無量　是故應頂禮

爾時持地菩薩即從座起前白佛言世尊若有衆生聞是觀世音菩薩品自在之業普門示現神通力者當知是人功德不少佛說是普門品時衆中八萬四千衆生皆發無等等阿耨多羅三藐三菩提心

陀羅尼品第二十六

爾時藥王菩薩即從座起偏袒右肩合掌向佛而白佛言世尊若善男子善女人有能受持法華經者若讀誦通利若書寫經卷得幾所福佛告藥王若有善男子善女人供養八百萬億那由他恒河沙等諸佛於汝意云何其所得福寧爲多不甚多世尊佛言若善男子善女人能於是經乃至受持一四句偈讀誦解義如說修行功德甚多

爾時藥王菩薩白佛言世尊我今當與說法者陀羅尼呪以守護之即說呪曰

安爾一曼爾二摩禰三摩摩禰四旨隸五遮梨第六賒詩遮切咩莫者切七賒履多瑋八羶尸連切帝九目帝十目多履十一娑履十二阿瑋娑履十三桑履十四娑履十五叉裔十六阿叉裔十七阿耆膩十八羶帝十九賒履二十陀羅尼二十一阿盧伽婆娑蘇奈切簸蔗毗叉膩二十二禰毗剃二十三阿便哆邏禰履剃

廿四阿亶多罕切哆波隸輸地二十五歐究隸廿六
牟究隸廿七阿羅隸廿八波羅隸廿九首迦差初几切三
十阿三磨三履三十一佛陀毗吉利袠音姪帝三十
二達磨波利差猜離切帝三十三僧伽涅瞿沙禰三
十四婆舍婆舍輸地三十五曼哆邏三十六曼哆
邏叉夜多三十七郵音尤樓哆二十八郵樓多憍舍
略來加切三十九惡叉邏四十惡叉冶多冶四十一阿婆
盧四十二阿摩若荏蕉切那多夜四十三

世尊是陀羅尼神呪六十二億恒河沙等諸
佛所說若有侵毀此法師者則爲侵毀是諸
佛已時釋迦牟尼佛讚藥王菩薩言善哉善
哉藥王汝愍念擁護此法師故說是陀羅尼
於諸衆生多所饒益爾時勇施菩薩白佛言
世尊我亦爲擁護讀誦受持法華經者說陀
羅尼若此法師得是陀羅尼若夜叉若羅刹
若富單那若吉蔗若鳩槃茶若餓鬼等伺求
其短無能得便即於佛前而說呪曰

痤誓螺切隸一摩訶痤隸二郁枳音紙三目枳四
阿隸五阿羅婆第六涅隸第七涅隸多婆第
八伊緻猪利切柅女紙切九韋緻柅十旨緻柅十一涅
隸墀柅十二涅犁墀婆底十三

世尊是陀羅尼神呪恒河沙等諸佛所說亦
皆隨喜若有侵毀此法師者則爲侵毀是諸
佛已爾時毗沙門天王護世者白佛言世尊
我亦爲愍念衆生擁護此法師故說是陀羅
尼即說呪曰

阿梨一那梨二㝹那梨三阿那盧四那履五
拘那履六

世尊以是神呪擁護法師我亦自當擁護持
是經者令百由旬内無諸衰患爾時持國天

王在此會中與千萬億那由他乾闥婆衆恭
敬圍繞前詣佛所合掌白佛言世尊我亦以
陀羅尼神呪擁護持法華經者即說呪曰
阿伽禰一伽禰二瞿利三乾音虔陀利四旃陀
利五摩蹬音鄧者六常求利七浮樓莎柅八頞
音遏底九
世尊是陀羅尼神呪四十二億諸佛所說若
有侵毀此法師者則爲侵毀是諸佛已爾時
有羅刹女等一名藍婆二名毗藍婆三名曲
齒四名華齒五名黑齒六名多髮七名無厭
足八名持瓔珞九名皐帝十名奪一切衆生
精氣是十羅刹女與鬼子母并其子及眷屬
俱詣佛所同聲白佛言世尊我等亦欲擁護
讀誦受持法華經者除其衰患若有伺求法
師短者令不得便即於佛前而說呪曰

伊提履一伊提泯二伊提履三阿提履四伊
提履五泥履六泥履七泥履八泥履九泥履
十樓醯十一呼奚切樓醯十二樓醯十三樓醯十四多醯
十五多醯十六多醯十七兜醯十八㝹醯十九
寧上我頭上莫惱於法師若夜叉若羅刹若
餓鬼若富單那若吉蔗若毗陀羅若揵馱若
烏摩勒伽若阿跋摩羅若夜叉吉蔗若人吉
蔗若熱病若一日若二日若三日若四日若
至七日若常熱病若男形若女形若童男形
若童女形乃至夢中亦復莫惱即於佛前而
說偈言

若不順我呪　惱亂說法者　頭破作七分
如阿梨樹枝　如殺父母罪　亦如壓油殃
斗秤欺誑人　調達破僧罪　犯此法師者
當獲如是殃

諸羅刹女說此偈已白佛言世尊我等亦當身自擁護受持讀誦修行是經者令得安隱離諸衰患消衆毒藥佛告諸羅刹女善哉善哉汝等但能擁護受持法華名者福不可量何況擁護具足受持供養經卷華香瓔珞末香塗香燒香旛蓋伎樂然種種燈蘇燈油燈諸香油燈蘇摩那華油燈瞻蔔華油燈婆師迦華油燈優鉢羅華油燈如是等百千種供養者皐帝汝等及眷屬應當擁護如是法師說是陀羅尼品時六萬八千人得無生法忍

妙莊嚴王本事品第二十七

爾時佛告諸大衆乃往古世過無量無邊不可思議阿僧祇劫有佛名雲雷音宿王華智多陀阿伽度阿羅訶三藐三佛陀國名光明莊嚴劫名喜見彼佛法中有王名妙莊嚴其王夫人名曰淨德有二子一名淨藏二名淨眼是二子有大神力福德智慧久修菩薩所行之道所謂檀波羅蜜尸羅波羅蜜羼提波羅蜜毗離耶波羅蜜禪波羅蜜般若波羅蜜方便波羅蜜慈悲喜捨乃至三十七品助道法皆悉明了通達又得菩薩淨三昧日星宿三昧淨光三昧淨色三昧淨照明三昧長莊嚴三昧大威德藏三昧於此三昧亦悉通達爾時彼佛欲引導妙莊嚴王及愍念衆生故說是法華經時淨藏淨眼二子到其母所合十指爪掌白言願母往詣雲雷音宿王華智佛所我等亦當侍從親近供養禮拜所以者何此佛於一切天人衆中說法華經宜應聽受母告子言汝父信受外道深著婆羅門法汝等應往白父與共俱去淨藏淨眼合十指

爪掌白母我等是法王子而生此邪見家母告子言汝等當憂念汝父爲現神變若得見者心必清淨或聽我等往至佛所於是二子念其父故涌在虛空高七多羅樹現種種神變於虛空中行住坐卧身上出水身下出火身下出水身上出火或現大身滿虛空中而復現小小復現大於空中滅忽然在地入地如水履水如地現如是等種種神變令其父王心淨信解時父見子神力如是心大歡喜得未曾有合掌向子言汝等師爲是誰誰之弟子二子白言大王彼雲雷音宿王華智佛今在七寶菩提樹下法座上坐於一切世間天人衆中廣說法華經是我等師我是弟子父語子言我今亦欲見汝等師可共俱往於是二子從空中下到其母所合掌白母父王今已信解堪任發阿耨多羅三藐三菩提心我等爲父已作佛事願母見聽於彼佛所出家修道爾時二子欲重宣其意以偈白母

願母放我等　出家作沙門　諸佛甚難值
我等隨佛學　如優曇鉢華　值佛復難是
脫諸難亦難　願聽我出家

母即告言聽汝出家所以者何佛難值故於是二子白父母言善哉父母願時往詣雲雷音宿王華智佛所親近供養所以者何佛難得值如優曇鉢羅華又如一眼之龜值浮木孔而我等宿福深厚生值佛法是故父母當聽我等令得出家所以者何諸佛難值時亦難遇彼時妙莊嚴王後宮八萬四千人皆悉堪任受持是法華經淨眼菩薩於法華三昧久已通達淨藏菩薩已於無量百千萬億劫

通達離諸惡趣三昧欲令一切衆生離諸惡趣故其王夫人得諸佛集三昧能知諸佛秘密之藏二子如是以方便力善化其父令心信解好樂佛法於是妙莊嚴王與羣臣眷屬俱淨德夫人與後宫采女眷屬俱其王二子與四萬二千人俱一時共詣佛所到已頭面禮足繞佛三帀却住一面爾時彼佛爲王說法示教利喜王大歡悅爾時妙莊嚴王及其夫人解頸真珠瓔珞價直百千以散佛上於虚空中化成四柱寶臺臺中有大寶牀敷百千萬天衣其上有佛結跏趺坐放大光明爾時妙莊嚴王作是念佛身希有端嚴殊特成就第一微妙之色時雲雷音宿王華智佛告四衆言汝等見是妙莊嚴王於我前合掌立不此王於我法中作比丘精勤修習助佛道法當得作佛號娑羅樹王國名大光劫名大高王其娑羅樹王佛有無量菩薩衆及無量聲聞其國平正功德如是其王即時以國付弟與夫人二子幷諸眷屬於佛法中出家修道王出家已於八萬四千歲常勤精進修行妙法華經過是已後得一切淨功德莊嚴三昧即升虚空高七多羅樹而白佛言世尊此我二子已作佛事以神通變化轉我邪心令得安住於佛法中得見世尊此二子者是我善知識爲欲發起宿世善根饒益我故來生我家爾時雲雷音宿王華智佛告妙莊嚴王言如是如是如汝所言若善男子善女人種善根故世世得善知識其善知識能作佛事示教利喜令入阿耨多羅三藐三菩提大王當知善知識者是大因緣所謂化導令得見

佛發阿耨多羅三藐三菩提心大王汝見此二子不此二子已曾供養六十五百千萬億那由他恒河沙諸佛親近恭敬於諸佛所受持法華經愍念邪見衆生令住正見妙莊嚴王即從虛空中下而白佛言世尊如來甚希有以功德智慧故頂上肉髻光明顯照其眼長廣而紺青色眉間毫相白如珂月齒白齊密常有光明脣色赤好如頻婆果爾時妙莊嚴王讚歎佛如是等無量百千萬億功德已於如來前一心合掌復白佛言世尊未曾有也如來之法具足成就不可思議微妙功德教戒所行安隱快善我從今日不復自隨心行不生邪見憍慢瞋恚諸惡之心說是語已禮佛而出佛告大衆於意云何妙莊嚴王豈異人乎今華德菩薩是其淨德夫人今佛前光照莊嚴相菩薩是哀愍妙莊嚴王及諸眷屬故於彼中生其二子者今藥王菩薩藥上菩薩是是藥王藥上菩薩成就如此諸大功德已於無量百千萬億諸佛所植衆德本成就不可思議諸善功德若有人識是二菩薩名字者一切世間諸天人民亦應禮拜佛說是妙莊嚴王本事品時八萬四千人遠塵離垢於諸法中得法眼淨

普賢菩薩勸發品第二十八

爾時普賢菩薩以自在神通力威德名聞與大菩薩無量無邊不可稱數從東方來所經諸國普皆震動雨寶蓮華作無量百千萬億種種伎樂又與無數諸天龍夜叉乾闥婆阿脩羅迦樓羅緊那羅摩睺羅伽人非人等大衆圍繞各現威德神通之力到娑婆世界耆

闍崛山中頭面禮釋迦牟尼佛右繞七帀白佛言世尊我於寶威德上王佛國遥聞此娑婆世界說法華經與無量無邊百千萬億諸菩薩衆共來聽受惟願世尊當爲說之若善男子善女人於如來滅後云何能得是法華經佛告普賢菩薩若善男子善女人成就四法於如來滅後當得是法華經一者爲諸佛護念二者植衆德本三者入正定聚四者發救一切衆生之心善男子善女人如是成就四法於如來滅後必得是經爾時普賢菩薩白佛言世尊於後五百歲濁惡世中其有受持是經典者我當守護除其衰患令得安隱使無伺求得其便者若魔若魔子若魔女若魔民若爲魔所著者若夜叉若羅刹若鳩槃茶若毗舍闍若吉蔗若富單那若韋陀羅等

諸惱人者皆不得便是人若行若立讀誦此經我爾時乘六牙白象王與大菩薩衆俱詣其所而自現身供養守護安慰其心亦爲供養法華經故是人若坐思惟此經爾時我復乘白象王現其人前其人若於法華經有所忘失一句一偈我當教之與共讀誦還令通利爾時受持讀誦法華經者得見我身甚大歡喜轉復精進以見我故即得三昧及陀羅尼名爲旋陀羅尼百千萬億旋陀羅尼法音方便陀羅尼得如是等陀羅尼世尊若後世後五百歲濁惡世中比丘比丘尼優婆塞優婆夷求索者受持者讀誦者書寫者欲修習是法華經於三七日中應一心精進滿三七日已我當乘六牙白象與無量菩薩而自圍繞以一切衆生所喜見身現其人前而爲說

法示教利喜亦復與其陀羅尼呪得是陀羅
尼故無有非人能破壞者亦不爲女人之所
惑亂我身亦自常護是人惟願世尊聽我說
此陀羅尼呪即於佛前而說呪曰
阿檀地一 檀陀婆地二 檀陀婆帝三 檀陀
鳩舍隸四 檀陀脩陀隸五 脩陀隸六 脩陀羅
婆底七 佛馱波羶禰八 薩婆陀羅尼阿婆多
尼九 薩婆婆沙阿婆多尼十 修阿婆多尼十一
僧伽婆履叉尼十二 僧伽涅伽陀尼十三 阿僧祇
十四 僧伽婆伽地十五 帝隸阿惰僧伽兜略盧遮切
阿羅帝波羅帝十六 薩婆僧伽地三摩地伽蘭
地十七 薩婆達磨修波利剎帝十八 薩婆薩埵樓
馱憍舍略阿㝹伽地十九 辛阿毗吉利地帝二十
世尊若有菩薩得聞是陀羅尼者當知普賢
神通之力若法華經行閻浮提有受持者應

作此念皆是普賢威神之力若有受持讀誦
正憶念解其義趣如說修行當知是人行普
賢行於無量無邊諸佛所深種善根爲諸如
來手摩其頭若但書寫是人命終當生忉利
天上是時八萬四千天女作衆伎樂而來迎
之其人即著七寶冠於采女中娛樂快樂何
況受持讀誦正憶念解其義趣如說修行若
有人受持讀誦解其義趣是人命終爲千佛
授手令不恐怖不墮惡趣即往兜率天上彌
勒菩薩所彌勒菩薩有三十二相大菩薩衆
所共圍繞有百千萬億天女眷屬而於中生
有如是等功德利益是故智者應當一心自
書若使人書受持讀誦正憶念如說修行世
尊我今以神通力故守護是經於如來滅後
閻浮提內廣令流布使不斷絕爾時釋迦牟

尼佛讃言善哉善哉普賢汝能護助是經令多所衆生安樂利益汝已成就不可思議功德深大慈悲從久遠來發阿耨多羅三藐三菩提意而能作是神通之願守護是經我當以神通力守護能受持普賢菩薩名者普賢若有受持讀誦正憶念修習書寫是法華經者當知是人則見釋迦牟尼佛如從佛口聞此經典當知是人供養釋迦牟尼佛當知是人佛讃善哉當知是人爲釋迦牟尼佛手摩其頭當知是人爲釋迦牟尼佛衣之所覆如是之人不復貪著世樂不好外道經書手筆亦復不喜親近其人及諸惡者若屠兒若畜豬羊雞狗若獵師若衒賣女色是人心意質直有正憶念有福德力是人不爲三毒所惱亦不爲嫉妬我慢邪慢增上慢所惱是人少欲知足能修普賢之行普賢若如來滅後後五百歲若有人見受持讀誦法華經者應作是念此人不久當詣道場破諸魔衆得阿耨多羅三藐三菩提轉法輪擊法鼓吹法螺雨法雨當坐天人大衆中師子法座上普賢若於後世受持讀誦是經典者是人不復貪著衣服卧具飲食資生之物所願不虛亦於現世得其福報若有人輕毀之言汝狂人耳空作是行終無所獲如是罪報當世世無眼若有供養讃歎之者當於今世得現果報若復見受持是經者出其過惡若實若不實此人現世得白癩病若輕笑之者當世世牙齒疎缺醜脣平鼻手脚繚戾眼目角睞身體臭穢惡瘡膿血水腹短氣諸惡重病是故普賢若見受持是經典者當起遠迎當如敬佛說是

普賢勸發品時恒河沙等無量無邊菩薩得百千萬億旋陀羅尼三千大千世界微塵等諸菩薩具普賢道佛說是經時普賢等諸菩薩舍利弗等諸聲聞及諸天龍人非人等一切大會皆大歡喜受持佛語作禮而去

妙法蓮華經卷第七

音釋

甄叔迦　梵語也此云赤色寶甄已仙切

杻械　杻勑柳切械下介切杻械桎梏也

呪詛　詛側呂切

繚戾　繚落蕭切戾郎計切

睞　落代切目童子不正也

法華三昧經

宋涼州沙門釋智嚴譯

清刻龍藏佛說法變相圖

二經同卷
法華三昧經
薩曇芬陀利經

法華三昧經

宋涼州沙門釋智嚴譯

佛在羅閱祇耆闍崛山中與諸尊弟子比丘千二百五十菩薩七萬三千人諸釋梵不可復計十方飛來無央數皆神通妙達復有他方恒邊沙諸天人及諸菩薩如是等百億千恒沙皆來會在佛前坐時舍利弗須菩提等諸尊菩薩皆有疑心念言何因緣諸上人皆來在是間會有何異要之瑞應爾時諸弟子起疑心念爲佛作禮長跪欲問佛佛時已放無數光從口出若干億意稍稍引大遍虛空

明遠照恒邊沙刹土地復震動於是盡明即不復見佛身相大衆愕然共議佛三昧爲何所之趣各自思之即便還坐三昧求佛至處坐前有菩薩名慧相便報言善哉善哉當爾賢者思惟了不知所至處須臾羅閱王後宮太子皇女及婇女夫人三萬二千人皆從共來詣山中到不見佛復有不想菩薩問王將從何多王名辯通答言見佛光明故來耳王女名利行便問菩薩佛今所在爲到何方答曰向已求佛了不知處女答曰卿是佛第一神通者應當知處菩薩答曰且坐須臾頃地即震動從地中出坐自然大寶蓮華上衆坐上人愕然王女利行起爲佛作禮訖住佛前說偈問佛

向見大光明　疑佛有異要　故來將大衆
欲問心狐疑　反更不見佛　意甚有怪驚
願得具爲說　當令大衆解　各發一三昧
推求佛身相　了言不知處　各共坐作議
更起何三昧　畢欲求佛意　女來問衆等
佛今爲所在　純行有至心　必欲有所問
願見世尊授　令意解狐疑　具爲現衆等
分別解說之　向所三昧處　所名在何所

佛語女利行所問甚深當爲汝分別說向所三昧名法華譬如大國中有一樹有一華覆三千大千刹土其香熏恒邊沙佛國若有人得聞名字若知解自然疾得是三昧若諸病痛者得聞是三昧應時自解人根衆病消盡女利行問佛何謂華之威德乃有是慧佛語女利行華者一樹之色人見莫不愛樂欲得之者法華三昧是生死中之色大光受有形

人不知不聞不信是三昧不奉行之末應菩薩不見慧失人之本反隨末流終已不見明女利行復問佛令欲得是三昧行何法有幾事行得人中願佛弘慈恩潤廣開行議令一切聞解皆入三昧中佛言善哉善哉多所度脱説度無極有二事何謂爲二一者知法身如幻如化二者知婬怒癡無根無形佛爾時説偈言

法身有一切　化幻現沉浮　婬怒癡無形
如水現泡沫　觀察人身物　如滅無形住
離散合自成　分别計皆空

佛語女利行復有四事别如行三昧者何謂爲四一者行戒無色想二者行檀無受者三者不猒無亂者四者行智無愚者是爲四佛爾時説偈言

不犯戒無毁　行檀不入智　不猒無癡亂
不愚無智慧　不説無行者　有行不言向
三昧可得入　無處無中邊

佛語女利行復有三十六事是爲三昧所見事何謂三十六事不見生不見死不滅不增不出不入不在外不在内無住無止無水色無火色無風色無地色無痛無痒無思無想無生無死無識無貪無婬無瞋無恚無愚無癡無慳無施無惡無善無心無意無識行不起上若干事不滅上若干事如一無形像是爲三十六事法華所見事佛爾時説偈言

不想念無念　不行色想惡　無行法華淨
空寂無吾我　不處有人中　没滅無形像
不觀善以惡　俱皆空自然

佛告女利行法華三昧所見譬亦如是佛説

是三十六事品時無數天人及世間大衆人及王所侍從大小合有四十億萬皆發無上正眞道意女利行及後宮人三萬二千婇女夫人逮得無所從生法樂於中立女見衆人皆發道意心甚歡喜起爲佛作禮遶佛三匝住佛前說偈言

世尊實神妙　演知三世事　斷世婬怒垢
開化末流人　皆到無爲城　快樂乃安寧
如是天人中　地爲大動傾　今日合大衆
億億百萬千　當來及過去　現在得自然
願得大普恩　法華威神力　三界一切人
皆得是三昧　令我值在世　常行法華事
使世無老死　快樂無憂患　三苦自然除
皆如是三昧　空想於願識　自然現相好
教授末流人　得意慈普行　光光威儀好
等身爲如來　合聚於沫生　三昧豫生行
便使於空中　得慧如上首

女利行說偈已作是念今欲教授人不見法則何事開解人佛即知女心中念便語女欲持何法教何人法復何所在人復何所止立女白佛言如是所說無法無教無人佛語女無法有八事行無教有六事除無人有七事散女問佛何謂八事行六事除七事散佛言一者直見不邪二者直聞不聽三者直治不曲四者直說不煩五者直行不迷六者直念不思七者直意不動八者直受不尋是爲八事行無法何謂無教六事除一者不念有見無見無二者不念有聲無聲無三者不念有味無味無四者不念有香無香無五者不念有觸無觸無六者不念有意無意無是爲六

事除何謂無人七事散無水色無風色無火色無地色無心色無識色無行色是爲七事散無人可教當作此解佛爾時說偈言

若有解法華　三昧要句品　當念勤精進
曉解得正言　七八六已足　計本無形迹
不受自可欲　去想安寂然　說法無言教
不見有壽命　人本空無寂　不解沫言有
不除不斷欲　出入無住處　無痛無思想
不生不死滅　有念爲勞苦　不復著因緣
示現有色欲　已反愛灰塵　觀見有病痛
常意與本并　慧見不空念　寂然安空空
法華三昧現　不出不入住　無見不見空
是爲疾得如　便能行施法　以慧爲布施
說慧等如是　諸佛皆稱歎

女聞說是時倍復踊躍歡喜起爲佛作禮踊在空中去地七尺還坐金剛蓮華上時坐中有比丘心念言是爲眞是女爲幻人自起爲佛作禮長跪叉手說偈問佛言

本自生愚癡　不識道慧義　不知女利行
爲是眞男女　審是一定人　用法何復問
眞是女子身　所問何以深　生來侍佛法
未見如是人　所見非凡及　智慧何以爾
本從何方來　而生於王家　宿命行何法
逮及幾佛來　精進健乃爾　所問如來報
或具眞有行　能問如有說　能忍有柔意
但能口說行　伏心意何如　實欲往試之
可應幾法住　住對不起意　若實有智慧
我欲從解要　省視所說法　詠演入道俗
有何異心意　獨得是智慧

佛便語比丘言自若干因緣即說偈報言

女利行本心　立德識本處　在世來千歲
常習於三昧　心解衆色要　寂然與禪同
眞是女子身　不爲化來現　本從無色世
今來在此界　續復如本行　已行便立正
無身現說心　普念衆慈行　念法空爲本
不起因緣相　比丘自不解　何怪是女身
不見無有本　反自受縛著　禪思欲去色
更反爲色亂　遠苦避三毒　已入三毒苦
汝自不解身　自謂得常安　萬物如幻化
入出無形住　四色本虛空　自然受形著
愛習自拘限　壞本起末故

爾時比丘八萬四千人聞說偈意解即發無上正眞道意不可計天人散華名香皆來供養佛時舍利弗心念女子乃有是辯何不去女即男佛即知舍利弗心所念便語舍利弗汝自問女舍利弗即問唯女利行所說非常事汝與如來共對語何不去女即男女利行答言唯舍利弗道德之要以慧善見不視於末四色是地水火風五情合六入爲衰心意識如幻如化出入無形癡意不盡故與三流對更出浮沉何足珍雖漏盡結解有不淨想無色如爲惡苦住反爲樂舍利弗問學佛之法應有謗毀言不女問賢者舍利弗云何爲謗毀答言一好一惡是爲謗毀女報言未曉末了大人所說不以小爲小大爲大好惡無二等無異謗身身是色謗意意無形四色法空無形無造何所受謗毀者舍利弗答曰卿所說是菩薩大人所行卿未應菩薩何緣乃說此事女報言大人爲以何立報言普等爲立何謂爲普教授十方人遠苦得道是爲普

唯賢者所說不說皆說生死勤苦耳女語舍利弗謂爲普者不見有人無人有教無教有法無法所念是曰爲普不爲見生死苦欲教之令得道是爲普舍利弗無有辯才析答此言女爾時說偈歎曰

人用三塵亂　輙爲六衰著　五惡十賊對
三厄墮困窮　十二連相續　四色拘沒三
不解名顛倒　坐受空聚藏　無故沒三姓
自網投深淵　堅藏畏二三　自滅更受生
宛爲空所縛　恒懷不淨想　自呼是常安
爲得真自然　是輩滿閻浮　億億百萬千
所行遍十方　不益一切人　當有隨受行
皆共墮海流　可作大法行　入海免欲根
決海令滅盡　平故無還流　返原盡欲室
令人歸故鄉　故鄉名無爲　號字清淨堂
快樂多紫金　入出揚光明　恒邊沙劫佛
莫不稱歎說　以法空無戲　無相不願識
淵流以海水　皆復不足說　廣意開化人
自然常自安　惟念諸賢者　乃自反不解
無故自受縛　幻化受報應

爾時四萬二千羅漢皆生意第七住八萬五千釋梵皆逮無所行從生六萬四千賢女起爲佛作禮住佛前說偈言

今日女利行　爲我衆等說　聞說佛深法
今我心開解　實欲知道德　皆從何所來
聚合衆一切　有何神妙德　而致興大衆
莫不驚愕心　伏意往樂從　隨教之所行
願欲求天尊　愍發起濯衆　至心受大慧
如來神化現　應時諸女身　倒願去色欲
便欲作沙門　佛之知我情　畢覺諸審諦

使身如菩薩　宣佛神道教　當復轉化人
諸賢大衆女　俱起在佛前　頭面稽首禮
願得如佛形
佛語諸女所説實至心今欲求所願先當報父母次當復由王得聽可去耳於是諸女説偈報白言
欲願作沙門　先當報父母　次當復由王
得聽可作道　爲道不苦晩　但當懃開心
曉解心意本　一切與同等　便有决大意
心解乃至道　道從解心起　不住於縛著
化達觀衆見　如復心出生　從本知本空
知皆非常苦　心亂便隨流　所見必有對
不生善惡想　爾乃作沙門
諸賢女起往至父母所長跪白父母及大王今日受王恩德來詣佛所爲尊女利行問佛深妙法欲求無爲道現身及一切佛爲女説本末生死苦痛但爲色欲著不知道德本緣是無常至當就三苦勤願欲作沙門願父母聽我作沙門當得道還度父母父母語諸女求自然道各自見便利隨意所習行汝曹尚去我亦隨汝去汝自白語王得聽便自去用問我爲諸女稽首大王前淚出而言人在三界中苦欲坐色想不得自在無常卒至無有代者實欲作沙門并與諸女俱無爲得道者當還度父王願從本意王語女利行等早欲使汝去隨行作沙門以汝三事未足是以不遣汝耳一者未盡學識諸禮教二者常樂未有見苦三者口食恣味未有足者以是故不欲遣汝耳若有至意者便去勿疑吾亦欲作沙門王即起至佛所作禮白佛言聞説智慧

意甚願樂國付太子身歸三尊給侍左右并受法教欲作沙門求道如佛佛即放光若干種色其明照十方地為六反震動諸天作樂覆滿於虛空散華名寶覆三千大千刹土天下丘墟皆平其有大山化為黄金枯木更生中有不端正者皆得願樹木枯者皆生條葉自然風吹皆歌歎佛功德生華者即自墮落各氣到佛所羅住空中各說偈讚佛功德

今蒙聖神力　得救死復生　光色還本然
復實滋道成　生死婬亂色　譬於枯木時
值佛說音聲　還來合本并　六色躭著冥
四色合五欲　分別法空然　解道成法行
為得真定智　快樂得安寧　一切皆歡喜
稽首禮佛足

爾時諸六通及羅漢見華有是說女利行即化為男子復為菩薩一女子作是二化變衆坐莫不歡喜時一佛刹中無有女人諸六通道者十萬五千人三萬須陀洹皆得阿惟越致八萬六千人及阿那含皆得柔順法忍不可計羅漢更發無上正真道意其有辟支佛行即如彌勒輩王即以國付太子太子名辯積拜跪白大王王為欲施子孫之殃與色身之福施子孫當以法財之利持誅滅之怨大罪與子孫大國之治世世漏没人根不知大慧滅善之路與子孫當柰何父王有教不得不從輒便禮拜辭王而去還國宮殿坐領國普告若不到佛所求無為道作善孝者罪與三逆等太子於殿上精進勇慧廣開大道意心甚過本無量即滅一切之惡地即為六反震動時人民皆言願太子便得作佛我曹大

衆皆當承第亦當作佛佛時笑五色光出照於十方佛刹人民皆發願令我得道如佛天下飲食自然在前如忉利天上其國菩薩皆如阿彌陀國中太子辯積得功德在宮七日出詣佛所從大衆羣臣大小人民無央數至佛所爲作禮住佛前說億億萬千偈讚曰

佛作三昧決　功德甚巍巍　光相威神照
感動三千刹　施人無上慧　德普入衆心
感發開童蒙　莫不受福成　演詠法華事
改世濯羣異　降伏獷强者　和更受柔順
等尋道場光　世人受業長　去老逮空寂
不死而復生　除病遠穢辱　色想沒滅勞
陰蓋即以除　清淨無欲塵　思想受欲定
流布逮無爲　空定常寂然　不住不然行
不行無法識　示現光相成　本法無增減
常安寂空空　如來現神化　一切得眞道
愚癡寂然定　心與無生同　我今聽說法
演出法華慧　心解得發願　一切得如佛
今欲城國土　願便說法華　以何法行得
當有幾事解　疾得是法華　依議說其慧
皆令分別知　一切心得解　曉了諸法事
當從中外得　得之爲遠近　便可立得佛
復更於劫數　又從幾佛受　解慧而有要
須臾變化成　願以具演說　皆令大衆知
太子及衆人　作禮還復坐

佛語女利行欲知法華之開解所示現也當來過去現在諸佛皆從是散身譬喻品得道知諦爾時有億百千天及諸梵不可計人民四十八萬菩薩逮得無所從生其有聲聞皆更發意時不想菩薩白佛言今日大衆聽聞

法華三昧解說事要都未受決佛告菩薩令日說法華三昧者皆以授決有劫數各各自有國土處所是故不復說耳若汝不解自往皆問之時太子及女利行即白菩薩心中所欲問即各說偈報言

惟賢上智慧　何以不解要　其有求想報
皆爲不受慧　當說有處所　則非法華事
要當須口說　欲聽眞高聲　不解其本末
語亦俱不知　指示道徑法　猶若如盲人
師子之大音　尚復呼小聲　受決已得佛
不知禮正道　受決有國土　譬亦如幻化
有對便出應　不復豫思想　見附住教授
彌及去來今　神通無不知　不復有言說
受決在空無　寂然安無爲　常定不動轉
私細人不知　開演於未然　寂靜無所爲
是爲所樂國　清淨爲證正　不念有思想
是爲決法安　相好示光明　是爲勤苦現
弟子有人民　是爲入欲濁　不苦不勤念
都盡不起滅

如是說十八萬億偈報菩薩即歡喜說偈讚曰

我自生愚癡　不解上人語　不知其音法
及呼未授決　如今所說偈　甚深難具陳
願發本時意　與神共叅論

時太子白佛言今諸賢皆尚不解要以善權方便開解佛即笑五色光從心口出十方皆明阿難白佛佛不妄笑笑必有意願聞其說佛語阿難汝見大衆不阿難荅言見今是如來問皆具荅各各在十方教化度恒沙等天人民皆使作佛爾時自然雨香華七寶覆三

千大千刹土而周匝遍無有空處佛語太子此法華所解人身之事如是爾時不可計恒沙百千人民皆發無上正真道意逮無所從生心無數千聲聞皆逮阿惟越致地阿難長跪白佛言此名何經云何奉行佛語阿難名法華三昧女利行所問解人身散情經要集若有男女書寫諷誦讀勝行檀八十劫若供養勤跪拜者勝菩薩行慈三千億萬劫若當曉解展轉相教勝供養恒邊沙佛若有一聞是經者不復更生死勤苦不信謗者此人以隨末流未復還本佛語阿難囑累汝法華三昧事千劫尚不能盡粗說要諦受書持奉行勿得減一字正書句逗相得太子所從大衆開解各得道慧皆如上首起爲佛作禮而去

法華三昧經

薩曇芬陀利經

僧祐録云安公失譯人名附西晋録

清刻龍藏佛說法變相圖

薩曇芬陀利經

僧祐録云安公失譯人名附西晋録

聞如是佛在羅閲祇耆闍崛山中與大比丘衆四萬二千人俱三慢陀颰陀文殊師利菩薩等八萬四千人彌勒菩薩等拔陀劫中千人釋王等與忉利諸天不可復計梵王與諸梵不可復計阿闍世王與閻浮提人王衆多不可復計佛在四輩弟子比丘比丘尼優婆塞優婆夷中說薩曇芬陀利（漢言法華）佛說無央數偈是時七寶浮圖涌從地出上至梵天浮圖中央有七寶大講堂懸幢旛華蓋名香清潔姝好講堂中有金牀牀上有坐佛佛字袍休羅蘭（漢言大寶）歎釋迦文佛言善哉善哉我般泥洹以來過恒邊沙劫恒邊沙佛刹止於空中洹邊沙佛以過去我歷爾所劫初不還彼

刹我見釋迦文佛精進求佛道用人民故布施無厭足不惜手不惜眼不惜頭不惜妻子象馬車乘不惜珍寶無有貪愛心我故來出欲供養釋迦文佛并度諸下劣願釋迦文佛坐我金牀更説薩曇芬陀利經於是釋迦文佛上講堂就於金牀而坐便説薩曇芬陀利經復説無央數偈言

聞樂寶佛　知名字者　不畏生死　不復勤苦
聞藥王佛　知字名者　可得愈病　自識宿命

於是釋迦文佛説無央數阿僧祇劫復説無央數阿僧祇劫我行菩薩道時求索薩曇芬陀利經布施與人在所求索飯食衣被七寶妻子初無愛戀心我爲有國王時是世極長壽我便立太子爲王棄國事撾鼓搖鈴自衒身言誰欲持我作奴者我求索薩曇芬陀利經我欲行供養時有一婆羅門語我言與我作奴來我有薩曇芬陀利經我便隨婆羅門去一心作奴汲水掃地採華果飲食婆羅門千歲不懈怠佛於是説偈言

撾鼓搖鈴願　自衒言誰欲　持我作奴者
我欲行供養　奴心善意行

佛言是時王者我身是也時婆羅門者調達是誰恩令我得滿六波羅蜜者三十二相八十種好皆是調達福恩調達是我善師善師恩令我得滿六波羅蜜三十二相八十種好威神尊貴度脱十方一切皆是調達恩調達却後阿僧祇劫當得作佛號名提和羅耶（漢言天王）佛當得十種力三十二相八十種好天王佛國名提和越（漢言天地國）天王佛當爲人民説法盡劫不懈止第一説法當度恒邊沙人得

羅漢道恒邊沙人得辟支佛道恒邊沙人發阿耨多羅三藐三菩提心爾時天王佛壽二十劫乃般泥洹後法住二十劫天王佛般泥洹後不散舍利起作一七寶塔廣六十里長八十里一切閻浮人悉往供養佛舍利是時無央數人得羅漢道無央數人發辟支佛心無央數人發阿耨多羅三藐三菩提心善男子善女人聞是法華之經信不誹謗除滅過去當來罪閉三惡道門開三善道門生天上常第一生人中常第一生十方佛前自然七寶蓮華中化生於是下方佛所從菩薩名般若拘自白其佛早還本土釋迦文佛謂般若拘我有菩薩字文殊師利可與相見乃還本土即時文殊師利從娑竭龍王池中涌出坐大蓮華華如車輪其華千葉從諸菩薩其數甚多文殊師利下大蓮華爲二佛作禮還與般若拘菩薩相問訊般若拘問文殊所入池中度云何數多少文殊答曰其數甚多無能計者若當口說非心所信自當有證其池即時涌華從下而出盡是池中一切所散本發菩薩心者其華在空中但說摩訶衍事本發聲聞者其華在空中但說斷生死事文殊師利見華如是以偈答般若拘菩薩言以仁者之意自分別其數般若拘菩薩復問文殊師利說何等法所度乃爾文殊答曰於是池中但說薩曇芬陀利般若拘復問其法甚尊無能及者爲有便可得佛者不文殊答曰娑竭龍王有女年八歲智慧甚大意願不輕便可得佛般若拘菩薩謂文殊師利言我見仁者之師求佛勤苦積累功德劫數甚多不信此

女便可得佛池中有女即時涌出遶佛三匝叉手而白佛言佛相好端正功德巍巍爲諸天所奉爲一切龍鬼神人民薩和薩所敬所說法甚尊今我立願便欲得佛舍利弗即謂女雖發是願佛不可得又汝女行積功累行未應菩薩女自持一摩尼珠其價當一大國女疾過與佛佛亦疾受女謂舍利弗及般若拘善薩我與佛珠爲遲疾答曰甚疾女復言佛受我珠爲遲疾答曰甚疾女言我與佛珠爲遲佛受我珠復遲我今取佛疾於是即時女身變爲菩薩衆會皆驚即變爲佛身三十二相八十種好皆具足國土弟子如佛所爲一切衆會天龍鬼神無央數人皆發無上正眞道意三千大千國土六反震動三萬須陁洹得阿惟越致

薩曇芬陀利經

音釋

愕五各切驚遽也　痒余兩切欲搔也　獷古猛切麤惡也　粗倉胡切不精也　颰蒲末切　撾陟瓜切擊也　衒黄絹切自矜也

妙法蓮華經觀世音菩薩普門品經

姚秦三藏法師鳩摩羅什譯長行

隋北天竺沙門闍那笈多譯重頌

清刻龍藏佛說法變相圖

御製觀世音普門品經序

觀世音菩薩以爍迦羅心應變無窮自在神通徧遊法界入微塵國土說法濟度具足妙相弘誓如海凡有因緣發清淨心纔舉聲稱即隨聲而應所有願欲即獲如意妙法蓮華經普門品者爲度脱苦惱之眞詮也人能常以是經作觀一念方萌即見大悲勝相能滅一切諸苦其功德不可思議朕惟天道福善禍淫故佛示果報使人爲善而不敢爲惡夫天堂地獄皆由人爲不違於方寸之内故爲善者得升天堂爲惡者即墮地獄夫忠臣孝子吉人貞士其心即佛故神明芘佑業障俱泯是以生不犯於憲條没不墮於無間夫兇頑之徒一於爲惡棄五倫如敝帚蹈刑法如飲甘寧餧羅剎不欽佛道然人性本善所爲

惡者特氣質之偏苟能改心易慮修省避畏轉移之間惡可爲善矣爲善則即善人昔之所積之咎如太空點塵紅爐片雪消滌淨盡雖有果報將安施乎朕恒念此惟恐世之人有過而不知改乃甘心焉以自棄遂表章是經使善良君子永堅禁戒之心廣納無量之福爲善功德豈有涯涘哉

永樂九年五月初一日

妙法蓮華經觀世音菩薩普門品經

姚秦三藏法師鳩摩羅什譯長行
隋北天竺沙門闍那笈多譯重頌

爾時無盡意菩薩即從座起偏袒右肩合掌向佛而作是言世尊觀世音菩薩以何因緣名觀世音

佛告無盡意菩薩善男子若有無量百千萬億衆生受諸苦惱聞是觀世音菩薩一心稱名觀世音菩薩即時觀其音聲皆得解脱若有持是觀世音菩薩名者設入大火火不能燒由是菩薩威神力故若爲大水所漂稱其名號即得淺處若有百千萬億衆生爲求金銀瑠璃硨磲碼碯珊瑚琥珀眞珠等寶入於大海假使黒風吹其船舫飄墮羅刹鬼國其中若有乃至一人稱觀世音菩薩名者是諸人等皆得解脱羅刹之難以是因緣名觀世音若復有人臨當被害稱觀世音菩薩名者彼所執刀杖尋段段壞而得解脱若三千大千國土滿中夜叉羅刹欲來惱人聞其稱觀世音菩薩名者是諸惡鬼尚不能以惡眼視之況復加害設復有人若有罪若無罪杻械枷鎖檢繫其身稱觀世音菩薩名者皆悉斷壞即得解脱若三千大千國土滿中怨賊有一商主將諸商人齎持重寶經過險路其中一人作是唱言諸善男子勿得恐怖汝等應當一心稱觀世音菩薩名號是菩薩能以無畏施於衆生汝等若稱名者於此怨賊當得解脱衆商人聞俱發聲言南無觀世音菩薩稱其名故即得解脱無盡意觀世音菩薩摩訶薩威神之力巍巍如是

若有衆生多於淫欲常念恭敬觀世音菩薩便得離欲若多瞋恚常念恭敬觀世音菩薩便得離瞋若多愚癡常念恭敬觀世音菩薩便得離癡無盡意觀世音菩薩有如是等大威神力多所饒益是故衆生常應心念

若有女人設欲求男禮拜供養觀世音菩薩便生福德智慧之男設欲求女便生端正有相之女宿植德本衆人愛敬無盡意觀世音菩薩有如是力若有衆生恭敬禮拜觀世音菩薩福不唐捐是故衆生皆應受持觀世音菩薩名號無盡意若有人受持六十二億恒河沙菩薩名字復盡形供養飲食衣服卧具醫藥於汝意云何是善男子善女人功德多不無盡意言甚多世尊佛言若復有人受持觀世音菩薩名號乃至一時禮拜供養是二人福正等無異於百千萬億劫不可窮盡無盡意受持觀世音菩薩名號得如是無量無邊福德之利

無盡意菩薩白佛言世尊觀世音菩薩云何遊此娑婆世界云何而爲衆生說法方便之力其事云何

佛告無盡意菩薩善男子若有國土衆生應以佛身得度者觀世音菩薩即現佛身而爲說法應以辟支佛身得度者即現辟支佛身而爲說法應以聲聞身得度者即現聲聞身而爲說法應以梵王身得度者即現梵王身而爲說法應以帝釋身得度者即現帝釋身而爲說法應以自在天身得度者即現自在天身而爲說法應以大自在天身得度者即現大自在天身而爲說法應以天大將軍身

得度者即現天大將軍身而爲說法應以毗沙門身得度者即現毗沙門身而爲說法應以小王身得度者即現小王身而爲說法應以長者身得度者即現長者身而爲說法應以居士身得度者即現居士身而爲說法應以宰官身得度者即現宰官身而爲說法應以婆羅門身得度者即現婆羅門身而爲說法應以比丘比丘尼優婆塞優婆夷身得度者即現比丘比丘尼優婆塞優婆夷身而爲說法應以長者居士宰官婆羅門婦女身得度者即現婦女身而爲說法應以童男童女身得度者即現童男童女身而爲說法應以天龍夜叉乾闥婆阿脩羅迦樓羅緊那羅摩睺羅伽人非人等身得度者即皆現之而爲說法應以執金剛神得度者即現執金剛神而爲說法無盡意是觀世音菩薩成就如是功德以種種形遊諸國土度脫衆生

是故汝等應當一心供養觀世音菩薩是觀世音菩薩摩訶薩於怖畏急難之中能施無畏是故此娑婆世界皆號之爲施無畏者無盡意菩薩白佛言世尊我今當供養觀世音菩薩即解頸衆寶珠瓔珞價直百千兩金而以與之作是言仁者受此法施珍寶瓔珞時觀世音菩薩不肯受之無盡意復白觀世音菩薩言仁者愍我等故受此瓔珞爾時佛告觀世音菩薩當愍此無盡意菩薩及四衆天龍夜叉乾闥婆阿脩羅迦樓羅緊那羅摩睺羅伽人非人等故受是瓔珞即時觀世音菩薩愍諸四衆及於天龍人非人等受其瓔珞分作二分一分奉釋迦牟尼佛一分奉多寶

佛塔無盡意觀世音菩薩有如是自在神力
遊於娑婆世界爾時無盡意菩薩以偈問曰
世尊妙相具　我今重問彼　佛子何因緣
名爲觀世音　具足妙相尊　偈答無盡意
汝聽觀音行　善應諸方所　弘誓深如海
歷劫不思議　侍多千億佛　發大清淨願
我爲汝略說　聞名及見身　心念不空過
能滅諸有苦　假使興害意　推落大火坑
念彼觀音力　火坑變成池　或漂流巨海
龍魚諸鬼難　念彼觀音力　波浪不能沒
或在須彌峯　爲人所推墮　念彼觀音力
如日虛空住　或被惡人逐　墮落金剛山
念彼觀音力　不能損一毛　或值怨賊繞
各執刀加害　念彼觀音力　咸即起慈心
或遭王難苦　臨刑欲壽終　念彼觀音力

刀尋段段壞　或因禁枷鎖　手足被杻械
念彼觀音力　釋然得解脫　呪詛諸毒藥
所欲害身者　念彼觀音力　還著於本人
或遇惡羅刹　毒龍諸鬼等　念彼觀音力
時悉不敢害　若惡獸圍繞　利牙爪可怖
念彼觀音力　疾走無邊方　蚖蛇及蝮蠍
氣毒煙火然　念彼觀音力　尋聲自迴去
雲雷鼓掣電　降雹澍大雨　念彼觀音力
應時得消散　衆生被困厄　無量苦逼身
觀音妙智力　能救世間苦　具足神通力
廣修智方便　十方諸國土　無刹不現身
種種諸惡趣　地獄鬼畜生　生老病死苦
以漸悉令滅　眞觀清淨觀　廣大智慧觀
悲觀及慈觀　常願常瞻仰　無垢清淨光
慧日破諸闇　能伏災風火　普明照世間

悲體戒雷震　慈意妙大雲　澍甘露法雨
滅除煩惱燄　諍訟經官處　怖畏軍陣中
念彼觀音力　衆怨悉退散　妙音觀世音
梵音海潮音　勝彼世間音　是故須常念
念念勿生疑　觀世音淨聖　於苦惱死厄
能爲作依怙　具一切功德　慈眼視衆生
福聚海無量　是故應頂禮

爾時持地菩薩即從座起前白佛言世尊若有衆生聞是觀世音菩薩品自在之業普門示現神通力者當知是人功德不少佛說是普門品時衆中八萬四千衆生皆發無等等阿耨多羅三藐三菩提心

妙法蓮華經觀世音菩薩普門品經

音釋

御製序

爍迦羅梵語也此云堅固爍式灼切　茈毗義切靡也　兇許容切惡也　敝帚敝毗祭切敗也帚之九切篲也　餧於偽切飼也

正法華經

西晉三藏竺法護譯

清刻龍藏佛說法變相圖

正法華經卷第一

西晉三藏竺法護譯

光瑞品第一

聞如是一時佛遊於王舍城靈鷲山與大比丘衆俱比丘千二百一切無著諸漏已盡無復欲塵已得自在逮保已利生死已索衆結即斷一切由已獲度無極已脫於慧心解得度名曰賢者知本際賢者大迦葉賢者上時迦葉賢者象迦葉賢者江迦葉賢者舍利弗賢者大目揵連賢者迦旃延賢者阿那律賢者劫賔菟賢者牛呞賢者離越賢者辟利斯賢者薄拘盧賢者拘絺賢者難陀賢者善意賢者滿願子賢者須菩提賢者阿難賢者羅云菩薩八萬皆不退轉堅住無上正眞之道逮總持法得大辯才常讚歎不退轉法輪供

養無數百千諸佛於無量佛植衆德本諸佛世尊所見咨嗟身常行慈入如來慧善權普至大智度無極從無數劫多斷博聞名達十方救護無量百千衆生遊於三界猶如日明解一切法如幻如化野馬影響悉無所有住無所住雖現終始亦無去來既現色像本無形貌現諸所生永無起滅導利群黎不著三處分別空慧無想無願超三脫門至三達智無去來今現在之想開化黎庶使了本無其名曰溥首菩薩光世音菩薩大勢至菩薩常精進菩薩不置遠菩薩寶掌菩薩寶印手菩薩藥王菩薩妙勇菩薩寶月菩薩寶光菩薩月滿菩薩大度菩薩超無量菩薩越世菩薩解縛菩薩寶事菩薩恩施菩薩雄施菩薩水天菩薩帝天菩薩大導師菩薩妙意菩薩慈氏菩薩如是大士八萬上首爾時天帝釋與二萬天子俱日天子與無數眷屬俱月天子以寶光明普有所照寶光天子光耀天子俱四大天王與萬天子俱焰明大梵自在天子與三萬天子梵忍跡天子與三萬二千天子飾乾大梵與無數天子又梵名焰光與無數大衆俱來詣佛所稽首畢退坐一面有八龍王與無央數百千諸龍眷屬俱四真陀羅王順法真陀羅王大法真陀羅王仁和真陀羅王持法真陀羅王香音神各與營從來詣佛所稽首畢退住一面淨身四天子柔輭天子和音天子美輭天子悅響天子俱來詣佛所稽首畢退坐一面四阿須倫王最勝阿須倫欲錦阿須倫燕居阿須倫吸氣阿須倫與無央數百千阿須倫人民俱來詣佛所前稽首

畢退坐一面四金翅鳥王大身王大具足王得神足王不可動王俱來詣佛所稽首畢退住一面摩竭國王阿闍世與百子并諸營從俱來詣佛所稽首畢退坐一面諸天龍神世人莫不歸命奉敬侍立爾時世尊與四部衆眷屬圍繞而爲說經講演菩薩方等大頌一切諸佛嚴淨之業說斯經已昇于自然師子之牀跏趺而坐三昧正受定意名曰立無量頌尋應所宜不見身貌不得心意所坐立處則有瑞應天雨意華大意華柔輭音華大輭音華散世尊上及於大會四部之衆普佛國土六反震動時大衆會比丘比丘尼清信士清信女天龍鬼神揵沓和阿須倫迦留羅真陀羅摩休勒人與非人國王軍主大力轉輪聖王各與營從咸悉一心瞻戴世尊意皆愕然怪未曾有於時佛放面口結光明普照東方萬八千佛土其大光明照諸佛國靡不周遍至於無擇大地獄中上徹三十三天彼此世界六趣周旋所有烝民一切皆現其界諸佛現在所由此土衆會悉遥見之彼土覩斯亦復如是十方諸佛所說經法普遍聞焉諸比丘比丘尼清信士清信女修行獨處者逮得德果一切表露又諸菩薩意寂解脫其出家者求報應行皆亦悉現諸佛世界滅度衆聖所建寶廟自然爲現於是彌勒菩薩心自念言今者世尊如來至真等正覺三昧正受現大感變多所降伏覩未曾有天上世間諸佛廟寺恢闊彰顯將何所興而此瑞應從昔曁今未嘗見也欲問其歸孰能發遣解斯誼乎尋改思曰今者大士溥首童真所作已辦

靡所不達供養過去無數諸佛曾當瞻覲如來至眞等正覺如此瑞應欲請問之時四部衆比丘比丘尼清信士清信女諸天龍神揵沓和阿須倫迦留羅眞陀羅摩休勒志懷欣豫得未曾有見斯大聖無極威耀神足變化各各發意欲問世尊決散疑網慈氏大士見衆會心便問溥首曰仁者唯說今何因緣有此瑞應大聖神足放大光明照于東方萬八千土諸佛世界自然爲現所說經法皆遥聞之於是慈氏以頌而問溥首曰

文殊師利　今何以故　導利衆庶　放演光明
其大威耀　出于面門　神變遍照　十方爍然
天雨衆華　紛紛如降　意華大意　柔輭音華
種種若干　其色殊妙　栴檀馨香　悅可衆心
嚴淨巍巍　皆悉周遍　今日四輩　欣然踊躍
於此佛土　十方世界　六反震動　莫不傾搖
于彼光明　則照東方　萬八千土　其輝普徹
諸佛境土　紫磨金色　煌煌灼灼　焰無不接
國邑群萌　莫不蒙賴　達盡上界　入無擇獄
衆庶受生　用無明故　滅没墮落　歸此諸趣
斯等黎民　覩見因緣　若干之趣　今現嚴淨
賢明不肖　中間品類　吾於此住　皆遥見之
又覩諸佛　而師子吼　演說經典　開闡法門
消除衆生　無數之穢　歌頌聖教　出柔輭音
其響深妙　令人欣踊　各各自捨　境界所有
講說譬喻　億載報應　分別敷演　於此佛法
一切衆生　所遭苦患　以無巧便　治老病死
猶斯等類　說寂滅度　比丘當知　貧劇困惱
衆人則處　安雅快樂　積累功德　乃見聖尊
又得還至　緣一覺乘　一切令入　於斯道業

見佛殊異 諸所經籍 或有志求 無上之慧
一切世間 見若干形 斯等衆類 歌詠佛德
仁者溥首 彼所言說 我立住此 今悉見聞
及餘無數 諸億千衆 在此遊居 吾悉覩眄
又見佛土 不可計數 諸菩薩等 如江河沙
億百千數 而不減少 建志精進 興發道意
或有放捨 諸所財業 而行布施 金銀珍寶
明月眞珠 硨磲碼碯 奴婢車乘 牀臥几榻
諸所奇異 環珮瓔珞 於是具足 皆用惠賜
悉以勸助 上尊佛道 今我等類 聞斯音聲
安住所歎 正覺大乘 遊於三界 而無所倚
其人速逮 得獲斯願 或以諸乘 則而施與
諸華妓樂 欄楯莊嚴 簫瑟鼓吹 音節所娛
四事如應 惠與奉授 以此布施 心不悋惜
妻妾子孫 所重輦轝 或處非常 手足與人
志不矜愛 皆用惠施 欲以慕求 此尊佛道
復有捨身 給諸所有 頭目肢體 無所遺愛
所以布施 用成佛道 志願逮獲 如來聖慧
溥首童眞 吾瞻國王 與眷屬俱 而出遊立
中宮后妃 采女貴人 族姓娛樂 俱禮佛身
衆庶朋黨 悉詣導師 而於法王 啓問經典
則除俗服 下其鬚髮 而被袈裟 以爲法式
我覩若干 諸菩薩衆 比丘知友 頓止山巖
獨處閑居 解暢空無 或有受經 而諷誦讀
吾復瞻見 開士之黨 英雄儔匹 出入山谷
專精思惟 歷察衆相 分別講說 演諸佛乘
捐捨愛欲 永使無餘 常自慕修 悕仰正行
安住諸子 不離閒居 別使逮得 成五神通
高妙之士 志平等句 向諸導師 恭敬叉手
心懷踊躍 歌詠佛德 以數千偈 歎人中王

覩無所畏 志勇調和 曉了分別 出家之業
諮稟經典 於兩足尊 所問頻數 尋即執翫
安住衆子 先自修已 我又適見 諸佛孫息
爲無數億 人民講法 所現報應 兆載難計
志懷忻喜 自歸正法 勸助開化 無數菩薩
降伏衆魔 秉執官屬 而雷擊扣 於斯法鼓
善逝典誥 我又攬歷 諸天人神 所共宗奉
安住諸子 不以奇雅 益用寂然 履行定意
無所倚著 猶如師子 開化度衆 令發道意
衆生在居 手執所供 心懷悅豫 僉然俱詣
又諸佛子 立于精進 棄捐欲塵 常得自在
建志經行 遊諸樹間 心願勤修 根求佛道
而護身口 常行清淨 禁戒安隱 不畏生死
於彼秉志 具足諸行 以斯禁戒 寤諸不覺
最勝諸子 據忍辱力 爲諸貢髙 界下謙順

輕毀罵詈 若撾捶者 其求佛道 黙然不校
吾或復覩 菩薩之衆 一切棄離 調戲妓樂
與諸力勢 親友等俱 其心堅固 平如虛空
蠲除諸穢 憒亂之意 建立一心 消滅陰蓋
禪思思惟 億百千歲 布施立意 求尊佛道
或自割損 多所惠潤 刈除貪嫉 閉不懷懅
飲食供具 所當得者 及無數人 諸病醫藥
又復施與 衣被服飾 檀已濟裸 無所藏積
與營從俱 面見最勝 在上化立 億百千供
所造珍寶 及栴檀香 多有牀座 明珠諸藏
現在目前 奉上安住 其寶之價 直億百千
所覩園觀 樹葉華實 具足鮮淨 悅可人意
夙夜修行 兼加進獻 上人正士 諸聲聞等
所可慧益 品例如斯 雜種若干 歡喜濟乏
深自欣慶 而建道行 以此所施 願求尊覺

或有得入　寂然法誼　察諸報應　衆億兆載
發起民庶　使其悔過　令捨億寶　志願佛道
曉了觀察　不捴悋法　滅除三事　寂等如空
安住之子　悉無所著　斯等智慧　求尊佛道
敷柔輭音　吾復覩見　諸滅度佛　安住開化
諸所現在　大菩薩衆　咸共奉敬　最勝舍利
吾覩佛廟　億千之數　凡難限計　如江河沙
在千億土　常見遵戴　諸所化現　最勝由已
七寶自然　清淨而現　具足里數　二十五萬
諸蓋幢旛　各有千數　廣長周帀　各二千里
其蓋妙好　殊異嚴淨　所在衆香　珍寶自然
諸華芬馥　妓樂和雅　鬼神羅刹　肅恭人尊
安住諸子　所興感動　以用供養　舍利若斯
今此佛廟　煜爚粲麗　普布香華　如晝度樹
於斯人衆　無數億千　悉遥覩見　暐曄媥爛
衣毛爲竪　眷屬馳造　欲見最勝　顯發光明
人中之上　演大光耀　妙哉明哲　離垢無漏
乃能闡現　如斯弘輝　示現佛土　無央數千
見此瑞應　得未曾有　如是儔類　諸大變化
唯願溥首　具說所義　吾今欽羨　及諸佛子
於四部衆　心懷悅豫　渴仰仁者　兼見瞻察
今日安住　何所因由　奮大光明　而從口出
解散狐疑　勸發欣踊　何故佛見　無極大光
如斯所變　當有所感　安住之子　願用時說
大聖所成　此微妙法　在于道場　正士敷演
世雄導師　所由方面　願爲分別　此諸菩薩
欲見佛土　無央數千　群生倫品　衆寶嚴淨
諸佛自現　無量明目　凡新學者　得無猶豫
諸最勝子　普共啓問　悅諸人民　天神羅刹
四部之衆　一切戴仰　今者溥首　惟具分別

於是溥首告慈氏諸大士衆會者族姓子女吾心惟忖今者如來當敷大法演無極典散大法雨擊大法鼓吹大法蠡講無量法又自追憶乃從過去諸佛世尊見斯像瑞彼諸如來所放光明亦復若兹猶斯識察知識大法如來至眞等正覺欲令衆生聽無極典故現斯應所以者何世尊欲令群生洗除俗穢聞服佛法現弘大變光明神化又念往古無央數劫不可思議無能度量時有如來號日月燈明至眞等正覺明行成爲善逝世間解無上士道法御天人師爲佛世尊演說經典初語亦善中語亦善竟語亦善分別其義微妙具足究竟清淨而修梵行爲聲聞乘講陳聖諦則令衆庶度生老死憂惱衆患入近無爲爲諸菩薩大士之衆顯暢部分六度無極無上正眞道又族姓子其日月燈明如來滅度之後復次有佛亦號日月燈明滅度之後次復有佛亦號日月燈明如是等倫八十如來皆同一號日月燈明冑緒一姓若斯之比二萬如來佛語莫能勝彼二萬如來最前興者號日月燈明最後起者故復名曰日月燈明如來至眞等正覺其佛說經初語中語竟語皆善分別其義微妙具足淨修梵行爲諸聲聞講說四諦十二因緣生老病死愁慼諸患皆令滅度究竟無爲爲諸菩薩講六度無極使逮無上正眞道至諸通慧其日月燈明如來未出家時有八子一名有志二名善意三曰加勸四曰寶志五曰持意六曰喻慢意七曰嚮意八曰法意是八太子則如來子神足弘普時一一子各各典主四域天下其土豐

植治以正法無所侵枉而見世尊棄國修道逮最正覺適聞得佛尋皆離俗不顧重位詣世尊所悉爲沙門皆志無上正真之道盡爲法師常修梵行於無央數百千諸佛植衆德本又曰阿逸時日月燈明勸發菩薩護諸佛法而爲衆會講演大頌方等正經時彼世尊於座寂然以無量頌三昧正受即不復現無身無意觀不可得心無所立世尊適三昧已天雨意華大意華柔輭音華大輭音華而散佛上及於大會四部之衆應時其地六反震動國中人民各取天華復散佛上四部弟子諸天世人愕然疑怪其佛三昧未久威神德本面出一光其光普照東方萬八千佛土靡不周遍諸佛國土所可造行悉自然現亦如今日諸佛土現彼時世尊與二十億諸菩薩俱於衆會中講說經法諸菩薩大士覩大光明普照世間而其佛世有菩薩名曰超光侍者十八人有一菩薩而獨勞懈名曰名聞佛三昧正受從三昧起爲超光菩薩講正法華方等之業諸菩薩行皆護佛法一處安坐具足六十劫說斯經典衆會亦然身不傾動心無因緣又彼世尊六十中劫因爲諸會說法聽者一無疲猒心不勞擾日月燈明六十劫中爲諸菩薩演正法華方等經典便自說言當般泥洹告天世人諸梵魔衆沙門梵志阿須倫鬼神龍諸比丘等察於其時如來夜半至無餘界當般泥洹授其菩薩首藏之決告諸比丘吾滅度後首藏開士當逮無上正真道成最正覺號離垢體如來至真等正覺佛授決已尋於夜半而取滅度彼世尊子等類

八人皆歸超光菩薩大士而順教勑咸悉無上正眞之道見無央數億載諸佛供養奉侍悉逮正覺最後興者號曰法事十八人中有一菩薩於利無節慇懃求供尊己貪穢多於三病分別句義中而忽忘便得於閒不復遽務時族姓子得名聞定以斯德本從不可計億百千佛求願得見悉奉衆聖溥首謂莫能勝欲知爾時比丘法師號超光者則吾身是也其名聞菩薩大士而懈怠者則莫能勝是是故當知見此世尊所現瑞應放其光明吾觀察之今日大聖當爲我等講正法華方等典籍於是溥首菩薩欲重見義說此頌曰

吾自憶念　往古過世　不可思議　無央數劫
最勝造義　智慧無上　其號名曰　日月燈明
彼講說法　聖達無極　開化衆生　不可計億
勸助發起　無數菩薩　不可思議　億百千人
於時如來　尊者諸子　皆爲幼童　見佛導師
則從所尊　悉作沙門　棄捐愛欲　一切所有
導利世者　爲講說法　所演經典　名無量頌
而號最上　厥義如此　開化黎庶　億千之數
大聖適說　斯經典已　能仁至尊　處于法牀
跏趺而坐　尋有瑞應　三昧正受　名無量頌
於時即雨　大意音華　又現電焰　大雷音聲
諸天鬼神　住於虛空　一心奉敬　人中之尊
尋則感動　諸佛國土　從其眉間　顯出妙焰
放斯光明　無量難限　不可計人　怪未曾有
其明遍照　東方佛土　周萬八千　億數世界
常以應時　多所分別　示于衆生　終始根源
或有佛土　立諸寶蓋　光如瑠璃　及若水精
以導師光　威神之耀　現若干種　璝異雅麗

諸天人民　并鬼神龍　揵沓和等　驚喜希有
其有專精　奉事安住　彼諸世界　皆自然現
又覩諸佛　各各自由　端正姝好　紫磨金色
如瑠璃中　而有衆寶　在於會中　爲雨法教
其諸聲聞　不可勝計　嗟歎無量　安住弟子
一切導師　一一世界　又光明耀　皆悉巍巍
常行精進　戒無所犯　忍辱之力　猶明月珠
世尊諸子　現無央數　遊於閑居　山林曠野
一切禪定　不起因緣　若有加害　不興瞋恨
諸菩薩衆　如恒河沙　安住光明　感動若斯
心念無常　不爲放逸　忍辱樂禪　不捨一心
有安住子　普悉來現　自伏其志　慕尊佛道
立審諦住　其心寂然　各以緣便　多所開化
無數佛界　廣說經法　世尊所爲　感應如此
又覩大聖　猶如船師　所出光明　蔽日月輝
一切衆生　所立歡喜　各各問言　此何感變
天人所奉　從三昧起　未久之頃　導師便坐
其菩薩者　名曰超光　而作法師　佛爲解說
世間之明　蠲除諸趣　唯安悅我　示諸種大
爲我分別　於斯經法　吾愍衆生　以是教化
建立勸助　諸菩薩衆　聞佛教詔　欣然嗟歎
於時世尊　說大經典　所演具足　六十中劫
於一牀上　結跏趺坐　導師化世　說殊特教
彼諸佛等　皆以滅度　其法師者　超光仁人
最勝所演　講說經典　無央數人　皆悉歡喜
唯願大聖　分別解之　在諸天上　及與世間
講說經典　自然之義　顯示衆庶　此正法華
告諸比丘　吾以時到　當於夜半　而取滅度
修無放逸　堅固其心　吾以解說　諸經法教
大聖神通　難得值遇　於無央數　億那術劫

常當供養　無量佛子　憂惱諸患　甚亦苦劇
時聞世尊　所現章句　觀於無爲　採習言教
值覩人尊　所見安慰　會無數人　不可思億
比丘莫懼　吾當泥洹　我去然後　巳不復現
第二菩薩　號曰首藏　無有諸漏　無所不入
當究竟逮　尊上佛道　所號名曰　離垢之體
即尋於此　夜半之時　便取滅度　盡執光耀
其佛舍利　而廣分布　即起塔廟　無量億載
諸比丘等　及比丘尼　志悉慕求　上尊佛道
不可稱限　如江河沙　常修精進　導安住教
爾時比丘　爲法師者　超光大人　執持經典
一坐之頃　演說尊法　則具足滿　八十中劫
彼時侍從　有十八人　教化度之　皆蒙安隱
此等值見　無數億佛　至心供養　諸大聖尊
常遵奉行　柔順之法　於諸世界　皆各成佛
尊得自在　受持無量　各各授決　使逮正覺
於時諸佛　皆悉究竟　錠光世尊　最後得佛
大仙日月　開發聖衆　導師所化　巨億百千
安住所興　諸大威化　法師超光　則吾身是
爾時侍從　志懈怠者　求索利養　親屬交友
志所願求　但慕名聞　周旋行來　詣諸族姓
捨置所學　不諷誦讀　彼時不肯　分別而說
以故其人　唐載此名　於佛法教　欲使稱譽
其人猶此　所造得本　在往世時　而有瑕疵
值見諸佛　億千之數　積累功德　廣普大聖
專修正行　得最順忍　又覩世尊　於斯能行
然於將來　最後世時　當得無上　尊佛正道
成至世尊　號曰慈氏　教化衆生　無數億千
逮得勇猛　所在自由　安住滅度　仁順其教
於後世時　比像如是　我身爾時　則爲法師

以是之故 行哀如此 過世覩見 如是之類
安住之仁 變動若茲 本第一察 如斯瑞應
彼時世尊 無量明目 諸釋中王 現第一誼
今者欲説 正法華典 吾過世時 所聞道業
今日變化 而得具足 諸導師尊 行權方便
大釋師子 建立興發 講説經法 自然之教
諸懷道意 悉叉手歸 導利世者 今當分别
當雨法雨 柔輭法教 普潤飽滿 履道意者
其有諸天 入於無爲 志懷狐疑 而有猶豫
若有菩薩 求斯道意 今當蠲除 吾我之想

善權品第二

於是世尊從三昧興告賢者舍利弗佛道甚深如來至眞等正覺所入之慧難曉難了不可及知雖聲聞縁覺從本億載所事歸命無央數劫造立德本奉遵佛法慇勤勞苦精進修行尚不能了道品之化又舍利弗如來觀察人所縁起善權方便隨宜順導倚靡現慧各爲分别而散法議用度群生以大智慧力無所畏一心脫門三昧正受不可限量所説經典不可及逮而如來尊較略説耳大聖所説得未曾有巍巍難量如來皆了諸法所由從何所來諸法自然分别法貌衆相根本知法自然於時世尊欲重解議更説頌曰

世雄不可量 諸天世間人 一切衆生類
焉能知導師 離垢解脫門 寂然無所畏
如諸佛法貌 莫有逮及者 本從億諸佛
依因而造行 入于深妙義 所現不可及
於無央數劫 而學佛道業 果應至道場
猶如行慈愍 使我獲此慧 如十方諸佛
諸相普具足 衆好亦如是 其身不可見

亦無有言說　察諸群黎類　世間無與等
若說經法時　有能分別解　其唯有菩薩
常履懷信樂
假使諸佛　弟子之衆　所作以辦　如安住教
盡除疾病　執御其心　不能達彼　若干種慧
設令於此　佛之境界　皆以七寶　充滿其中
以獻安住　神明至尊　欲解此慧　終無能了
正使十方　諸佛刹土　諸明哲者　悉滿其中
及吾現在　諸聲聞衆　一切具足　亦復如是
一時普會　共思惟之　計安住慧　無能及知
佛之智慧　無量若斯　欲知其限　莫能逮者
諸緣一覺　無有衆漏　諸根通達　總攝其心
假使十方　悉滿中人　譬如甘蔗　若竹蘆葦
悉俱合會　而共思惟　欲察知佛　所說解法
於億那術　劫載計念　未常能知　及法利義
新學發意　諸菩薩等　假使供養　無數億佛
講說經法　分別其義　復令是等　周滿十方
其數譬如　稻麻叢林　在諸世界　滋茂不損
悉俱合會　而共思惟　世尊所明　覩諸法本
不可思議　無數億劫　如江河沙　不可限量
心無變異　超越智慧　欲得知者　非其境界
無數菩薩　皆不退轉　無崖底劫　如恒邊沙
一心專精　悉共思惟　此等之類　亦不堪任
諸佛聖明　不可逮及　一切漏盡　非心所念
獨佛世尊　能解了知　分別十方　諸佛世界
告舍利弗　安住所說　唯佛具足　解達知彼
最勝導利　悉暢了識　說無上義　已來久遠
佛今日告　諸聲聞衆　緣覺之乘　如所立處
捨置已逝　入泥洹者　所可開化　各各得度
佛有尊法　善權方便　猶以講說　法化世間

常而獨步　多所度脱　以斯示現　眞諦經法

爾時大衆會中一切聲聞阿羅漢等諸漏已盡知本際黨千二百衆及弟子學比丘比丘尼清信士清信女諸聲聞乘各各心念世尊何故慇懃咨嗟善權方便宣暢如來深妙經業致最正覺慧不可及聲聞緣覺莫能知者如今世尊乃演斯教於是佛法無逮泥洹雖說此經吾等不解義之所趣賢者舍利弗見四部衆心懷猶豫欲爲發問決其疑網冀并蒙恩前白佛言唯然世尊今日如來何故獨宣善權方便以深妙法逮最正覺道德巍巍不可稱限時舍利弗以偈頌曰

樂慧聖大尊　久宣如是教　力脱門禪定
而奉無央數　讚揚佛道場　無敢發問者
獨咨嗟眞法　無能啓微意　顯示大聖法
自歎譽其行　智慧不可限　欲分別深法
今鄙等懷疑　說道諸漏盡　其求無爲者
皆聞佛所說　其求緣覺乘　比丘比丘尼
諸天龍鬼神　揵沓摩休勒　及諸餘等類
心各懷猶豫　請問兩足尊　大德願解說
一切諸聲聞　安住所教化　大聖見歎譽
我獨度無極　鄙意在沈吟　不能自決了
究竟至泥洹　今復聞此說　唯願演分別
雷震音現說　如今所發教　猶若師子吼
最勝諸子等　歸命皆叉手　欲聞正是時
願爲分別說
諸天龍衆　鬼神眞陀　無數百千　如江河沙
而悉僉曰　供養世尊　咸欲發問　於尊佛道
國主帝王　轉輪聖王　悉共同心　億百千衆
一切恭敬　叉手而立　德何因盛　衆行具足

爾時世尊告賢者舍利弗且止且止用問此義所以者何諸天世人聞斯說者悉當恐怖時舍利弗復重啓曰唯願大聖如是義者加哀說之所以者何於此衆會有無央數億百千載蚑行蝡息蜎飛蠕動群生之類曾見過去佛知植衆德本聞佛所說悉當信樂受持奉行時舍利弗以偈頌曰

願人中王　哀愍意說　此出家者　衆庶億千
恭肅安住　欽信慧義　斯之等類　必當欣樂

於時世尊難舍利弗如是至三告曰勿重諸天世人悉懷慢恣比丘比丘尼墜大艱難世尊以偈告舍利弗

且止且止　用此爲問　斯慧微妙　衆所不了
假使吾說　易得之義　愚癡闇塞　至懷慢恣

賢者舍利弗復白佛言唯願大聖以時哀說無央數衆昔過世時曾受佛教以故今者思聞聖音聞者則信多所安隱冀不疑慢時舍利弗以偈頌曰

我佛長子　今欲啓勸　願兩足尊　哀爲解說
今有衆生　無數億千　悉當信樂　聖尊所說
會致本德　決諸疑網　往古長夜　曾被訓誨
是等叉手　肅恭側立　必當欽樂　於斯法義
我之等類　千二百人　及餘衆黨　求尊佛道
假令見聞　安住言教　尋當歡喜　興發大意

於時世尊見舍利弗三反勸助而告之曰爾今慇懃所啓至三安得不說諦聽諦聽善思念之吾當解說世尊適發是言比丘比丘尼清信士清信女五千人至懷甚慢即從座起稽首佛足捨衆而退所以者何慢無巧便未得想得未成謂成收屛蓋藏衣服卧具摩何

而去世尊默然亦不制止又舍利弗衆會辟易有竊去者離廣大義聲味所拘又舍利弗斯甚慢者退亦佳耳如來云何説此法乎譬靈瑞華時時可見佛歎斯法久久希有爾等當信如來誠諦所説深經義甚微妙言輙無虚若干音聲現諸章句各各殊別人所不念本所未思如來悉知所以者何正覺興世嗟歎一事爲大示現皆出一源以用衆生望想果應勸助此類出現于世黎元望想希求佛慧出現于世烝庶望想如來實決出現于世以如來慧覺群生想出現于世示窮民庶八正由路使除望想出現于世以故當知正覺所興悉爲一義以無極慧而造大業猶一空慧以無蓋哀興出于世如佛所行所化利義亦復如是而爲説法教諸菩薩現眞諦慧以佛聖明而分別之轉使增進唯大覺乘無有二乘況三乘乎十方世界諸佛世尊去來現在亦復如是以權方便若干種教各各異音開化一切而爲説法皆與大乘佛正覺乘諸通慧乘又舍利弗斯衆生等悉更供養諸過去佛亦曾聞法隨其本行獲示現義吾見群生本行不同佛觀其心所樂若干善權方便造立報應而講法義皆爲平等正覺大乘至諸通慧道德一定無有二也十方世界等無差特安得三乘又舍利弗設如來説衆生瑕穢一劫不竟今吾興出於五濁世一曰塵勞二曰凶暴三曰墮邪見四曰壽命短五曰劫穢濁爲此之黨本德淺薄慳貪多垢故以善權現三乘教勸化聲聞及緣覺者若説佛乘終不聽受不入不解無謂如來法有聲聞及

縁覺道深遠諸難若比丘比丘尼已得羅漢自以達足而不肯受無上正眞道教定爲誹謗於佛乘矣雖有是意佛平等訓然後至於般泥洹時諸甚慢者乃知之耳所以者何又諸比丘爲羅漢者無所志求諸漏已盡聞斯經典而不信樂若滅度時如來面現諸聲聞前大聖滅度不以斯行令受持說方等頌經尋於異佛至眞等正覺決其狐疑然後於彼乃當篤信如來言誠正有一乘無有二也世尊頌曰

比丘比丘尼　心懷甚慢恣　諸清信士女
五千人不信　不自見瑕穢　奉戒有缺漏
多獲傾危事　而起愚騃意　反行求雜糅
悉無巧方便　諸佛最勝禪　縁此得聞法
供養清淨慧　衆會儼然住　一切受恩教
建志悉見要　舍利弗聽此　佛爲人中上
諦覺了諸法　爲說若干教

善權方便　億百千姟　隨人心行　而爲說法
罪福之事　若干不同　從其宿世　各得報應
此諸衆生　心各各異　所造衆多　纏綿結縛
因縁諸見　億百千姟　一切品類　瑕穢如是
如來大聖　說此經典　所言至誠　終無虛欺
從始引喻　若干無數　如有所說　尋爲分別
其有不樂　正覺明者　於無數佛　不造立行
愚癡生死　甚多苦患　故爲斯等　現說泥洹
大聖所興　行權方便　因勸化人　使入佛慧
如佛道教　興顯于世　吾始未曾　爲若等現
何故愚冥　覩於導師　見自恚猒　乃爲分別
以故得說　佛所決了　於我法教　諸新學者
今乃得聞　演于平等　佛以聖慧　行權方便

所可分別　爲衆生故　欲開化之　故示此義
欲知佛道　常調清淨　仁樂聖典　實爲要妙
在諸佛所　所作已辦　故爲斯類　說方等經
志性和順　行能具足　是等勇猛　親近聖教
則爲彼說　德最弘衍　於當來世　慈愍哀傷
一切聞之　欣然咨嗟　我等成佛　亦當如是
緣是行故　世世端正　而當翫習　是方等經
其有逮聞　無極聖教　斯等乃爲　佛之弟子
假使得聽　佛一偈者　皆成正覺　終無有疑
佛道有一　未曾有二　何況於世　而當有三
除人中上　行權方便　以用乘故　開化說法
欲得講說　佛之深慧　善權方便　導師光明
唯有一乘　豈寧有二　下劣乘者　當求殊特
諸佛所覺　常皆如應　至尊所在　莫敢能當
其力一心　若順脫門　皆立衆生　於此道教
諸佛最勝　無有瑕玼　尊無等倫　現平等覺
如是示以　衆生善法　世尊因而　勸立是乘
所在安和　誘進稽首　諸境界名　於此當行
斷除一切　諸凶暴法　是故號佛　則大勇猛
今已造立　若干種相　眷屬圍繞　演出法光
無數衆生　億百千姟　爲講說法　自然之印
告舍利弗　我見如是　今當那此　群生類何
三十二相　顏容殊妙　猶得自在　無所拘礙
而吾所觀　若所思念　如往古時　有可志願
皆具足成　深微妙事　分別講說　等至佛住
語舍利弗　佛言至誠　以何等事　寤覺衆生
假使爲說　不能解了　不肯啓受　善言至誠
即時心念　如是之義　前往古世　行不可議
今日乃還　得本所願　以斷愛欲　除大陰雨
衆庶坐欲　墜于惡趣　安住穢猷　衆諸瑕垢

黑冥之法　數數增長　薄德之夫　患苦所惱
爲諸邪見　之所羇繫　有此無異　不有不無
具足依倚　六十二見　常住於斯　根著所有
勢力薄少　而懷恐懼　未曾得聞　佛之音聲
恒當墮落　不離三處　億百千生　不能解法
佛子善權　卓然難及　爲說勤苦　斷諸根源
衆生之類　諸見所惱　佛故導示　使至泥洹
吾所以故　常解滅度　令一切法　皆至寂然
又復過去　諸佛之子　當來之世　得成最勝
今我如是　行權方便　各令休息　說三乘教
其乘有一　亦不非一　大聖世尊　故復說一
諸有烝民　興發沈吟　意處憒亂　狐疑猶豫
如來所說　終無有異　慧乘爲一　未曾有二
其有往古　世雄導師　億百千佛　諸滅度者
或有過去　無央數劫　計其限量　不可稱度
謂此一切　人中之上　講說經法　無數清淨
所可作爲　報應譬喻　行權方便　億百千姟
普爲衆生　示現一乘　是故說道　度未度者
常爲人說　平等道慧　開化衆庶　億百千姟
又復見異　若干大聖　爲講分別　是大尊法
本性清淨　刀信解之　若在天上　世間亦然
其有聞經　若聽省者　彼諸衆生　所獲安隱
常行布施　其戒具足　忍辱無乏　斯行平等
精進一心　修造勇猛　於此經典　遵奉智慧
或有建立　若干種德　斯等皆當　成得佛道
其有滅度　諸所如來　彼時所有　一切衆生
忍辱調定　得至大安　斯等皆當　成得佛道
假使供養　諸佛舍利　大聖最勝　及滅度者
興立佛廟　衆億百千　黃金白銀　水精瑠璃
若以碼碯　造作塔寺　磚礫異寶　及明月珠

若以墼泥　立作形像　斯等皆當　成得佛道
假使以石　用作佛廟　或以栴檀　若木櫁香
設使塔寺　立天尊像　材木刻鏤　彩畫衆飾
或有奉戒　口言至誠　若復豎立　最勝廟寺
在於屋室　諷誦經典　處于曠野　深谷中立
爲數億人　而師子乳　現有十方　諸佛廟寺
中有舍利　童子對偁　斯等皆當　成得佛道
若爲如來　作寶模像　三十二相　執持殊最
假使復有　誦經說義　斯等皆當　成得佛道
設爲安住　興立形像　後致七寶　覺意道路
其光遍照　通徹衆生　斯等皆當　成得佛道
若復以銅　刻鏤壁玉　爲大聖尊　立殊勝形
設以經字　載妙素帛　斯等皆當　成得佛道
若繕壞寺　修立形像　功德志性　有百福相
出家學法　書佛經卷　斯等皆當　成得佛道
設使各各　作奇異行　除棄一切　所樂調戲
正士童子　聰達解義　亦不嘲話　言不虛詐
悉亦自致　爲大慈哀　一切皆當　逮得成佛
即使得度　億千群萌　無數菩薩　神通三昧
設爲是等　安住舍利　興立塔寺　彩畫形像
塗治莊飾　書經著壁　供上華香　熏散塔像
假令妓樂　歌誦佛德　簫瑟鼓舞　節奏哀和
讚美嬉笑　又加肅敬　以若干事　遵修供奉
彈琴箜篌　鐃鈸應絃　箏笛吹笙　嗷法妙音
皆已一心　不爲衆漏　緣是悉致　寂然悅豫
若以挹灑　淨掃塔寺　用柔軟水　蜜漿飲施
雜香莊塗　理作樂器　歸命安住　供養最勝
以若干物　供上舍利　如來滅度　少多肅敬
假使一反　鼓技拊拚　一切皆當　得成佛道
設令得見　安住畫像　執持一華　進上靈模

以恭敬意　篤信無疑　當稍稍見　無數億佛
其有人衆　叉手佛廟　具足一反　繞旋自歸
禮拜大聖　嗟歎稽首　所行如是　身無垢染
當漸漸覲　無數億佛　於諸導師　多造利義
滅度因緣　盡除毒火　此等皆當　逮成佛道
假使有持　舍利供養　口宣音言　南無佛尊
其亂心者　若說此言　斯等皆當　逮尊佛道
於衆會中　建立信者　爾時安住　當濟此倫
假使有人　聞此法名　斯等皆當　逮成佛道
若復當來　無數億佛　不可思議　無能限量
是等上勝　世雄導師　當爲講說　善權慧事
是等大人　行權方便　當得成就　導世聖雄
所以開化　億數衆生　禪定智慧　以消諸漏
得聞是法　未有一人　群萌品類　豈弘了覺
諸大聖法　皆本所願　行佛道時　最後究竟
無量法門　億千姟數　當來最勝　之所講說
諸如來尊　常宣布法　是則得見　諸佛正教
諸法本淨　常行自然　此諸義者　佛所開化
而兩足尊　乃分別道　故暢斯教　一乘之義
諸法定意　志懷律防　常處于世　演斯讀誦
每同讀說　善權方便　諸最勝尊　志意弘大
其有供養　天人所歸　今現在佛　如江河沙
欲利安隱　一切群黎　斯等正覺　亦說道尊
所可演說　善權方便　以若干教　開化令入
皆共咨嗟　是一乘道　寂然之地　無有二上
欲知衆生　本際之行　從其過去　志性所倚
料簡精進　而觀本源　諸未脫者　爲分別說
衆導師力　若干因緣　譬喻引譬　而爲示現
探覩群生　種種所樂　若干部音　而開化之
今我如是　爲人中王　興發黎庶　安隱利義

種種音聲　億百千姟　故爲示現　斯佛大道
吾所說法　若干種變　知諸萌類　心所喜樂
若干色像　尋令悅豫　緣其智慧　訓以道力
吾爲法王　而遍觀見　諸愚冥者　離智慧德
崩墜生死　坑曠嶮谷　不得解脫　來世艱難
愛欲所繫　馳如流沙　諸塵勞垢　今日自在
大聖威神　覺無所求　諸法未曾　致衆患苦
群萌之類　黙在六塹　堅住邪見　不可動轉
在於苦惱　處危嶮徑　吾發大哀　愍此愚癡
安隱求至　處乎道場　具足七日　坐於草蓐
即思惟義　當何所興　尋時則斷　彼世慢恣
觀察尊樹　目未曾瞬　吾又經行　於其樹下
因奇特慧　得未曾有　衆生轉輪　於大無明
於時梵天　則知佛意　帝釋四天　諸護世者
大神妙天　及善天子　無數億千　皆共覺知
一切叉手　儼然恭肅　我時自念　當奈之何
假令吾歎　佛之道德　群黎品類　莫肯受化
諸闇冥者　便當謗毀　適毀此已　趣非法地
吾初未曾　說奇妙法　常樂餘事　當何興立
等觀往昔　諸佛所爲　彼時聖衆　行權方便
吾今寧可　以此佛道　分爲三乘　而開化之
初成佛時　作是思惟　又有十方　諸佛世尊
其大聖衆　悉各自現　音讚善哉　我等歎豫
快哉能仁　世英導師　斯爲正法　執御當然
乃能思惟　善權方便　諸大聖典　亦學救世
吾等爲佛　履上跡時　分爲三乘　而開化之
下劣不肖　志意羸弱　覩諸佛興　卒不肯信
吾等猶此　興立攝濟　以權方便　而爲示現
嗟歎稱美　獲果之證　又復勸助　無數菩薩
爾時佛身　聽諸尊歎　尋則解了　諸大聖音

弘妙之士 心欣悅豫 今大神通 分別名色
於時余等 當遵其行 如諸導師 之所言講
我等比丘 亦持斯法 出生於人 黎庶之間
告舍利弗 吾聽省彼 尋時往詣 波羅柰國
便即合集 諸比丘衆 身子欲知 佛善權法
大聖應時 便轉法輪 興發宣揚 滅度寂然
歎羅漢音 讚譽法聲 於是歌頌 聖衆之德
其間最勝 說彼經典 一切皆來 歸於世尊
僉共叉手 恭肅而住 善權方便 爲若干種
爾時世尊 復更思惟 吾說尊法 今正是時
我所以故 於世最難 應當講說 斯尊佛道
志懷愚癡 起於望想 設吾說法 少有信者
憍慢自大 不肯啓受 如斯法者 菩薩乃聽
佛時悅豫 秉修勇猛 應時解斷 一切諸結
今日當說 最勝自由 或以勸助 使入佛道
諸佛之子 得觀覩此 因從獲信 順行法律
時千二百 諸漏盡者 皆當於此 成爲佛道
亦如往古 諸佛大聖 亦如當來 最勝之法
吾復如是 蠲棄衆想 然後爾乃 講天尊法
久久時時 世間有佛 大仙慧士 興發聖道
無極明目 旣現於世 選擇希有 時講斯法
於億百千 無量劫數 乃得值遇 如此像法
假使菩薩 獲斯此經 若復逮聞 是尊佛道
若靈瑞華 時時可見 欲見募值 莫能覩者
最勝容貌 和悅難遭 天上世間 無上聖賢
今此大尊 乃謂琦珍 假使有人 而說斯經
一反擧聲 歡喜勸者 則爲供養 一切佛已
其去亂心 不懷狐疑 吾爲法王 悉普告勑
吾之法中 一切聲聞 則便勸助 以尊佛道
卿舍利弗 及諸聲聞 今現在者 且皆默然

其諸菩薩　意勇智慧　密持斯法　勿得妄宣
何故說世　而有五事　或有衆生　懷毒求短
貪欲愚瞶　而好誹謗　如是倫比　不尚至道
若當來人　而說此法　聽察如來　一乘之教
設復覩見　諸最勝名　誹謗斯經　便墮地獄
假使有人　慙愧清淨　發心志願　求尊佛道
聞大覺乘　無量之德　諸佛聖明　則現目前
衆猛尊導　講法如是　善權方便　億百千姟
分別無數　無復想念　其不學者　不能曉了
由是之故　了正眞言　正覺出世　順修明哲
斷諸狐疑　蠲除猶豫　能志欣勇　成至佛道

正法華經卷第一

音釋

劫賔𧥄 梵語也此云房宿𧥄奴侯切　牛呞 呞書之切　拘絺 梵語具云摩訶拘絺羅此云大膝絺丑知切　溥 滂古切　吸 許及切　愕 五各切驚懼也　烝 煑陵切衆也　覲 渠吝切見也　㸌 虛郭切正作霩開朗貌　踊躍 踊余隴切躍以灼切　煌 胡光切光輝也　灼 之若切照也　眄 莫甸切邪視也　輦轝 輦力展切轝羊諸切輦轝並車也　諮 津私切訪問也　翫 五換切習也　攬 盧敢切與覽同　僉 七廉切皆也　寤 五故切覺也　撾捶 撾陟瓜切捶之累切撾捶並擊也　蠲 古玄切潔除也　憒 古對切心亂也　懅 其據切慙也　裸 郎果切赤體也　煜爚 煜余六切爚以灼切煜爚光明照燿也　暐曄 暐于鬼切曄域輒切暐曄明盛也　媥孏 媥布還切孏力閑切媥孏色不純也　羨 似面切貪慕也　奮 方問切揚也　蠡 落戈切與螺同蚌屬　胄緒 胄直又切裔也緒徐呂切端緒也　遽 其據切窘迫也　璝 古回切與瓌同璝偉也　姝 春朱切美好也　劇 奇逆切艱也　錠 徒徑切錠光佛名　瑕疵 瑕胡加切玷也疵疾移切黑纇也　蘆葦 蘆落胡切葦于鬼切　蚑 詰利切蟲行貌　蝡 昌兗切動蟲也　蜎 烏玄切小飛也　蠕 而兗切蟲

動貌駭五駭切癡也糅女救切雜也誘與久切引也䩭居宜切與羈同縻也墼古歷切土墼也木櫁櫁彌畢切木蜜香木也刻鏤刻苦得切鏤盧侯切刻鏤雕琢也繕時戰切整緝補治之也嘲陟交切以言相調也噭古弔切遠聲也挹於汲切抒也拊芳武切拍也拚皮變切拊手也姟古哀切數也十京曰姟嶮虛儉切危險也塹七艷切坑也蕁如欲切蔫也瞬舒閏切月動也瞶胡對切目疾也

正法華經卷第二

西晋三藏竺法護譯

應時品第三

於是賢者舍利弗聞佛說此欣然踊躍即起叉手白衆祐曰今聞大聖講斯法要心加歡喜得未曾有所以者何常從佛聞說法化導諸菩薩乘見餘開士聽承佛音德至真覺甚自悼感獨不豫及心用忉惕所示現議所不紹逮我已永失如來之慧假使往返山林巖藪曠野樹下閒居獨處若在宴室謹勑自守一身經行益用愁毒深自惟言法號等入世尊爲我現若干教而志小乘自我等咎非如來也所講演法大聖等心爲開士歎思奉遵者爲受第一如來訓典堪至無上正真之道我等所順而被衣服所建立願不以頻數唯然世尊鄙當爾時用自剋責晝夜寢念雖從法生不得自在偏蒙聖恩得離惡趣今乃還聞時舍利弗以頌讚曰

得聞佛乘　一句之義　超出本望　怪未曾有
所當受獲　非心口言　覩大尊雄　益懷喜歡
假使有人　能造行者　聞安住音　以爲奇雅
諸塵勞垢　鄙以蠲盡　音聲之信　亦悉永除
我本晝日　設經行時　若在樹下　端坐一心
設在林藪　山巖之中　心自思惟　如此行義
嗚呼自責　弊惡之意　因平等法　而得無漏
不由三界　順尊法居　追悔過事　以誠將來
紫磨金容　相三十二　我已違遠　失不自嚴
衆好八十　具足殊特　種種積累　不以瓔珞
根力脫門　八部之音　於平等法　而自危削
諸佛之法　有十八事　如是之義　我已永失

音聲所聞　達於十方　吾以得見　愍世俗者
一身獨已　晝日經行　又自剋責　而内思惟
我每夙夜　深自料計　反側宛轉　忖度己身
當問世尊　如是之義　鄙何所失　當復所失
現在眼前　於聖明日　夙夜過去　逝不休息
見餘菩薩　而不可計　世雄導師　之所開化
彼等悉聞　此佛音教　爲諸群萌　講演法力
其法無想　諸漏已盡　普悉曉暢　致微妙慧
覩若干種　諸所祠祀　歷外異學　諸邪僞術
由是之故　解佛音教　觀已脱門　即説滅度
一切得解　諸所見行　尋時開了　空無之法
由是自謂　已得滅度　今乃自知　非至泥洹
得覩諸佛　天中之天　時人中上　衆會圍繞
三十二相　光色巍巍　因斯覺了　至度無餘
我適聞説　除於衆熱　不以音聲　而得無爲
如我所知　正覺師子　諸天世人　之所奉事
則以力勢　恒住如斯　第一初聞　大聖之教
波旬時化　變爲佛形　無得爲魔　之所嬈害
如因緣行　而引譬喻　無央數億　顯現姟限
善立彼岸　至道意海　得聞彼法　除諸狐疑
有百千佛　及姟之數　悉得覩見　衆滅度勝
如斯諸佛　所説經典　善權方便　隨順御之
假使有人　現究竟行　當來諸佛　衆億百千
善權方便　導御是黨　爲講説法　誘進泥洹
隨其體像　化以慧行　悉而分別　次第所有
諸佛之法　所當教誨　尋即承聖　受轉法輪
世雄導師　現真雅訓　吾亦如是　依蒙其像
彼諸魔衆　而不敢當　心未嘗懷　邪疑之礙
普興柔輭　深妙之道　以佛音聲　而得歡欣
今日所有　諸志猶豫　以棄洸吟　住於聖慧

我成如來 無衆結網 諸天世人 以爲眷屬
今日得覩 佛之道眼 當勸助化 於諸菩薩
佛告賢者舍利弗今吾班告天上世間沙門梵志諸天人民阿須倫佛知舍利弗曾以供養三十二千億佛而爲諸佛之所教化當成無上正真之道吾身長夜亦開導汝以菩薩義爾緣此故興在吾法如來威神之所建立亦本願行念菩薩教未得滅度自謂滅度舍利弗汝因本行欲得識念無央數佛則當受斯正法華經一切佛護普爲聲聞分別說之佛語舍利弗汝於來世無量無數不可計劫供養億百千佛受正法教奉敬修行此方等經具足衆行當得佛道號蓮華光如來至真等正覺明行成爲善逝世間解無上士道法御天人師其世界名離垢平等快樂威耀巍巍諸行清淨所立安隱米穀豐賤人民繁熾男女衆多具足周備瑠璃黃金以爲長繩連綿路傍一切路邊有七寶樹八重交道行樹枝葉華實常茂蓮華光正覺亦當承續說三乘法而佛說法具足一劫所可演經示奇特願劫名大寶嚴所以名曰大寶嚴者謂彼佛國諸菩薩衆諸菩薩衆有無央數不可思議無能限量唯有如來乃能知數菩薩大士在其佛土爲覺意寶行如蓮華無有新學久植德本淨修梵行而無年限親近如來常應佛慧具大神通悉存法要勇猛志強諸菩薩衆具足如是無有缺減是故其劫名大寶嚴蓮華光佛當壽十二中劫不可計童子時也其國人民當壽八劫蓮華光如來過十二劫有菩薩名堅滿當授其決告諸比丘言此堅滿

大士吾滅度後當得無上正眞道號度蓮華界如來正覺蓮華光佛滅度之後正法像法住二十中劫其佛世界如前佛土等無差特度蓮華界如來亦壽二十二中劫爾乃滅度佛滅度後其佛正法及像法住二十二中劫

爾時世尊以偈頌曰

卿舍利弗　於當來世　得成爲佛　顯如來尊
號蓮華光　普平等目　教授開化　衆庶億千
奉事無數　諸佛億載　於彼修力　多所興立
所在勸化　得爲十力　便當成就　上尊佛道
不可思議　無央數劫　劫當號名　大寶莊嚴
世界名曰　爲離諸垢　其蓮華光　國土清淨
以紺瑠璃　遍敷爲地　紫磨金繩　連綿爲飾
若干種樹　皆七寶成　其樹華實　悉以黄金
彼諸菩薩　意皆堅强　所造言行　聖哲聰明
善學佛道　億百千姟　是等來現　最勝法教
佛最後時　無有陰蓋　爲童子時　無所慕樂
棄離愛欲　即出家去　便得成就　上尊佛道
斯最勝尊　則得自在　其命當壽　十二中劫
法教當立　盡于八劫　彼命限量　劫數如是
若大聖佛　滅度之後　當具足滿　二十中劫
爾時法住　若干之數　愍哀天上　及世間人
其佛正法　滅盡之後　像法當住　二十中劫
彼大聖明　舍利流布　男神女鬼　供養最勝
其世尊德　亦當如是　告舍利弗　且當自度
仁者國土　嚴飾如是　兩足之尊　自然無倫

爾時四部衆比丘比丘尼清信士清信女天龍鬼神揵沓和阿須倫迦留羅眞陀羅摩休勒聞佛世尊授舍利弗決當成無上正眞之道心懷欣豫歡喜踊躍不能自勝各自脫身

衣以覆佛上時天帝釋梵忍跡天及餘無數億千天子各各取衣供養世尊以天華香意華大意華散于佛上諸天衣物悉在虛空羅列而住天上妓樂自然而鳴天上大聲自然雷震普雨天華咸共舉聲而皆歎曰今所聞法自昔未有前波羅柰鹿苑之中始轉法輪蓋不足言今佛世尊則復講說無上法輪時諸天子以頌讚曰

於世無雙比　今者轉法輪　爲男女講議
陰衰所從起　彼第一暢說　十二展轉事
今導師所演　少能信樂者　從世雄大聖
面聞無數法　住始至于茲　未聆如斯典
大導師所說　我今代勸助　勇猛舍利弗
而乃得授決　爲歎本發意　所供養佛數
我當蒙及還　得佛世最上　已所造淨行
類數若干種　奉過去諸佛　願獲佛道義

於是舍利弗白世尊曰我今無結狐疑已除現在佛前得授予決爲無上正真道又曰大聖斯千二百得自在者昔來豈不住學地乎當來如是此佛教耶斯諸比丘頓止行門導尚法律度老病死咨嗟泥洹是諸比丘無央數千供養世尊學諸所學畏吾我懼三世毀諸見衆邪行立滅度已懷此想得至道場初未曾聞如是像法心每猶豫善哉世尊願說要義使此比丘疑網悉除令四部衆意咸悵恨當今坦然無餘結恨佛告舍利弗向者吾不說斯法耶以若干種善權方便隨其因緣而示現之如來至真等正覺所分別演皆爲無上正真道故我所咨嗟皆當知之爲菩薩也又舍利弗今吾引喻重解斯義有明慧者

當了此譬喻如郡國縣邑有大長者其年朽邁坐起苦難富樂無極財寶無量有大屋宅周帀寬博垣墻高廣其舍久故數百千人而在其內唯有一門及監守者堂屋傾危梁柱腐敗軒窻既多多積薪草時失大火從一面起普燒屋宅長者有子若十二十欲出諸子諸子放逸嬉戲飲食卒見火起各各馳走周慞詰屈不知所出父而念曰今遭火變屋皆然熾以何方便勉救吾子時父知子各所好喜即爲陳設象馬車乘遊觀之具開示門閤使出于外鼓作倡妓絕妙之樂戲笑相娛令濟火厄當賜衆乘象車馬車羊車妓車吾以嚴辦儔在門外速疾走出出避火災自恣所欲從意所樂諸子聞父誨勑所賜象馬車乘音樂之屬各共精進廣設方計土坌水澆奔走得出長者見子安隱而出四面露坐心各踊躍不復恐懼各各白言願父賜我諸所見許若干種妓相娛樂具象馬車乘又舍利弗彼大長者等賜諸子七寶大車珠交露幔車甚高廣諸珍嚴莊所未曾有清淨香華瓔珞校飾敷以繒褥氍氀綩綖衣被鮮白皪如電光冠幘履屣世所希有若干童子各各擎持一種一色皆悉同等用賜諸子所以者何今此幼童皆是吾子寵敬等愛意無偏黨以故賜與平等大乘又舍利弗吾亦如是爲衆生父儔儲庫藏滿無空缺如斯色像教化誘進惠示大乘諸子則尋獲斯大乘以爲奇珍得未曾有而乘遊行於意云何長者賜子珍寶大乘將無虛妄乎舍利弗白佛不也安住不也世尊其人至誠所以者何彼大長者救濟

諸子而不欲令遇斯火害隨其所樂許而賜之適出之後各與大乘以故長者不爲虛妄究竟諸子志操所趣故以方便令免患禍況復貯蓄無量寶藏以一色類平等大乘賜子不虛佛言善哉舍利弗誠如所云如來至眞等正覺超越十方無黠衆冥解脫憂恐拔斷根茅枝葉華實如來慧現法王神力爲世之父善權方便攝持思義行平等大悲道心無盡愍哀三界大火熾然黎庶不解故現世間救濟衆生生老病死諸不可意結縛之惱裂壞所著脫婬怒癡誘導三乘漸漸勸示無上正眞平等之道適興于世覩諸群萌妄想財業愛惜無猒因從情欲致無數苦於今現在貪求汲汲後離救護便墮地獄餓鬼畜生燒炙脯煑飢渴負重痛不可言正使生天及在人間與不可會恩愛別離憂惱難量一時離苦歌儛戲笑不知恐畏無所忌難不自覺了不肯思惟計其本末不求救護復見燒然三界衆生勤苦之患吾當施立無極大安無數百千不可思議諸佛正慧其有蕩逸迷惑欲樂如來誘立道慧神足善權方便化現佛慧使聞佛力力無所畏衆生難悟不肯尋受因緣所縛未脫生老病死憂患未始得度三界燒炙不了所歸何謂解佛慧者譬如長者立強勇猛多力諸士救彼諸子使離火患方便誘之適出在外然後乃賜微妙奇特衆寶車乘如是舍利弗如來正覺以力無畏建立衆德善權方便修勇猛慧覩見三界熾然之宅欲以救濟衆生諸難故現聲聞緣覺菩薩之道以是三乘開化驅馳使棄愛欲教諸萌類

滅三界火婬怒癡縛色聲香味細滑之法三處五欲五欲燒人不倚三界便得三乘勤精進三乘則超三界進三乘者諸佛所訓也黎庶則至無央數集世尊現戲行爲娛樂修此根力覺意禪定脱門三昧正受然於後世致大法樂安隱欣豫無所罣礙又舍利弗其有衆生未興起者如來出世有信樂者樂佛法教精進奉行最後竟時欲取滅度謂聲聞乘遵求羅漢孚出三界譬如長者勉濟子難許以羊車若復有人無有師法自從意出求至寂然欲獨滅度覺諸因緣於如來法而行精進謂縁覺乘出之火宅許以馬車假使有人求諸通慧諸佛道慧自在聖慧自從心出無師王慧多所哀念多所安隱諸天人民欲利天上世間人民滅度黎庶於如來法奉修精進欲求大聖普見之慧力無所畏謂如來道菩薩大士所履乘也譬如長者勸誘其子免火患難許以象車驅出火宅父見子安濟難無懼自察家中財寶無量等賜諸子高大殊妙七寶大乘如來正覺亦復如是覩無數衆億百千姟使度三難勤苦怖懼從其所願開生死門遂令脱出難嶮恐患使滅度安又舍利弗如來爾時從終始宅以無數慧力無所畏觀衆罪厄矜哀喻子普勸進使歸於佛乘不令各各從意而滅度也如來悉誘以佛滅度而滅度之假使衆生得度三界以如來慧脱門定意賢聖度門安慰歡娛施樂法義惠以一貌佛之大道如彼長者本許諸子以三品乘適見勉難各賜一類平等大乘誠諦不虚各得踊躍無有慍恨如來如是本現三乘

然後皆化使入大乘不爲虛妄所以者何當知如來等覺有無央數倉庫帑藏以得自在爲諸黎庶現大法化諸通慜慧當作是知當解此義如來等正覺善權方便以慧行音唯說一乘謂佛乘也世尊頌曰

譬如長者　而有大宅　極甚朽故　腐敗傾危
有大殿舍　而欲頓壞　梁柱榱棟　皆復摧折
多有軒闌　及諸總牖　又有倉庫　以泥塗木
高峻垣墻　壁障崩隤　薄所覆苫　彌久彫落
時有諸人　五百之衆　皆共止頓　於彼舍宅
有無央數　草木積聚　所當用者　滿稸無量
一切門戶　時皆閉塞　有諸樓閣　及衆蓮華
億千衆香　而有芬氣　若干種鳥　眷屬圍繞
種種虺蛇　蝮蟞逋竄　在在處處　有諸惡蟲
有若干種　貁狸鼷鼠　其字各異　鳴呼啾喹
其地處處　而有匿藏　溷廁屎溺　汙穢流溢
蟲鳥刺棘　充滿其中　師子狐狼　各各嗥吠
悉共咀嚼　死人屍骸　何人聞見　而不怖懼
無數狗犬　蹲伏窠窟　各各圍繞　皆共摣掣
假使此等　飢餓之時　普皆諍食　疲瘦羸劣
鬪相齚齧　音聲暢逸　其舍恐畏　變狀如是
有諸鬼神　志懷毒害　蠅蚤壁虱　亦甚衆多
百足種種　及諸魍魎　四面周帀　產生孚乳
各取分食　羯羠羝羊　不得奔走　歸其處所
雖諸鬼神　來擁護之　不能濟脫　令不被害
彼諸鬼神　亦食衆生　雖得飽滿　心續懷惡
群品不同　種姓別異　若有死者　皆埋塚埌
彼志出外　而遊所處　鵂桓香音　志存暴弊
舒展兩臂　往來經行　無有呪術　可以辟除
於時諸犬　取其兩足　撲令仰卧　而就齧之

捉其兩脚 絞加頸項 坐自放恣 心意蕩逸
諸黑象衆 厥狀高大 體力强盛 跛扈自在
旬日飢餓 行求飲食 遥見芻藁 奔走趣之
有鍼嘴蟲 及鐵喙鳥 在丘壙間 見人死屍
惡鬼凶嶮 放髮叫呼 諸魅湊滿 貪欲慢翰
窻牖顯明 視瞻四顧 於斯鬭看 不可得常
諸邪妖魅 及衆餓鬼 鵰鷲鵄梟 悉行求食
其宅恐難 如是品類 有大園觀 墻壁潰落
室宅門戶 圯裂破坼 唯一男子 而守護之
其人在裏 止頓居跱 爾時失火 尋燒屋宇
周迴四面 而皆熢燒 無數千人 驚怖啼哭
於今火盛 焚我子息 又彼尊者 舉聲稱怨
堂柱摧滅 垣屏碎散 諸神餓鬼 揚聲喜喚
鵰鷲數百 飛欲避火 無數鳩桓 劻勷懷懅
百千妖魅 慞惶馳走 親自目見 火所焚燒

無量群萌 烏煴灰燼 諸薄祜者 爲火所災
各各懊惱 而見焚燒 炙燎焦爛 沸血流離
於時彼宅 强猛之衆 一一鬼魅 悉共噉食
臭烟熢㶿 稱讚香美 一切奔驚 周旋詰屈
蜈蚣蚰蜒 蚔蠷並出 猒魅勇逸 多所咀齕
頭上火然 遊行嬉怡 悉飢食噉 火所燒者
其屋宅中 怖惶若茲 百千人衆 燒喪狼藉
於時宅主 大勢長者 見之如斯 急急趍務
聞此災禍 愍念諸子 建立妓樂 寶乘誘出
有諸愚癡 不能解知 於彼戲笑 放逸自恣
長者聽察 尋入館內 騃夫不覺 無解脫想
今我諸子 闇蔽閉塞 一切盲瞶 無有耳目
以戲樂故 而自繫縛 種姓孫息 甚難得值
凡品衆庶 若干等倫 遭大火災 各各痛惱
鬼神蛇虺 心中懷毒 無數妖魅 歡喜踊躍

諸狼狐狗　亦不可計　飢渴欲求　飲食之具
我子衆多　皆沒于此　設無火災　亦不可樂
狐疑衆結　酷苦若是　何況周帀　普見熾然
執愚意者　於斯自恣　諸子貪戲　而相娛樂
永不思惟　父所言教　心不自念　速畐方計
爾時長者　意自忖度　吾生此子　勤苦養育
得無爲火　而見燒焫　於何救子　而脫孫息
即自思議　立造權計　令我諸子　耽湎音妓
禍害垂至　非戲樂時　痛哉愚憒　不覩酷苦
諸童殷猥　不識此難　令吾心怖　子樂逸蕩
安從精進　免濟火燔　即尋設計　於舍之外
施張妓樂　遊戲之具　子所好慕　吾皆辦之
調隱音節　一時俱作　諸子聞斯　貪愛樂音
各各速疾　盡力勸勵　驅逐一切　迸出災屋
得脫苦難　集于一處　安隱歡然　無復恐懼
於是長者　見諸子出　心中寬泰　意得自由
廣設衆具　師子之座　吾身今日　則獲無爲
彼諸苦患　已永盡除　斯諸童子　修精進力
迷在火宅　而自放恣　前者曾更　無限眠寐
火焰然熾　人遭此難　陰蓋所覆　心不開解
今日一切　皆得解脫　已致自然　志之所願
父見諸子　志在安隱　於時諸子　往詣長者
唯願天父　各各賜我　如前所許　若干種乘
本居遇火　迷冥不悟　大人勅教　一切奉承
當賜諸子　三品之乘　今正是時　願垂給與
於時長者　勑侍開藏　紫磨天金　明月珠寶
上妙珍異　世所希有　極好奇特　弘雅之車
最尊難及　莊校嚴飾　周帀欄楯　珠璣瓔珞
幢旛繒綵　而爲光觀　金銀交露　覆蓋其上
煒曄殖立　珍寶諸華　四面周帀　而皆下垂

車上重疊　敷諸坐具　天繒白氍　而不可計
又復加施　柔軟裍褥　無量綩綖　參席于車
計所校飾　車價億千　奇異珍寶　無量兆載
其象多力　鮮白如華　象身高大　儀體優馴
調駕寶車　以爲大乘　於時長者　嚴車已辦
各以賜與　諸正士儔　皆是我子　一切等給
是時諸子　歡喜踊躍　各各處處　欣慶相娱
告舍利弗　大仙如是　爲諸群生　救護父母
一切衆庶　皆是我子　爲三界欲　所見纏縛
計惟三處　如彼火宅　勤苦患惱　具足百千
此則所謂　普然無餘　生老病死　憂哭之痛
佛爲三界　救度元導　遊在閑居　若坐林樹
則常應時　將護三處　彼見燒炙　斯皆吾子
寤諸黎庶　令得自歸　由此意故　示現于彼
一切黎元　愚不受教　坐著愛欲　而自縶紲

善權方便　爲大良藥　分别三乘　以示衆生
適聞三界　無量瑕穢　則以隨時　驅勸令出
其諸菩薩　來依倚佛　六通三達　成大聖慧
或有得成　爲緣覺乘　逮不退轉　致佛尊道
現在諸子　因佛自由　以是譬喻　無有瞋恨
緣是得近　於佛道乘　受斯一切　得爲最勝
於是恢闡　平等之信　降伏棄離　一切世色
諸正覺慧　殊異道德　稽首歸命　於兩足尊
根力脱門　一心如是　三昧之定　億數千姟
諸佛之子　常所宗重　斯則名曰　尊妙大乘
晝則誓願　志存降魔　夜恒專精　欽慕不倦
於一年歲　若歷劫數　度脱衆生　無數千姟
所喻寶乘　則謂于斯　以是遊至　於佛道場
無數佛子　以爲娯樂　其有聽者　安住弟子
告舍利弗　卿當知是　計有一乘　則無有二

往至十方　一切求索　知人中上　普行善權
稍稍誘進　從微至大　先現聲聞　緣覺之證
適德三界　欲捨之去　然後便示　菩薩大道
佛恩普潤　譬如良田　隨其所種　各得其類
種者所植　非地增減　佛亦如是　一切普等
常示大道　取者增減　佛則於彼　諸仁者父
我常觀省　衆庶苦惱　無數億劫　而見燒炙
三界之中　恐畏之難　佛爲唱導　使得滅度
諸賢無爲　今日乃知　棄捐生死　脫勤苦患
其有菩薩　住於是者　至誠之決　取譬若斯
一切普聞　佛之明日　諸大導師　行權方便
所當勸助　如諸菩薩　瑕穢愛欲　亦可惡猒
心闇塞者　而見汙染　是故導師　爲說勤苦
現四聖諦　當分別此　假使衆人　不解衆惱
根著冥塵　不肯捨離　故爲是等　而示其路
因緣所習　而致諸苦　愛欲以斷　常無所著
已得滅度　於斯三品　了無有異　則得解脫
若修八路　便得超度　告舍利弗　何所爲度
受無所有　則爲解脫　彼亦不爲　一切解脫
無所滅度　便見導師　佛何以故　而說解脫
無有逮者　乃成佛道　當得如我　爲聖法王
以安隱義　現出于世　告舍利弗　是吾法印
是佛最後　微妙善說　愍傷諸天　及於世間
在所遊處　常能獨行　假使有人　講說是典
若有勸助　代歡喜者　聞其妙法　當奉持之
爲悉供養　過去諸佛　奉持此法　至不退轉
假使有人　信樂斯經　往古以見　過去導師
亦悉奉順　諸聖至尊　加得逮聞　如是典謨
皆復曾見　吾之儀容　又亦觀察　我比丘衆
常觀覩視　今現菩薩　信斯典者　德亦如是

一切皆瞻 是諸菩薩 其信此經 則亦如是
頑騃闇夫 不肯篤信 若說此經 謂得神通
諸聲聞黨 非其所逮 緣覺之乘 亦不能了
今我所有 諸聲聞衆 舍利弗身 堅固信之
仁輩如是 信大法典 現在悉盡 不著因緣
假使不應 斯經卷者 則爲謗訕 佛天中天
闇冥輩類 常志愛欲 未曾解了 無所生法
又其毀謗 善權方便 世間所有 佛常明日
其聞佛說 講此罪福 志不歡樂 顏色爲變
我今現在 及滅度後 若有誹謗 如是典比
不使比丘 書寫斯經 佛說罪緣 皆宜普聽
没失人身 墮無擇獄 處於其中 具足一劫
又無央數 過是之限 若罪竟已 常在癡冥
假令得出 於地獄中 便當墮于 禽獸畜生
爲狗蠱狐 其形憔悴 當入人宅 或復見害

設有憎惡 佛經典者 其色變黑 黵黮如墨
罪之所爲 顏常若漆 身體羸瘦 面無潤澤
爲諸品類 所見賤穢 瓦石打擲 啼哭淚出
其人常被 撾捶榜笞 飢渴虛乏 軀形瘦燥
當墮畜生 駱駝驢騾 常負重擔 而得捶杖
心中懊惱 厄求芻草 謗佛斯經 獲罪若此
雖得爲人 身疽癘瘡 狀貌矬陋 肌色傷爛
假使行人 縣邑聚落 童子輕易 戲弄扠蹋
其愚騃子 若後壽終 即當墮生 邊夷狄處
當爲舍血 蠕動之類 或爲聾啞 不得自在
假使誹謗 此經獲罪 常多疾病 體生疽蟲
無數之命 噉食其軀 心常憂瘁 痛不離已
告舍利弗 不信此經 彼男子者 無黠無明
所在慳貪 性常嚵哳 生盲無目 人所棄捐
人坐不信 於佛大道 口中常臭 惡氣外熏

鬼神猒魅　誹觸嬈之　普世俗人　無用言者
假使不樂　斯道地者　所在窮乏　常當貧匱
身未常得　著好被服　財業雖豐　不敢飲食
有所造作　當所爲者　假使欲求　安隱之具
設有所得　尋復忘失　興發惡行　果報如此
假使呼醫　合諸方藥　善知方便　而療治之
有不除差　及轉增劇　恒被疾病　不得所便
設復發意　興立餘事　則遭擾擾　鬬諍之業
又見毀辱　而被楚撻　彼犯律者　當遇此患
若有誹謗　斯經之罪　未曾得見　世雄導師
人中帝王　佛之法教　卒暴墜鬼　阿須倫神
恒當羅殃　耳聾閉塞　愚癡騃聵　不得聞經
設有誹謗　斯經典者　然於後世　永無所見
假使毀呰　斯經罪果　殃無數億　百千之計
若干姟劫　如江河沙　常當瘖瘂　口不能言
佛所立道　常師子吼　毀者地獄　以爲遊觀
勤苦惡趣　用作居宅　已所犯罪　致殃如斯
又多疾患　自速瘖瘂　若在世間　當獲此咎
坐在衆會　兩舌欺言　命欲盡時　舉貰生息
其身恒遭　若干苦痛　無央數億　百千衆患
顏貌常黑　人所不喜　殃暴疽癩　常有臭氣
自見吾我　顏色黧黮　瞋恚懷毒　怒害滋甚
情欲熾盛　無有節限　有所好忤　若如畜生
告舍利弗　今日世尊　具足一劫　說其人罪
若有誹謗　斯佛經者　欲計殃限　不可究竟
見是義已　當觀察之　今我故爲　舍利弗說
不爲愚騃　不解道者　分別論講　如斯像法
其有聰明　廣博多聞　秉志堅強　常修億辯
若有勸發　遵尚佛道　爾乃聽受　未曾有法
則已覩見　億百千佛　植無央數　如意功德

其人志性　猛如月光　爾乃聽受　如是典籍
若有精進　志常懷慈　常於夙夜　照曜悲哀
捐棄軀體　不惜壽命　爾乃聽受　於斯經卷
常行恭敬　無他想習　其心專一　不立愚惷
恒處曠野　若隱巖居　彼等仁人　爾乃聽受
結親善友　常相恃怙　棄捐遠離　諸惡知識
常得逮見　如是佛子　乃能值遇　若斯言教
不犯禁戒　如寶明珠　志習奉受　方等諸經
當見如茲　佛聖子孫　常專精此　一品經卷
設有罵詈　毀辱經者　恒以愍哀　向于衆生
常志恭敬　承安住教　令故爲之　説是經法
其在衆會　誦斯經者　心常如應　得無合會
引無央數　億載譬喻　故爲是倫　而見斯典
又佛令日　講解道品　所至到處　踊躍而步
假使比丘　欲求善説　若見此經　當欣頂受
其有奉持　方等經者　心常專精　不樂餘業
執持一頌　志不改易　乃得聽受　如是弘模
假使有人　慕求斯經　當崇敬之　如如來身
若人思僥　欲學此法　設令得者　當稽首受
其人不當　念索餘經　亦未曾想　世之群籍
而行佛道　志在根力　悉捨離之　講專斯經
告舍利弗　佛滿一劫　舉喻億千　分別解説
設有願發　上尊佛道　當以斯經　宣暢布散

正法華經卷第二

音釋

灼惕（灼之藥切痛也　惕他的切懼也）忖度（忖倉本切思也　度徒落切量也）嬈（乃了切亂也）聆（郎丁切聽也）悵悢（悵丑亮切失志　望恨貌悢力讜切不得志貌也）詰（苦吉切詰屈猶屈曲也）坌（蒲悶切塵坋也）澆（古堯切沃也）繒褥（繒疾陵切帛也　褥如欲切裀褥也）氍毹（氍其俱切　氍毹毛席）

也氀力朱切氍氀毛布也綩綖綩於阮切綖音延綩綖坐褥也鑠書藥切正
作爍灼樂光也幘側華切巾憒也炙之石切熘也脯方武切乾内也帑
坦朗切藏金幣處也褱棟褱所追切椽也棟多貢切梁也闥他達切小門也
牖與久切窻牖也隫徒回切下墜也苫舒瞻切編茅草也稸許竹切積
也虺許偉切蝮也蝮螫蝮芳六切虺也螫施隻切毒也逋竄逋博
孤切逃也竄七亂切匿也貁狸貁與選切猨貁也狸力支切狐狸也鼷胡雞
切小鼠也啾喹啾即由切喹正作唧知栗切啾唧小聲也溷廁溷胡困切
廁初吏切溷廁圊也嘷胡刀切咀嚼咀在呂切嚼在爵切咀嚼含齧也
蹲徂尊切踞也窠苦禾切攎掣攎側加切扠取也掣昌列切拽也
齭在詣切齧五結切魍魎魍文兩切魎良蒋切魍魎山川之精物也
羯羠羯居謁切羠以脂切羝都奚切牡羊也塚埌塚知隴切壙也埌力
盎切壙也跋扈跋蒲撥切扈俟古切跋扈猶偃蹇也藁古老切鍼嶲
鍼職深切與針同嶲即委切與觜同喙詡穢切觜也湊倉奏切聚也闚
去規切小視也鵰鷲雕都聊切鷲也鷲疾救切大鵰也鵄臯鵄赤脂切
臯古尭切鵄梟怪鳥也圯部鄙切毀也坼丑厄切裂也跱池爾切立

也燔附袁切爇也劻勷劻曲王切勷如羊切劻勷急遽貌熅於云
切熅鬱烟也燼徐晉切火餘也懊烏皓切痛恨也燎力照切火熾也熢
烰熢薄紅切烰蒲没切熢烰烟起貌鶩亡遇切馳也蜈蚣蜈五乎切
蚣古紅切蚰蜒蚰以周切蜒以然切蚔蠷蚔巨支切蠷子也蠷其俱切螋
蟲也齚陟格切齧也赴芳遇切急疾也酷苦沃切虐也焫儒劣切㒟
也耽湎耽丁含切樂也湎彌兖切溺也馴似均切順也縶絏縶陟
立切羈也紲先結切絆也訕所晏切謗毁也黤黮黤倚檻切黮徒感切黤黮
青黑色也榜笞榜蒲庚切笞擊也笞五知切矬陋矬昨禾切短也陋盧
候切鄙惡也扠蹋扠初牙切挾也蹋徒合切踐也騃五駭切癡也唼
子答切齧也瘀依倨切嚵哳嚵鋤銜切饕也哳陟列切嘲哳也療
力嶠切治疾也呰將此切口毀也疽瘺疽七余切癰也瘺盧候切漏瘡也
黧郎奚切黑色也忤五故切逆也

正法華經卷第三

西晉三藏竺法護譯

信樂品第四

於是賢者須菩提迦旃延大迦葉大目揵連等聽演大法得未曾有本所未聞而見世尊授舍利弗決當得無上正眞之道驚喜踊躍咸從座起進詣佛前偏袒右肩禮畢叉手瞻順尊顏內自思省心體熙怡肢節和懌悲喜並集白世尊曰唯大聖通我等朽邁年在老耄於衆耆長僉老羸劣歸命衆祐冀得滅度志存無上正眞之道進力尠少無所堪任如來所講我等靜聽次第坐定諸來大衆不敢危疲無所患猒前者如來爲鄙說法已得於空無相無願至于佛典國土所有於一切法無所造作其諸菩薩所可娛樂如來勸發多所率化鄙於三界而見催逐常自惟忖謂獲滅度今至疲惓爾乃誨我以奇特義樂於等一則發大意於無上正眞道而今大聖授聲聞決當成正覺心用愕然怪未曾有余得大利各當奉事乃獲逮聞如是品經從過去佛常聞斯法故乃值遇則我祿厚踰獲妙寶無央數姟意所至願現在於色而無所畏珍妓鼓樂自然爲鳴而然大燈照耀彌廣栴檀叢林氛氳而香唯然世尊我豈堪任而說之乎告曰可也時諸聲聞共白佛言昔有一士離父流宕客停他土二三十年馳騁四至求救衣食恒守貧窮困無產業父詣異域獲無央數金銀珍寶水精瑠璃硨磲碼碯珊瑚琥珀帑藏盈滿侍使僮僕象馬車乘不可稱計眷屬無數七寶豐溢出內錢財耕種賈作子厄

求食周行國邑城營村落造富長者適值秋
節入處城內循行帑藏與子別久忽然思見
不知所在自念一夫財富無量橫濟遠近竊
惟我老朽耄垂至假使終歿室藏騷散願得
見子恣所服食則獲無爲不復憂慼其子僥
會至長者家遥見門前梵志君子大衆聚會
眷屬圍繞金銀雜廁爲師子座交露珠瓔爲
大寶帳父坐其中分部言教諸解脫華徧布
其地億百千金以爲飲食子覲長者色像威
嚴怖不自寧謂是帝王若大君主進退猶豫
不敢自前避便馳去父遥見子心用歡喜遣
傍侍者追呼令還惶懅躃地謂追者曰我不
相犯何爲見捉侍者執之俱詣長者長者告
曰勿懼勿恐吾爲子勤廣修產業帑藏充實
與子別久數思相見年高力弊父子情重將

入家內在於衆輩不與共語所以者何父知
窮子志存下劣不識福父久久意悟色和知
名又見奇珍長者言曰是吾子也以權告子
今且恣汝隨意所湊窮子恠之得未曾有則
從座起行詣貧里求衣索食父知子緣方便
與語汝便自去與小衆俱子來至此而再致
印曰至此宅有所調飾父付象馬即令祖習
假有問者答亦如之當調車馬嚴治寶物恣
意賜與父求窮子所可賑給具足如斯時子
於廐調習車馬繕治珍寶轉復教化家內小
大父於窻牖遥見其子所爲超絕脫故所著
沐浴其身右手洗之以寶瓔珞香華被服光
耀其體皆令清淨而告之曰爾從本來何所
興立何所繫屬捨吾他行勤苦飢寒吾已耄
矣以情相告便時納娶嬉遊飲食以康祚胤

吾所造業不可訾計衆寶具足子知之乎求汝積年而戀惡友今乃來歸宜除瑕垢吾有妙寶夜光明珠琦珍璝異皆爲汝施僮僕侍使男女小大恣意所欲一以相付吾愛念汝猶如國王幸其太子諸尊聲聞共白佛言彼時窮子播盪流離二三十年至長者家乃得申叙追惟前後遊觀所更心悉念之時大長者寢疾于牀知壽欲終自命其子而告之曰吾今困劣宜承洪軌居業寶藏若悉受之周濟窮乏從意所施輒備奉教喜不自勝所行至誠不失本誓父知子志身行謹勑先貧後富益加欣慶宗敬親屬禮拜耆長父於國主君王大臣衆會前曰各且明聽斯是吾子則吾所生名字爲其捨我流迸二三十年今乃相得斯則吾子吾則是父所有財寶皆屬我子子聞宣令大衆之音心益欣然而自念言予何宿福得領室藏諸聲聞等又白佛言大富長者則譬如來諸學士者則謂佛子勉濟吾等三界勤苦如富長者還攝其子度脫生死於是世尊有無央數聖衆之寶以五神通除五陰蓋常修精進在彼道教志于滅度謂爲妙印慇懃慕求初不休懈欲得無爲意中默然熟自思惟所獲無量於如來所承法順行遵修禪定如常信樂謂觀我等懈廢下劣而不分別不能志願此如來法珍寶之藏於今世尊以權方便觀于本際慧寶帑藏蠲除飢餧授大妙印唯然大聖於今耆年斯大迦葉從如來所朝旦卬卬當至無爲又世尊爲我等示現菩薩大士慧義余黨奉行爲衆說法當顯如來聖明大德咸使暢入隨時之義

所以者何世雄大通善權方便知我志操不解深法爲現聲聞畏三界法及生老死色聲香味細滑之事趣欲自濟不救一切離大慈悲智慧善權禪定三昧乃知人心不覩一切衆生根源譬如窮士求衣索食而父須待欲使安樂子不覺察佛以方便隨時示現我等不悟今乃自知成佛眞子無上孫息爲佛所矜施以大慧所以者何雖爲佛子下賤怯弱假使如來觀心信樂憘菩薩乘然後乃說方等大法又世尊與爲二事爲諸菩薩現甘露法爲諸下劣志願小者轉復勸進入微妙義譬如彼子與父久別道行遥見不識何人呼而怖懅後稍稍示威儀法則乃知是父佛亦如是吾等不解菩薩大法雖從法生爲如來子但求滅度不志道場坐佛樹下降魔官屬度脫一切我輩自謂已得解脫以是之故今日覩聞未爲成就不爲出家不成沙門今如來尊現諸通慧我等已獲大聖珍寶佛則爲父我則爲子父子同體焉得差別猶如長者臨壽終時於大衆前宣令帝王梵志長者君子令諸所有庫藏珍寶用賜其子子聞歡喜得未曾有佛亦如是先視小乘一時悅我然今最後普令四輩比丘比丘尼清信士清信女天上世間一切人民顯示本義佛權方便說三乘耳尚無有二豈當有三是諸聲聞皆當成佛我等悅豫不能自勝時大迦葉則說頌曰

我等今日　逮聞斯音　怪之愕然　得未曾有
由是之故　心用悲喜　又省導師　柔輭音響
尊妙珍寶　爲大積聚　一處合集　以賜我等

未曾思念 亦不有求 逮聞弘教 心懷踊躍
譬如長者 而有一子 興起如愚 亦不闇冥
自捨其父 行詣他國 志于殊域 仁賢百千
於時長者 愁憂念之 然後而聞 即自迸走
遊于十方 意常悒慼 父子隔別 二三十年
與人變訟 欲得其子 便詣異土 入于大城
則於彼止 立於屋宅 具足嚴辦 五樂之欲
無數紫金 及諸珍寶 奇異財業 明珠玉碧
象馬車乘 甚爲衆多 牛畜豬豕 雞鶩羠羊
出內産息 貫作耕種 奴業僕使 不可計校
嚴辦衆事 億千百類 又得王意 威若國主
一城民庶 委敬自歸 諸郡種人 遠皆戴仰
若干種業 因從求索 興造既多 不可計限
勢富如是 啼泣淚出 吾既朽老 志力衰變
心每思想 欲得見子 夙夜追念 情不去懷

聞子之問 意增煩惋 捨我別來 二三十年
吾之所有 財業廣大 假當壽終 無所委付
計彼長者 其子愚濁 貧窮困厄 常求衣食
遊諸郡縣 恒多思想 周旋汲汲 慕係餬口
征營馳邁 裁自供活 或時有獲 或無所得
纏滯他鄉 亦懷悒慼 志性褊促 荆棘務身
展轉周旋 行不休息 漸漸自致 到父所居
盤桓入出 復求衣食 稍稍得進 至于家居
遥見勢富 極大長者 在于門前 坐師子牀
無數侍衞 眷屬圍繞 出內財産 及所施與
若干人衆 營從立侍 或有計校 金銀珍寶
或合簿書 部分券莂 紀別入出 料量少多
于時窮士 見之如此 倚住路側 觀所云爲
自惟我身 何爲至此 斯將帝王 若王太子
得無爲之 所牽逼迫 不如捨去 修已所務

思慮是已　尋欲迸逝　世無敬貧　喜窮士者
是時長者　處師子座　遥見其子　心容踊躍
尋遣侍者　追而止之　呼彼窮子　使還相見
侍者受教　追及宣告　録召令還　即怖躃地
心竊自惟　得無被害　曷爲見執　何所求索
大富長者　見之傴仆　憐傷斯子　爲下劣極
亦不覲信　彼是我父　又復懷疑　不審財寶
其父慰喻　具解語之　有紫磨金　積聚於此
當以供仁　爲飲食具　典攝衆計　役業侍使
吾有衆寶　藴積腐敗　委在糞壤　不見飾用
子便多取　以爲資本　蓄財殷廣　無散用者
其人聞告　如是教勅　則尋往詣　奉宣施行
受長者教　不敢違命　即入家中　止頓整領
爾時長者　遥從天窻　詳觀察之　知何所爲
雖是吾子　下劣底極　唯曉計算　調御車耳

即從樓觀　來下到地　便還去衣　垢汙之服
則便往詣　到其子所　勅之促起　修所當爲
今當與卿　劇難得者　以德施仁　案摩手脚
醎醲滋美　以食相給　及牀卧具　騎乘所乏
於時復爲　娉索妻婦　漓黠長者　以此漸教
子汝當應　分部之業　吾愛子故　心無所疑
漸漸稍令　入在家中　賈作治產　所入難計
所空缺處　皆使盈溢　步步所行　鞭杖加人
珍琦異寶　明珠瑠璃　都皆收檢　内于帑藏
一切所有　能悉計校　普悉思惟　財產利義
爲愚騃子　别作小庫　與父不同　在於外處
于時窮士　心自念言　人無有此　如我庫者
時父即知　志性所念　其人自謂　得無極勢
即便召之　而親視之　欲得許付　所有財賄
而告之曰　今我一切　無數財寶　生活資貨

聚會大衆 在國王前 長者梵志 君子等類
便人告令 遠近大小 今是我子 捨我迸走
在於他國 梁昌求食 窮厄困極 今乃來歸
與之別離 二三十年 今至此國 乃得相見
在於其城 而亡失之 於此求索 自然來至
我之財物 無所乏少 今悉現在 於斯完具
一切皆已 持用相與 卿當執御 父之基業
其人尋歡 得未曾有 我本貧窮 所在不諧
父時知子 爲下劣極 得諸帑藏 今日乃安
大雄導師 教化我等 覩見下劣 樂喜小乘
度脫我輩 使得安隱 便復授決 當成佛道
於今安住 多所建行 無數菩薩 慧力無量
分別示現 無上大道 攀緣稱讚 億垓譬喻
則便奉行 尊上大道 所當興立 示衆眼目
余等得聞 最勝諸子 當於世間 得成佛道
而爲聖尊 造業若斯 將養擁護 於此佛法
讚說分別 最勝慧義 則爲感動 一切衆生
我等志願 貪心思念 假使得聞 于斯佛誨
不肯發起 如來之慧 覩見最勝 宣暢道義
意中自想 盡得滅度 不願志求 如此比慧
又聞大聖 諸佛國土 未曾有意 發歡喜者
寂然在法 一切無漏 棄捐所與 滅度之事
由此思想 不成佛道 常當修行 晝夜除慢
諸佛道義 最無有上 未曾勸助 志存于彼
今乃究竟 具足最勝 得無爲限 當捨陰蓋
長夜精進 修理空義 解脫三界 勤苦之惱
佛興教戒 則以具嚴 如是計之 無所乏少
最勝所演 經身之慧 假使有人 願尊佛道
爲是等故 加賜法事 由緣致斯 余徒欽樂
有大導師 周旋世間 普悉觀察 如此輩相

諸恐懼者　令得利義　求索勸助　令我信樂
善權方便　猶若如父　譬如長者　遭時大富
其子而復　窮劣下極　則以財寶　而施與之
大聖導師　所與希有　分別宣揚　善權方便
諸子之黨　志樂下劣　修行調定　而以法施
我等今日　致得百千　未曾有法　如貧得財
於佛法中　獲道德寶　第一清淨　無復諸漏
長夜所習　誠禁定意　執義將護　世雄唱導
今日有獲　佛之大道　眷屬圍繞　修行無闕
其有長夜　清淨梵行　依倚法王　深遠之慧
而爲具足　此尊德果　日成微妙　無有諸漏
我等今日　乃爲聲聞　逮得聽省　上尊佛道
當復見揚　聖覺音聲　以故獲聽　超度恐懼
今日乃爲　致無所著　以無著義　爲諸天說
世人魔王　及與梵天　爲親一切　衆生之類
何所名色　造立寂然　蠲除衆生　無數億劫
於是所造　甚難得值　計於世間　希有及者
今日無著　燒罪度岸　修行爲業　踊躍歡喜
吾等歸聖　以頂受之　所願具足　如江河沙
飲食衣服　若干巨億　諸牀卧具　離垢無穢
用栴檀香　以爲屋室　柔輭坐具　以敷其上
若疾病者　無數藥療　今日供養　安住廣度
所施劫數　如江河沙　所造立者　無能奪還
高遠之法　無量無限　具大神足　建立法力
佛爲大王　無漏最勝　堪任堅强　常修牢固
安慰勸進　恒以時節　未曾修設　望想福行
於一切世　諸法中尊　皆爲大神　最勝如來
然大燈明　示無數衆　知衆黎庶　筋力所在
若干種種　所喜樂願　因緣百千　而順開化
如來皆覩　衆人性行　他人心念　一切群萌

以若干行　而致墮落　以法示現　此尊佛道

藥草品第五

爾時世尊告大迦葉及諸耆年聲聞善哉善哉所歎如實審如所言如來之德如向所喻復倍無數不可思議無能計量劫之㲺底一一計數大聖所應如來之慧無能限者不有法想道地處所莫能盡源世尊普入一切諸義察于世間見衆庶心所度無極一切分别皆使決了權慧之事勸立一切度於彼岸皆現普智入諸通慧譬如三千大千世界其中所有諸藥草木竹蘆叢林諸樹小大根本莖節枝葉華實其色若干種類各異悉生于地若在高山巖石之間丘陵堆阜谿谷坑坎時大澍雨潤澤普洽隨其種類各各茂盛叵我低仰莫不得所雨水一品周徧佛土各各生長地等無二如來正覺講說深法猶如大雨大聖出現興在世者則爲一切諸天人民阿須倫鬼神龍顯示威耀咸尋來至皆現在前爲暢大音分别慧義大師子吼班宣景模吾爲如來使天上天下諸天世人未度者度未脱者脱未安者安未滅度者令得滅度於是世及後世所知而審爲諸通慧皆能普見度諸度脱諸脱安諸安未滅度者皆令滅度悉令詣我於時諸天人民阿須倫揵沓和迦留羅真陀羅摩睺勒一切雲集吾於講法現其道義佛爲道父分别道慧佛語迦葉于時黎庶無數億㲺皆來聽經如來通見一切根本大精進力如應說法分别散告無量言教不失本心咸令歡喜安隱無患或得度世終生善處恣其所好各自然生或習愛欲便爲說

經或聽受法離諸貪惑轉稍以漸遵諸通慧因從本力如其能量堅固成就平等法身猶如大雨普佛世界滋育養生等無差特如來演法一品如是至解脫味離欲寂滅入諸通慧若聽受持諷誦奉者不自識省無所觀念所以者何群生根本形所像類如所想念已念當念所可施行已行當行甫當行者諸所因緣所當獲致所當說者唯如來目悉知見之在所現處住于其地如雨等潤藥草叢林白黑青赤上中下樹世尊如之見一味已入解脫味志于滅度度諸未度究竟滅度令至一土一同法味到無恐懼使得解脫化於衆生使得信樂煦育將護悉令普至於諸通慧讚詠分別逮賢聖法亦如向者迦葉所說世尊欲重解義所趣以偈頌曰

吾興於世間　仁和爲法王　爲衆生說法
隨其所信樂　意勇建大業　久立分別說
群萌多受持　烝庶無所言　法王慧難解
闇冥設闇者　衆生懷狐疑　則棄所住處
隨其境界說　如本力所任　又示諸利義
則爲現正法　譬如純黑雲　湧出昇虛空
普雨佛世界　徧覆於土地　又放大電焰
周帀有水氣　而復震雷聲　民人皆歡喜
蔭蔽於日月　除熱令陰涼　欲放雨水故
貯布現在上　彼時普等雨　水下無偏黨
滂流於佛土　澤洽衆區域　應時而降雨
激灌一切地　旱涸枯谿澗　一切得浸漬
惠澤無不到　衆源皆滿溢　深谷諸曠野
淋漉穡幽藪　萌糵用青蒼　藥草無數生
樛木諸叢林　滋長大小樹　衆藥咸茂植

莖幹華實繁　隨其本境界　皆令得蒙恩
諸大樹木　結根坑坎　陋隘迮處　而生其中
如諸邪道　一切愚癡　長益繫縛　如象著靽
草刺棘樹　蘆葦䅥䅥　莖節枝葉　及諸華實
華實茂盛　多所饒益　蒙雨之恩　藥草滋長
從其種類　因本境界　各各得服　飢渴飽滿
如其所種　各得其類　然其天雨　皆爲一味
告迦葉曰　佛亦如是　興出于世　譬如大雨
適現天下　爲衆說法　以至誠行　示于衆生
大仙以斯　使人聞經　皆於諸天　人民前現
佛爲如來　兩足之尊　善權方便　猶如天雨
吾當飽滿　一切群萌　愚騃之黨　身形枯燥
除諸苦患　得立大安　燒盡愛欲　獲至滅度
諸天人民　皆聽我言　普悉當來　詣佛大聖
吾爲如來　世尊無倫　有所導御　故出於世
爲一切人　分別說經　化無數千　衆生之類
又復示現　若干種義　於彼如此　常行平等
得至解脫　滅度無爲　或在門前　而說經典
則爲造立　道德之藏　諸等不等　皆令平等
無有所增　愛欲永除　未曾講說　無益之語
未嘗憎嫉　諸放逸緣　以一切法　爲衆生說
假使衆庶　多不可計　爲講大典　不詭因緣
行步所由　若復住立　在於座上　而續三昧
譬如大龍　雨多所潤　普浸漬斯　一切世間
尋興慧雲　而降法雨　暢發微妙　應病與藥
常爲衆生　說賢聖義　皆令奉戒　如天陰涼
衆人失言　及違諸行　欲令近法　漸漸調柔
使住疑者　捨諸邪見　勸化導利　令淨所覩
捨置下劣　遠衆懈廢　隨其所趣　而令入法
應時爲說　如其心本　令皆棄捐　順師子行

世尊等演　經法之雨　悉使得至　大尊佛道
任其力耐　而令聽受　若干道慧　而化立之
從諸天人　志性所樂　天帝釋梵　轉輪聖王
猶如於此　諸小世界　諸藥品類　各各異種
譬小段段　諸所良藥　迦葉且聽　吾悉當說
已能識慧　無漏之法　便得無爲　所在遊行
神通三達　亦復如是　斯雨定意　三昧諸藥
或有遊燕　在於山巖　其人便得　緣一覺乘
於彼修禪　清淨之行　是則名曰　爲中品藥
假使志願　上士美德　我當於世　逮成導師
常精進行　志依一心　是則名曰　爲上尊藥
設使欲爲　安住之子　恃怙慈心　而行寂然
疾得成道　爲人中尊　所謂樹者　則喻於斯
是等能轉　不退轉輪　建立神足　根力之行
緣是長養　醫藥除病　英雄度脫　無數億人
隨時示現　於斯佛道　是則名曰　爲大林樹
吾之所順　善權方便　一切大聖　亦復如是
最勝講法　則爲平等　猶如慶雲　普一放雨
神通無礙　如此比像　若如衆藥　在于地上
以覩如是　微妙之義　如來所建　善權方便
假使分別　一善法事　亦如天雨　至若干形
佛以法雨　多所安隱　普潤天下　有所成就
觀察其人　堪任所趣　佛之法誨　景則一等
譬如放雨　墮草山巖　及至中間　無有不徧
灌諸樹木　并大叢林　密雲四集　天下豐羨
設使世間　行慈哀法　當以經典　飽滿天下
以現世間　令普安隱　天雨藥草　華實茂盛
其藥樹木　稍稍長大　是爲羅漢　諸漏盡者
諸緣覺品　處于林藪　我所說法　無有塵垢
無數菩薩　志開總智　周旋三界　一切普行

於衆會中　演此大道　猶如樹木　日日滋長
修進神足　專達四禪　若聞空慧　心則解達
放出光明　無數億千　是爲大樹　而復滋茂
若諸聲聞　不至滅度　斯爲世尊　第一最説
若此分别　乃爲講法　猶如興雲　而澍甘雨
漸漸長育　衆藥草木　人民之華　不可稱量
一時之間　説因緣法　而爲衆人　現于佛道
善權方便　佛謂言教　一切導師　亦復如是
此所説法　爲最究暢　諸聲聞等　皆當承是
緣斯之行　當得佛行　此諸羅漢　如是無異
世尊衍義　盡極於斯　化諸小乘　皆得佛道

佛復告大迦葉如來所教等化無偏譬如日明廣照天下光無所擇照與不照高下深淺好惡香臭等無差特佛亦如是以智慧光普照一切五道生死菩薩緣覺聲聞慧無增減隨心所解各得其所本無三乘緣行致之迦葉白佛設無三乘何故有得菩薩緣覺聲聞佛言譬如陶家埏埴作器或盛甘露蜜或盛酪酥麻油或盛醲飲食泥本一等作器别異所受不同本際亦爾一等無異各隨所行成上中下迦葉又問縱使别異究竟合不告曰當合明者解之譬若有人從生而盲不見日月五色十方則謂天下無日月五色八方上下有對説者其人不信若有良醫觀人本疾何故無目本罪所種離明眼冥體嬰重病何謂重病風寒熱癖是則四病便心念言斯人之病凡藥療之終不能愈雪山有藥能療四病一曰顯二曰良三曰明四曰安是藥四名於時良醫愍傷病人爲設方便即入雪山採四品藥㕮咀擣合以療其盲目便見明又加

鍼灸消息補瀉斯人目精內外通徹覩日月光五色十方爾乃取信尋自剋責我之盲冥無所見聞自巳爲達今眼得視乃自知本愚蔽之甚今覩遠近高下無踰我者時有五通閒居仙人洞視徹聽身能飛行心能知人所念自知所從來生死本末而具語曰卿莫矜高自以爲達仁在屋裏自閉不出不知外事人念卿善或念卿惡常不能見十里五里語言之音或二十里擊鼓之聲猶不能聞近一二里自不躇步亦不能至自觀未生胚胎所憶亦不能識有何通達稱無不見乎今吾察卿身冥中爲明明中爲冥其人問曰作何方術得斯聖通願垂惠誨仙人答曰當入深山閒居獨處除諸情欲爾乃有獲即遵所訓捨家巖燕一心專精無所慕樂則得神通爾乃自覺察本所見不足言名今得五通無所罣礙甫自知本所見蔽闇佛言如是當解此喻人在生死五道陰蓋不了本無則名曰癡從癡致行從行致識從識致名色從名色致六入從六入致更從更致痛從痛致愛從愛致受從受致有從有致生從生致老病死憂惱苦患罪應集合固謂盲冥是以世尊愍傷其人昇降三界輪轉無際不能自拔觀察衆生心之根源病有輕重垢有薄厚解有難易觀見遠近便見三乘發菩薩心至不退轉無所從生逕得至佛猶如有目得爲神仙其良醫者謂如來也不發大意謂生盲也貪婬瞋恚愚癡六十二見謂四病也空無想無願向泥洹門謂四藥也藥行病愈則無有癡行識名色六入所更痛愛受有生老病死憂惱苦患

皆悉除矣志不住善亦不在惡如生盲者逮得兩目謂聲聞緣覺生死以斷度於三界省練五道自以通暢莫能踰者臨欲滅度佛在前住誨以要法發菩薩意不在生死不住滅度解三界空十方一切如化如幻如夢野馬深山之響悉無所有無所希望無取無捨無冥無明爾時深觀無所不達見無所見見知一切黎庶萌兆於是頌曰

譬如日光耀　徧照於天下　其明無增減
亦不擇好惡　如來猶若茲　慧等殊日月
普化於十方　亦不有增減　若如彼陶家
埏埴作瓦器　或盛甘露蜜　或受酪酥食
計泥本一等　爲器各別異　所受又不同
因盛而立名　人本亦如是　無三界五道
隨行而隨生　展轉不自覺　解空號菩薩
中住則緣覺　倚空不解慧　則名爲聲聞
譬如人生盲　不見日月光　五色及十方
謂天下無此　良醫探本端　見四病陰蓋
慈哀憐愍之　入山爲求藥　所採藥奇妙
名顯良明安　吹咀而擣合　以療生盲者
消息加針灸　病愈目覩明　見日月五色
乃知本淳愚　人不了本無　坐墮生死徑
十二緣所縛　不解終始病　世尊現於世
觀視三界源　因疾而隨本　各各開化之
了空則菩薩　意劣爲緣覺　畏猒生死苦
故墜于聲聞　自謂道德高　無能有踰者
所覩極究練　無所復弊礙　猶如五通者
號名曰仙人　愍而告之曰　卿故有蔽礙
不能弘幽奥　於冥則爲明　在内不見外
雖明故爲冥　數十里有聲　耳則不得聞

若人欲危害　不知彼所念　欲至外數里
不蹈步不到　若生長大時　不識胎中事
五事表裏徹　爾乃爲悉達　何以忽貢高
自謂無等倫　欲得五通者　當處於閑居
精思專念道　爾乃曉了此　尋即奉所誨
捨家入深山　一心無穢慮　便得成神仙
若得至聲聞　及獲緣覺乘　自謂慧具足
與佛等泥洹　臨欲滅度時　佛即住其前
爲現菩薩法　三達無罣礙　智慧度無極
進善權方便　度空無想願　菩薩由是生
四等心四恩　用開化黎庶　解一切如化
幻夢野馬影　深山響芭蕉　三界無所有
不執亦不捨　無冥亦不明　不生死泥洹
悉等如虛空　無見無不見　乃覩一切本
當爾時所見　不造三乘觀　一切普平等
所濟無有量

授聲聞決品第六

於是世尊說斯頌時一切普告諸比丘衆吾盡宣告此聲聞比丘大迦葉者曾已供養三千億佛方當供養如此前數奉敬承順諸佛世尊稟受正法奉持宣行竟斯數已當得作佛世界曰逮明劫名弘大佛號時大光明如來至眞等正覺明行成爲善逝世間解無上士道法御天人師爲佛衆祐壽十二中劫佛滅度後正法住二十劫其像法者亦二十劫其佛國土甚爲清淨無有礫石荊棘穢濁之瑕山陵谿澗普大快樂紺瑠璃地衆寶爲樹黃金爲繩連綿諸樹有八交道諸寶樹木常有華實悉皆茂盛其土諸菩薩無央數億百十垓諸聲聞等亦不可量億百千垓其土無

有魔事及諸官屬諸魔營從皆護佛法常行精進無所違失爾時世尊欲重解義即説頌曰

我覩比丘　以佛明目　迦葉住此　當成爲佛
於將來世　無央數劫　供養諸佛　兩足之尊
具足悉滿　三千億佛　斯大迦葉　諸漏得盡
便當越度　三品之行　當得佛道　親近法施
供養諸佛　天人之尊　合集得至　無上大道
最於末世　尊無等倫　爲大聖導　無極神仙
其佛國土　最勝第一　清淨離垢　若干顯現
隨意所欲　常可至心　紫磨金色　珍寶莊嚴
復以珍寶　成爲樹木　有諸道徑　嚴八交路
天人芬香　自然流馨　彼時國土　所有如是
若干種華　而爲交飾　一切諸華　紫磨金色
出光音聲　以爲法則　普常微妙　莫不見者
諸菩薩衆　億千之數　志性調定　逮大神通
諸聖喆等　奉方等經　不可計數　億百千垓
無有諸漏　奉持志彊　所有聲聞　彼佛法勝
假使天眼　欲計劫限　弟子之數　不可稱算
其佛當壽　十二中劫　正法當住　二十中劫
像法亦立　二十中劫　大光明佛　德當如是

於是賢者大目揵連賢者須菩提賢者摩訶迦旃延等類同心側立頂戴瞻順光顏目未曾眴稽首足下戰戰兢兢應時各各説斯頌嗟歎曰

大雄無所著　釋王無極仁　乃愍傷我等
讚揚宣佛音　今以知余等　愍授我疇別
以甘露見灌　沐浴衆祐決　譬如饑饉時
丈夫得美饍　虛乏叫喚求　有人手授食
吾等咸歡喜　本爲下劣乘　違時捨衆人

虛乏不得決　設至平等覺　大聖不拜授
於今處世倫　則不復飮食　世尊見勸勵
聞尊上音聲　唯垂見授決　爾乃獲大安
大哀願散疑　愍傷多所矜　撫恤貧匱意
甘露誘示子

於是世尊見諸耆舊心志所念即復重告諸比丘衆比丘當知此大聲聞耆年須菩提當復奉侍供養八千三十億百千垓佛在諸佛所常修梵行積累功德具足究竟竟後世時當得作佛號稱歎如來至眞等正覺明行成爲善逝世間解無上士道法御天人師爲佛衆祐世界名寶成劫曰寶音普佛之土周匝悉徧有諸寶樹自然莊嚴無沙礫石山陵谿澗其樹音聲哀和柔雅衆庶產業不可稱數人所居跱館宇若干重閣交露有無央數聲聞之衆欲計算者無能限量悉識宿命彼土菩薩亦不可計億那術百千其佛當壽十二中劫滅度之後正法當住二十中劫像法亦立二十中劫則坐虛空爲一切人講說經法開化無數百千菩薩爾時世尊而說偈曰

今吾普告　諸比丘衆　悉且明聽　佛所班宣
尊須菩提　是吾弟子　當來之世　得成爲佛
大聖所見　至誠無虛　具足三十　那術垓千
當於世間　導修道行　常志求斯　佛之要道
於後來世　究竟行已　顏色殊妙　相三十二
威耀巍巍　紫磨金容　處世清淨　多所愍哀
國土快樂　所在顯現　無數人見　踊躍可意
悉當遊行　詣於世尊　度脫群生　億百千垓
諸菩薩衆　不可計量　而常廣說　不退轉輪
在最勝教　諸根通利　皆當恭順　彼佛國中

諸聲聞事　不可計量　欲有限算　無能盡極
六通三達　獲大神足　脫門無礙　而處安隱
計神足力　不可思議　我假使說　諸佛尊道
諸天人民　如江河沙　常當叉手　自歸聖尊
其佛當壽　十二中劫　正法當住　二十中劫
像法亦立　二十中劫　世雄導師　劫數如是

爾時世尊重復宣告諸比丘衆比丘欲知堅固取要分別平等是我聲聞大迦旃延後當供養奉侍八千億佛佛滅度後各起塔廟高四萬里廣長各二萬里皆七寶成金銀瑠璃水精硨磲碼碯珊瑚碧玉香華雜香擣香繒蓋幢旛供養如是過斯數已當復供養二十億佛然後來世當得作佛號曰逮已紫磨金色如來至眞等正覺明行成爲善逝世間解無上士道法御天人師爲佛衆祐國土嚴淨平等無邪名聞顯現瑠璃爲地若干種樹衆寶校飾紫磨黃金爲繩連綿諸樹華實茂盛華徧佛土無有地獄餓鬼畜生但有諸天人民衆多具足充滿又諸聲聞無數百千那術之衆諸菩薩等無數百千莊嚴國土其佛當壽十小劫滅度之後正法當住二十中劫像法亦立二十中劫於時世尊即說偈言

諸比丘衆　皆聽吾教　其佛音聲　當美柔輭
尊迦旃延　爲佛弟子　當供養佛　若干導師
奉敬承順　恭恪無量　無數世人　不能稱計
若滅度後　當起廟寺　當以華香　而供養之
然於後世　便得作佛　國土清淨　無有瑕穢
講說發起　億千衆生　具足開導　一切人民
世界莊嚴　光照十方　當得爲佛　多所超踰
號紫金光　其德巍巍　究竟群黎　億百千衆

無數菩薩 及諸聲聞 滿其佛國 無量難計 常行精進 於佛法教 除斷諸難 滅終始患 於是世尊復告四部衆會曰今佛大聖宣語爾等是我聲聞尊大目揵連當悉供養奉侍於八千佛承順世尊一切無違諸佛滅度當起塔廟七寶校成金銀瑠璃水精硨磲碼碯珊瑚眞珠高四萬里廣長二萬里若干姝好衆寶之物供養塔廟及與香華雜香擣香繒蓋幢旛妓樂之娛過是數已當復奉敬二百億萬佛供養承順最後世時當得作佛號逮巳金華栴檀香如來至眞等正覺明行成爲善逝世間解無上士道法御天人師爲佛衆祐國土名意樂劫曰樂滿其佛世界快樂安隱清淨鮮潔紺色瑠璃以爲其地諸樹華實七寶合成普以眞珠衆華莊校平等端嚴衆寶具足諸大仙聖有億百千寂然而坐所謂無量皆諸菩薩廣說經法其佛當壽二十中劫滅度之後正法當住四十中劫并計像法

爾時世尊則說頌曰

大目揵連　是吾弟子　棄捐人行　猶得自在
二百萬億　諸劫之數　悉當覩見　此諸佛教
普於諸佛　常修梵行　而當志願　斯諸佛道
悉當奉侍　諸兩足尊　具足承事　導師之衆
皆當廣普　執持聖教　若干億劫　百千之數
慇懃承順　不違大命　諸安住等　滅度之後
以衆七寶　興立塔廟　爲諸最勝　建修上業
用栴檀香　以爲柱梁　衆香妓樂　而供養之
然於後世　事究竟已　言談斐粲　人所宗仰
多所愍哀　所爲如此　當得作佛　號金栴檀
其佛當壽　十二中劫　安住所更　行德如是

當爲菩薩　講說經法　於其劫數　分別雅義
最勝聲聞　有無數千　億百千數　如江河沙
六通三達　得大神足　於安住世　獲致妙通
無數菩薩　悉不退轉　精進勇猛　有志智慧
修行如應　順斯佛教　不可計量　若干千數
佛滅度後　弟子多學　正法當住　流布十方
正法像法　住四十劫　正法沒盡　像法乃出
是佛聲聞　得大神足　佛皆勸立　在大尊道
依倚大聖　不違眞慧　於當來世　成佛自在

正法華經卷第三

音釋

熙怡 熙許其切怡弋支切熙怡和悅也　懌 羊益切悅懌也　耄 莫報切人年八十九十曰耄　尠 息淺切少也　憊 蒲拜切疲極也　宕 徒浪切放宕也　⿱宀喬 其驕切與僑同寓也　騁 丑郢切馳騁奔走也　歿 莫勃切終也　騷 蘇遭切擾也　躃 必益切猶仆也　賑 章刃切賙卹也　廐 居又切馬舍也　祚 昨故切福祿也　胤 羊晉切子孫相承續也　璝 古回切璝偉也　播盪 播補過切遷也盪徒朗切放蕩也　餧 奴罪切飢也　悒 於汲切憂也　惋 烏貫切驚歎也　剺 呂支切分破也　出內 出尺類切出之也內奴合切與納同入也　券 去願切契也　莂 并列切與別同　僵仆 僵居良切仆芳遇切　壤 如兩切土壤也　迸 北諍切散走也　阜 房久切土山也　坑坎 坑口莖切塹也坎苦感切阱也　煦 吁句切溫潤也　激 古歷切蕩也　涸 下各切乾竭也　漬 疾智切浸潤也　淋漉 淋力尋切漉盧谷切　⿱艹稫 方六切　藪 蘇后切林藪也　蘖 魚傑切　樛 居尤切高木下曲也　陿隘 陿胡夾切隘烏懈切　靽 補畔切繁也　楬⿰禾曷 居蘗切長貌　埏埴 埏式連切埴常職切　㕮咀 㕮方矩切咀慈呂切　擣 都皓切春也　躇 直魚切住足也　胚胎 胚匹尤切胎他來切　喆 陟列切智也　眴 輸閏切目動也　礫 郎擊切小石也　恪 苦各切敬也　斐粲 斐甫尾切文采貌粲蒼案切鮮好貌

正法華經卷第四

西晉三藏竺法護譯

往古品第七

佛告諸比丘乃去往古久遠世時不可計會無央數劫有佛號大通衆慧如來至眞等正覺明行成爲善逝世間解無上士道法御天人師爲佛衆祐世界曰大植稼劫名所在形色其佛說經不可稱限譬如於是三千大千世界所有土地有一士夫皆悉破碎此一佛國悉令如塵則取一塵過東方如千佛界中塵之數國乃著一塵如是比類復取一塵越東如前佛界塵數乃著一塵悉使塵盡三千大千世界中塵令無有餘徧於東方如是比類無量佛國於意云何寧可稱限得諸佛界邊際不乎比丘答曰不也世尊不也安住佛言比丘如是等倫佛土諸數悠邈猶如有人一一取塵著諸佛土若干之限諸佛國塵不可稱量億百千垓兆載諸劫欲知其佛滅度以來劫數長久不可思議無量難測大通衆慧道力示現滅度以後法住劫數亦復如是

世尊頌曰

我念過去　無數億劫　時有如來　兩足之尊
名大通慧　無極慈仁　於時世尊　黎庶之上
比如皆取　此佛世界　悉破碎之　盡令如塵
假使有人　一一取塵　過千佛界　乃著一塵
如是次第　聖尊國土　其人著塵　皆令悉徧
若干之數　悉令周普　世界衆限　有不可數
一切所有　大聖國土　諸所有塵　不可限量
皆悉破碎　令無有餘　大聖至尊　逝來如斯
其佛安住　滅度已竟　劫數如是　無量億千

若欲料限　無能思議　滅度已來　若干劫數
彼時導師　過久乃爾　諸弟子衆　及菩薩行
如來之慧　巍巍如斯　今佛悉念　聖滅度來
比丘欲知　佛之智慧　聖明普達　等無有異
佛皆覺了　過無數劫　不計微妙　無漏之義

佛告諸比丘其大通衆慧如來正覺壽四十四億百千劫以無上正真道初昇道場坐于樹下一劫默然至于三劫不得正覺乃至十劫而不興起身不動搖體不傾倚亦不自念都無思想而向諸法遂坐佛樹降魔官屬當成正覺忉利諸天子化作大師子座高四十里佛坐其上世尊坐定諸梵天子普雨天華周四千里自然風起吹放衆華散于佛上佛在樹下滿十中劫天華紛紛盡劫不絶又四天王及諸天子作衆妓樂音如雷震常以華香妓樂供養大聖未曾休懈佛告比丘時世尊大通衆慧乃至十劫逮成無上正真之道爲最正覺至于滅度供養不懈其佛在家未捨國去爲太子時有十六子端正姝好智慧難及色像第一儒雅仁和時十六國王子者各各自有若干種樂所居遊觀快不可言種種顯現琴瑟妓樂亦不可量見佛世尊成最正覺時有自然大法音聲尋則棄國捨轉輪王位萬民妓樂諸欲之娱眷屬圍繞及諸聖賢大饗帝王百千之數并不可計億百千垓群萌之類營從集會往詣世尊所處道場欲得稽首奉受佛教群從僉然雍肅雍肅稽首佛足繞佛三帀却住一面以偈頌曰

大通衆慧　極尊無上　積累平等　無量億數
以上妙義　愍傷一切　所願具足　於是賢聖

修勤苦行 竟十中劫 專精一心 處在一座
其身潛靜 而不動摇 燒諸苦患 如拔樹根
分別于心 而志湛泊 未曾進退 亦不傾倚
無有增減 黙然而應 究竟寂定 無有諸漏
現在吉祥 常獲大安 無想著故 得尊佛道
我等見之 增智無畏 如是比類 長益德義
不計身命 皆斷苦患 積累忍辱 不貪安樂
分別邊慧 不處惱痛 號在閒居 興發精進
其不篤信 諸佛音聲 長夜增益 惡道之罪
則失人身 墮落惡趣 爲一切世 所見謗毀
今以逮見 世之聖父 其道最上 無有衆漏
於此世間 而見救護 及諸過去 大聖導師

佛告比丘斯諸帝王及諸太子太子兄弟年旣幼少嗟歎稱譽大通衆慧如來至尊等正覺以此雅頌宣揚已竟啓勸世尊願説經法安住分別多所安隱多所愍傷饒益衆生安諸天人復以此偈而讃頌曰

唯願大聖 讃説經典 開化衆生 發起黎庶
三界群萌 悉共渇仰 使建道意 皆令蒙度
諸佛普大聖 百福法莊嚴 無極仙逮獲
慧則最尊妙 爲諸天講法 及世間人民
度脱我等類 普及諸群萌 應時障現露
如來之慧義 猶如今於此 顯道上尊道
令諸群品類 平等獲此法 悉解於一切
諸行慧本末 皆爲分別説 前世所行德
普見知黎庶 心本所好樂 則爲轉法輪
最勝無等倫 免脱衆生厄 悉令至大道

佛告諸比丘於時世尊大通衆慧如來變化十方世界各各五百億百千佛土六反震動光明普照無所不周皆於一切諸佛境界虛

空天神若干種明日月光耀遠照無極尊無等倫諸天宮殿館宇之明梵天往返自然威耀其佛變現瑞應光明皆覆蔽之悉令不現天上世間晃昱輝耀衆生品類若生彼界皆相見知各自説言此世間今日卒有人生時於天上震動所現靡不周徧爾時東方佛土邊無限億百千梵天宮殿自然爲明威耀巍巍諸梵自念無數梵天宮殿館宇燿明無所不接有何瑞應而現斯變於時五百世界諸億百千大梵天衆各從宮殿雲集而會時於衆中有大梵天號護群生爲諸梵天而歎頌曰

今日我等　宮殿室宅　諸賢當知　此大光明
諸天最勝　志所樂喜　以何因緣　現此瑞應
善哉當往　趣求斯義　時諸天子　今日自興
承何聖旨　現神如是　今所覩見　本未曾有
親近諸天　爲人中王　將無大聖　興出于世
最妙光明　照于十方　所變感動　乃如是乎

佛告諸比丘時五百世界億百千垓梵天悉共相和從東方來遥見西方大通衆慧如來正覺處於道場在佛樹下坐師子牀諸天龍神阿須倫迦留羅真陀羅摩休勒人與非人及十六子眷屬圍繞適覩是已悉共啓勸欲令説經即詣如來稽首于地繞佛無數帀執其蓮華如大須彌及散佛樹樹高四十里普已本土梵天宮殿奉進世尊唯願愍哀納受宮殿華土之供以頌讚曰

見佛無量　得未曾有　多所愍傷　興出于世
世尊所演　如師子吼　則已將護　十方黎庶
我等經歷　所從來處　去此五百　億百千界

計諸世界　若干之類　皆棄宮殿　咸詣聖尊
一切皆是　宿命淨德　若干麗妙　諸寶宮殿
唯加臨眄　而居其中　願發大哀　愍傷受之

佛告諸比丘時大梵天衆面讚歎佛五百人俱白世尊曰願轉法輪演大聖典免濟群黎使獲滅度時五百梵億百千衆合一音聲而歎頌曰

世尊願說經　兩足上分別　當現慈心力
度衆勤苦患

佛告諸比丘于時世尊見諸梵天所上宮殿默然受之爾時東南方去是五百億百千世界諸梵天衆各各自從宮殿皆見光明晃晃爍爍無不周接怪未曾有悉俱集會於衆會中有大梵天號最慈哀爲諸梵天而歎頌曰

諸大天當知　此則本瑞應　宮殿悉感動
最有大名聞　有得諸天子　人人雲集此
則是其威神　令宮殿巍巍　今佛興于世
兩足之中尊　所以令館宇　現光明如是
吾等當往質　斯事不可妄　從本至于今
覩瑞無若茲　四方有光明　至于億國土
今有定至誠　佛當成於世

佛告諸比丘時五百億百千梵天各從宮殿絡繹四出以諸天華如須彌山詣西北角遥見如來大通聖慧處于道場於佛樹下坐師子座諸天龍神阿須倫迦留羅眞陀羅摩休勒眷屬圍繞而爲說經法適見佛以尋時即往稽首于地繞無數帀手執大華而散佛上時大梵天及諸眷屬以頌讚曰

禮無等倫　則爲大仙　天中之天　聲如哀鸞
唱導普護　諸天人民　願稽首禮　愍傷世俗

得未曾有　在世難值　久思光顏　今日乃見
本於百劫　積德解空　八十億佛　壽如塵劫
又人中尊　分別空慧　而常講說　善權方便
諸天群神　人民得覲　具足億垓　八十之數
其眼徹見　在所救濟　多所擁護　於佛道法
故出于世　愍傷衆庶　我等福會　甚難值遇

佛告諸比丘無數億千梵天之衆勸發世尊願轉法輪演出典義散告群生救脫三界令獲安隱時諸梵天悉俱等心同聲讚曰

最上大人　願轉法輪　唯講經典　爲十方人
度脫群萌　苦惱之患　令一切人　喜踊亘然
其有聞者　得成佛道　諸天人民　咸蒙安隱
阿須倫身　當復減損　施于忍辱　安隱之事

佛告諸比丘大通衆慧如來默然可之南方西方億百千垓諸佛世界諸大梵天宮殿館宇悉爲普明弈弈煌煌靡不周達時諸梵天自見宮殿威變昱爚怪未曾有悉俱集會各自念言我等宮殿何乃如是於其衆中有大梵天名曰善法獨歎頌曰

大聖而興　所舉不妄　一切宮殿　威光重照
有此瑞應　現于世間　善哉行求　如斯奧義
過去無數　億千諸劫　未曾覩見　如是感動
將以如來　出現于世　令諸天子　自然來會

佛告諸比丘時五百百千億諸梵天人從其所處遙見大華如須彌山各手執持衆供養具行詣北方瞻覲如來大通衆慧佛處于道場坐於樹下師子座上與無央數諸天龍神阿須倫迦留羅眞陀羅摩休勒眷屬圍繞講說經法即詣佛所稽首于地繞無數帀則以大華如須彌山供養散佛尋以宮殿奉上世

尊惟願愍傷受而處之時諸梵天等心同聲而歎頌曰

諸佛現世　甚難得值　久不瞻覲　今日乃覲
僥倖來至　蠲除愛欲　具足充滿　於三千剎
諸大導師　飽滿飢虛　古來至今　未曾見聞
如靈瑞華　尠可遭值　道慧難遇　時時乃有
我等宮殿　雅麗無量　承佛威神　而得獲此
惟垂大哀　納受所進　願處其中　顯現道因

時諸梵天勸諫世尊唯轉法輪分別經典令諸天神沙門梵志多所愍傷普安一切天上世間悉當蒙恩於是梵天與群侍俱等心同聲而歎頌曰

幸願世尊　廣演經典　加哀當轉　大聖法輪
講若干法　聲若雷震　唯願愍傷　吹大法螺
以大經典　雨於世界　分別善教　微妙之誨
我等勸助　願講道慧　開度衆生　億百千垓

西南西北東北各各如是無數梵天不可計限上方下方各各如是自在宮殿覩見光明靡不周接恠之未有各從去斯五百億百千世界諸梵天衆各捨宮殿來詣佛所有大梵天名曰妙識即歎偈曰

善哉願諸佛　世吼獲聖明　爲三界衆生
開示正覺乘　普爲世間眼　達見於十方
開通甘露門　度脫無數人　乃往昔古世
人中尊變現　空無思想念　使現於十方
長益樂地獄　好喜畜生處　後生墮餓鬼
億數難思議　亡失於天身　壽終墮惡趣
若得聽佛法　進獲平等道　志行趣佛慧
將護衆黎庶　皆得歸安隱　不失快樂想
常不行佛道　不處於正法　違無量聖教

即墮於惡趣　覩見世光明　以善故來至
發一切衆生　而行於慈哀　逮見於世尊
解空慧無漏　諸天及世間　于斯悉勸助
宫殿妙無量　猶如威神德　普施明月珠
大導師願受　人尊願受供　愍傷奉殿館
令此群品類　逮得無上道

佛告諸比丘於時五百百千億大梵天衆讚歎佛已啓勸令佛轉大法輪開度十方安隱世人復歎頌曰

悉願講説　無上法輪　唯雷法鼓　尊妙法音
度脱衆生　勤苦之患　加哀示現　無爲大道
我等勸助　惟聖説法　救護餘類　及世間人
音聲柔輭　敷揚美響　億百千劫　積累德行

佛告諸比丘大通衆慧如來爾時見十方無央數百千億衆生勸讚説法及十六子國王太子轉大法輪三轉十二事開化發起沙門梵志諸天龍神衆魔梵天及世人民爲説苦本是爲苦諦至集盡道由是盡苦苦盡至道十二緣起具足分別從癡致行從行致識從識致名色從名色致六入從六入致習從習致痛從痛致愛從愛致受從受致有從有致生從生致老病死憂苦大患又告比丘大通衆慧如來三説經法須臾之頃分別此義令十六億百千垓衆漏盡意解逮得六通三達之智無央數人皆得度脱如是至三第四説經江河沙等億百千垓群生聽經一一皆獲漏盡意解諸聲聞衆不可稱計於時十六國王太子以家之信出家爲道皆爲沙彌聰明智慧多有方便以曾供養億百千佛造立衆行求無上正眞道俱白佛言今大會聲聞衆

無央數億百千人有大神足已具成就唯爲我等講演無上正眞道義願弘慧見指示其處當從如來學大聖教以共勸進觀察其本於時世尊悉見幼童國王太子心之所念則爲國王及諸眷屬講說經法八十億百千垓人皆作沙門於時彼佛觀諸沙門心之本原爲二萬劫說正法華方等經典菩薩所行一切佛護皆已周徧四部衆會普等無異十六幼童沙彌兄弟聞佛所說悉共受持諷誦講讃其佛授決當得無上正眞之道說是經已聲聞歡喜十六沙彌無數億百千垓諸菩薩衆皆得本志彼佛說是於八千劫未曾休懈說斯經已即入靜室精思閒定四十萬劫三昧正受爾時十六王子爲沙彌者行菩薩道本是佛子覩見世尊獨處閒居各各豫嚴法座欲用敷演廣彼法義於時都會八萬四千劫分別說經一一菩薩化度六十萬江河沙億百千垓處於無上正眞道皆立大乘其大通衆慧如來八十四萬劫乃從三昧興就法座普告一切諸比丘衆十六王子所建功德難及無量至未曾有智慧巍巍則以供養無數億百千諸佛衆行具足普受聖慧入于道明合集佛智諸比丘衆皆當稽首恭敬自歸十六仁賢數數莫懈其志聲聞緣覺乘已得聲聞緣覺之路若行菩薩及成就者其新發意皆當付此諸族姓子聽所說經不拒逆者皆當逮得無上正眞之道成佛聖慧諸族姓子順世尊教以是正法數數分別爲一切說其十六子具菩薩乘一一開化六十江河沙等人所生之處常共俱會亦復普說聽正法

義各各值見四十億百千諸佛世尊或當復更見諸佛者令我皆令班宣四輩欲知爾時十六國王子乎答不及也佛言皆成無上正眞道今悉現在處于十方說法救護無數億百千垓兆載聲聞衆不可稱計菩薩東方現在甚樂世界有二佛號無怒山岡如來至眞等正覺東南現在二佛號師子嚮師子幢如來南方現在二佛號一住常滅度如來西南方現在二佛號帝幢梵幢如來西方現在二佛號無量壽超度因緣如來西北現在二佛號栴檀神通山藏念如來北方現在二佛號樂雨雨音王如來東北現在二佛號除世懼今吾能仁於忍世界得成如來至眞等正覺合十六尊又告比丘吾等十六爲沙彌時在彼佛世講說經法衆生聽受一一菩薩開化無量諸江河沙億百千垓發無上正眞道者令得成就爲菩薩道住聲聞地者漸當誘進無上大道稍稍當成最上正覺所以者何如來之慧難限難計不可逮及爲若此也又告比丘何所是乎吾爲菩薩時開化無量億百千垓江河沙等聽聞諮受諸通慧者當來末世或有發意學弟子乘成爲聲聞後不肯聽受菩薩之教不解佛慧不行菩薩一切志在無爲之想謂當滅度甫當往至他佛世界順殊異行生異佛國當求道慧志聽啓受爾乃解知如來之法有一滅度無有二乘也皆是如來善權方便說三乘耳如來正覺滅度之時若有供養以清淨行信樂妙空趣于經典一心定意爲大禪思當知爾時觀於如來皆普合會諸菩薩衆會諸聲聞聽受此法爾乃

覩見世間佛道無二滅度也如來正覺善權說耳其樂下劣小乘行者則自亡失遠乎人種不解人本爲欲所縛如來滅度時若有聞說歡喜信者佛恩所護假喻曠野五百里路逈絶無人亦無國君有一導師聰慧明達方策密謀隱知遠近將衆賈人欲度懸逈皆俱疲怠不能自前各思戀曰予等安處聖輿之土本國平雅有君長師父今來遠涉極不任進寧可共還免離苦難導師愍之發來求寶中路而悔設權方便於大曠野度四千里若八千里以神足力化作大城告衆商人無懷廢退大國已至可住休息隨意所欲飯食自恣欲得大寶於此索之又告比丘商人見城人民興盛快樂無極怪未曾有離苦獲安喜用自慰無復憂恐飢乏之患自謂無爲如得滅度停止有日隱知欲猒即化沒城今無處所告衆賈人曰速當轉進到大寶地吾見汝等行疲心懼故現此城又告比丘如來如是爲人等倫唱導經義覩見生死長久艱難虛乏之患現于三乘禪定一心使得滅度又佛從本說有一乘聞佛講法不受道慧若患猒者謂當積行甚爲勤苦如來悉見其心所念志疲懈想爲現聲聞緣覺易得猶如導師化作大城人民饒裕商者晏息視如猒翫沒之不現爲衆商人說幻化城其導師者謂如來也大曠野者謂五道生死衆商賈人謂諸學者將行求寶謂說道慧菩薩行法中路猒翫不肯進者謂佛難得累劫積功不可卒成誘以聲聞緣覺易辨化作城者謂羅漢泥洹沒城不現謂臨滅度佛在前立勸發無上正真

道意其羅漢事限礙非眞不至大道若至他方與佛相見得不退轉無所從生乃爲大寶究竟之事佛語諸比丘如來説法爾等聞之謂悉備足不知所作尚未成辦又如來慧普見世間一切人心示現泥洹如來至眞等正覺善權方便説有三乘爾時世尊欲重解義説斯頌曰

昔有大通　衆慧導師　適坐道場　於佛樹下
其佛定處　具十中劫　尚未得成　究竟道義
諸天龍神　阿須倫等　普發精進　供養最勝
雨諸天華　紛紛如降　用散等覺　人中之導
於虛空中　暢發雷震　而以進貢　上尊大聖
最勝在彼　行甚勤苦　所行久長　成無上道
專精思惟　於十中劫　乃成正覺　大通衆慧
諸天人民　億百千垓　一切衆生　歡喜踴躍
彼佛本有　諸子十六　皆順稟受　人中道化
衆庶之類　億百千垓　眷屬圍繞　造兩足尊
前稽首禮　師長聖尊　慇懃啓諫　願説經典
勇猛師子　講未聞者　飽滿我等　及世人民
十方荒域　及此世界　久遠空墟　大聖乃興
梵天宮殿　亘然大明　現衆瑞應　悉分別説
東方世界　億百千垓　五百國土　自然震動
彼有大梵　自處其宮　威神功德　巍巍最上
於時覩見　此本瑞應　尋即造詣　愍傷俗者
則以天華　供散大仁　皆用宮殿　奉上世尊
鼓樂弦歌　讚佛功德　勸諫正導　令轉法輪
時人中尊　默然受之　尋爲如應　解説經法
南方西方　北方世界　上方下方　四隅境域
億千垓衆　梵天悉來　各獻所珍　以爲供養
又復下方　諸界梵天　普亦如是　等無有異

皆以宮殿 奉上大聖 嗟歎如來 悉共勸助
願轉法輪 光闡心目 無數億劫 難得值遇
唯垂示現 往古根力 加哀開闓 甘露法門
普等法眼 分別慧義 宣揚群典 若干品類
時佛爲說 徧示四諦 一切具解 十二因緣
爲顯無黠 令得眼明 講說生死 憂苦空患
一切世間 悉從生有 當知因是 致于終沒
如來適說 是法欲竟 若干種類 無央數人
八十億垓 衆生之儔 於時聽者 住聲聞乘
何況餘方 立第一地 彼時最勝 所說經法
如江河沙 黎庶清淨 都盧志于 聲聞之行
導師聖衆 計數若茲 一切共算 不能稱限
衆等品類 一一如是 皆悉若斯 立大上慧
於時至尊 十六聖子 等俱學者 齊共同心
一切出家 咸爲沙彌 而悉分別 佛方等經
吾等當成 世之明父 汝黨如是 皆得上慧
斯諸衆生 悉令如此 又如世尊 爲法之眼
最勝至誠 見人心本 幼少爲童 常行平等
而爲衆生 說上尊道 億百千垓 無底譬喻
示現因緣 尋獲報應 分別所與 諸通慇慧
如諸菩薩 所當造行 於時大聖 爲現眞諦
顯揚宣布 斯正法華 普而講說 大方等經
若干千頌 不可思念 無能限量 如江河沙
於時適說 斯之經典 則入靜室 三昧等觀
八十四萬 劫中憺然 世雄導師 定意如斯
時諸沙彌 覲瞻大聖 在於靜室 而不出遊
開化人民 無數億千 覺了禪定 清淨無漏
第一始設 於大法座 宣揚說此 仁賢經典
於安住教 流布佛化 如是比像 所造弘廣
於江河沙 不可稱限 億百千數 皆聽啓受

安住之子　一一開導　算諸黎庶　無能限量
於時最勝　滅度之後　悉得覲于　四十億佛
彼諸學士　適聞斯名　便即供養　兩足之尊
有四事行　離垢爲貴　悉得佛道　現在十方
斯十六童　皆是佛子　普在八方　敷弘道義
於彼所說　及聽受者　是諸聲聞　悉佛弟子
步步各各　若干色像　今當親近　發大道意
吾身爾時　瞎不覺者　皆令一切　咸得聽受
令諸賢者　號聲聞子　善權方便　示諸人道
吾前世時　報應如斯　應所說法　是其因緣
假使不忍　修尊佛道　比丘當知　魔所嬈因
隨其本性　凶弊縱恣　志不奉行　不樂空慧
無數百世　渴不值水　又當愚騃　常處恐懼
無數丈夫　百千之衆　發跡而行　欲度曠野
又覩曠野　殊逈艱難　其里計數　五百踰旬

有一大人　賢聖明喆　導師開化　心無所畏
爲彼賈人　導示徑路　曠野懸邈　多有恐難
無數億人　劇礙羸憊　各對導師　而自訟訴
吾等疲弊　不能進前　徒類今日　欲退還歸
導師聰明　爲方便父　諄諄宣喻　誘誨委曲
矜憐闇塞　欲棄寶退　壞敗本計　中路退還
吾今寧可　設神足力　化造立作　廣大城郭
莊嚴若干　億千人民　而立房室　令微妙好
又當復化　大江流河　苑園浴池　華實滋茂
臺館殿宇　牆垣綺纘　男女若干　巨億百千
誘恤勉勵　使不恐懼　各自僥慶　歡喜悅豫
今日得至　於此大城　入市所娛　所欲之具
心懷忻然　如得滅度　爾等及吾　諸難以除
以親親故　歡悅所安　今日一切　恣所施爲
從已所樂　周徧觀採　與卿同心　故鄭重說

悉來聚集　聽聞所說　吾以神足　化作大城
吾時觀察　枯燥荊棘　每懼仁等　創楚悔還
即設善權　化現衆諸　且宜精志　順路進前
佛告比丘　吾亦如是　見無央數　億千衆生
患猒勤苦　周旋迷惑　以方便教　而開導之
故佛念斯　如是利義　猒於佛道　不得滅度
一切道父　而覺了之　賢等事辦　今得羅漢
故勸助立　住斯德報　偶察諸賢　得至羅漢
汝等一切　皆棄衆苦　一時聚會　乃演斯法
諸佛大聖　善權方便　講說佛教　大仙救護
其乘有一　未曾有二　休息爾等　故分別說
由是教化　此諸比丘　當興精進　第一英妙
諸仁當志　一切愍慧　菩薩典法　無有滅度
我常發求　成諸通慧　得達十方　最勝之法
顏貌殊妙　相三十二　當得佛道　乃應滅度
諸大導師　說法如是　且令休息　自謂滅度
適得休息　言獲無為　緣是之故　暢諸通慧

正法華經卷第四

音釋

邈莫角切遠也　晃胡廣切照耀也　爍書藥切灼爍光也　絡繹絡歷各切繹夷益切絡繹往來不絕也　奧烏到切深也　僥倖僥古了切倖胡耿切僥倖非所當得而得之也　拒其呂切違也　裕俞戍切寬也　[門爲]委羽切闘也　訴桒故切告也　諄章倫切誨言重複也　讚祖贊切美好也

正法華經卷第五

西晉三藏竺法護譯

授五百弟子決品第八

於是賢者邠耨文陀尼子聞佛世尊敷闡善權示現方便授聲聞決當成佛道追省往古所與立行又瞻如來諸佛境界得未曾有歡喜踊躍無衣食想肢體解懌不能自勝於大正法或悲或喜即從座起稽首佛足尋發心言甚難及也世尊未曾有也安住如來至真等正覺所設方便甚深甚深非口所宣此諸世界有若干品以無數權隨現慧義順化群生分別了法爲此衆人說其本源方便度脱世尊聖慧悉知我等行跡志性之所歸趣乃復舉喻說古世事及始發意時滿願子稽首佛足却住一面歸命世尊瞻戴光顔目未曾眴佛言善哉誠如所云如來通見一切本際推其深淺因行授與而示聲聞卑下小乘婬怒垢除令得休息乃導菩薩無極之慧猶如昔者有一導師行慈多哀憐愍貧厄衣食不充求乞無獲窮無資賂乃爲擊鼓普令國境誰欲入海採珍寶者人民皆會復修令言誰不愛身不嫪父母不顧妻子者當共入海採求珍寶人民聞令退還者多又諸貧乞欲規採寶無衣覆體無資自濟前却猶豫不能自決導師知之悉召告曰設欲入海相給衣粮不使空乏諸貧歡喜即奉教命一時上船望風舉帆遊入大海不逢大魚不觸山崖弊鬼羅刹亦不敢嬈得至龍宮便從龍王求如意寶俗人貧厄不自諧活願見惠施以救遠近龍王即與隨所僥願若欲得者悉令來取導

師還令行取者少不取者多所以者何心懷恐怯到龍王所懼沒不還於時導師告諸賈人各恣所欲賈人悉採金銀瑠璃水精琥珀硨磲碼碯各取滿船導師嚴勑還閻浮利眾人從命歸到本土家室親里飲食妓樂車馬乘從悉來迎逆共相娛樂七日七夜乃歸家居各各相問得何等寶少智貧乞但得七寶導師慧侶獲如意珠師昇高樓手執寶珠周向四方四隅上下斯珠之德令雨七寶尋如所言則雨七寶普徧其國無所不滿其餘慧侶分布諸國四出周行亦雨七寶少智貧士乃更呼嗟我俱入海恨不值此導師告曰吾勑令卿卿不往取今何所望眾人棄寶更相合會共還採寶詣海龍王求如意珠即悉得之還閻浮利亦雨七寶佛言發無上正真道意欲度一切譬如導師行入大海愍諸貧匱令入海者謂爲一切講說經道望風舉帆入大海者謂學權智海三難者謂空無相無願海謂生死得如意珠謂獲如來無極法身眾人隨從取如意珠謂聞菩薩道而發大意得無所從生貧劣下人採取七寶各自滿船謂得七寶覺意還歸鄉里家室迎者謂十方人來受道教昇樓執珠向八方上下謂得佛道度脫十方謂諸慧士等分至諸國雨七寶者謂各詣他方成最正覺眾貪悔還相令入海謂諸聲聞聞有一乘無二道也爾乃更發無上正真道意後當成佛各有名號於是頌曰

比丘當聽　解喻說之　如有導師　愍傷國人
多貧匱乏　常苦汲汲　擊鼓令巡　誰欲入海
眾人集會　更告之曰　不惜身命　不嫪父母

不顧妻子　當共入海　海中有難　無得變悔
時諸貧乏　亦欲有意　恐不自致　沈吟不決
導師覺恕　給其衣食　時入大海　各取七寶
於是導師　詣龍王宮　并告所領　求如意珠
等侶受教　獲如意珠　還歸鄉里　大小悉迎
於時導師　昇高樓上　徧雨珍寶　不可稱限
朋黨分行　在於異國　亦雨七寶　莫不蒙恩
採七寶者　乃自悔恨　俱行入海　怨不值是
導師告曰　前相勑令　自不肯取　是吾等過
何所怨責　即還入海　求如意珠　尋則得之
發意菩薩　得正真道　畏猒生死　便墮聲聞
奉行空事　無相無願　得度三界　至泥洹門
見佛世尊　降魔官屬　至於無上　正真之道
開化一切　出萬億音　十方群生　莫不受教
天龍鬼神　皆來稽首　發菩薩意　至無從生
或爲聲聞　斷三垢毒　覩見十方　無所罣礙
諸羅漢等　乃自咎悔　俱行學道　何爲得斯
坐起行步　懊惱自責　如來然後　現于三乘
善權方便　隨順誘導　道無有二　況乃三乎
諸聲聞等　爾乃踊躍　其心爟如　雲除日出
佛皆授決　當至大道　國土處所　各有名號

佛告諸比丘寧見聲聞滿願子乎於比丘衆爲法都講光揚咨嗟諸佛之德敷陳正典精進勸助聞佛說法諷受奉宣散示未聞而無懈廢闡弘義趣解暢盤結應答四部不以猒倦顯諸梵行悉令歡喜捨除如來菩薩大士辯才質疑未曾有如滿願子者於比丘衆所取云何其滿願子豈獨爲吾作聲聞乘而受法典也勿造斯觀曾已歷侍九十億佛從諸世尊啓受正要所在衆會常爲法講宣散經

義分別空慧志無所著若說經時無有猶豫靡不通達未嘗弊礙普恒盡心諸佛世尊菩薩神通畢其形壽令修梵行於聲聞衆信意想之以斯善權利益救濟於無央數億百千垓群生之類開化無量阿僧祇人令發無上正眞道意其所遊至皆爲黎庶顯暢大道令得佛住一切所修常爲已身淨諸佛土所行如應開化衆生於諸正覺普現供侍令於吾世爲尊法講每受正典論義難及賢劫之中興顯千佛又當供養將來世尊亦皆爲尊法之都講常爲無量無極品類光益訓義勸化一切無限烝民令發無上正眞道意具足滿進菩薩道行却無數劫當成爲佛號法照耀如來至眞等正覺明行成爲善逝世間解無上士道法御天人師當於此土而爲大聖爾時江河沙等三千大千世界爲一佛土七寶爲地地平如掌無有山陵丘墟谿谷荆棘礫石重閣精舍周帀普滿而用七寶猶如諸天宮殿麗妙遥相瞻見天上視世間世間得見天上天人世人往來交接其土無有九十六種六十二見憍慢羅網一切化生不由女人淨修梵行各有威德以大神足飛行虛空常志精進所作備具智慧普達紫磨金容三十二表大人之相是時人民當有二食一曰法食二曰樂禪悅豫是爲二食有無央數億百千垓諸菩薩衆悉得神通周旋分別墳籍義理其聲聞等皆逮聖行行八解脫門威耀方便名德奇雅得度無極劫名寶明世界曰善淨佛壽無量劫滅度之後法住甚久起七寶塔徧是世界十方諸佛皆共歌歎斯土功德

佛說如是欲重解義即而頌曰

諸比丘聽　於此義旨　如吾所語　諸天世人
行權方便　究竟善學　若當尊崇　修佛道行
此諸衆生　朓劣懈廢　故當演說　微妙寂靜
示現聲聞　緣覺之乘　而常住立　菩薩大道
善權方便　若干億千　以用開化　無數菩薩
斯聲聞衆　故復說言　上尊佛道　甚爲難獲
億數群生　被蒙淳化　已得修學　如是之行
下劣懈廢　恣尚慢墮　而當漸積　皆成佛道
身口及心　常導所行　如是聲聞　力勢薄少
畏猒一切　終始之患　而復嚴治　淨已佛土
或復示現　已在愛欲　怒害瞋恚　及闇癡冥
覩諸衆生　迷惑邪見　壞裂蠲除　疑網弊結
吾聲聞衆　行亦如是　應時隨宜　化此萌類
以權方便　發起一切　悉爲衆人　順而廣說
告諸比丘　我聲聞備　所行具足　於億千佛
以欲救護　斯佛正法　覺了禪思　而求於度
所在自處　爲尊弟子　博聞多智　講法勇猛
常脫衆生　心不猒倦　而與佛事　建立于道
獲大神通　安住普達　具足導師　則是燈明
察知衆生　常見根源　爲說經典　使至清淨
誘導群萌　億百千垓　分別宣示　尊上正法
處此大乘　無上正眞　自見國土　英妙清淨
將來之世　億百千佛　應時供侍　奉敬如是
恒當將護　於尊正法　又復嚴淨　已之佛土
講說經典　億百千垓　善權方便　常尊勇猛
當復開化　無數衆生　志在道慧　無有諸漏
彼每奉敬　諸大聖雄　常當執持　此佛尊法
當得佛道　自在導師　名法光耀　照聞十方
其佛國土　最尊快樂　七寶之地　普悉清淨

時劫當名　爲寶之明　世界號曰　善淨嚴飾
無數億千　諸菩薩衆　如是等類　得大神通
時佛世界　衆所嗟歎　神通恢大　善妙清淨
又諸聲聞　億千之數　皆爲大聖　賢猛之衆
神足極上　行八脫門　分別解散　靡不開達
其佛國土　一切衆生　皆行清淨　常修梵行
具足辯慧　衆德無乏　庶人賢與　盛慇甚多
諸賢人等　人民繁熾　但樂經典　餘無所慕
其土亦無　女人之衆　無有惡趣　勤苦之患
紫磨金色　自然在身　三十二相　而自莊嚴
而佛國土　無衣食想　在所欲得　當說於斯

爾時千二百由已行者各心念言怪未曾有莫不喜踊世尊弘哀餘皆得決必愍余等使蒙其例於是世尊知諸聲聞心之所念告賢者大迦葉今應眞衆千二百人現在目下除阿難羅云又是聲聞知本際等當供養六十二億佛過斯數已五百弟子皆當作佛號普光如來至眞等正覺明行成爲善逝世間解無上士道法御天人師爲佛衆祐優爲迦葉象迦葉江迦葉海迦葉黒曜優陀阿難律離越劫賔㝹薄拘盧淳㝹善業等五百羅漢皆當逮成無上正眞道爲最正覺悉同一號於是世尊而歎頌曰

佛尊弟子　姓曰本際　當成如來　世之導師
將來之世　無決數劫　當化衆庶　無數億千
得爲最勝　號曰普光　彼佛國土　名曰清淨
當來之世　無央數劫　常見諸佛　不可計量
光音神足　大力明父　音聲暢聞　十方世界
億千衆生　周帀圍繞　唯但講說　尊上佛道
諸菩薩等　常修正行　所乘端嚴　尊妙宮殿

所遊行處 無所想念 得聽受法 於兩足尊
常往周旋 他方佛國 諸佛大聖 如是比像
已復供養 廣普至尊 心中欣然 多所悅可
其諸國土 皆一等類 衆大聖雄 無有異名
人中之上 悉號普光 如是儔類 精進力行
安住之壽 極長難限 劫數具足 六萬二千
滅度之後 正法當住 聖所遺典 存劫三倍
又以像法 當復住立 過於正法 轉復三倍
假使正法 滅盡之後 男女衆多 遭大苦患
是諸最勝 大聖倫等 名號普光 大士之上
具足當爲 五百導師 各各悉等 皆成佛道
具名普聞 十方佛土 神足大力 及其境界
正法功德 正類如是 悉當遵修 宣此雅典
一切所得 皆當若茲 現於天上 及在世間
如我往古 施于清淨 廣普光明 人中之上
所建立行 志耐從已 各已受決 人所愍哀
無央數事 成一平等 如佛今者 於世正真
尊故興發 爲迦葉說 卿當念持 五百佛名
諸聲聞衆 及餘一切 是故弟子 猶得自在

爾時五百無著目見耳聞如來授決歡喜踊躍往詣佛所自投于地稽首作禮悔過自責鄙之徒等每憶前者自謂已得泥洹滅度無有巧便不能識練了別正歸棄背明哲志疲猒想今乃得逮如來之慧當成正覺唯然世尊譬如士夫入慈室藏以明月珠置于髻中醉酒卧寐不自唯省寤忘明珠不知所在起之他國無有資用飢乏求食計窮無獲思設方計周旋往反乃得供饍心懷悅豫於時乃念前寢室藏明珠繫結將無墮彼馳還求索尋即往見慈室長者慈室長者而謂之曰卿

何以故而自勞煩行求飲食思想不息子欲知乎爾時吾身嚴整衣服遊行採穀敬利所義行至於此見明月珠繫于子髻今珠在體豈不省耶以何因緣來至吾許設何方便而盡力行子今求財寶所以難致者以不自察可否之事且便疾去以明珠寶持詣大龍而貿易之由得諸寶所有之藏恣意所施昔者世尊本始造行爲菩薩時發諸通慧我等不解亦不覺了於今悉住羅漢之地而謂滅度處嶮難業常如虛乏今日如此乃能志願於諸通慧當以斯法開化餘人以如來慧分別道意比丘爾等勿以此義謂泥洹也卿諸賢者又當親植衆德之本昔者如來以權方便開導若等今亦如是重說經法若之徒類自取滅度今者世尊授以無上正眞道決於是五百聲聞知本際等而歎頌曰

我等聞斯　乃知前失　已得受決　是上佛道
稽首世尊　無量明日　唯愍講斯　所演光耀
猶如愚冥　不能分別　所以一一　而獲滅度
今日歎然　安住所化　志願廣普　諸通慧事
如有一子　行來求索　即時遊入　于慈堂室
於彼覩見　多財富者　於時富士　廣設飲食
其人一寐　而不飲食　明月珠寶　而繫在髻
因此卧寐　從寤而起　坐慈藏室　而歡喜悅
彼愚騃子　而越利義　尋時起去　遠行入城
求覓飲食　甚不能獲　行索供饍　財自繫活
從人得食　謂獲無爲　明珠約結　而自念言
今此珍寶　爲在不乎　續在佩身　求不知處
故復覩見　慈室長者　所可施與　丈夫之事
即爲示說　善哉快言　暢現妙寶　教化令度

其人適見　第一安隱　蒙寶之恩　獲致於斯
有無極財　藏滿豐盈　又以五欲　而自娛樂
如是世尊　說譬若茲　吾等前世　俱發志願
非是如來　之所興爲　於往古時　長夜精進
世尊我等　下劣心弊　不能覺了　如來教化
心無志願　不肯進前　而以泥洹　歡喜自慶
如佛聖教　所覺開度　如是計之　無得滅度
人中之上　改發慧義　乃爲滅度　第一無爲
此髻明珠　離垢上珍　今日我等　所聞無限
因從化導　普顯怡懌　各各逮得　莂授殊決

授阿難羅云決品第九

於是賢者阿難自念言我寧可蒙受決例乎心念此已發願乙密即從座起稽首佛足賢者羅云復前自投世尊足下俱共白言唯爲我等演甘露味大聖是父靡不明徹無歸得歸無救得救無護得護於諸天阿須倫興立莊嚴若干種變阿難羅云則是佛子亦是侍者持聖法藏唯願世尊乎令我等所願具足授無上正眞又餘聲聞合二千人與塵勞俱皆從座起偏袒右肩一心叉手瞻戴尊顏我等逮見佛告阿難汝於來世當得作佛號海持覺娛樂神通如來至眞等正覺明行成爲善逝世間解無上士道法御天人師爲佛衆祐先當供養六十二億佛恭順奉侍執持正法將護經典然後究竟成最正覺於是開化二十百千江河沙等天人使發無上正眞道意其佛國土清淨無瑕地紺瑠璃豎諸幢旛自然莊嚴世界平正無砂礫石山陵谿谷地皆柔軟如天綩綖劫名柔和無有雷震時佛壽命不可計數億百千垓無可爲喻難得崖

底諸弟子衆受道教者不可計會億百千垓無能限量阿難成佛爲大聖時所以名曰海持覺娛樂神通其土人民多神變周旋如來滅後法住過倍像法存立復倍正法十方無量江河沙等億百千佛悉當歎頌彼佛功德於時世尊而歎頌曰

今佛班宣　諸比丘衆　仁者阿難　總持吾法
於當來世　成爲最勝　供養諸佛　六十二億
名曰海持　覺樂神通　於此博聞　彼成大道
其土清淨　顯現微妙　自然跱立　無數幢旛
諸菩薩衆　如江河沙　皆是如來　之所建發
悉如最勝　無極神足　其德名聞　流徧十方
欲計壽命　無量難限　教化世間　多所愍傷
假使其佛　滅度之後　正法當住　過倍其數
像法存立　轉復過倍　最勝宣發　教化若兹

又此衆生如江河沙興報應心立以佛道爾時新發意八萬菩薩各自念言怪未曾聞古來未有吾等焉用菩薩義爲諸聲聞類頑嚚之儔乃復授決當獲大道何因若兹世尊即知其心所念便告之曰諸族姓子及比丘聽佛法平等族姓子適發無上正眞道意前於超空如來至眞等正覺所而面現在博聽衆經常修精進來至吾所欲建慇懃由是緣故速得無上正眞道成最正覺仁賢阿難爲佛世尊奉持法藏修菩薩行出家之緣意履雅願以諸族姓子用相託付爾時阿難自親從佛聞已無量空無之義當得成佛授國土決聞本行願歡喜悅豫尋即憶念無央數億百千之垓諸正覺典又觀本行所履之跡前後劫數即歎頌曰

我本聞有　無量諸佛　悉念爲余　說經典時
諸有滅度　最勝大聖　余皆憶識　如所聞說
得立佛道　心不懷疑　如是比者　善權方便
而爲安住　立侍者地　以大道故　奉持正法
於是世尊告賢者羅云羅云思之汝當來世
當得作佛號度七寶蓮華如來至眞等正覺
明行成爲善逝世間解無上士道法御天人
師爲佛衆祐則當供事如十世界塵數如來
當爲諸佛現作尊子亦復如今爲吾息也其
度七寶蓮華如來國土壽命教化衆生所有
莊嚴亦如海持覺娛樂神通世界清淨羅云
當爲其佛尊子過是已後已當得無上正眞
道成最正覺時佛頌曰
羅云是我　尊上長子　幼少精童　柔和殊妙
斯佛之子　當得大道　常以法施　多所悅喜
無數億佛　所見哀念　欲得算計　無能限量
普爲最勝　諸佛之子　當成大道　衆比丘像
又此羅云　所行溫雅　興立殊願　奉吾正戒
咨嗟宣揚　世雄導師　言我今是　如來之子
諸德無量　億垓之數　設有思念　莫能限量
其羅云者　佛之長子　今所遊履　住佛道故
爾時阿難羅云俱白佛言今我等見二千聲
聞學弟子戒心懷欣然瞻戴尊顔道法正典
不可思議願及是時佛告阿難羅云寧見二
子聲聞學弟子戒者乎阿難白佛言唯然見
之佛告阿難斯黨同行等學大乘當供養五
百世界塵數如來執持正典然於後世一時
同集布於十方各各異土逮成無上正眞道
爲最正覺號寶英如來至眞等正覺明行成
爲善逝世間解無上士道法御天人師爲佛

衆祐其壽一劫覺慧平等諸聲聞同多少無差諸菩薩衆亦復如是滅度之後正法住立數亦無異時佛頌曰

此諸聲聞　二千朋黨　今悉住立　於世尊前
斯等聖智　佛皆授決　將來之世　便當成佛
而顯示現　無量譬喻　覲見諸佛　悉當供養
便當速發　無上尊道　住於道行　猶得自在
其名行異　遊處十方　悉當忍辱　須臾不變
當復獨處　坐叢樹下　當得佛道　成就慧義
皆當成覺　號同一等　名曰寶英　流聞世界
其佛國土　平等殊特　諸聲聞衆　等亦如是
神足光明　皆徧世間　周流一切　十方國土
分別經法　有所依倚　正法存立　等無有異

於是諸學聲聞聞佛授決歡喜踊躍不能自勝而頌讚佛

聞佛授我決　世光見飽滿　如甘露見灌
已獲無極安

正法華經卷第五

音釋

賂（力故切贈遺也）嫪（郎到切戀惜也）脆（此芮切物柔弱易斷也）耐（奴代切忍也）毅（魚既切）貿（莫候切易財也）

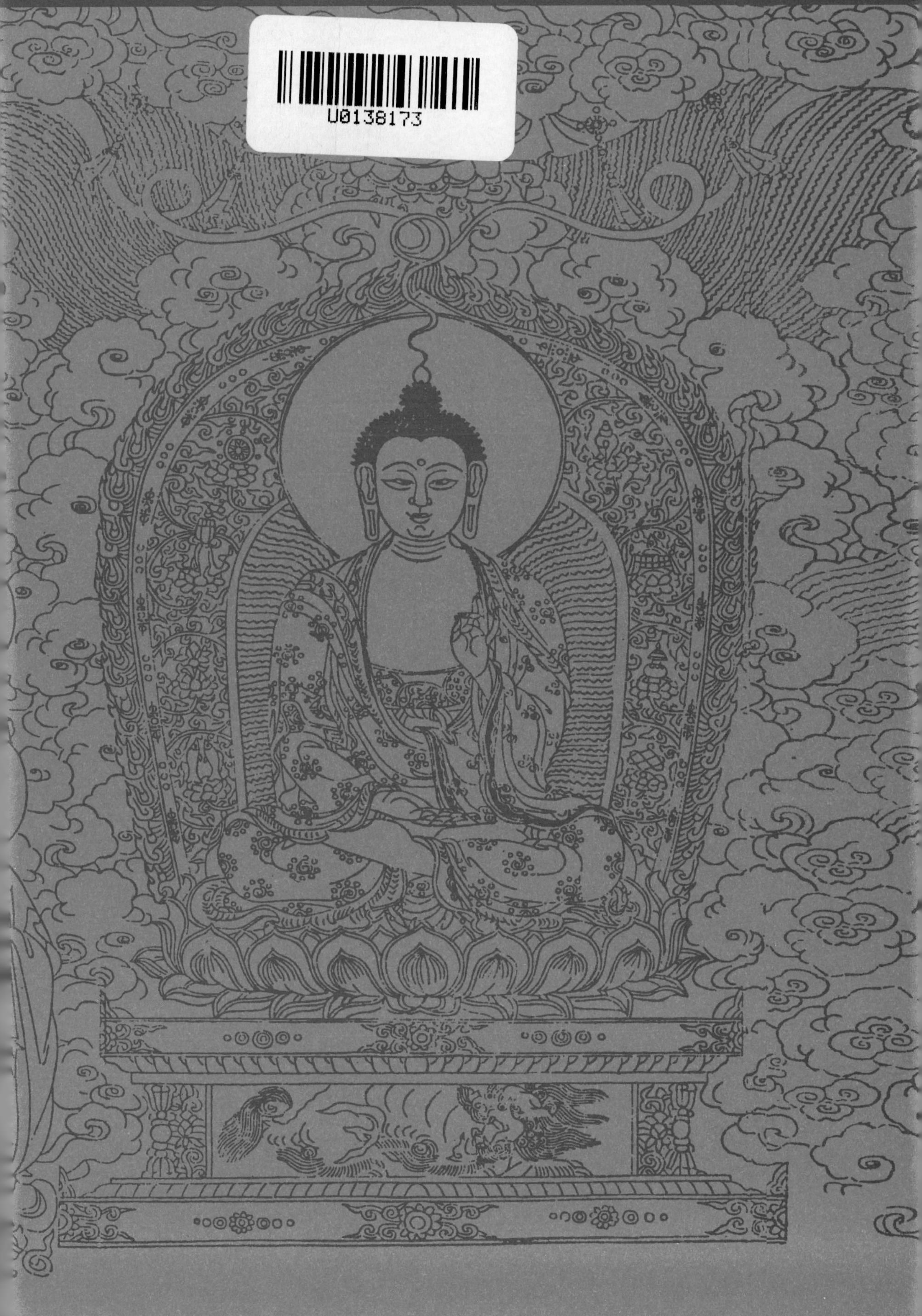